KB106832

세피아빛 초상

Retrato en Sepia

RETRATO EN SEPIA
by Isabel Allende

Copyright © Isabel Allende 2020
All rights reserved.

Korean Translation Copyright © Minumsa 2005, 2022

Korean translation edition is published by arrangement with
Isabel Allende c/o Agencia Literaria Carmen Balcells, S.A.

이 책의 한국어 판 저작권은 Agencia Literaria Carmen Balcells, S.A.와
독점 계약한 (주)민음사에 있습니다.

저작권법에 의해 한국 내에서 보호를 받는 저작물이므로
무단 전재와 무단 복제를 금합니다.

세계문학전집 406

세피아빛 초상

Retrato en Sepia

이사벨 아옌데

조영실 옮김

민음사

그러므로 나는 돌아가야 한다.
미래의 수많은 지점으로
나를 만나러,
무한히 나를 점검하러.
달이 증인이 되어 줄 테지.
그러면 기쁨의 휘파람을 불리라.
돌이며 흙을 밟으며
존재하는 것만이 내 할 일이고
길만이 가족이라네.

— 파블로 네루다, 「세상의 끝(바람)」

차례

가계도

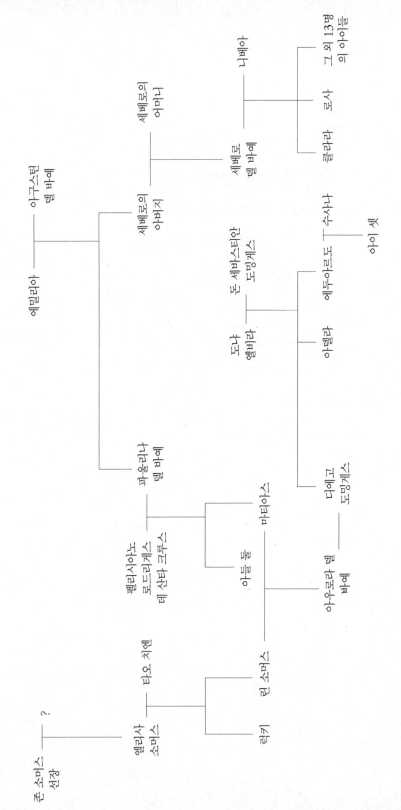

1부

1862~1880

나는 1880년 가을 어느 화요일, 샌프란시스코의 외할아버지 댁에서 태어났다. 미로 같은 그 목조 집에서 배가 남산만 해진 엄마가 내가 나올 길을 마련하느라 심장을 펄떡이며 뼈가 부서질 듯 절망적으로 숨을 몰아쉬는 동안, 거리에는 중국인 동네의 야만적인 일상이 들끓고 있었다. 이국 요리의 지워지지 않는 냄새며 소란스럽게 넘쳐 나는 사투리 섞인 악다구니, 바쁘게 오가는 벌 떼 같은 인간 군상들. 나는 새벽에 태어났는데 차이나타운에서는 시간이 정상적으로 지켜지는 게 아니어서, 그 시간쯤이면 시장이 열리고 마차 행렬이 시작되며 우리에 갇혀 요리사의 식칼을 기다리는 개들의 구슬픈 울음소리도 시작된다. 나는 내 출생에 얽힌 세세한 내용들을 먼 훗날에야 알게 되었다. 그러나 끝까지 몰랐더라면 험난한 망각 속에서 영원히 헤맸을 테니 더 나빴을 것이다. 우리 집안에는 비밀이 많아서 그걸 전부 털어놓으려면 시간이 모자랄지도 모른다. 진실이란 폭우에 씻겨 나가듯 쉽게 사라지는 법이니까. 사람들의 증언에 따르면 나는 끔찍하게 못생긴 아기였지만 외할아버지와 외할머니는 감격하며 나를 맞아 엄마 가슴에 얹어 놓았다. 나는 잠시 동안 엄마 가슴 위에 웅크리고 있었는데 그게 엄마와 함께한 유일한 시간이었다. 외삼촌 럭키는 행운을 빌며 내 얼굴에 숨을 후 불어 주었다. 자애로운 의도였는데, 적어도 지금까지의 내 인생 삼십 년 동안은 모든 게 좋았으니 맞는 방법이기도 했다. 그러나 조심, 이야기를 서둘러서는 안 된다. 이 이야기는 아주 길어서 내가 태어나기 훨씬 전부터 시작된다. 그러니 이야기를 하는 데나 듣는 데도 많은 인내심이 필요하다. 읽다가 흐름을 놓치더라도 절망할 필요는 없는 것이 몇 장 지나면 틀림없이 그 이야기가 또 나오기 때문이다. 시작 지점을 정해야 할 테니 1862년이라고 하자. 이야기는 어마어마하게 큰 침대 사건에서 시작된다.

파울리나 델 바예의 침대는 비토리오 에마누엘레[1]의 대관식 일 년 후 피렌체에서 주문한 것이었다. 이탈리아의 신생 제국이 아직도 가리발디의 총성으로 진동하고 있을 때였다. 침대는 분해된 채 제노바에서 대서양을 횡단하는 배에 실려 바다를 건넌 후 한창 유혈 파업 중인 뉴욕에 내려졌다. 그리고

---

1) 비토리오 에마누엘레 1세(Vittorio Emanuele I, 1759~1824). 이탈리아 최초의 국왕. 1802년부터 1821년까지 재위했다.

는 미국 거주 칠레인인 우리 친할아버지 로드리게스 데 산타 크루스 내외의 선박 회사 소속 증기선으로 옮겨졌다. '나이아 데스'2)라는 이탈리아어 상표가 찍힌 그 상자들은 존 소머스 선장이 인수하기로 되어 있었다. 오랜 항해로 닳아빠졌지만 흥미로운 수기(手記)가 가득 찬 가죽 궤짝과 빛바랜 사진 한 장을 달랑 남긴 그 건장한 영국인 뱃사람이 바로 나의 외증조부였다. 그게 얼마 전 내가 알아낸 사실인데 수십 년간 베일에 싸여 있던 내 과거가 비로소 분명해진 것도 그때였다. 나는 외할머니 엘리사 소머스의 아버지인 존 소머스 선장을 알지는 못하지만 내 역마살은 분명 그분한테서 물려받은 듯하다. 수평선과 소금만 보고 살던 그 뱃사람은 피렌체산 침대를 배에 실어 지구 반대편 아메리카 대륙으로 옮기는 임무를 맡았다. 그는 양키의 봉쇄망과 연합군의 습격을 피해 대서양 남방 한계선까지 내려가야 했다. 거기서 마젤란 해협의 역류를 가로질러 태평양으로 진입한 다음 남미의 여러 항구에 잠깐씩 정박했다가, 옛 황금의 땅인 캘리포니아 북쪽으로 뱃머리를 돌려야 했다. 선장이 받은 지시사항은 하나하나 매우 자세했다. 샌프란시스코 부두에서 상자를 열고 수수께끼 풀듯 목수가 배에서 침대 조각들을 조립하되 세공에 흠이 가지 않도록 확실히 감독할 것, 그리고 나서는 루비색 자수가 놓인 침대 시트와 이불보를 그 무지막지한 침대에 얹어 마차에 싣고 천천히 이동하여 시내로 옮길 것 등이었다. 마부는 넌서 동일

---

2) 강과 호수의 요정.

광장에서 두 바퀴를 돌고 마지막 종착지인 할아버지의 사랑하는 아내 파울리나 델 바예의 집에 침대를 내려놓기 전에 발코니 밑에서 종을 치며 또 두 바퀴를 돌아야 했다. 내전이 한창 진행 중이던 시절에 그런 용감한 일을 수행해야 했던 것이다. 양키군과 연합군이 남쪽 지방에서 대학살을 벌이고 있어서 어느 누구도 농담할 기분도 잔치를 벌일 기분도 아니던 시절에 말이다. 존 소머스는 욕지거리를 하면서 지시를 내렸다. 후원자 파울리나 델 바예의 변덕 때문에 항해하는 몇 달 동안 침대는 가장 진저리 나는 대상이 되어 있었다. 그는 짐마차 위에 실린 침대를 보고 한숨을 내쉬면서 이번을 마지막으로 더 이상 그녀에게 봉사하지 않겠다고 결심했다. 십이 년간 명령을 수행해 왔지만 이제 인내심에 한계가 온 것이다. 침대는 흠집 하나 없이 온전했고 여러 가지 빛깔을 띠어 화사하고 덩치 큰 나무 공룡 같았다. 머리맡에는 넵투누스가 거품이 일렁이는 파도와 엷은 부조(浮彫)의 바다 생물들에 둘러싸여 있고, 발치에는 돌고래와 인어들이 노닐고 있었다. 몇 시간도 지나지 않아 샌프란시스코 사람의 절반이 그 으스대는 침대를 감상할 수 있었다. 그러나 정작 그 모든 장관의 주인공인 할머니는 짐마차가 발코니 앞에서 종을 울리며 한 바퀴, 또 한 바퀴를 도는 동안 숨어 있었다.

"승리는 오래가지 않았단다." 수십 년이 지난 후 내가 침대 사진을 찍겠다며 자세히 얘기해 달라고 조르자 파울리나는 그렇게 고백했다. "나를 비꼬는 농담들이 떠돌았단다. 사람들이 펠리시아노를 조롱할 거라고 생각했는데 조롱을 당한 것은 오히려 나았지. 내가 사람들을 잘못 판단한 거야. 그렇게 위선 자들인 줄 누가 짐작이나 했겠니? 그 시절에 샌프란시스코는 타락한 정치인과 불한당, 행실이 나쁜 여자들이 우글거리는 벌집이나 마찬가지였거든."

"그들은 도전을 좋아하지 않았군요?" 내가 넌지시 물었다.

"그래. 남편이 아무리 비열한 남자라 해도 우리 여자들은 남편의 명성에 누가 되지 않도록 신경을 써야 했거든."

"할아버지는 비열하지 않으셨잖아요."라고 나는 반박했다.

"맞다, 그렇지만 바보 같은 짓거리를 하곤 했지. 아무튼 난 그 이름난 침대를 산 걸 후회하지는 않는단다. 사십 년간 거기 서 잤으니까."

"할아버지는 들켰을 때 뭐라고 하던가요?"

"내전으로 나라가 피를 흘리는데 칼리굴라의 침대나 산다 고 하더군. 물론 그는 그 일은 일체 부정했지. 분별 있는 사람 이라면 어느 누구도 자신의 부정(不貞)을 그대로 수긍하지는 않는단다. 설사 현장에서 들키더라도 말이야."

"경험으로 하는 말씀이세요?"

"제발 그랬으면 좋겠구나, 아우로라." 파울리나는 주저 없이 대답했다.

내가 열세 살 때 찍어 준 첫 번째 사진에서 파울리나는 그 침대에서 포즈를 잡았는데, 레이스가 달린 슈미즈를 입고 그 위에 족히 0.5킬로그램은 될 듯한 보석을 걸친 채 가장자리 를 수놓은 새틴 베개에 기대어 있다. 그런 모습의 파울리나 를 여러 번 보았기 때문에 그녀의 장례식 날 밤에도 그런 차림이었으면 싶었다. 그러나 파울리나는 카르멜회의 쓸쓸한 장례 관행대로 곧장 무덤에 묻히고 싶어 했고, 영혼의 안식을 위해 몇 년 동안 찬양 미사를 올려 주기를 바랐다. "난 이미 세간의 이목을 너무 많이 끌었어. 이제 고개를 숙일 때란다." 말년을 겨울 같은 우울 속에 가라앉아 보내던 그녀의 설명이었다. 임종이 가까워지자 파울리나는 두려워졌다. 침대를 지하실에 집어넣고 대신 말갈기 매트를 깐 나무 침상을 가져오게 했다. 수십 년 동안 그렇게 낭비를 해 댔지만 죽을 때는 아무런 사치도 부리지 않고 죽기 위해서였다. 그러면 성 베드로가 죄인 명부에서 이름을 지워 줄지도 모르지 않느냐고 말했다. 그러나 다른 재물들까지 단념할 만큼 불안감이 크지는 않던 모양이다. 이미 상당히 줄어 있던 재산에 대한 지배권을 마지막 숨을 내쉴 때까지도 손에서 놓지 않았던 것을 보면 말이다. 젊은 시절의 용기도 마지막에는 거의 남아 있지 않았고 빈정거리는 성미도 사라졌다. 그러나 할머니는 스스로 전설을 만들어 낸 사람인 만큼 말갈기 매트에도 카르멜회의 장례 방식에 대해서도 전혀 당혹스러워하진 않았다. 남편의 부아를 돋우려고 대로란 대로를 모두 행진하다시피 한 피렌체 침대를 샀을 때가 그녀의 가장 찬란한 시기였다.

그 시절 우리 집안은 샌프란시스코에 살면서 성(姓)을 '크로스'로 바꿨다. 미국인들이 로드리게스 데 산타 크루스니 델 바예니 하는 성을 제대로 발음하지 못했기 때문이다. 옛 종교 재판 시절을 떠올리게 하는 성을 바꾼 건 유감스러운 일이었다.[3] 나중에는 놉 힐 지역으로 이사하여 터무니없이 큰 저택을 지었는데, 그 도시에서도 눈에 띄게 호화로운 집이어서 경쟁하는 많은 건축가들이 정신을 못 차릴 지경이었다. 그러나 이들은 계약을 했다가도 셋 중 둘꼴로 해고당하곤 했다. 펠리시아노는 우리 집안의 재산이 1849년의 황금 열풍 덕인 것처럼 말했지만 사실은 파울리나의 놀라운 사업가적 감각 덕이었다. 그녀는 칠레에서 캘리포니아까지 농수산물을 신선하게 운반하기 위해 얼음 덩어리에 농수산물을 얹는 방법을 생각해 냈다. 그 혼란스러운 시절에는 복숭아 한 개 값이 순금 1온스였는데 파울리나는 그런 상황을 이용할 줄 알았다. 선제권을 잡은 게 성공적이어서 발파라이소와 샌프란시스코를 왕복하는 소규모 선단(船團)을 갖게 되었다. 첫해에는 빈 배로 돌아갔지만 나중에는 캘리포니아산 밀가루를 가득 실어 갔다. 그러자 칠레에서는 파산하는 농민들이 속출했다. 파울리나의 아버지 아구스틴 델 바예의 밀조차 양키들의 희디흰 밀가루와는 경쟁이 안 돼 창고에 처박혀 구더기가 꼬이고 있었으니 말이다. 무화과도 썩어 들어 그는 울화통이 터질 지경이었다. 황금 열풍이 끝나자 꿈을 찾아 헤매다 심신이 지쳐 버린 수천수만의 모험가들이 가난한 고향으로 돌아갔지만, 파울리나와 펠리시아노는 엄청난 부를 거머쥐게 되었다. 그들은 극복하기 힘든 히스패닉계 영어 발음의 한계에도 불구하고 샌프란시스코 사회의 정상을 차지했다. "캘리포니아에서는 모두가

---

3) 산타 크루스(Santa Cruz)는 '성 십자가'를 뜻하는 스페인어. 스페인이 종교재판으로 이단을 단죄하고 가톨릭을 고수하던 시절이 엿보이는 성이라는 뜻.

신흥 부자인 데다가 태생도 별 볼 일 없지만, 우리 가문은 십자군 전쟁 때부터 시작되었단 말이야." 패배를 받아들이고 칠레로 돌아가기 전에 파울리나는 이렇게 중얼거리곤 했다. 그러나 백인들이 그들에게 길을 터 준 이유는 귀족이라는 신분 때문도 아니었고 그들을 대단하게 여겨서도 아니었다. 바로 펠리시아노가 특유의 호의적인 성격으로 그 도시의 세력가들과 친구가 되었기 때문이다. 반면에 과시하기 좋아하고 말버릇도 고약하며 무례한 데다 성질까지 급한 그의 아내는 정말 용인하기 어려운 존재였다. 사실 파울리나는 처음에는 이구아나와 같은 매혹과 놀라움을 불러일으키지만, 좀 더 알고 지내면 그 감정적인 성향을 드러내고 만다. 그녀는 1862년 당시 남편을 대륙 횡단 철도에 관련된 사업에 밀어 넣었는데 그로 인해 어마어마한 부자가 되었다. 나로서는 할머니가 도대체 어디서 그런 사업 감각을 끌어냈는지 알 수가 없다. 파울리나 델 바예는 편협하고 영혼이 가난한 칠레 지주 집안 태생이었다. 발파라이소에서 집 안에만 틀어박혀 로사리오 기도를 올리거나 수를 놓으면서 자랐다. 부친이 여자와 가난한 사람은 아는 게 없어야 고분고분하다고 생각하는 사람이었기 때문이다. 파울리나는 초보적인 철자법과 산수를 겨우 익힌 정도여서 평생 책 한 권 읽은 적이 없고 손가락으로 셈을 해야 했지만 그녀가 손을 대는 것은 모두 돈이 되었다. 분별없는 자식들이나 친척들이 아니었다면 아마 황후처럼 호사스럽게 죽었을 것이다. 그 시절 미국에서는 동부와 서부를 잇는 철도가 건설되는 중이었다. 그래서 모든 사람들이 두 건설 회사의 주식에 몰려들어 어느 회사가 더 빨리 레일을 깔지 내기하는 동안, 그녀는 계획에 큰 변동이 있을 수 있는 철로에는 관심도 없이 식탁 위에 지도를 펴 놓고 지형학자 같은 인내심으로 나중에 기차가 지나게 될 지점들과 수량(水量)이 풍부한 지역을 연구했다. 그리하여 붉은 잉크로 십자 표시를 해 둔 지점들의 땅을 사라고 남편을 설득한 것은 유타주 프러몬터리에서 가난한 중국인 인부들이 기찻길을 잇는 마지막 못질을 하기보다도 훨씬 전이었고, 최초의 기관차가 요란스러운 무쇠 소리에 화산 같은 연기와 조난자의 아우성을 내며 대륙을 횡단하기보다도 훨씬 전이었다.

"이곳은 물이 있어서 마을들이 생길 거예요. 우리가 그 마을에 식료품 가게를 하나씩 차리는 거예요."

"그건 돈이 많이 들잖소." 남편은 놀라서 말했다.

"융자를 받아요, 은행은 뭐 하러 있대요. 남의 돈을 쓸 수 있는데 왜 우리 돈으로 모험을 하겠어요?"라고 파울리나는 언제나처럼 자신의 주장에 근거를 댔다.

그리하여 은행들과 교섭을 하면서 나라 한가운데를 관통하는 여러 지역의 땅을 샀다. 바로 그때 남편의 애인 사건이 터진 것이다. 상대는 어맨다 로웰이라는 여배우였다. 그녀를 겪어 본 남자들은 그 스코틀랜드 여자가 피부는 우윳빛이고 눈은 시금치 색이고 몸에서는 복숭아 향이 난다고 확신했다. 노래도 잘 못 부르고 춤도 별로였지만 쾌활한 성격 덕에 시덥 잖은 희극들의 주연을 맡았고, 거물들의 파티에 불려 가 흥을 돋우기도 했다. 그녀는 파나마산 뱀을 한 마리 갖고 있었는데, 기다랗고 통통하며 온순하지만 생김새만 보면 머리털이 온통 곤두설 정도였다. 로웰이 이국적인 춤을 추는 동안 뱀이 그녀 몸에 똬리를 틀었는데 나쁜 성질을 드러내는 법은 절대로 없었다. 어느 운 나쁜 날 로웰이 잘 손질된 머리에 깃털 왕관을 쓰고 나타나자 그 머리 장식을 방심한 앵무새로 착각하고 삼켜 버리려다 주인의 목을 조르기 전까지는 말이다. 아리따운 로웰은 캘리포니아의 상냥한 '더러운 비둘기들'과는 천지 차이였다. 거만한 고급 창부여서 재력뿐만 아니라 근사한 품행과 매력도 있어야 그녀의 마음을 살 수 있었다. 후원자들의 아량 덕에 풍요를 누렸고 재능 없는 예술가 패거리를 도울 만한 여력도 있었다. 그러나 나라 하나가 쓸 만큼의 돈을 낭비하고 남은 돈은 모조리 기부해 버렸기 때문에 마지막에는 가난하게 죽어 가야 했다. 젊은 시절 한창때는 우아한 거동과 사자처럼 붉은 머리칼로 거리를 지나는 사람들의 넋을 빼놓았지만 스캔들을 일으키는 고약한 취미 때문에 외모가 가져다주는 행운을 다 잡지는 못했다. 그녀가 흥분하면 명예로운 가문 하나쯤은 능히 몰락시킬 수 있었던 것이다. 펠리시아노는 그런 위험 요소 때문에 더욱 그녀에게 끌렸다. 그는 해적의 영혼을 갖고 있었으니, 불장난을 하고 싶은 충동이 로웰의 멋들어진 엉덩이만큼이나 그를 유혹했다. 그녀에게 시내 한복판에 아파트를 구해 주었다. 하지만 결코 사람들 앞에서는 함께 있는 모습을 보이지 않았다. 아내의 성격을 너무나 잘 알았기 때문이다. 질투심에 불타 남편의 옷소매며 바짓가랑이며 죄다 난도질해 사무실 문밖으로 내던질 게 뻔했다. 런던에 있는 앨버트 왕자[4]의 재단사에게 옷을 맡기는 펠리시아노같이 우아한 남자에게 그런 일은 치명적이었다.

남자들의 도시 샌프란시스코에서 아내는 배우자의 부정을 늘 제일 늦게 눈치채기 마련이었다. 그러나 이번에는 로웰 스스로 사건을 폭로했다. 그녀는 후원자가 등을 돌려 집을 나서면 곧바로 다른 남자들을 맞아들였고 그때마다 침대 기둥에 하나씩 줄을 그어 표시했던 것이다. 그녀는 일종의 수집광이어서 남자들 개개인의 장점이 아니라 오직 줄의 개수에만 관심을 두었다. 황금 열풍 시대에 샌프란시스코를 유성처럼 스쳐 간 적 있는 매혹적인 아일랜드 출신의 고급 창부 롤라 몬테즈의 신화를 넘어서고 싶었던 것이다. 로웰이 침대 기둥에 줄을 긋는다는 소문이 입에서 입으로 전해지자 남자들은 앞다투어 그녀를 방문했다. 그녀가 매력적이기도 했지만 도시의 거물급 인사가 후원하는 여자와 잔다는 재미도 있었기 때문이다. 그들 대부분은 이미 그녀를 성서만큼이나 속속들이 잘 알았다. 그 소문은 캘리포니아를 완전히 한 바퀴 돌고 나서야 파울리나 델 바예의 귀에 들어갔다.

"세일 수치스러운 건 그 고약한 것이 당신을 퇴짜 놓는 바람에 내가 거세된 수탉하고 결혼생활을 한다고 온 도시가 떠들어 댄다는 거예요!" 파울리나는 종종 쓰곤 하던 회교도식 표현으로 남편을 질책했다.

로웰이 무슨 짓을 하는지 감쪽같이 놀랐던 펠리시아노 로

---

4) 빅토리아 여왕의 남편으로 당시 남성 패션을 주도했다.

드리게스 데 산타 크루스는 불쾌해서 죽을 지경이었다. 친구들, 지인들, 자신에게 호의를 입은 사람들이 그런 식으로 자신을 조롱하리라고는 상상도 못 했다. 그러나 아내를 책망하지는 않았다. 여자란 근사한 창조물이긴 하지만 윤리 개념이 희박해서 언제나 유혹에 넘어갈 준비가 되어 있는 경박스러운 존재라고 체념하며 살았기 때문이다. 여자는 대지나 거름, 피 같은 유기물의 영역에 속하는 반면 남자는 영웅심, 위대한 사상, 신성(神性) 같은 사명을 띠고 있다고 생각했다. 펠리시아노는 아내의 추궁에 최대한 방어했고 한동안은 아내가 방문에 빗장을 건 일을 탓했다. 펠리시아노 같은 남자가 금욕하며 지내길 바란 것일까? 그는 아내가 자신을 외면했으니 모두 아내 잘못이라고 주장했다. 빗장을 걸었다는 말은 사실이었다. 파울리나는 이미 육체적인 욕망을 저버린 뒤였던 것이다. 그러나 욕구가 없어서가 아니라 체면 때문이었다고 사십 년이 지난 후 나에게 고백했다. 자기 몸을 거울에 비춰 보기도 싫었고 어떤 남자라도 자신의 벗은 몸을 보면 혐오스러워하리라 믿었다고 말이다. 파울리나는 자기 몸이 자신의 적이 되었음을 의식한 그 순간을 분명하게 기억했다. 몇 년 전 펠리시아노가 장기 출장을 마치고 칠레에서 돌아왔을 때였다. 그가 늘 하는 천연덕스러운 유머로 파울리나의 허리를 붙안고는 그녀를 들어 침대로 데려가려는데 들어 올릴 수가 없었던 것이다.

"맙소사, 파울리나! 속바지에 돌이라도 집어넣었소?"라며 펠리시아노는 웃었다.

"살이에요." 파울리나는 슬프게 한숨을 내쉬었다.

"어디 한번 봅시다."

"절대로 안 돼요. 앞으로는 밤에만 내 방에 들어올 수 있어요. 그것도 불을 껐을 때만요."

이전에는 부끄럼이라곤 몰랐던 그들은 한동안 어둠 속에서 사랑을 나누었다. 남편의 애원과 부아에도 파울리나는 요지부동이었다. 남편은 컴컴한 방에서 옷가지에 파묻힌 그녀의 몸을 찾아내는 일도, 살결을 만지지 못하도록 양손이 붙들린 채 뱃사람처럼 서둘러 그녀를 안아야 한다는 사실도 결코 견뎌 내지 못했다. 밀고 당기는 실랑이로 그들은 녹초가 되었고 신경이 곤두서 눈은 시뻘게졌다. 그 후 놉 힐의 새 저택으로 이사한 것을 구실로 파울리나는 끝내 자기 방에서 제일 반대쪽 끝에다 남편의 방을 정해 주고 자신의 방문을 걸어 잠갔다. 자기 몸에 대한 불쾌감이 남편에 대한 욕망을 능가하고 만 것이다. 턱살에 가려 목선은 사라지고 가슴과 배는 주교님처럼 되어 버렸다. 다리는 채 몇 분도 몸을 지탱해 주지 못했고 혼자서는 옷을 입지도 구두를 신지도 못했다. 그러나 거의 언제나 실크 옷에 눈부신 보석들을 달고 있어서 구경거리를 연출했다. 살이 겹치는 곳의 땀 냄새가 제일 골칫거리여서 악취가 나느냐고 자주 귓속말로 내게 묻곤 했다. 치자꽃 화장수와 활석 파우더 향밖에 나지 않는데도 말이다. 물과 비누가 기관지를 망친다는 당시의 속설에도 불구하고 그녀는 무쇠 칠보 욕조에 몇 시간이고 몸을 담갔다. 물에 들어가면 젊었을 때처럼 몸이 다시 가벼워지는 느낌이 들었다. 파울리나는 열여덟 살 때 펠리시아노와 사랑에 빠졌다. 당시 그는 칠레 북부의 은

광 주인으로 잘생기고 야망 있는 청년이었다. 그 사랑 때문에 그녀는 아버지 아구스틴 델 바예의 노여움을 샀다. 그녀의 아버지는 칠레 역사의 한 장을 장식하는 인물로, 사기성이 농후한 소규모 극우 보수당을 창당했다. 이십여 년 전에 사라졌다가도 깃털 빠진 처량한 불사조처럼 매번 부활하곤 하는 그런 정당 말이다. 파울리나가 그 어느 때보다도 간절히 남편의 품을 원할 나이에 남편의 출입을 막고도 자신을 지탱할 수 있었던 것은 젊은 시절의 남편에 대한 사랑이 있었기 때문이다. 그녀와 달리 남편은 나이가 들면서 매력을 더해 갔다. 머리칼은 은백색이 되었지만 여전히 유쾌하고 정열적이며 다소 낭비벽이 있는 호방한 남자였다. 파울리나는 그의 서민적인 혈통이 좋았다. 명성이 자자한 그 신사가 스페인계 유대인 혈통이라는 것도 좋았고, 술김에 항구에서 새겨 넣은 망나니 같은 문신이 이름의 이니셜을 새긴 비단 셔츠 안에서 빛나고 있다는 사실도 마음에 들었다. 불을 켜 놓은 채 침대에서 시시덕거리던 시절, 그가 속삭이던 외설스러운 말들을 다시 듣고 싶어 파울리나는 몸살이 날 지경이었다. 남편 어깨에 지워지지 않는 잉크로 새겨진 그 푸른색 용에 한 번 더 머리를 기대고 잠들 수 있다면 세상 그 무엇이라도 주고 싶은 심정이었다. 그녀는 남편도 똑같은 마음일 거라고는 결코 생각하지 못했다. 펠리시아노에게 아내는 변함없이 젊은 시절 함께 도망쳤던 그 대범한 애인이었고, 감탄과 두려움을 동시에 자아내는 유일한 여자였다. 온 집안사람이 벌벌 떨 정도로 폭풍처럼 싸우곤 했지만 그 부부는 여전히 서로를 사랑했다는 생각이 불현듯 든다. 전에는 그토록 행복했던 포옹이 이제는 싸움으로 변해, 기나긴 휴전과 잊을 수 없는 복수들로 절정에 다다랐다. 피렌체산 침대와 같은 복수전 말이다. 그러나 서로에 대한 어떠한 모욕도 끝까지 그들의 관계를 깨뜨리지는 못했다. 남편이 뇌출혈로 쓰러져 치명적인 상처를 입게 된 순간까지 그들은 부럽게도 불한당 패거리 같은 공범 관계로 결합되어 있었기 때문이다.

존 소머스 선장은 일단 그 신화적인 침대가 수레에 실리고 마부가 자신의 지시를 알아들었다는 확신이 들자 샌프란시스코를 방문할 때면 매번 그랬던 것처럼 걸어서 차이나타운으로 출발했다. 그러나 이번에는 기력이 달려 두 블록쯤 가서 마차를 불러야 했다. 간신히 마차에 올라 마부에게 행선지를 말하고는 숨을 헐떡이며 의자에 기댔다. 그런 증상이 벌써 일 년째였지만 최근 몇 주 사이 더 심해졌다. 두 다리로 몸을 가누기도 힘들고 머리는 자욱한 안개로 가득 차, 엄습해 오는 솜 같은 무관심에 자신을 내맡기고 싶은 유혹과 끝없이 싸워야 했다. 그는 아직 고통조차 느끼지 못했지만, 뭔가 잘못되어 가고 있다는 걸 먼저 알아챈 사람은 동생 로즈였다. 그는 로즈를 생각할 때마다 미소를 지었다. 가장 가까이 있고 가장 아끼는 사람일 뿐 아니라 유목민 같은 자기 존재의 나침반이었기 때문이다. 그는 딸 엘리사나 이 항구 저 항구로 옮겨 다니는 긴 순례 기간 동안 품에 안곤 했던 그 어떤 여자보다도 로즈를 아꼈다.

로즈 소머스는 칠레에 있는 큰오빠 제러미 곁에서 젊은 시절을 보냈다. 그러나 제러미가 죽자 고국에서 노년을 보내기 위해 영국으로 돌아갔다. 런던 시내의 극장들이나 오페라 하우스에서 그리 멀지 않은 자그마한 저택에서 살았는데, 좀 낡은 동네이긴 해도 그녀 특유의 변덕을 부리며 지내는 게 가능했기 때문이다. 로즈는 더 이상 제러미 오빠의 단정한 가정부가 아니었기 때문에 이제는 자신의 괴벽스러운 충동의 고삐를 풀어놓을 수 있었다. 불행에 빠진 여배우처럼 차려입고 사보이 호텔에 들러 차를 마시거나 러시아 백작 부인 차림을 한 채 개를 산책시키곤 했다. 거지와 길거리 음악가들의 친구가 되었고 자질구레한 싸구려 물건을 사거나 자비를 베푸는 데 많은 돈을 썼다. "나이가 든다는 것만큼 자유로운 게 없어요." 라고 그녀는 주름을 세며 행복하게 말했다. 그러면 존 소머스는 "얘야, 나이가 아니라 네가 펜으로 손수 일군 경제적 여건 때문이란다."라고 대답하곤 했다. 흰머리가 성성한 그 숭배할 만한 독신녀는 포르노 소설로 얼마간의 부를 축적했다. 존 선장이 가장 아이러니라고 여긴 건 동생이 제러미 형의 보호를 받던 때처럼 숨어 살 필요가 없는 지금에 와서야 에로틱한 단편 소설을 그만두고 지칠 듯한 속도로 낭만적인 소설을 쓰면서 놀라운 성공을 거두고 있다는 사실이었다. 빅토리아 여왕을 포함하여 영어가 모국어인 사람 중 '귀부인' 로즈 소머스의 소설 시리즈를 한 권이라도 읽지 않은 여자는 없었다. 이 뛰어난 칭호는 몇 년 전부터 로즈에게 찾아온 상황의 징표였다. 만일 빅토리아 여왕이 자신이 친히 귀부인 칭호를 내린 그 작가가 '익명의 귀부인'이라는 필명으로 나왔던 방대한 외설 문학의 저자라는 사실을 알았더라면 아마 기절했을 것이다. 존 선장은 포르노 소설은 즐거움이라도 주지만 그런 연애 소설은 쓰레기라고 생각했다. 그는 로즈가 제러미의 코밑에서 쓴 금지된 단편 소설들을 출판하고 배급하는 일을 오랫동안 책임졌다. 큰오빠는 여동생이 우아하게 살 일만 남은 요조숙녀라고 확신하며 죽었는데 말이다. "존, 몸조심해요. 나만 이 세상에 혼자 두고 죽어서는 안 돼요. 오빠는 점점 말라 가고 안색도 이상해요." 로즈는 선장이 런던을 방문했을 때 날마다 이 말을 되풀이했다. 그즈음부터 무자비한 변신이 일어나 선장은 한 마리 도마뱀처럼 변해 버렸다.

타오 치엔이 환자의 귀와 팔에서 막 침을 뽑아내고 있을 때 장인어른이 도착했다고 조수가 알려 왔다. '중의(中醫)'는 이침(耳針)들을 알코올에 조심스럽게 담그고 대야에 손을 씻은 뒤 재킷을 입고 장인을 맞으러 나가면서 왜 엘리사가 그날 아버지가 도착한다는 걸 알리지 않았는지 이상하게 여겼다. 소머스 선장의 방문은 늘 감동을 주었다. 가족들은 들떠서 그를 기다렸다. 특히 아이들은 그 괴상한 할아버지가 가져오는 이국적인 선물에 탄성을 질렀고 바다 괴물 얘기며 말레이 해적 얘기를 지치지도 않고 들었다. 바다 소금에 단련된 단단한 피부에 훌쩍 큰 키, 산적 같은 턱수염에 천둥소리 같은 걸걸한 목소리와 아이 같은 순수한 푸른 눈을 지닌 선장은 파란색 제복 차림의 위엄 있는 모습이었다. 그러나 타오 치엔이 병원 의자에 앉아 있는 그를 봤을 때는 너무 왜소해서 알아보기가 어려울 정도였다. 타오 치엔은 예를 갖춰 인사를 했다. 선장에게 중국식으로 고개를 숙여 인사하는 습관을 버리지 못했던 것이다. 그를 알게 된 것이 젊은 시절 선장의 배에서 요리사로 일할 때였기 때문이다. "나를 선장님이라 부르게. 알아들었나, 중국인?" 처음 말을 걸면서 선장은 그렇게 명령했었다. '그때는 둘 다 머리가 검었는데.' 타오 치엔은 이 죽음의 예고를 알아차리자 가슴이 아려 왔다. 선장은 힘겹게 일어나 악수를 하고는 타오 치엔과 짧게 포옹했다. 중의가 느끼기에 이제는 자신이 더 키가 크고 체중도 나갈 것 같았다.

"오늘 오시리라는 걸 엘리사가 알고 있나요, 선장님?"

"아니라네. 우리끼리만 얘기해야 해, 타오. 나는 죽어 가고 있다네."

그를 보자마자 알아챘기에 중의는 아무 말 하지 않고 선장을 진료실로 안내하여 옷을 벗기고 침대에 눕도록 거들었다. 맨몸의 장인은 더 애처로운 모습이었다. 두껍고 건조하며 구릿빛 나는 피부에 노란 손톱, 충혈된 두 눈, 부풀어 오른 배. 그는 먼저 청진을 한 후 이미 다 알면서도 다시 확인하고 싶어 손목과 목, 발목의 맥박을 쟀다.

"간이 다 상했습니다, 선장님. 아직도 술을 드십니까?"

"평생의 습관을 버리라고는 하지 말게, 타오. 가끔 술 한 모금도 않고 뱃일을 배길 성싶은가?"

타오 치엔은 미소를 지었다. 선장은 평소에는 진 반 병, 애도하거나 축하할 일이 생기면 한 병을 마셨는데 전혀 영향을 받지 않는 것처럼 보였다. 술 냄새조차 풍기지 않았다. 질 나쁜 여송연의 강한 냄새가 옷이며 몸에 절어 있었기 때문이다.

"게다가 후회해도 소용없을 거 아닌가, 안 그래?"

"술을 끊으시면 지금보다 나은 상태로 더 사실 수 있죠. 좀 쉬면 어떠십니까? 오셔서 저희와 함께 사시죠. 회복되실 때까지 엘리사와 제가 간호해 드리겠습니다." 중의는 자신의 감정을 들킬까 봐 눈을 피하며 말했다. 의사라는 직업에 늘 생기는 일이기에 스스로의 학문적 수단이 얼마나 부족한지, 타인의 고통이 얼마나 큰지 알게 될 때 찾아드는 끔찍한 무력감을 떨쳐 내야만 했다.

"절제된 생활을 강요할 게 뻔한데, 어떻게 엘리사 손에 자진해서 나를 내맡기겠는가! 얼마나 남은 건가, 타오?" 존 소머스가 물었다.

"정확하게는 말씀드릴 수 없습니다. 다른 소견도 들어 보셔야 합니다."

"내가 믿는 건 자네의 소견뿐이라네. 자네가 인도네시아에서 아프리카 해안으로 가는 항해 도중에 통증 하나 없이 내 어금니를 뽑은 이후로 어떤 의사도 나한테 그 빌어먹을 손을 대지 못했다네. 그로부터 얼마나 됐지?"

"한 십오 년 됐지요. 믿어 주시니 감사합니다, 선장님."

"십오 년밖에 안 됐다고? 나는 왜 우리가 평생 알고 지낸 것 같지?"

"아마 전생에 알았는지도 모르죠."

"환생이 두렵다네, 타오. 다음 생에서 내가 회교도가 된다고 생각해 보게. 그 불쌍한 사람들은 술도 못 마시지 않는가?"

"그게 선장님의 업보입니다. 환생할 때마다 전생에 못다 한 것을 마치도록 되어 있죠." 타오는 선장을 놀렸다.

"차라리 기독교식의 지옥이 낫겠네. 그게 덜 잔인해. 암튼 엘리사에게는 절대 말하지 않기로 하세." 존 소머스는 옷을 입으면서 결론처럼 말했다. 덜덜 떨리는 손가락 사이를 빠져나가는 단추들과 씨름하며 말이다. "이번이 마지막 방문이 될지 모르니, 엘리사와 손자들이 나를 유쾌하고 건강한 사람으로 기억하는 게 낫지. 조용히 가려네, 타오. 자네보다 내 딸 엘리사를 잘 돌볼 사람은 없으니 말일세."

"저보다 그녀를 더 사랑할 사람은 없습니다, 선장님."

"내가 없으면 누군가 내 누이동생을 챙겨 줘야 하는데. 로즈가 엘리사에게 엄마 같았다는 걸 자네도 알지."

"염려 마십시오. 엘리사와 저는 늘 그분께 의지하잖습니까." 라고 타오는 그를 안심시켰다.

"죽는다는 거…… 그러니까…… 그건 빨리 끝나고 품위가 지켜지는 일일까? 죽음이 다가온 걸 어떻게 알 수 있나?"

"피를 토하게 됩니다, 선장님." 타오 치엔은 슬프게 말했다.

그 일은 삼 주 후 태평양 한복판에서 선장실에 딸린 화장실 안에서 일어났다. 그 늙은 항해사는 제대로 일어서지도 못한 채 구토한 흔적을 치우고 입을 헹군 후 피로 얼룩진 셔츠를 갈아입고 파이프에 불을 붙인 뒤 뱃머리로 나갔다. 그곳에 서서 검은 벨벳 같은 하늘에 반짝이는 별들을 마지막으로 바라보았다. 여러 명의 선원들이 그를 보고는 손에 모자를 든 채 멀찍이서 기다렸다. 담배가 다 타자 선장 존 소머스는 뱃전에 올라서더니 소리 없이 바다로 떨어졌다.

세베로 델 바예는 1872년 아버지와 함께 칠레에서 캘리포니아로 여행하던 도중 린 소머스를 알게 되었다. 집안사람들의 험담을 한 몸에 받던 파울리나 고모 내외를 방문하러 가는 길이었다. 세베로는 고모가 발파라이소에 들렀을 때 몇 번 보았지만 막상 미국에서 볼 때까지는 집안의 가톨릭적인 편견에 한숨 짓고 탄식하는 그녀를 이해하지 못했다. 파울리나는 칠레의 종교적이고 보수적인 환경과 거리가 멀었고, 휠체어에서 꼼짝 못하는 아구스틴 할아버지나 음산한 레이스 편물과 아마(兒麻) 씨앗으로 만든 세장제(洗腸劑)를 달고 사는 에밀리아 할머니와도 닮은 데가 없었으며, 시기심 많고 소심한 나머지 친척들과도 매우 다르게 진정한 아마존 여전사의 기질을 타고났다. 첫 번째 여행 때는 세베로가 너무 어려 이 유명한 고모 내외의 재산과 권력이 어느 정도인지 알 수가 없었다. 자기 집이나 델 바예 집안의 딴 집들과는 상당히 다른 사람들이라는 정도만 알아챘다. 여행에서 돌아오고 몇 년이 지나서야 그들이 샌프란시스코의 가장 부유한 가문 중 하나로 은광, 철도, 은행, 운수업체 거물들과 어깨를 나란히 한다는 걸 알게 되었다. 열다섯 살 때의 그 첫 여행에서 파울리나 고모가 사업 전략을 구상하는 동안 세베로는 고모의 호화로운 침대 발치에 앉아서 미래를 결정했던 셈이다.

"내가 경쟁자를 합법적으로 물리치게 도와주려면 너는 변호사가 돼야 해." 그날 파울리나는 살짝 구운 파이와 둘세 데 레체[5]를 먹으며 세베로에게 충고했다.

"네, 고모. 모든 명문가는 변호사, 의사, 신부가 필요하다고 아구스틴 할아버지도 말씀하셨어요."

"사업을 위한 두뇌도 필요하단다."

"할아버지는 장사란 귀족이 할 일이 아니라고 생각하세요."

"귀족 신분이 밥 먹여 준다던. 그런 건 궁둥짝에나 쑤셔 넣으라지."

이 젊은 친구는 자기 집 마부의 입에서나 그런 욕지거리를 들을 수 있었다. 테네리페의 교도소에서 도망쳐 온 마드리드 출신의 그 마부는 말도 안 되는 이유들을 들먹이며 하느님과 우유를 욕하곤 했다.

"점잖은 척일랑 그만둬라, 얘야. 우리 모두 궁둥짝을 가졌잖니!" 파울리나는 조카의 표정을 보고 웃음을 감추지 못했다.

그날 오후 고모는 엘리사 소머스의 케이크 가게로 그를 데려갔다. 뱃전에서 샌프란시스코를 보았을 때부터 세베로는 눈이 아찔했다. 잔잔한 만 가장자리까지 물결치듯 내려앉은 초록빛 나무들 속에 휘황찬란한 도시가 자리 잡고 있었다. 나란히 교차된 스페인식 도로 구획 때문에 멀리서는 근엄한 느낌이었는데 가까이서 보니 뜻밖의 매력이 있었다. 자신이 자란 발파라이소 항구의 활기 없는 모습에만 익숙했던 세베로는 그렇게 다양한 양식의 집과 건물 들을 보고 입을 다물지 못했다. 호화로움과 빈곤이 마치 급조된 것처럼 한데 뒤엉켜 있었다. 바이올린과 피아노를 줄지어 내놓은 우아한 가게 앞에서는 모기에 뒤덮인 말의 시체가 보였다. 동물과 마차의 소음 사

---

5) 우유에 설탕을 섞어 캐러멜처럼 만든 중남미식 잼.

이로 전 세계의 군중이 오갔다. 아메리카인, 스페인인, 프랑스인, 아일랜드인, 이탈리아인, 독일인, 인디오 그리고 지금은 자유로워졌지만 언제나 배척당하며 가난하게 사는 옛 흑인 노예들. 차이나타운을 한 바퀴 돌자 눈 깜짝할 사이에 '굼벵이들'(중국인을 그렇게 불렀다.)이 사는 나라에 와 있었다. 마부는 철썩대는 채찍 소리를 내며 역마차를 몰아 통일 광장으로 내달렸다. 그러다가 사개와 부조, 원형의 투명한 창으로 정신 사납게 치장된 주위의 집들과 대조를 이루는 소박한 빅토리아풍의 집 앞에 멈춰 섰다.

"여기가 소머스 부인의 찻집이란다. 이 근방에서 하나뿐인 찻집이지. 커피는 어디서든 마실 수 있지만 차는 여기서 마셔야 해. 미국인들은 독립 전쟁 때부터 이 밍밍한 음료를 정말 싫어했어. 보스턴에서 반란군이 홍차 나무를 불태우는 바람에 전쟁이 시작됐거든."

"그렇지만 벌써 백 년도 더 된 일이잖아요."

"그래, 세베로. 그러니 애국심이라는 게 얼마나 어리석은 것이냐."

파울리나가 그 찻집을 자주 방문하는 것은 차가 아니라 엘리사 소머스의 그 유명한 케이크 때문이었다. 가게 안은 늘 달콤한 설탕과 바닐라 향으로 가득 차 있었다. 샌프란시스코가 세워질 초창기에 대부분 영국에서 수입한 자재 — 장난감처럼 조립 설명서도 딸려 왔었다 — 로 지은 그 집은 꼭대기가 탑으로 장식되어 시골 교회 같은 느낌이 풍기는 이층집이었다. 1층은 방 두 개를 터서 부엌으로 썼는데, 다리를 구부려 장식한 여러 개의 의자와 흰 식탁보를 얹은 둥근 테이블 다섯 개가 놓여 있었다. 2층에서는 벨기에산 최고급 초콜릿과 아몬드 빵, 갖가지 칠레산 둘세로 만든 수제 사탕을 상자에 담아 팔았다. 파울리나가 제일 좋아하는 게 이 사탕이었다. 길게 땋은 머리에 풀 먹인 머릿수건을 하고 흰색 앞치마를 두른 멕시코인 여종업원 둘이서 시중을 들었다. 이들은 텔레파시로 젊은 소머스 부인의 지시 사항을 전달받은 듯 움직였고, 소머스 부인은 파울리나의 맹렬한 풍채와는 정반대여서 있는지 없는지도 모를 정도였다. 허리가 조이고 실루엣이 풍성한 치마 차림은 소머스 부인을 돋보이게 하는 효과가 있었지만 파울리나의 몸집은 두 배나 커 보이게 했다. 게다가 파울리나는 천과 술 장식, 털 장식, 주름 등을 아끼지 않았다. 그날 파울리나는 머리끝에서 발끝까지 노란색과 검은색으로 여왕벌같이 성장을 하고, 깃털 달린 모자에 줄무늬 조끼를 입고 있었다. 조끼는 온통 빽빽한 줄무늬였다. 찻집에 들어서자 파울리나는 공기를 몽땅 들이마셨고, 그녀가 걸음을 내디딜 때마다 찻잔들이 흔들리고 약한 나무 벽들이 신음했다. 그녀가 들어서는 것을 보자마자 종업원들이 달려와 골풀로 엮은 가느다란 의자를 제일 튼튼한 소파로 바꿔 주었고 파울리나 부인은 우아하게 자리에 앉았다. 그녀는 서두르는 것보다 추한 건 없다고 여겼기 때문에 조심스럽게 움직였다. 늙은 여자 같은 소리를 내지 않으려고, 발이 아파 죽을 지경이더라도 사람들 앞에서는 헐떡이는 소리나 기침 소리, 삐거덕거리는 소리, 피곤에 겨운 한숨 소리도 참았다. "나는 뚱뚱한 여자의 목소리를 내긴 싫어.”라고 말하곤 했다. 가냘픈 목소리를 유지하려고 날마다 꿀 탄 레몬주스로 양치질을 했다. 자그마하지만 검(劍)처럼 꼿 꼿한 체구의 엘리사 소머스는 짙은 파란색 치마에 소맷부리 와 목을 단추로 여미는 멜론색 블라우스를 입고, 장식이라고 는 소박한 진주 목걸이가 전부였는데 정말 젊어 보였다. 그녀 는 사용하지 않아 녹이 슨 듯한 스페인어와 영국식 영어를 섞 어 가며 말했다. 파울리나처럼 한 문장 안에서 이 언어 저 언 어로 옮겨 다니는 식이었다. 델 바예 부인은 재산과 귀족 혈통 덕에 소머스 부인보다 사회적 신분이 훨씬 높았다. 좋아서 일 을 하는 여자는 남자같이 될 수밖에 없었다. 그러나 파울리나 는 엘리사가 이제 칠레에서 자라던 시절의 환경이 아니기 때 문에 좋아서가 아니라 필요하기 때문에 일을 한다는 걸 알고 있었다. 중국인과 산다는 소문도 들었지만 아무리 경솔해도 엘리사에게 직접 물어볼 만큼 분별없지는 않았다.

“엘리사 소머스 부인과 나는 1840년에 칠레에서 알게 되었 단다. 그녀는 여덟 살이고 나는 열여섯 살이었지. 그렇지만 지 금은 같은 나이지 뭐.” 파울리나가 조카에게 설명했다.

종업원들의 시중을 받으면서 차를 한 모금씩 홀짝이는 순 간에도 끊임없이 이어지는 파울리나의 수다를 엘리사 소머스 는 재미있게 듣고 있었다. 세베로는 다른 테이블의 가스등 불 빛 아래에서 앨범에 우표를 붙이고 있는 깜찍한 소녀를 발견 하자 부인들의 존재를 잊어버렸다. 장유리로 비쳐 드는 보드랍 고 환한 빛이 소녀를 황금색으로 비추고 있었다. 그 아이는 엘 리사의 딸 린 소머스였는데, 열두 살인데도 보기 드문 미인이어서 이미 샌프란시스코의 여러 사진사들이 모델로 쓸 정도였다. 린의 얼굴은 그림엽서와 포스터에 등장했고, 리라를 켜는 천사들이며 숲속의 장난꾸러기 요정들이 나오는 딱딱한 마분지로 만든 달력 등의 삽화가 되었다. 세베로는 여자아이들을 성가시고 불가사의하게만 여기는 나이였는데도 그만 황홀감에 빠지고 말았다. 이유를 알 수 없이 가슴이 저리고 울고 싶은 기분이 든 세베로는 입을 다물지 못한 채 그녀 옆에 서서 물끄러미 쳐다보기만 했다. 엘리사 소머스가 초콜릿 차를 마시라고 부른 덕분에 세베로는 위기를 모면했다. 소녀는 세베로를 못 본 척 별로 신경도 안 쓰고 앨범을 덮더니 사뿐히 일어섰다. 그러고는 빤히 쳐다보는 남자아이의 무례한 시선에 몸을 내맡긴 채 한마디 말도 없이 고개도 들지 않고 자기 몫의 초콜릿 잔 앞에 가 앉았다. 자신이 다른 사람들보다 돋보이는 용모라는 걸 제대로 아는 듯 체념한 태도였다. 그녀는 기형적일 정도로 아름다운 자신의 외모도 시간이 지나면 사라질 거라는 은밀한 바람으로 견뎌 내고 있었다.

그로부터 몇 주 후 세베로는 광대한 캘리포니아와 가슴속에 깊이 뿌리내린 린 소머스의 영상을 기억한 채 아버지와 함께 칠레로 돌아가는 배에 몸을 실었다.

세베로 델 바예는 여러 해가 지나고 나서야 린을 다시 보게 되었다. 그는 1876년 말 파울리나 고모 댁에서 지내기 위해 캘리포니아로 돌아왔다. 그러나 1879년 겨울의 어느 수요일이 되어서야 비로소 린과의 관계가 시작되었는데 그때는 이미 두 사람에게 너무 늦은 시기였다. 샌프란시스코를 두 번째 방문했을 무렵의 세베로는 키는 완전히 다 자랐지만 아직도 앙상하고 창백하며 촌스러운 젊은이였고 마치 팔꿈치와 무릎이 남아돌기라도 한 사람처럼 불편하게 걸었다. 그러나 그로부터 삼 년 후 린 앞에 소리도 없이 나타나 우뚝 서게 되었을 때는 스페인 혈통에서 물려받은 기품 있는 외모와 안달루시아 투우사의 탄탄한 체격, 신학도의 고행자 분위기를 풍기는 어엿한 성인이 되어 있었다. 린을 처음 보았을 때와는 달리 너무나 많은 것이 변해 있었다. 세베로는 힘든 사춘기 시절과 아버지를 잃은 고통 속에서도, 쉬고 있는 나른한 고양이와 같던 말 없는 소녀의 이미지를 고이 간직하고 있었다. 존경해 마지않던 아버지가 일찍 돌아가시자 어머니는 아직 수염도 채 나지 않은 너무 명석하고 불경한 아들을 어찌해야 할지 몰라 산티아고의 가톨릭 학교로 보내 학업을 마치도록 했다. 그러나 그는 곧 '통 속의 썩은 사과 하나가 다른 사과를 모두 망친다'는 식의 무미건조한 편지 한 장과 함께 집으로 돌아왔다. 그러자 헌신적인 어머니는 영험이 있다는 동굴까지 무릎으로 기어가는 순례 여행을 했고 그 덕에 언제나 영험하신 성모님으로부터 해결책을 얻었다. 세베로를 군대에 보내면 담당 하사관이 알아서 교육하리라는 것이었다. 그리하여 세베로는 부대원들과 행군도 하고, 엄격한 군기와 얼빠진 군 생활을 견뎌 낸 뒤 평생 군부대 근처에는 얼씬도 않겠다는 결심을 하면서 예비역 장교로 제대했다. 거리에 발을 들여놓기 무섭게 세베로는 다시 옛날 친구들과 만나고 기분 내키는 대로 충동적인 짓을 하고 다녔다. 이번에는 아버지의 형제들이 간섭하고 나섰다. 아구스틴 할아버지 댁의 간소한 식당에서 발언권이 없는 세베로와 어머니를 제외한 채 가족회의가 열렸다. 삼십오 년 전 파울리나 델 바예가 머리를 자르고 다이아몬드 관을 쓴 채 자기가 직접 고른 남자인 펠리시아노 로드리게스 데 산타 크루스와 결혼하겠다고 가족들에게 도전했던 그 장소였다. 바로 그 방에서 당시 세베로에게 불리한 증거들이 할아버지 앞에 제시되고 있었다. 고해 성사도 영성체도 하지 않으려 한다느니 보헤미안처럼 하고 나다닌다느니 소지품 속에서 금서들이 발견되었다느니, 한마디로 프리메이슨 조직에 가입했거나 최악의 경우에는 자유주의자 그룹에 가담했을 거라는 혐의가 씌워졌다. 그 시절 칠레는 비타협적인 이데올로기가 투쟁을 겪고 있던 시기였다. 자유주의자들이 내각 내부에서 점점 더 많은 자리를 차지해 가자 델 바예 집안처럼 메시아적인 열정에 빠져 있는 극우파의 분노는 커지기만 했다. 그들은 가톨릭의 저주와 총을 무기로 삼아 극우 사상을 뿌리내리려 했고 프리메이슨과 반교회 세력을 억눌렀으며, 단칼에 자유주의자들을 끝장내려 들었다. 델 바예 집안사람들은 가문 안에 이단자가 있다는 사실을 그냥 넘길 수 없었다. 세베로를 미국으로 보내자는 것은 할아버지의 결정이었다. '소란을 피우고 다니려는 마음을 양키들이 싹 씻어 줄 테지.' 하는 생각에서였다. 그러고는 당사자의 뜻도 묻지 않고 캘리포니아행 배에 태워 버렸다. 세베로는 상중인 사람의 차림을 한 채 고인이 된 아버지의 금시계를 조끼 주머니에 넣었다. 짐이라고는 가시관을 쓴 커다란 그리스도상과 펠리시아노 고모부, 파울리나 고모에게 보내는 밀봉된 편지 한 통이 전부였다.

세베로는 순전히 의례적으로 항변을 했다. 그 여행은 바로 자신의 계획을 실행하는 것이었기 때문이다. 마음에 걸리는 게 딱 한 가지 있다면 사촌 니베아와 헤어지는 것이었다. 사촌 끼리 결혼하는 칠레 과두 계층의 오랜 관습에 따라 언젠가는 그 둘이 결혼할 거라고 모두들 생각하고 있었다. 그는 칠레에서 숨이 막혔다. 갈수록 독단과 편견에 얽매여 들던 중에 산티아고의 학교에서 다른 학생들과 접촉하면서 상상력이 활짝 펼쳐지고 애국심이 싹트기 시작하던 차였다. 그때까지는 세상에 자기가 속한 계층과 가난한 사람들이라는 단 두 개의 계층만 존재한다고 생각했다. 그 두 계층은 관리 계층이라는 불분명한 회색 지대와 할아버지가 '칠레인 패거리'라고 표현하는 사람들을 사이에 두고 나뉘어 있었다. 그런데 피부색이 하얗고 경제권을 쥔 자기네 계층 사람들은 매우 극소수이고 오히려 가난한 메스티소[6]가 칠레인의 대부분이라는 걸 군대에 가서야 깨닫게 되었다. 고등 교육을 받고 정치적 야망도 있으며 실제로 나라의 중추를 이루는 다수의 막강한 중산층이 있다는 것도 산티아고에서 알게 되었다. 전쟁과 궁핍을 피해 온 이민자, 과학자, 교육가, 철학자, 서적상 그리고 진보적 사상가들이 바로 그들이었다. 세베로는 새로 사귄 친구들의 열변을 들으면서 마치 첫사랑에 빠진 사람처럼 얼어붙었다. 칠레를 변화시

---

6) 라틴 아메리카의 스페인계 백인과 인디오의 혼혈 인종.

키고 완전히 뒤집어엎어 정화시키고 싶었다. 자기 집안을 제외한 보수주의자들은 ― 그의 눈에는 자기 집안은 악의가 아니라 실수로 보수주의자가 된 듯했다 ― 모두 사탄이라는 걸 깨달았다. 사탄이 실제로 존재한다면 말이다. 그는 독립하면 정치에 가담하리라 마음먹었다. 이를 위해서는 몇 년 더 시간이 필요하다는 걸 깨달았고 그래서 미국 여행이 새로운 사상의 흐름을 접하러 가는 길이라고 여겼다. 선망의 대상인 미국 민주주의를 관찰할 수 있을 테고 그러면 뭔가 한 수 배우겠지, 가톨릭의 검열을 개의치 않고 내키는 대로 책도 읽을 수 있겠지, 그리고 근대 정신의 진보성에 대해 알게 되겠지 하는 생각이었다. 세상 반대편에서는 군주제가 무너지고 새로운 국가들이 탄생하고 여러 대륙이 식민화되고 경이로운 문물들이 발명되는 동안 칠레 의회는 기껏 간통을 범한 사람들이 신성한 교회 묘지에 묻혀도 되나 마나를 놓고 논란을 벌이고 있었다. 인류 기원에 대한 지식에 대혁명을 가져온 다윈의 이론은 할아버지 앞에서 입도 뻥긋할 수 없었다. 대신 그들은 성인과 순교자들의 불가해한 기적들을 논하며 한나절을 허비하곤 했다. 세베로가 여행에 끌린 또 다른 이유는 니베아에 대한 애정 사이로 끊임없이 끼어드는 소녀 린 소머스에 대한 기억이었다. 비록 스스로는 마음 깊은 곳에서조차 인정하지 않았지만.

세베로 델 바예는 니베아와 결혼할 거라는 생각이 언제 어떻게 시작되었는지 알 수 없었다. 아마도 그들이 아니라 가족들이 결정한 일일 테지만 두 사람 중 누구도 그 운명을 거역하지는 않았다. 어렸을 때부터 서로 알고 사랑해 왔기 때문이다.

부유한 가문이었던 니베아의 집안은 아버지가 죽자 가난해졌
다. 전쟁이 한창이던 시절에 떠오른 부호 돈 호세 프란시스코
베르가라 아저씨가 조카들의 교육비를 지원했다. "몰락한 사
람들보다 더 비참한 가난이란 없어. 가지지 않은 것도 가진 척
해야 하거든." 니베아는 언젠가 특유의 명석함을 돋보이며 세
베로에게 말했다. 나이는 네 살 어렸지만 훨씬 조숙해서 유년
의 사랑을 주도한 쪽도 그녀였다. 니베아는 세베로를 로맨틱
한 관계로 이끌었고, 세베로가 미국으로 떠날 무렵 둘은 연인
의 감정을 나누고 공유했다. 그들이 살던 큰 저택들에는 사랑
을 나누기에 적당한 구석진 장소가 수도 없이 많았다. 어둠 속
에서 어린 강아지 같은 굼뜬 동작으로 육체의 비밀을 탐색해
갔다. 호기심으로 서로를 어루만지다가 차이점을 발견하기도
했다. 왜 남자아이는 이런 게 있고 여자아이는 저런 게 있는
지 알지도 못한 채 죄의식으로 조심스럽고 당황스러워하면서
도 입은 언제나 꼭 다물고 있었다. 말로 표현하지 않으면 일어
나지 않은 일이고 죄도 아니라고 여겼던 것이다. 그들은 사촌
끼리 그런 놀이를 하면 지옥에 떨어지지는 않더라도 고해 성
사에서조차 용서받지 못한다는 걸 알았고, 그래서 겁에 질린
채 조급하게 서로의 몸을 탐색하곤 했다. 사실 그들을 감시하
는 눈은 수천 개였다. 태어날 때부터 그들을 지켜본 나이 든
하녀들은 이 순수한 사랑을 감싸 주었지만 독신인 고모들은
까마귀처럼 밤눈을 뜨고 그들을 살폈다. 집안사람들의 일거수
일투족을 낱낱이 감시하는 게 일인 그 메마른 눈들과, 비밀은
비밀대로 퍼뜨리고 싸움은 싸움대로 붙이는 그 황혼의 혀들

을 피해 갈 수 있는 일은 없었다. 어떤 것도 그 집안의 벽을 빠져나가지 못했다. 모든 사람들의 첫 번째 의무는 가문의 이름과 명예를 지키는 것이었다. 니베아는 성장이 더뎌 열다섯 살에도 여전히 천진난만한 얼굴에 아이의 몸을 하고 있었다. 외모의 어느 구석에서도 강한 성격은 드러나지 않았다. 통통하고 작은 키에, 기억할 만한 것이라고는 커다랗고 검은 눈이 전부였고, 입을 열기 전에는 별로 볼품없어 보였다. 언니와 동생들이 신학서를 읽으며 천국을 간구하는 동안 니베아는 세베로가 테이블 밑으로 건네준 책이며 신문 기사와, 호세 프란시스코 베르가라 삼촌이 빌려준 고전들을 숨어서 읽었다. 당시의 분위기상 아무도 화제에 올리지 않을 때 그녀는 여성 참정권을 거론하기도 했다. 돈 아구스틴 델 바예 저택에서 있던 가족 점심 식사에서 그녀가 처음 그 화제를 꺼냈을 때 다들 놀라서 펄쩍 뛰었다. "이 나라에서는 언제쯤에나 여자와 가난한 자도 투표를 할 수 있을까요?" 애들은 어른 앞에서 입을 열면 안 된다는 것도 잊은 채 갑자기 그렇게 물었던 것이다. 노(老)가장 델 바예는 식탁을 컵이 튕겨 나갈 정도로 세게 주먹으로 내리치고는 당장 고해 성사를 하라고 명령했다. 니베아는 신부님이 정해 준 벌을 아무 말 없이 따랐지만 일기에는 평소와 다름없이 열정적인 어조로 가문에서 쫓겨나는 한이 있어도 여성의 기본권을 달성하는 날까지 멈추지 않겠노라고 썼다. 다행히도 니베아는 비범한 수녀인 마리아 에스카풀라리오를 선생님으로 두고 있었다. 수녀복을 입었어도 사자 같은 심장을 품은 그녀는 니베아의 총명함도 알고 있었다. 무엇이든 탐욕스럽게 흡수해 버리는 데다 자신도 결코 자문해 본 적 없는 질문들을 퍼부어 대고 그 나이에는 예측도 못 할 논리로 자신에게 도전하며 여학교의 무시무시한 교복을 입고서도 폭발할 듯한 생기와 건강미가 넘치는 이 소녀 앞에서 수녀님은 스승으로서 보상 심리를 느꼈다. 마리아 에스카풀라리오 수녀는 니베아에 대한 애정 때문에 여학생들을 신의 유순한 종으로 키우려는 특수한 목적으로 설립된 그 학교의 규칙을 어기게 되었다. 원장 수녀나 영성 교육 수녀가 들으면 놀라 펄쩍 뛸 만한 대화들을 니베아와 나누곤 했다.

"내가 네 나이였을 때는 두 가지 가능성밖에 없었다. 결혼을 하거나 수녀원에 들어가거나였지."

"왜 수녀가 되는 길을 택하셨어요?"

"더 자유로워질 수 있으니까. 그리스도는 인자한 남편이거든……."

"우리 여자들은 들볶이며 사는 거예요, 수녀님. 아이 낳고 늘 복종하며 사는 게 전부죠." 니베아는 한숨을 내쉬었다.

"그래서는 안 되지. 네가 세상을 바꿀 수 있단다." 수녀의 대답이었다.

"저 혼자서요?"

"혼자가 아니야. 너처럼 진지하게 고민하는 다른 아이들도 있잖니. 오늘날에는 의사가 된 여자들도 있다는 얘기를 신문에서 읽었다, 상상이 되니?"

"어느 나라 얘기예요?"

"영국이란다."

"먼 나라 이야기군요."

"그래, 하지만 영국 여자들에게 일어날 수 있는 일이라면 언젠가 이곳 칠레에서도 일어날 수 있어. 낙담하지 마라, 얘야."

"고해 신부님 말씀으로는 제가 생각만 너무 많고 기도는 않는대요, 수녀님."

그러자 수녀는 "하느님께서는 써먹으라고 두뇌를 주신 거다. 그렇지만 반란의 길 곳곳에는 위험과 고통이 도사리고 있으니 큰 용기가 필요하다는 걸 명심하렴. 좀 도와달라고 하느님께 비는 것도 소용없는 일은 아니란다."라고 충고해 주었다.

니베아의 결심은 대단히 확고해서 여성 참정권 투쟁에 온전히 헌신하기 위해 결혼도 하지 않겠다고 일기장에 적었다. 그런 희생까지는 불필요하다는 사실을 몰랐던 것이다. 나중에 자신의 정치 활동을 적극 지지해 주는 남자와 결혼하게 되었으니 말이다.

세베로는 칠레를 떠나게 되어 기쁜 마음을 친척들이 눈치챌까 봐 모욕당한 듯한 표정을 지으며 배에 올랐다. 만일 들키면 자신이 생각을 바꾸지 않으리라는 것도 들통나고 말 것이었다. 그는 이번 여행에서 가능한 한 커다란 수확을 얻으리라 마음먹었다. 니베아에게는 가족들의 검열을 피하기 위해 흥미로운 책들을 친구 편에 보내기로 하고 매주 한 통씩 편지를 쓰겠다는 약속도 했다. 그러고는 훔치듯 키스하며 작별을 나눴다. 니베아는 세베로가 가능한 한 오래 미국에 머물 계획인 줄은 꿈에도 모르고 일 년 동안 떨어져 있어야 한다는 사실을 체념으로 받아들였다. 세베로는 오래 머물 계획을 굳이 비쳐 안 그래도 아픈 이별을 더 힘들게 하고 싶지 않았고, 도착하면 바로 편지로 설명할 생각이었다. 어쨌든 둘 다 결혼하기에는 아직 너무 어렸으니까. 세베로는 올리브색 원피스와 사각 모자 차림의 니베아가 가족들에게 둘러싸인 채 발파라이소 부두에 서 있는 모습을 바라보았다. 그녀는 슬픔을 참고 미소 지으며 손을 흔들고 있었다. "울지도 않고 불평도 않는구나. 그래서 그녀가 사랑스러운 거야. 언제나 그녀를 사랑할거야." 세베로는 불안정한 감정과 세상의 유혹을 완강히 견뎌 낼 태세로 바람에 대고 소리쳤다. "성모님, 제발 아무 탈 없이 그를 저에게 돌려보내 주세요." 니베아는 여성 참정권이라는 사명을 다하기 위해 미혼으로 살겠다고 했던 맹세를 까마득히 잊고 사랑의 감정에 굴복해 입술을 깨물며 기도했다.

세베로는 발파라이소에서 파나마로 가는 동안 할아버지의 편지 내용이 너무 궁금한 나머지 봉투를 손으로 만지작거렸다. 그러나 신사라면 다른 사람의 편지에 절대로 눈독 들여서는 안 된다는 가르침이 몸에 깊이 배어 열어 볼 엄두는 내지 못했다. 마침내 호기심이 예법을 이겨낸 순간 이게 운명이라고 합리화하며 면도칼로 조심스럽게 봉인을 떼어 내고 찻주전자의 김을 봉투에 쐰 뒤 신중에 신중을 더해 편지를 열었다. 편지를 읽고 자신을 미국 군사 학교에 보내는 것이 할아버지의 계획임을 알게 되었다. 할아버지는 칠레가 이웃 나라와 전쟁 중이 아닌 게 유감천만이라고, 그랬으면 당연히 손자를 군대에 보내 버렸을 거라고 덧붙였다. 세베로는 편지를 바다에 던져 버리고 할아버지 말투를 흉내 내어 다시 편지를 썼다. 그러고는 원래의 봉투에 편지를 넣은 뒤 뜯긴 입구에 녹은 래커를 흘려 부었다. 샌프란시스코에 도착하니 파울리나 고모가 하인 두 명과 도도한 윌리엄스 집사를 거느리고 부두에서 기다리고 있었다. 고모는 터무니없이 큰 모자와 바람에 휘날리는 베일을 잔뜩 걸치고 나왔는데 아마 몸집이 넉넉하지 않았더라면 바람에 날려 버렸을 것이다. 고모는 손에 그리스도상을 든 채 잔교(棧橋)로 내려서는 조카를 보더니 깔깔깔 웃어 젖히며 소프라노 가수만큼이나 큰 가슴으로 그를 껴안았다. 세베로는 고모의 산만 한 가슴과 치자꽃 향에 질식할 지경이었다.

"우선 그 괴물부터 치워야겠구나." 고모는 그리스도상을 가리키며 말했다. "그리고 옷도 사야겠다. 여기서는 아무도 그런 꼴을 하고 다니지 않는단다."

"이 옷은 아빠 거예요." 세베로가 창피해하며 대답했다.

"짐작하고 있다. 꼭 묘지기 같구나." 그렇게 말하고는 곧 조카가 아비를 잃은 지 아직 얼마 되지 않았다는 사실을 떠올렸다. "미안하다, 얘야. 마음 상하라고 한 얘기가 아니다. 너희 아버지는 내가 가장 좋아하던 남동생이었어. 함께 이야기를 나눌 수 있는 유일한 남자 형제였지."

"잊지 말라고 아빠 옷을 제 몸에 맞게 몇 벌 수선해 주셨어요." 세베로는 갈라진 목소리로 말했다.

"시작이 나빴구나. 용서해 주겠니?"

"괜찮아요, 고모."

그 기회를 이용해 세베로는 할아버지의 가짜 편지를 건넸다. 파울리나는 편지를 건성으로 획 읽었다.

"원래 편지에는 뭐라고 쓰여 있었니?"

세베로는 귓불이 발개져서 부정하려 들었지만 고모는 거짓말을 꾸며 낼 틈도 주지 않았다.

"나도 그랬거든, 얘야. 어쨌든 할아버지가 뭐라고 쓰셨는지 알아야 답장을 할 게 아니냐."

"저를 군사 학교에 보내거나 어디서든 전쟁이 나면 보내라고요."

"한발 늦었구나, 전쟁은 이미 끝났는데. 그렇지만 인디언 학살전이 있긴 하지. 너는 관심 없겠지만 말이다. 인디언들도 방어를 못 하고 있는 건 아니야. 와이오밍에서 제7기병대 커스터 대령과 200명도 넘는 병사를 죽였지 뭐냐. 요즘 이곳은 모두가 그 얘기뿐이란다. '얼굴에 내리는 비'라는 이름의 인디언이, 이름도 참 시적(詩的)이지 않니, 커스터 대령의 형이 한 짓을 복수하겠다고 맹세를 했었는데 결국 와이오밍 전투에서 대령의 심장을 꺼내 먹어 치웠다는구나, 글쎄. 너 그래도 군인이 되고 싶니?" 파울리나 고모는 잇새로 웃음을 흘렸다.

"저는 군인이 되고 싶었던 적이 없어요. 순전히 할아버지 생각이에요."

"위조한 편지에 변호사가 되고 싶다고 쓴 걸 보니 몇 년 전 내가 한 충고가 헛되지 않았구나. 나도 맘에 든다, 얘야. 미국 법률이 칠레 법과 똑같지는 않지만 넌 변호사 될 거다. 켈리포니아에서 제일가는 변호사 사무실에서 배우도록 해 주마. 내 영향력이 도움이 될 거야." 파울리나는 안심시켰다.

"고모님께 진 빚 평생 잊지 않겠어요." 세베로가 감동해서 말했다.

"그래야지. 잊지 않도록 하렴. 인생은 길고 긴 것, 언제 내가 네 도움을 청할지 누가 알겠니."

"저를 믿으세요, 고모."

파울리나는 다음 날 세베로를 데리고 거액의 수임료를 받으며 이십오 년 이상 자신에게 봉사하고 있는 변호사의 사무실로 찾아갔다. 거두절미하고 내 조카가 변호사 일을 배울 수 있도록 다음 주 월요일부터 당신들과 함께 일했으면 한다고 알렸다. 그들은 안 된다고 할 수가 없었다. 고모는 세베로를 자기 집에 머물게 했다. 햇빛이 잘 드는 2층에 방을 정해 주고 좋은 말 한 필을 사 주고 용돈도 정해 주었다. 영어 선생을 붙여 주고 사교 모임에도 나가게 했다. 그녀의 지론에 따르면 사람을 잘 사귀어 놓는 게 가장 큰 재산이었기 때문이다.

"내가 바라는 건 충직과 유머, 두 가지란다."

"공부는 안 바라세요?"

"그건 네 문제다, 얘야. 네 인생으로 뭘 하든 나는 상관 안 해."

그러나 세베로는 몇 달 후 자신이 변호사 사무실 일에 얼마나 잘 적응하고 있는지, 친구 관계는 어떤지를 고모가 속속들이 파악하고 있다는 걸 알게 되었다. 지출 내역도 일일이 장부에 기재되었으며 자신이 다음에 하게 될 일도 고모가 먼저 알 정도였다. 속을 알 수 없는 윌리엄스 집사가 감시망을 만들어 놓은 것이 아니고서야 어떻게 그렇게 몽땅 알 수 있는지 불가사의했다. 윌리엄스는 군대처럼 하인들을 지휘하기 때문에 모두가 유령처럼 말없이 맡은 일을 수행했다. 하인들은 저택 뜰 안쪽의 별채에서 살았는데 호출받는 때가 아니면 주인들에게 말을 건네는 것도 금지되었다. 가정부를 거치지 않고는 집사와 말도 할 수 없었다. 세베로는 이 서열 체계를 이해하기 힘들었다. 칠레에서는 훨씬 간단했다. 주인이라면, 할아버지 같은 폭군조차도 하인을 엄하게 대하기보다는 가족 구성원으로 여기고 생계를 돌봐 주었다. 하녀를 내쫓는 걸 본 적도 없었다. 하녀들은 사춘기 때 들어와 죽을 때까지 그 집에서 일했다. 파울리나 고모의 놉 힐 저택은 그가 유년을 보낸, 수도원처럼 널찍한 집과는 너무 달랐다. 구운 벽돌로 지은 두터운 담벼락과 견고하게 닫힌 을씨년스러운 문들, 벌거벗은 벽면에 몇 안 되는 가구를 들여놓고 사는 그 고옥(古屋) 말이다. 파울리나 고모의 집에는 욕실의 단단한 은제 손잡이와 샤워 꼭지에서부터 자기로 만든 작은 인물 조각들, 래커 칠이 된 러시아 상자들, 중국식 상아 세공 등 유행하는 모든 예술품과 애장품에 이르기까지 물품들이 정말 다양해서 리스트를 만들 엄두를 내기 어려울 정도였다. 펠리시아노 로드리게스 데 산타 크루스는 방문객에게 강렬한 인상을 주기 위해 그런 물건들을 사들였다. 그러나 무게 단위로 책을 사고 소파 색깔에 맞춰 그림을 사들이는 다른 거물급 친구들같이 야만스러운 행동은 하지 않았다. 반면 파울리나는 그런 보물들이 가까이 있어도 별로 끌리지 않는 사람이었다. 평생 맞춤으로 주문한 가구라고는 침대 하나가 전부였고, 그것도 미적 감각이나 허영과는 아무런 상관 없는 이유에서였다. 그녀의 관심사는 오직 돈이었다. 그녀의 도전 정신은 민첩하게 돈을 벌고 집요하게 모아 현명하게 투자하는 데 있었다. 남편이 어떤 물건들을 사들이는지 집 안 어디에 놓아두는지에는 주의를 기울이지 않았다. 결국 그 커다란 집은 너무 화려해져 오히려 가족들이 집 안의 이방인이 된 느낌이었다. 그림들은 대체로 지나치게 크고 액자는 육중했으며 주제도 '페르시아 정복에 나선 알렉산더 대제'와 같이 대담한 것들이었다. 그러나 주제별로 정리가 잘된 소품도 수백여 점 있어서 사냥의 방, 항해의 방, 수채화의 방 하는 식으로 방마다 이름이 붙어 있었다. 커튼은 술 장식이 주렁주렁 달린 무거운 벨벳이었고, 방 안에는 베네치아산 거울이 끝없이 줄지어 서서 대리석 기둥과 세브르산 자기 항아리, 청동상, 꽃과 과일이 넘쳐 나는 유리 상자 등을 가득 비추고 있었다. 음악의 방 두 곳에는 정교한 이탈리아 악기들이 들어 있었다. 하지만 집안사람 누구도 악기를 다룰 줄 몰랐고 게다가 파울리나는 음악이라면 그저 머리가 아픈 사람이었다. 이 층짜리 서재도 있었고, 모퉁이마다 금으로 머리글자를 새긴 은제 타구(唾具)도 놓여 있었다. 그 국경 도시에서는 남이 보는 앞에서 침을 뱉는 게 극히 정상적인 행동이었다. 펠리시아노는 동쪽 끝의 방들을 쓰고 파울리나는 같은 층이긴 하지만 정반대쪽 방들을 쓰고 있었다. 그 가운데에는 아이들과 손님들 방이 넓은 복도를 따라 죽 늘어서 있었다. 그러나 세베로의 방과 아직 부모와 함께 사는 큰아들 마티아스의 방을 제외하곤 모두 비어 있었다. 칠레 사람들은 약간의 불편과 한기가 건강에 좋다고 믿었고 세베로도 그런 것에 익숙했다. 그래서 포근하기

만 한 깃털 베개와 깃털 요, 늘 여름같이 후덥지근한 난로, 꼭
지만 틀면 쏟아져 내리는 신기하기 짝이 없는 온수 등에 적응
하는 데 몇 주씩이나 걸렸다. 할아버지 집에서는 화장실이 정
원 저 뒤쪽에 있는 데다 냄새도 고약한 뒷간이었고 겨울 아침
이면 세숫물이 서릿발로 뒤덮여 버리곤 했기 때문이다.

젊은 조카와, 누구와도 비교할 수 없는 그의 고모는 종종
신화 속 인물들이 새겨진 침대에서 시에스타[7] 시간을 보내곤
했다. 고모는 이불을 덮은 채 한쪽에는 장부를 다른 한쪽에
는 케이크를 두고 있었고, 세베로는 침대 발치에서 요정과 돌
고래들에 둘러싸여 집안이며 사업에 대한 의견을 말하곤 했
다. 파울리나의 침실에 들어갈 수 있는 사람은 많지 않았다.
하지만 세베로에게만은 그런 친밀감을 허용해서 잠옷 차림으
로 있으면서도 한없이 편하게 생각했다. 세베로는 그녀가 자식
들한테서 느끼지 못하는 만족감을 안겨 주었다. 둘째와 셋째
는 집안 사업의 수뇌부에서 상징적인 지위를 누리며 각기 런
던과 보스턴에서 상속자가 될 준비를 하고 있었다. 그러나 로
드리게스 데 산타 크루스 가문과 델 바예 가문의 우두머리가
될 예정인 장남 마티아스는 용감무쌍한 부모의 발자취를 따
르지도, 부모의 사업에 흥미를 보이지도 않았다. 하다못해 사
내아이들을 세상에 내질러 혈통을 퍼뜨리는 일조차 하지 않
고 쾌락주의와 독신주의를 예술의 경지로 끌어올리고 있었다.

___

7) 라틴 아메리카 문화권의 나라에서 즐기는 '오후 낮잠'을 일컫는다.

"잘 차려입은 바보나 다름없다니까."라고 파울리나는 언젠가 세베로에게 말했다. 그러나 그녀는 아들과 조카의 사이가 좋다는 걸 알게 되자 막 싹튼 두 사람의 우정이 잘 굴러가도록 애썼다. "우리 어머니는 실도 없이 바느질을 하려 드는 사람이 아니야. 네가 나를 방탕한 생활에서 구해 내리라 계산하고 있는 게 틀림없어."라며 마티아스는 비웃었다. 세베로는 사촌을 변화시키라는 숙제를 한달음에 해치우려 하지 않았을 뿐만 아니라 오히려 자신이 사촌을 닮아 갔으면 싶었다. 사촌에 비하면 자신은 뻣뻣하고 음침하다고 느꼈다. 그는 마티아스의 모든 것이 놀라웠다. 흠잡을 데 없는 옷차림, 얼음장 같은 반어법, 주저 없이 돈을 써 버리는 그 경쾌함.

"내가 하는 일을 너도 알았으면 좋겠구나. 이 사회는 여자들에 대한 존중이라곤 찾아볼 수 없는 물질적이고 속된 곳이야. 단지 재력과 연줄만 중요하지. 그래서 나는 네가 필요하단다. 넌 내 눈과 귀가 되어 줄 테니까." 파울리나는 조카가 도착한 지 석 달이 되어 갈 즈음 이렇게 말했다.

"저는 사업에 대해 전혀 모르는데요."

"내가 알잖니. 생각은 내가 하는 거니까 넌 신경 쓸 거 없다. 너는 말없이 잘 주시하고 귀 기울여 들은 뒤 나한테 얘기만 하면 돼. 그다음엔 꼬치꼬치 캐물을 거 없이 내가 하라는 대로만 하는 거야. 알아듣겠니?"

"함정을 파라고 시키지는 마세요, 고모." 세베로는 위엄 있게 대답했다.

"사람들이 날 험담하는 걸 들은 게로구나. 애야, 법이란 강자들이 자기들보다 수적으로 훨씬 많은 약자를 누르기 위해 만들어 낸 거란다. 내가 법을 존중해야 할 의무는 없어. 말썽 없이 내 마음대로 하기 위해서 전폭적으로 신뢰할 만한 변호사가 필요한 거야."

"명예로운 방식이었으면 좋겠어요……"라고 세베로는 경고했다.

"어머나, 얘야! 그래 가지고는 아무것도 할 수 없지. 호들갑만 떨지 않는다면 네 명예에는 아무 탈 없을 게다."

그리하여 두 사람 사이에는 혈통만큼이나 강한 계약이 성사되었다. 칠레에서 쫓겨 온 이유로 볼 때 건달이리라 생각하고 세베로에게 별 기대를 하지 않았던 파울리나는 그렇게 영리하면서도 기품 있는 품성을 갖추고 자란 조카가 신통하기만 했다. 몇 년 지나지 않아 세베로는 집안 어느 누구와도 비교할 수 없을 만큼 유창하게 영어를 구사하게 되었고 고모의 사업도 자기 손금 보듯 속속들이 알게 되었다. 그사이 미국을 두 번이나 기차로 횡단했고 ― 그중 한 번은 멕시코 폭도들의 공격 때문에 더 흥미진진했다 ― 마침내 변호사로 일할 시기가 찾아왔다.

사촌 니베아와는 여전히 일주일에 한 번씩 편지를 교환했는데 그녀는 시간이 흐를수록 낭만적이기보다는 지적인 여자가 되어 갔다. 니베아는 가족 얘기와 칠레 정치 얘기를 전했고, 세베로는 책을 사 보내거나 유럽과 미국의 여성 참정권론자들의 발전에 대한 기사를 모아서 보냈다. 두 사람은 여성 투표권을 위한 법안이 미국 의회에 제출되었다는 소식에 서로 멀리 있어도 함께 축하했다. 비록 비슷한 일이 칠레에서 일어나리라 상상하는 것은 미친 짓이라는 데 서로 동의했지만. 니베아는 편지에 "이렇게 많이 읽고 공부하는데 여자라고 사회 활동 공간이 주어지지 않으면 어떡하지, 세베로? 엄마는 내가 남자들을 도망가게 만드는 여자라서 결혼도 못 할 거라고, 남편을 갖고 싶거든 좀 더 예쁘게 꾸미고 입 다물고 살라고 그러셔. 우리 집은 오빠나 남동생에게서 지적인 기미가 조금이라도 보이면 두 팔 벌리고 환영하면서 내가 그러면 잘난 척한다고 나무라. 내 남자 형제들이 얼마나 멍청한지 너도 알지? 나를 상대해 주는 남자는 호세 프란시스코 아저씨뿐이야. 아저씨도 나랑은 좋아하는 과학이나 천문학, 정치 등을 이야기할 수 있거든. 내 의견은 하나도 중요하지 않지만 말이야. 너처럼 세상을 무대로 사는 남자들이 얼마나 부러운지 넌 상상도 못 할 거야."라고 적어 보냈다. 니베아의 편지에서 사랑의 말은 고작 두어 줄, 세베로의 편지에서도 두어 마디가 다였다. 마치 구석에 틀어박혀 짙은 애무를 서두르던 지난 일은 잊어 두기로 암묵적으로 동의라도 한 것 같았다. 니베아는 자기가 여자로서 어떻게 변해 가는지 보라며 일 년에 두 번씩 사진을 보냈다. 그러나 세베로는 사진을 보낸다고 약속만 했지 늘 잊어버렸다. 그해 크리스마스에 칠레에 돌아가지 않는다는 얘기를 하려다 잊어버렸던 것처럼 말이다. 결혼하고 싶어 안달이 난 여자였다면 미꾸라지처럼 빠져나가지 않는 남자를 찾으려 촉각을 곤두세웠을 테지만, 니베아는 세베로가 자기 신랑이 될 거라는 점을 한 치도 의심하지 않았다. 너무나 철석같이 믿어서 몇 년이 지나도록 떨어져 있는데도 걱정조차 하지 않았다. 한편 세베로는 니베아와의 추억을 지고지순함의 상징으로 가슴에 담고 있었다.

마티아스는 외모를 보면 '옷만 잘 입은 바보'일 따름이라는 파울리나의 말이 들어맞았지만 사실은 바보스러운 데가 한 군데도 없는 인물이었다. 유럽의 유명 박물관을 모두 섭렵하여 예술에도 일가견이 있었고 고전 시인이라면 누구의 시든 한 편쯤 읊을 수 있었으며 집 안의 서재를 이용하는 유일한 사람이기도 했다. 그는 보헤미안풍과 댄디풍이 혼합된 독특한 스타일을 개발했다. 보헤미안으로부터는 밤을 즐기는 생활 습관을, 댄디로부터는 옷차림의 세세한 부분까지 신경 쓰는 기벽을 배웠다. 사람들은 그가 샌프란시스코에서 가장 훌륭한 배필감이라 여겼지만 정작 자신은 독신주의자라고 단호하게 말했다. 자신의 열렬한 추종자들 중 가장 매력적인 여자와 데이트하는 것보다 최악의 경쟁자와 실없는 얘기를 나누는 것을 더 즐겼다. 그는 여자들과 자신의 유일한 공통점이라면 그 자체로 부조리하기 짝이 없는 목적인 생식 능력이 있다는 점이라고 말했다. 욕망을 위해서라면 가까이 있는 많은 팬들보다는 직업여성이 더 나았다. 그는 바에서 브랜디를 한잔 걸치고 마무리를 사창가에서 하지 않는다면 남자들의 파티가 아니라고 생각하는 사람이었다. 그도 그럴 것이 그 나라에는 매춘부가 25만 명도 넘었고 그 대부분이 샌프란시스코에서 벌어먹고 살았다. 차이나타운의 비참한 '싱송 걸스'부터 남북 전쟁으로 인해 매춘에 뛰어들게 된 남부의 세련된 여자들까지 모두 말이다.

마티아스는 여자들의 연약함은 허용할 줄 모르면서 보헤미안 친구들의 추잡스러움은 용케도 잘 견뎠다. 그것은 이집트에서 직접 주문해 들여오는 가느다란 검은 담배에 대한 취향과, 책이든 현실이든 범죄 사건이라면 사족을 못 쓰는 취미와 함께 그가 지닌 독특한 기행이었다. 그는 놉 힐에 있는 부모님 저택에 살면서 호화로운 가운데 방을 썼다. 꼭대기 층에는 '가르소니에르'라고 이름 붙인 널찍한 다락방이 있었는데 그곳에서 그림을 그리기도 하고 종종 파티를 열기도 했다. 그는 보헤미안 세계 안에 섞여 살았다. 그 세계를 구성하는 이들은 금욕적일 정도로 궁핍에 찌들어 사는 호인들, 시인과 기자, 사진작가, 작가 지망생, 예술가 지망생, 그리고 반쯤 병자가 되어 기침과 수다로 시간을 보내고 외상으로 먹고살며 손목시계 같은 건 차지 않는 — 시간이란 자신들을 위해 만들어진 게 아니기 때문에 — 행려 부류였다. 그들은 칠레 귀족층의 의복이나 예법을 조롱하기 일쑤였지만 돈 몇 푼이나 위스키 한 잔 또는 안개 낀 밤을 지낼 다락방 한 귀퉁이라도 의지할 수 있는 사람이라고는 그 귀족들뿐이었기 때문에 입을 다물고 있었다.

"마티아스가 호모처럼 하고 다닌다는 걸 알고 있었어요?" 파울리나는 남편에게 물었다.

"어떻게 자기 자식을 두고 그따위 야만적인 말을 하는 거요! 우리 가문이나 당신 가문 어디에도 그런 일은 없었소!" 펠리시아노는 대답했다.

"목도리 색깔을 벽지 색깔에 맞춰 걸치는 놈이 어디 정상이에요?" 파울리나는 화가 나 씩씩거렸다.

"좋소, 제길! 당신이 엄마니까 여자 친구를 구하는 건 당신 일이오! 벌써 서른인데 아직도 미혼이라니. 알코올 중독이나 폐병쟁이가 되기 전에 하루라도 빨리 여자를 구해 주는 게 좋겠소." 펠리시아노는 이렇게 경고했지만 그런 미봉책으로는 이미 한발 늦었다는 것을 알지 못했다.

샌프란시스코 여름철 특유의 매서운 바람이 불던 어느 날 밤 연미복 차림의 윌리엄스가 세베로의 방문을 두들겨 댔다.

"번거롭게 해 드려서 죄송합니다, 도련님." 집사는 장갑 낀 손에 삼각 촛대를 들고 들어서며 낮게 깔린 신중한 목소리로 말했다.

"무슨 일입니까?" 세베로는 놀라서 물었다. 이 집 안에서 누군가 자신의 잠을 방해한 건 처음 있는 일이었기 때문이다.

"불미스러운 일이 생긴 것 같습니다. 마티아스 도련님 얘긴데요." 윌리엄스는 영국식으로 무심한 척하며 대답했다. 그런 태도는 캘리포니아에서는 접하기 힘든 것이었고, 존경보다는 빈정거림이 묻어나곤 했다.

윌리엄스는 마티아스가 자주 찾아가던 어맨다 로웰이라는 평판이 심상치 않은 귀부인이 이 늦은 시간에 전갈을 보내왔다고 했다. 윌리엄스는 어맨다 로웰을 '다른 세계'의 부인이라고 표현했다.

"두 분께 말씀드려야겠어요. 마티아스 형이 사고를 당한 게 틀림없어요." 세베로는 겁이 났다.

"신중해야 합니다. 차이나타운 한복판이거든요. 두 분이 모르시는 게 더 나을 듯합니다." 집사가 자기 생각을 말했다.

"무슨 소리예요! 당신은 파울리나 고모님과 비밀이 하나도 없잖아요."

"걱정을 끼쳐 드리고 싶지 않아서 그렇습니다."

"그럼 어떻게 하자는 건가요?"

"무리한 부탁이 아니라면 옷을 입고 총을 준비해서 저와 함께 가셨으면 합니다."

윌리엄스는 젊은 하인 하나를 깨워 마차에 태웠다. 아무도 모르게 일을 처리하고 싶어서 손수 고삐를 잡고 망설임 없이 중국인 동네로 난 어둡고 넓은 거리로 향했다. 바람이 불어 가로등이 자꾸 꺼졌다 켜졌다 했기 때문에 말이 내달리는 대로 맡겨 둘 수밖에 없었다. 세베로는 이 사람은 이 좁은 뒷골목이 초행이 아니구나 하는 느낌이 들었다. 이윽고 마차에서 내려 현관에 들어서니 어두침침한 뜰이 나왔는데 구운 호두 같은 기묘하면서도 달콤한 향이 진동했다. 사람은 보이지 않고 바람 소리만 들려왔는데 불빛이라곤 거리로 난 창틈으로 새어 나오는 게 전부였다. 윌리엄스는 성냥을 켜 들고 종이에 적힌 방향을 다시 한번 확인하더니 정원으로 난 문 하나를 노크도 하지 않고 밀어제쳤다. 세베로는 손에 총을 들고 따라 들어섰다. 환기는 안 되지만 청결하고 잘 정리된 자그마한 방이었다. 강한 아편 향 때문에 숨이 막힐 지경이었다. 탁자를 가운데 두고 그 주위에 벽을 따라 일렬로 나무 침상이 늘어서 있었다. 침상은 선실 침대처럼 아래위로 이 층이었는데 삼베 그물로 덮여 있었고, 베개 모양으로 한가운데를 움푹 파낸 나무토막이 하나씩 놓여 있었다. 침대는 거의 중국인들이 차지하고 있었는데 어떤 곳은 두 사람이 함께 모로 누워 있기도 했다. 그들 앞에는 검은 종이 상자와 불 켜진 램프가 담긴 작은 쟁반이 있었다. 밤은 매우 깊고 약 기운이 치솟아 올라 사람들은 혼수상태로 꿈속을 헤매고 있었다. 그나마 금속 막대로 아편을 떠 램프에 데우고 조그마한 파이프 구멍에 채워 대나무 튜브로 빨아들일 기력이라도 남아 있는 사람은 겨우 두셋뿐이었다.

"이런, 맙소사!" 말로만 들었지 그런 것을 한 번도 가까이서 본 적이 없는 세베로는 중얼거렸다.

"그래도 술보다는 낫지요."라고 윌리엄스가 대답했다. "폭력을 부르는 것도 아니고 당사자만 상할 뿐이지 다른 사람들한테는 해가 없으니까요. 술집치고 이보다 조용하고 청결한 데를 보셨습니까?"

그때 도포와 넓은 면바지를 입은 나이 든 중국인이 다리를 절며 나왔다. 얼굴에 깊게 팬 주름 사이로 불그레해진 눈이 보일락 말락 했고 회색빛의 시든 콧수염을 달고 있었다. 등 뒤로 땋아 내린 가느다란 머리채도 시들고 회색빛이긴 마찬가지였다. 엄지와 검지를 빼고는 손가락이 전부 너무 길어 고대 연체동물의 꼬리처럼 둥글게 말릴 정도인 데다 입은 마치 검은 구멍 같고 몇 개 남지도 않은 치아는 담배와 아편에 절어 있었다. 그 쭈그렁 절름발이 노인네는 막 들어선 그들에게 중국어로 말을 걸었고 세베로는 영국인 집사가 중국어로 몇 마디 대답하는 걸 보고 깜짝 놀랐다. 한없이 길게만 느껴지는 몇 분 동안 두 사람은 꼼짝도 하지 않았다. 중국인은 탐색하듯이 윌리엄스의 눈을 바라보더니 마침내 손을 내밀었다. 윌리엄스가 그 손에다 제법 되어 보이는 돈을 얹어 주자 노인은 돈을 도포 속 가슴께에 집어넣고 초를 한 자루 집어 들더니 따라오라는 시늉을 했다.

첫 번째 방과 다를 바 없는 두 번째, 세 번째, 네 번째 방을 지나서 굽은 복도를 따라 걸어갔다. 자그마한 계단을 따라 내려가니 다시 복도가 나왔다. 노인은 기다리라는 손짓을 하고 잠시 사라졌는데 그 기다림은 영원할 것만 같았다. 세베로는 조심스럽게 방아쇠를 건 총의 공이치기에 손가락을 대고 입도 뻥긋하지 못한 채 식은땀을 흘리며 기다렸다. 마침내 노인이 돌아와 그 미로 속으로 안내하는 길을 따라가자 닫혀 있는 어느 문 앞에 이르렀다. 그런데 노인은 지도를 해독하기라도 하듯 우스꽝스러운 얼굴로 빤히 쳐다만 보는 것이었다. 윌리엄스가 몇 푼 더 건네주자 비로소 문을 열었다. 다른 방들보다 더 작고 어두운 데다 연기도 더 꽉 차서 숨통이 막힐 듯한 방이었다. 바깥 길보다 지대가 낮고 창문도 없는 탓이었다. 그 외에는 앞의 방들과 다를 게 없었다. 나무 침상에는 미국인 다섯 명이 있었는데 모두 백인이었다. 넷은 남자고 하나는 여자였다. 여자는 나이가 들어 보였지만 붉은 머리칼을 화사한 망토처럼 늘어뜨린, 아직은 눈부신 여자였다. 고급스러운 옷차림으로 보아 그들은 돈깨나 있는 집안 출신 같았다. 모두들 멍하니 혼수상태에 빠져 있었다. 그런데 눈을 치켜뜬 채 숨도 제대로 쉬지 못하며 드러누워 있는 남자가 보였다. 셔츠는 찢어지고 팔에는 십자를 그은, 분필같이 허연 피부의 그 남자는 바로 마티아스 로드리게스 데 산타 크루스였다.

"어서요, 도련님, 좀 도와주세요." 윌리엄스가 세베로에게 말했다.

두 사람은 용을 쓰고서야 겨우 마티아스를 일으켜 세워 각자 목에 한 팔씩 걸고 그를 옮겼다. 십자가를 진 그리스도처럼 머리를 늘어뜨린 그는 몸이 축 처져 발로 땅바닥을 다지듯 질질 끌렸다. 좁디좁은 여러 개의 복도를 돌아 나오는 길은 멀고도 멀었다. 숨 막히는 방을 하나씩 지나 마침내 바깥공기가 느껴지는 곳에 이르자 그들은 깊이 숨을 들이쉬었다. 마티아스를 재주껏 마차에 똑바로 앉히고 나서 윌리엄스는 '가르소니에르'로 내달렸다. 세베로는 고모의 집사가 클럽의 존재를 모를 거라고 짐작했었다. 그래서 윌리엄스가 열쇠를 꺼내 건물 정문을 열고 다시 다락방의 열쇠를 꺼냈을 때 놀라움은 극에 달했다.

"사촌 형을 구해 온 게 이번이 처음이 아니군요, 윌리엄스?"

"마지막일 리도 없지요."

그들은 마티아스를 일본식 병풍 뒤쪽의 구석에 있는 침대에 눕혔다. 세베로는 젖은 수건으로 마티아스의 몸을 물로 축이며 저 높은 천국에서 빨리 되돌아오게 하려고 애를 썼다. 그러는 동안 윌리엄스는 가족 주치의를 데리러 나갔는데 주인님들께 절대로 알리지 않는 게 좋겠다고 주의를 주는 것도 잊지 않았다.

"형이 죽을 수도 있다고요!" 세베로는 아직도 벌벌 떨면서 소리쳤다.

"그 경우에는 말씀드려야지요." 윌리엄스는 공손하게 대답했다.

마티아스는 뼛속까지 중독되어 꼬박 닷새 동안 고통스러운 경련을 일으키며 몸부림쳤다. 윌리엄스는 간호사를 다락방으로 데려와 그를 돌보게 했고 마티아스가 집 안에 없다고 소란이 일어나지 않도록 요령껏 사태를 처리했다. 세베로와 윌리엄스 사이에는 그 사건으로 인해 묘한 유대가 생겼다. 그것은 말이나 몸짓으로는 표현되지 않는 무언의 공범 관계였다. 윌리엄스가 좀 덜 난해한 사람이었더라면 세베로는 친구가 되거나 아니면 적어도 호감을 나누는 사이가 되려고 했을 것이다. 그러나 그 영국인 주위에는 뚫고 들어가기 힘든 높은 벽이 있었다. 세베로는 그를 관찰하기 시작했다. 그는 하인들을 자신의 통제하에 두었고 하인들에게도 주인을 대하듯 차갑지만 책잡힐 게 하나 없는 정중함으로 대했다. 그래서 하인들은 그를 두려워했다. 반짝반짝 윤이 나는 은세공 식기 세트에서부터 그 넓은 집에 사는 식구들 한 사람 한 사람의 비밀에 이르기까지, 윌리엄스의 감시망을 벗어날 수 있는 건 하나도 없었다. 그의 나이나 출신을 짐작하기란 불가능했다. 늘 사십 대에 머물러 있는 듯했고 영국식 억양을 빼면 지난 시절의 흔적은 전혀 남아 있지 않았다. 하루에도 서른 번씩 흰 장갑을 갈아 꼈고 검은 양모 소재의 옷은 늘 막 다린 듯 빛났다. 최고급 네덜란드 리넨 소재의 흰 셔츠는 마분지처럼 풀기가 빳빳했고 구두는 거울처럼 반짝였다. 그는 원기 회복을 위해 민트 알약을 빨았고 화장수도 사용했다. 그런 걸 사용할 때도 얼마나 빈틈이 없었던지 세베로가 그의 민트 향과 라벤더 향을 맡은 것은 아편굴에서 의식을 잃은 마티아스를 들어 올리느라 서로 스쳤을 때뿐이었다. 집사가 재킷 속에 나무처럼 단단한 근육을 갖고 있고, 목에 팽팽한 힘줄이 돋아 있으며, 강한 힘과 유연성을 동시에 지녔다는 것을 알아챈 것도 바로 그날이었다. 그런 몸은 몰락한 영국 귀족 같은 평소의 몸가짐과는 전혀 어울리지 않았다.

세베로와 마티아스는 귀족적인 생김새나 운동과 문학에 대한 취향에서만 공통점이 있었을 뿐 다른 점에서는 전혀 한집안 사람 같지가 않았다. 세베로는 대단히 기품 있고 대담하고 순진한 반면 마티아스는 냉소적이고 오만불손한 탕아였으니 말이다. 그렇게 기질도 정반대고 나이도 다르지만 그들은 친구가 되었다. 검술을 하기에는 우아함과 날렵함이 부족한 세베로에게 마티아스는 정성을 다해 검술을 가르쳤다. 또 샌프란시스코에 널린 쾌락들을 접해 볼 수 있도록 도왔다. 그러나 세베로는 서서 잠이 들어 버리곤 했기 때문에 같이 놀러 다니기에는 별로 좋은 친구가 아니었다. 세베로는 낮에는 변호사 사무실에서 열네 시간을 일하고 여가 시간에는 책을 읽고 공부를 했다. 두 사람은 저택 수영장에서 옷을 몽땅 벗은 채 수영을 하기도 하고 맞붙어 그레코로만형 레슬링을 벌이기도 했다. 서로 번갈아 상대방 주위를 돌며 춤을 추다가 땅을 구른 뒤 상대방을 향해 펄쩍펄쩍 구르듯이 달려가 상대를 공격해서 땅바닥에 메다꽂는 몸싸움이었다. 그러고 나면 결국 둘 다 땀으로 범벅이 되고 흥분으로 숨이 가빠 헐떡이곤 했다. 그들은 책에 대해 이야기하고 특히 고전들에 대해 의견을 나누었다. 마티아스는 시를 무척 좋아해서 둘만 있을 때는 종종 시를 음송했는데 시구의 아름다움에 감동해 눈물을 줄줄 흘리기도 했다. 그럴 때도 세베로는 뜨악한 기분이었다. 그런 종류의 강렬하고 내밀한 감성은 남자에게는 금지된 것이라 여겼기 때문이다. 세베로는 과학의 발전과 탐험 여행에 관심이 많아서 마티아스에게 얘기를 건네 보았지만 그의 흥미를 끌지는 못했다. 마티아스의 철갑 같은 무관심을 녹일 수 있는 뉴스는 그 지역에서 일어나는 범죄들뿐이었다. 마티아스는 늙고 신중하지 못한 기자 제이콥 프리몬트와 위스키 밀매를 위한 모종의 관계를 유지하고 있었다. 프리몬트는 언제나 돈이 부족해서 범죄에 병적으로 끌렸기 때문에 서로 공통점이 있었던 것이다. 프리몬트는 여전히 신문에 범죄 르포를 싣고 있었지만 황금 열풍 시절 가상의 멕시코인 악당 호아킨 무리에타의 이야기를 꾸며 냈던 때의 명성은 이미 여러 해 전에 사라지고 없었다. 그는 히스패닉계에 대한 백인의 증오를 끓어오르게 한 무리에타라는 신화적인 인물을 지어낸 적이 있었다. 당국은 격앙된 분위기를 누그러뜨리기 위해 해리 러브라는 장군에게 포상 조건을 제시하여 무리에타를 잡아들이도록 했고, 그는 석 달 동안 무리에타를 찾아 캘리포니아를 돌아다니다가 신속한 해결책을 선택했다. 덤불 속에 있던 멕시코인 일곱을 죽여 머리와 손을 하나씩 들고 돌아왔던 것이다. 어느 누구도 그 전리품의 신원을 확인할 수 없었지만 러브 장군의 공적으로 백인들은 잠잠해졌다. 호아킨 무리에타가 언론의 창조물이요 구체적으로는 제이콥 프리몬트가 지어낸 인물이라는 사실에 이미 많은 사람들이 동의하고 있지만, 그 으스스한 전리품은 여전히 박물관에 전시되어 있다. 엉터리 기사로 말썽을 빚은 그 일화와 또 다른 일화들로 인해 프리몬트 기자는 사기꾼이라는 오명이 붙어 출입하지 못하는 곳이 많았다. 마티아스는 범죄 기사를 다루는 프리몬트와 묘한 관계를 가진 덕분에 살인 사건이 일어나면 시체 보관소로 옮기기도 전에 현장에서 시신을 볼 수 있었고 부검 장면도 직접 볼 수 있었다. 그 광경들은 전율과 동시에 혐오감을 일으켰다. 그리고 범죄라는 하층민 세계에 대한 모험을 끝낸 후면 늘 공포에 취해 곧장 터키식 사우나로 달려가 살갗에 묻어 있는 죽음의 냄새를 몇 시간이고 땀으로 씻어 냈다. 그러고는 '가르소니에르'에 틀어박혀 칼로 처참하게 난도질당한 인물들을 그리곤 했다.

"이게 전부 무슨 뜻이에요?" 처음 그 단테풍 그림들을 보았을 때 세베로가 물었다.

"죽는다는 거, 황홀하지 않니? 살인은 굉장한 모험이고 자살은 실용적인 해결책이란 말씀이야. 나는 이 두 가지 생각과 게임을 벌이는 거야. 죽어 마땅한 사람들이 있어, 안 그래? 내 생각을 얘기하자면 말이지. 세베로, 나는 그냥 늙어서 죽을 생각은 없어. 옷을 고를 때와 마찬가지로 주의 깊게 내 생을 끝내고 싶어. 그래서 연습 삼아 범죄 사건들을 공부하는 거야."

"형은 미쳤어요. 게다가 그럴 재주도 없으면서."라고 세베로는 단정했다.

"예술가가 되는 데는 재능이 아니라 대범함이 필요한 거야. 인상파에 대해 들어 본 적 있어?"

"아니요. 하지만 그 불쌍한 악마들이 그리는 그림이 이런 식이라면 별로 대단한 사람들은 아니겠네요. 좀 유쾌한 주제를 찾을 수 없어요? 어여쁜 여자라든지 뭐 그런 거 말입니다."

마티아스는 웃음을 터뜨리고는 수요일에 진짜로 예쁜 여자가 '가르소니에르'에 온다고 말했다. 다들 이구동성으로 샌프란시스코 최고의 미인이라고 말하는 여자라고 덧붙였다. 마티아스의 친구들은 자신들의 조각이나 그림, 카메라에 그녀를 모델로 담고 싶어 안달이 나 있었다. 덤으로 그녀와 사랑이라도 나눠 볼 수 있을까 하는 기대도 따랐다. 누가 일 순위가 되는지 보자고 내기까지 했지만 아직 아무도 손 한번 잡아 보지 못했다.

"그녀에겐 증오할 만한 흠이 하나 있는데, 바로 순결하다는 거야. 캘리포니아에 남은 유일한 처녀거든. 그것도 쉽게 치료되긴 할 테지만 말이야. 보고 싶지 않니?"

그렇게 해서 세베로 델 바예는 린 소머스를 다시 만나게 되었다. 그때까지는 관광객을 위한 기념품 가게에 들러 그녀 사진이 담긴 엽서들을 사서 부끄러운 보물이라도 되는 양 법전 속에 숨겨 놓는 게 고작이었다. 멀찍이서라도 그녀를 보려고 통일 광장에 있는 그 찻집 주변을 몇 번이나 어슬렁거리다가, 결국 파울리나 고모가 먹을 둘세를 가지러 매일 찻집에 들르는 마부에게 물어 사전에 빈틈없는 조사를 끝냈다. 그러나 엘리사 소머스 앞에 나가 떳떳이 "따님을 보러 왔습니다." 하고 청할 엄두는 한 번도 내지 못했다. 어쨌든 뭔가 직접적인 행동을 하는 건 평생의 다정한 연인인 사촌 니베아에 대한 씻을 수 없는 배신이라고 생각했기 때문이다. 그러나 우연히 린과 부딪히게 된다면 문제가 다르다고 생각했다. 그런 일이 생긴다면 운명의 장난이니 어느 누구도 비난하지 못한다고 말이다. 사촌 마티아스의 스튜디오에서 그렇게 묘한 상황으로 그녀를 만나게 되리라고는 꿈에도 생각하지 못한 채였다.

린(Lynn) 소머스는 인종 간 결합이 낳은 행운아였다. 린(Lin) 치엔이라 불러야 맞지만 부모는 아이들 이름을 영문으로 짓기로 했고 성도 엄마 쪽 성인 소머스를 물려주기로 했다. 그래야 중국인을 개처럼 대하는 미국 땅에서 살기가 나을 터였다. 맏이의 이름은 아버지의 옛 친구 이름을 따서 에버나이저라고 붙였지만 사람들은 그를 '럭키'라 불렀다. 차이나타운에서 가장 행운아라는 뜻이었다. 럭키보다 육 년 늦게 태어난 딸의 이름은 오래전 홍콩에 묻은 아버지의 첫 번째 아내를 기려 린이라 지었다. 그러나 철자는 영어식으로 Lynn이라고 썼다. 타오 치엔의 첫 부인 린은 전족으로 자그마한 발을 가진 매우 연약한 여자였는데, 남편에게는 숭배의 대상이었지만 아주 젊은 나이에 폐병에 걸려 죽고 말았다. 엘리사 소머스는 타오의 린에 대한 끈질긴 기억과 더불어 사는 법을 배워 마침내 그녀를 가족 구성원으로 받아들일 수 있게 되었다. 집안의 안

녕을 빌어 주는 눈에 보이지 않는 일종의 수호신 같은 존재로
여겼다. 그래서 이십 년 전 또다시 임신한 사실을 알게 되었을
때 유산이 안 되도록 해 달라고 린에게 빌었다. 이미 너무나
여러 번 유산을 해 몸속에서 아이가 자랄 수 있을지 희망이
별로 없었기 때문이다. 타오 치엔도 그 마음을 이해하고 아내
를 위해 중의로서 할 수 있는 모든 수단을 강구했고 캘리포니
아 최고의 한의사들에게 데려가기도 했다.

　"이번에는 건강한 딸아이를 낳을 거예요."라고 엘리사는 확
신했다.

　"그걸 어떻게 알 수 있소?" 남편이 물었다.

　"린에게 빌었거든요."

　엘리사는 자기가 아이를 가졌을 때 늘 린이 보살펴 준다고
믿었다. 출산 때도 힘을 불어넣어 주었고 아이가 자라는 동안
에도 요정처럼 요람에 대고 인사하며 딸아이에게 아름다움이
라는 선물을 가져다주었다고 생각했다. "이름을 린이라고 지
어요." 출산의 고통으로 탈진한 채 비로소 딸아이를 안게 되었
을 때 엘리사가 말했다. 타오 치엔은 펄쩍 뛰었다. 이른 나이에
죽은 사람의 이름을 붙이는 건 좋은 생각이 아니었기 때문이
다. 결국 불운을 불러들이지 않도록 철자를 바꾸는 것으로 합
의를 보았다. "발음은 같잖아요, 그게 중요해요." 엘리사가 결
론지었다.

　린은 어머니로부터는 영국과 칠레 혈통을 이어받고 아버지
한테서는 중국의 북방계 장신(長身) 유전자를 물려받았다. 가
난한 치료사였던 타오 치엔의 할아버지는 약초에 대한 지식

이며 갖가지 심신의 질병을 물리치는 마법의 주문을 타오에게 물려주었다. 가계의 마지막 혈통인 타오는 광저우성의 지혜로운 스승에게서 중의가 되기 위한 훈련을 받았다. 또 중국 전통 의술뿐 아니라 서양 의학서도 손에 잡히는 대로 읽는 습관 덕에 할아버지에게서 물려받은 가업인 의술을 풍요롭게 할 수 있었다. 샌프란시스코에서 그의 명성은 자자했기 때문에 미국인 의사들이 자문을 구하러 찾아오기도 했고 환자들도 인종이 다양했다. 그러나 종합 병원에서는 고용해 주지 않아 그의 진료는 중국인 동네에 한정되었다. 그 동네에 커다란 집을 사서 1층은 의원으로 쓰고 2층은 살림집으로 사용했다. 그런 명성이 보호해 준 덕분에 그가 싱송 걸스를 위해 벌이는 일에 참견하는 사람은 아무도 없었다. 싱송 걸스는 차이나타운의 매춘 노예들을 부르는 이름으로 모두 어린아이들이었다. 타오 치엔은 그녀들을 재주껏 사창가에서 빼내는 일을 스스로 떠맡았다. 중국인 지역을 감시하고 보호하는 무리인 '당들'[8]은 타오가 어린 매춘부들을 사들여 캘리포니아에서 멀리 떨어진 곳에 새로운 생활 터전을 마련해 준다는 사실을 알고 있었다. 그래서 여러 차례 협박도 했지만 누가 됐든 자신들도 조만간 그 뛰어난 중의의 진료를 필요로 할 게 뻔해 극약 처방을 하지는 못했다. 타오 치엔이 미국 경찰에 도움을 청하여 소란을 벌이거나 하지 않고, 개미와 같은 끈기로 하나씩 하나씩 구해 내는 일만 한다면 그들도 묵인할 수 있었다. 타오가 하는 일 정

---

8) 재미 중국인의 비밀 결사체.

도는 그들 사업의 수익에 별로 타격을 주지 않았기 때문이다.

유일하게 타오 치엔을 공공의 위험인물로 여기는 사람은 샌 프란시스코에서 제일 성공한 포주인 아 토이(Ah Toy)였다. 그녀는 아시아계 소녀들이 서비스를 하는 특별한 홀을 여러 개가지고 있었고, 양키 공무원들이 보는 앞에서 해마다 수백 명의 여자아이를 버젓이 수입해 들였다. 공무원들이 뇌물을 받고 눈감아 주는 게 뻔했다. 아 토이는 타오 치엔을 증오했고, 또다시 그의 진료를 받느니 차라리 그 전에 죽는 게 낫다고 말하곤 했다. 그녀는 꼭 한 번 기침이 너무 심해서 그에게 치료를 받은 적이 있었다. 그러나 바로 그때 장차 서로가 영원한 적이 되리라는 걸 말로 표현할 필요도 없이 이미 알아차렸다. 타오 치엔이 구해 내는 싱송 걸스는 하나같이 아 토이에게는 손톱 밑의 가시 같았다. 그 일은 타오에게도 그랬지만 아 토이에게도 원칙의 문제였던 것이다.

타오 치엔은 동이 트기 전에 일어나 정원으로 나가서, 몸의 건강 상태를 유지하고 정신을 맑게 하기 위해 무술 체조를 했다. 이어 삼십 분가량 명상을 하고 나서 주전자에 찻물을 끓였다. 그러고는 키스와 녹차 한 잔으로 엘리사를 깨웠고, 그러면 엘리사는 침대에 그대로 앉아 천천히 차를 마셨다. 두 사람에게는 성스러운 시간이었다. 함께 마시는 차 한 잔은 서로 끌어안고 함께 나눈 밤의 마무리였다. 방문이 닫히고 나서 둘 사이에 일어나는 일은 하루 동안의 온갖 수고로움에 대한 보상이었다. 둘의 사랑은 얽히고설킨 장애물들에도 불구하고 섬세하게 짜여진 달콤한 우정처럼 시작되었다. 영어로 의사소통해야만 하고 문화와 인종 간의 편견을 극복하는 것에서부터 심한 나이 차이에 이르기까지 많은 장애가 존재했다. 그들은 둘을 가르는 보이지 않는 경계선을 감히 뛰어넘을 엄두를 내기 전부터 이미 삼 년 넘게 한 지붕 밑에서 지내왔다. 삼 년 동안 엘리사는 마치 유령처럼 손가락 사이를 빠져나가 버린 옛 애인을 찾아다니느라 수천 마일이나 되는 대륙을 끝없이 돌아다녔고, 그러는 동안 예전의 순수한 모습은 누더기가 되어 버렸다. 그러다가 참수당해 진에 담긴 전설적인 악당 호아킨 무리에타의 머리통을 목격하고 나서야 그간의 행동이 집착이었음을 알게 되었고, 결국 타오 치엔과 함께하는 것이 자신의 운명임을 깨달았다. 중의는 훨씬 전부터 운명을 알고 있었지만 사려 깊은 사랑으로 말없이 끈기 있게 기다렸던 것이다.

엘리사가 마침내 타오 치엔의 방과 자기 방 사이에 놓인 8미터 복도를 가로질러 건너간 어느 날 밤 두 사람의 인생은 마치 한 차례 도끼질로 과거를 뿌리째 잘라 낸 것처럼 완전히 변해 버렸다. 그 격렬한 밤이 지난 후에는 예전으로 되돌아갈 수 있는 자그마한 가능성도 없었고 오직 인종 간의 결혼을 관대하게 보지 않는 세상에서 살아갈 공간을 찾는 일만 남았다. 엘리사는 맨발에 잠옷 차림으로 어둠 속을 더듬어 타오 치엔의 문을 밀어젖혔다. 자신이 그를 원하는 만큼이나 타오도 자신을 원한다고 생각했기 때문에 방문이 잠겨 있지 않으리라 확신했다. 그러나 확신에도 불구하고 자기 결정이 불러올 돌이킬 수 없는 결말에 대해서는 겁이 났다. 그녀는 그 걸음을 내

딛기까지 오랫동안 망설였다. 중의는 자신의 보호자이자 아버지이고 오빠이자 가장 좋은 친구였으며, 낯선 땅에서 유일한 가족이었기 때문이다. 연인이 됨으로써 그 모든 걸 잃어버리지는 않을까 두려웠다. 그러나 이미 문 앞에 다다라 있었고 그를 만지고 싶은 열망이 이성을 뛰어넘고 말았다. 방으로 들어서니 탁자 위에 놓인 촛불의 불빛 속에 흰 무명 도포와 바지 차림의 타오가 침대 위에 책상다리로 앉아서 그녀를 기다리고 있는 게 보였다. 엘리사는 자신의 대담함에 당황한 데다 두려움과 기대감에 몸이 떨려 와 그가 얼마나 수많은 밤을 복도에 울리는 발소리에 귀 기울이며 보냈을지는 미처 생각도 하지 못했다. 타오 치엔은 엘리사에게 되돌아갈 틈을 주지 않았다. 내려와 팔을 벌려 그녀를 맞았고 엘리사는 무작정 달려가 몸이 부서질 정도로 세게 안겨 가슴에 얼굴을 파묻고 너무나 익숙한 그 남자의 소금기 밴 바닷물 냄새를 들이켰다. 무릎이 휘청거려 두 손으로는 그의 도포를 꽉 붙잡았고, 입술에서는 변명의 말들이 강물처럼 억누를 수 없이 터져 나와 타오의 사랑의 중얼거림과 뒤섞였다. 엘리사는 자신을 바닥에서 일으켜 침대 위에 부드럽게 앉히는 타오의 두 팔과 목에 와 닿는 따뜻한 입김과 자신을 붙잡는 손길을 느꼈다. 그러자 억제하기 힘든 불안감이 밀려와 후회와 당혹감에 덜덜 떨기 시작했다.

타오 치엔은 홍콩에서 아내가 죽은 이후 가끔씩 돈으로 여자를 사 서둘러 안는 것으로 위로를 구하곤 했다. 그때부터 육 년이 넘도록 사랑으로 관계를 맺은 적이 없지만 아랫도리가 서둘러 일어서지 않도록 신경을 썼다. 머릿속으로 여러 번 엘리사의 몸을 그려 본 데다 이미 그녀를 아주 잘 알고 있었다. 그래서 그녀의 오목하게 들어간 매끄러운 곳이며 야트막한 구릉을 마치 지도를 보고 움직이는 듯 넘나들었다. 엘리사는 첫사랑의 팔에 안겼을 때 사랑을 알게 되었다고 생각해 왔지만 타오 치엔과 은밀함을 나누면서 자신이 얼마나 무지했는지 깨달았다. 열여섯 살 시절 자신을 휘저어 놓아 세상의 절반을 건너오느라 몇 번이나 목숨까지 위태롭게 했던 열정이 지금 와서 생각해 보면 어리석은 신기루에 불과했던 것이다. 그때는 깊이 사랑에 빠져 있어서, 서둘러 자리를 뜨는 데만 관심을 두던 그 남자의 병아리 눈물 같은 사랑으로도 견딜 수 있었다. 엘리사는 칠레에서 알게 된 그 젊은 이상주의자가 캘리포니아에 와서 호아킨 무리에타라는 환상적인 도적이 되었다고 믿고 사 년이나 그를 찾아다녔다. 그 세월 동안 타오 치엔은 그녀가 언젠가 자기 방의 문턱을 넘어오리라 믿으면서 특유의 평온함으로 기다리고 있었다. 미국인에게는 오락거리를 주고, 라틴계 사람들에게는 경고로 삼으려고 호아킨 무리에타의 머리를 전시했을 때도 엘리사를 데리고 가는 일은 그의 몫이었다. 그는 엘리사가 그 혐오스러운 전리품을 차마 쳐다보지 못할 거라 생각했지만, 그녀는 범죄자의 머리가 담긴 플라스크 앞에 꼿꼿이 서서 마치 식초에 절인 배추를 보듯 태연히 응시했다. 그토록 오랜 세월 찾아다니던 그 남자가 아니라는 게 마침내 분명해질 때까지. 사실 그 사람이든 아니든 마찬가지였다. 가능성 없는 로맨스의 흔적을 뒤쫓아 다닌 긴 여행에서 사랑만큼이나 소중한 무언가를 얻었기 때문이다. 그건 바로 자유였다. "이제 나는 자유예요." 그 머리를 보고 난 후 엘리사가 내뱉은 말은 그게 다였다. 타오 치엔은 그녀가 마침내 옛 애인으로부터 벗어났고, 그가 살아 있든 금을 찾아 시에라네바다 산기슭을 헤매다 일찌감치 죽어 버렸든 개의치 않는다는 사실을 알게 되었다. 어쨌든 엘리사가 더 이상은 그 남자를 찾아다니지 않을 것이고 언젠가 나타난다 하더라도 자신의 상황에 맞게 판단할 수 있으리라 믿었다. 타오 치엔은 그녀의 손을 잡고 그 으스스한 전시장을 빠져나왔다. 밖으로 나와 그들은 상쾌한 공기를 들이마시고는 새로운 생활을 시작할 준비가 되어 평화롭게 걸음을 옮겼다.

엘리사가 타오 치엔의 방에 들어간 그날 밤은 칠레에서 첫사랑과 나누었던 비밀스럽고 조급한 포옹과는 아주 달랐다. 그날 밤 엘리사는 여러 가지 쾌락의 가능성을 알게 되었고 남은 생애 동안 유일한 것이 될 사랑에 깊이 빠져들었다. 타오 치엔은 쌓여 있던 두려움과 쓸모없는 기억들을 더없이 평온하게 벗겨 주었다. 참을성 있게 엘리사를 애무했고, 그녀가 더이상 떨지 않고 눈을 뜬 채 자신의 지혜로운 손가락 아래에서 완전히 긴장을 풀 때까지, 마침내 그에게 문을 열고 물결치며 환희를 느낄 때까지 애무를 계속했다. 엘리사가 신음 소리를 내며 자기 이름을 부르고 애원하는 소리를 들었고, 녹초가 되도록 젖어 들어 완전히 몸을 내맡기고 받아들일 준비가 되었음을 확인했다. 마침내 두 사람은 자신들이 어디에 있는지, 누가 누구인지, 어디까지가 그이고 어디부터가 그녀인지 모를 지점에 도달했다. 타오 치엔은 그녀를 황홀경 저 너머 사랑과 죽음이 하나가 되는 신비로운 차원으로 데려갔다. 두 사람은 영혼이 확장되고 모든 욕망과 기억들이 사라져 무한한 명정(明靜)의 경지에 빠져드는 걸 느꼈고, 그 놀라운 공간에서 서로를 알아보고 껴안았다. 타오 치엔이 암시하듯이 두 사람은 전생에도 같이 있었고 후생에도 수차례 더 함께할 터였다. 우리는 영원한 연인이어서 매번 서로를 찾아다니다가 만남에 이르는 게 업보라고 타오가 감동에 젖어 말했다. 그러나 엘리사는 웃으면서 업보씩이나 되는 거창한 게 아니라 단지 잠자리를 함께하고 싶은 욕망일 뿐이라고 대답했다. 사실은 이미 수년 전부터 그와 사랑을 하고 싶어 죽을 지경이었고 앞으로 타오의 열정이 고갈되지 않기만을 바라는 마음이라고, 자신에겐 인생에서 그게 가장 중요한 일이라고 고백했다. 두 사람은 그날 밤을 서로 뒤엉켜 보내고, 다음 날도 허기와 갈증에 더 이상 버틸 수 없을 때까지 시시덕거리다가 도취감과 행복에 겨워 비틀거리며 밖으로 나왔다. 혹시라도 깨어나 보니 환각으로 정신을 잃어 생긴 일이었으면 어쩌나 두려워 서로 손을 꼭 잡은 채였다.

그날 밤 이후 두 사람을 맺어 준 열정은 남다른 보살핌을 받으며 자라나 피할 수 없는 역경이 찾아왔을 때도 그들을 지탱하고 지켜 주었다. 시간이 지나면서 열정은 부드러움과 미소로 정착되어 갔고 222가지 사랑의 체위를 하나하나 실습하는 일은 그만두었다. 이제는 서너 가지로도 충분했고 서로에게 놀라움을 선사하는 방식은 더 이상 필요하지 않았기 때문이다. 서로를 알아 가면 갈수록 더 큰 애정을 교감할 수 있었다. 사랑의 첫날밤부터 그들은 알몸으로 서로 껴안은 채 숨도 같이 쉬고 꿈도 같이 꾸었다. 그러나 그들 같은 부부에 대한 관용이라곤 조금도 없는 세상에서 근 삼십 년을 살아야 했으니 삶이 평탄하지만은 않았다. 세월이 흐르면서 그 자그마한 백인 여자와 키 큰 중국인 남자는 차이나타운에서 친숙한 얼굴이 되어 갔지만 그들이 온전히 받아들여진 적은 한 번도 없었다. 그들은 사람들 앞에서 튀지 않는 법을 배워 갔다. 극장에서는 서로 떨어져 앉고 길에서는 몇 걸음 간격을 두고 걸었다. 같이 들어갈 수 없는 레스토랑이나 호텔도 있었다. 언젠가 엘리사는 고모 로즈 소머스를 방문하고 타오는 홉스 의료원에서 수지침을 강의할 목적으로 영국에 가게 되었을 때 두 사람은 배의 일등칸에 함께 탈 수 없었다. 선실을 같이 쓸 수도 없어 밤이 되면 엘리사가 살그머니 빠져나가 남편과 같이 자곤 했다. 그들은 은밀하게 불교식으로 결혼식을 올렸는데 법적인 효력은 없었다. 럭키와 린은 서류상 아버지의 사생아로 올라가 있었다. 타오 치엔은 수도 없이 행정 절차를 밟고 뇌물을 먹인 후에야 시민권을 얻어 낼 수 있었다. 그는 '중국인 배척 조례'와 여타 캘리포니아의 모든 불평등한 법들을 뒤집은 몇 안 되는 중국인이었다. 남북 전쟁이 일어났을 때 증명된 것처럼 귀화국에 대한 그의 찬사와 충성심은 무조건적인 것이었다. 전쟁이 일어나자 타오는 지원병이 되기 위해 대륙을 횡단했고 전쟁이 계속된 사 년 동안 미국인 의사들의 조수로 일했다. 그러나 자신이 이방인임을 뼈저리게 느꼈기 때문에 비록 평생을 미국 땅에서 보냈어도 죽은 뒤 몸은 홍콩에 묻히기를 소망했다.

엘리사 소머스와 타오 치엔 가족은 차이나타운의 다른 집들보다 견고하고 겉모양도 훌륭한 넓고 안락한 집에서 살았다. 근방에 사는 사람들은 일상에서 주로 광둥어를 썼고, 음식에서 신문에 이르기까지 모든 게 중국식이었다. 여러 블록 떨어진 곳에 라 미시온이라는 히스패닉 동네가 있었는데, 엘리사 소머스는 스페인어로 이야기하는 기쁨을 누리느라 그곳을 돌아보곤 했다. 그러나 낮에는 통일 광장 근처에서 미국인들과 섞여 지냈는데, 그곳에는 그녀가 경영하는 우아한 찻집이 있었다. 타오 치엔이 버는 수입의 대부분이 다른 사람들의 수중으로 돌아갔기 때문에 엘리사는 처음부터 케이크를 만들어 팔아 가족을 부양했다. 타오의 수입은 가난한 중국인 일용 노동자들이 병이 들거나 불행을 당했을 때 도와주거나 매춘부 여자아이들을 비밀리에 빼내는 데 쓰였다. 엘리사 소머스도 처음부터 그 아이들을 치욕적인 삶으로부터 구해 내는 일이 타오 치엔의 신성한 사명이라고 이해했고, 남편을 사랑하게 된 여러 이유나 남편의 기질에 대해 그랬던 것처럼 그 사명도 그대로 받아들였다. 금전적인 요구로 남편을 괴롭히지 않기 위해 케이크 가게를 시작했고, 아이들에게 최상의 미국 교육을 시키기 위해서도 자립이 필요했다. 엘리사는 아이들이 미국이라는 나라에 완전히 동화되어 중국인이나 히스패닉계가 겪는 제약을 하나도 겪지 않고 살기를 바랐다. 린은 엄마

뜻대로 되어 갔지만 럭키는 자기 혈통을 자랑스럽게 여겨 차이나타운을 벗어나지 않으려 했기 때문에 계획대로 되지 않았다.

린은 아버지를 숭배했지만 — 그도 그럴 것이 그렇게 부드럽고 인자한 사람을 사랑하지 않는 것은 불가능에 가까운 일이었다 — 혈통에 대해서는 부끄러워했다. 중국인을 위한 공간이라고는 차이나타운뿐이고 도시 나머지 지역에서는 자신들을 배척한다는 사실을 아주 일찍부터 깨달았던 것이다. 백인 사내아이들이 가장 좋아하는 놀이는 '굼벵이들'에게 돌팔매질을 하거나 몽둥이로 내리친 후 댕기머리를 자르는 것이었다. 린은 엄마처럼 한 발은 중국에, 다른 한 발은 미국에 딛고 살았다. 엄마와 딸은 영어로만 말했고 집에서는 도포와 비단 바지를 입기도 했지만 미국식으로 머리를 단장하고 옷도 미국식으로 입었다. 린은 기다란 골격과 동양적인 눈을 빼면 아버지를 닮은 데가 별로 없었다. 엄마를 닮은 곳은 더더욱 없었다. 린의 빼어난 아름다움은 누구에게 물려받은 것인지 알 수가 없었다. 부모는 린이 오빠 럭키처럼 길거리에서 놀거나 하는 걸 허락하지 않았다. 차이나타운에서는 세도가의 여자와 딸아이들은 완전히 틀어박혀 살았기 때문이다. 린은 어쩌다 거리에 나갈 때면 아버지의 손을 잡고 거의 남자들뿐인 군중을 자극하지 않기 위해 땅바닥을 내려다보고 걸었다. 두 사람은 사람들의 눈길을 끌었는데, 린은 그 아름다움 때문이고 아버지는 양키 같은 복장 때문이었다. 타오 치엔은 몇 년 전부터 중국인 특유의 변발을 자르고 뒷머리를 포마드로 정돈했으며,

깃을 빳빳이 세운 셔츠에 새카만 겉옷을 입고 실크해트를 쓰고 다녔다. 그러나 차이나타운을 벗어나면 린은 여느 백인 소녀들처럼 자유롭게 돌아다녔다. 그녀는 장로교 학교에 다녔고 거기서 기독교의 기본 교리를 배웠는데, 교리의 가르침은 아버지의 불교식 생활 습관들과 합해져 결국 그리스도가 부처의 환생이라고 믿게 되었다. 린은 혼자서 물건을 사러 가거나 피아노 교습을 다녔고 학교 친구네 집에 놀러 가기도 했으며, 오후에는 엄마의 찻집에서 숙제를 하기도 하고 10센트짜리 싸구려 소설이나 런던에서 로즈 할머니가 보내 준 연애 소설을 읽으며 시간을 보냈다. 딸에게 요리나 다른 가사에 관심을 갖게 하려는 엄마의 노력은 소용이 없었다. 린은 그런 일상적인 일에는 맞지 않게 태어난 것 같았다.

자라면서 린은 이방인 천사 같은 얼굴은 그대로였고 몸은 정신이 혼미해질 정도의 곡선으로 가득 차올랐다. 몇 년 동안 그녀의 사진들이 돌아다닌 적이 있었지만 별다른 일은 없었다. 그러나 열다섯 살이 되자 몸이 완전히 성숙하여 자신이 남자들에게 뇌쇄적인 매력을 띤다는 걸 알게 되면서 상황이 달라졌다. 엄청난 위력의 결과에 겁이 난 엄마는 정숙함의 중요성을 주입시키고, 어깨나 엉덩이를 흔들지 않고 군인처럼 걷도록 가르쳐 딸의 자극적인 매력을 감춰 보려고 애썼지만 소용없는 일이었다. 남자들은 나이, 인종, 신분에 상관없이 그녀를 찬미했다. 린은 자신의 아름다움이 이점이라는 걸 알게 되자 더 이상 어릴 때처럼 그것을 저주하지 않았고, 백마 탄 왕자님이 나타나 행복하게 결혼할 때까지 잠시 화가들의 모델이 되어 주기로 했다. 부모는 린이 어렸을 때 그네를 타는 요정으로 나온 사진들은 심심풀이 정도로 여겼지만, 여자로서의 자태가 카메라 앞에 드러나는 것은 아주 큰 위험이라고 생각했다. "카메라 앞에서 포즈를 취하는 건 단정한 직업이 아니라 타락일 뿐이야." 엘리사 소머스는 자신이 딸아이의 환상을 깨지도 못하고 딸을 아름다움의 덫에서 보호하지도 못하리라는 걸 깨닫고는 서글프게 말했다. 엘리사는 남편과 사랑을 나눈 후의 꿈 같은 시간에 그런 불안감을 얘기한 적이 있는데, 타오는 사람이란 각자 자기 업보가 있어서 다른 사람의 인생을 바꾸는 것은 불가능하고 단지 자기 삶의 방향을 조금 고쳐 나갈 수 있을 뿐이라고 설명했다. 그러나 엘리사는 딸의 인생이 마냥 불행해지도록 손 놓고 있을 수가 없었다. 그래서 딸이 모델 일을 하러 갈 때도 늘 같이 다니면서 품위를 지키도록 신경을 썼고, 예술을 구실로 종아리를 드러내는 일은 절대로 못 하게 했다. 딸이 열아홉이 된 지금은 그 열성을 두 배로 늘릴 생각이었다.

"린을 쫓아다니는 화가가 하나 있는데 살로메의 그림을 그리겠다고 포즈를 잡아 달래요." 어느 날 남편에게 알렸다.

"누구라고?" 타오 치엔은 의학 백과사전에서 눈도 떼지 않은 채 물었다.

"살로메요. 일곱 겹 베일을 쓴 여자 말이에요, 타오. 성경에 나오잖아요."

"성경에 나오는 여자라면 괜찮을 것 같은데." 타오는 방심한 채 중얼거렸다.

"세례 요한 시절의 옷차림이 어땠는지 알기나 해요? 내가 조금만 소홀히 하면 당신 딸의 가슴이 다 드러난 그림이 그려질 판이란 말이에요!"

"그럼 당신이 신경을 쓰도록 해요." 타오는 아내의 허리를 껴안아 무릎에 펼쳐진 책 위에 앉히고는 상상력의 눈속임에 겁먹지 말라며 미소 지었다.

"아아, 타오! 린을 어쩌죠?"

"뭘 어째요, 엘리사. 곧 결혼을 할 테고 손자 손녀도 안겨 줄 텐데."

"아직 어린애란 말이에요."

"중국에서라면 남자 친구가 생길 나이도 훨씬 지났소."

"여긴 미국이에요. 그리고 중국인과는 결혼 못 시켜요."

"왜요? 당신은 중국인이 싫소?" 중의는 아내를 놀렸다.

"이 세상에 당신 같은 사람은 없어요, 타오. 그렇지만 린은 백인하고 결혼시킬 거예요."

"미국 남자는 사랑을 할 줄 모른다던데."

"당신이 가르쳐 주면 되잖아요." 엘리사는 남편의 목에 코를 들이대며 얼굴을 붉혔다.

린은 엄마의 지칠 줄 모르는 감시를 받으며 얇은 베일 안에 살구색 실크 수영복을 입고 살로메의 포즈를 취했다. 그러나 엘리사 소머스는 딸을 통일 광장 한가운데에 세울 '공화국 여인상'의 모델로 삼게 해 달라는 영광스러운 제의가 들어왔을 때에는 평소처럼 완강히 거부할 수가 없었다. 동상 건립을 위한 기금 마련 캠페인이 몇 달 전부터 지속되어 온 데다 사람들은 누구나 힘닿는 만큼 성금을 냈기 때문이다. 학생들은 단 몇 센트라도 냈고, 과부들은 몇 달러를, 펠리시아노 로드리게스 데 산타 크루스 같은 세도가들은 거액의 수표를 냈다. 신문은 매일같이 전날까지 걷힌 총액을 발표했고, 기금이 충분히 모일 때까지 그 일은 계속되더니 마침내 필라델피아에서 유명한 조각가를 데려와 그 야심 찬 작업을 맡기게 되었다. 샌프란시스코에서 이름난 가문들은 조각가가 자기 딸을 뽑게 하려고 경쟁적으로 파티며 무도회를 열었다. '공화국 여인상'의 모델이 샌프란시스코시의 상징이 되리라는 사실이 이미 알려져 있었기 때문에 젊은 여자들은 한결같이 그 영광을 열망했다. 현대적이고 대담한 사상을 지닌 조각가는 이상적인 모델을 찾느라 몇 주를 보냈지만 만족스러운 아가씨를 발견하지 못했다. 그는 동서남북 사방에서 온 용감한 이민자들이 세운 박력 있는 아메리카를 대표하기 위해 혼혈인을 고르고 싶다고 공고했다. 이에 투자자들과 시 당국은 깜짝 놀랐다. 백인들로서는 유색 인종도 완전한 인간이라는 생각을 해 본 적이 없었고 따라서 물라토 여자가 통일 광장의 오벨리스크 위에 올라앉아 도시 전체를 굽어보게 한다는 조각가의 생각을 들은 척도 안 했다. 신문들도 캘리포니아가 예술적으로 전위적인 곳이긴 하지만 물라토[9] 여자를 모델로 한다는 건 지나친 바람이라는 내용의 사설을 실었다. 조각가는 압력에 못 이겨 덴마크 혈통의 아가씨로 결정할 참이었는데 바로 그즈음 초콜

---

9) 백인과 흑인의 혼혈 인종.

릿 케이크 한 조각으로 속상함을 달래려고 엘리사 소머스의 가게에 우연히 들렀다가 린을 보게 된 것이었다. 린은 큰 키와 균형 잡힌 몸매에 골격도 완벽하고, 여왕의 위엄과 고전적인 얼굴을 지녔을 뿐 아니라 바라던 대로 이국 혈통의 흔적도 있어서 자기가 그토록 찾아다니던 바로 그런 여자였다. 그녀에게는 조화로움 이상의 무엇 — 동양과 서양, 관능미와 천진난만함, 강함과 약함이 뒤섞인 독특한 그 무엇이 있었고 조각가는 린에게 완전히 매료되었다. 그러나 케이크나 굽는 그 평범한 집안에 무한한 영광이 되리라는 확신으로 엄마에게 딸을 모델로 삼기로 했다고 알렸을 때 강한 저항에 부딪혔다. 엘리사 소머스는 사진사 스튜디오에서 린을 감시하느라 시간을 허비하는 데 지쳐 있었다. 스튜디오에서 자신이 하는 일이라곤 딸아이의 단추를 꼭꼭 여미는 것뿐이었으니 그럴 만도 했다. 몇 미터 높이나 되는 청동상을 만들겠다는 그 왜소한 남자 앞에서 또다시 그 짓을 할 생각을 하니 지겨워 숨이 막힐 지경이었다. 그러나 린은 '공화국 여인상'의 모델이 된다는 생각에 너무도 자랑스러워 거부할 마음이 생기지 않았다. 조각가는 간단히 튜닉 하나만 걸치는 게 동상에 가장 적당한 의상이라는 사실을 엄마에게 납득시키느라 곤욕을 치러야 했다. 미연방 공화국과 그 그리스 의복 사이에 무슨 관계가 있느냐고 이의를 제기했기 때문이다. 그러나 마침내 팔다리만 드러내고 가슴은 가린 채 포즈를 삼기로 타협을 봤다.

린은 자신의 정숙함에 신경 쓰는 엄마의 걱정은 아랑곳하지 않고 낭만적인 환상의 세계에 빠져 살았다. 눈부신 외모를 제외하면 별달리 튀는 구석은 없어서 분홍색 공책에 시구를 베끼고 도자기 미니어처를 수집하는 흔하고 평범한 아가씨였다. 노곤한 듯한 동작은 우아함이라기보다는 게으름이었고, 우수 어린 표정은 신비로움이 아니라 사실은 백치미였다. "그 애를 그냥 평화롭게 놔두세요. 제가 살아 있는 동안은 하나도 부족하지 않게 해 줄 테니까요." 럭키는 여러 번 그렇게 약속했다. 자신의 여동생이 얼마나 어리숙한지 제대로 아는 유일한 사람이었던 것이다.

린보다 여러 살 많은 럭키는 순수한 중국인이었다. 법적인 수속이 있거나 사진을 찍어야 하는 아주 드문 경우를 제외하고는 늘 긴 윗도리와 통 넓은 바지 차림에 허리에는 띠를 매고 바닥이 나무로 된 샌들을 신었다. 그러나 머리에는 항상 카우보이모자를 썼다. 아버지의 빼어난 풍채나 엄마의 섬세함, 여동생의 아름다움과 닮은 데라곤 하나도 없었다. 키도 작고 다리도 짧고 네모난 머리에 초록빛이 도는 살결이었다. 그러나 감춰지지 않는 미소와, 자신은 행운을 타고났다는 확신에서 나오는 전염성 강한 낙천주의는 정말 매력적이었다. 태어나면서부터 행복과 부를 보장받았기 때문에 자신에게는 나쁜 일이 일어나지 않는다고 생각했다. 아홉 살 때 길에서 친구들과 '판탄'[10]을 하고 놀다가 자신이 타고난 행운아라는 걸 알게 되었다. 그날 집에 돌아와서 이제부터 자기 이름은 에버나이저

---

10) 중국식 카드놀이의 하나.

가 아니라 '럭키'니까 다른 이름으로 부르면 대답하지 않겠다고 말했다. 행운은 사방에서 그를 따라다녔다. 우연히 어울린 게임에서도 언제나 이겼고, 장난을 좋아하고 무모한 성격인데도 '당들'이나 백인 경찰에 얽혀 드는 일이 없었다. 심지어 아일랜드 경찰들도 그에게 우호적이어서 패거리들이 실컷 몽둥이질을 당하는 동안 그는 음담패설이나 매직 카드 게임, 그 밖의 온갖 마술사 같은 손재주로 묘기를 부려 소동을 모면하곤 했다. 타오 치엔은 하나뿐인 아들이 지각없고 경박하다는 사실을 받아들이지 못했고, 보통 사람들이 기울여야 하는 노력을 안 해도 되게 한 아들의 별자리를 저주했다. 타오가 럭키를 위해 소망하는 것은 행복이 아니라 초월이었다. 그는 아들이 만족한 새처럼 이승을 헤매는 꼴을 보게 될까 봐 걱정이었다. 그런 태도로는 업보를 망치고 말 게 뻔하기 때문이었다. 타오는 영혼이 온갖 난관을 기품 있고 대범하게 물리치면서 자비와 고행을 통해 천상계로 나아가야 한다고 믿었다. 그러니 럭키의 길이 늘 너무 수월하기만 하다면 어떻게 초월의 경지에 도달할 수 있겠는가 말이다. 후생에는 축생으로 태어나지나 않을까 걱정이었다. 타오 치엔은 자신이 늙으면 아들이 도와주고 자신이 죽은 후에는 기일을 챙기기를 바랐고, 숭고한 의료인 가풍을 이어받아 아들이 의사 자격증을 딴 최초의 중국계 미국인이 되기를 바랐다. 그러나 럭키는 고약한 한약 냄새나 수지침용 바늘이라면 치를 떨었다. 다른 사람의 질병만큼 혐오스러운 게 없었고, 부풀어 오른 수포나 여기저기 고름이 든 얼굴을 대하면서 아버지가 느끼는 기쁨을 결코 이해할 수 없었다. 열여섯 살이 되어 거리에 뛰어들기 전까지는 아버지의 의원에서 일을 거들어야 했다. 아버지는 약 이름과 용도를 달달 외우게 하고, 미묘한 진맥술과 기를 조절하는 법, 체질 확인법을 가르쳤는데, 섬세하기 짝이 없는 이 일들을 럭키는 건성으로 듣고 흘렸다. 그러나 아버지가 탐독하는 서양 의학서들만큼 심한 트라우마가 된 것은 없었다. 속옷만 입힌 채 피부를 벗겨 근육, 정맥, 뼈 등을 적나라하게 드러낸 인체 해부도나, 징그러울 정도로 낱낱이 기술된 외과 수술법은 너무나 공포스러웠다. 의료원 일에서 멀어질 핑계가 없는 것은 아니었지만 럭키는 아버지가 집으로 데려온 비참한 싱송 걸스를 숨겨 주는 일은 언제나 도와주었다. 비밀스럽고 위험한 그 일은 자신의 수완에 달려 있었다. 그는 실신한 여자아이를 '당들'의 눈을 피해 옮기는 일이나 여자가 회복되는 기미를 보이자마자 그 지역에서 빼돌리는 일을 누구보다 솜씨 있게 해냈고, 그 여자들이 자유를 찾아 사방팔방으로 영원히 사라져 버리게 하는 일도 어느 누구보다 교묘하게 처리할 줄 알았다. 럭키가 그런 일을 한 이유는 아버지처럼 자비심이 넘쳐흘러서가 아니라, 위험을 불러일으켜 자신의 행운을 시험해 보고 싶은 열망에 들떠서였다.

린 소머스는 열아홉 살이 되기도 전에 벌써 여러 명의 구혼자들을 거절했고 남자들의 찬사에 익숙해져 여왕 같은 거만함으로 그들을 대하곤 했다. 그러나 찬미자들은 한결같이 낭만적인 왕자님의 이미지가 아니었을 뿐만 아니라 그중 누구도 고모할머니 로즈 소머스의 소설들에서처럼 근사한 말로 구애하지 않았다. 린은 모두들 지극히 평범해서 자신에게 어울리지 않는다고 판단했다. 그래서 자신을 거들떠보지도 않는 유일한 남자 마티아스 로드리게스 데 산타 크루스를 알게 되었을 때 자신의 당연한 권리인 숭고한 운명을 만난 것이라고 생각했다. 그가 길을 걷거나 파울리나 델 바예의 마차에 타고 있는 모습을 여러 차례 멀찍이서 보긴 했지만 말을 건넨 적은 없었다. 그는 린보다 훨씬 나이가 많았고 린이 들어갈 수 없는 클럽에서 놀았기 때문에 '공화국 여인상' 일이 아니었다면 아마 마주칠 일도 없었을 것이다.

비용이 어마어마한 동상 건립 작업에 자금을 댄 정치인들과 세도가들은 기금 사용을 감사(監査)한다는 핑계로 조각가의 스튜디오에서 만나기로 약속했다. 조각가는 영광을 누리며 안락한 생활을 하는 것을 좋아하는 사람이었다. 그래서 겉으로는 청동상의 주형틀을 만드는 데 열중하는 것처럼 보였지만 사실은 유명 인사에 거물들과 함께 있다는 사실과 그들이 가져온 샴페인, 신선한 굴 요리, 질 좋은 담배 등을 만끽하고 있었다. 린 소머스는 자연광이 들어오는 지붕의 채광창 덕에 환하게 빛을 내며 단 위에 서 있었다. 한 손에는 월계관을 들고 다른 손에는 미연방 헌장을 든 채 팔을 높이 쳐들고 발끝으로 균형을 잡아야 하는, 채 몇 분도 지탱하기 힘든 자세였고, 주름을 넣은 가벼운 튜닉을 한쪽 어깨에서 무릎까지 걸치고 있어서 옷을 입은 듯 만 듯했다. 샌프란시스코는 여자 누드화가 잘 팔리는 도시였다. 술집마다 통통한 여자들 그림이나 엉덩이를 드러낸 고급 창부들의 사진, 사티로스[11]에게 쫓기는 요정들의 석고 프레스코화가 걸려 있었다. 그래서 옷 벗기를 거부하고 엄마의 감시에서 벗어나지 못하는 그 여자애가 누드모델보다 더 큰 호기심을 불러일으켰다. 짙은 색 옷을 입은 엘리사 소머스는 딸이 포즈를 취한 단 바로 옆에 있는 의자에 꼿꼿이 앉아 자신의 주의를 딴 데로 돌리려고 권하는 샴페인과 굴 요리를 거절하며 딸을 감시했다. 그 중늙은이들이 예술을 사랑해서가 아니라 음탕한 생각으로 찾아온 건 불 보듯 뻔했다. 그들의 참관을 막을 수는 없지만 적어도 그들이 내미는 초대에 딸이 응하지 않게 하거나, 하다못해 그들의 농담에 같이 따라 웃는다든가 경솔한 질문에 대답하는 따위의 일은 못하게 할 수 있었다. "이 세상에 공짜란 없어. 그 싸구려들 때문에 너는 비싼 대가를 치르게 될 거다." 선물을 못 받게 하자 골이 난 딸을 보고 엄마가 경고했다. 동상을 위해 포즈를 잡는 일은 따분하고 끝이 없어서 린은 다리에 쥐가 나고 추워서 몸이 오그라들었다. 1월 초인 데다 지붕이 높고 바람이 새어 들었기 때문에 구석에 놓인 난로들만으로는 보온이 되지 않았던 것이다. 조각가는 외투를 걸치고 작업을 했고, 일의 속도가 비정상적일 정도로 느렸다. 수백 장이나 되는 스케치를 벽에 다닥다닥 붙여 놓고도 마치 아직 전체적인 구상도 못 한 사람처럼 어제 기껏 작업해 놓은 걸 오늘은 부숴 버리곤 했다.

어느 불길한 화요일에 펠리시아노 로드리게스 데 산타 크루스가 아들 마티아스와 함께 나타났다. 이국적인 모델에 대

---

11) 그리스 신화에 등장하는 반인반수(半人半獸)의 괴물로 주색을 즐긴다.

한 소식을 듣자 광장에 기념물이 세워지고 모델 이름이 신문에 나오면 이미 접근하기 힘든 사냥감이 될 테니 그 전에 한번 봐야겠다고 생각했던 것이다. 그것은 어디까지나 동상 제막식이 거행된다고 가정할 때의 일이었다. 어쩌면 청동을 들이붓기도 전에 그 사업의 반대자들이 싸움에서 이겨서 모든 게 수포로 돌아갈 수도 있었다. 공화국 모델을 앵글로색슨족이 아닌 사람을 쓴다는 생각에 반대하는 사람들이 많았기 때문이다. 펠리시아노의 늙고 뻔뻔스러운 심장은 아직도 정복할 대상의 낌새를 느끼면 마음이 동요되었으니 거기 나타난 것도 마찬가지 이유 때문이었다. 자신은 환갑이 넘었고 모델은 채 스무 살도 안 된다는 사실을 걸림돌로 여기지도 않았다. 돈으로 못 살 건 없다고 믿는 사람이었으니 말이다. 그는 조신하지 못한 튜닉을 걸치고 추위에 떨며 단 위에 선 너무나 젊고 연약한 린과 금방이라도 그녀를 잡아먹을 듯 스튜디오에 꽉 들어찬 남자들을 보고 단번에 상황을 파악했다. 그러나 정작 그 아이를 안아 보고 싶은 본능을 저지시킨 것은 그녀에 대한 연민이나 식인종들끼리 경쟁하는 데 대한 두려움이 아니라 바로 엘리사 소머스 때문이었다. 그녀를 본 게 겨우 두어 번뿐이었지만 금방 알아볼 수 있었다. 사람들이 무수히 품평하던 그 모델이 아내의 친구 딸이라는 건 의심의 여지가 없었다.

린 소머스는 조각가가 오늘의 작업을 끝낸다고 알리자 월계관과 헌장을 놓고 단에서 내려설 때까지 삼십 분이 지나도록 마티아스의 존재를 알아차리지 못했다. 엄마는 그녀가 옷을 갈아입도록 병풍 뒤로 데려가면서 어깨에 망토를 걸쳐 주

고 뜨거운 초콜릿을 한 잔 건네주었다. 마티아스는 창문 옆에
서서 거리를 바라보며 생각에 잠겨 있었다. 그는 린에게 시선
이 사로잡히지 않은 유일한 사람이었다. 린은 그의 남성적인
아름다움과 젊음, 좋은 가문, 훌륭한 의복, 자신만만한 태도,
이마 위에 공들여 흐트러뜨린 밤색 머리칼, 새끼손가락에 금
반지를 낀 완벽한 손등을 한눈에 알아봤다. 자신을 그렇게 철
저히 무시한다는 사실에 놀라서 그의 주의를 끌어 보려고 넘
어지는 척했다. 여러 개의 손이 잽싸게 달려와 그녀를 잡아 주
었지만 창문 옆에 서 있던 그 댄디의 손은 예외였다. 그 남자
는 그녀가 가구의 일부라도 되는 듯 전혀 관심을 두지 않고
눈길 한번 주지 않았다. 그러자 린은 상상의 나래를 펼쳐 뚜렷
한 이유도 없이 그 사람이 몇 년 동안 연애 소설들에서 예고
되었던 바로 그 남자이고 자기 운명의 연인이라고 정해 버렸
다. 병풍 뒤에서 옷을 갈아입을 때 젖꼭지가 돌처럼 딱딱하게
굳었다.

마티아스의 무관심은 가장이 아니었다. 사실 그가 그 젊은
모델에게 신경 쓰지 않았던 이유는 음란한 생각과는 아주 거
리가 먼 용건으로 그 자리에 왔기 때문이다. 아버지에게 돈 얘
기를 해야 하는데 그럴 기회가 없었다. 사정이 매우 다급해서
차이나타운 노름판에서 진 빚을 갚기 위해 당장 수표가 필요
했다. 아버지는 그런 식의 유흥비를 계속 대 줄 거라고 생각하
지 말라고, 채권자들이 직접 자신에게 찾아와 고지하는 경우
처럼 죽고 살 정도의 문제가 아니면 유흥비는 엄마한테서 조
금씩 필요한 대로 타서 해결하라고 경고한 적이 있었다. 그러

나 이번 경우에는 '굼벵이들'이 기다릴 태세가 아니었고, 그래서 오늘 방문에서 조각가가 아버지의 기분을 돋워 주면 자기가 바라는 대로 되리라 짐작했던 것이다. 남자들이 가장 탐내는 여자인 린 소머스와 자신이 한자리에 있었다는 걸 마티아스가 알게 된 것은 그로부터 훨씬 여러 날이 지난 후 보헤미안 친구들과 파티를 벌여 떠들고 놀 때였다. 그녀를 기억해 내는 데에는 노력이 필요했고 길에서 만나도 알아볼 수 있을까 싶었다. 누가 먼저 그녀를 유혹하는지 내기하자는 제안이 나왔을 때 그는 좀 판에 박힌 방법 아니냐며 자기가 세 단계로 나누어 일을 진행해 보겠다고 평소의 그 거만한 태도로 제안했다. 1단계는 혼자서 '가르소니에르'에 찾아오게 해 패거리 앞에 소개한다, 2단계는 자기들 앞에서 누드모델이 되도록 설득한다, 그리고 3단계는 그녀와 함께 잔다. 마티아스는 그걸 한 달 안에 모두 끝내겠다고 했다. 사촌 세베로 델 바예더러 수요일 오후 샌프란시스코에서 가장 예쁜 여자를 보러 오라고 초대했을 때 그는 이미 1단계를 끝낸 후였다. 엘리사의 찻집 창문으로 넌지시 신호를 보낸 후 린이 적당한 핑계를 대고 나올 때까지 모퉁이에서 기다렸다가 같이 몇 블록 걸었다. 경험에 따라 여자들을 깔깔거리며 웃게 만들었던 피로포[12]를 몇 마디 흘려 그녀의 비위를 맞추고, 혼자 오라고 주의를 주면서 스튜디오에서 만날 약속을 잡기까지 별로 어려운 게 없었다. 그녀가 도전해 오면 더 흥미로울 거라고 생각했던 그는 묘

---

12) 여자에게 하는 찬사와 아부의 말.

한 열패감을 느꼈다. 약속한 수요일이 되기 전에는 그녀를 유혹하는 데 지나치게 공을 들여서도 안 되었다. 사랑에 빠질 준비가 되어 떨고 있는 여자애를 무장 해제시키기 위해서는 노곤한 시선과 뺨에 입술을 살짝 대는 것, 그리고 귀에 흘려 넣는 효과적인 몇 마디 말로도 충분했다. 마티아스는 탐닉하듯 사랑에 빠져 고통받으려는 여자들의 욕망은 감상에 지나지 않는다고 생각했고, 여자들을 혐오하는 것도 바로 그 때문이었다. 그래서 자기처럼 감정이란 것을 하찮게 여기고 쾌락을 경외시하는 어맨다 로웰과는 장단이 맞았다. 린은 코브라 앞의 쥐처럼 최면에 걸렸다. 무르익은 연애편지들과, 슬픈 표정의 아가씨와 잔뜩 멋 부린 남자가 그려진 우표들을 받아 줄 사람을 마침내 만난 것이다. 마티아스가 그 로맨틱한 편지들을 친구들과 어울려 보지 않을까 하는 생각은 꿈에도 하지 못했다. 세베로는 마티아스가 그것들을 보여 주려 하자 거절했다. 린 소머스가 보낸 줄은 몰랐지만 순수한 소녀의 사랑을 갖고 장난친다는 게 내키지 않았던 것이다. "세베로, 보아하니 넌 여전히 신사구나. 하지만 염려 마, 기사도도 말이야, 처녀성처럼 금방 치료되는 병이거든." 마티아스가 대꾸했다.

잊지 못할 그 수요일, 세베로 델 바예는 사촌의 말대로 샌프란시스코 최고의 미인을 보려고 초대에 응했는데 초대받은 사람이 자기 혼자가 아니라는 걸 알게 되었다. 적어도 예닐곱은 되는 보헤미안들이 '가르소니에르'에서 술을 마시고 담배를 피우고 있었고, 몇 년 전 마티아스를 데리러 윌리엄스와 같이 아편굴에 갔을 때 보았던 그 빨간 머리 여자도 있었다. 사촌이 언젠가 말한 적이 있는 데다 경망스러운 공연들과 밤의 화류계에 이름이 떠돌았기 때문에 그녀가 누군지는 알고 있었다. 바로 마티아스의 절친한 친구 어맨다 로윀이었다. 마티아스는 어맨다가 펠리시아노 로드리게스 데 산타 크루스의 애인이던 시절에 스캔들이 일어나자 그녀와 함께 그 일을 조롱했다. 마티아스는 부모님이 돌아가시면 파울리나 델 바예가 대담하게 피렌체에서 주문한 넵투누스 침대를 선물하겠다고 어맨다에게 약속해 두었다. 그녀는 고급 창부 일을 하면서 남은 게 별로 없었다. 나이가 들면서 대부분의 남자들이 허풍만 심하고 따분하기 짝이 없다는 걸 알게 되었지만, 마티아스와는 근본적인 차이에도 불구하고 커다란 유사성이 있었다. 수요일에 그녀는 관심의 초점이 자신이 아니라는 걸 단박에 알아차리고는 소파에 비스듬히 누운 채 샴페인을 마시며 따로 떨어져 있었다. 그날은 첫 데이트를 하는 린 소머스가 남자들 틈에 혼자 있지 않게 하려고 초대된 것이었다. 린이 겁을 먹고 돌아가 버릴 수 있기 때문이다.

얼마 지나지 않아 문을 두드리는 소리가 나더니 그 유명한 '공화국 여인상'의 모델이 모자가 달린 무거운 양털 망토를 머리에 둘러쓰고 나타났다. 망토를 벗자 가운데 가르마를 타고 뒤로 넘겨 하나로 묶은 검은 머리칼에 곱게 단장한 순결한 얼굴이 드러났다. 세베로 델 바예는 가슴이 두방망이질하고 피가 머리로 쏠리며 관자놀이를 군대 북처럼 두드려 대는 느낌이었다. 사촌이 제시한 내기의 희생양이 린 소머스인 줄은 상상도 못했던 것이다. 세베로는 한마디 말은커녕 다른 사람들처럼 인사조차도 나누지 못했다. 린이 머무는 동안 구석으로 물러나 시선을 그녀에게 고정한 채 번민으로 마비되어 가만히 있었다. 이 패거리의 내기의 결말이 어떻게 될지는 의심의 여지가 없었다. 세베로는 자기 운명도 모른 채 제단에 놓인 새끼 양을 보듯 린 소머스를 바라보았다. 마티아스와 패거리에 대한 증오의 물결이 발끝부터 차올라 린에 대한 막연한 분노와 뒤섞였다. 지금 무슨 일이 일어나고 있는지를 어떻게 저 여자애가 모를 수 있는지 이해가 되지 않았다. 꿍꿍이속으로 하는 아부들, 연거푸 따라 주는 샴페인, 마티아스가 머리에 꽂아 준 붉은 장미의 함정 등 너무나 결말이 뻔하고 속물적이어서 구역질이 나는데 어떻게 모를 수 있는가 말이다. '구제할 길 없는 바보로군.' 세베로는 린에 대해서나 패거리에 대해서나 혐오감을 느끼며 그렇게 생각했다. 그러면서도 몇 년 동안 싹을 틔울 기회만 기다려 오다가 이제는 지쳐 버린 피할 수 없는 사랑에 굴복당해 멍청해졌다.

"무슨 일이야, 세베로?" 마티아스가 샴페인 잔을 건네면서 놀리듯 물었다.

세베로는 아무 대답도 못하고 자신의 속내를 숨기기 위해 고개를 돌려야 했지만, 마티아스는 이미 사촌의 감정을 짐작했기 때문에 농담을 계속할 참이었다. 린 소머스가 다음 주에 그 '예술가님들'의 카메라 앞에 포즈를 취해 주러 오겠다고 약속한 후 그만 가야겠다고 말하자 마티아스는 사촌에게 그녀를 데려다주라고 청했다. 그렇게 해서 세베로 델 바예는 니베아에 대한 끈기 있는 사랑을 조금은 식게 한 여자와 단둘이 있게 되었다. 그는 일상적인 대화조차 어떻게 시작해야 할지 몰라 당황한 채 마티아스의 스튜디오와 엘리사 소머스의 찻집 사이의 멀지도 않은 몇 블록을 묵묵히 걸었다. 내기를 폭로하기에는 이미 늦어 있었다. 세베로 자신이 린에게 빠져 있는 것과 똑같은 그 아찔한 감정으로 그녀가 마티아스에게 빠져 있다는 걸 눈치챘기 때문이다. 자신의 말을 믿지 않고 모욕감만 느낄 게 뻔했다. 그녀는 마티아스에게 노리개일 따름이라고 설명한다고 해도 어차피 사랑에 눈이 먼 그녀는 도살장으로 직행할 터였다. 마티아스가 말한 칠레 사촌이 바로 당신이냐고 물으며 불편한 침묵을 먼저 깨뜨린 사람은 오히려 린이었다. 세베로는 린이 몇 년 전 창문 불빛 아래서 앨범에 우표를 붙이던 때의 첫 만남을 전혀 기억하지 못한다는 걸 알아챘다. 린은 세베로가 그때부터 첫사랑의 집요함으로 자신을 사랑하고 있다는 생각을 해 본 적도 없고, 밤에 케이크 가게 주위를 어슬렁거릴 때나 길에서 간간이 마주쳤을 때도 전혀 주의를 기울이지 않았다. 단순히 말하면 그녀의 눈은 그를 기록하지 않던 것이다. 헤어질 때 세베로는 그녀에게 명함을 건네주고 손에 입을 맞추려는 몸짓으로 몸을 숙여 도움이 필요하면 언제든 주저 말고 전화하라고 더듬거리며 말했다. 그날부터 그는 마티아스를 피했고, 린 소머스와 그 굴욕적인 내기를 머리에서 지워 버리려고 공부와 일에만 몰두했다. 사촌이 그 여자애가 옷을 벗을 것으로 예견되는 두 번째 모임이 다음 주 수요일이라며 자신을 초대했을 때 세베로는 욕을 퍼부었다. 여러 주가 흐르도록 니베아에게 단 한 줄도 편지를 쓸 수 없었고 그녀의 편지를 읽지도 못했다. 죄책감에 봉투를 열지도 못하고 그대로 보관했다. 마치 린 소머스를 더럽히는 고약한 짓거리에 함께 가담이라도 한 듯 자신이 추잡스럽게만 느껴졌다.

마티아스 로드리게스 데 산타 크루스는 별로 공을 들이지도 않고 내기에 이겼지만 어쩌다 보니 냉소적인 태도를 잃어 뜻하지 않게 자신이 세상에서 가장 두려워하던 상황에 걸려들고 말았다. 바로 감정의 문제였다. 그렇다고 아름다운 린 소머스를 사랑하게 된 것은 아니지만 자신을 내맡기는 무조건적인 사랑과 순수함에 그만 감동한 것이다. 린은 전적인 믿음으로 마티아스의 손아귀에 들어왔다. 마티아스의 목적이 뭔지 어떤 결과가 올지도 판단하지 못한 채 그가 원하는 건 뭐든지 다할 태세였다. 마티아스는 린이 다락방 스튜디오에서 당혹감으로 얼굴이 빨개져 옷을 벗는 걸 보고는 그녀에 대한 자신의 힘이 절대적임을 짐작했다. 그녀는 두 팔로 아랫도리와 가슴만 가린 채 패거리에게 둘러싸여 있었고, 그들은 자신들의 무자비한 장난에서 비롯한 발정 난 개 같은 흥분을 숨기지도 않은 채 사진을 찍는 척했다. 린의 몸은 당시 유행하던 모래시계 모양이 아니었다. 풍만한 엉덩이도 아니었고 가늘지만 굴곡이 진 허리, 길쭉한 다리, 검붉은 젖꼭지가 달린 둥그스름한 가슴과는 전혀 거리가 멀었다. 그녀의 살결은 여름철 과일 같은 빛깔이었고, 검고 매끄러운 머리는 등 한가운데까지 내려와 마치 망토 같았다. 마티아스는 자신이 수집한 많은 예술품들을 보듯 감탄했다. 이를 데 없이 훌륭했지만 자신에게는 아무런 매력을 끌지 못한다는 걸 확인하고 만족스러웠다. 친구들 앞에서 잘난 척을 하고 자신의 잔인성을 시험해 보고 싶어서 그녀의 기분은 생각도 하지 않고 팔을 아래로 내려 보라고 손짓했다. 린은 몇 초 동안 그를 바라보더니 이윽고 천천히 팔을 내렸는데 수치심 때문에 뺨으로 눈물이 흘러내렸다. 예기치 못한 눈물을 보고 방 안에는 얼어붙은 침묵이 흘렀고, 남자들은 손에 카메라를 든 채 시선을 깔고 어찌할 바를 몰라 했다. 짧은 순간이 한없이 길게만 느껴졌다. 그때 난생처음으로 무안함을 느낀 마티아스가 외투를 집어 린에게 덮어 주면서 팔로 감싸 안았다. "모두들 돌아가! 이제 끝났어." 마티아스가 명령하자 그들은 당황해서 하나둘 자리를 뜨기 시작했다.

단둘이 남자 마티아스는 그녀를 무릎에 앉히고 속으로는 용서해 달라고 빌면서도 입 밖으로는 차마 말을 꺼내지 못한 채 아기처럼 다독이기 시작했다. 린은 아무 말 없이 계속 울기만 했다. 결국에는 그녀를 병풍 뒤 침대로 다정하게 데려가 마치 오누이처럼 안고 누웠다. 그는 뭐라고 불러야 할지 알 수 없는 낯설지만 강렬한 감정에 당황하며 린의 머리를 쓰다듬고 이마에 입을 맞추었다. 그녀를 갖고 싶은 것이 아니라 단지 그녀를 보호하여 흠집 하나 내지 않고 순결하게 그대로 돌려보내고 싶었다. 그러나 견딜 수 없을 만큼 부드러운 린의 살결과 자신을 휘감으며 물결치는 머리칼, 그윽한 사과 향내가 그를 굴복시키고 말았다. 자신의 손이 닿자 그 무르익은 육체가 열려 가면서 주저 없이 전부를 내맡기자 마티아스는 적잖이 놀랐다. 자신도 모르는 사이에 그녀를 탐색하고 있었고, 이제까지 어떤 여자한테도 느낀 적 없는 조바심에 키스를 퍼부었다. 입이며 귀며 온몸에 혀를 밀어 넣기도 하고 그녀의 몸을 조인 채 억제할 길 없는 열정의 소용돌이 속으로 빠져들었다. 고삐 풀린 말처럼 인정사정없이 맹목적으로 내달려 가자 마침내 그녀 내부로부터 폭발할 듯한 격정이 터져 나왔다. 아주 잠시 동안 두 사람은 육체와 정신을 모두 발가벗은 채 방어막이 없는 다른 공간, 다른 차원에 있었다. 마티아스는 그때까지 존재를 알지 못하면서도 마냥 회피해 왔던 어떤 친밀감을 경험하는 기분이었고, 최후의 경계선을 뛰어넘어 의지력이 상실되는 또 다른 세계에 이르렀다는 것을 깨달았다. 그는 기억하는 것보다 훨씬 더 많은 연인 — 여자들과 남자들이 있었지만 자기 통제력과 빈정거림, 거리감, 자기 개체성 등을 그토록 온통 상실하고 다른 인간 존재와 절대적으로 융합되어 본 적이 없었다. 어떤 의미에서는 마티아스도 린을 안으면서 비로소 동정을 바친 셈이었다. 여행은 아주 찰나였지만 그를 전율시키기에는 충분했다. 그러나 녹초가 된 몸으로 되돌아오자마자 바로 냉소라는 평상시의 갑옷을 둘러 입었다. 린이 눈을 떴을 때 마티아스는 사랑을 함께 나눈 남자가 아니라 이미 원래의 마티아스였지만 그런 걸 알아채기에는 경험이 부족했다. 그녀는 아프기도 하고 피로 범벅되어 있으면서도 행복에 겨웠고, 이미 마음이 저 멀리 달아나 버린 마티아스에게 안겨서 허망한 사랑의 신기루에 자신을 내맡기고 있었다. 창에서 햇살이 완전히 사라질 때까지 그러고 있다가 문득 이제 엄마에게 돌아가야 한다는 걸 깨달았다. 마티아스는 그녀가 옷 입는 걸 도와주고 찻집 근처까지 데려다주었다. "내일 같은 시간에 올 테니까 기다려 줘." 헤어지면서 린이 속삭였다.

세베로 델 바예는 석 달이 지날 때까지 그날 있었던 일이나 그 후에 일어난 일들을 전혀 모르고 있었다. 1879년 4월 칠레는 이웃 나라 페루와 볼리비아에 전쟁을 선포했다. 영토 문제와 초석 광산 그리고 교만함 때문이었다. 태평양 전쟁이 일어난 것이다. 그 소식이 샌프란시스코에 도착하자 세베로는 고모 내외를 찾아가 자기도 싸우러 가야겠다고 말했다.

"다시는 군대 쪽으론 오줌도 안 누겠다더니?" 파울리나 고모가 상기시켰다.

"이건 다른 문제예요. 조국이 위험에 처했단 말입니다."

"넌 민간인이야."

"전 예비역 장교예요."

"네가 칠레에 도착하기도 전에 전쟁은 끝날 거다. 언론에서 뭐라고들 하는지, 가족들은 어떻게 생각하는지 한번 보자꾸나. 서두를 거 없다." 고모는 그렇게 조언했다.

"이건 제 의무예요." 세베로는 사나운 기질은 그대로지만 몸은 침팬지처럼 작아져 얼마 전에 돌아가신 할아버지를 생각하며 대답했다.

"네 의무는 나와 함께 여기 있는 거다. 전쟁은 사업에 안성맞춤이지. 설낭 누기 사업을 하기 좋은 기회구나." 파울리나는 그렇게 말했다.

"설탕이라고요?"

"그 세 나라 어디에서도 사탕수수가 안 나는데, 어려운 시절에는 사람들이 더 달게 먹는 법이거든." 파울리나는 확신했다.

"어떻게 아세요, 고모?"

"직접 경험해 봤으니까."

세베로는 여행 가방을 꾸리기 시작했다. 그러나 실제로 남쪽으로 가는 배를 탄 것은 생각했던 것처럼 바로 며칠 후가 아니라 10월 말이 되어서였다. 그날 밤 고모는 세베로에게 낯선 방문객을 맞아야 하는데 남편이 여행 중인 데다 변호사의 훌륭한 조언이 필요한 일이니 같이 있었으면 한다고 알렸다. 저녁 7시에 윌리엄스는 신분이 낮은 사람들을 시중들 때 보이는 그 거만한 분위기를 풍기며, 갈색 머리에 엄격한 검은색 옷을 입은 키가 큰 중국인 남자와 용모는 평범하지만 거만하기는 윌리엄스 저리 가라 할 정도의 젊은 여자를 맞아들였다. 타오 치엔과 엘리사 소머스는 '맹수들의 방'으로 안내되었고, 그들은 네 벽을 따라 세워진 금색 울타리 안에서 자신들을 쳐다보는 사자며 코끼리 같은 아프리카 맹수들에 둘러싸였다. 파울리나는 엘리사를 케이크 가게에서 자주 보았지만 다른 곳에서는 한 번도 만난 적이 없었다. 둘은 서로 다른 세계에 속했기 때문이다. 팔짱을 끼고 있는 자세로 봐서 남편이거나 연인임에 틀림없는 그 '굼벵이'도 낯선 사람이었다. 거리를 둔 채 꾸밈없이 인사를 하는 그 소박한 남녀를 앞에 두고 파울리나는 마흔다섯 개의 방이 있는 궁궐 같은 집 안에서 땅에 질질 끌리는 검은색 옷을 입고 다이아몬드에 뒤덮여 있는 자신이 우스꽝스럽게 느껴졌다. 그녀는 곤혹스러워하며 아들 마티아스가 악수 없이 목례만 하고는 무리에서 떨어져 하카란다 나무[13]로 만든 책상 뒤쪽으로 가더니 담배 파이프를 청소하는 척하는 것을 눈여겨보았다. 한편 세베로 델 바예는 린 소머스의 부모가 이 집에 나타난 이유를 의심의 여지 없이 짐작하고는 한 천 리쯤 도망가 버리고 싶은 기분이었다. 파울리나는 주의 깊게 촉각을 세우고 속으로 궁리를 하면서도 지체하지 않고 그들에게 음료를 권한 후, 윌리엄스에게는 문을 닫고 물러가라는 손짓을 했다. "어쩐 일이신지요?"라고 묻자 타오 치엔은 동요도 없이 자기 딸 린이 아이를 가졌는데 그 모욕의 당사자가 마티아스라고, 자신들은 있을 수 있는 단 한 가지 해결책을 바란다고 천천히 설명하기 시작했다. 여장부 델 바예는 평생 처음으로 할 말을 잃었다. 좌초당한 고래처럼 입만 뻐끔 벌린 채 앉아 있다가 마침내 입을 열자 신음 소리만 터져 나왔다.

"어머니, 전 이 사람들과 아무 상관이 없어요. 아는 사람들도 아니고 무슨 소린지도 모르겠어요." 마티아스가 하카란다 책상께에서 세공된 상아 파이프를 손에 든 채 말했다.

"린이 모두 말했어요." 엘리사가 벌떡 일어서면서 말했다. 목소리는 갈라졌지만 눈물은 내비치지 않았다.

"원하는 게 돈이라면……." 마티아스가 이렇게 말하기 시작하자 파울리나는 사나운 눈초리로 가로막았다.

"용서해 주시기 바랍니다." 그녀는 타오 치엔과 엘리사 소머

---

13) 라틴 아메리카 지역에 주로 분포되어 있고 봄에 보라색 꽃을 피운다.

스를 향해 말했다. "제 아들도 저만큼이나 놀랐나 봅니다. 이 일을 올바르게 해결할 수 있을 것으로 믿어요. 제대로 말이지요……."

"린은 물론 결혼을 원합니다. 둘은 서로 사랑하고 있다더군요." 타오 치엔도 일어서면서 마티아스를 향해 말했다. 마티아스는 개가 으르렁거리는 소리를 내면서 짧게 웃음을 터뜨렸다.

"당신들은 존경할 만한 사람들 같군요. 하지만 따님은 그렇지 않아요. 제 친구 누구라도 증명할 수 있지요. 그들 중 누가 이 불행의 책임자인지는 모르겠지만 저는 절대 아닙니다."

엘리사 소머스는 낯빛이 완전히 창백해져 석고처럼 하얘지더니 부들부들 떨며 거의 쓰러질 지경이었다. 타오 치엔은 그녀의 팔을 붙잡아 부축하고는 문 쪽으로 데려갔다. 세베로 델 바예는 자기 자신이 이 사태의 유일한 죄인인 것처럼 고통과 수치심에 죽을 것만 같았다. 그들보다 앞장서 문을 열어 주고 빌린 마차가 기다리는 현관까지 배웅했다. 할 말이 하나도 떠오르지 않았다. 살롱으로 돌아오니 언쟁의 뒷부분이 귀에 들려왔다.

"저런 곳에 내 가문의 씨를 뿌렸다는 걸 그냥 넘기지 않을 테다!" 파울리나가 소리쳤다.

"저들이 정직한 사람일지 생각해 보세요, 어머니. 누구를 믿으시겠어요? 당신 자식입니까, 아니면 케이크 파는 여자와 중국인입니까?" 마티아스는 문을 쾅 닫고 나가면서 대답했다.

그날 밤 세베로 델 바예는 마티아스와 마주하고 앉았다. 그는 사건을 추론할 만한 정보를 충분히 갖고 있었고 그래서 끈

질긴 심문으로 사촌을 무장 해제시킬 작정이었지만 금세 모두
술술 부는 바람에 그럴 필요도 없었다. 자기 책임이 아닌 이
상한 상황에 옭매였던 거라고 했다. 린이 자신을 졸라 댔고 쟁
반에 담아 바치듯이 스스로를 내맡겼다고 했다. 유혹할 의도
는 전혀 없었고 내기는 단순히 허세였을 뿐인데, 그녀의 파멸
을 피하면서 떼어 버리려고 애쓰는 사이 두 달이 흘렀다고 했
다. 자신이 바보 같은 짓을 하고 있다는 게 두려웠다고, 린은
사랑 때문에 바다에 몸을 내던질 수도 있는 병적으로 흥분하
는 소녀라고 설명했다. 린이 아직 아이일 뿐이고, 자기 품에 안
겼을 때도 달콤한 시구들로 머리가 꽉 차 있고 성에 전혀 무
지한 처녀였다는 건 인정하지만 자신은 그녀에게 아무런 의무
도 없다고, 결혼은 말할 것도 없고 사랑이라는 말도 한 적이
없다고 반복했다. 그러고는 린과 같은 소녀들은 늘 말썽을 불
러일으킨다고, 그래서 그런 여자들을 페스트인 양 피하는 거
라고 덧붙였다. 린과의 짧은 만남이 그런 결과를 가져올 거라
고는 한 번도 생각지 못했다고 했다. 몇 차례 같이 있었을 따
름이고, 일이 끝나고 나서는 식초와 겨자로 씻으라고 귀띔했을
뿐 그녀가 그렇게 놀라우리만치 쉽게 애를 갖는 몸일 줄은 짐
작 못 했다는 것이다. 어쨌든 그는 양육비를 모두 책임질 마음
을 먹고 있었다. 그건 최소한의 비용이기 때문이다. 그러나 자
기 아이라는 증거가 전혀 없으니 자신의 성을 줄 수는 없다고
했다. "나는 지금도 그렇고 앞으로도 결혼은 안 해, 세베로. 나
만큼 부르주아 성향이 없는 사람을 본 적이 있어?" 마티아스
는 결론처럼 말했다.

일주일이 지난 후 세베로 델 바예는 사촌이 떠맡긴 추잡한 임무를 머릿속에서 한 천 번은 생각한 후에 타오 치엔의 의료원에 나타났다. 중의는 막 그날의 마지막 환자를 진료한 뒤였다. 그는 1층 진료실에 딸린 대기실에서 세베로를 맞았고, 그의 제안을 태연히 들었다.

　"린에게 돈은 필요 없소. 부모도 돈은 충분하니까. 아무튼 걱정해 줘서 고맙소." 그는 아무런 감정을 내비치지 않고 말했다.

　"소머스 양은 어떻습니까?" 세베로는 타오 치엔의 위엄에 주눅이 들어 물었다.

　"내 딸은 아직 뭔가 오해가 있다고 생각하지요. 로드리게스 데 산타 크루스 씨가 의무감이 아니라 사랑 때문에 금방이라도 청혼하러 올 거라고 믿고 있어요."

　"치엔 씨. 이 상황을 어떻게 해야 할지 모르겠습니다. 사실 제 사촌은 건강이 좋지 않아서 결혼할 수가 없거든요. 진심으로 유감입니다……." 세베로 델 바예는 중얼거렸다.

　"우리가 더 유감이지요. 당신 사촌에게 린은 오락거리였을 뿐인데 린에게는 그가 목숨과도 같았으니까요." 타오 치엔은 부드럽게 말했다.

　"따님께 설명을 드리고 싶군요, 치엔 씨. 제가 만나 볼 수 있겠습니까?"

　"린에게 물어봐야 합니다. 지금은 아무도 만나고 싶어 하지 않거든요. 혹시 마음이 바뀌면 알려 드리지요." 중의는 문까지 배웅하면서 대답했다.

세베로 델 바예는 린의 대답을 듣지 못한 채 삼 주를 기다
렸다. 더 이상 조바심을 견딜 수 없어 엘리사 소머스에게 따님
과 얘기하도록 허락해 달라고 청하러 찻집으로 찾아갔다. 거
센 저항에 부딪힐 거라고 생각했는데 엘리사는 설탕과 바닐라
향에 둘러싸인 채 타오 치엔과 똑같은 침착함으로 맞아 주었
다. 엘리사는 처음에는 그 일이 자기 탓이라고 자책했다. 부주
의해서 딸을 보호하지 못했고 그래서 이제 딸의 인생이 파멸
에 이른 것이라고 여기고는 남편의 팔에 안겨 울었다. 남편은
그녀 또한 열여섯 살에 도를 넘어선 사랑과 애인의 변심, 임
신과 공포 등 비슷한 경험을 했던 기억을 떠올려 주었다. 타오
는 다른 게 있다면 린은 혼자가 아니기 때문에 그녀처럼 집에
서 도망칠 필요가 없고, 어울리지 않는 남자의 뒤를 쫓아 배
의 술통 속에 숨어들어 지구의 절반이나 종단하는 짓을 할 필
요도 없다고 했다. 또 린은 부모에게 도움을 청했고 부모에게
는 그녀를 도울 수 있는 막대한 재산이 있다, 중국이나 칠레에
서라면 딸은 방황했을 터이고 사회는 용서를 베풀지 않았을
테지만, 배신하지 않는 땅 캘리포니아에서는 모두에게 기회를
허용하지 않느냐고도 했다. 중의는 단출한 가족을 소집해 태
어날 아기는 하늘의 선물이므로 모두가 기쁨으로 기다려야 한
다고 설명했다. 눈물은 업보에 해롭고 산모 배 속에 든 아기에
게 누가 되어 불안한 삶을 가져오기 때문이다. 아이는 여아든
남아든 환영받을 것이고, 럭키 삼촌이나 할아버지인 자신이
아비 역을 충분히 할 수 있으니 린의 실패한 사랑에 대해서는
차차 생각하자고 했다. 할아버지가 된다는 기대로 잔뜩 들떠

있는 듯한 남편의 모습에 엘리사도 자신의 위선적인 생각이 부끄러워져 눈물을 닦고 다시는 자책하거나 하지 않았다. 타오 치엔이 딸에 대한 연민을 가족의 명예보다 더 소중하게 여긴다면 자신도 그래야 한다고 마음먹었다. 자신의 의무는 린을 보호하는 것이고 그 나머지는 중요하지 않으니까. 그날 찻집에서 엘리사는 세베로 델 바예에게 다정한 어조로 그런 이야기들을 했다. 그녀는 이 칠레 젊은이가 자기 딸과 얘기하겠다고 고집하는 이유를 알지 못했다. 그러나 그가 부탁을 청하자 중개를 해 주었고 결국 린은 그를 만나기로 했다. 린은 세베로를 제대로 기억하지 못했지만 마티아스의 전갈을 갖고 왔으리라는 희망에 맞아들였던 것이다.

그로부터 몇 달 동안 치엔가를 방문하는 일은 세베로 델 바예의 일상이 되었다. 근무 시간이 끝나는 해 질 무렵이면 그 집에 도착하여 타고 온 말을 문간에 세워 두고 한 손에는 모자를 벗어 들고 다른 손에는 선물을 든 채 들어섰다. 그렇게 하여 린의 방은 갓난아기 장난감과 옷으로 가득 찼다. 타오 치엔이 '마작' 게임을 가르쳐 주자 엘리사, 린과 더불어 넷이서 아름다운 대리석 말들을 요리조리 옮기면서 몇 시간이고 보냈다. 럭키는 내기 없는 게임이란 시간 낭비라고 믿었기 때문에 함께하지 않았다. 반대로 타오 치엔은 돈을 걸고 하는 놀이는 젊은 시절에 그만두었는데 그 맹세를 깨뜨리면 불행이 찾아온다고 믿어 가족끼리 할 때만 게임을 했다. 치엔 가족은 세베로의 방문에 아주 익숙해져서 그가 늦는 날에는 조바심 내며 시계를 쳐다볼 정도였다. 엘리사 소머스는 그의 방문을 스페인어를 연습하거나 칠레 시절을 추억하는 기회로 삼았다. 삼십 년 이상 발을 디뎌 보지 못했지만 여전히 조국으로 여겨지는 그 먼 나라 말이다. 전쟁이 어떻게 되어가는지 세세한 소식들이나 정치권의 변화를 얘기하기도 했다. 몇십 년 동안 집권해 온 보수 정권을 무너뜨리고 자유주의자들이 승리하자 칠레에서는 성직자들의 권세를 꺾고 개혁을 실현하기 위한 투쟁이 지속되었고, 그러자 칠레의 모든 가정에 분열이 일어났다. 남자들은 대부분 가톨릭교도이면서도 나라의 근대화를 열망했지만 여자들은 종교를 따르는 경향이 더 강해서 아버지나 남편의 뜻을 거스르며 교회를 옹호했다. 니베아는 정권이 제아무리 자유주의적이라 해도 가난한 자들의 운명은 마찬가지이고, 언제나처럼 상류층 여자들과 성직자들이 권력의 고삐를 조종하고 있다고 편지에 썼다. 국가와 교회 세력을 분리시킬 수 있다면 의심할 바 없이 커다란 발전이지만 — 델 바예 가문은 그런 사상을 전혀 수용하지 못했기에 그녀의 생각은 가문의 뜻을 거스르는 것이었다 — 상황을 결정하는 사람들은 늘 그 가문들이라고도 했다. "우리가 새로 정당을 만들자, 세베로. 정의와 평등을 추구하는 당 말이야." 니베아는 마리아 에스카풀라리오 수녀와의 비밀스러운 대화에 고무되어 그렇게 편지에 썼다.

대륙 남쪽에서는 태평양 전쟁이 계속되고 있었다. 갈수록 피비린내 나는 전쟁이 되었고, 그러는 동안 칠레군은 북쪽 사막 지역에서 전투를 일으키기 위해 서두르고 있었다. 그곳은 달처럼 황량하고 거칠어서 보급이 가장 큰 문제였고, 전투가 벌어지는 곳까지 병사들을 이동시킬 유일한 길은 바다를 통하는 것이었지만 페루 함대는 허락하지 않을 태세였다. 세베로 델 바예는 조직력이 뛰어나고 흉포하기 짝이 없는 칠레군이 전쟁에서 이길 거라고 생각했다. 그는 분쟁의 결과를 결정짓는 것은 무기와 군의 호전성뿐만 아니라 애국심을 고양시킬 영웅 몇이면 된다고 엘리사 소머스에게 설명했다.

"이번 전쟁은 5월에 이키케 항구 맞은편 해전에서 결판난 거나 다름없다고 봅니다. 칠레의 구식 소형 구축함이 그보다 훨씬 우위에 있는 페루군과 맞서 싸웠어요. 젊은 함장 아르투로 프라트가 지휘를 맡고 있었는데, 그는 신앙심이 매우 깊은 데다 정말 소심해서 군대식의 왁자한 게임이나 방자한 행동과는 거리가 멀었어요. 눈에 띌 만한 점도 별로 없어서 상관들조차 그의 용맹을 신임하지 않았지요. 그런데 바로 그날 모든 칠레인의 영혼에 용기를 불어넣은 영웅이 된 겁니다."

엘리사도 시일이 지나 도착한《런던 타임스》에서 읽어 자세한 내용을 알고 있었다. 그 일화는 다음과 같이 기술되어 있었다. "……이는 한 번도 존재한 적 없는 가장 영광스러운 전투 중의 하나다. 박살나다시피 한 낡은 나무 군함 한 척이 육군 포대와 강력한 장갑함에 맞서 세 시간 삼십 분 동안 버틴 끝에 마침내 장갑함 돛대에 칠레 국기를 꽂았다." 페루군의 영웅 미겔 그라우 제독의 지휘를 받고 있던 페루 군함은 전속력으로 칠레 구축함을 들이받으면서 충각(衝角)으로 적군 함대를 관통했다. 이때를 이용해 칠레군의 프라트 함장이 부하 한 명과 함께 적의 뱃전으로 뛰어넘어 갔지만 둘 다 갑판에서 총에 맞고 전사했다. 두 번째 들이받았을 때는 더 많은 병사가 함장을 따라 건너뛰었지만 그들 역시 난도질당했다. 그리하여 구축함이 가라앉기도 전에 병사들이 4분의 3이나 쓰러졌다. 프라트 함장의 터무니없이 영웅적인 행동은 국민들에게 용기를 심어 주었고, 적에게도 강한 인상을 남겨 그라우 제독은 얼이 빠진 채 "저 칠레 놈들 싸우는 거 좀 봐!"라고 중얼거리기만 했다.

"그라우는 신사예요. 프라트의 칼과 제복을 손수 챙겨 부인에게 돌려주었다고 하더군요." 세베로는 그 전투 이후 '승리가 아니면 죽음을'이 칠레군의 신성한 수칙이 되었다고 덧붙였다.

"그런데 세베로, 당신은 전쟁에 안 나갈 생각인가요?" 엘리사가 물었다.

"아니요. 이제 곧 갈 겁니다." 세베로는 자기 의무를 어떻게 수행해야 할지 알지도 못한 채 부끄러운 듯 대답했다.

한편 린은 우아함과 아름다움을 조금도 잃지 않은 채 포동포동해져 갔다. 잘 맞지도 않는 옷들을 벗어 버리고 이제는 차이나타운에서 산 경쾌한 비단 튜닉을 입었다. 산책도 좀 하라고 아버지가 끈질기게 말했지만 외출하는 일은 아주 드물었다. 때때로 세베로가 그녀를 마차에 태워 '프레시디오 공원'이나 해변을 산책시켜 주었다. 그곳에서 두 사람은 자리를 잡아 모포를 깔고 함께 간식을 먹고 독서를 했다. 세베로는 신문과 법전을 읽고 린은 연애 소설을 읽었는데 이제는 그런 소설의 줄거리를 믿지 않지만 그래도 도피처가 되어 주었던 것이다. 세베로는 린을 만나는 것 외의 다른 목적은 없이 치엔가를 방문하며 하루하루 지냈다. 이제 니베아에게 편지를 쓰지도 않았다. 다른 여자를 사랑하게 되었다고 고백하려고 몇 번이나 펜을 잡았지만 매번 부치지 못하고 찢어 버리곤 했다. 니베아에게 죽을 만큼 아픈 상처를 입히지 않으면서 이별을 전할 수 있는 말을 찾아내지 못했다. 게다가 린은 미래를 함께하는 상상을 할 만한 여지를 내색한 적조차 없었다. 마티아스가 린 얘기를 안 하듯이 린도 마티아스 얘기를 한 번도 하지 않았지만 그 물음은 늘 허공에 떠 있었다. 세베로는 치엔 가족과 맺은 새로운 우정을 고모 집에서는 말하지 않으려 조심했고, 윌리엄스 집사를 제외하고는 의심을 하는 사람도 없었다. 윌리엄스는 고모의 저택에서 일어나는 일만큼이나 샅샅이 알고 있어서 세베로가 굳이 말할 필요가 없었다. 세베로가 얼굴에 바보 같은 미소를 띤 채 두 달째 늦은 귀가를 일삼던 어느 날 윌리엄스가 그를 다락방으로 데려가 시트로 덮은 큼지막한 물건을 알코올램프 불빛에 비춰 주었다. 들춰 보니 휘황찬란한 요람이었다.

"주인님의 칠레 광산에서 캔 은을 세공하여 만든 것입니다. 이 집 아이들은 모두 여기서 잠을 잤지요. 원하신다면 가져가십시오." 윌리엄스의 말은 그게 전부였다.

파울리나 델 바예는 수치스러워서 더 이상 찻집에 가지 않았다. 산산조각 나 버린 엘리사 소머스와의 오랜 친교를 다시 이어 붙일 자신이 없었다. 몇 년 동안 애착을 가져왔던 칠레산 둘세를 단념하고 자기 집 요리사의 프랑스식 케이크에 만족해야 했다. 걸림돌들을 쓸어 버리고 목표를 달성할 만큼 불굴의 체력을 지닌 그녀였으나 이제는 뜻대로 되지 않았다. 무기력해지고 조바심이 극에 달해 심장이 벌떡벌떡 뛰었다. "노이로제로 죽겠어요, 윌리엄스." 그녀는 처음으로 병약한 여자가 되어 하소연했다. 충실하지 않은 남편과 얼치기 세 아들이 말썽을 일으킨다 한들 가문의 사생아를 여기저기 잔뜩 뿌리는 게 고작일 테니 그렇게 괴로워할 이유가 없다는 건 이미 알고 있었다. 그러나 가상의 사생아들은 이름도 얼굴도 모르니 그렇다 쳐도 이번 경우는 바로 면전에 들이닥친 일이었다. 린 소머스만 아니었더라도! 엘리사와 이름이 기억나지 않는 그 중국인이 찾아왔던 일을 잊을 수 없었다. 거실에 앉아 있던 그 기품 있는 부부의 영상을 떠올리는 일은 고문이었다. 마티아스가 그 아이를 유혹했군. 어떤 교활한 논리로 타협하려 들어도 처음부터 본능적으로 알아차린 진실을 부정할 수 없었다. 아들의 강한 부정과 린이 정숙하지 못하다는 냉소적인 말은 그녀의 확신을 더해 줄 뿐이었다. 그 여자애가 배 속에 품고 있는 아이는 파울리나에게 모호한 감정의 회오리를 불러일으켰다. 한편으로는 마티아스에 대한 소리 없는 분노였고 다른 한편으로는 자기 맏손자에 대한 억제하기 힘든 애정이었다. 그래서 남편이 여행에서 돌아오자마자 그 일을 얘기했다.

"그런 일은 늘 일어나는 거요, 파울리나. 비극을 지어낼 필요가 없어요. 캘리포니아 아이들의 절반은 사생아란 말이오. 중요한 건 소동을 피하고 마티아스를 중심으로 단합하는 거요. 가족이 우선이지 않소." 그게 펠리시아노의 생각이었다.

"그 아이는 우리 집안의 애예요." 그녀는 힐책했다.

"아직 태어나지도 않았는데 가족 운운한단 말이오! 나도 린 소머스라는 아이를 알아요. 조각가의 작업실에서 남자들 떼거리에 둘러싸여 거의 벌거벗다시피 하고 포즈를 잡고 있었지. 그 남자들 중 누구라도 그 애의 애인일 수 있어요. 그건 못 봤지 않소?"

"못 본 건 당신이에요, 펠리시아노."

"끝없이 갈취당할 수도 있소. 그 사람들과 최대한 접촉을 피하도록 해요. 여기로 오면 내가 알아서 하겠소." 펠리시아노는 즉석에서 문제를 해결했다.

그날부터 파울리나는 아들이나 남편 앞에서 다시는 그 문제를 거론하지 않았다. 하지만 참을 수 없는 심정이 될 때가 있었고 결국 충직한 윌리엄스에게 속을 터놓곤 했다. 그는 끝까지 말을 들어주면서도 청하지 않는 한 자기 의견을 말하지 않아서 편했다. 린 소머스를 도울 수 있다면 기분이 좀 나아질 테지만 막대한 재산은 아무 쓸모가 없었다.

그 몇 달 동안 마티아스는 참담했다. 린과의 일이 속을 뒤집어 놓았을 뿐 아니라 관절의 통증이 심해져 더 이상 검술을 할 수 없었고 다른 운동들도 그만두어야 했다. 아침에 잠이 깰 때면 너무 고통스러워 자살을 생각할 때가 된 게 아닐까 싶었다. 자살에 대한 생각은 자기 병의 실체를 알게 된 후 계속 커졌다. 그러나 침대에서 빠져나와 몸을 움직이기 시작하면 통증이 좀 가셨고, 그러면 삶에 대한 욕구가 새로이 되살아났다. 손목과 발목, 무릎은 부어오르고 손이 떨렸다. 아편은 이제 차이나타운에 가서 즐기는 오락거리가 아니라 필수품이 되었다. 아편을 같이 피울 좋은 친구이자 유일하게 속을 터놓고 지내는 여자는 어맨다 로웰이었다. 모르핀 주사의 이점을 가르쳐 준 것도 그녀였다. 한 번의 미량으로 즉각 고통이 사라지고 평화가 찾아오니 모르핀이 아편보다 효과적이고 위생적이며 우아하다는 것이었다. 그는 사생아 스캔들로 완전히 활기를 잃더니 여름이 깊어 갈 즈음 갑자기 며칠 동안 유럽에 다녀오겠다고 했다. 기분 전환도 하고 이탈리아의 온천수나 영국인 의사들이 자기 병을 완화시킬 수 있는지 알아봐야겠다는 이유를 댔다. 뉴욕에서 어맨다 로웰을 만나 함께 여행할 생각이라는 말은 하지 않았다. 그 빨간 머리의 스코틀랜드 매춘부를 상기시키는 것은 펠리시아노에게는 소화 불량을, 파울리나에게는 말없는 분노를 불러일으켰기 때문에 집 안에서 그녀의 이름을 입에 올리는 것은 금기였다. 마티아스의 갑작스러운 여행은 지병과 린 소머스로부터 멀어지고 싶은 마음 때문이었지만 다른 이유도 있었다. 떠난 후 금방 들통 난 대로 노름 때문에 다시 빚을 졌기 때문이다. 빈틈없어 보이는 중국인 몇 사람이 펠리시아노의 사무실에 나타나 아들이 진 빚을 이자까지 쳐서 갚으라고, 그러지 않으면 당신의 명예로운 집안의 누군가에게 유쾌하지 못한 일이 생길 거라고 최대한 정중하게 경고했던 것이다. 펠리시아노는 대답 대신 아랫사람에게 그들을 번쩍 들어 올려 사무실에서 끌어내 길바닥에 내동댕이치도록 시키고는, 도시 하층민을 다루는 기사를 전문으로 하는 제이콥 프리몬트 기자에게 전화를 걸었다. 그는 마티아스의 친구였기 때문에 펠리시아노의 말을 우호적으로 들었고 경찰서장을 만나러 가는 길에 동행해 주었다. 서장은 평판이 수상쩍은 호주인이었는데 제이콥에게 몇 번 부탁을 한 적이 있었다. 알아서 일을 처리해 달라고 요청하자 서장은 "제가 아는 방법은 돈을 갚는 것뿐입니다."라고 대답했다. 차이나타운의 '당들'과 얽혀 드는 일은 아무도 하지 않으려 한다고 설명했다. 그러면서 머리끝부터 발끝까지 완전히 몸을 가르고 창자는 깔끔하게 상자에 담아 함께 놓아둔 시신을 수거한 적이 있다고 이야기했다. 물론 '굼벵이들'의 복수였다고 덧붙였다. 그들은 적어도 백인들에게 복수할 때는 사고인 것처럼 꾸민다고 했다. 원인을 알 수 없는 화재로 불타 죽은 사람, 외딴길에서 말발굽에 밟혀 죽은 사람, 물살이 고요한 만에서 질식사한 사람, 공사 중인 건물에서 이상하게도 벽돌이 와르르 쏟아져 맞아 죽은 사람을 본 적이 없는지요? 펠리시아노 로드리게스 데 산타 크루스는 당장 돈을 갚았다.

린은 세베로 델 바예에게서 마티아스가 가까운 시일 안에 돌아온다는 계획도 없이 유럽으로 떠났다는 소식을 듣고 울음을 터뜨렸다. 그렇게 닷새 동안을 울기만 했고 타오 치엔이 투여한 진정제도 소용없었다. 닷새째 되는 날 엄마가 뺨을 두 번 세게 때리면서 현실을 똑바로 보라고 나무라고서야 울음을 그쳤다. 경솔한 행동을 저질렀으니 이제 대가를 치르는 수밖에 없지 않니, 넌 더 이상 어린애가 아니라 엄마가 되는 거다, 다른 아이들이 너 같은 상황이라면 태어난 아기는 고아원에 보내고 길거리에 나가 나쁜 방법으로 생계를 꾸려야 했을 테지만 너는 그나마 도와줄 가족이 있으니 감사히 여길 줄도 알아야지, 이젠 애인이 연기처럼 사라져 버렸다는 걸 받아들이고 아기를 위해 엄마 아빠 노릇을 해야 할 때가 아니냐, 가족들은 네 변덕에 질렸으니 당장 모든 일에 어른스러워지지 못하느냐, 엄마는 그 모든 걸 다 받아들이며 이십 년을 살아왔어, 침대에 얼굴을 파묻고 한탄하면서 세월을 보낼 생각일랑 아예 마라, 지금 산책을 나갈 테니 당장 코 풀고 옷을 입도록 해라, 앞으로는 비가 오나 천둥이 치나 반드시 하루에 두 번씩 산책을 하게 될 거다, 엄마 말 알아들었니? 네. 린은 대답했다. 그녀는 난생처음 따귀를 맞아 화들짝 놀랐고, 볼은 얼얼하고 눈에 초점도 제대로 못 맞춘 채 엄마 말을 끝까지 듣다가 군말 없이 시키는 대로 옷을 입었다. 그 후로 린은 당혹스러울 정도로 분별을 되찾았고 놀랄 만큼 침착하게 자기 운명을 받아들여 다시는 한숨을 쉬거나 하지 않았다. 타오 치엔이 주는 약도 먹고 엄마를 따라 긴 산책을 하기도 했다. '공화국 여인상' 계획이 물거품이 되었다는 소식을 듣고는 크게 웃음을 터뜨리기조차 했다. 럭키 오빠의 설명에 따르면 모델이 없어져서가 아니라 조각가가 기부금을 챙겨 브라질로 달아나 버렸기 때문이었다.

8월 말 세베로 델 바예는 마침내 용기를 내어 자신의 감정을 린 소머스에게 말했다. 그때쯤 린은 코끼리처럼 몸이 무거워져서 거울에 비친 자기 얼굴을 알아보지도 못할 정도였다. 그러나 세베로의 눈에는 그 어느 때보다 아름다웠다. 두 사람이 산책을 마치고 더위에 지쳐 돌아오는 길이었다. 세베로는 린의 이마와 목덜미를 닦아 주려고 손수건을 꺼내다가 자신도 모르는 사이에 몸을 숙여 린의 어깨를 꽉 붙들고 입에다 키스를 했다. 그러고는 결혼하자고 말했다. 린은 마티아스 로드리게스 데 산타 크루스 외의 다른 남자는 사랑하지 않을 거라고 잘라 말했다.

"나를 사랑해 달라는 게 아니야, 린. 내가 당신에게 느끼는 애정으로도 충분해." 세베로는 언제나처럼 예의 바른 태도로 말했다. "아기에겐 아빠가 필요해. 내게 두 사람을 지킬 수 있는 기회를 줘. 시간이 지나면 당신의 애정을 받을 만한 사람이 될 것을 약속할게."

"아버지께서 말씀하시길 중국에서는 서로 알지도 못한 채 결혼을 하고 그 후에 사랑하는 법을 배운다고 해요. 그렇지만 내 경우는 그게 아닌 게 분명해요, 세베로. 정말 미안해요……."

"꼭 같이 살아야 할 필요도 없어, 린. 당신이 아이를 낳자마자 나는 칠레로 갈 거야. 나라가 전쟁 중인데 너무 오래 의무를 미루어 왔어."

"당신이 전쟁에서 돌아오지 않으면요?"

"적어도 당신 아이는 내 성을 갖게 되고 내 앞으로 되어 있는 우리 아버지의 유산을 물려받을 거야. 별로 많지는 않지만 양육비로는 충분할 거야. 그리고 린 당신은 위신을 지킬 수 있고……."

그날 밤 세베로 델 바예는 마침내 니베아에게 편지를 쓸 수 있었다. 다른 식으로는 니베아가 견딜 수 없으리란 걸 알았기 때문에 서론도 변명도 없이 딱 네 줄로 말했다. 편지로 이어 온 그 사 년이라는 연애 기간이 그녀에게 의미하게 될 감정 낭비, 시간 낭비에 대해 용서를 구하려는 마음조차 들지 않았다. 그런 야비한 계산은 사촌의 착한 마음씨에 부끄러움이 될 따름이었다. 하인을 불러 다음 날 우체국에 가서 편지를 부치라고 말하고는 옷을 입은 채 그대로 침대에 축 늘어져 누워 버렸다. 아주 오랜만에 꿈을 꾸지 않고 잠을 잤다. 한 달 후 세베로 델 바예와 린 소머스는 린의 가족과 윌리엄스가 참석한 가운데 간소하게 결혼식을 올렸다. 윌리엄스는 세베로가 델 바예가에서 유일하게 초대한 사람이었다. 집사가 파울리나 고모에게 전해 주리라는 걸 알았기 때문에 고모가 먼저 물으러 올 때까지 기다리기로 했다. 아기가 태어나고 자신이 원래 모습을 되찾을 때까지 최대한 신중하자고, 수박만 한 배와 기미 낀 얼굴로 사람들 앞에 설 수는 없다고 린이 말했기 때문에 세베로는 누구에게도 알리지 않았다. 그날 밤 세베로는 빛나는 신부의 이마에 키스로 작별을 고하고 언제나처럼 고모네 집으로 돌아갔다. 독신이었던 때와 마찬가지로.

마로 그 주에 태평양에서는 또 다른 해상전이 벌어졌고 칠레 함대는 적군의 장갑함 두 척을 무용지물로 만들었다. 몇 달 전 프라트 함장의 칼을 과부에게 돌려보내게 한 그 신사적인 페루의 미겔 그라우 제독은 프라트 함장만큼이나 영웅적인 죽음을 맞았다. 그 전투는 페루에게 재난과 같았다. 해상권을 상실하자 교통이 단절되었고 군대도 분열된 채 고립되었다. 칠레는 바다의 주인이 되어 북쪽 지방의 요충지까지 군대를 이동시킬 수 있었고, 마침내 리마를 점령할 때까지 진군하겠다던 계획을 완수했다. 세베로 델 바예는 미국에 사는 모든 칠레 사람들처럼 열정적으로 그 소식들에 귀를 기울였다. 그러나 린에 대한 사랑이 점점 커져 애국심을 넘어서자 결국 조국으로 돌아가는 날짜를 앞당기지 못했다.

10월의 둘째 주 월요일 새벽에 린은 잠옷이 흠뻑 젖은 채 잠이 깨어 공포감에 소리 질렀다. 오줌을 쌌다고 생각했던 것이다. "나쁜 일이야. 양수가 너무 일찍 터졌어." 타오 치엔은 아내에게 말했다. 하지만 딸 앞에서는 미소를 지으며 태연하게 행동했다. 그 후 열 시간이 지나도록 미세한 수축조차 느껴지지 않고 '마작' 놀이를 하며 린의 주의를 돌리려 애쓰던 가족들이 모두 지치자 타오 치엔은 약초를 써 보기로 했다. 린은 도전적인 농담을 했다. 엄마 아빠가 말씀하신 출산의 고통이란 게 바로 이거예요? 중국 요리를 먹고 장이 꼬이던 고통에 비하면 별거 아니네요. 그녀는 불편하다기보다는 지겨워졌고, 배가 고팠지만 아버지는 약초를 달인 탕약과 물만 마시게 했다. 그리고 출산을 앞당기기 위한 침을 놓아주었다. 약과 금침의 혼합은 효과를 발휘해 저녁 무렵 세베로 델 바예가 여느 때처럼 그 집을 찾아와 문에서 럭키와 마주쳤을 때는 린의 신음 소리와 중국인 산파의 야단스러운 행동으로 온 집 안이 떠나갈 듯했다. 산파는 소리를 질러 대면서 헝겊과 물 항아리를 들고 달려갔다. 그 분야에서라면 산파가 더 경험자이기 때문에 타오 치엔도 그녀가 하는 걸 보고 있는 수밖에 없었다. 그러나 산모 위에 걸터앉아 배에 주먹질을 하면서 괴롭히는 짓만은 못하게 했다. 세베로 델 바예는 거실에 남아 녹초가 된 몸을 벽에 기대었다. 그러면서도 힘들어하는 모습을 다른 사람들이 눈치채지 않도록 조심했다. 린이 신음 소리를 낼 때마다 심장을 후벼 파는 듯했다. 가능한 멀리멀리 도망치고 싶었지만 구석에서 한 발짝도 움직일 수가 없었고 목소리조차 나오지 않았다. 그때 평소의 정갈한 차림에 태연한 표정으로 나오는 타오 치엔이 보였다.

"여기서 기다려도 될까요? 성가시지 않을까요? 뭘 도와드릴 수 있을는지요?" 세베로는 목으로 흘러내리는 땀을 닦으면서 더듬거렸다.

"성가실 게 뭐 있겠나, 젊은이. 하지만 린을 도울 수는 없다오. 자기 혼자 해내야 할 일인걸. 엘리사를 도와줄 수는 있겠구먼. 좀 당황하고 있거든."

엘리사 소머스는 출산의 고통을 겪어 보아서 여느 여자들처럼 그것이 죽음의 문턱을 넘나드는 일이란 걸 알았다. 다른 생명을 내보내기 위해서 몸이 열리는 그 힘겹고도 신비로운 여행을 잘 알고 있었다. 제동 장치도 없이 비탈을 구르기 시작하더니 주체할 수 없을 정도로 맥박이 빨라지면서 밀어내기를 계속하다가 마침내 사내아이가 바깥세상으로 빠져나오던 순간이 기억났다. 그것은 고통과 공포, 겪어 본 적 없는 놀라움이 뒤섞인 순간이었다. 반면 타오 치엔은 중의로서의 경험에도 불구하고 린에게 뭔가 나쁜 일이 일어나고 있다는 걸 아내보다 늦게 알아차렸다. 한의학 처방들이 강한 수축을 일으키긴 했지만 태아가 거꾸로 나오다가 산모의 골반에 걸려 있었다. 아주 혹독하고 힘든 분만이었지만 타오 치엔은 딸이 강하니까 심하게 지치지 않고 최대한 침착하기만 하면 아무 문제 없다고 설명했다. 이건 속도전이 아니라 인내심 싸움이라고 덧붙였다. 잠깐 진통이 멈추자 린만큼이나 탈진해 버린 엘리사 소머스가 방에서 나오다가 복도에서 세베로와 마주쳤다. 그녀가 손짓을 하자 세베로는 얼떨떨한 채 제실(齊室)로 따라 들어갔는데 한 번도 들어가 본 적이 없는 곳이었다. 낮은 제단 위에는 장식 없이 단순한 십자가와 중국의 자애로운 관음상이 놓여 있었고, 중앙에는 초록색 도포를 입고 귀에 꽃을 두 송이 꽂은 여자가 그려진 서민적인 수묵화가 한 폭 놓여 있었다. 한 쌍의 초에는 불이 켜져 있었고 물과 쌀, 꽃잎이 담긴 작은 접시가 놓여 있었다. 엘리사는 제단 앞 오렌지색 비단 방석 위에 무릎을 꿇고 앉아 그리스도와 부처에게, 그리고 타오의 첫 아내 린의 영혼에게 딸이 제대로 출산할 수 있도록 도와달라고 빌었다. 세베로는 뒤에 서서 어릴 때 배운 가톨릭 기도문을 생각할 것도 없이 되는대로 중얼거렸다. 두 사람은 두려움과 린에 대한 사랑으로 한마음이 되어 타오 치엔이 도움을 청할 때까지 한참을 그러고 있었다. 타오는 산파를 이미 쫓아 버렸고 아기를 바로 돌려 손으로 꺼낼 준비를 하고 있었다. 세베로는 럭키와 함께 문 앞에 서서 담배를 피우고 있었고 그러는 동안 차이나타운은 서서히 잠에서 깨어나고 있었다.

아이는 화요일 새벽에 태어났다. 산모는 땀에 흠뻑 젖은 채 부들부들 떨면서 안간힘을 썼다. 그러나 소리를 지르거나 하지는 않았고 아버지의 지시에 귀를 기울이면서 숨을 헐떡일 뿐이었다. 마침내 이를 악물고 침대 가장자리를 꽉 잡고는 사납게 용을 쓰며 힘을 주었다. 그러자 검은색 머리털이 비죽이 나왔고, 타오 치엔은 머리를 붙잡고 단단하지만 부드러운 동작으로 끌어당겼다. 드디어 어깨가 나오자 몸을 빙글 돌리며 재빨리 단숨에 끄집어내고 다른 한 손으로는 목 주위에 들러붙은 탯줄을 떼어 냈다. 엘리사 소머스는 피로 엉겨 붙은 자그마한 아기를 건네받았는데 얼굴은 납작하고 살결이 푸릇푸릇한 딸아이였다. 타오 치엔이 탯줄을 자르고 부산물들을 들어내느라 애를 쓰는 동안 할머니는 손녀를 솜으로 깨끗이 닦고 숨을 토할 때까지 손바닥으로 등을 토닥토닥 두들겼다. 아이가 목청 좋은 울음으로 세상에 나왔음을 알린 후 혈색이 정상으로 돌아오자 린의 배 위에 올려 주었다. 기진맥진한 산모는 아이를 받으려고 팔꿈치를 들어 올렸지만 몸은 여전히 고동치고 있었고, 아기를 가슴에 올려놓고 입맞춤을 하며 영어, 스페인어, 중국어를 뒤섞어 지어낸 말들로 환영의 인사를 했다. 한 시간이 지난 후 엘리사는 아기를 보라고 세베로와 럭키를 불렀다. 아기는 로드리게스 데 산타 크루스 집안의 은세공 요람에서 평온하게 잠들어 있었고, 노란색 비단옷에 빨간색 두건을 쓰고 있어서 자그마한 요정 같았다. 린은 정갈한 시트를 덮고 창백하지만 평온한 얼굴로 졸고 있었고 타오 치엔은 옆에 앉아 맥박을 재고 있었다.

"이름을 뭐라고 짓죠?" 세베로 델 바예는 감동하며 물었다.

"린과 당신이 정해야 할 거예요." 엘리사가 대답했다.

"제가요?"

"자네가 아빠 아니던가?" 타오 치엔은 농담하듯 윙크하며 물었다.

"새벽에 태어났으니 아우로라라고 부를 거예요." 린이 눈을 감은 채 중얼거렸다.

"새벽이라면 중국식 이름으로는 '리밍〔黎明〕'이 되겠군." 타오 치엔의 말이었다.

"세상에 온 것을 환영한다, 리밍, 아우로라 델 바예." 세베로는 아기의 이마에 입을 맞추며 미소 지었다. 오늘이 생애 가장 행복한 날이고, 중국 인형 같은 차림의 이 웅크린 생명이 자기 피를 물려받은 것과 다를 바 없는 진짜 자기 딸이라고 확신했다. 럭키는 조카를 팔에 안고 담배와 콩 소스 입김을 얼굴에 후 불었다.

"뭐 하는 거냐!" 할머니가 손에서 아기를 뺏어 가려 하면서 소리쳤다.

"제가 지닌 행운을 옮겨 주려고 그런 거예요. 리밍에게 그것만큼 근사한 선물이 어디 있겠어요?" 삼촌은 웃음을 터뜨렸다.

저녁 식사 시간에 세베로 델 바예는 자신이 일주일 전에 린 소머스와 결혼했고 바로 오늘 딸아이가 태어났다는 소식을 듣고 놉 힐 저택에 도착했다. 고모 내외는 마치 그가 식탁 위에 죽은 개를 올려놓기라도 한 듯 당황한 표정이었다.

"그런데 모두들 마티아스에게만 죄를 덮어씌웠군! 그 애가 아비가 아니라는 건 알고 있었지만 네가 생부일 거라고는 짐작도 못 했다." 놀라움이 좀 진정되자마자 펠리시아노가 내뱉은 말이었다.

"저는 생부가 아니라 법적인 아버지예요. 아이는 아우로라 델 바예라고 합니다."

"그런 무모한 짓은 용서할 수 없다! 너는 이 가문을 배신했어. 아들처럼 여겼건만!" 고모부는 성이 나서 소리쳤다.

"전 누구도 배신하지 않았어요. 사랑해서 결혼한 겁니다."

"그렇지만 그 애는 마티아스를 사랑하지 않았느냐?"

"그녀의 이름은 린이고 이제 제 아내입니다. 격식을 갖춰 대해 주셨으면 합니다." 세베로가 일어서며 건조하게 말했다.

"넌 바보구나, 세베로. 바보 천치야!" 펠리시아노는 화가 치밀어 그 즉시 식당을 나가 버렸다.

그때 윌리엄스가 후식을 들여올 때가 됐는지 알아보러 식당으로 들어섰다가 순간적으로 미소를 참지 못하더니 조심스럽게 물러갔다. 세베로는 파울리나에게 며칠 내로 칠레에서 일어나고 있는 전쟁에 참전할 것이고 린은 계속 차이나타운에서 부모님과 살 것이며, 자기는 일이 잘되면 돌아와서 남편과 아버지로서의 역할을 할 것이라고 설명했다. 파울리나는 도통 못 믿겠다는 표정으로 듣고 있었다.

"앉아 봐라, 얘야. 가족으로서 우리 제대로 얘기 좀 하자. 마티아스가 아비 맞지, 그렇지?"

"직접 물어보세요, 고모."

"이제 알겠어. 마티아스의 체면을 살리려고 결혼했구나. 내 아들은 냉소주의자고 넌 낭만주의자다. 돈 키호테 같은 짓거리로 네 인생이 엉망이 되는 꼴을 보는구나!" 파울리나는 탄식했다.

"틀렸어요, 고모. 제 인생이 엉망이 된 게 아니에요. 이게 제 행복을 위한 유일한 기회라고 믿어요."

"다른 남자를 사랑하는 여자랑 말이냐? 제 딸도 아닌 아이를 데리고 말이지?"

"시간이 해결해 줄 거예요. 전쟁에서 돌아오면 린도 저를 사랑하게 될 테고 아이도 저를 아빠라고 믿을 거예요."

"마티아스가 너보다 먼저 돌아올 수도 있어."

"돌아온대도 달라질 건 없어요."

"마티아스의 말 한마디면 린 소머스는 세상 끝까지라도 따라갈 거다."

"그건 어쩔 수 없는 위험 부담이지요."

"이성을 잃었구나, 세베로. 그 사람들은 우리와 신분이 달라."

"제가 아는 가장 품위 있는 집안이에요, 고모."

"나와 같이 지내면서 아무것도 배운 게 없구나. 세상에서 이기려면 행동하기 전에 계산을 해야 한다. 너는 전도양양한 변호사고 칠레에서 가장 오래된 가문의 사람이야. 그 사회가 네 아내를 받아 줄 것 같니? 그리고 네 사촌 니베아는 아직도 널 기다리지 않느냐?" 파울리나가 물었다.

"그건 끝났어요."

"그래, 좋다. 이미 발을 너무 깊이 집어넣었어. 후회하기에는 늦은 것 같구나. 할 수 있는 만큼 문제를 정리해 보도록 하자. 캘리포니아에서든 칠레에서든 돈과 지위는 많은 걸 해결하지. 최대한 널 도와주마. 어떤 식으로든 그 애 할미가 되는 셈이니까. 이름이 뭐라고 했지?"

"아우로라요. 하지만 그 애의 할머니와 할아버지는 리밍이라고 부릅니다."

"델 바예 성을 가지고 있는데 마티아스가 이 유감스러운 일에서 손을 뗐으니 그 아이를 돕는 게 내 의무겠지."

"그러실 필요 없어요, 고모. 린이 제 유산을 받도록 다 조처를 했습니다."

"돈이란 많을수록 좋아. 얘야, 적어도 내 손녀딸을 한 번 볼 수는 있겠지, 안 그래?"

"린과 그녀의 부모님께 여쭤보겠습니다." 세베로 델 바예는 약속했다.

그들이 아직 식당에 있을 때 윌리엄스가 들어와 급한 전갈을 알렸다. 린이 출혈이 심해서 목숨이 위태로우니 즉시 와 달라는 내용이었다. 세베로는 쏜살같이 차이나타운으로 달려갔다. 치엔가에 도착했을 때 그 단출한 가족은 린의 침대 주위에 모여 있었고, 모두들 너무 조용해서 비극의 한 장면을 위한 연출인 듯 느껴졌다. 더러워진 수건이며 피 냄새 등 출산의 흔적이라곤 조금도 없이 모든 게 정갈하고 제자리에 정돈되어 있는 걸 보자 미칠 듯이 희망이 솟구쳐 왔다. 그러나 다음 순간 타오와 엘리사, 럭키의 얼굴에 드리워진 고통의 표정을 읽었다. 방 안의 공기가 옅어져 있었다. 세베로는 산봉우리에 올라섰을 때처럼 숨이 막혀 깊이 숨을 들이쉬었다. 떨면서 침대로 다가가 투명한 얼굴에 눈은 감은 채 가슴에 손을 얹고 있는 린을 들여다보았다. 잿빛 설화 석고로 빚어진 아름다운 조각물이었다. 얼음처럼 차고 딱딱한 손을 잡으며 그녀에게로 몸을 숙였지만 숨 쉬는 게 거의 느껴지지 않았다. 입술과 손가락이 시퍼렜다. 아득한 동작으로 린의 손바닥에 입을 맞추자 슬픔이 복받쳐 눈물이 그녀의 손바닥으로 젖어 들었다. 린은 마티아스의 이름을 겨우 중얼거리고는 몇 차례 숨을 몰아쉬더니 이 세상에 왔을 때처럼 그렇게 가볍게 두둥실 떠나갔다. 절대적인 침묵이 죽음의 신비를 감쌌다. 모두들 꼼짝 않고 기다리는 그 측정할 수 없는 짧은 시간 동안에 린의 영혼이 완전히 떠나가 버렸다. 세베로는 대지 깊은 곳에서 긴 비명이 솟구쳐 발부터 입까지 온몸을 관통하는 느낌이었지만 입 밖으로 소리를 내지는 못했다. 울음이 안으로부터 물밀듯 밀려와 온몸을 휘감고 머릿속에서 소리 없는 폭발을 일으켰다. 침대 옆에 무릎을 꿇은 채 소리 없이 린을 부르면서 하염없이 그렇게 머물러 있었다. 함께할 수 있기를 몇 년 동안이나 꿈꿔 왔는데 이제 기회를 얻었다고 생각한 순간 돌연 그녀를 앗아간 운명이 믿기지 않았다. 영원보다 긴 시간이 지났을까, 누군가 어깨를 두드리는 게 느껴졌다. 돌아보니 안색이 변한 타오 치엔의 눈이 있었다. 그 눈은 '괜찮네, 괜찮아.'라고 말하는 듯했다. 그 뒤쪽에 엘리사와 럭키가 서로 부둥켜안고 흐느끼는 걸 보고야 그 가족의 고통 앞에서 자신은 주제넘은 침입자라는 걸 문득 깨달았다. 그때 딸아이가 생각나서 술 취한 사람처럼 비틀거리며 은 세공 요람으로 다가갔다. 아우로라를 팔에 안고 침대로 데려가 엄마에게 작별 인사를 할 수 있도록 린의 얼굴에 가까이 대어 주었다. 그러고는 무릎에 아기를 안은 채 그대로 주저앉아 멍하니 아기만 쓰다듬었다.

린 소머스가 죽었다는 걸 알았을 때 파울리나 델 바예는 기쁨이 물밀듯 밀려와 승리의 환성을 질렀다. 그러고는 자신의 천박한 감정이 수치스러워 몸을 떨었다. 파울리나는 늘 딸아이를 하나 원했다. 첫 임신을 했을 때부터 파울리나라는 이름을 물려주고 좋은 동무이자 벗으로 삼을 딸아이를 꿈꿨다. 세 명의 사내아이를 차례로 낳을 때마다 사기당한 기분이었는데 이제 중년을 맞은 그녀에게 딸처럼 키울 손녀가 선물처럼 치마폭에 톡 떨어진 것이다. 사랑과 돈으로 가능한 모든 기회를 손녀에게 제공할 생각이었고 노년에 함께 있어 줄 존재라는 생각도 들었다. 린 소머스가 무대에서 사라져 버린 이상 마티아스의 이름으로 그 아이를 얻을 수 있었다. 그녀는 뜻밖에 굴러들어 온 행운을 초콜릿 한 잔과 크림 파이 세 개로 자축했다. 윌리엄스는 아이가 법적으로 세베로 델 바예의 딸이므로 아이에 대한 결정권을 쥔 유일한 사람도 세베로라는 사실을 상기시켜 주었다. 더 잘됐지 뭐야, 적어도 조카는 여기 있으니 말이지. 오히려 유럽에 있는 마티아스를 데려와 딸에 대한 책임을 납득시키는 일이 더 요원할 터였다. 자신의 계획을 세베로에게 설명할 때까지만 해도 그녀는 그의 반응을 전혀 예상하지 못했다.

"법적으로는 네가 아빠야. 그러니 너는 내일이라도 당장 딸아이를 이 집으로 데려올 수가 있어."

"그런 일은 안 합니다, 고모. 제가 전쟁터에 가 있는 동안 린의 부모님이 제 딸을 데리고 있을 겁니다. 그분들이 아이를 키우고 싶어 하고 저도 동의했습니다." 조카는 이전에는 들어 본

적 없는 단호한 목소리로 대답했다.

"너 미쳤니? 내 손녀를 엘리사 소머스와 그 중국인의 손에 둘 수는 없어!" 파울리나가 소리쳤다.

"왜 안 됩니까? 그분들은 조부모예요."

"그 아이가 차이나타운에서 자랐으면 좋겠어? 우리는 그 아이를 교육시키고 온갖 기회와 호화스러운 생활, 존경받는 성까지도 줄 수 있어. 그 사람들은 그 어느 것도 해 줄 수 없단 말이다."

"사랑을 줄 수는 있지요."

"나도 사랑해 줄 수 있어! 너 나한테 빚진 게 많다는 걸 기억해라, 세베로. 이번이 빚을 갚을 좋은 기회야. 딸아이를 위해 네가 뭔가 해 줄 기회이기도 하고."

"죄송해요, 고모. 이미 결정된 일입니다. 아우로라는 외할머니 외할아버지가 데리고 있을 겁니다."

파울리나 델 바예는 평소의 그 기운찬 울화를 터뜨렸다. 무조건 자기편이라고 생각했던 조카가, 아들같이 여겼던 조카가 그런 모욕적인 방식으로 자신을 배신하다니 믿을 수가 없었다. 소리를 지르고 욕을 해 대고 얼러도 보았지만 아무 소용이 없자 마침내 숨이 막혀 붉으락푸르락해졌다. 그러자 윌리엄스는 의사를 불러 그녀의 체구에 필요한 양의 진정제를 투약하게 한 후 한숨 자게 했다. 서른 시간 이상을 자고 깨어났을 때는 이미 조카가 칠레행 배에 몸을 실은 뒤였다. 남편과 충실한 윌리엄스가 교대로 이건 그녀가 생각하는 대로 폭력을 동원할 일이 아니라고, 아무리 샌프란시스코 법이 부패했다 하더라도 아버지로 확인된 사람이 문서로 결정한 일이라면 아이를 외조부모에게서 빼앗을 수 있는 법적 근거는 없다고 설득했다. 그들은 아이를 데려오기 위해 돈을 제안하는 낡은 수법은 본래 의도와는 달리 이 사이에 돌멩이가 끼는 것처럼 오히려 해가 될 수 있으니 그런 방법도 쓰지 말라고 권고했다. 유일한 방법은 세베로 델 바예가 돌아올 때까지 외교적인 태도를 취하는 것이고, 그러다 보면 다음에 합의를 볼 수 있을 거라고 충고했다. 그러나 파울리나는 그런 논리적인 설명에는 전혀 귀를 기울이지 않더니 이틀 후 외할머니가 거절할 게 뻔할 제안을 갖고 엘리사 소머스의 찻집에 나타났다. 엘리사는 상복을 입고 있었지만 옆에서 평화롭게 잠들어 있는 손녀의 위안 덕에 환한 모습으로 파울리나를 맞았다. 자기네 세 아들의 것이었던 은제 요람이 창문 옆에 놓여 있는 것을 보자 파울리나는 질겁했다. 그러나 곧 자신이 윌리엄스를 시켜 세베로에게 건네주도록 했던 기억이 떠올라 입술을 깨물었다. 아무리 비싼 요람이라 해도 지금 찾아온 용건은 요람에 대해 시비하자는 게 아니라 손녀딸 문제를 협상하기 위해서였다. "옳은 사람이 아니라 에누리를 잘하는 사람이 이기는 법이지."라고 그녀는 종종 말하곤 했다. 그녀는 이 문제에서는 옳은 쪽도 자신이거니와 에누리라면 어느 누구라도 이길 수 있다고 믿었다.

엘리사가 요람에서 아기를 꺼내 그녀에게 넘겨주었다. 파울리나는 옷감을 뭉쳐둔 듯한 그 가볍고 자그마한 존재를 받쳐 들자 완전히 기분이 달라져 심장이 터질 것 같았다. "하느님 맙소사, 세상에." 그 낯설고 여린 존재 앞에서 무릎이 풀린 그녀는 가슴으로 흐느껴 떨며 중얼거렸다. 반쯤 어리둥절해진 손녀를 그 널찍한 무릎에 안으며 소파에 앉아 얼러 댔다. 그 사이 엘리사 소머스는 차 한 잔과 파울리나가 자신의 케이크 가게의 가장 열렬한 고객이었던 시절 그녀에게 대접한 적 있는 둘세를 갖고 오게 했다. 잠깐 사이에 파울리나 델 바예는 감정을 수습하고 공격할 태세로 포문을 열었다. 먼저 린의 죽음에 대한 애도의 말을 전하고는 자기 아들 마티아스가 아우로라의 아버지가 틀림없다는 사실을 받아들인다고 했다. 아이의 생김새만 보아도 알 수 있다고, 로드리게스 데 산타 크루스 집안이나 델 바예 집안의 사람들과 똑같이 생겼다고 주장했다. 마티아스가 건강 때문에 유럽에 있어서 아직 자기 딸을 확인할 수 없어 심히 유감이라는 것을 강조한 후, 자기가 손녀 딸을 데려가고 싶다는 소망을 꺼냈다. 엘리사는 할 일이 많아 시간도 없고 경제력도 부족할 수 있으니, 놉 힐의 자기 집에서 누릴 수 있는 만큼의 생활을 아우로라에게 제공하지 못할 거라고 이유를 댔다. 파울리나는 목이 잠기고 손이 떨릴 정도의 조바심을 감춘 채 뭔가 호의를 베푸는 사람의 어조로 그렇게 말했다. 엘리사 소머스는 인자한 제안에 감사드린다고 대답하고, 그렇지만 린이 죽기 전에 부탁한 대로 타오와 자신은 리밍을 책임질 수 있다고 말했다. 물론 파울리나가 아이를 보러 온다면 언제나 대환영이라는 말도 덧붙였다.

"리밍의 아버지가 누구인가를 혼동하셔서는 안 됩니다." 엘리사 소머스가 덧붙였다. "마님이나 아드님이 몇 달 전 확인하셨듯이 아드님은 린과 아무런 상관이 없습니다. 자기 친구들 누구라도 아이의 아버지일 수 있다고 공언했던 거 기억하시지요?"

"그런 말은 마음이 틀어지면 할 수 있는 거잖아요, 엘리사? 마티아스가 생각 없이 내뱉은 말이에요……." 파울리나는 더 듣거렸다.

"린이 세베로 델 바예 씨와 결혼한 걸 보면 아드님 말이 사실이라는 게 증명된 거지요. 제 손녀는 마나님과 아무런 혈연 관계가 없습니다. 그렇지만 거듭 말씀드리건대 원하신다면 손녀딸을 보여 드릴 수는 있어요. 사랑을 베푸는 사람이 많으면 아이에게도 좋은 일이지요."

한 삼십 분이 지나도록 두 여자는 검투사처럼 각자 자기 식대로 맞섰다. 파울리나 델 바예는 감언이설에서부터 신랄하게 몰아세우는 방법까지, 간청이 안 통하면 뇌물이라는 절망적인 수단을 쓰는 등 갖은 방법을 총동원했다. 그러다가 어떤 것도 먹히지 않자 결국 협박을 했다. 그러나 외할머니 엘리사는 부드럽게 손녀딸을 안아 다시 요람에 눕힐 때를 제외하고는 한 치도 자세를 바꾸지 않았다. 파울리나는 어느 틈에 자신도 모르게 화가 머리끝까지 치솟아 상황의 주도권을 완전히 잃어버리더니 마침내 로드리게스 데 산타 크루스 집안의 사람들이 어떤 사람들인지 알게 될 거라며 꽥 소리를 질렀다. 이 도시에서 자기 집안이 얼마나 막강한 권력을 가졌는지 알게 해 주겠다고, 그녀와 바보스러운 케이크 가게와 그 중국인까지 어떻게 끝장나는지 두고 보자고 했다. 자신의 적이 되는 건 현명하지 못한 일이라고, 조만간 아이도 뺏어 버리겠다고, 분명히 그

러고 말겠다고, 이 세상에 자신에게 맞설 사람은 없다고 소리
소리 질렀다. 그러고는 탁자에 놓인 고운 자기 잔들과 칠레식
둘세를 손으로 확 쓸어 버렸다. 둘세는 바닥에 떨어져 보드라
운 설탕 구름에 뒤덮였고 파울리나는 투우소처럼 씩씩거리며
나가 버렸다. 마차에 타자마자 관자놀이에 피가 몰리고 코르
셋으로 조여 놓은 살 아래에서 심장이 벌렁거렸고 울음이 흐
느낌으로 갈라져 나왔다. 그녀는 자기 방에 빗장을 지르고 신
화와도 같은 커다란 침대에 혼자 남게 된 후로는 울어 본 적
이 없었다. 그때처럼 이번에도 자신의 최대 무기 — 평생토록
다른 일들에서는 그렇게 잘 통하던 아랍 상인 같은 홍정 실력
이 통하지 않았다. 지나치게 야심을 부린 나머지 모든 걸 잃어
버린 것이다.

2부

1880~1896

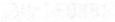

내가 서너 살 되던 때의 사진이 한 장 있다. 운명의 화신들과 내 태생을 지우기로 한 파울리나 델 바예의 결정으로부터 살아남은, 그 시기의 유일한 사진이다. 그 낡아 버린 마분지 사진은 벨벳과 금속으로 만든 오래된 여행용 액자 안에 들어 있는데, 19세기에는 매우 유행했지만 지금은 아무도 사용하지 않는 그런 액자다. 사진 속에는 중국의 신부처럼 성장(盛裝)을 한 아주 자그마한 아이가 있다. 가장자리에 수를 놓은 긴 공단 도포 차림으로 아래에는 상의와 색조가 다른 바지를 입고 있다. 깜찍한 신발을 신고 하얀 양탄자 위에 서서 가느다란 나무판자에 기대어 있는데, 리본을 너무 높이 묶어 올리는 바람에 위로 부풀려진 짙은 머리카락은 금제나 은제인 듯한 굵은 핀 두 개로 고정되어 작은 화관으로 마무리되어 있다. 여자아이는 펼친 부채를 손에 들고 웃는 듯한 표정이지만 생김새는 거의 알아볼 수 없다. 얼굴은 환한 달이고 눈은 두 개의 흑점 같다는 정도가 고작이다. 아이 뒤편으로는 종이 용의 커다란 머리가 희미하게 보이고 불꽃놀이의 꽃불이 반짝인다. 샌프란시스코에서 중국 춘절에 찍은 사진이다. 나는 그때가 기억나지도 않고 하나뿐인 그 사진 속 여자아이도 알지 못한다.

오히려 엄마 린 소머스의 사진은 몇 장 있는데, 내가 여러 사람들과의 끈질긴 접촉을 통해 망각에서 구해 낸 것들이다. 몇 년 전 처음 럭키 삼촌을 만나러 샌프란시스코에 갔을 때 엄마의 모습이 담긴 달력이나 엽서들을 찾아 고서점과 사진 스튜디오들을 돌아다녔다. 럭키 삼촌이 구해 보낸 사진들이 지금도 종종 도착하곤 한다. 엄마는 정말 예쁘다. 사진들 속의 엄마를 알아보지는 못하기 때문에 그게 내가 엄마에 대해 말할 수 있는 전부다. 내가 태어나자마자 돌아가셨기 때문에 엄마에 대한 기억이 없다. 더구나 달력들 속의 여자는 낯설고 나와 닮은 데가 하나도 없어서 사진을 보면서도 엄마라는 생각이 안 든다. 종이 위에 그림자놀이를 하는 기분일 뿐이다. 그렇다고 럭키 삼촌의 여동생 같지도 않다. 삼촌은 머리가 크고 다리가 짧은 촌스러운 중국인이지만 좋은 사람이다. 나는 아버지를 더 닮아서 스페인 사람 같은 생김새이고, 불행하게도 비범한 외할아버지 타오 치엔에게서는 별로 물려받은 게 없다. 만일 내 생애 가장 뚜렷하고 지속적인 기억이 할아버지가 아니었더라면, 내가 아는 모든 이의 사랑을 다 합친다 해도 비길 수 없을 할아버지의 사랑이 아니었더라면 아마도 내 속에 중국인의 피가 흐른다는 사실을 믿지 못했을 것이다. 할아버지는 늘 나와 함께 지냈다. 키가 껑충하고 늠름한 체격에 항상 단정하고 깔끔한 차림의 할아버지는 머리칼은 회색빛을 띠고 둥근 안경을 쓴 아몬드 같은 눈에는 늘 선하디선한 시선이 담겨 있었다. 내 기억 속의 그는 항상 미소를 짓고 있는데, 가끔은 중국어로 노래를 불러 주던 목소리가 들리는 듯도 하다. 죽은 뒤에도 나를 보살피겠다고 엘리사 할머니에게 말한 것처럼 늘 내 주위를 맴돌며 곁에서 나를 인도해 준다. 두 분이 결혼하기 전 젊은 시절에 찍은 은판 사진이 한 장 있다. 할머니는 등받이가 높은 의자에 앉아 있고 할아버지는 뒤에 서 있는데, 두 분 다 그 시절 미국인다운 옷차림을 하고 놀란 듯 멍한 표정으로 정면의 카메라를 쳐다보고 있다. 겨우겨우 찾아낸 이 사진을 나는 침대 옆 탁자에 두고 밤마다 램프를 끄기 전에 마지막으로 쳐다본다. 두 분의 존재가 정말 절실했던 내 어린 시절에 같이 찍은 사진이 있다면 더할 나위 없이 좋을 텐데.

기억나는 시절부터 나는 늘 똑같은 악몽에 시달렸고, 그 끈질긴 꿈의 영상을 몇 시간이고 떨쳐 내지 못해 낮 동안에도 정신을 못 차렸다. 늘 똑같은 줄거리였다. 내가 낯선 이국 도시의 넓은 길을 걷고 있는데, 다리와 반짝이는 구두코만 보일 뿐 얼굴을 제대로 알아볼 수 없는 누군가의 손을 잡고 있다. 별안간 검은 파자마[14]를 입은 아이들이 야단스럽게 원무를 추면서 우리를 둘러싼다. 그들이 내 손을 잡은 사람 둘레

---

14) 원래 인도 남성용 평상복으로, 통이 넓은 바지를 가리킨다.

로 원을 그리며 점점 위협적으로 좁혀 들어오는 동안 피같이 거무스레한 얼룩이 땅바닥의 포석에 번져 간다. 우리 두 사람을 가운데 가둬 밀치고 잡아끌어 떼어 놓자 나는 놓쳐 버린 손을 찾아 허우적대지만 허공만 잡힌다. 목이 잠겨 소리를 지르다가 스르륵 소리 없이 쓰러져 버린다. 그러다 가슴이 터질 듯해서 잠이 깬다. 나는 때로는 며칠이고 입을 다문 채 수척해져서 꿈속 미스터리의 베일을 벗겨 내려 애썼다. 행여나 그때까지 알아채지 못했던 작은 사실이 하나라도 더 발견되어 꿈의 의미를 알 수 있지 않을까 하는 생각에서였다. 그런 날에는 말라리아를 앓듯이 몸이 완전히 굳고 머리는 얼어붙은 생각에 사로잡혀 있었다. 처음 파울리나 델 바예의 집에 보내졌을 때도 몇 주 동안을 그런 마비된 듯한 상태로 지냈다. 놉힐의 대저택에 갔을 때 나는 다섯 살이었고, 아무도 왜 내 삶에 갑자기 극적인 변화가 찾아온 건지 설명해 주지 않았다. 엘리사 할머니와 타오 할아버지는 어디에 있는지, 보석으로 뒤덮인 채 옥좌에 앉아 눈에 눈물을 가득 담고 나를 쳐다보는 그 거구의 부인이 누구인지 말해 주는 사람이 없었다. 나는 매질을 당한 강아지처럼 식탁 밑으로 뛰어 들어가 꼭 틀어박혀 있었다고 한다. 그 시절 윌리엄스는 로드리게스 데 산타 크루스 집안의 집사였는데 — 사실 그런 상상이 쉽지는 않지만 — 이튿날이 되자 쟁반에 음식을 담아 줄에 매달아 내려 주면 되겠다는 생각을 해냈다. 조금씩 줄을 끌어당기자 나는 더 이상 허기를 참지 못하고 쟁반을 따라 이리저리 움직이다가 결국 식탁 밑에서 끌려 나오게 되었다. 그러나 악몽으로 아침을 맞을 때마다 다시 식탁 밑에 숨어들곤 했고, 그런 일은 우리가 칠레로 올 때까지 일 년이나 계속되었다. 그러다가 샌프란시스코에서 칠레까지 긴 여행을 하고 또 산티아고에 정착하는 동안 혼란스러운 시간을 보내고 나자 그 광증이 말끔히 사라졌다.

내 악몽은 흑백이었고 소리도 안 나고 치유도 불가능해서 영원히 계속될 것 같은 느낌을 주었다. 이미 그 악몽이 의미하는 바를 알 만큼 정보가 충분하다고 생각하지만 그래도 여전히 나를 괴롭히기는 마찬가지다. 타고난 병이나 기형 때문에 정상으로 살기 위해서는 끊임없이 노력해야 하는 사람들이 그렇듯이 나는 그 꿈들 때문에 다른 점이 있었다. 그들은 겉으로 표가 나지만 내 경우는 눈에 보이지는 않지만 실제로 존재하는 증상이라는 차이가 있다. 마치 별안간 덮쳐 와 정신 착란의 흔적을 남기는 간질과 닮았다고 할 수 있겠다. 밤마다 자는 동안 무슨 일이 일어날지, 잠이 깼을 때 또 무슨 일이 벌어질지 알 수 없어 불안에 떨면서 잠자리에 들었다. 밤의 악령들을 물리치기 위해 아편을 몇 방울 떨어뜨린 오렌지 술에서부터 최면술과 심령술에 이르기까지 온갖 수단을 동원해 보았지만 평온한 수면을 보장하는 것은 좋은 동무 외에 아무것도 없었다. 지금까지도 품에 안겨 잠드는 것만이 확실한 처방이다. 모두의 충고대로 결혼을 해야겠지만, 이미 한 번 했었으나 아주 불행했기 때문에 다시는 운명을 시험하고 싶지 않다. 나이 서른에 남편도 없으니 나는 도깨비처럼 하고 다니고 그런 나를 친구들은 가여운 듯 바라본다. 그녀들 중 누군가는 나의 독립적인 생활을 부러워하기도 할 테지만. 나는 혼자가 아니며 얽매일 필요도 조건을 따질 필요도 없는 비밀스러운 사랑이 있다. 그것은 스캔들의 빌미가 될 수 있는데 우리가 살고 있는 이 칠레에서는 더더욱 그렇다. 나는 독신도 과부도 이혼녀도 아니고 '별거 중인 여자들'의 연옥에 살고 있다. 사랑하지 않는 남자와 사는 것보다는 사람들의 비웃음을 택한 불행한 여자들이 머무는 곳이다. 결혼이란 영원하고 돌이킬 수 없는 일인 이곳 칠레에서 달리 어떻게 할 수 있겠는가? 연인과 나의 몸이 땀에 젖고 함께 나눈 꿈으로 느슨해져 잠든 아이들처럼 행복하고 편안하며 지극히 다정해지는, 그렇게 반쯤 무의식 상태로 누워 있는 특별한 아침이면 우리는 결혼하자고, 그래서 미국처럼 어디 멀리 아무도 모르는 곳에 가서 평범한 부부들처럼 같이 살자고 말하고 싶은 유혹에 빠진다. 그러나 이윽고 창문으로 비쳐 드는 햇살에 눈을 뜰 때면 그런 생각은 사라지고 만다. 자연재해가 심하고 인구가 적으며, 사나운 화산들과 눈 덮인 산정, 에메랄드를 뿌린 듯한 오래된 호수들, 거품 많은 강이며 향기로운 숲이 있고, 허리띠 모양으로 가느다란 나라, 넘치는 부패와 악습에도 불구하고 가난하고 순박한 사람들이 사는 이 칠레가 아닌 다른 곳에서는 살기 어렵다는 걸 우리 둘 다 알기 때문이다. 니베아 델 바예는 인간이란 생식력에 의해 규정되는 것은 아니라고 했다. 아이를 반 다스 이상이나 낳은 그녀로서는 아이러니한 말이긴 하지만. 그러나 지금은 내가 장차 낳을 일도 없는 아이들이나 내 연인 얘기가 아니라 내가 어떻게 해서 지금의 모습이 되었는지를 이야기하고자 한다. 이 기억의 글쓰기에서 다른 사람들의 뜻을 어기는 일이 생길 수도 있다는 걸 알지만 그건 어쩔 수 없다. "더러워진 옷은 집에 가서 빨아야 한다는 걸 명심해라." 우리들 누구나처럼 그런 규칙을 들으며 자란 세베로 델 바예는 그 말을 되풀이했다. 반대로 니베아는 이렇게 충고했다. "정직하게 쓰렴. 다른 사람들의 기분은 걱정하지 말고. 네가 어떤 식으로 이야기를 풀어 가든 사람들은 널 미워할 테니까." 아무튼 계속해 보자.

나는 악몽을 피하는 게 불가능하다는 걸 알고는 적어도 그걸 어떻게든 이용해 보기로 했다. 폭풍이 치는 밤이 지나고 난 다음 날이면 나는 정신이 맑아지고 몸이 완전히 가벼워져서 뭔가를 창조하기에 아주 최적인 상태가 된다. 가장 괜찮은 사진 작품은 그런 날 찍은 것들이고 그런 날에는 처음 파울리나 할머니 댁에서 지내던 시절처럼 식탁 밑에 틀어박히고 싶은 마음뿐이었다. 검은 파자마를 입은 아이들의 꿈이 나를 사진으로 이끌었다고 확신한다. 세베로 델 바예가 카메라를 선물해 주었을 때 맨 처음 든 생각은 그 혼령들을 사진으로 찍어서 물리칠 수 있지 않을까 하는 것이었다. 그래서 열세 살 때 여러 가지 시도를 했다. 바퀴와 줄을 여러 개 이어 붙여 복잡한 도구를 만들어 내가 자는 동안에도 고정된 카메라가 작동할 수 있도록 했다. 기술 공학의 공격으로는 그 저주스러운 존재들을 해치울 수 없다는 게 확실해질 때까지 그 일은 계속되었다. 평범한 물건이나 사람도 자세히 주의를 기울여 쳐다보면 뭔가 신비로운 모습으로 바뀌곤 한다. 카메라는 맨눈이나

머리로는 포착하지 못하는 비밀들을 드러낼 수 있고, 프레임 안에 잡힌 것을 제외하고는 모두 사라지게 만든다. 사진은 관찰 행위이고 결과는 언제나 운에 달려 있다. 내 스튜디오의 상자들을 채우고 있는 수천수만 장의 네거티브 필름 중에 예외는 거의 없다. 만일 내게 행운을 가져오라고 불어 주었던 입김이 내 작업에 전혀 효과가 없다는 걸 럭키 삼촌이 알았더라면 아마도 사기당한 기분일 것이다. 카메라는 간단한 기계여서 제아무리 바보라도 사용할 수 있는데, 도전이라면 그것으로 예술, 곧 참된 것과 아름다움의 결합을 창조하는 데 있다. 그러한 탐색은 무엇보다도 정신적인 일이다. 나는 투명한 가을 낙엽과 해변의 완벽한 모양의 소라에서, 여체의 등허리 곡선과 오래된 나무둥치의 결 조직에서 참과 아름다움을 찾는다. 포착하기 어려운 추상적인 형태들에서도 찾는다. 때때로 암실에서 하나의 상을 가지고 작업하다가 한 사람의 영혼, 한 사건의 감동 또는 한 사물의 생동하는 본질을 만난다. 그러면 감사하는 마음이 치솟아 참지 못하고 울음을 터뜨리고 만다. 그렇게 본질을 드러내는 것이 내 일의 목적이다.

세베로 델 바예는 항해하는 여러 주 동안 린 소머스를 애도하고 자기 인생의 남은 날들이 어떻게 될지 곰곰이 생각했다. 딸아이 아우로라에 대한 책임감을 느꼈고 그래서 자신이 죽을 경우 아버지로부터 받은 얼마 안 되는 유산과 자신이 저축해 둔 돈을 곧바로 아우로라에게 물려주라는 유서를 배를 타기 전에 미리 작성해 두었다. 그동안 아우로라는 매달 이자를 받을 수 있을 것이다. 린의 부모님이 어느 누구보다 아이를 잘 돌보리라는 걸 알았고, 파울리나 고모가 아무리 힘이 세다 해도 아이를 강제로 뺏지는 않으리라 짐작했다. 그 일로 세상이 떠들썩해지는 걸 남편이 용납하지 않을 테니까.

세베로는 뱃머리에 앉아 끝없는 바다를 멍하니 바라보면서 린을 잃은 상실감을 결코 달랠 수 없을 거라는 결론에 도달했다. 그녀 없이는 살고 싶은 마음도 없었다. 미래가 자신에게 가져다줄 수 있는 최상의 선물은 전쟁에서 죽는 것이었다. 금방 그리고 신속하게 죽는 것, 원하는 것은 그뿐이었다. 최근 몇 달 동안 린에 대한 사랑과 그녀를 돕겠다는 결심이 머릿속에 꽉 차 있어서 칠레로 돌아가는 일정이 하루하루 늦춰졌다. 또래의 칠레 젊은이들은 모두 참전을 위해 입대하고 있는데 말이다. 배에는 참전하려는 젊은이들이 많이 타고 있어서 (제복을 입는 것은 명예로운 일이었다.) 세베로는 그들과 어울려 전보로 수신된 전쟁 소식들을 분석하곤 했다. 세베로는 캘리포니아에서 보낸 사 년 동안 조국으로부터 완전히 멀어져 있었고, 전쟁의 부름에 대한 화답도 그저 비탄에 몸을 내맡기기 위한 것이어서 전혀 전의를 느끼지 못했다. 그러나 배가 남으로 항해해 감에 따라 다른 젊은이들의 흥분이 그에게도 전해졌다. 학창 시절 카페에서 동료들과 정치 토론을 하면서 소망했던 것처럼 다시금 조국에 봉사하겠다는 생각이 들었다. 자신이 샌프란시스코에서 린 소머스를 만나고 '마작'을 하면서 시간을 보내는 동안 옛 친구들은 벌써 여러 달 전에 참전했을 것이다. 그런 비겁함이 친구와 친척들 앞에서 어떻게 정당화될 수 있겠는가? 이런저런 생각을 하던 중에 니베아의 영상이 덮쳐 왔다. 그녀는 조국을 지키러 돌아오기까지 이렇게 오래 지체한 자신을 용납하지 못할 것이다. 아마도 그녀가 남자였다면 제일 먼저 전선으로 달려갔을 테니까. 다행히 그녀에게 설명할 일은 없을 것이다. 그녀를 다시 만나기 전에 몸이 벌집처럼 난도질당해 죽기를 바랐다. 그렇게 못된 짓을 하고 그녀와 마주하는 것은 가장 사나운 적군과 싸우는 일보다 더 큰 용기가 필요했다. 배는 이상할 정도로 천천히 항해했고 이렇게 간다면 칠레에 도착할 즈음엔 이미 전쟁이 끝나 버리는 게 아닐까 조바심이 났다. 적군이 수적으로 우세한 데다 칠레 사령부가 거만하고 무능하긴 하지만 그래도 승리는 칠레 것이라고 확신했다. 칠레군은 가장 근본적인 전략에서조차 육군 총사령관과 해군 제독 사이에 이견이 있었지만, 페루군이나 볼리비아군보다 군기가 더 세다는 이점이 있었다. "조국을 위한 의무를 완수하러 칠레에 돌아오기 위해 린의 죽음이 필요했다니, 난 정말 교활한 인간이야." 그는 수치심에 중얼거렸다.

배가 만에 정박할 때 발파라이소 항구는 12월의 뜨거운 햇살로 빛나고 있었다. 페루와 칠레의 영해로 들어설 때 기동 훈련 중인 두 나라 함대의 군함들이 몇 척 보이긴 했지만 발파라이소항에 접근하는 동안에는 전쟁의 기미는 보이지 않았다. 항구의 모습은 세베로의 기억과 매우 달라져 있었다. 도시 자체가 군대로 변해 출동을 기다리며 배치되어 있는 해군 부대들을 비롯하여 건물들마다 펄럭이는 칠레 국기, 함대 주위에 뒤섞여 있는 구명보트와 예인선이 보였다. 오히려 여객선은 별로 없었다. 세베로는 도착 날짜를 어머니에게 미리 알리긴 했지만 항구에 마중 나와 있으리라고 기대하지는 않았다. 몇 년 전부터 어머니는 동생들과 산티아고에 살고 있었고 그곳에서 발파라이소까지의 여행은 매우 고된 일이었다. 그래서 다른 승객들처럼 부두에 마중 나온 사람을 찾으러 수고스럽게 휘둘러보거나 하지 않았다. 선원에게 동전 몇 닢을 건네며 짐을 들어 달라고 한 뒤 여행 가방을 들고 자신이 태어난 도시의 소금기 머금은 공기를 가슴 깊이 들이마시며 잔교를 내려섰다. 몇 주 동안 항해하느라 파도의 진동에 익숙해 있어서 이제 붙박인 육지를 걷는 게 쉽지 않았던지 땅에 발을 내딛는 순간 술취한 사람처럼 비틀거렸다. 휘파람으로 짐꾼을 불러 짐 옮기는 걸 부탁하고 에밀리아 할머니 댁으로 데려다줄 마차를 잡았다. 입대하기 전까지 남은 며칠을 할머니 댁에서 머무를 생각이었다. 바로 그때 누군가 팔을 붙잡는 게 느껴졌다. 놀라서 돌아보았더니 이 세상이 끝날 때까지는 만나고 싶지 않은 사람, 바로 사촌 니베아의 얼굴이 있었다. 그녀를 알아보고는 표정을 가다듬는 데 몇 초가 걸렸다. 사 년 전에 남겨 두고 간 소녀는 이제 몰라볼 정도로 여인의 모습을 하고 있었다. 키는 그때처럼 자그마하지만 훨씬 날씬해져 몸매가 제대로 잡혀 있었다. 유일하게 그대로인 것은 지적이고 사색적인 얼굴 표정뿐이었다. 파란색 호박단(琥珀緞)으로 된 여름 원피스에 흰색 오건디[15] 매듭을 턱에 묶는 밀짚모자를 쓰고 있어서 선이 고운

15) 면직물의 일종.

타원형 얼굴이 더 두드러졌다. 검은 눈은 장난치듯 불안하게 반짝였다. 그녀 혼자였다. 세베로는 제대로 인사도 못 하고 입만 딱 벌린 채 쳐다보았다. 마침내 정신이 들자 린 소머스와의 결혼을 알린 마지막 편지를 받았는지 물었다. 그 후에는 편지를 쓰지 않았기 때문에 린의 죽음이나 아우로라의 탄생을 전혀 모를 테고 자기가 홀아비가 되었다거나 한 번도 남편이었던 적 없이 아버지가 되었다는 사실도 모를 거라고 생각했다.

"그건 나중에 이야기하자. 지금은 너를 환영할 수 있게 해 줘. 저쪽에 마차를 세워 두었어." 니베아가 말을 막았다.

짐을 마차에 싣자마자 니베아는 마부에게 바닷가를 따라 천천히 가 달라고 말했다. 그렇게 하면 온 가족이 기다리고 있는 집에 도착하기 전에 이야기할 틈을 가질 수 있었다.

"너에게 정말 잔인한 짓을 했어, 니베아. 변명이라면 네가 고통받지 않기를 바랐다는 말 외에는 할 말이 없어." 세베로는 니베아를 제대로 쳐다보지도 못하고 중얼거렸다.

"너한테 화났던 걸 인정해, 세베로. 너를 저주하지 않기 위해 입술을 깨물어야 했어. 그렇지만 원망 같은 건 없어. 너도 나 이상으로 고통받았을 거라고 생각하니까. 네 아내에게 일어난 일은 진심으로 유감이야."

"그 일을 어떻게 알아?"

"전보가 하나 왔는데 그 소식이 담겨 있었어. 윌리엄스라는 사람이 서명을 했던데."

세베로 델 바예의 첫 반응은 분노였다. 어떻게 자신의 사생활에 그런 식으로 끼어들 생각을 할 수 있는지 화가 났다. 그러나 곧 감사의 마음이 들었다. 힘들게 설명하는 수고를 그 전보가 덜어 준 셈이었으니까.

"용서를 기대하지는 않아. 그냥 나를 잊어버려, 니베아. 너는 그 누구보다 행복할 자격이 있는 사람이니까……."

"내가 행복해지고 싶어 한다고 누가 그래, 세베로? 그건 내가 바라는 미래에 제일 어울리지 않는 말이야. 나는 흥미롭고 모험이 넘치는 뭔가 색다르고 열정적인 삶을 원해."

"아아, 니베아. 네가 변한 게 별로 없다니 정말 놀라워! 그렇지만 나는 며칠 안에 입대해서 페루로 가게 될 거야. 솔직히 말하면 전사했으면 해. 내 인생은 더 이상 의미가 없거든."

"그러면 네 딸은?"

"윌리엄스가 자세히 말한 모양인데 뭘. 내가 그 아이의 아빠가 아니란 말도 하던?"

"아빠가 누군데?"

"그건 중요하지 않아. 법적으로는 내 딸이니까. 지금 조부모가 데리고 있고 내가 잘 처리해 두었으니 돈도 부족하지 않을 거야."

"이름이 뭐야?"

"아우로라."

"아우로라 델 바예……. 예쁜 이름이네. 세베로, 전쟁에서 무사히 살아 돌아와야 해. 우리가 결혼하면 그 아이는 우리의 첫딸이 될 테니까." 니베아가 얼굴을 붉히며 말했다.

"뭐라고?"

"나는 평생 동안 널 기다려 왔고 앞으로도 계속 기다릴 수 있어. 급할 게 없지. 결혼하기 전에 나도 할 일이 많으니까. 일을 하고 있거든."

"일을 한다고! 왜?" 세베로가 호들갑스럽게 소리쳤다. 자기 집안이든 다른 집안이든 일하는 여자는 본 적이 없었다.

"배우기 위해서지. 호세 프란시스코 아저씨가 자기 서재를 관리하라고 고용해 주셨어. 책도 내 맘대로 읽을 수 있어. 우리 아저씨 기억하지?"

"잘은 몰라. 어떤 상속녀와 결혼해서 비냐 델 마르에 저택을 갖게 된 그분 아니야?"

"맞아. 우리 엄마 쪽 친척이지. 그렇게 지혜롭고 선하고 훌륭한 사람은 본 적이 없어. 너만큼은 아니지만." 그러면서 그녀는 웃었다.

"비웃지 마, 니베아."

"네 아내는 예뻤니?"

"아주 미인이었어."

"슬픔을 이겨 내야 해, 세베로. 아마 전쟁이 도움이 되겠지. 정말 아름다운 여자들은 잊히지 않는데. 잊지는 못하더라도 나는 네가 그녀 없이 살아가는 법을 배웠으면 해. 네가 다시 사랑할 수 있게 되기를, 그리고 그 대상이 내가 되기를 기도할게……." 니베아는 세베로의 손을 잡으며 속삭였다.

세베로 델 바예는 가슴팍을 창에 찔린 듯 명치끝에 강한 통증을 느꼈다. 터져 나오는 흐느낌에 울음이 복받쳐 온몸이 뒤흔들렸고, 린, 린, 그렇게 린의 이름을 수없이 되풀이했다. 니베아는 세베로를 가슴으로 끌어당겨 그 가느다란 팔로 안아 어린아이에게 하듯 손바닥으로 등을 토닥거리며 위로했다.

　태평양 전쟁은 해상에서 시작했으나 육지로 전장을 옮겨 세상에서 가장 황량하고 무자비한 사막에서, 총검과 갈고리 칼로 서로 맞붙어 육탄전을 벌이는 형국이 되었다. 그곳은 전쟁 전에는 페루와 볼리비아의 영토였으나 지금은 칠레 북부의 한 주(州)가 되었다. 페루군과 볼리비아군은 그런 식의 전투에 대비되어 있지 않았다. 수적으로 열세이고 군비도 제대로 못 갖춘 데다 보급이 끊기는 경우도 허다했다. 어떤 전투에서는 식수가 부족해서 지기도 했고, 탄약 상자를 실은 차량의 바퀴가 모래 속에 빠지는 바람에 패하는 경우도 있었다. 칠레는 안정된 경제를 바탕으로 팽창주의 정책을 취한 결과 남미 대륙에서 가장 뛰어난 함대와 70만 이상의 군사를 가진 나라가 되어 있었다. 거친 호족들과 체제 부패, 유혈 혁명 등으로 얼룩진 대륙에서 애국심으로 이름난 나라였다. 엄격한 칠레인의 기질과 안정된 제도들은 이웃 나라들의 부러움을 샀고, 초중등학교와 대학교들은 외국의 선생과 학생들을 매료시켰다. 흥분을 잘하는 크리오요[16) 기질은 영국, 독일, 스페인 이민자들의 영향으로 좀 누그러졌다. 군대는 프로이센식 훈련을 받았고 평화로울 때가 없어 태평양 전쟁 이전에도 국토의 남쪽 지역을 놓고 '국경' 부근에서 인디오들과 싸우느라 몇 년 동안 무기를 내려놓을 틈이 없었다. '국경'이라고 부르는 이유는 거

---

16) 식민기 이후 신대륙에 정착한 스페인인의 후손을 말한다.

기까지만 문명의 힘이 미치고 그 선을 넘어가면 얼마 전까지만 해도 예수회 선교사들이나 위험을 무릅쓰며 들어가곤 하던 예측할 수 없는 인디오들의 땅이 시작되기 때문이다. 강인한 아라우카노 부족 전사들은 정복기 시절부터 쉼 없이 싸워 왔다. 그들은 총알 앞에서도 온갖 악랄함에 맞서서도 굴하지 않았으나 소량의 알코올 앞에서 차례차례 스러져 갔다. 아라우칸 인디오들과 싸우면서 병사들은 더 잔인무도해지는 훈련을 받았다. 페루군과 볼리비아군은 금방 칠레군을 두려워하게되었다. 부상병이든 포로든 상관없이 칼이나 총을 들이댈 수있는 잔인한 적군이었던 것이다. 갈수록 증오심과 공포감을불러일으킨 칠레군은 격렬한 국제적인 반감을 사 외교적 항의와 불행을 끝없이 야기했고, 적군들에게는 죽을 때까지 싸우겠다는 결의를 고양시켰다. 사실 항복한다 해도 아무 소용이없었다. 페루군과 볼리비아군은 소수의 장교와 강제로 징집된다수의 인디오들로 구성되어 있었는데, 인디오들은 왜 싸우는지도 몰랐고 기회만 있으면 탈영했다. 반대로 칠레군에는 군인들만큼이나 전투에 굶주려 열정적인 애국심으로 싸우며 절대로 항복하는 법이 없는 상당한 규모의 민병대가 있었다. 종종 상황이 지옥 같을 때가 있었다. 사막으로 이동할 때는 소금기 밴 먼지구름 속을 죽을 듯한 갈증을 무릅쓰고 기어가야 했다. 사타구니까지 모래가 차오르고 머리 위에서는 태양이 무자비하게 작열하고, 어깨에 멘 군장과 군수품이 무겁게짓눌러 소총에 의지한 채 절망적으로 기다시피 진군했다. 천연두며 장티푸스, 삼일열로 열에 하나는 죽어 갔다. 야전 병원에는 질병에 걸린 환자가 부상병보다 더 많을 정도였다. 세베로 델 바예가 입대했을 때 칠레군은 볼리비아의 유일한 해안주(州)인 안토파가스타와 페루의 타라파카, 아리카, 타크나주를 점령하고 있었다. 1880년 중반 국방 장관이 사막의 전면전에서 머리에 부상을 입고 죽는 바람에 정권이 완전히 혼란에 빠졌다. 결국 대통령은 민간인인 니베아의 아저씨 호세 프란시스코 베르가라를 그 자리에 임명했다. 지칠 줄 모르는 여행광에다 탐욕스러운 독서가인 그가 나이 마흔여섯에 칼을 잡고 전쟁을 지휘해야 했던 것이다. 그는 칠레가 북쪽 지역을 정복하는 동안 아르헨티나가 파타고니아 남부를 탈취해 오고 있음을 먼저 알아챈 사람들 중의 하나였다. 그러나 칠레에서는 파타고니아 지역이 달처럼 쓸모없는 땅이라고 생각해 아무도 신경을 쓰지 않았다. 베르가라는 몸가짐이 섬세하고 똑똑한 데다 기억력도 비상했고, 식물학부터 시에 이르기까지 모든 분야에 관심이 있었지만 정치적 야심이라곤 눈곱만큼도 없는 청렴결백형이었다. 그는 사업을 할 때와 같은 침착함으로 세밀하게 전략을 세웠다. 그러고는 제복 입은 사람들과 온 국민이 놀라고 미심쩍어하는 가운데 칠레군을 곧바로 리마로 진군시켰다. 조카 니베아가 말한 대로 '전쟁은 군인들에게 맡겨 두기에는 정말 심각한 문제'였던 것이다. 그 말은 델 바예 집안에서 나왔지만 나중에는 칠레의 역사적 일화가 되어 비문에 새겨 넣을 만한 문장이 되었다.

그해가 끝날 무렵 칠레군은 리마에 대한 최후 공격을 준비했다. 세베로 델 바예는 땟물과 피, 가장 무자비한 야만을 견디며 벌써 열한 달째 참전 중이었다. 그때쯤 린 소머스의 기억은 산산이 조각나 이젠 더 이상 그녀의 꿈이 아니라 전날 막 사를 같이 쓰던 동료들의 찢긴 몸뚱이에 대한 꿈을 꾸게 되었다. 전쟁은 강행군과 인내심 이상의 그 무엇도 아니었다. 오히려 전투의 순간은 이동하고 대기하는 따분함을 위로해 주었다. 앉아서 담배 한 개비를 피울 수 있을 때면 세베로는 니베아에게 편지를 몇 자 적었다. 그녀에게 보내는 편지에 언제나 사용하는 그 동료 같은 어조는 그대로였다. 사랑이라는 말은 하지 않았지만 그녀야말로 자기 인생의 유일한 여자고 린 소머스는 단지 길어진 환상이었을 뿐이라는 걸 점점 깨닫게 되었다. 니베아는 규칙적으로 편지를 썼다. 모든 편지가 제대로 도착한 것은 아니지만. 가족과 도시 생활, 호세 프란시스코 아저씨와의 특별한 만남, 아저씨가 추천해 준 책 등에 대해 들려주었다. 자신을 흔들어 대는 정신적인 변화에 대해서도 이야기했다. 이교도의 표식처럼 느껴지던 가톨릭 의식들로부터 어떻게 멀어졌는지, 그렇게 해서 도그마적이기보다는 철학적인 기독교의 뿌리를 어떻게 탐색하고 있는가 하는 내용이었다. 그녀는 세베로가 거칠고 사나운 세계에 빠져들어 자기 영혼과의 접점을 잃고 낯선 사람이 될까 봐 걱정했다. 그가 사람을 죽여야 한다고 생각하면 견디기 힘들었다. 그래서 그런 생각은 하지 않으려 애썼지만 단칼에 몸이 찔린 병사들이며 목이 잘려 나간 몸뚱이, 폭행당한 여자들, 총검에 찔려 죽은 아이들 이야기는 알게 될 수밖에 없었다. 세베로도 이런 잔인한 일에 가담했을까? 그런 장면을 목격한 사람이 다시 평화를 찾아 한 가족의 남편이 되고 아버지가 될 수 있을까?
리마를 몇 킬로미터 남겨 두지 않은 지점에서 신속한 공격을
지시받는 동안 세베로 델 바예도 스스로에게 계속 그런 질문
을 하고 있었다. 12월 말 칠레 부대는 리마 남부의 어느 계곡
에서 전투를 위해 만반의 준비를 하고 있었다. 대규모의 육군,
노새와 말, 군수품과 식료품, 식수, 그리고 부대가 있는 곳까
지 실어다 줄 여러 척의 범선, 그 밖에도 600개의 침대를 갖
춘 이동식 병원 넷과 적십자 깃발을 달아 임시 병원으로 만
든 선박 두 척이 준비되었다. 한 사령관이 단 한 명의 희생자
도 없이 전 부대원을 온전히 이끌고 끝없는 늪지대를 건너고,
산을 넘어 걸어서 도착했다. 그는 마치 몽골 왕자 칭기즈 칸처
럼 1500명의 중국인과 아내들, 아이들, 가축들 행렬까지 이끌
고 나타났다. 그들을 보자 세베로 델 바예는 차이나타운 전
체가 자신처럼 그 전쟁에 목숨을 바치기 위해 샌프란시스코
를 버리고 온 듯한 환영에 사로잡혔다. 사령관은 오는 도중에
노예 신분으로 일하는 중국인 이민자들을 모집하여 칠레군
에 합류시켰던 것이다. 기독교인들이 전투 전에 미사를 드릴
때 중국인들도 그들 고유의 의식을 치렀고 그러고 나면 종군
사제가 모든 사람들에게 성수를 뿌렸다. "이건 서커스 같아."
세베로는 그날 니베아에게 그렇게 썼는데 그게 마지막 편지가
될 거라는 의심은 하지 못했다. 베르가라 장관은 아침 6시부
터 밤이 아주 깊어질 때까지 타는 듯한 태양 아래 서서 직접
병사들의 사기를 북돋우고 수천수만의 사람과 동물, 대포, 식
료품을 싣는 일을 지시했다.

페루군은 리마시에서 몇 킬로미터 떨어지지 않은 외곽에 돌격대가 접근하기 어려운 지점을 잡아 두 개의 방어선을 쳤다. 깎아지른 모래 언덕에 요새와 외벽을 만들고 포대를 배치한 뒤 사수들을 위한 참호도 모래주머니로 에워쌌다. 그 외에도 모래에 지뢰를 묻어 뇌관을 밟으면 지뢰가 터지도록 설치를 했다. 두 개의 방어선은 서로 이어져 있었고 리마시와도 철도로 연결되어 보병과 부상자들, 군수품을 수송할 수 있도록 했다. 그래서 세베로 델 바예와 동료들은 승리하더라도 많은 사상자를 대가로 치르리라는 걸 1881년 1월 중순 공격을 개시하기도 전에 이미 알고 있었다.

1월의 그날 오후 부대는 페루의 수도로 진격할 준비를 끝낸 상태였다. 점심을 먹은 후 캠프를 걷고 막사로 사용했던 판자들도 모두 실은 뒤, 세 팀으로 나눠 짙은 안개 속에 몸을 숨겨 적의 방어막을 기습적으로 공격했다. 각자 무거운 장비를 지고 소총을 장전한 채 조용히 이동했다. 그들은 폭력에 도취된 병사들의 무모함과 잔인성이 가장 강력한 무기임을 잘 아는 지휘관들의 명령 그대로 '결연히 칠레식으로' 싸울 준비가 되어 있었다. 세베로 델 바예는 술과 화약을 섞은 수통이 돌아다니는 걸 본 적이 있는데, 그 액체는 불꽃을 넣은 가연성 혼합물일 따름이지만 억제하기 힘든 위력을 발휘했다. 그도 한번 마셔 보았는데 이틀 동안 구토와 두통으로 고생한 탓에 차라리 추위에 떨면서 전투하는 게 더 낫다는 생각이 들었다. 잠깐씩 휴식이 있었지만 침묵을 지키면서 팜파의 암흑을 진

군하는 일은 끝나지 않을 것만 같았다. 대군단의 병사들은 자정이 지나서 한 시간 동안 휴식을 취할 수 있었다. 날이 밝기 전에 리마 근처의 온천 지역까지 진군할 예정이었으나 사령관들의 모순된 명령과 혼선 때문에 계획이 빗나갔다. 이미 전위대가 전투를 시작했을 텐데도 상황을 제대로 알지 못해 병사들은 기진맥진한 채 숨 돌릴 틈도 없이 행군을 계속해야 했다. 세베로도 다른 사람들을 따라 류색과 모포, 군장을 모두 벗어 버리고 총에 검을 장착한 채 크게 심호흡을 한 후 광분한 야수처럼 고함을 지르며 무턱대고 앞으로 내달리기 시작했다. 이제 적군을 기습하는 것이 아니라 놀라 기겁하게 만드는 것이 작전이었다. 페루군은 기다리고 있다가 칠레군이 사정거리 안에 들어오자 총을 마구 쏘아 댔다. 안개에다 연기와 먼지까지 더해져 지평선은 꿰뚫을 수 없는 망토처럼 뿌옇게 되었고, 사격을 명령하는 나팔 소리, 전투의 아우성 소리, 부상자들의 비명 소리, 말들이 울부짖는 소리, 콰르릉대는 대포 소리 등으로 대기에는 공포가 가득했다. 땅에는 지뢰가 박혀 있었지만 칠레군은 우악스럽게 "돌격!"을 외치며 갖은 방법으로 전진했다. 세베로 델 바예는 전우 두 명이 조각나 날아가는 것을 보았다. 간발의 차이로 뇌관을 밟은 것이다. 이번에는 내가 지뢰를 밟을지도 모른다는 계산은커녕 아무것도 생각할 겨를이 없었다. 이미 제일 앞에 선 경기병들이 총검을 장착하고 이에는 갈고리 칼을 문 채 적군 참호 위로 뛰어들었다. 그러고는 참호에 떨어져 난투를 벌이다가 피를 줄줄 흘리며 죽어 갔다. 살아남은 페루군은 후퇴했고 칠레군은 비탈에 층층이 쌓인 방어벽을 밀쳐 내며 언덕을 기어오르기 시작했다. 세베로 델 바예는 자신도 모르는 사이에 손에 쥔 검이 누군가를 찔러 대고 도망가는 또 다른 적군 목덜미에 총구를 들이대 내갈기고 있었다. 광분과 공포에 완전히 사로잡혀 다른 병사들처럼 한 마리 짐승이 되어 있었다. 군복은 찢겨 피로 뒤덮이고 누군가의 창자 조각이 소매에 붙어 있었다. 소리를 지르고 욕을 해 대느라 이제는 목소리도 나오지 않았고, 두려움도 상실하고 자기가 누군지도 잊은 하나의 살인 기계일 뿐이었다. 총알이 어디로 날아가는지 쳐다보지도 않은 채 언덕 끝까지 닿게 하겠다는 일념만으로 이리저리 번갈아 총질을 해 댔다.

아침 7시, 두 시간 동안의 전투가 끝나고 첫 번째 칠레 국기가 산봉우리에서 펄럭였다. 세베로는 언덕 위에 무릎을 꿇은 채, 수많은 페루 병사들이 뿔뿔이 흩어지며 퇴각하다가 곧바로 농장 안마당에 모여들어 다시 전열을 가다듬고 칠레 기병대의 선두 공격에 맞서는 것을 보았다. 금방 지옥이 되었다. 세베로 델 바예가 달려가 보니 공중에는 칼날들이 번쩍이고, 탕탕거리는 총성이며 고통의 비명 소리가 들렸다. 농장에 다다랐을 때 적군은 다시 칠레군에 쫓겨 달아나고 있었다. 바로 그때 민간인을 공격할 테니 소대 병사들을 모으라고 명령하는 사령관의 목소리가 들렸다. 세베로는 전열을 정돈하는 그 짧은 틈을 타 잠깐 숨을 돌렸다. 손으로는 무기를 꽉 쥔 채 숨을 헐떡이고 부들부들 떨면서 이마를 땅에 대며 그대로 바닥에 엎드렸다. 자신의 소대 하나로는 집과 건물 들 속에 숨어 버티고 있는 숱한 적군과 맞설 수 없어 문을 하나씩 열어 가며 싸

위야 하는 상황인데 그대로 전진하는 것은 미친 짓이라는 짐작이었다. 그러나 자기 임무는 생각하는 것이 아니라 상관의 명령에 복종하여 민간인들을 소탕해 잿더미로 만드는 것이었다. 몇 분 후 세베로는 소대의 선두로 뛰어나갔고 그러는 동안에도 사방에서 탄환들이 쉭쉭 지나갔다. 그들은 대로 양편에 한 개 종대씩 열을 지어 진입했다. "칠레군이 온다!"라는 소리에 사람들은 대부분 이미 도망을 간 뒤였지만, 남은 사람들은 부엌칼에서 끓는 기름 솥에 이르기까지 손에 잡히는 대로 물건들을 발코니 밖으로 집어 던지며 싸울 태세였다. 세베로의 소대는 집집마다 들어가 완전히 소탕하라는 명령을 받았고 그것은 결코 쉬운 임무가 아니었다. 지붕, 나무, 창문, 문간 등 곳곳에 방어벽을 친 페루군 병사들로 꽉 차 있었기 때문이다. 세베로는 목구멍이 마르고 눈이 부어올라 1미터 전방도 보이지 않을 지경이었다. 대기는 먼지와 연기로 자욱해서 숨 쉬는 것조차 힘들었고, 대혼란 속에 어느 누구도 뭘 어떻게 해야 할지 몰라 그저 앞사람만 따라 하고 있을 뿐이었다. 별안간 사방에 총탄이 우박처럼 쏟아져 내리는 게 느껴지자 세베로는 더이상 전진할 수 없으며 대피할 곳을 찾아야 한다는 걸 깨달았다. 개머리판으로 가장 가까이 있는 문을 내리쳐 열고는 칼을 높이 쳐든 채 집 안으로 들어갔다. 태양이 작열하는 밖에 있다가 어스름한 실내에 들어서자 순간적으로 앞이 안 보였다. 소총을 장전할 시간이 필요했지만 그럴 틈도 없었다. 찢어지는 비명 소리에 놀라 얼어붙어 있는데, 구석에 웅크리고 있던 어떤 형체가 도끼를 휘두르면서 벌떡 일어서는 모습이 어슴푸레 보였다. 세베로는 손으로 머리를 막으며 간신히 뒤로 물러섰고 도끼는 번개처럼 왼발에 떨어져 땅바닥에 내리꽂혔다. 세베로 델 바예는 무슨 일이 일어났는지도 모른 채 순전히 본능적으로 반격했다. 대검이 끼워진 소총을 상대의 배에 힘껏 찔러 넣은 뒤 그대로 사력을 다해 총검을 쳐들었다. 핏물 한 줄기가 얼굴에 튀었다. 그제야 적이 여자라는 걸 깨달았다. 배가 대쪽처럼 갈라진 여자는 무릎을 꿇은 채 나무 바닥에 쏟아져 내리는 창자를 붙잡고 있었다. 두 사람은 놀라서 끝없는 시선을 주고받았다. 영원한 침묵 속에서 자신이 누구인지, 왜 이런 식으로 싸우고 있는지, 왜 피를 흘려야 하고 죽어야 하는지 서로 묻고 있었다. 세베로는 그녀를 붙들어 주고 싶었지만 움직일 수가 없었고 그제야 발에서 엄청난 통증이 느껴졌다. 통증은 불길이 혀를 날름거리듯이 다리를 따라 가슴까지 올라왔다. 그때 칠레군 병사 하나가 집 안으로 뛰어 들어오더니 한눈에 상황을 파악하고는 망설임 없이 이미 죽어 버린 여자에게 총구를 들이대고 쏴 버렸다. 그는 도끼를 힘주어 잡고는 단번에 세베로의 발에서 뽑아냈다. "갑시다, 중위님! 여기서 나가야 됩니다. 대포를 쏘기 시작할 겁니다!" 병사는 재촉했지만 세베로는 피를 콸콸 쏟으며 실신했다. 잠시 후 정신을 차렸지만 다시 암흑 속으로 가라앉고 말았다. 병사는 자기 수통을 세베로의 입에 갖다 대고 억지로 한 모금 쭉 들이켜게 한 뒤 손수건으로 무릎 아래 부분을 묶어 임시방편으로 지혈을 시키고는 등으로 부축한 채 질질 끌어냈다. 밖에 나가자 다른 병사들이 거들었다. 그 후로도 사십 분 이상 칠레 포대는 그곳을 쑥대밭으로 만들었고 고즈넉하던 온천 마을에는 온갖 전투의 잔해물과 고물이 된 쇠조각들만 남았다. 그러는 동안 세베로는 병원 뜰에 널려 있는 수백 구의 조각난 시체들과 웅덩이에 널브러져 파리에게 뜯기는 수천 명의 부상자들 틈에 섞여 있었다. 죽음이 찾아오거나 기적이 자신을 구해 내기를 기다리면서. 고통과 두려움이 엄습해 잠깐 사이에 고맙게도 꺼져 내릴 듯 기절하고 말았다. 정신을 되찾았을 때는 검게 변해 가는 하늘이 보였다. 타는 듯한 낮 더위에 이어 '카만차카'[17)의 습한 냉기가 찾아와 밤은 모포 같은 짙은 안개 속에 휘감겼다. 정신이 들자 어릴 때 배운 기도문들을 떠올리며 빨리 죽음을 달라고 빌었고, 그러자 천사처럼 니베아의 영상이 나타났다. 그녀가 자기 쪽으로 몸을 숙여 등을 받쳐 안은 채 젖은 손수건으로 이마를 닦아 주고 사랑의 말을 속삭이는 듯했다. 니베아의 이름을 계속 부르며 물 한잔 달라고 애원했다.

리마 정복 전투는 오후 6시에 끝났다. 다음 날 사상자 숫자를 점검하자 양쪽 군의 20퍼센트가 사망한 것으로 밝혀졌다. 전염병으로 인해 곧 죽게 될 사람들의 수는 더 많았다. 인근 학교와 막사에 임시로 야전 병원이 차려졌다. 살 썩는 냄새가 바람에 실려 몇 킬로미터나 퍼져 나갔다. 의사들과 간호사들은 사력을 다해 야전 병원까지 온 부상병들을 치료하느라 녹초가 되었다. 칠레군 부상자만 해도 2500명이 넘었고, 페

---

17) 페루 고원 지역 특유의 짙은 안개.

루군 부상자는 최소 7000명 정도일 것으로 짐작되었다. 부상
자들은 병원 통로나 뜰에 모여들어 자기 차례가 올 때까지 바
닥에 그대로 널브러져 있었다. 중환자들이 먼저 치료를 받았
고 세베로 델 바예는 피를 흘려 기력도 없고 희망도 잃었지만
아직 빈사 상태에 빠질 정도는 아니었다. 그래서 위생병이 몇
번이나 그의 차례를 뒤로 미루며 다른 사람을 먼저 치료받게
했다. 그를 들쳐 업고 병원까지 데려다준 병사는 자기 군도로
세베로의 장화를 찢어 내고 다 젖어 버린 셔츠를 벗겨 짓이겨
진 발에 지혈대 대신 처매었다. 붕대도 약도, 감염을 막기 위
한 페놀도 아편도 클로로포름도 구할 수 없었다. 소란스러운
전투 중에 모두 잃어버렸거나 바닥난 것이다. "다리가 썩지 않
게 가끔씩 지혈대를 풀도록 하십시오, 중위님." 사병이 권유했
다. 헤어지기 전에 그는 행운을 빌면서 담배 한 갑과 술이 남
아 있는 수통 등 자신에게도 제일 귀한 소지품들을 선물했다.
세베로 델 바예는 자신이 뜰에서 얼마나 그러고 있었는지 알
수 없었다. 아마 하루나 이틀 정도 된 듯했다. 마침내 위생병
이 옮기러 왔을 때는 탈수로 의식을 잃은 상태였는데 실려 가
는 중에도 고통이 너무 심해 울부짖는 소리를 내며 눈을 떴
다. "참으십시오, 중위님. 아직 최악의 상태는 아니에요." 치료
실은 바닥에 모래를 깐 커다란 방이었고 순간순간 위생병 두
명이 모래를 새로 들이부어 피를 빨아들이게 했다. 잘라 낸
팔다리는 모래 주머니에 담아 바깥에 피운 큰 모닥불에 태웠
고, 살 타는 냄새가 계곡을 온통 뒤덮었다. 금속판으로 덮은
나무 탁자 위에 부상당한 병사들을 눕혀 놓고 수술을 했다.

바닥에는 물통이 있었는데 절단 부위를 지혈하기 위한 솜과 붕대로 쓰려고 찢어 놓은 천 뭉치들을 헹구느라 물이 붉게 물들어 있었고, 온통 모래와 재가 튀어 지저분했다. 한쪽 탁자에는 부집게, 가위, 톱, 바늘 등 끔찍한 고문 기구들이 피가 엉겨 붙은 채 펼쳐져 있었다. 수술받는 병사들의 비명 소리가 울려 퍼졌고, 썩는 냄새와 구토물, 배설물 냄새로 숨을 쉴 수가 없었다. 의사는 발칸반도에서 온 이민자로, 외과 의사답게 냉혹하고 확고하며 신속한 분위기를 풍겼다. 이틀째 면도를 못 해 덥수룩해진 수염에 눈은 피로로 충혈되어 있었고, 두툼한 가죽 앞치마는 금방 묻은 피로 뒤덮여 있었다. 그는 세베로의 다리에 임시방편으로 묶어 두었던 붕대를 벗기고 지혈대를 떼어 냈다. 이미 부패가 시작되어 절단할 수밖에 없다는 결정을 내리는 데는 한번 힐끗 쳐다보는 것으로도 충분했다. 눈 하나 깜짝하지 않는 걸로 보아 며칠 사이에 잘라 낸 팔다리가 한두 개가 아닌 게 분명했다.

"술 좀 있나, 사병?" 그가 선명한 외국인 억양으로 물었다.

"물 좀……." 세베로 델 바예는 혀가 바싹 마른 채 하소연했다.

"물은 나중에 마시게 될 겁니다. 우선은 고통을 완화시킬 뭔가가 필요한데 지금 여기에는 술이 한 방울도 없군요." 의사의 말이었다.

세베로는 수통을 가리켰다. 의사는 마취를 시키지 않을 거라며 세 모금 길게 마시라고 했다. 남은 술은 천 조각에 적셔 기구들을 닦았다. 그러고 나서 탁자 양쪽에 한 명씩 서 있는 위생병에게 환자를 붙잡으라고 눈짓을 했다. 세베로는 지금이 내 진실의 시간이로구나 하고 겨우 떠올리고는 총검에 찔려 터져 나온 여자의 심장의 영상 속에서 죽지 않기 위해 니베아를 생각하려 애썼다. 위생병이 새 지혈대를 받친 뒤 사타구니 높이까지 다리를 단단히 묶었다. 의사는 메스를 집더니 무릎 아래 20센티미터 정도 부근에 찔러 넣어 숙련된 동작으로 빙돌아가며 복사뼈에서부터 종아리뼈까지 살을 잘랐다. 세베로델 바예는 고통으로 아우성치다가 곧 정신을 잃었지만 위생병들은 그를 놓지 않고 더 단단히 탁자에 고정시켰다. 그러는 동안 의사는 손가락으로 피부와 근육을 젖히고 뼈를 찾아낸 뒤곧장 톱을 들어 세 차례 정확한 톱질로 다리를 잘라 냈다. 자른 뼈를 위생병이 떼어내자 의사는 믿을 수 없을 정도로 정교하게 이어 붙이고는 곧장 지혈대를 떼어 내고 잘린 부분을 살과 피부로 덮어 꿰매었다. 이어 재빨리 다리에 붕대를 처맨 후세베로를 들어 올려 방구석에 데려다 놓았다. 신음 소리를 내며 수술대에 도착한 다른 부상병에게 자리를 내어주기 위해서였다. 수술은 채 육 분도 걸리지 않았다.

전투가 있은 후 며칠에 걸쳐 칠레군이 리마에 입성했다. 칠레 신문들에 실린 공식 보도에 따르면 군인들이 질서 정연하게 입성했다고 하지만 리마인들의 기억에 의하면 도살장이나 다를 바 없었다. 게다가 페루 패잔병들이 지휘관들에게 배신감을 느껴 분노한 나머지 폭행까지 저질렀다고 했다. 일부 민간인들은 피신했고 세도가들은 항구의 선박이나 영사관, 외국 해군이 지키는 해안가 등으로 도망쳐 안전을 도모했다. 그런 곳에서는 외교단이 천막을 쳐 놓고 중립국 깃발 아래 피난

민을 받아들이고 있었다. 재산을 지키려고 남았던 사람들은 군기라곤 찾아볼 수 없을 정도로 폭력에 취해 광분한 군인들이 저지른 생지옥 같은 장면들을 평생 잊지 못할 것이다. 군인들은 집을 약탈한 뒤 불을 지르고, 여자와 아이들, 노인들을 포함하여 반항하는 사람들을 겁탈하고 구타하고 살해했다. 결국 페루군 일부가 무기를 버리고 항복했지만 많은 병사들은 산속으로 도망쳐 뿔뿔이 흩어졌다. 이틀 후 페루 장군 안드레스 카세레스는 한쪽 다리가 잘린 채 아내와 두 충복의 도움을 받으며 리마를 빠져나와 험한 산속에서 길을 잃었다. 숨이 붙어 있는 한 계속 싸우겠다고 맹세를 했던 그였다.

카야오 항구에서는 페루군 함장들이 선원들을 하선시킨 후 화약 상자를 터뜨려 배를 통째로 폭파시켰다. 세베로 델 바예는 폭파음에 깨어나 자신이 수술실 한쪽 구석의 지저분한 모래 위에 누워 있음을 알게 되었다. 옆에는 자기처럼 팔이나 다리를 잘라 낸 후 통증이 가라앉아 가는 병사들이 있었다. 누가 덮어 주었는지 모포가 덮여 있었고, 옆에는 물이 담긴 수통이 놓여 있었다. 손을 뻗어 잡았지만 떨려서 뚜껑을 열 수가 없어 신음 소리를 내며 가슴으로 수통을 꼭 조였다. 마침내 젊은 여자 위생병이 다가와 수통을 열어 바싹 마른 입술에 갖다 대 주었다. 세베로는 통 속의 물을 단숨에 마시고 난 뒤 여자가 알려 주는 대로 담배를 한 줌 입안에 털어 넣고 부지런히 씹었다. 그러면 수술의 충격으로 인한 경련을 가라앉힐 수 있다고 했다. 그녀는 여러 달 동안 남자들과 함께 싸웠기 때문에 부상자를 간호하는 방법을 의사만큼이나 잘 알았다. "죽이는 건 별로 힘들지 않아요. 살아남는 게 더 힘들답니다. 방심하면 죽음이 당신을 배신하고 데려갈 거예요." 여자가 경고했다. "무서워요." 세베로가 더듬거리자 중얼거림을 듣지 못하고도 공포심을 짐작했는지 자기 목에서 은으로 된 작은 메달을 벗어 세베로의 손에 쥐여 주었다. "성모님이 도와주시기를." 나가기 전에 그녀는 몸을 숙여 세베로의 입술에 짧게 키스해 주었다. 세베로는 입술에 그 감촉을 느끼며 손바닥에 놓여 있는 메달을 꼭 쥐었다. 추위에 떨려오고 이는 딱딱거리고 온몸은 열이 펄펄 끓었다. 잠깐 잠이 들었거나 정신을 잃었던지 다시 의식을 회복했을 때는 고통이 좀 덜했다. 몇 시간후 갈색 머리를 땋아 내린 그 여자가 돌아와 땀과 피를 닦아낼 젖은 수건 몇 장, 옥수수 죽이 담긴 놋쇠 그릇, 딱딱한 빵한 조각과 치커리 커피 한 잔을 건네주었다. 세베로는 쇠약한상태인 데다가 구역질이 나서 검고 미지근한 그 액체에 손을댈 엄두가 나지 않았다. 고통과 절망에 빠져 머리를 모포에 파묻은 채 아이처럼 신음하며 울다가 다시 잠이 들었다. "피를많이 흘렸어. 여보게, 아무것도 안 먹으면 죽는다네." 그곳을돌아보며 부상자에게는 위로를, 죽어 가는 사람에게는 종부성사를 해주던 종군 사제가 그를 깨웠다. 세베로 델 바예는문득 자신이 전쟁에 참전한 것은 죽기 위해서였다는 사실이떠올랐다. 린 소머스를 잃었을 때의 뜻이 그랬다. 그러나 죽음이 바로 저기에서 콘도르처럼 몸을 숙이고 최후의 일격을 가할 기회만 노리고 있는 이 순간 살고 싶은 본능에 몸을 떨었다. 허벅지에서 몸의 말초 신경까지 꿰뚫고 있는 타는 듯한 통증보다 살고 싶다는 생각이 더 커져 고뇌와 불안, 공포보다 더 강렬해졌다. 죽어 버리고 싶기는커녕 세상에 남고 싶은 마음이 간절했다. 절름발이가 되든 패잔병이 되든 어떤 상태로라도 이 세상에서 목숨을 이어 갈 수 있다면 다른 것은 하나도 중요하지 않을 것 같았다. 병사들은 누구나 알듯이 출혈과 부패를 이겨 낼 수 있는 사람은 절단한 부상자 중 열에 한 명꼴이고, 그것도 순전히 운에 달렸기 때문에 별도리가 없다는 걸 그도 알았다. 세베로는 자기도 살아남는 사람이 되기로 결심했다. 근사하고 멋진 사촌 니베아는 불구가 아니라 온전한 남자를 만나야 한다고 생각했고, 엉망이 되어버린 모습을 그녀에게 보여주고 싶지 않을뿐더러 그녀의 연민을 견뎌 낼 자신도 없었다. 그러나 눈을 감으면 또 자신 옆에 그녀의 모습이 나타났는데, 전쟁의 폭력이나 세상의 추악함에 물들지 않은 니베아의 얼굴이었다. 지적인 얼굴과 검은 눈에 장난스러운 미소로 자신을 쳐다보며 몸을 숙이고 있는 니베아가 보였고, 그러면 세베로의 자존심은 소금이 물에 녹듯 녹아 버리는 것이었다. 다리를 반이나 잘라 버렸어도 그녀가 예전 못지않게 자신을 사랑하리라는 건 의심할 여지가 없었다. 그는 뻣뻣하게 굳은 손가락으로 숟가락을 들고, 억지로 입을 벌려 떨리는 손을 달래 가며 차갑게 식어 파리가 앉은 메스꺼운 옥수수 죽을 한 모금 삼켰다.

1881년 1월 칠레 군대는 승리감에 가득 차 리마에 입성한 뒤 페루에 강제로 강화 조약을 시도했다. 첫 몇 주 동안의 야만스러운 혼란이 가라앉자 오만해진 승리자들은 1만 명의 군으로 하여금 점령국을 통치하게 하고, 나머지 부대는 승리의 월계수를 취하러 남으로 향하는 여정을 시작했다. 산속으로 패주하긴 했으나 계속해서 싸울 생각인 수천 명의 페루군을 무시한 채 그들은 기고만장하게 진군했다. 자신들의 기세가 대단히 압도적이었기 때문에 페루군이 삼 년이라는 긴 시간 동안 지칠 정도로 끈질기게 싸움을 걸어 오리라고는 상상도 못했다. 강경한 저항의 중심에는 전설적인 카세레스 장군이 있었다. 그는 심한 부상을 당했으나 산으로 들어가 기적적으로 죽음을 모면한 뒤 유령 같은 병사들과 인디오 징집병으로 구성된 패잔병 부대에게 집요한 분노의 씨앗을 싹틔웠다. 그런 부대를 이끌고 전초전과 유혈 게릴라전, 매복전을 수행했다. 카세레스의 병사들은 영양실조에 걸린 절망적인 상태에서 맨발에 넝마가 된 군복을 입고 칼과 창, 몽둥이, 돌, 구식 소총 몇 자루 따위를 들고 싸웠다. 그렇지만 지리를 잘 아는 이점이 있었다. 훈련도 잘 받고 무기도 잘 갖춘 적군에 맞서기 위해 전투 장소를 세심하게 골랐다. 군수품이 늘 충분한 것은 아니었다. 그 깎아지른 듯한 언덕배기에 접근하는 것은 콘도르나 되어야 가능했기 때문이다. 그들은 눈 덮인 산봉우리나 동굴, 움푹 꺼진 구덩이, 눈보라 치는 고지 등에 숨었다. 그런 곳은 공기도 희박하고 황량하기 짝이 없어 오직 페루인, 그 산사람들만이 살아남을 수 있었다. 칠레군은 고막이 터지거나 산소 부족으로 기절했고, 안데스산맥의 얼음장 같은 골짜기에서 몸이 얼어붙는 경험도 해야 했다. 그들은 심장이 받쳐 주지 않아서 맨몸으로 올라가기도 힘든 반면, 고원 지대의 인디오들은 자기 몸집만 한 짐을 지고도 야마처럼 기어오를 수 있었다. 독수리의 떫은 살코기와 코카 잎을 뭉쳐 씹어 먹는 것 외에는 다른 양식도 없었다. 휴전도 포로도 없이 수천 명의 사망자만 남긴 삼 년간의 전쟁이었다. 페루군은 전략적으로 아무 가치도 없는 한 마을의 전투에서만 이겼을 뿐이다. 그 마을은 마흔일곱 명의 칠레군이 방어하고 있었는데 그중에는 티푸스 환자도 여럿 있었다. 칠레군에게는 한 사람당 총알이 100개밖에 없었지만 밤새도록 수백 명의 군인과 인디오들에 맞서 용감하게 싸웠고, 희미하게 아침이 밝아 올 무렵에는 결국 세 명의 사수밖에 남지 않았다. 페루 장교들은 그들을 죽이는 게 치욕이라고 여겨 항복을 권했다. 그러나 그들은 항복하지 않고 계속 싸우다가 총검을 그대로 든 채 조국의 이름을 외치며 전사했다. 그들과 함께 여자도 셋 있었는데 페루 인디오들은 피에 젖은 광장 한가운데로 그녀들을 끌고 가 겁탈한 뒤 난도질을 했다. 그중 한 여자는 전날 밤 남편이 밖에서 싸우는 동안 교회에서 출산을 했는데, 그 갓난아기마저 죽임을 당했다. 인디오들은 시체들의 손발을 자르고 배를 갈라 내장을 끄집어냈다. 산티아고에서 도는 소문으로는 인디오들이 꼬챙이에 창자를 끼워 구워 먹었다고들 했다. 그런 짐승 같은 짓은 드문 일이 아니어서 게릴라전을 치르는 동안 양쪽 부대가 서로 경쟁하듯이 만행을 저질렀다. 페루군이 항복하고 강화 조약에 조인하게 된 것은 군도와 총검으로 벌어진 최후의 대학살 전투에서 카세레스 군대가 최종적으로 패한 뒤인 1883년 10월이었다. 그 마지막 전투에서는 1000명 이상의 병사가 죽어 시체가 그대로 들판에 나뒹굴었다. 칠레는 페루에게서 세 개 주를 빼앗았다. 볼리비아는 태평양으로 향한 유일한 출구를 빼앗기고 강제로 휴전 조약에 서명해야 했고 이 협정은 이십 년 후 평화 조약이 체결될 때까지 지속되었다.

세베로 델 바예는 다른 수천 명의 부상자들과 함께 배로 칠레까지 수송되었다. 임시 구급선에서 많은 병사들이 상처 부위가 썩어 들거나 티푸스와 이질에 감염되어 죽어 갔지만 그는 니베아 덕분에 회복될 수 있었다. 그녀는 세베로에게 무슨 일이 일어났는지 알게 되자마자 아저씨 베르가라 장관에게 연락을 취해 그가 어디 있는지 찾아달라고 졸랐다. 아저씨에게 매달린 끝에, 마침내 수천 명에 달하는 심각한 부상병들 중의 하나일 뿐인 세베로를 야전 병원에서 수소문해 발파라이소로 가는 첫 배에 태울 수 있었다. 아저씨는 니베아가 발파라이소 항구의 군사 구역에 들어갈 수 있도록 특별 허가를 조처하고 소위 한 명에게 그녀를 도와주게 했다. 세베로 델 바예가 들것에 실린 채 배에서 내렸을 때 니베아는 그를 알아볼 수 없었다. 체중은 20킬로그램이나 줄고 때에 절어 있어서 누렇게 굳어 버린 시체 같았고, 몇 주 동안 수염을 깎지 못한 채 공포에 질린 눈을 하고 정신병자처럼 헛소리를 해 댔다. 니베아는 일생 동안 자신을 지탱해 준 아마존 여전사 같은 의지로 경악스러움을 이겨 내고는 "안녕, 세베로. 만나서 반가워!"라고 명랑하게 인사를 건넸다. 세베로는 인사에 제대로 대답도 못 했다. 그녀를 보자 안심이 된 나머지 눈물이 솟구쳐 그녀가 못 보도록 두 손으로 얼굴을 가려야 했다. 소위는 미리 준비해 두었던 차량에 세베로와 니베아를 태워 하달받은 대로 장관의 비냐 델 마르 대저택으로 곧장 차를 몰았고, 그곳에는 장관의 부인이 세베로가 머무를 방을 마련해 두고 있었다. "걸을 수 있을 때까지 여기 머물 거라고 남편이 말하더구나, 세베로." 베르가라 가족의 주치의는 그를 치료하기 위해 의학의 힘이 미치는 모든 수단을 동원했다. 그러나 한 달이 흘러도 상처는 아물지 않고 세베로는 여전히 열에 들떠 정신 착란을 일으키며 몸부림쳤다. 니베아는 세베로가 전쟁의 공포로 정신적 상처를 입었고, 그리고 그런 상처를 치유하는 방법은 사랑뿐이라고 생각했다. 그래서 최후의 수단을 쓰기로 결심했다.

"너와 결혼할 수 있도록 부모님의 허락을 구해야겠어." 그녀는 세베로에게 말했다.

"나는 죽어 가고 있어, 니베아." 그는 한숨을 내쉬었다.

"넌 언제나 핑계가 있구나! 죽어 간다고 해서 결혼을 못 하란 법은 없어."

"너는 아내가 되어 보지도 못하고 과부가 되고 싶어? 내가 린 때문에 겪은 일을 너까지 겪는 건 원치 않아."

"난 과부가 되지 않아. 넌 죽지 않을 테니까. 결혼하자고 겸손하게 청할 수 있지, 세베로? 이를테면 내가 네 평생의 여자라거나 너의 천사라거나 뮤즈라거나 뭐라고 말해도 좋아. 아무 말이나 지어내 봐! 나 없이는 살 수 없다고 말해 봐. 적어도 그건 분명하잖아, 안 그래? 우리 관계에서 나만 로맨티스트가 되는 게 별로 재미있지는 않지만 말이야."

"너 미쳤구나, 니베아. 나는 온전한 남자도 아니야. 불쌍한 불구일 뿐이야."

"다리 한쪽 말고 뭐가 또 없는 거니?" 그녀는 겁난 척하며 물었다.

"그게 사소한 일이니?"

"나머지 것들이 제자리에 붙어 있기만 하다면 그 정도는 사소하다고 보는데." 그녀는 웃었다.

"그렇다면 나와 결혼해 주렴." 그는 안도의 숨을 깊이 내쉬며 흐느낌이 목에 걸려 중얼거렸다. 그녀를 품에 안기도 버거울 정도로 쇠약해져 있었다.

"울지 마, 세베로. 키스해 줘. 울라고 다리 하나를 잃은 게 아냐." 그녀는 침대로 몸을 숙이며 대답했다. 그가 혼수상태에서 몇 번이나 보았던 그 몸짓 그대로.

사흘 후 그들은 장관 저택의 아름다운 홀에서 양가 가족들이 지켜보는 앞에서 간소한 예식을 올렸다. 상황이 상황인지라 비공개로 식을 치렀지만, 가까운 친척만 모여도 아흔네 명이나 되었다. 세베로는 창백하고 홀쭉해진 몸에 바이런풍으로 머리를 자르고 수염도 깨끗이 깎은 채 휠체어를 타고 나타났다. 목깃이 빳빳하고 금 단추가 달린 셔츠를 입고 실크 넥타이를 맨 예복 차림이었다. 니베아에게는 웨딩드레스를 준비할 틈도 혼숫감을 준비할 틈도 없었지만 언니들과 사촌들이 자신들의 혼숫감으로 몇 년 동안 준비해 온 자수 옷들을 궤짝 두 개에 넘치도록 가득 채워 주었다. 그녀는 아저씨의 아내가 빌려준 흰색 공단 드레스에 진주와 다이아몬드로 장식된 관을 썼다. 결혼식 사진을 보면 니베아는 휠체어를 탄 남편 옆에 꼭 붙은 채 눈부시게 빛나고 있다. 그날 밤에는 가족 만찬이 있었지만 세베로 델 바예는 낮 동안의 감격으로 녹초가 되어 참석하지 못했다. 하객들이 물러가고 나자 니베아는 아주머니가 손수 마련해 놓은 방으로 이끌려 들어갔다. "네 신혼 첫날밤이 이래서 정말 애석하구나⋯⋯." 그 착한 부인은 얼굴을 붉히면서 떠듬거렸다. "염려 마세요, 아주머니. 로사리오 기도를 드리면서 마음을 달래겠어요." 신부는 그렇게 대답했다. 그녀는 가족이 모두 잠들기를 기다렸다가, 깨어 있는 것이라곤 정원의 나무들 사이에 부대끼는 소금기 어린 바닷바람뿐이라는 확신이 들자 잠옷 차림으로 대저택의 기다란 복도를 달려 세베로의 방으로 들어갔다. 환자의 잠자리를 살피기로 한 수녀님이 소파에서 깊이 곯아떨어져 있었지만 세베로는 신부를 기다리며 깨어 있었다. 그녀는 조용히 하라고 입술에 손가락을 갖다 대며 가스램프를 끈 뒤 침대 속으로 들어갔다.

니베아는 수녀들에게서 교육을 받았을 뿐 아니라, 아이를 만드는 일은 말할 것도 없고 육체의 작용에 대해서는 절대로 언급하는 법이 없는 케케묵은 집안 출신이었다. 그러나 그녀는 스무 살이었고 열정으로 불타는 가슴과 비상한 기억력을 갖고 있었다. 어두컴컴한 방 구석에서 사촌과 벌이던 은밀한 놀이와 세베로의 몸, 늘 성에 차지 않던 열망, 죄의 황홀함 등을 잘 기억하고 있었다. 그 시절에는 수치심과 죄의식이 그들을 억압했고, 그래서 두 사람은 불꽃에 덴 듯한 살갗으로 기운이 쭉 빠진 채 떨면서 금단의 구석에서 빠져나오곤 했다. 서로 떨어져 지낸 시간은 그녀가 사촌과 공유한 순간들을 하나 하나 돌이켜 보고 유년기의 호기심을 깊은 사랑으로 바꿀 기회가 되어 주었다. 그 밖에도 호세 프란시스코 베르가라 아저씨의 서재를 제대로 써먹었다. 아저씨는 자유주의적이고 근대적인 사상을 지닌 사람이어서 지적 열망에 아무런 제약을 두지 않았고, 종교적 검열은 말할 것도 없이 신경 쓰지 않았다. 니베아는 학술서, 예술서, 전쟁서 등을 분류하다가 비밀 선반을 여는 법을 알아냈다. 선반에는 당시 교회 금서 목록에 들어 있었지만 경멸할 게 전혀 없는 소설 전집과 연애 소설이 꽂혀 있었다. 심지어는 인체 구조상 불가능한 자세로 두 다리를 치켜든 남녀가 그려진 흥미로운 일본과 중국의 춘화도 전집도 있었다. 아무리 금욕적인 사람에게라도 감흥을 불러일으킬 만한 것이어서 그녀처럼 상상력이 풍부한 사람이라면 영감을 느끼지 않을 수 없었다. 그러나 가장 도움이 된 책은 영어 원작을 스페인어로 서투르게 번역한, '익명의 귀부인'이 쓴 포르노 소설이었는데 니베아는 한 권씩 핸드백 속에 넣어 가 세심하게 읽고는 다시 살그머니 제자리에 갖다 놓았다. 사실 아저씨는 전쟁터에 나가 있었고 저택의 다른 누구도 서재를 들락거리지 않았기 때문에 그런 조심은 별로 필요하지 않았다. 그녀는 그 책들의 안내를 받아 자기 몸을 탐사하면서 인류의 가장 오래된 기술의 기초를 배워 언젠가 실습하게 될 날을 대비했다. 자신이 무서운 죄악을 범하고 있다는 건 알았지만 ── 쾌락은 언제나 죄악이므로 ── 고해 신부님과 그 화제를 논하는 것은 삼갔다. 현재에도 기쁨을 주고 미래에도 기쁨이 될 그 쾌락이 지옥에 떨어지는 벌을 받는 것은 마땅하다고 여겼기 때문이다. 그녀는 마지막 숨을 들이쉬기 전에 책을 통해 얻은 쾌락의 시간들을 고백하게 되면 어쩌나 걱정이 되어 죽음이 갑자기 덮쳐 오지 않게 해 달라고 기도하곤 했다. 그녀는 혼자만의 그 유희가 사랑하는 남자에게 삶의 의욕을 불어넣는 데 쓰이게 되리라고는 꿈에도 생각지 못했다. 더구나 잠든 수녀에게서 겨우 3미터 떨어진 곳에서 사랑을 나누게 될 경우는 말할 것도 없었다. 니베아는 첫날밤부터 몸단장을 하고 수녀에게 뜨거운 초콜릿 한 잔과 비스킷을 가져다주고는 자기 침실로 돌아가기 전에 남편에게 잘 자라는 인사를 했다. 초콜릿에는 낙타도 거뜬히 재울 수 있는 쥐오줌풀이 들어 있었다. 세베로 델 바예는 순결한 자기 사촌이 그런 용감한 일을 할 수 있으리라고는 상상도 못 했다. 그는 다리의 상처가 찌르는 듯한 통증을 불러일으키는 데다 열이 나고 몸이 쇠약해져서 수동적인 역할에 머물러야 했지만 그가 힘에 부치는 상황을 니베아의 지식과 주도권이 대신할 수 있었다. 세베로는 그런 곡예 같은 동작들이 가능하리라고 생각도 못 했으며 그것들이 기독교적이지 않다는 점에 대해서는 일말의 의심도 없었지만 그것이 그 동작들을 충분히 즐기는 데 방해가 되지는 않았다. 만일 사촌을 어릴 때부터 알아 오지 않았더라면 그녀가 터키식 고급 창부의 교육을 받았다고 생각했을지도 모른다. 그 요조숙녀가 무슨 수로 창부 같은 기술들을 그렇게 다양하게 배웠는지 불안하긴 했지만 굳이 물어볼 만큼 어리석지는 않았다. 그는 그녀를 따라 고분고분 감각의 여행에 나섰고, 그 여행은 몸이 물러나고 대신 영혼이 최고조에 이를 때까지 지속되었다. 존경해 마지않는 국방 장관의 서재에서 본, 포르노 작가들이 묘사한 동작을 한 채 이불 속에서 서로를 찾아 갔다. 욕망과 애정으로 자극되어 또 다른 동작들을 지어내 보기도 했지만, 붕대로 감은 잘린 다리와 소파에서 코를 고는 수녀가 장애물이었다. 그들은 서로 껴안은 채 심장이 벌떡이고 입술을 포갠 채 같은 숨을 쉬다가 아침이 되면 깜짝 놀라곤 했다. 창을 통해 스며드는 첫 햇살의 기척을 느끼면 니베아는 바로 그림자처럼 미끄러져 자기 방으로 돌아갔다. 어린 시절의 유희는 이제 정념의 마라톤으로 바뀌어 탐욕스러운 열망으로 서로를 애무하고 입 맞추고 핥으며 온몸 구석구석을 파고들었다. 모든 행위는 어둠과 절대적인 침묵 속에서 이루어졌고 밤은 너무나 짧았다. 한 차례 또 한 차례 천국까지 끌려 올라가는 환희의 관능을 가라앉히려고 그들은 숨을 삼키고 베개를 물어뜯었다. 시간은 쏜살같았다. 니베아가 유령처럼 방에 나타나 세베로의 침대 속으로 들어가면 어느새 아침이 되어 버리곤 했다. 축복된 만남의 시간을 일 분이라도 헛되이 보낼 수 없어 둘 다 한숨도 붙이지 못했다. 다음 날이면 세베로는 갓난아기처럼 한낮이 되도록 잠을 잤지만 니베아는 아침 일찍 일어나 몽유병자같이 멍한 채로 평소처럼 하루 일과를 다 했다. 오후가 되면 휠체어를 탄 세베로 델 바예는 바다에 면한 테라스에서 해 지는 모습을 바라보며 휴식을 취했고, 그러는 동안 아내는 옆에서 식탁보에 수를 놓다가 잠이 들곤 했다. 두 사람은 다른 사람들 앞에서는 오누이처럼 행동하여 서로 만

지거나 쳐다보는 일도 거의 없었지만 서로를 열망하는 분위기
는 늘 그들 주위를 맴돌았다. 다시 침대에 들어 서로 껴안을
시간이 오기만을 열렬히 기다리며 하루를 보냈다. 그들이 밤
에 벌이는 일은 의사와 양가 어른들, 그리고 온 세상을 두려
움에 떨게 할 만한 일이었고, 수녀님에게는 입도 벙긋하지 못
할 일이었다. 오히려 친척들과 친구들은 플라토닉한 사랑만 해
야 하는 그토록 순결하고 가톨릭적인 젊은 여자의 희생과, 조
국을 지키느라 한쪽 다리를 잃고 인생을 망쳐 버린 세베로의
용기를 이야기하곤 했다. 세베로가 전쟁터에서 다리 한쪽만
잃은 게 아니라 남성도 잃었다느니 하는 험담이 이웃 여자들
사이에 퍼졌다. 서로에게 탐닉한 두 남녀가 벌이는 일에 대해
서는 추호의 의심도 없이 "가엾은 것들." 하고 중얼거리며 한
숨을 내쉬고들 했다. 초콜릿 한 잔으로 수녀를 재우고 이집트
인처럼 사랑을 나눈 지 한 주가 지나자 절단한 부분의 상처도
아물고 미열도 사라졌다. 두 달이 채 되기도 전에 세베로 델
바예는 목발을 짚고 걸어 다니다 나무 의족을 들먹이기 시작
했고, 그동안 니베아는 아저씨 저택의 스물세 개 화장실 어디
에서든 심한 헛구역질을 해 댔다. 가족들 앞에서 임신 사실을
인정할 수밖에 없게 되었을 때 모두들 너무 놀라 기적이라고
까지 말했다. 가장 소란을 피운 사람은 말할 것도 없이 수녀였
다. 그러나 세베로와 니베아는 수녀가 최대량의 쥐오줌풀 수
면제를 마셔 놓고도 엿보는 재미에 빠져, 많은 걸 배울 기회로
삼아 잠든 척한 게 아닐까 늘 미심쩍었다. 두 사람이 어떻게
했을지 상상하며 박장대소하고 부부의 노련함을 축하해 준

유일한 사람은 베르가라 장관이었다. 세베로가 의족의 도움으로 걸을 수 있고 니베아의 배가 더 이상 감출 수 없게 되자 그는 두 사람이 집을 옮겨 정착하도록 도와주고, 세베로에게 일자리도 마련해 주었다. "자유주의 국가와 자유당에는 너처럼 대범한 사람들이 필요해." 아저씨는 진짜 대범한 사람은 니베아였다는 사실을 알면서도 그렇게 말했다.

나는 우리 친할아버지 펠리시아노 로드리게스 데 산타 크루스를 알지 못한다. 내가 그 집에 들어가 살기 몇 달 전에 세상을 떠났기 때문이다. 그는 놉 힐 대저택에서 벌어진 한 연회에서 테이블 상석에 앉아 있다가 갑자기 졸도했다. 사슴 고기와 프랑스 레드 와인으로 만든 파이를 먹다가 목이 막힌 것이다. 여러 사람들이 그를 바닥에서 일으켜 간신히 소파에 기대어 놓았고, 파울리나 델 바예는 아랍 왕자 같은 아름다운 머리를 자기 무릎에 얹은 채 남편이 기운을 차리게 하려고 되풀이해서 말했다. "죽지 마요, 펠리시아노. 과부는 아무도 초대해 주지 않는단 말이에요……. 숨 좀 쉬어 봐요, 제발! 숨만 쉬면 오늘 당장 내 방 자물쇠를 풀도록 할게요." 펠리시아노는 심장의 피가 파열하기 직전 간신히 미소를 지었다고들 한다. 그 씩씩하고 유쾌한 칠레인의 초상은 셀 수 없이 많이 남아 있는데 생전의 할아버지 모습을 상상하는 건 쉬운 일이다. 초상화에서도 화가나 사진사를 위해 포즈를 잡은 것이 아니라 놀란 표정이 역력한 자연스러운 몸짓을 하고 있기 때문이다. 그는 상어처럼 이를 드러내며 웃었고 말할 때 제스처를 많이 사용했으며, 해적처럼 확신과 우쭐거림이 가득한 몸짓을 가진 남자였다. 남편이 죽자 파울리나 델 바예는 무너져 내렸다. 너무 낙담하여 장례식에도 참석하지 못하고, 시에서 베풀어 준 많은 조문 모임에도 전혀 참석하지 못했다. 세 아들 모두 칠레에 있지 않아서 장례식은 윌리엄스 집사와 집안 고문 변호사들이 모두 맡아야 했다. 둘째와 셋째는 몇 주가 지난 후에 도착했지만, 독일에 있던 마티아스는 건강을 핑계 대며 어머니를 위로하러 나타나지도 않았다. 파울리나는 평생 처음으로 교태도 버리고 식욕도 잃고 회계 장부에 대한 관심조차 잃은 채 외출을 거부하며 여러 날을 침대에서 보냈다. 그런 모습을 누구에게도 보이지 않으려 했기 때문에 그녀의 눈물을 아는 사람은 하녀들과 윌리엄스뿐이었다. 윌리엄스는 신중하게 거리를 두고 모르는 척 행동하면서 혹시라도 그녀가 부르면 도우려고 동정을 살피기만 했다. 어느 날 오후 파울리나는 욕실 벽의 절반을 차지하고 있는 커다란 금제 거울 앞에 멈춰 서서 변해 버린 자기 모습을 우연히 보게 되었다. 뚱뚱하고 남루한 마녀의 모습에 관을 쓴 거북이처럼 회색 머리칼이 헝클어져 있었다. 그녀는 공포에 질려 소리쳤다. 세상 어떤 남자도, 그게 펠리시아노라 해도 이 정도로 자신이 자포자기할 가치는 없다고 결론지었다. 밑바닥까지 닿았으니 이제는 바닥을 차고 다시 표면 위로 떠올라야 할 때였다. 그녀는 종을 쳐서 하녀들을 불러 목욕을 한 뒤 미용실로 데려가게 했다. 그날부터 산더미 같은 둘세와 장시간 욕조 목욕의 도움을 받으면서 얼음장 같은 의지로 남편을 잃은 비탄을 극복했다. 밤이 기습하듯 덮쳐 오는 기분이 들 때면 욕조 속에 들어앉곤 했지만 더 이상 울지는 않았다. 크리스마스 무렵이 되자 그녀는 몇 킬로그램 더 불어난 몸에 성장(盛裝)을 하고 그간의 칩거 생활에서 벗어났다. 자기가 두문불출하는 동안에도 세상은 여전히 굴러가고 있고, 자신의 부재를 애석해하는 사람도 없었다는 사실에 적잖이 놀랐다. 그것은 그녀가 다시 일어설 수 있도록 해 준 결정적인 자극제였다. 자신을 무시하도록 내버려 두지 않겠다는 결심이었고, 이제 막 예순을 넘겼지만 한 삼십 년은 더 살 작정이었다. 그렇다고 친척들을 괴롭힐 정도로 오래 살 생각은 아니었다. 몇 달 동안은 상복을 입을 것이고 그것이 펠리시아노에 대한 최소한의 예의일 터였다. 그러나 펠리시아노도 아내가 검은 옷에 파묻혀 여생을 보내는 그리스 과부같이 변하는 걸 좋아하지는 않을 것이다. 파울리나는 이듬해 파스텔 색조의 옷장을 새로 만들고 즐거운 유럽 여행도 떠날 계획이었다. 언제나 이집트에 가 보고 싶었지만, 펠리시아노는 이집트가 신나는 일이라곤 모두 3000년 전에 끝나버린 모래와 미라의 땅이라고 했다. 이제는 혼자니까 그 꿈을 이룰 수 있었다. 그러나 파울리나는 자기 존재가 얼마나 변해 버렸는지, 샌프란시스코 사회가 얼마나 자신을 하찮게 생각하는지 금방 깨닫게 되었다. 그 많은 재산도 그녀의 히스패닉 혈통과 부엌데기 같은 영어 발음을 너그러이 봐주는 대가로는 부족했다. 농담처럼 말하던 대로 어느 누구도 그녀를 초대하지 않았다. 더 이상 제일 먼저 파티 초대장을 받지도 못했고 병원이나 기념물의 제막식에 와 달라는 요청도 없었다. 그녀의 이름은 이제 사교계에서 언급되지 않았고 오페라 극장에서 만나도 인사하는 사람이 제대로 없었다. 그녀는 배척당한 것이다. 한편 사업 확장도 매우 어려워졌다. 남편이 없으니 금융계에서 자신을 대행해 줄 사람이 없었기 때문이다. 재산을 면밀히 계산하다가 자신이 벌어들이는 것보다 세 아들이 지출하는 속도가 더 빠르고 사방에 빚투성이이며, 펠리시아노가 죽기 전에 자신과 상의도 없이 최악의 투자를 몇 군데 했다는 사실을 알게 되었다. 생각만큼 부자가 아니었던 것이다. 그렇다고 망했다는 기분은 전혀 들지 않았다. 그녀는 윌리엄스를 불러 인테리어 건축가를 고용해 살롱들을 개조하고 요리사를 구해 새해맞이 연회를 준비하라고 시켰다. 그리고 여행사에 이집트 여행을 알아보도록 하고, 새 옷들을 맞출 수 있도록 재단사도 데려오라고 지시했다. 느닷없이 과부가 된 충격에서 그녀가 서서히 회복되어 갈 바로 그 무렵, 흰색 포플린 원피스에 레이스가 달린 모자를 쓰고 에나멜 부츠를 신은 여자아이가 상복을 입은 여인의 손에 이끌려 집 안에 들어섰다. 엘리사 소머스와 손녀 아우로라였다. 파울리나 델 바예가 그들을 마지막으로 본 지도 오 년이 지나 있었다.

"원하셨던 대로 여기 아이를 데려왔어요, 파울리나." 엘리사가 쓸쓸하게 말했다.

"하느님 맙소사. 무슨 일이에요?" 파울리나 델 바예는 놀라서 물었다.

"남편이 죽었어요."

"우리 둘 다 과부가 됐군요." 파울리나가 중얼거렸다.

엘리사 소머스는 남편과 약속한 대로 타오 치엔의 시신을 중국으로 옮겨 가야 하기 때문에 손녀를 돌볼 수 없게 된 사정을 설명했다. 파울리나 델 바예는 윌리엄스를 불러 두 사람이 이야기를 나누는 동안 아이를 정원으로 데려가 공작새를 구경시켜 주라고 시켰다.

"언제 돌아올 생각인가요, 엘리사?"

"아주 긴 여행이 될 거예요."

"아이에게 정이 들고 나서 몇 달 후에 돌려보내는 일은 싫답니다. 그러면 내 가슴이 찢어질 거예요."

"그런 일은 없을 거라고 약속해요, 파울리나. 당신은 손녀딸에게 내가 줄 수 있는 것보다 훨씬 나은 인생을 줄 수 있어요. 나는 어디에도 속하지 못하거든요. 타오가 없으니 차이나타운에 사는 것도 의미가 없고 미국인들 사이에도 끼지 못하고, 칠레에 가도 할 일이 없지요. 나는 모든 곳에서 이방인이지만 리밍은 뿌리와 가족을 가졌으면 좋겠고 좋은 교육도 받았으면 싶어요. 그녀를 맡는 건 법적인 아버지인 세베로 델 바예의 일이지만 그는 너무 멀리 있고 다른 아이들이 있어요. 당신이 늘이 아이를 데려가고 싶어 했던 게 생각나서……."

"잘했어요, 엘리사!" 파울리나가 말을 가로막았다.

파울리나 델 바예는 엘리사 소머스에게 닥친 비극을 끝까지 듣고 나서 아우로라의 장래에 세베로 델 바예가 맡게 될 역할을 포함하여 아이에 대한 세세한 사항들을 물어보았다. 어떻게 된 영문인지 파울리나는 원망이나 거만함을 순식간에 벗어 버리고 감동에 겨워, 전에는 자신의 가장 큰 적이라고 여겼던 여자를 껴안고는 손녀를 자기에게 건네준 엘리사의 놀라운 아량에 감사의 말을 전하고, 할머니 노릇을 제대로 하겠다고 맹세했다. 비록 엘리사 소머스나 타오 치엔만큼은 못 하겠지만 아우로라를 돌보고 손녀를 행복하게 해 주는 데 여생을 바칠 준비가 되어 있다고 말했다. 살아 있는 동안 그 일이 그녀의 최우선 임무가 될 것이었다.

"리밍은 영리한 아이예요. 조만간 자기 아빠가 누구냐고 물을 거예요. 얼마 전까지만 해도 아빠도 할아버지도 제일 친한 친구도 그리고 하느님도 오직 한 사람, 타오 치엔뿐이라고 믿었지요."

"물으면 뭐라고 대답하면 좋을까요?"

"사실대로 말해 주세요. 언제나 진실이 가장 쉽게 이해되는 법이니까요." 엘리사가 조언했다.

"내 아들 마티아스가 친아버지이고 조카인 세베로가 법적인 아버지라고 말인가요?"

"당연하지요. 그리고 엄마 이름은 린 소머스라고, 정말 착하고 아름다운 여자였다고 말해 주세요." 엘리사는 갈라진 목소리로 낮게 중얼거렸다.

두 할머니는 손녀에게 더 이상 혼란을 주지 않기 위해 외가와는 영원히 떼어 놓는 게 낫겠다고 합의를 보았다. 다시는 중국어도 못 쓰게 하고 과거와 접촉하지 못하게 하자고 말이다. 다섯 살 나이에는 아직 예지력이 없으니 시간이 지나면 자기 태생과 당시에 일어난 정신적 상처들을 잊어버릴 거라고 확신했다. 엘리사 소머스는 어떤 식으로든 손녀딸과 연락을 시도

하지 않기로 약속했고, 파울리나 델 바예는 그토록 원했으나 갖지 못했던 딸에게 하듯이 아우로라를 소중히 여기겠다고 약속했다. 그들은 가벼운 포옹으로 작별 인사를 했고, 자신이 떠나는 모습을 손녀딸이 보지 못하도록 엘리사는 하인들이 쓰는 문으로 빠져나갔다.

두 선량한 부인들, 즉 엘리사 소머스 할머니와 파울리나 델 바예 할머니가 내 양해를 전혀 구하지 않고 내 운명을 결정했다는 건 참으로 유감이다. 파울리나 할머니는 열아홉 살 때 머리를 몽땅 밀리고도 애인과 달아나려고 수녀원에서 도망치던 놀라운 그 결단력과, 스물여덟에 선사 시대에 만들어진 얼음덩이를 배로 운반해서 엄청난 부를 주무르던 그 배짱으로 내 태생을 지우는 데 공을 들였다. 운명의 실수로 마지막에 계획이 틀어지지만 않았더라면 그 일은 성공했을 것이다. 내가 그녀에게 받은 첫인상은 지금도 선명하다. 나는 언덕 위에 있는 대저택에 들어가 거울처럼 맑은 물과 가지치기를 한 관목들이 있는 정원을 가로질러 갔다. 양쪽에는 실물 크기만 한 청동 사자가 있는 대리석 층계와 짙은 색 목제 이중문이 있고 지붕을 장식한 장엄한 원형 천장의 색유리 아래로 어마어마한 홀이 빛나고 있었다. 이전에는 한 번도 본 적이 없는 그 광경에 두려움과 동시에 환희를 느꼈다. 나는 곧 원형으로 부조된 금도금 소파 앞에 섰고 소파에는 파울리나 델 바예가 여왕처럼 앉아 있었다. 그 후로도 그녀가 그 소파에 앉아 있는 걸 여러 번 봤기 때문에 첫날의 모습을 떠올리기는 어렵지 않다.

그녀는 갖가지 보석과, 커튼이라도 만들 수 있을 만큼 많은 옷감으로 치장한 채 위압적으로 앉아 있었다. 그녀 옆에 서면 세상의 다른 존재들은 사라져 버렸다. 그녀는 아름다운 목소리, 자연스러운 우아함, 자기로 만들어진 듯한 희고 가지런한 치아를 갖고 있었다. 그즈음 이미 흰머리도 분명히 있었을 테지만 여전히 젊은 시절의 밤색 머리 그대로인 데다 가발을 솜씨 좋게 부풀린 덕에 올림머리가 마치 탑을 연상시켰다. 그때까지 나는 그렇게 체구가 큰 여자를 본 적이 없었는데, 그야말로 저택의 규모와 호화스러움에 딱 맞는 사람이었다. 이제 그 전에 일어난 일을 알고 나니 그날의 내 충격이 그 무시무시한 할머니 때문이었다고만은 할 수 없을 것 같다. 그 집에 갈 때 나는 움켜잡은 여행 가방과 함께 공포심도 여장(旅裝)으로 갖고 갔던 것이다. 정원을 산책하고 텅 빈 거대한 식당에서 아이스크림 하나를 앞에 놓고 앉아 있던 나를 윌리엄스가 수채화의 방으로 데려갔다. 나는 엘리사 할머니가 거기서 기다리는 모양이라고 생각했는데 할머니 대신 파울리나 델 바예가 있었다. 그녀는 붙임성 없는 고양이를 잡듯이 조심스럽게 날 끌어당기더니 무척 사랑한다고, 앞으로 이 큰 집에서 살게 될 터이고 갖가지 인형과 망아지며 자동차도 갖게 될 거라고 말했다.

"나는 네 할머니야."

"우리 진짜 할머니는 어디 있어요?" 내가 그렇게 물었다고 한다.

"내가 네 진짜 할머니야, 아우로라. 다른 할머니는 멀리 여행을 떠났단다." 파울리나는 설명했다.

나는 달려 나갔다. 원형 천장이 있는 홀을 가로질러 이르른 서재에서 길을 헤메다 식당과 마주치자 식탁 아래로 기어 들어갔다. 거기서 몸을 웅크린 채 혼란에 빠져 꿀 먹은 벙어리가 되었다. 식탁은 초록색 대리석 덮개와 카리아티드[18]로 조각된 네 개의 다리 때문에 들어 옮길 수도 없는 어마어마한 가구였다. 곧 파울리나 델 바예와 윌리엄스, 몇 명의 하인들이 달려와 나를 어르려고 했지만 내가 족제비처럼 도망 다녔기 때문에 누구의 손도 가까이 닿지 못했다. "그냥 내버려 두세요, 마님. 곧 혼자 나올 겁니다." 윌리엄스가 말했다. 그러나 몇 시간이 지나도록 내가 식탁 밑에 그대로 버티고 있자 아이스크림 접시와 베개와 요를 가져다주었다. "잠이 들면 꺼내야겠어." 파울리나 델 바예가 그렇게 말했지만 나는 잠을 자지 않았다. 대신 웅크리고 앉은 채로 오줌을 싸 버렸다. 잘못을 저지르고 있다는 걸 또렷하게 의식했지만 너무 놀란 나머지 화장실에 찾아갈 수가 없었다. 파울리나가 저녁을 먹는 동안에도 식탁 밑에 그대로 있었다. 그녀의 원통처럼 생긴 발 때문에 불룩해진 자그마한 새틴 구두와 두툼한 다리가 내가 숨어 있는 곳에서 다 보였다. 시중을 들러 지나다니는 검은 바지도 눈에 들어왔다. 파울리나는 나에게 윙크를 하려고 몇 번이나 아주 힘들게 몸을 낮춰 앉았고 그러면 나는 얼굴을 무릎에 파묻어 버리는 것으로 대답했다. 나는 허기와 피로, 화장실에 가고 싶은 생각으로 죽을 지경이었지만 파울리나 델 바예만큼이나 오만

---

18) 여신의 모습을 조각한 기둥.

해서 쉽게 항복하지 않았다. 얼마 지나지 않아 윌리엄스가 세 번째 아이스크림과 비스킷, 초콜릿 파이 한 조각이 담긴 쟁반을 식탁 밑으로 넣어 주었다. 나는 그가 가 버린 게 확실해지면 먹을 참이었지만 팔을 뻗칠수록 쟁반이 더 멀어졌다. 집사가 줄로 접시를 끌어당기고 있었던 것이다. 마침내 비스킷 하나를 집을 수 있게 되었을 때 나는 이미 밖으로 나와 있었다. 그러나 식당에 아무도 없었기 때문에 그 맛난 것들을 편하게 먹어 치웠고 소리가 나면 즉시 식탁 밑으로 날아 들어갔다. 몇 시간 후 아침이 밝아 올 무렵 다시 그 일이 되풀이되었다. 움직이는 쟁반을 따라 문까지 갔을 때 파울리나 델 바예가 기다리고 있다가 노란 강아지를 내 팔에 안겨 주었다.

"받아라, 네 거다, 아우로라. 이 강아지도 쓸쓸하고 겁이 나는 모양이구나."

"제 이름은 리밍이에요."

"네 이름은 아우로라 델 바예다." 그녀는 단호하게 대답했다.

"화장실이 어디예요?" 나는 다리를 꼰 채 더듬거렸다.

운명이 내게 정해 준 그 굉장한 할머니와의 관계는 그렇게 시작되었다. 그녀는 자기 옆방을 내 방으로 정하고 강아지와 함께 자도록 허락해 주었다. 털 색깔 때문에 강아지 이름을 '캐러멜'이라고 지어 주었다. 한밤중에 나는 검은 파자마를 입은 아이들의 악몽을 꾸다가 잠이 깼고 두 번 생각할 것도 없이 파울리나 델 바예의 그 전설적인 침대 속으로 달려 들어갔다. 예전에 새벽마다 할아버지의 침대 속으로 기어들어 응석을 부리던 것과 똑같이. 나는 타오 치엔의 단단한 팔에 안기는 데 익숙했고, 할아버지의 바다 냄새와 반쯤 잠든 채 중국어로 들려주는 부드러운 기도의 말들은 내게 편안함을 주었다. 나는 다른 아이들은 어른들의 침대에 들어가지 않는 것은 물론이고 방에도 드나들지 않는다는 걸 몰랐다. 신체적인 접촉을 많이 하며 자랐고 외할머니 외할아버지가 늘 입맞춤해 주고 얼러 주었기 때문에 안기는 것 말고는 다른 위로와 휴식을 몰랐던 것이다. 파울리나 델 바예는 나를 보자 요란스럽게 밀쳐 냈고 나는 불쌍한 강아지와 함께 느릿느릿 합창으로 훌쩍이기 시작했다. 그러자 우리 모습에 마음이 아팠던지 다가오라고 손짓을 했다. 나는 침대로 뛰어올라 이불을 머리에 둘러썼고, 아마 금방 잠이 들었던 모양이다. 아무튼 다음 날 아침에 가르데니아 향이 나는 파울리나의 커다란 가슴에 몸을 웅크린 채 잠에서 깨었다. 발치에서는 강아지가 자고 있었다. 피렌체 돌고래들과 물의 요정들 사이에서 잠이 깨자마자 내가 한 말은 엘리사 할머니와 타오 할아버지가 어디 있느냐는 것이었다. 온 집과 정원으로 찾아다니다가 나중에는 문간에 붙어 앉아 그들이 데리러 오기를 기다렸다. 파울리나가 선물도 주고 산책도 시켜 주고 귀여워해 주는데도 그 주 내내 그러기를 되풀이했다. 토요일에 나는 도망을 쳤다. 한 번도 길에 혼자 나가 본 적이 없어서 어디가 어딘지 알 수가 없었지만 언덕 아래로 내려가야 한다는 걸 본능적으로 알았고 그렇게 샌프란시스코 시내까지 나가게 된 나는 두려움에 사로잡힌 채 몇 시간이고 헤맸다. 그러다가 중국인 두 사람이 세탁물을 실은 수레를 끌고 나타나자 조심스럽게 거리를 두고 따라갔다. 럭키 삼촌을 닮았던 것이다. 그들은 차이나타운 방향으로 갔다. 샌프란시스코시의 세탁소란 세탁소는 모두 차이나타운에 있었다. 금방 아주 낯익은 거리에 들어섰고, 길 이름도 할아버지 댁 주소도 몰랐지만 안도감을 느꼈다. 나는 부끄러움이 많은 데다 매우 놀란 상태라 도움도 청하지 못한 채 음식 냄새며 말 소리, 가게들 모양새를 따라 정해진 방향도 없이 계속 걸었다. 수백 개의 자그마한 가게들은 할아버지의 손에 이끌려 몇 번이고 돌아다닌 적이 있는 곳이었다. 어느 순간 피로감이 몰려와 오래된 건물의 문 앞에 자리를 잡고 그대로 잠이 들었다. 누군가 흔들면서 투덜거리는 소리에 잠이 깼는데, 이마 한가운데에 숯으로 가늘게 눈썹을 그려 마치 가면을 쓴 듯한 얼굴의 노파였다. 놀라 소리를 질렀지만 도망치기에는 이미 늦어 버렸다. 벌써 그녀의 두 손아귀에 붙들려 있었기 때문이다. 그녀는 나를 공중으로 들어 올려 고약한 냄새가 나는 한쪽 귀퉁이 방에 가둬 버렸다. 냄새가 너무 심한 탓에 나는 두려움과 배고픔에 떨면서 토하기 시작했고 병이 난 것만 같았다. 어딘지는 전혀 알 수가 없었다. 간신히 구역질을 참을 수 있게 되자 최대한 크게 소리를 질러 할아버지를 불렀다. 그러자 노파가 와서 뺨을 몇 대 때리는 바람에 숨이 막혔다. 한 번도 맞아 본 적이 없어서 아픔보다는 놀라움이 컸던 것 같다. 그녀는 입 다물지 않으면 대나무 몽둥이로 매질을 하겠다고 광둥어로 명령한 뒤 나를 발가벗겨 온몸을 샅샅이 검사했다. 입과 귀, 사타구니를 특히 주의 깊게 살피더니 깨끗한 셔츠를 입히고는 더러워진 내 옷은 가지고 가 버렸다. 하나뿐인 환기구를 통해 들어오던 빛이 점점 줄어들면서 어둠 속으로 가라앉은 그 작은 방에서 나는 다시 혼자가 되었다.

그 끝없던 시간을 떠올리면 이십오 년이 지난 지금도 여전히 몸이 떨리는 걸로 보아 그 모험은 나에게 일종의 트라우마를 남긴 것 같다. 그 당시 차이나타운에서는 길거리를 혼자 다니는 여자아이를 찾아볼 수 없었다. 조금만 방심해도 아동 매춘업을 하는 험한 동네로 사라져 버리기 때문에 가족들은 기를 쓰고 딸들을 보호했다. 나는 그런 일을 하기에는 너무 어렸지만 가끔은 내 또래의 여자아이들을 유괴하거나 사서 어릴 때부터 온갖 종류의 타락을 훈련시키는 경우도 있었다. 노파는 이미 날이 완전히 어두워진 몇 시간 후 젊은 남자 한 명을 데리고 돌아왔다. 그들은 나를 램프 불에 비춰 관찰하고는 자기들 말로 열띤 의논을 시작했다. 나도 광둥어를 알았지만 기운이 없고 너무 두려워서 잘 알아듣지 못했다. 할아버지 타오치엔의 이름을 여러 번 들었던 것 같다. 그들이 가 버리자 나는 다시 혼자가 되어 추위와 공포에 떨었다. 시간이 얼마나 흘렀는지 모른다. 문이 다시 열리자 램프 불에 눈이 부셨는데 리밍이라는 내 중국식 이름을 부르는 소리가 들렸다. 나는 럭키삼촌의 독특한 목소리를 알아들었다. 삼촌이 나를 안아 올리자 안도감에 정신을 잃어 그 후 어떻게 되었는지 모르겠다. 자동차로 실려 간 것도, 놉 힐 대저택의 파울리나 할머니 앞에 다시 가게 된 순간도 기억나지 않는다. 그 후 몇 주 동안 일어난 일들도 전혀 기억나지 않는다. 수두에 걸려 심하게 아팠기 때문이다. 그때는 변화도 많고 모순도 많은 혼돈의 시기였다.

내 과거의 의문들을 풀게 된 지금에서야 럭키 삼촌이 불어넣어 준 행운이 나를 구한 게 틀림없다는 확신이 든다. 길에서 나를 유괴한 여자는 자기 '당'의 우두머리에게 달려갔다. 차이나타운에서는 그 조직이 모르거나 그들의 승인 없이 벌어지는 일이란 있을 수 없었다. 중국인들은 모두 여러 '당'에 소속되어 있었다. '당'은 구성원들을 보호하고 그들이 일자리를 구할 수 있도록 교섭해 주며, 미국 땅에서 죽으면 시신을 중국으로 보내 주기로 약속하는 대신 대가로 충성과 중개료를 요구함으로써 구성원들을 규합하는 폐쇄적이고 의심 많은 결사체였다. 그 남자는 할아버지의 손을 잡고 있는 나를 여러 차례본 적이 있고, 다행스럽게도 타오 치엔과 같은 '당'에 소속되어 있었다. 삼촌을 부른 것은 바로 그였다. 럭키 삼촌은 나를 집으로 곧장 데려가, 카탈로그를 보고 중국에서 주문한 아내에게 맡겼다. 그러나 삼촌은 부모의 지시를 존중해야 한다는 걸 알고 있었다. 엘리사 할머니는 파울리나 델 바예 손에 나를 맡긴 후 남편을 홍콩에 묻기 위해 시신과 더불어 홍콩으로 떠난 후였다. 할머니도 할아버지도 늘 샌프란시스코의 중국인 거리는 나에게 너무 좁다는 입장이었고 내가 미합중국의 일원이 되기를 바라셨다. 럭키 치엔 삼촌은 비록 그 원칙에는 동의하지 않았지만 부모의 뜻을 거역할 수는 없었다. 그래서 유괴범들에게 합의금을 치르고 나를 파울리나 델 바예의 집으로 다시 데려간 것이다. 그 후 내 개인사의 마지막 이야기들을 알아보러 찾아갈 때까지 이십 년이 훨씬 넘도록 나는 삼촌을 보지 못했다.

우리 친할아버지 친할머니의 자랑스러운 가문은 샌프란시스코에서 삼십육 년간이나 살았지만 흔적이 많이 남아 있지 않다. 나는 그 자취를 더듬어 갔다. 놉 힐의 대저택은 지금 호텔이 되었는데 첫 주인이 누구였는지 기억하는 사람은 아무도 없었다. 나는 도서관에서 옛날 신문들을 뒤져 보다가 우리 집안이 사회면에 여러 번 언급된 것을 발견했다. '공화국 여인상'의 이야기와 우리 엄마의 이름도 찾아냈다. 타오 치엔 할아버지의 죽음에 대한 간략한 기사도 있었다. 제이콥 프리몬트라는 기자가 쓴 찬사가 곁들여진 부고와 중의 타오 치엔이 서양 의학에 끼친 공헌에 감사를 표하는 의료 협회의 애도 문구였다. 당시 중국인들은 별로 눈에 띄지 않은 채 미국 사회의 변두리에서 태어나 살다가 죽었기 때문에 그런 일은 드물었다. 그러나 타오 치엔의 명성은 차이나타운과 캘리포니아뿐만 아니라 영국에까지 알려져 여러 차례 침술 강연을 하러 가기도 했었다. 활자화된 그런 증언들이 없었다면 이 이야기 속 주인공들의 많은 부분이 망각의 바람에 휩쓸려 사라져 버렸을 것이다.
　내가 외할아버지 댁을 찾아 차이나타운으로 도망친 일과 그 밖의 다른 이유들 때문에 파울리나 델 바예는 칠레로 돌아가기로 결심했다. 그녀는 화려한 파티들과 호화로운 생활로도 남편이 살아 있던 시절에 누리던 사회적 신분을 회복할 가능성이 없다는 걸 깨달았다. 자식들과 친척들, 자기 언어, 자기 모국에서 멀리 떨어져 쓸쓸하게 늙어 가고 있었던 것이다. 남은 돈으로는 방이 마흔다섯 개나 딸린 대저택에서 누려 온 만큼 살기는 힘들 테지만 물가가 아주 싼 칠레에서라면 그래도 큰 재산이었다. 게다가 중국 혈통의 과거로부터 완전히 떼어 놓을 필요가 있는 괴상한 손녀딸이 치마폭에 들어왔고, 파울리나는 손녀를 칠레 아가씨로 만들 생각이었다. 그녀는 내가 다시 도망칠 거라는 생각을 이기지 못해 영국인 보모를 고용해 밤낮으로 나를 감시하도록 했다. 이집트 여행과 새해맞이 파티 계획은 취소했다. 그러나 새 옷장을 제작하는 일은 서둘렀고 돈을 미국과 영국에 치밀하게 나누어 놓는 일을 시작했다. 칠레의 정치 상황이 불안정하다고 여겼기 때문에 칠레에는 정착을 위한 최소한의 돈만 보냈다. 그녀는 조카 세베로 델 바예에게 화해를 목적으로 긴 편지를 써 타오 치엔의 죽음과 자기에게 손녀를 넘겨준 엘리사 소머스의 결정을 이야기하고, 파울리나 자신이 그 아이를 키울 때의 이점을 상세하게 설명했다. 세베로 델 바예는 그녀의 설명을 납득하고 제안을 받아들였다. 자신에게도 이미 아이가 둘이고 아내가 셋째의 출산을 기다리는 중이었기 때문이다. 그러나 파울리나가 바라는 대로 법적 보호권을 넘겨주는 일은 거부했다.

파울리나의 변호사들은 재산을 분할 정리하고 저택의 매각을 도와주었다. 그러는 동안 집사 윌리엄스는 온 가족이 지구의 남쪽으로 이사하는 일을 준비하고 주인의 물건들을 모두 포장하는 실무적인 일을 책임졌다. 경제적으로 필요해서 그런다는 사람들의 구설수를 피하려고 파울리나가 물건을 하나도 팔고 싶어 하지 않았기 때문이다. 계획에 따르면 파울리나는 나와 영국인 보모, 심복 몇 명을 데리고 순양함을 탈 생각이었고, 윌리엄스는 수하물을 칠레로 부치고 나서 풍족한 사례를 파운드화로 받은 후 자유의 몸이 될 것이었다. 그 일은 여주인을 위한 마지막 봉사인 셈이었다. 출발하기 일주일 전 집사는 개인적으로 드릴 말씀이 있다고 청했다.

"죄송합니다만 마님, 왜 제가 마님의 총애에서 밀려났는지 여쭤봐도 되겠습니까?"

"무슨 소린가, 윌리엄스! 내가 자네를 얼마나 높이 평가하고 감사하게 생각하는지 알잖는가."

"그렇지만 저를 칠레로 데려가고 싶지는 않으신 거죠……."

"하느님 맙소사! 그런 생각은 해 본 적도 없어. 영국인 집사가 칠레에서 뭘 하겠는가? 아무도 영국인 집사를 고용하지는 않는다네. 자네도 나도 비웃음을 살 거야. 지도를 본 적 있나? 칠레는 아주 먼 곳이고 아무도 영어를 할 줄 몰라. 칠레에 가면 자네 삶은 별로 유쾌하지 못할 거야. 내가 자네에게 그런 희생을 요구할 권리는 없잖나, 윌리엄스."

"마님, 제가 한 말씀 드려도 된다면 저로서는 마님과 떨어지는 게 더 큰 희생이 될 겁니다."

파울리나 델 바예는 놀라서 눈이 휘둥그레진 채 집사를 쳐다만 보았다. 윌리엄스가 검은 연미복에 흰 장갑을 낀 로봇 이상의 존재임을 처음으로 깨달았다. 등이 널찍하고 기분 좋은 얼굴에 풍성한 후추 색 머리칼과 통찰력 있는 눈을 가진 쉰 살가량의 남자가 눈앞에 있었다. 부두 노동자의 우락부락한 손과 니코틴으로 노래진 치아를 갖고 있었지만 한 번도 담배를 피우는 모습이나 담뱃잎을 뱉어 내는 걸 본 적은 없었다.

짧지만 무한한 시간 동안 그들은 입을 다물고 있었다. 파울리나는 윌리엄스를 관찰하면서 그리고 윌리엄스는 불편한 기색 없이 주인의 시선을 마주 보면서.

"마님, 저는 마님이 혼자 되신 후 겪는 어려움들을 모를 수 없었습니다." 마침내 윌리엄스는 언제나 사용해 온 그 간접적인 언어로 말했다.

"자네 나를 놀리는 건가?" 파울리나는 미소를 지었다.

"그럴 생각은 전혀 없습니다."

"아하……." 파울리나는 집사의 대답을 기다리느라 목이 잠겨 왔다.

"어쩌자는 건가 하고 자문하시겠지요." 그가 말을 이었다.

"자네가 나를 두고 음모를 꾸몄다고 할 수 있겠군, 윌리엄스."

"제가 마님의 집사로서 칠레에 갈 수 없다면 마님의 남편 자격으로 가는 것도 아주 나쁘지는 않다고 생각합니다."

파울리나 델 바예는 바닥이 갈라져 의자에 앉은 채 땅속으로 꺼져 들어가는 느낌이었다. 맨 먼저 떠오른 생각은 틀림없이 이 남자의 머리가 어떻게 되었구나 하는 것이었다. 그러나 집사의 위엄과 평온함을 확인하자 입에 물었던 욕을 도로 삼켰다.

"제 생각을 설명하도록 해 주십시오, 마님." 윌리엄스가 덧붙였다. "당연히 감정적인 면으로 남편 역할을 하겠다는 게 아닙니다. 마님 재산을 욕심내는 것도 아닙니다. 그건 염려 안 하셔도 됩니다. 법적인 조치를 취하면 되니까요. 제 역할은 바로 마님 옆에서 모든 일이 최대한 빈틈없이 이루어질 수 있도록 도와드리는 겁니다. 칠레든 세상 어디든 여자 혼자서는 많은 장애가 있다고 봅니다. 마님을 보필해 드릴 수 있다면 저로서도 영광입니다."

"그런 흥미로운 협정으로 자네는 무얼 얻게 되는가?" 파울리나는 신랄한 어조를 숨기지도 못하고 물었다.

"우선 존경을 받을 수 있겠지요. 한편으로는 떠날 계획을 하신 이후 다시는 마님을 보지 못한다는 생각에 고통스러웠던 게 사실입니다. 제 인생 절반을 마님 곁에서 보냈고 그래서 습관이 되었나 봅니다."

파울리나는 자기 하인의 그 이상한 제안을 머릿속에서 굴려 보느라 또 한 번 무한한 시간 동안 말을 잇지 못했다. 집사의 말대로 그건 서로에게 이로운 좋은 거래였다. 그는 다른 방식으로는 결코 얻지 못할 높은 수준의 생활을 누릴 수 있고, 자신은 매우 신중하고 뛰어난 구석이 있는 남자의 팔짱을 끼고 다닐 수 있게 되는 것이다. 사실 그는 영국 귀족 혈통의 외모를 가지고 있었다. 파울리나는 칠레에 있는 친척들의 표정과 자매들의 부러움을 상상하자 저절로 웃음이 터졌다.

"자네는 나보다 적어도 열 살은 젊고 30킬로그램이나 덜 나가지. 조롱당하는 게 두렵지 않은가?" 파울리나는 웃음을 참느라 몸을 흔들며 물었다.

"저는 겁나지 않는데요. 마님께서는요? 마님께서 제 신분의 사람으로 보일까 봐 두렵지 않으십니까?"

"나는 살면서 무서운 게 하나도 없네. 스캔들을 일으켜 남의 이목 끌기를 좋아하지 않던가. 자네 이름은 뭔가, 윌리엄스?"

"프레더릭입니다."

"프레더릭 윌리엄스라……. 좋은 이름이군. 더할 바 없이 귀족적이야."

"제가 가진 귀족적인 면이라곤 마님뿐이어서 유감입니다." 윌리엄스가 미소를 지었다.

그렇게 해서 일주일 후 우리 할머니 파울리나 델 바예와 이제 막 새로 등장한 남편, 미용사, 보모, 하녀 둘, 하인 하나 그리고 나는 트렁크 짐짝들을 기차에 싣고 뉴욕으로 출발했고 거기서 유럽으로 가는 영국 회사 소속의 순양함을 탔다. 캐러멜도 데리고 갔는데 이 강아지는 아무것이나 걸리는 대로 교미를 하려는 시기였다. 한번은 할머니의 여우 가죽 망토가 대상이 되었는데 양쪽 모두 꼬리만 달려 있는 그 망토가 자신의 공격을 수동적으로만 받아들이자 캐러멜은 쩔쩔매다가 그만 이빨로 물어뜯고 말았다. 화가 난 파울리나 델 바예는 개와 망토를 뱃전 너머로 던져 버릴 참이었지만 내가 놀라서 경기를 일으키는 바람에 개도 망토도 간신히 목숨을 건졌다. 할머니는 침실이 세 개 딸린 스위트룸을 차지했고 프레더릭 윌리엄스는 복도 반대편에 같은 크기의 스위트룸을 썼다. 낮 동안 그녀는 계속 뭔가를 먹고 업무의 종류에 따라 옷을 바꿔 입는 일로 시간을 보냈다. 나중에 나에게 회계 장부를 맡기기 위해 산수를 가르치기도 하고, 나의 근원을 알 수 있도록 집안의 역사를 이야기해 주기도 했다. 그러나 마치 내가 델 바예 가문의 땅에서 솟아나기라도 한 것처럼 아버지의 정체는 절대로 알려 주지 않았다. 내가 엄마나 아빠에 대해 물으면 두 분은 돌아가셨지만 자기 같은 할머니가 있는 걸로 충분하고도 넘치니까 그건 중요하지 않다고 대답했다. 그러는 동안 프레더릭 윌리엄스는 다른 일등 선실 신사들이 하듯이 브리지 게임[19]을 하거나 영국 신문들을 읽었다. 그는 구레나룻과 끄트머리가 멋스러운 콧수염이 무성하게 자라도록 그대로 내버려두어 마치 거물급 인사처럼 보였고 파이프 담배와 쿠바산 담배를 피웠다. 자기는 골초여서 집사로 있을 때 가장 힘들었던 일도 사람들 앞에서 담배를 참는 것이었는데 이제는 여송연을 맛나게 피울 수 있으니 도매로 산 민트 사탕도 쓰레기통에 내버릴 수 있겠다고 할머니에게 고백했다. 민트 사탕 덕에 위장에 구멍이 나 버렸다고 했다. 신분이 높은 사람이라면 불룩 나온 배와 이중 턱을 과시하던 그 시절에 윌리엄스의 늘씬하고 운동선수 같은 용모는 상류 사회에서 드문 경우였다. 그러나 빈틈이라곤 없는 그의 태도는 우리 할머니보다도 훨씬 그럴듯해 보였다. 그들은 종종 밤에 댄스홀로 내려가기 전에 보모와 내가 함께 쓰는 선실에 들러 인사를 했다. 미용사의 손에 머리를 손질받고 화장을 하고 뚱뚱한 신상(神像)처럼 성장을 한 채 화려하게 보석을 걸친 할머니와, 준수한 부마(駙馬)로 변신한 윌리엄스의 행차는 장관이었다. 나는 때때로 놀랍고도 신기한 마음에 홀로 내려가 그들을 훔쳐보곤 했다. 프레더릭 윌리엄스는 무거운 짐짝을 옮기는 데 익숙한 사람의 확신에 찬 동작으로 파울리나 델 바예를 무대에서 자유자재로

---

19) 카드놀이의 일종.

이끌고 있었다.

우리는 일 년 후 칠레에 도착했고 할머니의 비틀거리던 재력은 그 무렵 태평양 전쟁 동안 벌인 설탕 투기 사업 덕분에 다시 회복되어 있었다. 시절이 나쁘면 사람들이 음식을 더 달게 먹는다는 지론이 정확했던 것이다. 우리가 도착했을 때 칠레에서는 사라 베르나르가 주연을 맡은 연극 「춘희」가 상연되고 있었다. 위선적인 칠레 사회가 폐병에 걸린 고급 창녀를 동정하지 않았기 때문에 그 유명한 여배우는 칠레 사람들에게 감동을 안겨 주지 못했다. 사람들은 어쨌든 그녀가 애인을 위해 희생되는 걸 당연하게 여겼고 그런 식의 연극에 대해서도 시들어 가는 동백꽃에 대해서도 타당성이 없다고 생각했다. 그 유명 여배우는 바보 천치들의 나라를 방문한 것이라고 치부하고 말았는데 파울리나 델 바예도 그 의견에 전적으로 동감했다. 할머니는 가솔을 거느리고 유럽의 여러 도시를 돌아다녔지만 이집트를 가겠다던 꿈은 이루지 못했다. 그녀의 무게를 견딜 만한 낙타가 있을 리 없고 그러면 뜨거운 용암 같은 태양 속을 걸어서 피라미드를 방문해야 할 것이었기 때문이다. 1886년에 나는 여섯 살이었고 중국어, 영어, 스페인어가 뒤섞인 말을 쓰고 있었다. 그러나 산수의 사칙 연산을 할 줄 알았고, 프랑화를 파운드화로 환산하는 믿기 힘든 재주를 부렸다. 어쩌다 타오 할아버지와 엘리사 할머니가 생각나 울던 일은 없어졌지만 설명하기 힘든 악몽들이 규칙적으로 찾아와 나를 괴롭혔다. 내 기억 속에는 새까만 공백이 있었는데 그것은 정확하게 뭐라 규정할 수는 없지만 늘상 존재하는 위험스러운 것이었고, 나를 두려움에 떨게 하는 미지의 것이었다. 어두운 곳이나 군중 속에 있을 때면 더 심했다. 나는 사람들에게 둘러싸이는 걸 견딜 수 없었다. 귀신에 홀린 듯 소리치기 시작했고, 그러면 파울리나 할머니가 그녀의 곰 같은 팔에 안아 진정시켜 주어야 했다. 놀라서 잠이 깰 때면 그녀의 침대로 피하는 습관이 생겼다. 그러자 우리 두 사람 사이에도 친밀감이 생겨났고, 나는 광기와 공포감에서 벗어나게 되었다. 만약 그러지 못했다면 그 광기와 공포에 굴복하고 말았을 것이다. 나를 달래다 보니 파울리나 델 바예도 서서히 변할 필요가 있었다. 그러나 프레더릭 윌리엄스를 제외하고는 아무도 감지하지 못할 정도의 변화였다. 전보다 관대하고 다정해졌고 체중도 약간 줄었다. 나를 바쁘게 뒤쫓아 다니느라 둘세를 먹을 틈이 없었던 것이다. 할머니는 나를 아주 소중히 여겼던 듯싶다. 그렇게 여길 만한 증거가 많기 때문에 괜한 겸손을 떨지 않고 하는 말이다. 그 시절 할머니는 내 호기심을 자극해 세상을 보여 주었고, 내가 최대한 자유롭게 성장할 수 있도록 도와주었다. 감상주의나 불평은 허락하지 않았다. "사람은 뒤를 돌아보아서는 안 된다." 그녀의 신조 중 하나였다. 그녀는 내게 종종 장난을 치곤 했는데 때로는 너무 지나칠 때도 있었다. 마침내 내가 되받아치는 법을 배우게 될 때까지 그러한 장난은 계속되었고, 그게 우리 두 사람 사이의 지배적인 분위기가 되었다. 언젠가 나는 정원에서 마차 바퀴에 깔린 도마뱀 한마리를 발견했다. 여러 날 햇볕에 드러나 있어서 내장이 터진 채 불쌍한 모습 그대로 화석이 되어 있는 도마뱀을 집어 뭘 어쩌겠다는 생각도 없이 보관했다. 어디다 쓸지는 차차 생각할 작정이었다. 수학 숙제를 하느라 책상에 앉아 있을 때 할머니가 딴 데 정신을 팔면서 방으로 들어왔다. 나는 주체할 수 없을 정도로 기침이 나는 시늉을 했고 할머니는 다가와 내 등을 두들겼다. 나는 몸을 구부리면서 두 손에 얼굴을 묻었다가 도마뱀을 '뱉어 냈다'. 할머니는 질겁했고 도마뱀은 내 치맛자락에 내려앉았다. 내가 토해 낸 게 틀림없는 그 징그러운 동물을 보고 할머니는 너무 놀라 바닥에 털썩 주저앉았다. 그러나 곧 나처럼 깔깔대고 웃더니 그 잘 마른 동물을 책갈피 사이에 기념으로 보관해 주었다. 그렇게 강인한 여자가 왜 그렇게 내 과거에 대해 사실대로 얘기하기를 두려워했는지 이해하기 어렵다. 아마도 인습에 대한 도전적인 태도에도 불구하고 자기 계층의 편견을 끝내 극복하지 못했기 때문이라고 생각한다. 내가 배척당하지 않도록 하기 위해 내 피의 4분의 1이 중국인이라는 것과 우리 엄마의 평범한 사회적 신분, 그리고 내가 실제로는 사생아라는 사실을 주도면밀하게 숨긴 것이다. 이는 내가 거인 같은 우리 할머니를 유일하게 비난하는 점이기도 하다.

나는 유럽에서 마티아스 로드리게스 데 산타 크루스를 알게 되었다. 파울리나는 나에게 진실을 얘기하기로 한 엘리사 소머스와의 합의 사항을 존중하지 않았다. 마티아스를 아빠로 소개하는 대신 아저씨들 중의 하나라고만 했다. 칠레 아이라면 누구나 아저씨를 몇 명씩은 갖게 마련이었으니까. 위엄 있는 호칭을 가질 만한 나이에 이른 집안의 친척이나 친구는 모두 자동적으로 아저씨 또는 아주머니였다. 그래서 나는 맘씨 좋은 윌리엄스도 늘 프레더릭 '아저씨'라고 불렀다. 나는 마티아스가 우리 아빠라는 사실을 여러 해가 지난 후에야 알게 되었는데, 그가 임종을 맞기 위해 칠레로 돌아왔을 때 내게 직접 그 사실을 말해 주었다. 그는 별로 기억할 만한 인상을 심어 주지 못했다. 야위고 창백하고 선한 남자였다. 앉아 있을 때는 젊어 보였지만 움직이려고 할 때는 훨씬 나이 들어 보였다. 지팡이를 짚고 걸었고 늘 옆에 하인이 따라다니면서 문도 열어 주고 외투도 입혀 주고 담뱃불도 붙여 주고 옆 테이블에 놓인 물 컵도 가까이 가져다주었다. 그에게는 팔을 뻗는 일조차도 너무 힘든 일이었기 때문이다. 파울리나 할머니는 아저씨가 관절염을 앓고 있는데, 그 병은 고통이 매우 심해서 몸이 유리같이 약해졌다고 말했다. 그래서 나도 그의 옆에 가려면 매우 조심해야 했다. 할머니는 몇 년 후 죽을 때까지도 큰아들이 관절염이 아니라 매독을 앓았다는 걸 알지 못했다.

할머니가 산티아고에 도착했을 때 델 바예 집안의 놀라움은 대단했다. 우리는 부에노스아이레스에서부터 아르헨티나를 육로로 가로질러 칠레에 도착했다. 유럽에서 온 수하물 외에도 부에노스아이레스에서의 쇼핑으로 열한 개나 더 불어난 여행 가방을 생각하면 그것은 초호화판 여행단이었다. 우리 일행은 짐은 노새 떼에 싣고 프레더릭 아저씨의 지휘하에 무장한 호위대와 함께 마차로 여행했다. 국경 양쪽에 산적들이 있었기 때문이다. 그러나 불행하게도 산적들의 습격을 당하지 않는 바람에 우리는 안데스산맥을 통과하면서 겪을 법한 재미있는 얘깃거리 하나 없이 칠레에 도착했다. 도중에 보모가 아르헨티나 남자와 사랑에 빠져 그곳에 남고 싶어 해 일행이 한 사람 줄었고, 하녀 한 명이 티푸스에 걸려 죽었다. 그러나 프레더릭 아저씨는 두 번 모두 다시 사람을 고용하여 여행 중의 가사를 돕도록 했다. 파울리나는 오랫동안 미국에서 살았던 터라 고향 발파라이소같이 작은 항구 도시는 좁게 느껴질 게 뻔했기 때문에 이미 수도 산티아고에 정착하기로 결심한 상태였다. 게다가 집안사람들과 멀리 떨어져 있는 데 익숙해서 매일 친척들을 보는 관습은 생각만 해도 아찔했다. 엄격한 칠레 가문이라면 예외 없이 그 끔찍한 관습을 따랐다. 그러나 산티아고도 친척들로부터 자유롭지는 못했다. 상류층 사람들이 자기들끼리 지칭하는 말로 '선한 사람들' — 나머지 세상 사람들은 모두 '악한 사람들'이라고 생각하는 모양이다 — 과 결혼한 자매들이 여럿 있었기 때문이다. 그녀의 조카 세베로 델 바예도 수도에 살고 있었는데 우리가 도착하자마자 아내와 함께 인사하러 찾아왔다. 그들이 지나치게 과장된 애정의 몸짓으로 나를 맞아 주어 놀랐기 때문에, 그들에 대한 기억은 처음 만난 순간부터 유럽의 내 아버지에 대한 기억보다 훨씬 더 선명하다. 세베로에게서 가장 두드러진 것은 지팡이를 짚은 채 다리를 절고 있었음에도 불구하고 동화 속 왕자 같았다는 점이다. 나는 그보다 더 잘생긴 남자를 본 적이 거의 없다. 니베아를 생각하면 커다랗게 불러 오른 배만 떠오른다. 그 당시 다산은 품위 없는 일로 여겨져 부르주아 계층의 임신한 여

자들은 집 안에 틀어박혀 있었지만 니베아는 사람들의 당혹
스러운 시선에도 아랑곳없이 자신의 상태를 감추지 않고 그대
로 드러냈다. 길에서 마주치는 사람들은 그녀가 무슨 기형이
거나 옷을 홀라당 벗기라도 한 것처럼 쳐다보지 않으려고 애
를 썼다. 나는 임신한 사람을 한 번도 본 적이 없어서 그 부인
에게 무슨 일이 있는 거냐고 물었다. 그러자 파울리나 할머니
는 불쌍하게도 멜론을 삼켜 버렸다고 설명했다. 말쑥한 남편
과 달리 니베아는 한 마리 생쥐 같았는데, 그녀와 잠시 이야
기를 나누는 사이에 나는 그 매력과 엄청난 에너지에 사로잡
히고 말았다.

산티아고는 비옥한 계곡에 자리 잡은 아름다운 도시였다.
도시를 둘러싼 높은 산들은 여름에는 검붉은 빛을 띠고 겨울
에는 눈으로 뒤덮여 장관을 이루었다. 정원의 꽃향기와 말똥
냄새가 뒤섞인 조용하고 나른한 도시이기도 했다. 그리고 오
래된 고목들과 광장들, 아랍식 분수대, 우아한 여자들, 유럽과
동방에서 수입한 가장 세련된 물건들을 파는 호화로운 가게
들, 부자들의 마차와 멋들어진 말들이 뽐내며 다니는 가로수
길과 산책로들이 있어서 프랑스 같은 분위기를 풍겼다. 길거리
에는 행상들이 소박한 물건들을 고리짝에 넣고 다니며 큰 소
리로 외쳐 대고 주인 없는 개들이 돌아다녔으며 지붕에는 비
둘기와 참새들이 둥지를 틀었다. 거리가 텅 비고 사람들이 휴
식을 취하는 시에스타 시간만 빼고 매시간을 교회 종이 일일
이 알려 주었다. 산티아고는 국경 지역 특유의 뚜렷한 표식과
국제적인 다채로운 분위기를 지닌 샌프란시스코와는 매우 달

리 귀족적인 도시였다. 파울리나 델 바예는 '환희의 길' 근처
의 가장 귀족적인 지역인 '해방군' 거리에 저택을 하나 샀다.
봄이면 깃털 장식의 말들이 끄는 나폴레옹 시대의 마차와 공
화국 대통령 경호대가 '마르스 공원'에서 벌일 국경일 행사의
군 사열식을 위해 그 거리를 지나가곤 했다. 저택은 샌프란시
스코 집의 화려함과는 비교조차 되지 않았지만 그래도 산티
아고에서는 자극적일 만큼 호화로웠다. 그러나 자그마한 수도
사람들의 입이 딱 벌어진 이유는 파울리나의 불어나는 재산
이나 접촉을 끊고 사는 생활 때문이 아니라, '돈 주고 산' 혈통
있는 남편과(사람들은 그렇게 말했다.) 바다 신화 속 인물들이
새겨진 커다란 금제 침대에 대한 소문 때문이었다. 그 호화로
운 침대에서 늙은 남녀가 무슨 죄를 짓는지 누가 알겠느냐고
수군대고들 했다. 사람들은 윌리엄스를 귀족 호칭으로 불렀으
나 그것은 악의적인 것이었다. 순수 혈통의 잘생긴 영국 귀족
이라면 뭐 하러 성격도 나쁘고 자기보다 나이도 훨씬 많은 여
자와 결혼했겠는가, 파산한 백작이거나 아니면 돈을 빼앗은
뒤 그녀를 버릴 생각인 재물 사냥꾼밖에 더 되겠느냐는 것이
었다. 모두 속으로 그렇게 되길 바랐다. 그렇게 되면 거만하기
짝이 없는 우리 할머니가 머리를 숙일 테니까. 그러나 외국인
을 환대하는 칠레 전통을 충실히 지켜 윌리엄스를 무시하는
사람은 아무도 없었다. 게다가 프레더릭 윌리엄스는 빼어난 옷
차림, 인생을 대하는 무미건조한 태도, 군주제를 옹호하는 사
상 때문에 회교도들과 기독교도들의 존경을 샀다. 그는 모든
사회악은 계급에 대한 존중과 규율이 부족한 탓이라고 믿었

다. 오랜 세월 동안 집사였던 그의 신조는 '모든 것은 제자리에'였다. 할머니의 남편이 되자 그는 하인 역할을 수행하던 때와 같은 자연스러움으로 귀족 역할을 수행했다. 이전에는 상류층 사람들과 절대로 섞이려 하지 않았으나 이제는 하층민들과 옷깃도 스치지 않았다. 그는 무질서와 비속함을 벗어나려면 그런 식의 계급 구분이 불가피하다고 여겼다. 집사로서 보낸 세월의 결과인 그의 과장된 예법과 평온한 냉정은 열정적이고 야만적인 델 바예 집안사람들에게서 감탄과 놀라움을 자아냈다. 스페인어를 딱 네 마디 할 줄 알았고, 그로 인해 비롯된 불가피한 침묵은 지혜로움, 자존심, 신비감 등으로 혼동되었다. 그의 영국 귀족 가면을 벗길 사람은 세베로 델 바예뿐이었지만 그는 옛 집사를 존중하는 데다, 화려한 남편을 앞세워 으스대고 다니면서 모든 사람들을 조롱하는 고모도 찬미했기 때문에 결코 그런 일은 하지 않았다.

파울리나 할머니는 자기 재산 때문에 일어나는 사람들의 시기와 악담을 잠재우기 위해 공공 자선 캠페인을 벌였다. 불우한 사람들을 구제하는 일이 잘사는 집 마나님들의 의무인 칠레에서 초년을 보낸 덕분에 그런 캠페인을 벌일 줄 알았던 것이다. 마나님들이 병원이나 보호 시설, 고아원, 수도원 등을 쫓아다니면서 가난한 사람들을 위해 헌신하면 할수록 사람들의 존경이 커졌기 때문에 그들은 성금을 모으러 사방으로 외치고 다녔다. 그런 의무를 모르면 비난의 시선과 사제의 훈계를 면치 못했다. 파울리나 델 바예조차 죄의식이나 두려움에서 벗어날 수는 없었을 것이다. 그녀는 나에게 그런 동정을 베푸는 일도 가르쳤다. 그러나 고백하자면 나는 우리 집의 호화로운 마차에 식량을 싣고 남루한 사람들에게 선물을 나눠 줄 두 명의 하인을 대동하여 비참한 동네들을 방문하는 일이 편치 않았다. 누더기를 걸친 그 사람들은 겸손한 몸짓으로 감사를 표했지만 그들의 눈동자에는 강한 증오가 이글거렸다.

입학한 종교 시설들에서 매번 도망쳐 나오는 바람에 할머니는 나를 집에서 교육시키는 수밖에 없었다. 델 바예 가족은 그럴 때마다 기숙사 생활만이 나를 정상적인 학생으로 만드는 방법이라고 그녀를 설득했다. 나의 병적인 수줍음을 극복하기 위해서 다른 아이들과 함께 지내는 게 필요하고, 나를 길들이기 위해서는 수녀님의 확실한 손길이 필요하다는 의견들이었다. "당신이 이 아이를 잘못 키운 거예요, 파울리나. 점점 괴물로 변해 가고 있잖아요." 그제서야 비로소 할머니는 이미 분명했던 사실을 믿게 되었다. 나는 침대에서 캐러멜과 함께 자고, 내킬 때 식사하고, 읽고 싶은 책을 읽었다. 그렇게 별다른 훈육도 없이 상상력의 유희를 즐기며 시간을 보냈다. 내 주변에는 성가심을 무릅쓰고 억지로 나를 훈련시키려는 사람이 없었다. 다른 말로 하자면 나는 무척이나 행복한 유년기를 만끽하고 있었다. 나는 콧수염 난 수녀들이며 많은 동기생과 보내는 여학교의 기숙 생활을 견디지 못했다. 무리 지은 여학생들은 내 괴로운 악몽 속에 나타나는 검은 파자마의 아이들을 연상시켰다. 엄격한 규율과 단조로운 일과표, 식민 시대에 지어진 수도원의 한기도 견디기 어려웠다. 똑같은 일이 몇 번이나 되풀이 되었는지 모른다. 파울리나 델 바예가 나를 말끔하게 차려입힌다, 위협적인 어조로 지시 사항들을 읊는다, 그러고는 나를 번쩍 들다시피 하여 데려가 내 짐들과 함께 완강한 견습 수녀의 손에 맡긴다, 그러고는 자괴감에 시달리며 자기 체중이 허락하는 대로 도망치듯 서둘러 떠난다. 부잣집 딸아이들을 위한 그 여학교들은 복종과 비겁함이 강제되는 곳이었고, 완전히 무지한 여자는 면하되 질문을 해 댈 정도로 똑똑하지는 않을 만큼 가르치는 것이 그 학교들의 궁극적인 목표였다. 문화적인 광택을 입히는 것이 결혼 시장에서 가치가 있었기 때문이다. 그것은 집단의 선을 위해 개인의 의지를 굴복시키고, 훌륭한 가톨릭인이자 헌신적인 어머니, 순종적인 아내를 만든다는 목표를 의미했다. 수녀들은 먼저 허영과 다른 죄업들의 원천인 우리의 육체를 통제하는 일부터 시작했다. 웃거나 뛰어다니거나 실외에서 노는 건 허락되지 않았다. 한 달에 한 번 목욕할 때도 사방에 임하시는 하느님 눈에 우리의 치부가 드러나지 않도록 기다란 속옷을 입어야 했다. 배움이란 피로써 몸에 새겨야 한다는 게 지론이어서 가혹함을 아끼지 않았다. 우리는 하느님과 사탄과 어른들을 두려워하게 되었다. 우리의 손가락을 내리치는 손들과 벌 받을 때 꿇어앉는 자갈밭을 무서워하게 되었고, 스스로의 생각과 욕구들에 대해서도 겁을 내게 되었다. 우리가 자만심을 키우게 될까 봐 칭찬의 말을 하는 일은 결코 없었지만, 고집을 꺾기 위해 벌주는 일은 넘치고도 남았다. 그 두터운 벽 안에서 우리는 모두 똑같이 머리 밑에 피가 날 정도로 팽팽히 머리를 땋아야 했고, 뼛속까지 얼어

붙을 듯한 추위로 인해 손에 동상이 걸리기도 했다. 방학이 되어 집에 돌아와 공주처럼 귀여움 받는 생활과는 너무 대조적이어서 제아무리 사려 깊은 아이도 미치고 말 정도였다. 나는 견딜 수가 없었다. 한번은 정원사를 꾀어 도움을 받아 철조망을 뛰어넘어 도망쳤다. 어떻게 혼자서 해방군 거리까지 갔는지 모른다. 캐러멜은 너무 좋아 흥분하며 나를 맞아 주었지만, 파울리나 델 바예는 옷은 흙투성이가 되고 눈은 부어오른 채 나타난 나를 보고 거의 심장이 멎을 정도로 놀랐다. 외부의 압력이 할머니에게 다시 시도해 보라고 강요할 때까지 나는 몇 달 동안 집에서 지냈다. 두 번째 여학교에 보내졌을 때 나는 추위와 허기로 죽어 버릴 생각으로 뜰의 관목 속에 밤새도록 숨어 있었다. 내 시체를 발견했을 때의 수녀들과 가족들의 얼굴을 상상하고는 그렇게 이른 나이에 순교자가 될 가엾은 여자아이인 나 자신이 불쌍해서 울었다. 다음 날 여학교는 파울리나 델 바예에게 내 실종을 통보했고 할머니는 득달같이 달려와 설명을 요구했다. 그녀와 프레더릭 윌리엄스가 얼굴이 새빨개진 견습 수녀의 안내를 받아 원장 수녀님의 사무실에 들어간 동안 나는 숨어 있던 나무 덤불에서 빠져나와 뜰에서 기다리는 마차로 살그머니 들어갔다. 마부가 안 보는 사이 마차에 올라타 의자 아래에 몸을 웅크리고 숨었다. 프레더릭 윌리엄스와 마부, 원장 수녀님은 할머니가 마차에 오르는 걸 거들어야 했고 할머니는 내가 금방 나타나지 않으면 파울리나 델 바예가 어떤 사람인지 보여 주고 말겠다고 계속 으르렁거렸다. 집에 도착하기 전에 내가 의자 밑에서 나타나자 할머니는 비탄의 눈물을 잊고 프레더릭 아저씨가 진정시킬 때까지 내 어깨를 잡고 두세 블록이 지나도록 두들겨 팼다. 그러나 훈육은 그 맘씨 좋은 마나님의 장기가 아니었다. 그녀는 내가 전날부터 아무것도 먹지 못한 데다 바깥에서 밤을 보냈다는 걸 알고는 키스를 해 대며 곧장 아이스크림 가게로 데려갔다. 할머니가 세 번째로 나를 등록시키고 싶어 한 학교는 내 입학을 정면으로 거부했다. 내가 원장님과 인터뷰를 하면서 사탄을 본 적이 있는데 초록색 발이더라고 말했기 때문이다. 결국 할머니는 두 손 들고 말았다. 세베로 델 바예는 집에서도 개인 교사를 통해 필요한 걸 가르칠 수 있으니 나를 들볶을 이유가 없다고 파울리나를 설득했다. 내 유년기에는 영국인, 프랑스인, 독일인 가정 교사가 줄줄이 거쳐 갔는데, 그녀들은 하나같이 칠레의 오염된 식수와 파울리나 델 바예의 울화에 지고 말았다. 그 불행한 여자들은 만성적인 설사와 나쁜 기억을 안은 채 고국으로 돌아갔다. 독특한 칠레 선생 마틸데 피네다 양이 내 인생에 들어오기 전까지 내가 받은 교육이란 정말 제멋대로였다. 상식적인 것을 제외하고 내가 아는 중요한 것은 전부 그녀가 가르쳐 준 것이다. 그녀는 상식이란 건 갖고 있지 않았으니까. 피네다 양은 열정적이고 이상주의자였으며, 철학적인 시를 쓰기도 했지만 한 번도 출간하지는 못했다. 지식에 대한 열망이 탐욕스러울 정도였고, 지나치게 지적인 사람들이 으레 그렇듯이 다른 사람들의 약점에 대해 단호했다. 게으름에 관대하지 않았고, 그녀 앞에서는 "못 해요."라는 말이 금지되어 있었다. 할머니는 피네다 양이 스스로 자신이 불가지론자이고 사회주의자이며 여성 참정권론자라고 밝혔기 때문에 그녀를 고용했다. 그 세 가지는 어떠한 교육 기관에도 고용되지 못할 이유로 충분했다. "당신이 이 가문의 보수적이고 귀족적인 위선을 조금이라도 막아 낼 수 있는지 어디 두고 봅시다." 파울리나 델 바예는 프레더릭 윌리엄스와 세베로 델 바예만 찬성한 첫 면담에서 그렇게 지시했다. 그들만이 피네다 양의 재능을 감지했고, 나머지 사람들은 모두 내 속에 이미 들어앉아 있는 괴물을 그녀가 더 키울 거라고 확신했다. 아주머니들은 금방 피네다 양을, 그녀들 표현대로 하면 '교만한 천민'에다 '상류층 속에 끼어든' 하층민 여자라고 반대하며 파울리나에게 조심하라고 말했다. 내가 아는 가장 계급주의자인 윌리엄스는 오히려 그녀에게 호의를 보였다. 가정 교사는 일주일에 육 일 동안 아침 7시면 어김없이 할머니의 저택에 나타났고, 나는 잘 다린 옷에 손톱도 깨끗이 자르고 머리는 막 땋아서 말끔한 모습으로 기다렸다. 우리는 매일 작은 식당에서 신문에 난 중요한 기사들에 대해 이야기를 나누면서 함께 아침을 먹었다. 그러고 나서 두 시간의 정규 수업을 하고, 나머지 시간에는 박물관도 방문하고 '황금시대' 서점에 들러 책을 사거나 서점 주인인 돈 페드로 테이씨와 차를 마셨다. 때로는 예술가들을 방문하거나 야외로 나가 자연을 관찰했으며 화학 실험도 했다. 이야기책을 읽거나 시를 쓰기도 하고, 마분지로 인물들을 오려 고전극 놀이를 하기도 했다. '귀부인 클럽'을 하나 만들어 빈민 구제 활동을 벌이자는 의견을 할머니에게 제안한 것도 그녀였다. 입던 옷이나 먹고 남은 음식을 가난한 사람들에게 선물하는 대신 기금을 만들어 은행처럼 관리하면서 아이들을 데리고 겨우 목숨이나 연명하는 여자들에게 융자해 주자는 것이었다. 양계장이나 봉제 공장, 세탁소, 운송용 마차 등 그 무엇이든 소규모 장사라도 하면 궁핍한 생활을 면할 수 있을 터였다. 피네다 양은 남자들에게는 융자를 해 주지 말아야 한다고 했다. 포도주 사는 데나 써 버릴 테니까. 남자들은 정부 사회사업의 혜택이라도 받고 있지만 여자나 아이들은 어느 누구도 진지하게 고려하지 않았다. "사람들은 선물은 원하지 않아요. 존엄성을 지키며 스스로 생계를 꾸리고 싶어 하지요." 내 가정 교사는 그렇게 설명했고 파울리나 델 바예는 그 말을 금방 이해했다. 그녀는 재산을 모으기 위해 가장 욕심나는 계획들에 달려들던 바로 그 열정으로 빈민 구제 사업을 시작했다. "한 손에는 최대한 많이 움켜쥐고 다른 한 손으로는 내놓는 거야. 일석이조가 되는 거지. 기분 전환도 하고 천국에도 가고." 할머니는 그렇게 말하며 너털웃음을 터뜨렸다. 할머니는 자신이 최대한 주도권을 잡아 귀부인 클럽을 창설한 뒤 수완가다운 평소의 능력을 발휘하여 클럽을 지휘했다. 다른 부인들은 그런 그녀를 두려워했다. 할머니는 그 밖에도 학교와 이동 진료소에 기금을 대고, 시장 좌판과 빵집에서 팔고 남은 것들 중 아직 상태가 좋은 것들을 모아 고아원이나 보호 시설에 보내는 일도 조직했다.

늘 임신한 상태인 니베아가 아이들을 보모들 손에 조랑조랑 달고 방문하러 오면 마틸데 피네다 양은 수업을 중단하고 칠판을 내려놓았다. 하녀들이 아이들 떼거리를 맡고 있는 동안 우리는 차를 마셨는데 두 여자는 더 공평하고 품위 있는 단체를 계획하는 데 열중했다. 니베아는 시간이나 경제적 여력이 없는데도 할머니의 클럽 여자들 중 가장 젊고 적극적인 회원이었다. 때때로 우리는 그녀의 옛 선생님인 마리아 에스카풀라리오 수녀님을 만나러 갔다. 교육자로서의 열정을 발휘할 기회가 더 이상 주어지지 않았기 때문에 수녀님은 나이 든 수녀들을 위한 보호 시설을 맡고 있었다. 종단(宗團)에서 그녀의 진보적인 사상은 여학생들에게 권할 만한 게 아니므로 그녀가 아이들 머릿속에 반항의 씨앗을 심기보다는 노망든 노파들을 돌보는 게 덜 해롭다고 결정했던 것이다. 마리아 에스카풀라리오 수녀는 노쇠한 건물의 자그마한 독방을 쓰고 있었다. 다행히 아주 매력적인 정원이 딸려 있었는데 그곳에서 우리를 기쁘게 맞았다. 지적인 대화를 좋아하지만 보호소에서는 그런 기쁨을 얻을 수 없었기 때문에 늘 우리의 방문을 고마워했다. 우리는 그녀가 주문한 책들을 먼지가 뿌연 황금시대 서점에서 사 들고 갔고, 차 마실 때 곁들여 먹을 비스킷이나 파이도 선물했다. 그녀는 파라핀으로 불을 붙이는 휴대용 난로에 물을 끓여 이가 빠진 찻잔에 차를 따라 주었다. 겨울이면 우리는 방 안으로 자리를 옮겼다. 수녀님은 방 안에 하나밖에 없는 의자에 앉고 니베아와 마틸데 피녜다 양은 엉성한 침대 위에, 그리고 나는 바닥에 앉았다. 날씨가 풀려서 백 년씩 된 나무들이며 재스민, 장미, 동백꽃을 비롯하여 갖가지 꽃들이 멋지게 핀 근사한 정원을 산책할 때면, 흐드러진 꽃향기가 우리를 아찔하게 만들곤 했다. 나는 제대로 이해하지는 못해도 대화의 흐름을 놓치지 않았는데, 그렇게 열정적인 토론은 그 이후 다시 본 적이 없다. 그들은 비밀 이야기를 소곤거리기도 하고 죽어라 웃어 대기도 했다. 마틸데 피네다 양의 사상을 존중하기 위해 종교적인 주제를 제외하고는 무엇에 관해서건 이야기를 나누었다. 피네다 양은 하느님의 존재는 남자들이 다른 사람, 특히 여자들을 통제하기 위해 발명한 것이라고 생각했기 때문이다. 마리아 에스카풀라리오 수녀님과 니베아는 가톨릭 신자였다. 그러나 당시 나를 둘러싼 대부분의 사람들과는 달리 두 사람 중 어느 누구도 광신도는 아닌 듯했다. 미국에서는 아무도 종교 얘기를 하지 않았는데 칠레에서는 그런 얘기가 식후의 얘깃거리였다. 가끔씩 할머니와 윌리엄스는 나를 미사에 데리고 다니면서 사람들 눈에 우리가 보이도록 했다. 그토록 대범하고 재산이 많은 파울리나 델 바예조차도 미사에 안 가는 방종은 부릴 수 없었다. 가족들도 사회도 그런 일은 용인하지 못했을 것이다.

"할머니는 가톨릭 신자예요?" 나는 미사에 가기 위해 산책이나 독서를 미뤄야 할 때마다 묻곤 했다.

"칠레에서 가톨릭 신자가 안 될 수 있다고 생각하니?"

"피네다 양은 미사에 가지 않잖아요."

"그러니 그 가엾은 여자가 나쁜 일을 겪는 거야. 그 정도로 똑똑하니 미사에만 간다면 학교 원장도 될 수 있을 텐데……."

예상과는 달리 프레더릭 윌리엄스는 거대한 델 바예 집안과 칠레에 매우 잘 적응했다. 칠레의 식수를 마시고도 배탈이 난 적이 없고 갖가지 '엠파나다'[20]를 먹고도 유일하게 위장이 타들어 가지 않은 걸 보면 아마 내장이 무쇠로 된 게 틀림없다. 발파라이소 항구에 영국인이 많이 살고 있긴 했지만 우리가 아는 칠레인 중에는 세베로 델 바예와 돈 호세 프란시스코 베르가라를 제외하고는 영어를 할 줄 아는 사람이 없었다. 교육받은 사람들의 제2외국어가 대개 프랑스어였기 때문에 윌리엄스는 결국 스페인어를 배우지 않을 수 없었다. 피네다 양이 그를 가르쳤는데, 채 몇 달이 지나기도 전에 툭툭 끊어지지만 알아들을 만한 스페인어로 힘들여 의사소통을 하는 게 가능해졌다. 신문도 읽고 '회합 클럽'에서 사교 활동도 할 수 있게 되었다. 윌리엄스는 종종 클럽에서 공관을 맡고 있는 미국인 외교관 패트릭 에건과 브리지 게임을 했다. 할머니는 그가 영국의 왕실 귀족 혈통이라고 넌지시 암시함으로써 클럽 가입을 성사시켰다. 귀족 작위는 독립기에 모두 말소되어 버렸고 윌리엄스를 직접 보면 귀족이라고 믿을 만했기 때문에 아무도 사실 여부를 증명하려고 애쓰지는 않았다. 회합 클럽의 회원은 규정상 '이름난 가문'의 사람이어야 했고 '신용할 수 있는 남자'여야 했다. 여자들은 문지방도 넘을 수 없었다. 그러니 만일 프레더릭 윌리엄스의 신분이 발각되었더라면 그 신사들 중 어느 누구라도 결투를 신청했을 것이다. 클럽 회원들 가운데에서 가장 세련되고 우아하고 교양 있는 사람인 데다, 브리지 게임도 가장 잘하고 말할 것도 없이 가장 부유한 회원인 윌리엄스가 옛날 캘리포니아에서 집사였다는 사실에 조롱당한 게 수치스러울 테니 말이다. 윌리엄스는 할머니에게 조언을

---

20) 다진 고기나 야채, 치즈 등을 넣어 만두처럼 만든 음식을 말한다.

해 주기 위해 사업상의 일들을 제대로 꿰고 있었고, 사교적 대화의 필수 화제인 정치에도 통달했다. 그는 우리 집안사람 대부분이 그렇듯 자신이 확고한 보수주의자라고 밝혔고, 칠레에 대영 제국과 같은 군주가 없다는 사실을 유감스러워했다. 그에게 민주주의는 속되고 별로 효율적이지도 않아 보였기 때문이다. 할머니 집에서 가지는 의무적인 일요일 점심 만찬에서 그는 우리 집안에 둘밖에 없는 자유주의자인 니베아나 세베로와 토론을 벌이곤 했다. 세 사람은 사상은 달랐지만 서로를 존중했는데, 나는 그들이 원시 부족 같은 델 바예 집안의 다른 구성원들을 은근히 비웃었다고 생각한다. 드물게 돈 호세 프란시스코 베르가라가 함께 자리를 하는 경우 윌리엄스는 영어로 대화를 나눌 기회임에도 불구하고 존경의 거리를 유지했다. 베르가라는 그 지적인 우위 때문에 윌리엄스가 겁낸 유일한 사람이었고, 아마 윌리엄스가 과거에 하인 신분이었다는 걸 즉각 감지했을 수도 있는 유일한 사람이었다. 많은 사람들이 내가 누구인지, 왜 파울리나가 나를 키우는지 궁금해했을 테지만 내 앞에서 그런 화제를 입에 올리지는 않았다. 일요일 가족들의 점심 식사에는 다양한 연령층의 스무 명쯤 되는 사촌들이 모였지만 아무도 내 부모에 대해서는 묻지 않았다. 그들에겐 성이 같다는 사실 하나만으로도 나를 받아들이기에 충분했던 것이다.

할머니는 칠레에 적응하는 일이 새 남편에게 적응하는 것보다 더 힘들었다. 비록 가문과 재산 덕에 모든 이들이 편의를 제공해 주었지만 말이다. 할머니는 칠레의 위선에 숨이 막힐 지경이었고 예전의 자유가 그리웠다. 삼십 년 이상을 캘리포니아에서 살았으니 그럴 만도 했다. 그러나 대저택의 문을 개방하자마자 그녀는 곧 산티아고 사교계의 중심이 되었다. 요령껏 아주 솜씨 있게 사교계를 이끌었을 뿐 아니라 칠레에서 부자들이 얼마나 증오의 대상인지, 게다가 잘난 척까지 하면 얼마나 더 미움받는지 잘 알았기 때문이다. 샌프란시스코에서처럼 제복 차림의 하인이 아니라 검은색 정장에 흰색 앞치마를 두른 분별 있는 하녀들을 고용했고, 파라오 같은 무도회로 흥청망청 돈을 낭비하기보다는 조심스럽고 가족적인 분위기의 파티를 열었다. 가장 수치스러운 표현인 '멋 부리는 여자'라거나 벼락부자라는 소리를 듣지 않기 위해서였다. 하지만 물론 화려한 마차와 부러움을 살 만한 말들을 갖고 있었고 대기실과 뷔페가 딸려 나오는 시립 극장의 전용석도 마련했다. 전용석은 초대객에게 아이스크림과 샴페인이 제공되었다. 파울리나 델 바예는 나이와 살찐 몸집에도 불구하고 유행을 선도했다. 유럽에서 막 도착했기 때문에 그녀가 최신 유행과 뉴스에 정통하다고들 여겼다. 그 엄격하고 고즈넉한 사회에서 파울리나는 외국 문물의 영향을 비춰 주는 등대였다. 그녀는 영어를 말할 줄 알고 뉴욕과 파리에서 잡지와 책을 받아 보며, 옷감과 구두, 모자를 런던에서 직접 주문하고, 이집트산 검은 담배를 사람들 앞에서 피우는 유일한 여성이었다. 예술품을 구입했고 식탁에는 한 번도 본 적 없는 희귀한 접시들을 내놓았다. 아무리 좋은 집안 여자들도 아직은 정복기의 억센 우두머리들처럼 수프, 전골요리, 아사도,[21] 강낭콩으로 식탁을 차렸고 식민기의 무거운 후식을 내놓았다. 할머니가 '푸아 그라'와 여러 종류의 프랑스산 수입 치즈를 처음으로 차려 냈을 때 그것을 먹을 수 있었던 사람은 유럽을 여행한 적 있는 남자들뿐이었다. 부인들은 '카망베르'와 '포르살뤼' 치즈의 냄새를 맡고 메스꺼워 허둥지둥 화장실로 달려갔다. 할머니의 저택은 젊은 남녀 예술가와 문인들의 모임의 중심이 되었고 그들은 고전주의의 관습대로 자신들의 작품을 선보이기 위해 모여들었다. 회원이 되려면 백인에 이름난 집안사람이거나 그도 아니면 재능이 출중해야 했다. 그 점에서는 파울리나도 여느 칠레 상류층과 다를 바 없었다. 여자들은 시를 짓는 일보다는 수프 젓기를 더 잘한다는 생각이 지배적이었기 때문에, 산티아고의 지식인 동호회들은 카페나 클럽에서 이루어졌고 남자들만 참여할 수 있었다. 여성 예술가들을 집안 살롱에 끌어 모은 할머니의 독창성은 새롭고 자유분방한 것이었다.

해방군 거리의 저택에서 내 인생은 변화를 겪었다. 타오 치엔 할아버지가 돌아가신 후 처음으로 안정감을 느꼈고 그것은 움직이지 않고 변하지 않는 무엇, 이를테면 단단한 땅에 뿌리를 내린 성채 안에 산다는 느낌이었다. 나는 건물 전체를 샅샅이 헤집고 다녔다. 험한 곳도 그냥 두지 않고 탐색했고 구석구석을 내 손으로 정복해야 했다. 심지어는 지붕에 올라가 비둘기들을 바라보며 몇 시간을 보내기도 했고, 출입이 금지된

---

21) 남미 특유의 쇠고기 숯불 바베큐 요리.

하인들 방까지도 돌아다녔다. 그 커다란 집은 두 개의 거리 사이를 차지하고 있어서 입구도 두 개였는데 정문은 해방군 거리로 나 있고 하인들 문은 뒷길로 나 있었다. 그리고 열두 개나 되는 응접실과 수많은 침실, 정원, 테라스, 은신처, 다락, 층계 등이 있었다. 청실, 홍실, 금실이 하나씩 있었는데 이 방들은 큰 행사가 있을 때만 사용되었다. 멋들어진 크리스털 갤러리에는 중국 자기로 된 화분들과 양치류 식물들, 카나리아 새장들이 있고 그 사이에서 가족들의 일상사가 이루어졌다. 중앙 식당에는 폼페이 프레스코가 네 벽면을 빙 둘러 장식했고, 도자기와 은제 수집품이 들어 있는 여러 개의 진열장과 크리스털이 주렁주렁 달린 샹들리에도 있었다. 커다란 창문은 끊임없이 물이 뿜어져 나오는 아랍식 모자이크 분수로 꾸며져 있었다.

할머니가 나를 학교에 보내려는 시도를 일단 포기하고 피네다 양과의 수업이 일상이 되자 나는 매우 행복했다. 그 탁월한 선생은 내가 질문을 할 때마다 답을 알려 주는 대신 답을 찾는 법을 가르쳐 주었다. 생각을 정리하는 방법, 탐구하고 읽고 듣고 대안을 찾아내는 방법, 오래된 문제들을 새로운 해법으로 푸는 방법, 논리적으로 토론하는 방법 등을 가르쳐 주었다. 무엇보다도 맹신하지 않는 법을 가르쳤고, 여성에 대한 남성의 우월성이라든가 한 인종 또는 한 사회 계층의 우위성처럼 반박할 수 없는 진리로 보이는 것들도 의심하고 질문하도록 가르쳐 주었다. 인디오들 얘기는 절대로 하는 법이 없고 한 단계만 계층이 하락해도 사람들의 기억 속에서 사라저 버리는 가부장적인 국가에서 그런 가르침은 새로운 것이었다. 그녀는 내 삶에 들어온 최초의 지식인 여성이었다. 지적이고 교육을 받은 니베아조차도 내 가정 교사와는 비교가 되지 않았다. 선생님은 직관력과 영혼의 관대함에 있어서 뛰어나고 시대를 반세기는 앞선 사람이었지만 할머니의 유명한 동호회에서는 똑똑한 체하는 법이 절대 없었다. 모임에서 그녀는 여성 참정권을 주장하는 열정적인 연설과 신학적인 의문들을 제기하여 돋보이곤 했다. 사실 피네다 양보다 더 칠레 여자답게 생기기는 힘들었다. 검은 눈과 검은 머리칼, 높은 광대뼈, 땅에 못 박히기라도 한 것처럼 굼뜬 걸음걸이에 키가 작고 엉덩이가 펑퍼짐한 여성들을 양산한 스페인인과 인디오의 혼혈 그 자체였다. 그러나 그녀의 정신은 시대나 신분을 고려할 때 예사롭지 않았다. 남부의 용감한 집안 출신으로 아버지는 철도 회사 직원이었고, 여섯 형제 중 그녀만이 유일하게 학업을 마친 사람이었다. 피네다 양은 황금시대 서점 주인인 돈 페드로 테이의 제자이자 친구였다. 그는 태도는 무뚝뚝하지만 부드러운 성품의 카탈루냐인으로, 피네다 양에게 독서 방향을 잡아 주는가 하면 책을 살 여력이 없는 그녀에게 책을 대여해 주거나 선물하기도 했다. 테이는 무엇에 대해 의견을 나누든 간에 아무리 사소한 것이더라도 늘 반론을 제기했다. 한번은 그가 남미인은 낭비와 떠들썩한 파티를 좋아하고 게으른 성격의 얼뜨기라고 확신하는 말을 들은 적이 있는데 피네다 양은 단지 그 말에 동의하는 것으로 그의 생각을 금방 바꿔 놓았다. 심지어 테이는 늘 퉁명스럽고 아주 사소한 일에도 결투를 신청하는 카탈루냐인보다는 차라리 남미인이 더 낫다고 덧붙이기까지 했다. 항상 의견 일치를 보는 건 아니었지만 두 사람은 매우 잘 지냈다. 돈 페드로 테이는 선생님보다 적어도 스무 살은 많았을 테지만 일단 이야기를 나누기 시작하면 나이 차이는 사라져 버렸다. 테이는 열정으로 다시 젊어지고 선생님은 더 명민해지고 어른스러워졌다.

세베로와 니베아 델 바예는 십 년 사이에 아이를 여섯이나 낳았고, 그 후로도 계속 낳아 모두 열다섯에 이르게 된다. 나는 이십 년 전쯤부터 니베아를 알았는데 늘 아기를 안고 있었다. 아이들을 좋아하지 않았더라면 아마 자신의 다산성을 저주했을 것이다. "당신이 내 아이들을 교육시키면 얼마나 좋을까요!" 니베아는 마틸데 피네다 양과 만나면 그렇게 한숨 지었다. 그러면 선생님은 "너무 많아서요, 니베아 부인. 아우로라만 해도 손이 달린답니다."라고 대답했다. 세베로는 명망 있는 변호사로 사회의 가장 젊은 주축이 되었고, 자유당의 저명한 당원이기도 했다. 대통령도 자유주의자였지만 그는 많은 부분에서 대통령의 정책에 동의하지 않았다. 게다가 자신의 비판성을 감출 줄 몰랐기 때문에 한 번도 정부 내각에 호명되지 못했다. 세베로는 당에도 비판적이었기 때문에 내전이 일어나자 마틸데 피네다나 황금시대 서점 주인처럼 탈당을 했고, 탈당한 세력은 나중에 야당을 구성했다. 세베로 아저씨는 자신을 둘러싼 한 다스나 되는 조카들 중에서 나를 가장 각별히 아꼈다. '양녀'라 부르며 자신이 내게 델 바예 성을 주었다고 했지만 정작 내 진짜 아버지가 누군지 아느냐고 물을 때마다

"나를 아빠라고 생각하려무나."라고 하면서 대답을 회피했다. 할머니는 이 화제를 골치 아파했고, 니베아에게 졸라도 세베로 아저씨와 이야기해 보라고만 했다. 그것은 정말 끝나지 않는 도돌이표였다.

"할머니. 전 이렇게 많은 미스터리를 안고는 살 수가 없어요." 한번은 내가 파울리나 델 바예에게 말했다.

"왜 못 산다는 거니? 어린 시절이 불행한 사람들이 더 창의적이란다."

"뒤죽박죽 엉망이 되기도 하겠지요."

"델 바예 집안에 미치광이는 없단다, 아우로라. 존경받는 가문이면 어디나 그렇듯이 괴짜들이 좀 있을 뿐이야."라고 할머니는 확신했다.

마틸데 피네다 양은 내 태생을 모른다고 맹세한 뒤 사람의 인생이란 어디서 왔는지가 아니라 어디로 가는지가 중요하기 때문에 신경 쓸 필요가 없다고 덧붙였다. 그러나 멘델의 유전 이론을 가르칠 때는 조상이 누구인지 알아야 할 당연한 이유들이 있음을 어쩔 수 없이 수긍했다. 내 아버지가 저 어디에선가 여자아이들의 목을 치며 돌아다니는 미치광이라면 어쩔 것인가?

내 몸의 진화는 사춘기에 들어서던 바로 그날 시작되었다. 그날 나는 초콜릿 비슷한 물질로 잠옷 바지가 흠뻑 젖어 잠이 깼다. 부끄러워 씻으려고 욕실로 숨었는데 예상과는 달리 배설물이 아니었다. 가랑이 사이에 피가 묻어 있었던 것이다. 겁에 질려 할머니에게 달려갔지만 처음으로 할머니는 그 황제의 침대에 있지 않았다. 날마다 대낮이 되어야 일어나는 할머니에게는 예사롭지 않은 일이었다. 나는 멍멍거리면서 쫓아오는 캐러멜을 뒤에 달고 아래층으로 달려 내려가 놀란 말처럼 서재에 들이닥쳤고 세베로와 파울리나 델 바예와 마주쳤다. 세베로는 여행 차림이었고, 할머니는 검붉은 색깔의 새틴 가운을 입고 있어서 부활절 주간의 주교님 분위기를 풍겼다.

"나 죽으려나 봐요!" 나는 할머니에게 뛰어들면서 소리 질렀다.

"지금은 적당한 때가 아니구나." 할머니는 무뚝뚝하게 대답했다.

사람들이 정부를 비난해 온 지 여러 해가 되었고, 발마세다[22] 대통령이 오십칠 년간의 헌정사를 깨뜨리고 독재자가 되려 한다는 말이 나돈 지도 벌써 여러 달이 흘렀다. 영원히 통치하겠다는 생각으로 귀족들이 제정한 이 헌법은 대단히 광범위한 권한을 행정부에 허용했다. 그런데 귀족들과 반대되는 사상을 가진 사람의 손에 정권이 넘어가자 상류층이 반란을 일으킨 것이다. 근대적인 사상의 소유자이고 똑똑했던 발마세다가 사실 정치를 잘못한 것은 아니었다. 과거의 어떤 통치자 이상으로 교육 정책을 잘 추진했고 칠레산 초석을 외국 회사들로부터 보호했으며, 특히 병원이나 철도와 같은 수많은

---

22) 호세 마누엘 발마세다(José Manuel Balmaceda, 1840~1891). 칠레의 전 대통령으로 1886년부터 1891년까지 재임했다.

공공 시설물을 세웠다. 비록 시작만 하고 끝내지 못한 일도 있긴 하지만. 칠레는 육군력과 해군력을 갖춘 데다 자산이 라틴 아메리카에서 가장 튼튼할 만큼 번영한 국가였다. 그러나 귀족층은 중산층을 키워 그들과 함께 통치하려는 발마세다 대통령의 시도를 용서하지 않았다. 한편 성직자들도 정교분리가 일어나고 교회 결혼이 민사 결혼으로 대체되는 것을 용인하지 못했고, 신앙에 상관없이 아무나 교회 묘지에 묻히도록 허가하는 법률도 받아들일 수 없었다. 그 이전에는 가톨릭 신자가 아닌 사람들의 시신을 처리하는 게 큰 골칫거리였다. 무신론자나 자살한 사람들은 말할 것도 없어서 때때로 그런 시신들은 절벽이나 바다에 던져졌다. 새로운 법적 조치들 때문에 수많은 여자들이 발마세다 대통령에게 등을 돌렸다. 여자들은 비록 정치권력은 갖고 있지 않았지만 집 안에서 가족을 주재함으로써 놀라운 영향력을 행사했다. 발마세다는 자신이 후원했던 중산층마저 등을 돌리자 오만하게 대응했다. 당시 모든 지주 세력이 그렇듯이 그도 명령하고 복종받는 데 익숙해져 있었기 때문이다. 그의 집안은 광활한 대지를 가지고 있었다. 기차역, 철도, 마을, 수백 명의 농부 등이 딸린 지방 주(州) 하나가 그 집안의 소유였다. 그 집안사람들은 선한 파트론[23]이 아니라 베개 밑에 무기를 두고 자면서 소작인들의 맹목적인 존경을 기대하는 거친 폭군들로 유명했다. 아마도 그래서 발마세다는 나라를 마치 자기 영지처럼 다스리고 싶었을 것

23) 소작인들을 보호하는 지주.

이다. 그는 키가 크고 말쑥하며 건장한 데다 훤한 이마에 귀족적인 풍채를 가진 사람이었고, 소설 같은 사랑으로 얻은 아들이었으며 한 손에는 채찍을, 다른 손에는 권총을 들고 말 등에서 자랐다. 한때는 신학생이었지만 사제복을 입을 만큼 유순한 성격은 못 되었다. 그는 열정적이고 허영심도 강했다. 머리 모양이며 콧수염, 구레나룻 등을 바꿔 대서 '봉두난발꾼'이라고 불렸고 런던에서 주문한 지나치게 우아한 의상들도 세간의 입에 오르내렸다. 사람들은 그의 격조 높은 연설과 칠레에 대한 열정적인 애정 고백을 조롱했고, 자신을 조국과 지나치게 동일시하는 바람에 발마세다 없는 칠레는 생각도 못 한다고들 했다. "다른 누구의 것도 아닌 오직 내 것인 칠레!" 이는 사람들이 그를 가리켜 하는 말이었다. 집권 기간 동안 그는 외톨이가 되었고 그러자 마침내 그의 광기는 절망으로 치닫기 시작했다. 그러나 아직은 최대 적수들에게도 훌륭한 정치가이자 거의 모든 다른 칠레 대통령들처럼 비난할 수 없는 정직성을 지녔음을 인정받고 있었다. 칠레 대통령들은 다른 라틴 아메리카 국가의 호족 출신 대통령들과 달리 권좌에서 물러날 때는 집권 초보다 훨씬 더 가난해졌던 것이다. 발마세다는 미래에 대한 비전과 위대한 국가를 창조하려는 꿈을 가지고 있었지만, 한 시대가 종결되고 너무 오랫동안 권좌에 있던 자유당이 쇠퇴하는 시기를 살았다. 칠레도 세계도 변하는데 자유당 체제는 부패해 있었다. 대통령들이 후계자를 직접 지명했고, 민정 세력이든 군정 세력이든 할 것 없이 모두 선거에서 속임수를 썼다. 여당은 늘 말 그대로 문맹의 힘 덕분에 승리해 왔다. 즉 죽은 사람과 부재자들까지도 여권 후보에게 찬성표를 던지게 만들었고, 투표용지를 매매했으며, 불확실한 유권자들에게는 린치를 가해 공포감을 느끼게 했다. 발마세다는 보수 야당, 탈퇴한 자유당 세력들, 성직자단 그리고 대부분의 언론의 끈질긴 반대에 직면했다. 양극단의 정치 세력들이 정권을 타도한다는 단일한 대의명분으로 결집한 것은 사상 처음이었다. 날마다 반대파 시위대가 '아르마스 광장'[24]에 모였고 경찰 기병대는 곤봉으로 그들을 해산시켰다. 대통령의 마지막 지방 주 순회에서는 흥분한 군중들이 휘파람을 불면서 야유를 보내고 야채를 집어 던지자 군인들이 검을 휘둘러 그를 보호해야 했다. 자신에 대한 불만이 그런 식으로 표현되는데도 발마세다는 나라가 혼란에 빠져들고 있음을 모른다는 듯 냉정한 태도를 취했다. 세베로 델 바예와 마틸데 피녜다 양에 따르면 국민의 80퍼센트가 정부를 싫어했고 따라서 가장 볼썽사납지 않은 조치는 대통령의 사임이었다. 더 이상은 버틸 수 없을 정도로 긴장감이 조성되어 금방이라도 화산처럼 폭발할 듯했다. 그리하여 1891년 1월의 그날 아침, 해군이 반란을 일으키고 의회가 대통령을 파면시키는 사건이 터졌던 것이다.

"무시무시한 탄압이 시작될 겁니다, 고모." 세베로 델 바예가 말하는 게 들렸다. "저도 싸우러 북쪽으로 가겠어요. 저 대신 니베아와 아이들을 보호해 주세요. 얼마나 시간이 걸릴지

---

24) 국군 광장.

224

누가 알겠어요……."

"넌 이미 전쟁에서 다리 하나를 잃었잖니, 세베로. 남은 다리마저 잃으면 난쟁이가 될 거다."

"대안이 없어요. 산티아고에 있더라도 어차피 날 죽이고 말텐데요."

"너 멜로드라마라도 쓰는 거냐? 이건 오페라가 아니야!"

그러나 채 며칠 지나기도 전에 공포 분위기가 휩쓸었던 걸 보면 세베로 델 바예가 할머니보다는 사정을 더 잘 알았던 모양이다. 대통령의 대응은 의회를 해산시키고 자신이 독재자임을 자처하며 호아킨 고도이라는 인물을 임명하여 탄압을 가하는 것이었다. 그 고도이라는 사람은 '부자는 부자니까 탄압을 받아야 하고 가난한 사람은 가난한 사람이어서 그래야 하며, 성직자는 모두 총살시켜 버려야 한다!'고 믿는 사디스트였다. 육군은 여전히 정권에 충성했고, 전쟁은 처음에는 정치적 폭동에 불과했으나 무장한 육군과 해군이 서로 맞서면서 이제는 무시무시한 내전으로 바뀌었다. 고도이는 육군 수장들의 든든한 지원을 받으면서 잡아들일 수 있는 야당 의원들을 모두 투옥시키는 작업에 착수했다. 시민권은 더 이상 보호막이 되지 못했고, 가택 침입과 체계적인 고문이 시작되었다. 한편 발마세다는 그런 방식들을 혐오스러워하면서도 정적들을 꺾기 위해서는 도리가 없다는 걸 알기 때문에 대통령 궁에 틀어박혀 있었다. 그는 "나는 그런 조치들에 대해 알고 싶지 않다."라는 말을 여러 차례 했다고 한다. 황금시대 서점 거리는 채찍질당한 사람들의 신음 소리 때문에 밤에는 잘 수 없고 낮에는 지나다닐 수가 없었다. 물론 아이들 앞에서는 그런 일에 대해 이야기하지 않았지만 나는 모두 알고 있었다. 집 안의 구석구석까지 낱낱이 알아 버려서 몇 달 동안 더 이상 할 일이 없었고 그래서 어른들의 대화를 몰래 살피며 놀았기 때문이다. 바깥이 전쟁으로 들끓는 동안에도 안에서 우리는 호화로운 수도원에서처럼 살았다. 파울리나 할머니는 어린아이들과 유모들, 보모들이 줄줄이 딸린 니베아를 거둬들였다. 그러고는 어느 누구도 감히 영국 시민과 결혼한 자기 같은 신분의 귀부인을 공격하지는 못할 거라는 확신으로 못질을 해서 집을 폐쇄했다. 만일의 사태에 대비해 프레더릭 윌리엄스는 영국기를 지붕에 내걸었고, 기름칠한 총을 늘 지니고 다녔다.

세베로 델 바예는 적절한 시점에 북쪽으로 싸우러 떠났다. 다음 날 가택 수사를 당했는데, 만일 그가 발견되었더라면 부자든 가난한 사람이든 똑같이 고문하는 정치 경찰의 지하 감옥에 갇히고 말았을 것이다. 니베아도 세베로 델 바예처럼 자유당 당원이었지만, 대통령이 속임수를 써서 강제로 후계자를 임명하고 의회를 압살하려 하자 강경한 반대파가 되었다. 그녀는 혁명기의 몇 달 동안 쌍둥이를 임신한 채 여섯 아이를 기르면서도 야당 활동을 할 시간과 활기가 있었다. 하도 열성적이어서 혹시 놀라기라도 해 생명이 위험해지면 어쩌나 싶을 정도였다. 그녀는 파울리나 할머니가 경찰의 관심을 끌지 않으려면 눈에 띄지 않도록 하라고 단호한 명령을 내렸는데도 할머니 모르게 그런 일들을 하고 있었다. 그러나 윌리엄스는 모두 알고 있었다. 마틸데 피녜다 양이 지독한 사회주의

자라면 윌리엄스는 군주제 지지자로 둘의 입장은 완전히 정반대였다. 그러나 현 정부를 증오한다는 점에서는 의견이 일치했다. 그들은 할머니가 절대 출입하지 않는 뒤채의 방에 돈 페드로 테이의 도움으로 작은 인쇄기를 들여놓고 혁명 전단과 책자를 찍어 냈다. 마틸데 피네다 양은 그것들을 소매에 숨겨 지니고 나가 집집마다 돌렸다. 나는 그 방에서 일어나는 일에 대해 어느 누구에게든 한마디도 않겠다고 맹세해야 했고, 비밀이란 매혹적인 놀이라고 여겼기에 맹세를 지켰다. 그러나 우리 가족에게 덮쳐 오는 위험을 짐작하지는 못했다. 내전이 끝날 무렵 나는 위험이 현실이 되었다는 걸 알아챘다. 파울리나 델 바예의 사회적 지위에도 불구하고 정치 경찰의 무한히 뻗쳐 나가는 손아귀로부터 안전한 사람은 아무도 없었던 것이다. 할머니의 집은 우리가 생각했던 것처럼 성소(聖所)가 아니었다. 그녀의 부와 인맥 그리고 귀족 성까지 모두 동원하더라도 가택 수사는 물론이고 감금조차 피하지 못했을 것이다. 그 몇 달간의 혼란과, 대부분의 국민이 반정부주의 세력이 되는 바람에 많은 사람들을 통제하기가 불가능하다는 점이 우리에게 이점이 되었다. 심지어는 경찰 내부에도 혁명 찬성파가 있어서 수배자들의 도피를 돕고 있었다. 피네다 양이 전단을 돌리기 위해 문을 두드리는 집집마다 사람들은 두 팔 벌려 환영했다.

이번 갈등에서 보수주의자들은 일부 자유주의 세력과 결탁했고 세베로와 그의 친척들은 처음으로 한편이 되었다. 델 바예 집안의 나머지 사람들은 산티아고에서 최대한 멀리 떨어진 농장에 틀어박혔다. 젊은 남자들은 싸움에 가담하러 북쪽으로 떠났다. 북부에서는 처음 봉기를 시작한 해군의 보위하에 지원병 부대가 꾸려지고 있었다. 정권에 충실한 육군은 봉기한 시민군을 쳐부술 구상을 했고 자신들이 저항에 부딪히게 되리라고는 상상도 못 했다. 해군 함대와 혁명파는 국가의 최대 수입원인 초석 광산을 장악하기 위해 북쪽으로 향했는데, 그곳에는 육군 정규 부대들도 배치되어 있었다. 최초의 중대한 교전에서는 정부군이 승리했고 전투가 끝나자 그들은 십년 전 태평양 전쟁에서처럼 부상자와 포로까지 죽여 버렸다. 학살의 잔인성에 자극받은 혁명군은 다시 정부군과 맞서 압도적인 승리를 거두었다. 그러자 이번에는 혁명군이 패잔병을 학살하기 시작했다. 3월 중순에 의회주의자들은(반란군을 그렇게 불렀다.) 북쪽 지방 다섯 주를 장악하여 정부 내각을 구성했고, 남쪽에서는 발마세다 대통령이 점점 추종 세력을 잃어 가고 있었다. 북쪽의 정부군 잔류병은 육군 주력 부대와 결합하기 위해 남쪽으로 돌아가야 했다. 1만 5000명의 병사가 걸어서 산맥을 넘고 볼리비아를 가로지르고 아르헨티나를 거친 후 다시 산악을 관통하여 산티아고에 도착했다. 수염은 덥수룩하고 옷은 누더기가 된 채 죽을 만큼 지쳐서 수도에 나타났다. 고원 지대의 야마와 비쿠냐,[25] 팜파의 호박과 아르마딜로, 그리고 높은 산봉우리의 새들과 한 덩어리가 되어 계곡

---

25) 남미 안데스 고원에 사는 동물들. 짐을 나르는 데 쓰이고 모피로는 천을 짠다.

과 산정, 지옥 같은 더위, 영원한 빙하 등 무자비한 자연 속을 수천 킬로미터나 걸어야 했던 것이다. 그런 모험은 사나운 스페인 정복군 시대 이후 처음 있는 일이었지만, 반대파가 산사태처럼 걷잡을 수 없이 늘어났기 때문에 모두가 환영식에 참가한 것은 아니었다. 우리 집은 여전히 문을 잠그고 지냈고 할머니는 어느 누구도 길에 코빼기도 내밀지 말라고 지시했지만 나는 궁금증을 참지 못하고 사열식을 보러 지붕으로 기어올라 갔다.

구류, 약탈, 고문, 검열로 인해 반대파들을 더욱 난폭해졌으며 이별하지 않은 가족이 없고 공포로부터 자유로운 사람도 없었다. 군은 젊은이들을 징병하기 위해 일제히 수색에 나서 장례식이나 결혼식, 들판이며 공장에 갑자기 나타나 무기를 잡을 만한 나이의 남자들을 붙잡아 가곤 했다. 노동력 부족으로 농업과 공업은 마비되었다. 정부군의 난폭함이 더 이상 억누를 수 없을 지경에 이르자 대통령은 이를 막아야 한다는 걸 깨달았지만 이미 때를 놓친 뒤였다. 군인들이 더할 수 없이 오만불손해져 대통령은 자신을 해임하고 군부 독재 정권을 세울까 봐 겁이 났다. 군부 정권은 고도이의 정치 경찰의 압제보다 천배는 더 공포스러울 터였다. "사면받은 권력보다 위험한 것은 없다."라고 니베아는 우리를 일깨웠다. 내가 현 정권과 혁명군의 차이점이 뭐냐고 묻자 마틸테 피네다 양은 양쪽 다 정통성을 놓고 싸운다고 대답했다. 할머니에게 물으니 둘 다 하나도 다를 게 없는 망나니라고 했다.

경찰이 돈 페드로 테이를 체포해 고도이의 소름 끼치는 감옥으로 데려가자 공포는 우리 집에도 들이닥쳤다. 그들은 당연하게도 사방으로 유포되는 반정부 전단의 책임자로 테이를 의심했다. 밤마다 지겹도록 비가 내리고 마음을 놓을 수 없을 정도로 눈보라가 치던 6월의 어느 날 밤, 우리가 식당에서 저녁을 먹고 있을 때 갑자기 현관문이 열리고 창백해진 마틸데 피네다 양이 망연자실한 모습으로 망토가 비에 젖은 채 예고도 없이 들어섰다.

"무슨 일이오?" 선생님의 무례함에 언짢아진 할머니가 물었다.

피네다 양은 고도이의 졸개들이 황금시대 서점을 침입해 사람들을 구타하고는 자물쇠를 채운 차에 돈 페드로 테이를 실어 데려갔다고 입에 거품을 물고 단숨에 주워섬겼다. 할머니는 선생님이 소란스러운 출현을 정당화할 만한 말을 더 해 주기를 기다리면서 포크를 그대로 든 채였다. 할머니는 테이 씨를 제대로 알지도 못했고 그 소식이 왜 그렇게 다급한지도 이해하지 못했다. 서점 주인이 거의 매일 뒷문을 통해 들어와 자기 집 지붕 밑에 숨겨 둔 인쇄기로 혁명 전단을 찍어 냈다는 사실을 알 리가 없었던 것이다. 그러나 니베아와 윌리엄스, 피네다 양은 테이 씨가 자백을 하는 날에는 어떤 결과가 올지 짐작했고, 고도이의 고문에 조만간 자백하고 말리라는 것도 알고 있었다. 나는 세 사람이 절망의 시선을 주고받는 것을 보았다. 무슨 일이 일어나고 있는지를 이해하기에는 어렸지만 그들이 왜 그러는지는 짐작했다.

"뒷방에 있는 기계 때문이죠?" 하고 나는 물었다.

"무슨 기계 말이냐?" 할머니가 소리를 질렀다.

"아무 기계도 아니에요." 나는 비밀 약속을 떠올리며 대답했지만 파울리나 델 바예는 속지 않았다. 내 한쪽 귀를 잡고는 좀처럼 본 적 없는 격앙된 동작으로 흔들어 댔다.

"무슨 기계냐고 물었다, 이 코흘리개 악마야!" 할머니는 소리쳤다.

"아이를 놔요, 파울리나. 그 애는 아무 상관이 없어요. 인쇄기를 말하는 겁니다······." 프레더릭 윌리엄스가 말했다.

"인쇄기라고? 여기 내 집에?" 할머니는 으르렁거렸다.

"그래요, 고모님." 니베아가 중얼거렸다.

"제기랄! 이제 어떻게 한단 말이냐!" 그 여장부는 두 손으로 머리를 감싸며 의자에 주저앉았다. 그러고는 다른 사람도 아닌 가족이 자신을 배신했다고, 그 엄청난 경솔함의 대가를 어떻게 치를 것이냐고, 모두 등신이라고 소리쳤다. 자기는 니베아를 두 팔 벌려 환영했는데 어떻게 보답을 하는지 보라고, 어떻게 프레더릭은 그런 일이 목숨을 내놓는 일인 줄 모를 수 있었느냐고, 여기는 영국도 캘리포니아도 아닌데 칠레라는 나라가 어떻게 돌아가는 곳인지 언제쯤이나 알려느냐고 했다. 그리고 평생 다시는 피네다 양을 보고 싶지 않으니 두 번 다시 자기 집에 발도 들여놓지 말고 손녀딸에게도 말을 걸지 말라고 했다.

프레더릭 윌리엄스는 차를 내어달라면서 자신이 '문제를 해결하러' 가 보겠다고 했지만 그 말은 할머니를 진정시키기는커녕 경악을 더 가중시켰다. 마틸데 피네다 양은 나에게 작별의 키스를 하고 밖으로 나갔고 그 후 아주 여러 해가 지나도록 그녀를 보지 못했다. 윌리엄스는 곧장 미국 공사관을 찾아가 친구이자 브리지 게임 동무인 패트릭 에건 씨와 이야기할 수 있게 해 달라고 청했다. 에건은 그 시간에 다른 외교관들과 함께 공식 연회를 주재하고 있었다. 그는 현 칠레 정부를 지지했지만 대부분의 미국인들처럼 마음속 깊이 민주주의자였고 고도이의 방식을 증오했다. 그는 프레더릭 윌리엄스와 단둘이서 만나 이야기를 듣고는 당장 내무부 장관을 면담하기 위해 채비를 서둘렀다. 그날 밤 바로 장관을 만났지만 장관은 죄수를 중재하는 일에까지는 자신의 힘이 미치지 못한다고 설명했다. 그러나 에건 씨는 다음 날 대통령과의 첫 번째 면담을 얻어 냈다. 그날은 할머니 집에서 경험한 가장 긴 밤이었다. 아무도 잠자리에 들지 못했다. 나는 홀의 소파에서 캐러멜과 함께 쭈그리고 앉아 밤을 보냈고, 하녀와 하인들은 여행 가방과 트렁크들을 꾸렸고, 보모와 유모들은 팔에서 그대로 잠든 니베아의 아이들을 챙겼고, 요리 담당 하녀들은 식료품 바구니를 챙겼다. 할머니가 가장 좋아하는 새들이 든 새장 두 개도 차에 실었다. 윌리엄스는 믿을 만한 사람인 정원사와 같이 인쇄기를 분해하여 세 번째 안마당에 깊이 파묻고 불온한 인쇄물은 모두 불에 태웠다. 날이 밝을 무렵 가족들이 탈 마차두 대와 우리를 산티아고 밖으로 이끌어 갈 무장한 기마 하인네 사람의 채비가 끝났다. 나머지 식솔들은 우선 가장 가까운 교회로 피신해 있다가 나중에 다른 마차가 와서 데려가기로 했다. 프레더릭 윌리엄스는 우리와 함께 가지 않겠다고 했다.

"내가 이 사건의 책임자니까 남아서 집을 지키겠어요."

"이 집과 내가 가진 모든 것을 다 합쳐도 당신 목숨이 더 귀중해요. 제발 같이 가요." 파울리나 델 바예는 애원했다.

"나한테 손댈 엄두는 못 낼 겁니다. 나는 영국 시민이니까요."

"천진난만한 소리 말아요, 프레더릭. 내 말 좀 들어요. 이런 시기에는 누구도 예외가 될 수 없어요."

그러나 그를 설득시킬 도리가 없었다. 그는 내 양 볼에 키스를 하고는 두 손으로 할머니의 손을 오랫동안 잡고 있었다. 니베아와도 작별 인사를 했다. 그녀는 물 밖에 나온 붕장어처럼 힘겹게 숨 쉬고 있었는데, 두려움 때문이었는지 단지 임신 때문이었는지는 모르겠다. 우리는 태양이 산맥의 눈 덮인 봉우리를 비추자마자 출발했다. 비는 이미 멎었고 하늘은 맑게 갤 조짐이 보였지만 마차의 틈새로 매서운 바람이 들어왔다. 할머니는 나에게 여우 털 망토를 덮어 무릎에 잘 앉혔다. 캐러멜이 음란한 마음에 물어뜯은 적이 있는 바로 그 꼬리 달린 망토였다. 할머니는 분노와 놀라움으로 입을 꽉 다물고 있었다. 그러나 간식이 담긴 고리짝은 잊지 않고 있다가 산티아고를 벗어나 남쪽으로 가는 길에 들어서자마자 고리짝들을 열고 숯불 닭구이, 삶은 계란, 구운 비스킷을 넣은 파이, 치즈, 포도주와 오르차타[26] 음료 등의 음식을 차례로 돌렸는데 그 일은 여행 내내 계속되었다.

폭동이 시작된 1월에 이미 시골로 대피해 있던 델 바예 집

---

26) 흰색의 시원한 여름 음료. 열대 과일이나 쌀을 갈아 만든다.

안 아저씨들은 우리를 반갑게 맞아 주었다. 우리가 무료한 칠 개월 동안의 지겨움을 깨뜨려 주었을 뿐 아니라 새로운 소식들도 가져갔기 때문이다. 우리가 가져간 소식은 최악이었지만 그나마 모르는 것보다는 아는 편이 나았다. 나는 사촌들과 다시 만났고 어른들에게는 긴장된 그 며칠이 우리 아이들에게는 휴가나 마찬가지였다. 우리는 갓 짠 우유며 신선한 치즈, 여름부터 보관한 과일 통조림 등을 실컷 먹었다. 말도 타고 비를 맞으며 진흙탕에 첨벙거리기도 하고 축사나 사과밭에서 놀았으며, 연극 공연도 했다. 합창단도 만들어 보았는데 아무도 음악에 소질이 없어 맥 빠진 합창단으로 끝나고 말았다. 그러다가 거친 골짜기의 키 큰 포플러 나무가 늘어선 굽잇길을 걸어 집에 도착했다. 쟁기질의 흔적이 거의 남아 있지 않았고 목장들은 버려져 있었다. 때때로 말라비틀어지고 벌레 먹은 통나무들이 죽 늘어서 있는 것이 보였는데 할머니 말로는 포도밭이라고 했다. 도중에 농부를 만나면 그는 밀짚모자를 벗고 땅을 내려다보면서 농장 주인인 우리에게 "안녕하세요, 주인님."이라고 인사했다. 시골에 도착했을 때 할머니는 지쳐 있었고 기분도 좋지 않았지만, 며칠 지나지 않아 우산을 높이 쳐들고 캐러멜을 뒤에 단 채 호기심에 가득 차서 근방을 돌아다녔다. 나는 그녀가 포도 덩굴의 비틀어진 줄기를 살피다가 흙을 한 움큼 집어 수상쩍은 봉지에 담는 걸 보았다. 벽돌과 기와로 지어진 집은 유(U)자 모양이었다. 우아함이라곤 전혀 없는 무겁고 견고한 외관이었지만 오랜 역사를 보여 주는 외벽이 매력적이었다. 여름이면 집은 달콤한 과일을 품은 나무들

과 꽃향기, 재잘대는 새들의 지저귐, 부지런한 꿀벌들의 웅웅
거림으로 천국 같았고 반면에 겨울이면 보슬비와 찡그린 하
늘 밑에서 투덜대는 늙은 귀부인 같았다. 하루는 아주 일찍
시작되어 일몰과 함께 끝났다. 그 시간이면 우리는 촛불과 석
유램프로 불을 밝힌 어둑하고 커다란 방에 모여들었다. 날씨
가 추웠지만 두꺼운 천을 덮은 둥근 테이블 주위에 둘러앉았
고, 테이블 아래에는 화롯불을 켜 놓아서 발을 데울 수 있었
다. 붉은 포도주에 설탕과 오렌지, 계피를 넣고 끓여 마셨는데
그 술은 그런 식으로 해야만 목으로 넘어갔다. 가족들에게 주
려고 델 바예 아저씨들이 그 투박한 포도주를 만들어 놓았는
데 할머니는 사람이 마시기보다 페인트를 벗기는데 쓰면 딱이
라고 했다. 명망 있는 농장주라면 모두 포도를 재배하여 농장
고유의 포도주를 만들었고 그중 좀 더 나은 포도주들도 있었
는데 아저씨들이 만든 것은 유독 맛이 떫었다. 나무로 된 격
자 천장에서는 거미들이 섬세한 레이스 보자기를 짰고, 고양
이들이 그렇게 높이 올라가지 못하자 쥐들이 아주 태평스럽
게 돌아다녔다. 석회의 흰색과 쪽빛의 푸른색으로 칠한 벽들
이 빛을 발하며 드러나고, 사방에 성인들의 조각상과 그리스
도 수난상들이 세워져 있었다. 입구에는 머리와 손발이 나무
로 만들어지고 유리 같은 푸른 눈에 사람 머리칼을 늘어뜨린
마네킹이 서 있었다. 성모 마리아를 본뜬 그 마네킹을 사람들
은 늘 싱싱한 꽃으로 장식하고 촛불로 밝혔다. 집을 드나들 땐
성모님께 반드시 인사를 해야만 했기에 우리는 모두 지날 때
마다 촛불 앞에서 성호를 그었다. 일주일에 한 번씩 옷을 갈아

입혔는데 르네상스풍 의상으로 가득 찬 옷장이 있었다. 종교 행렬 때는 보석으로 장식하고 세월에 광택이 바랜 담비 망토를 입혔다. 우리는 하루에 네 번 긴 의식을 치르듯 식사를 했다. 그래서 한 차례 식사가 끝나기도 전에 다음 차례가 이어지기도 했고, 그러면 할머니는 잠을 자거나 예배당에 들를 때를 제외하고는 테이블에서 일어날 일이 없었다. 아침 7시면 테오도로 리에스코 신부님이 집전하는 미사와 영성체에 참석했다. 신부님은 우리 아저씨들과 함께 살았는데 인자하고 나이 많은 사제여서 유다의 배반을 제외하면 그에겐 용서받지 못할 죄가 없었다. 무시무시한 고도이조차도 하느님 품 안에서 위안을 구할 수 있다고 보았다. "그건 말이 안 돼요, 신부님. 고도이에게 용서의 여지가 있다면 저는 차라리 제 아이들을 데리고 유다와 함께 지옥으로 가겠어요." 니베아는 반박했다. 해가 지고 나면 집안사람들은 아이들, 하인들, 농장 소작인들을 모두 데리고 기도를 하러 모였다. 모두 초를 하나씩 켜 들고 줄지어 집 남쪽 끝머리에 붙은 조악한 예배당으로 향했다. 나는 월, 계절, 나아가 인생의 흐름을 나누는 그 일상적인 예식들을 좋아했고, 제단의 꽃을 장식하거나 금으로 된 성체 그릇 씻기를 즐겼다. 성경의 말씀들은 한 편 한 편이 시였다.

당신이 약속하신 천국에 감동하여
당신을 사랑하는 것이 아닙니다.
지독하게 두려운 지옥에 감화되어
당신을 더 이상 모욕하지 않는 것도 아닙니다.

주님, 당신이 저를 움직이십니다, 십자가에 못 박히고 조롱당한 당신을 봄으로써 제 마음이 움직이게 해 주소서.
상처 입은 당신의 육신이 저를 움직이게 하시고,
당신이 받은 치욕과 당신의 죽음이 저를 움직이게 해 주소서.

그리하여 마침내 당신의 사랑이 저를 감동하게 하소서.
천국이 없더라도 당신을 사랑할 수 있도록
지옥이 없더라도 당신을 두려워할 수 있도록.

당신을 사랑한다 하여 은총을 내리는 일은 마옵소서.
제가 바라는 게 당신이 원하시는 그것이 아니더라도
지금 사랑하는 바로 그대로 당신을 사랑할 것이기 때문입니다.

시골에서 지낸 이후 조금씩 신앙에 다가갔던 걸 보면 할머니의 엄격한 마음에도 부드러운 구석이 많아졌다고 생각한다. 보이기 위해서뿐 아니라 스스로 좋아서 성당에 나가기 시작했고 예전처럼 습관적으로 성직자들을 욕하는 일도 없었다. 할머니는 산티아고로 돌아오자 해방군 거리의 저택에 색유리로 장식한 아름다운 예배당을 짓게 하고 자기 식대로 기도를 올렸다. 가톨릭 신앙이 그다지 편하지 않아서 자기 식으로 변형시킨 것이다. 밤 기도를 마친 후면 우리는 각자 초를 들고 거실로 돌아와 밀크 커피를 마셨다. 여자들은 뜨개질을 하거나 자수를 놓았고, 아이들은 아저씨들이 들려주는 유령 이야기를 공포에 떨며 듣곤 했다. 우리를 가장 겁먹게 하는 것은 원주민 설화에 나오는 불길한 창조물 '임분체'[27]였다. 인디오들은 막 태어난 아기를 훔쳐 임분체를 만든다고 했다. 눈꺼풀과 항문을 꿰매고 굴속에 가두고 피를 먹여 키운 뒤, 다리를 부러뜨리고 머리를 뒤로 돌리고 한쪽 팔을 등가죽 아래로 꺾는다. 그렇게 하면 임분체는 온갖 종류의 초자연적인 힘을 얻는다는 것이다. 아이들은 임분체의 먹이가 될까 봐 공포를 느낀 나머지 해가 지고 난 뒤에는 집 밖에 코빼기도 내밀지 않았다. 나 같은 아이들 몇은 머리털이 곤두서는 악몽에 시달리면서 모포를 머리끝까지 뒤집어쓰고 잤다. "너는 미신을 잘도 믿는구나, 아우로라! 임분체라는 건 없어. 어린아이가 그런 고문을 겪고 살아남을 수 있다고 생각하니?" 할머니는 그런 말로 설득하려고 애썼지만 아무리 설명해도 내 이가 덜덜 떨리는 것은 막지 못했다.

니베아는 항상 임신한 상태로 살아왔기 때문에 날짜 계산에 거의 신경을 쓰지 않고 요강을 사용하는 횟수로 출산이 가까워졌음을 짐작할 수 있었다. 이틀 밤을 연속해서 열세 번이나 잠이 깨자 다음 날 아침 식사 시간에 이제 의사를 찾아갈 때가 되었다고 말했다. 그리고 정말 바로 그날 진통이 시작되었다. 근방에는 의사가 없었기 때문에 가장 가까운 마을의 산

---

27) 칠레 원주민 전설에서 갓난아기를 유괴해 가는 악귀.

파를 부르자고 누군가 제안했다. 산파는 나이를 알 수 없는 특이하게 생긴 메이카, 즉 마푸체족[28] 인디오였는데, 피부와 땋은 머리, 심지어 초목의 색깔로 물들인 옷까지 모두 거무튀튀했다. 그녀는 커다란 은제 핀(옛 식민 시대 동전으로 만든 것이었다.)으로 고정시킨 망토를 걸치고 약초들과 기름, 약용 물약을 가지고 말을 타고 왔다. 친척 여자들은 그 메이카가 저 깊은 지역 아라우칸족[29] 부락에서 막 나온 듯한 모습을 하고 있어서 모두 겁을 먹었지만 니베아는 불신하는 내색 없이 그녀를 맞았다. 니베아는 이미 여섯 번이나 출산을 경험했기 때문에 위급한 순간이 닥쳐도 겁내지 않았다. 인디오 여자는 스페인어는 제대로 못 했지만 산파 일에는 능통한 듯했고, 일단 망토를 벗고 나니 아주 깔끔한 모습이었다. 전통에 따라 임신한 적이 없는 사람들은 산모의 방에 들어갈 수 없었기 때문에 젊은 여자들은 아이들을 데리고 집의 반대쪽으로 갔고, 남자들은 당구대가 설치된 방에 모여 게임을 하면서 술을 마시고 담배도 피웠다. 여자들은 니베아를 가운데 방으로 데려갔고 산파도 따라갔다. 나이 든 여자들도 몇몇 따라 들어가 서로 돌아가며 기도를 하고 거들기도 했다. 해산 전후에 산모가 힘을 낼 수 있도록 검은 암탉 두 마리를 잡아 영양분이 많은 수프를 준비했고, 혹시라도 혼수상태가 되거나 호흡 곤란이 일어날 때를 대비해 지치풀을 달여 즙을 짜 두었다. 산모 근처에

---

28) 칠레와 아르헨티나에 사는 아메리카 원주민.
29) 칠레 중부의 인디오.

얼씬거리면 매를 맞는다는 할머니의 협박보다 호기심이 더 컸기에 나는 몰래 엿보려고 뒷방에서 슬그머니 빠져나갔다. 하녀들이 흰 수건들과 배 마사지를 위한 뜨거운 물, 카밀레 기름이 담긴 대야, 모포, 화로를 피울 숯 등을 들고 가는 게 보였다. 해산할 때 '복부 냉증'만큼 무서운 게 없기 때문이다. 이야기 나누는 소리와 웃음소리가 계속 들려서 문 안쪽에 고통과 불안의 분위기가 있다는 생각이 전혀 들지 않았다. 오히려 파티를 벌이는 듯한 분위기였다. 어두운 복도에는 빛이 부옇게 퍼져 뒷덜미가 곤두섰고 내가 숨은 곳에서는 아무것도 보이지 않아 금방 지겨워졌기 때문에 나는 되돌아가 사촌들과 어울려 놀았다. 그러나 해 질 무렵 사람들이 모두 예배당에 모여 있을 때 다시 그 방에 다가가 보았다. 말소리는 그쳐 있었고 니베아의 애쓰는 신음 소리, 기도 소리, 지붕 기왓장에 떨어지는 빗소리만 선명히 들려왔다. 나는 복도가 휘어진 곳에 웅크리고 숨어서 인디오 여자들이 니베아의 아기를 훔치러 오리라는 확신으로 두려움에 떨었다. 혹시 저 메이카가 막 태어난 아기를 가지고 임분체를 만드는 그 마녀는 아닐까? 어떻게 니베아는 그런 무서운 가능성은 생각도 안 할까? 불빛과 사람들이 있는 예배당으로 막 되돌아 달려가려던 참이었다. 그런데 그때 한 여자가 무언가를 가지러 나왔다가 문을 반쯤 열어 두고 들어갔기 때문에 방 안에서 일어나는 일들이 어슴푸레 보였다. 복도가 어두워 아무도 나를 볼 수 없었지만 방 안은 기름등잔 두 개에다 사방으로 촛불을 켜 놓고 있어서 아주 환했다. 구석마다 지펴 둔 화롯불 세 개가 다른 방들보다 훨씬 따뜻한 기운을 만들어 주었고, 유칼리나무 이파리를 끓이는 솥에서는 상쾌한 숲속 향기가 풍겨 나왔다. 니베아는 짤막한 셔츠와 조끼에 두터운 양털 양말을 신고 모포 위에 웅크린 채, 양손으로는 천장 대들보에 매단 굵은 줄을 하나씩 꽉 붙잡고 있었다. 뒤에서는 메이카가 그녀를 붙들고서 인디오 말로 낮게 중얼거리고 있었다. 흔들거리는 촛불 속에서 정맥이 드러난 산모의 커다란 배는 사람의 몸이라기보단 그녀의 육체와는 동떨어진 괴물처럼 보였다. 니베아는 땀에 흠뻑 젖어 용을 쓰고 있었는데, 머리칼은 이마에 달라붙고 감긴 눈 주위에는 검붉은 원이 그려지고 입술은 부풀어 있었다. 아주머니 한 분이 자그마한 성 라몬 노나토상이 놓인 테이블 옆에 무릎을 꿇고 기도를 드리고 있었다. 그 성인은 산모를 보살피는 수호신으로, 자연 분만으로 태어난 것이 아니라 어머니의 배에 칼을 대고 꺼낸 유일한 성인이었다. 다른 아주머니는 뜨거운 물이 담긴 대야와 깨끗한 천 더미를 챙겨 놓고 인디오 여자 옆에 서 있었다. 니베아가 잠깐 숨을 들이쉬고 나자 메이카는 몸을 앞으로 기울여 마치 아기가 배 속에서 편안히 자리 잡도록 하려는 듯 묵직한 손으로 니베아의 배를 마사지했다. 갑자기 핏줄기가 죽 흘러내려 모포를 적셨다. 메이카가 헝겊으로 막았지만 금방 흠뻑 젖어 버려서 새 천을 갈고 또 갈아야 했다. "축복하소서, 축복, 축복." 인디오 여자가 스페인어로 그렇게 말하는 게 들렸다. 니베아는 줄을 꽉 잡고 목의 힘줄과 관자놀이의 핏대가 터질 정도로 온 힘을 다해 밀어붙였다. 으르렁거리는 소리가 입술에서 새어 나왔고 이어 가랑이 사이로 뭔가 보이자 메이카는 부드럽게 잡아 잠깐 붙들고 있었다. 니베아가 숨을 들이쉬고 다시 한번 힘을 주자 아이가 밖으로 빠져나왔다. 나는 공포와 메스꺼움으로 기절할 것 같았고, 길고 으스스한 복도에서 비틀거리며 뒷걸음쳤다.

한 시간 후 하녀들은 더러워진 천과 출산에 사용한 물건들을 모아 태웠다. 사람들은 그것들을 태워야만 출혈을 막을 수 있다고 믿었다. 메이카는 그 지방 관습대로 태반과 탯줄을 싸서 무화과나무 아래에 묻었고, 그러는 동안 나머지 집안사람들은 테오도로 리에스코 신부님을 둘러싸고 방에 모여, 신부님 표현대로라면 델 바예 성을 갖는 영광을 누린 쌍둥이 남자아이들의 탄생을 감사드리는 기도를 올렸다. 머리에 손뜨개 모자를 씌운 갓난아기들을 양털 모포에 잘 싸서 아주머니 두 사람이 팔에 안고 있는 동안, 가족들은 하나씩 돌아가며 이마에 입을 맞추면서 "신의 가호를." 하고 말했다. 그러면 불의의 눈병을 피할 수 있다고 했다. 나는 아기들이 형편없이 못생긴 송충이 같아서 다른 사촌들처럼 환영의 말을 할 수가 없었다. 오히려 핏덩어리 같은 그 아기들을 낳느라 힘을 써 푸르스름해진 니베아의 배를 본 것이 언제까지나 나를 괴롭혔다.

8월 둘째 주에 프레더릭 윌리엄스는 언제나처럼 깔끔하게 차려입고 우리를 데리러 왔다. 우리가 정치 경찰의 손아귀에 들어갈 뻔했던 위험한 상황이 마치 집단 환각이었다는 생각이 들 정도로 차분한 모습이었다. 할머니는 애인을 맞듯 남편을 맞았다. 눈에 광채를 띠고 뺨을 붉히며 손을 내밀었고, 윌리엄스도 존경 이상의 무엇을 담아 그녀의 손에 키스했다. 나는 이 특이한 부부가 애정 비슷한 감정으로 결합되어 있다는 걸 처음으로 깨달았다. 그즈음 할머니는 예순다섯이었는데, 다른 여자들이라면 겹쳐 입은 상복과 삶의 불행에 짓눌린 노파가 될 나이지만 파울리나 델 바예는 지칠 줄 모르는 것 같았다. 귀부인 신분에는 허락되지 않는 취향이었지만 머리를 염색하고 가발로 크게 부풀리고 다녔다. 뚱뚱한 몸집에도 불구하고 늘 호사스럽게 옷을 입었고, 세심하게 화장을 해서 뺨이 붉어지는 것이나 눈 주위의 검은색을 어느 누구도 알아보지 못할 정도였다. 프레더릭 윌리엄스는 훨씬 더 젊었다. 그가 나타날 때마다 여자들이 부채를 흔들거나 손수건을 떨어뜨렸던 걸 보면 매우 매력적으로 보였던 모양이다. 나는 그런 행동들에 그가 반응하거나 답례하는 걸 본 적이 없고, 늘 아내에게 헌신적인 듯했다. 나는 프레더릭 윌리엄스와 파울리나 델 바예의 관계가 단지 협상의 결과물인지, 모든 사람들이 짐작하는 것처럼 플라토닉하기만 한지, 그들 사이에 어떤 끌림이 있지는 않은지 자문해 본 적이 여러 번 있다. 서로 사랑하게 된 걸까? 그건 아무도 알 수 없다. 그는 그 주제를 건드린 적이 없고, 늘그막에는 아주 개인적인 것들까지 나에게 이야기해 주던 할머니도 그대로 대답을 안은 채 저세상으로 가 버렸기 때문이다.

대통령이 친히 개입한 덕분에 돈 페드로 테이가 고도이에게 자백하기 직전에 풀려났다는 걸 우리는 프레더릭 아저씨를 통해 알게 되었다. 집안의 이름이 경찰의 블랙리스트에 오르지 않았기 때문에 우리는 산티아고의 집으로 돌아갈 수 있었다. 구 년 후 파울리나 할머니가 죽고 마틸데 피녜다 양과 돈 페드로 테이를 다시 만났을 때 나는 선량한 프레더릭 윌리엄스가 우리에게 알리지 않았던 세세한 사항들을 알게 되었다. 그들은 서점 안을 수색하고 직원들을 구타하고 수백 권의 책에 그대로 불을 지른 뒤 테이를 으스스한 경찰서로 끌고 가 통상적인 방식대로 처리했다. 테이는 고문을 당한 후 의식을 잃었지만 한마디도 내뱉지 않았다. 그러자 그들은 배설물이 담긴 항아리를 들이부은 뒤 의자에 묶어 밤새도록 그대로 두었다. 다음 날 그가 다시 고문관들 앞에 끌려갔을 때 미국 공사 패트릭 에건이 대통령의 부관과 함께 나타나 석방을 명령했다. 경찰은 안에서 일어난 일에 대해 한마디라도 하면 총살을 면치 못할 거라고 경고한 후 그를 내보냈다. 프레더릭 윌리엄스와 의사가 피와 배설물을 줄줄 흘리는 그를 대기 중인 장관의 차에 태워 망명자 자격으로 미국 공관으로 데려갔다. 한 달 후 정권이 무너지자 돈 페드로 테이는 공관에서 나와 해임된 대통령의 가족들에게 거처를 제공해 주었고 대통령은 칠레 안에서 피신처를 구했다. 테이는 몽둥이질당한 상처가 낫고 어깨뼈를 움직일 수 있을 때까지 몇 달을 고생한 후에야 비로소 다시 서점 일을 시작했다. 가혹한 고생을 겪었음에도 불구하고 겁을 먹거나 카탈루냐로 돌아가겠다는 생각은 하지 않았고 어느 쪽이 정권을 잡든 계속해서 야당으로 남았다. 여러 해가 지난 후 내가 우리 집안을 보호하기 위해 끔찍한 고문을 견뎌 주어서 감사하다고 말하자 그는 우리 때문이 아니라 마틸데 피네다 양 때문에 그랬다고 대답했다.

파울리나 할머니는 혁명이 끝날 때까지 농촌에 머물고 싶어 했지만 프레더릭 윌리엄스는 싸움이 생각보다 시간을 끌지도 모르고, 산티아고에서 얻은 지위를 버려서도 안 된다는 말로 할머니를 설득했다. 사실 소박한 농부들과 긴 시에스타, 배설물과 파리로 가득한 축사가 딸린 농장은 프레더릭에게 감옥보다 더 열악한 곳이었다.

"미국에서 내전은 사 년도 더 끌었습니다. 여기서도 그럴 수 있어요."

"사 년이라고? 그때쯤이면 칠레인은 한 명도 살아남지 못할 거예요. 세베로가 말하기를 단 몇 달 만에 전투병 사상자가 1만 명이나 되고, 암살당한 사람이 1000명이 넘는다고 했어요." 할머니가 대답했다.

니베아는 쌍둥이를 낳은 출산의 피로감이 아직 가시지 않았음에도 불구하고 우리와 함께 산티아고로 돌아가고 싶어 했고 너무나 고집을 부려서 마침내 할머니가 졌다. 할머니는 인쇄기 사건 때문에 처음에는 니베아에게 말도 걸지 않았지만 쌍둥이를 보고 나서는 완전히 용서하고 말았다. 우리는 몇 주 전 옮겨 왔던 짐들을 그대로 챙겨 곧바로 수도로 가는 여정에 올랐다. 막 태어난 아기 둘이 보태졌고, 여정 도중에 놀라 죽어 버리는 바람에 새들이 없어진 채였다. 식량이 담긴 여러 개의 고리짝과 빈혈을 막기 위해 니베아가 마셔야 할 맛없는 음료 항아리도 가져갔다. 그것은 오래된 포도주와 신선한 송아지 피를 섞어 만든 메스꺼운 음료였다. 니베아는 남편 소식을 모르는 채 여러 달을 지낸 터라, 몸이 약해졌을 때 털어 놓은 고백대로 침울해지기 시작했다. 세베로가 전쟁에서 건강하게 살아 자기 옆에 돌아오리라는 걸 의심한 적은 없었다. 그녀는 자신의 미래를 보는 일종의 투시력을 갖고 있어서 예전에 세베로가 샌프란시스코에서 다른 여자랑 결혼했다고 알렸을 때도 자신이 세베로의 아내가 되리라는 걸 한 번도 의심하지 않았던 것처럼, 자기들이 사고로 함께 죽을 거라는 사실도 알았다. 그 이야기는 하도 여러 번 말했기 때문에 집안사람들에게 농담거리가 되었다. 그녀는 시골에 있으면 남편과 연락하기가 어려울까 봐 혼자 남기를 두려워했다. 혁명이 난맥상이 되어 가자 특히 농촌 지역에서는 우편물이 자주 사라지곤 했기 때문이다.

세베로와 처음 사랑을 나누었을 때부터 니베아의 고삐 풀린 듯한 다산성은 분명하게 증명되었다. 그녀는 임신과 출산 때마다 관습적인 근신 규칙을 따르고 집 안에 틀어박혀 지낸다면 남은 평생도 집에 갇혀 보내리라는 걸 깨달았다. 그래서 그녀는 모성성을 신비화하지 않기로 결심했고, 뻔뻔스러운 시골 아낙네처럼 터질 듯이 솟아오른 배를 안고 뒤뚱거리며 돌아다녀 '선량한' 사회에 공포감을 안겨 주었다. 출산할 때도 호들갑을 떨지 않았고, 사십 일간 산후조리를 하라는 의사의 지시를 따르는 대신 겨우 사흘 동안 들어앉아 있다가 아이들과 보모 무리를 달고 여기저기 나다녔고 참정권론자들의 군중집회에 나가기조차 했다. 보모들은 농촌에서 자란 사춘기 소녀들로 임신을 하거나 결혼을 하지 않는다면(그런 경우는 매우 희박했다.) 평생 동안 봉사만 하도록 운명 지어져 있었다. 그런 자기희생적인 아가씨들은 집 안에서 자라고 늙어 집 안에서 죽었다. 때에 절고 창문도 없는 방에서 자고 주인이 먹고 남긴 음식을 먹었다. 자신이 키우는 아이들, 특히 남자아이들을 숭배했고, 그 집안의 딸이 결혼을 하면 혼수품의 일부로 함께 딸려가 2대에 걸쳐 계속 섬겨야 했다. 모성과 관련된 것은 모두 감추던 시대였지만 니베아와 함께 산 덕에 나는 이미 열한 살에 비슷한 환경의 다른 여자아이들이 모르는 것들을 배울 수 있었다. 시골에 있는 동안에도 가축들이 교미를 하거나 새끼를 낳을 때면 어른들은 우리 여자아이들을 집 안으로 들여보낸 뒤 자물쇠를 채워 버렸다. 우리의 섬세한 감수성을 다치게 한다는 생각 때문이었다. 우연히 사촌들의 농장에서 사나운 망아지가 암말에 올라타는 음란한 광경을 본 적이 있는데, 그 기억이 아직도 내 피를 자극하는 걸 보면 어른들 말이 맞긴 했다. 1910년인 지금은 나와 니베아의 스무 살 나이 차이가 사라져 숙모라기보다는 친구가 되어 버렸다. 니베아에게는 해마다 찾아오는 출산이 전혀 심각한 장애물이 아니어서 임신해 있을 때나 아닐 때나 남편과 외설스러운 공중제비 동작의 사랑을 나누곤 했다. 그녀와 비밀스러운 이야기를 나누다가 왜 그렇게 아이가 많으냐고 물어보았다. (열다섯 명이었는데 지금은 그중 여덟이 살아 있다.) 그녀는 어쩔 수 없었다고, 프랑스 산파의 해박한 방법들조차 하나도 소용없었다고 했다. 그녀는 감정 문제에 얽히지 않는 밝은 심성과 제어가 안 될 만큼 강인한 몸 덕분에 지독하게 기력이 소진되는 일도 없었다. 아이들을 키우는 일도 다른 가사 활동을 대하는 것과 똑같이 위임하는 방식으로 처리했다. 즉 아이를 낳자마자 가슴을 단단히 동여맨 뒤 갓난아기를 유모에게 넘겨주었고 그래서 그 집에는 아이들 숫자만큼 유모도 많았다. 그녀는 출산도 쉽게 하고 몸도 건강한 데다 아이들을 유모들에게 떼어 놓았기 때문에 세베로와의 내밀한 관계를 지속하는 게 가능했다. 두 사람을 이어 주는 열정적인 사랑은 쉽게 짐작할 수 있다. 니베아는 아저씨의 서재에서 열심히 탐독한 금서들로부터 환상적인 체위들을 배웠다고 했다. 그중에는 그들처럼 곡예를 부리기에 제약이 있는 연인들을 위한 매우 잔잔한 체위들도 있었다. 세베로는 절단한 다리 때문에 제약이 있었고, 니베아는 임신한 배 때문에 그랬다. 두 사람이 좋아한 곡예 동작이 무엇인지는 모르지만, 가장 큰 희열의 순간은 여전히 쥐오줌풀이 든 초콜릿을 마신 뒤의 몽롱함과 죄를 짓고 싶은 욕구 사이에서 오락가락 씨름하는 수녀가 마치 방 안에 있기라도 하듯이, 자그마한 소리도 내지 않은 채 어둠 속에서 서로 희롱하는 것이라고 짐작한다.

혁명에 관련된 소식들을 정부가 엄격하게 규제하고 있었지만 모두가 이미 다 알고 있었고, 심지어는 사건이 일어나기도 전에 알게 되는 경우도 있었다. 우리는 음모가 벌어지고 있음을 알게 되었다. 나이 많은 사촌 오빠 한 명이 농장의 소작인을 하인 겸 경호원으로 데리고 은밀히 집에 찾아와서 알려 주었기 때문이다. 사촌 오빠는 저녁을 먹고 난 후 프레더릭 윌리엄스와 할머니와 함께 긴 시간 동안 서재에 들어가 있었다. 나는 구석에서 책을 읽는 척했지만 한마디도 빼놓지 않고 들었다. 사촌 오빠는 깔끔한 차림의 금발 청년으로 곱슬머리에 눈매가 여자 같았지만 추진력이 있고 친절한 남자였다. 농촌에서 자라서 말 조련에 아주 적당한 손목을 갖고 있었는데 그게 오빠에 대한 유일한 기억이다. 오빠는 자신을 비롯한 몇 명의 젊은이들이 정권을 벼랑으로 몰아붙이기 위해 교량 몇 개를 날려 버릴 생각이라고 말했다.

"그런 기막힌 아이디어를 누가 생각해 낸 거냐? 우두머리가 있기는 한 거냐?" 할머니는 비꼬는 어조로 물었다.

"아직은 없어요. 모두 모이면 뽑을 겁니다."

"몇 명이나 되는 거냐?"

"한 100명쯤 돼요. 몇이나 올지는 정확히 모르죠. 소집한 이유를 모두가 다 아는 건 아니에요. 보안상 나중에 얘기해야죠. 아시겠어요, 고모할머니?"

"그래. 근데 모두 너처럼 귀족 집안 자제들이냐?" 할머니는 갈수록 당황한 기색을 보이며 궁금해했다.

"수공업자도 있고 노동자, 농부도 있고, 제 친구들도 좀 있어요."

"무기는 어떤 게 있는가?" 프레더릭 윌리엄스가 물었다.

"검과 단도요. 카빈 소총도 몇 자루 있을 거예요. 당연히 폭약을 구해야 해요."

"내가 보기에는 우쭐해서 하는 엉터리 짓 같구나!" 할머니가 폭발했다.

두 분은 조카를 말리려 했고 그는 짐짓 인내하는 척 듣고
있었지만, 이미 결정된 문제고 생각을 바꿀 때가 아닌 게 아
주 분명했다. 떠날 때 그는 가죽 자루에 프레더릭 윌리엄스의
소장품인 화기 몇 자루를 가져갔다. 이틀 후 우리는 산티아고
에서 몇 킬로미터 떨어지지 않은 모의 장소인 농장에서 터진
일을 알게 되었다. 그날 낮 동안 모의자들은 안전하다고 여긴
카우보이들의 집에 속속 도착하여 여러 시간 토론을 벌였다.
그러나 무기가 너무 부족하고 사방으로 비밀이 새고 있음을
고려하여 계획을 연기하기로 결정했다. 그리고 그날 밤은 유쾌
한 동지 의식을 맛보며 함께 지내고 다음 날 흩어지기로 했다.
밀고가 있으리라고는 꿈에도 의심하지 않았다. 새벽 4시에 정
부군 기병 아흔 명과 보병 마흔 명으로 구성된 기동대가 신속
하고 정확하게 급습했고 모반자들은 포위된 채 방어할 틈도
없었을뿐더러, 허가 없이 모인 것 외에는 아직 아무 죄가 없으
니 목숨은 건지겠지 생각하면서 항복했다. 파견대를 지휘하던
중령은 순간적인 실랑이에 이성을 잃고 격분에 눈이 멀어 맨
앞에 있는 죄수를 끌어다가 탄환과 총검으로 난도질했다. 그
러고는 여덟 명을 더 골라 뒤에서 총살을 시켰다. 그렇게 구타
와 학살이 계속되었고 날이 밝았을 때는 열여섯 구의 시체가
난도질되어 있었다. 중령은 농장의 포도주 저장고를 열었고
그다음에는 술에 취하고도 처벌받지 않는다는 사실에 우쭐
해진 군인들에게 농부들의 아내들을 넘겨주었다. 그들은 집에
불을 질렀고, 관리인을 너무 심하게 고문한 나머지 결국 앉혀
놓은 채 총살을 시켜야 했다. 그러는 동안에도 산티아고와 지

시 사항이 오갔다. 그러나 지시를 기다리는 일은 군인들의 흥분을 가라앉힌 게 아니라 오히려 난폭한 열기를 부추기기만 했다. 다음 날 지옥 같은 일이 일어난 지 이미 여러 시간 후에 장군이 친필로 쓴 서면 지시 사항이 도착했다. "모두 즉각 처형하도록 하라." 지시는 그대로 지켜졌다. 시체들을 다섯 대의 차량에 실어 한 구덩이에 모두 던져 버렸는데 원성이 너무 높자 결국 가족들에게 돌려주었다.

황혼 무렵 사촌 오빠의 시신이 도착했다. 할머니가 자신의 사회적 지위와 영향력을 이용하여 항의했던 것이다. 시체는 피투성이 모포에 싸여 있었는데 그의 엄마와 누이들이 보기 전에 조금이라도 손봐 두려고 살그머니 방 안에 들여놓았다. 나는 계단에서 몰래 지켜보았는데, 검은 프록코트를 입고 큰 여행 가방을 든 신사 한 분이 나타나 시신과 함께 안으로 들어갔다. 하녀들은 그가 화장술과 속을 채워 넣는 기술, 이불 꿰매는 돗바늘을 이용한 바느질로 시체의 총상 흔적을 없앨 수 있는 장의사일 거라고들 했다. 프레더릭 윌리엄스와 할머니는 금실을 임시 제단과 높은 촛대에 꽂힌 대형 초들이 타오르는 제실로 만들었다. 아침이 밝아 올 무렵 친지와 친구들을 실은 마차들이 도착하기 시작했고 집은 꽃으로 가득 찼다. 순교의 흔적 하나 없이 옷을 잘 차려입은 깔끔한 사촌 오빠는 은제 조임 못이 달린 화려한 마호가니 관에 누워 있었다. 엄격한 상복 차림의 여자들이 두 줄로 놓인 의자에 앉아 울면서 기도를 올렸고, 남자들은 금실에 들어앉아 복수를 계획했다. 하녀들은 소풍이라도 온 듯 보카디요[30]를 내놓고 있었다. 우리 아이들도 검은색 옷을 입고 있었는데, 서로 총질을 해 대면서 웃고 떠들며 킥킥거리고 놀았다. 사촌 오빠와 그의 동지들 집에서는 사흘 동안 조문을 받았고, 그러는 동안 죽은 청년들을 위한 교회 종이 쉴 없이 울려 퍼졌다. 경찰 당국은 감히 끼어들 생각도 못 했다. 언론은 엄격히 검열되고 있었지만 무슨 일이 일어났는지 모르는 사람은 칠레에 아무도 없었다. 뉴스가 화약고가 터진 듯 번져 나가자 정부 여당 세력이나 혁명군이나 모두 공포에 사로잡혔다. 대통령은 세부적인 것들은 듣고 싶어 하지 않았고, 이전에 다른 군인들이나 무시무시한 고도이가 저지른 수치스러운 일들에 대해서 그랬던 것처럼 모든 책임을 회피했다.

"짐승처럼 미친 듯이 사람들을 죽이고도 무사하다뇨. 희망이 없어요. 우리 나라는 피비린내 나는 나라라고요." 니베아는 슬픔보다는 분노에 가득 차서 비꼬았다. 그녀는 세기가 바뀐 이래 칠레에 벌써 다섯 차례의 전쟁이 있었다고 설명했다. 우리 칠레인들은 악의가 없어 보이고 심지가 약하다는 평판도 있는 데다 심지어 "저기요, 제발 물 한잔 좀 주실 수 있을까요?" 하는 식의 비굴한 말투를 사용할 정도지만, 일단 기회만 닿으면 식인종으로 돌변한다고 했다. 우리의 난폭한 기질을 이해하기 위해서는 우리가 어디에서 왔는지 알아야 한다고 말했다. 우리 조상은 스페인에서 온 정복자들 중에서도 가장 노련하고 사나운 사람들이었다. 그들은 사막의 태양에 시

---

30) 스페인 문화권의 샌드위치.

뻘겋게 달궈진 무기를 들고 최악의 자연 장애물을 이겨 내면서 걸어서 칠레까지 올 생각을 한 유일한 사람들이었다. 그러고는 자신들 못지않게 용맹스러워서 결코 굴복하지 않은 유일한 신대륙 부족이었던 아라우칸족과 혈통을 섞었다. 아라우칸족은 포로들과 자신들의 추장 '토키'를 먹는 습성이 있었고 정복자들의 껍질을 말려 제식용 가면을 만들었는데, 특히 턱수염과 콧수염이 있는 사람들의 가죽을 선호했다. 자신들은 수염이 나지 않았기 때문이고, 그렇게 함으로써 백인들에게 복수도 할 수 있었다. 반대로 백인들은 인디오를 산 채로 태워 창에 꽂은 뒤 팔다리를 자르고 눈알을 뽑았다는 니베아의 설명이었다. "그만해라, 됐다! 그런 끔찍한 얘기를 내 손녀딸 앞에서 하지 않도록 해라." 할머니가 그녀의 말을 중단시켰다.

음모를 꾸민 젊은이들에 대한 살육 사건은 최후의 전투들에 큰 반향을 불러일으켰다. 혁명군 부대는 해군 포대의 지원을 받고 있던 9000대군을 배에서 하선시켜 발파라이소 항구를 향해 전속력으로 진격했다. 외관상으로는 흉노족 무리처럼 무질서했지만, 몇 시간 만에 적군을 완전히 장악한 걸 보면 혼란 속에서도 매우 분명한 계획이 있었던 것이다. 정부군 예비부대는 열에 세 명꼴로 병사를 잃었다. 혁명군은 발파라이소를 점령하고는 곧장 산티아고를 향해 진격을 서둘러 전 국토를 장악했다. 그러는 동안 대통령은 집무실에서 전화와 선신을 통해 전쟁을 지휘했다. 그에게 도착하는 정보들은 잘못된 게 많았고, 그가 내린 명령들은 전파 장애로 사라져 버리곤 했다. 대부분의 전화 교환수들이 혁명파에 가담하고 있었기 때문이다. 대통령은 저녁 식사 시간에 패배 소식을 접했다. 그는 태연히 저녁 식사를 끝내고 나서 가족들에게 미국 공관으로 피신하라고 이르고는 목도리와 외투, 모자를 챙겨 친구 한 명과 함께 대통령 궁에서 몇 블록 떨어지지 않은 아르헨티나 공관을 향해 걸어갔다. 반대파 의원 한 사람이 공관에 망명해 있었는데 문간에서 서로 마주칠 뻔했다. 한 사람은 패배하여 들어가고 다른 한 사람은 승리자가 되어 나가고 있었다. 추적자가 이제 추적당하는 자가 된 것이다.

혁명군은 몇 달 전에는 정부군을 환호했던 바로 그 시민들의 박수갈채를 받으며 수도로 진격했다. 몇 시간 만에 산티아고 시민들은 팔에 붉은 띠를 두르고 거리로 쏟아져 나왔다. 대부분은 혁명군을 환영하기 위해서였지만 군기가 느슨해진 군인들의 만행과 사나워진 군중이 두려워 숨으러 나온 사람들도 있었다. 새로운 경찰 당국은 경찰을 모집해서 질서와 평화를 바로잡고자 했는데, 어중이떠중이로 구성된 경찰은 자기네 식대로 평화와 질서를 해석했다. 그들은 우두머리를 중심으로 패거리를 만들어 약탈 대상이 된 집들의 목록을 들고 돌아다녔다. 어떤 집을 약탈할지 이미 지도에 표시되어 있었고 정확한 주소도 갖고 있었다. 나중에 들리는 말로는 상류층 부인들이 악의와 복수심에서 그 목록을 만들었다고 했다. 그럴지도 모른다. 그러나 파울리나 델 바예와 니베아는 비록 자유당 정권을 증오하긴 했지만 그런 비열한 짓은 못할 사람들이었다고 확신한다. 오히려 그들은 군중의 분노가 식고 혁명

이전의 지루한 평화, 모든 사람들이 그리워하는 그 평화가 다시 돌아올 때까지 도망다니는 사람들을 집 안에 숨겨 주었다. 산티아고에서 벌어진 약탈 작전은 치밀했고, 거리를 두고 보면 재미있기조차 했다. '위원회'(그 패거리들을 우회적으로 부르는 말이었다.)의 우두머리가 앞장서서 종을 치고 명령을 내리며 패거리들을 이끌고 다녔다. "이곳에서는 훔쳐 가도 좋다. 아무것도 파손되지 않도록 하라, 제군들.", "여기 있는 서류들을 모두 챙기고 집은 불사르도록 한다.", "이 집은 원하는 것들을 모두 가져가고 모두 부숴 버려도 좋다.' '위원회'는 지시 사항을 공손히 받들어 수행했고, 주인이 집에 있는 경우에는 깍듯이 예를 갖춰 인사를 하고는 흥에 겨운 조무래기들이 잔치를 벌이듯 약탈을 시작했다. 책상을 열어 사적인 쪽지와 서류들을 꺼내 대장에게 넘기고는 도끼로 가구들을 박살 내고 갖고 싶은 물건들을 챙긴 뒤 벽에 파라핀 칠을 하고 불을 질렀다. 파면당한 발마세다 대통령은 아르헨티나 공관의 한 방에서 거리의 시끄러운 소요를 들을 수 있었다. 그는 정치적인 내용의 유서를 작성한 후 가족들이 칫값을 치를 것을 두려워하며 이마에 권총을 쏘고 말았다. 저녁 식사를 가져다준 하녀가 살아 있는 그를 마지막으로 본 사람이었다. 아침 8시에 그는 의복을 제대로 갖춰 입고 피투성이가 된 머리를 베개에 누인 모습으로 침대 위에서 발견되었다. 한 발의 총탄으로 당장에 순교자가 되었고 그 후 몇 년간 자유와 민주의 상징이 되어, 가장 비웃었던 적들조차 그를 존경하게 되었다. 할머니 말씀대로 칠레는 기억력이 나쁜 나라인 것이다. 혁명이 계속된 몇 달 동안 죽은 국민이 태평양 전쟁 사 년 동안 죽은 사람보다 훨씬 더 많았다.

그 혼란 한가운데에 세베로 델 바예가 수염이 덥수룩하고 지저분한 모습으로 집에 나타났다. 1월부터 계속 보지 못한 아내를 찾으러 온 것이었다. 그는 아내가 아들을 둘이나 더 데리고 있는 걸 보고 깜짝 놀랐다. 혁명 와중에 그가 떠날 때 니베아가 임신했다는 말을 깜빡 잊어버렸던 것이다. 쌍둥이들은 꽤 자라 태어난 지 이 주 만에 제법 사람 모양새를 했다. 이제는 태어날 때의 그 쭈글쭈글하고 푸르뎅뎅한 두더지가 아니었다. 니베아는 남편의 목에 뛰어올랐고, 나는 생애 처음으로 입에 하는 긴 키스를 볼 수 있었다. 아찔해진 할머니는 내 주의를 돌리려 했지만 한발 늦어 버렸다. 나는 지금도 그 키스가 남긴 강렬한 느낌을 기억하고 있고, 그 키스는 내 사춘기의 화산 같은 변화의 시작이 되었다. 몇 달 지나지 않아 나는 다시 이상한 아이가 되어 버렸고 생각 많은 소녀로 변하는 나 자신을 제대로 인식할 수 없었다. 자라나고 자기주장을 하고 괴로워하고 불안하게 두근대는, 반역적이고 고집 센 내 몸 안에 내가 갇혀 버린 기분이었다. 나라는 존재는 단지 내 자궁의 연장에 불과해 보였다. 그 동굴은 체액이 들끓고 낯설고 끔찍한 식물이 자라는 피투성이 구덩이라고 상상되었다. 나는 니베아가 촛불 아래에 쭈그리고 앉아 아이를 낳던 그 환각적인 장면을 잊을 수가 없었다. 둥그스름하게 튀어나온 배꼽이 꼭대기에 달려 있는 그녀의 커다란 아랫배, 천장에 매달린 줄을 꽉 붙들고 있던 가느다란 팔. 나는 아무 이유도 없이 갑자기 울거나 참을 수 없는 분노로 경련을 일으키기도 했고, 아침이면 너무 탈진해서 자리에서 일어날 수 없을 정도가 되곤 했다. 검은 파자마를 입은 남자아이들의 꿈이 다시 도졌고 더 잦아졌다. 바다 냄새가 나는 부드러운 남자의 꿈을 꾸기도 했는데 나는 그 남자의 팔에 안겨 있었다. 세베로 델 바예가 니베아에게 했던 것처럼 나에게 키스해 줄 누군가를 필사적으로 바라면서 베개를 붙안은 채 잠이 깨기도 했다. 밖으로는 뜨거워 폭발할 듯하면서도 안으로는 얼어붙었고, 더 이상 책을 읽거나 공부를 할 수 있을 만한 평온함이 없었다. 별안간 정원으로 달려 나가 울부짖고 싶은 욕망을 억누르느라 악마가 들씌워진 것처럼 빙글빙글 돌기도 했다. 옷을 입은 채 연못에 들어가 수련을 짓밟고 할머니의 자랑거리인 붉은 관상어들을 놀래기도 했다. 나는 곧 내 몸에서 가장 민감한 부위들을 발견하게 되었고 죄를 짓는 그 일이 왜 나를 진정시켜 주는지 이해하지 못한 채 숨어서 내 몸을 쓰다듬곤 했다. 내가 미쳐 가고 있구나, 신경 쇠약에 걸린 수많은 여자들처럼 나는 겁에 질러 결론지었다. 그러나 할머니와 이야기할 엄두는 나지 않았다. 파울리나 델 바예도 변해 가고 있었다. 내 몸이 피어나는 동안 그녀의 몸은 누구에게도 말 못 할 이상한 병으로 고통스러워하며 말라 가고 있었다. 최대한 노쇠를 막으려면 꼿꼿한 자세로 걸어 다니고 나이 든 여자처럼 소음을 내지 않는 것으로 충분하다는 지론을 굳게 믿었기 때문에 의사에게조차 의논하지 않았다. 할머니는 살이 쪄서 체중이 많이 나갔고 다리에는 정맥류가 생겼으며, 관절이 아프고 호흡도 불편하며 오줌이 새기도 했다. 그 비참한 상황은 몇 가지 사소한 흔적으로 짐작할 수 있었지만 할머니는 여전히 엄격하게 비밀을 유지했다. 마틸데 피네다 양이라면 내 사춘기에 여러 가지 도움을 줄 수 있었을 테지만 할머니가 내쫓는 바람에 이미 내 인생에서 완전히 사라져 버린 뒤였다. 니베아도 남편과 아이들, 보모들과 더불어, 올 때처럼 그렇게 걱정 없고 유쾌한 기분으로 떠나 버렸기 때문에 집에는 무서운 정적만이 감돌았다. 방은 남아돌았고 소란스러움도 사라졌다. 니베아와 아이들이 없어지자 할머니의 대저택은 커다란 묘지가 되어 버렸다.

산티아고는 거리 행진과 축제, 코티용,[31] 연회 등으로 끝없는 잔치를 벌이며 정권의 몰락을 축하했다. 할머니는 과거에 머무르지 않고 다시 집을 개방하여 사교 생활과 동호회들을 재개했다. 그러나 9월의 화창한 봄기운으로도 바꾸지 못할 괴로운 분위기가 감돌았다. 수천 명의 사망자와 배신, 약탈을 경험하고 나자 승자도 패자도 다를 바 없이 짓눌린 기분에 빠졌다. 우리는 수치스러웠다. 내전은 피의 제전이었다.

그 당시는 내 생애에서 낯설고 이상한 시기였다. 몸이 변하고 정신도 성장하고 있었으며, 내가 누구인지 어디에서 왔는지 심각하게 자문하기 시작했다. 큰 영향을 준 것은 내 아버지 마티아스 로드리게스 데 산타 크루스의 도착이었다. 그때는 그가 내 아버지라는 사실을 몰랐지만 말이다. 몇 년 전 유

---

31) 18세기에 프랑스를 중심으로 유럽에서 유행한 궁중 무용.

럽에서 만났을 때처럼 나는 그를 마티아스 '아저씨'로 맞았다. 그는 그때도 몸이 약해 보였지만 다시 만났을 때는 알아보기도 힘들 정도였다. 휠체어를 탄 그는 영양실조에 걸린 한 마리 새와 다를 바 없었다. 원숙하고 풍만하며 우윳빛 살결을 가진 아름다운 여자가 그를 데리고 왔는데 그녀는 수수한 겨자색 포플린 의상에 어깨에는 색이 바랜 숄을 걸치고 있었다. 그녀에게서 가장 인상적인 것은 서로 뒤엉킨 회색 곱슬머리였는데, 몹시 다루기 어려운 덤불 같아서 목덜미께를 가느다란 리본으로 묶고 있었다. 흡사 망명한 옛 스칸디나비아 여왕 같은 느낌이어서 그녀가 팀파눔[32] 사이를 항해하는 바이킹 선박의 고물에 서 있는 모습을 상상하는 것이 전혀 어렵지 않았다.

파울리나 델 바예는 마티아스가 발파라이소에서 내릴 거라는 전보를 받자 당장 프레데릭 아저씨와 나, 그리고 평소 데리고 다니는 수행원들을 거느리고 항구로 갈 채비를 했다. 우리는 철도 회사의 영국인 지배인이 특별히 마련해 준 차량을 타고 마중하러 출발했다. 그 차는 광택 있는 나무를 덧대고 윤기 나는 청동으로 단단히 조여진 데다 투우 핏빛의 벨벳 의자를 갖추고 있었고, 제복을 입은 직원 두 명이 시중을 들고 있어서 우리가 마치 왕족이라도 된 것 같았다. 우리는 바다에 면한 호텔에 방을 잡고 다음 날 도착하기로 되어 있는 배를 기다렸다. 이튿날 우리는 결혼식에 가는 사람들처럼 아주 우아하게 차려입고 부두에 나갔다. 배가 들어오기 직전에 광

---

32) 그리스식 건축에서 지붕에 의해 나뉜 박공지붕 윗부분의 벽.

장에서 찍은 사진이 한 장 있어 그때를 선명하게 기억할 수 있다. 파울리나 델 바예는 주름이 많이 잡히고 안이 부풀려진 밝은 실크 원피스에 진주 목걸이를 하고, 깃털이 폭포처럼 이마까지 쏟아져 내려온 챙이 넓고 멋들어진 모자를 썼다. 햇살을 막기 위해 양산도 펼쳐 들고 있었다. 검은색 정장과 실크 해트 차림에 지팡이를 짚은 그녀의 남편 프레더릭 윌리엄스는 광채가 났다. 나는 온통 하얀색으로 차려입고, 선물 꾸러미처럼 머리에 오건디 리본을 묶었다. 배에서 사다리가 펼쳐지자 선장이 직접 나와 우리가 배에 오르는 걸 도운 뒤 거창하게 예를 갖춰 돈 마티아스 로드리게스 데 산타 크루스의 선실로 경호해 갔다.

할머니는 어맨다 로웰과 마주쳐 입이 딱 벌어지는 일이 있으리라곤 생각해 본 적도 없었다. 그녀를 보자 놀라고 불쾌해서 거의 죽을 지경이었다. 옛 연적의 출현은 자기 아들의 가엾은 모습을 보는 것보다 훨씬 더 강한 충격이었던 것이다. 물론 그때의 나는 할머니의 반응을 해석할 만한 정보가 충분치 않았고, 그래서 할머니가 더위로 실신한 모양이라고 생각했다. 반대로 태연한 성격의 프레더릭 윌리엄스는 로웰을 보자 머리털 하나 흔들리지 않고 짧막하지만 친절한 몸짓으로 인사를 했다. 그러고는 할머니를 의자에 앉히고 물을 갖다주는 일에 몰두했고, 마티아스는 그 장면들을 매우 유쾌하게 쳐다보았다.

"이 여자가 여기서 뭐 하는 거냐!" 마침내 숨을 쉴 수 있게 되자 할머니는 이렇게 내뱉었다.

"가족끼리 얘기를 나누고 싶으실 테니 나는 바람이나 쐬러

가겠어요." 바이킹족 여왕은 그렇게 말한 뒤 흠잡을 데 없는 위엄을 갖추며 나가 버렸다.

"로웰 양은 제 친구예요, 어머니. 말하자면 제 유일한 여자 친구죠. 이곳까지 저와 동행해 주었는데, 그녀가 없었더라면 여행이 불가능했을 거예요. 제가 칠레로 돌아와야 한다고 주장한 것도 그녀였어요. 파리의 병원에서 쓰러지는 것보다는 가족들 품에서 죽는 게 더 낫다고 생각했어요." 마티아스는 프랑스와 영국식 억양이 이상하게 섞인 알아듣기 힘든 스페인어로 말했다.

그제야 파울리나 델 바예는 처음으로 아들을 쳐다보았고, 자기 아들이 뱀 껍질에 덮인 뼈다귀 같다는 걸 깨달았다. 눈두덩이 움푹 꺼져 눈은 생기를 잃었고, 뺨은 너무 야위어 살갗 안의 어금니가 드러날 정도였다. 그는 휠체어에 누운 채 다리를 숄로 덮고 쿠션에 기대고 있었다. 실제로는 겨우 마흔쯤 되었을 텐데도 보기에는 서글프고 당황한 노인 같았다.

"맙소사, 마티아스. 무슨 일이냐?" 할머니는 겁에 질려 물었다.

"전혀 치료가 되지 않는답니다, 어머니. 이곳으로 돌아와야 할 이유가 아주 컸다는 걸 납득하시겠죠."

"그 여자는……."

"아버지와 어맨다 로웰의 이야기는 전부 압니다. 이미 삼십 년 전에 대륙 저 북쪽에서 일어난 일이잖아요. 그때의 분노를 잊을 수 없는 겁니까? 이제는 우리 모두 아무짝에도 소용없는 감정들은 내버리고, 살아가는 데 도움 될 만한 감정만 지닐 나이가 됐잖아요. 그게 관용입니다, 어머니. 저는 로웰 양에게 빚진 게 많아요. 십오 년 이상을 제 동반자로 남아 있습니다……."

"동반자라고? 그게 무슨 뜻이냐?"

"말 그대로 동반자예요. 간병인도 아내도 아니고 이제는 애인도 아닙니다. 제가 살아 있는 동안 늘 여행에 동행해 주고, 지금 보시는 대로 죽을 때도 옆에 있어 주지요."

"그런 식으로 말하지 마라! 너는 죽지 않는다, 얘야. 여기서 적절한 치료를 받을 테고 그러면 금방 건강해져서 걸어 다니게 될 거야……." 파울리나 델 바예는 그렇게 안심을 시켰지만 목소리가 갈라져 말을 잇지 못했다.

우리 할아버지 펠리시아노 로드리게스 데 산타 크루스가 어맨다 로웰과 스캔들을 일으킨 지도 벌써 삼십 년이 흘렀고, 할머니는 겨우 두 번 그것도 멀찍이서 보았을 따름이지만 그녀를 금세 알아보았다. 경쟁을 하려고 피렌체에서 주문한 연극 무대 같은 침대에서 매일 밤 잠잔 것이 헛되지는 않아서 남편의 돼먹지 못한 애인에 대한 분노를 침대가 매 순간 상기시켜 주었다. 이제 나이 들고 허영기라곤 찾아볼 수 없는 모습으로 눈앞에 나타난 그 여자는 그 옛날 엉덩이를 흔들며 거리를 지나가면 샌프란시스코 시내 교통을 마비시키곤 했던 그 멋들어진 암말과 닮은 데가 하나도 없었지만 할머니는 그녀를 현재 모습대로가 아니라 예전의 그 위험한 연적으로 보았다. 할머니 마음속에는 어맨다 로웰에 대한 분노가 기회를 노리며 잠자고 있었다. 그러나 아들의 말을 들으며 마음속 구석구석을 뒤져 보았을 때는 더 이상 분노를 찾을 수 없었다. 오히려 모성애가 발견되었다. 할머니에게는 한 번도 중요했던 적이 없는 그런 감정이 견딜 수 없는 절대적인 연민과 더불어 지금 그녀의 마음을 파고들었다. 연민은 죽어 가는 아들에 대해서만이 아니었다. 수년 동안 아들과 함께 있어 주고 충실하게 그를 사랑해 주고, 질병의 불행에 빠진 아들을 간호해 주고, 이제 죽음을 앞둔 아들을 데리고 바다를 건너온 여자에 대해서도 같은 동정심이 일었다. 파울리나 델 바예는 의자에 앉아 가엾은 아들에게 시선을 고정했고 소리 없는 눈물을 흘렸다. 그녀는 갑자기 왜소하고 늙고 약해져 버린 느낌이었다. 나는 무슨 일인지 제대로 알지도 못한 채 할머니 등을 토닥거리면서 위로했다. 프레더릭 윌리엄스는 할머니를 무척이나 잘 알고 있었음에 틀림없다. 아무도 모르게 밖으로 나가서 어맨다 로웰을 찾아 데리고 온 걸 보면 말이다.

"용서해 주오, 로웰 양." 할머니는 소파에 앉은 채 나직이 말했다.

"제가 용서를 빌어야죠, 부인." 로웰은 머뭇거리며 파울리나 델 바예 바로 앞까지 다가가 대답했다.

두 사람은 서로 손을 잡았다. 한 사람은 서 있고 다른 한 사람은 앉은 채 둘 다 눈에는 눈물이 가득 고여 있었는데, 나는 그 짧은 순간이 영원처럼 느껴졌다. 그때 갑자기 할머니의 어깨가 떨리는 게 느껴졌고 그녀가 낮게 웃고 있음을 알아챘다. 로웰도 미소를 지었는데 처음에는 당황한 듯 입을 가리더니 연적이 웃는 모습을 보자 즐겁게 웃음을 터뜨렸고, 그렇게 할머니의 웃음과 뒤섞였다. 두 사람은 금방 웃음을 못 이기고 주체할 수 없이 발작적인 유쾌함에 전염되어 쓸모없는 질투와 시기의 세월, 조각난 원한들, 남편의 거짓말 등 증오스러운 기억들을 너털웃음으로 말끔히 씻어 버렸다.

어수선해진 혁명기에 해방군 거리의 저택에는 많은 사람들이 묵고 갔다. 그러나 나로서는 내 아버지가 임종을 맞으러 온 그때만큼 복잡 미묘하고 흥분된 기분이었던 적이 없다. 내전 이후 정치 상황은 이미 안정되어 있었고, 몇 년에 걸친 자유당 정부의 집권도 내전과 함께 종결되었다. 혁명파는 그토록 많은 피를 흘려서 변화를 달성했다. 예전에는 정부가 행정 당국과 군사 당국의 지원을 받아 뇌물과 협박을 통해 자기 당 후보를 지지하도록 강요했지만, 지금은 농장주와 사제들, 당원들이 사람들을 매수했다. 체제가 더 공정해졌다. 한 체제가 다른 체제를 보완해 주었고, 부패의 대가도 국가 자금으로 치르는 게 아니었기 때문이다. 이것이 선거의 자유라고 불린 것이다. 혁명파는 대영 제국식의 의회 제도를 들여왔으나 별로 오래가진 못할 터였다. "우리는 아메리카의 영국인이다." 언젠가 할머니가 그렇게 말한 적이 있는데, 니베아는 그렇다고 영국인이 유럽의 칠레인인 건 아니라고 받아쳤다. 아무튼 호족들이 난무하는 땅에서 의회제의 실험은 오래갈 수 없었다. 장관들이 너무 자주 바뀌는 바람에 그들의 행보를 따라잡는 것도 불가능했다. 마침내 정치판의 성 비투스의 춤[33]에 대해 니베아

---

33) 무도병. 얼굴, 손, 발, 혀 등이 뜻대로 되지 않고 저절로 심하게 움직여, 마치 춤을 추는 듯한 모습이 되는 신경병을 의미한다.

를 제외하고 가족들 모두가 흥미를 잃었다. 니베아는 여성 참 정권에 대한 관심을 끌기 위해 다른 두세 명의 열렬한 참정권 론자와 함께 국회의 격자창에 매달리곤 했다. 길 가던 사람들 의 조롱과 경찰의 격노, 남편들이 당하는 무안함 등을 감수하 면서 말이다.

"여성이 선거권을 갖게 되는 날 우리는 한마음 한뜻으로 투 표할 겁니다. 우리는 강력한 힘을 얻어 권력의 균형을 깨뜨리 고 이 나라를 바꿀 수 있을 거예요." 니베아가 말했다.

"틀렸어, 니베아. 여자들은 남편이나 신부가 명령하는 사람 들에게 표를 찍게 될 거다. 여자들은 네가 생각하는 것보다 훨씬 더 바보거든. 또 우리 여자들 중 누군가는 권력을 뒤좇 아 군림하려 들 거다. 이전 정권이 어떻게 무너지는지 보았잖 니." 할머니는 반박했다.

"고모는 재산도 있고 교육도 받았기 때문에 그런 말씀을 하 시는 거예요. 고모 같은 분이 몇 명이나 되나요? 우리는 투표 권을 위해 투쟁해야 해요, 그게 최선입니다."

"제정신이 아니구나, 니베아."

"아직은 제정신이에요, 고모. 아직은요."

내 아버지는 계단을 오르내릴 수 없었기 때문에 1층의 큰 살롱 하나를 침실로 바꿔 거기서 지내야 했다. 그리고 한눈팔 지 않고 그림자처럼 따라다닐 믿음직한 하녀를 하나 정해, 밤 이고 낮이고 그를 시중들게 했다. 가족 주치의는 고질적인 '혈 액 순환의 혼란'이라는 시적인 진단을 내렸는데, 할머니에게 진실을 알리고 싶지 않았기 때문이다. 그러나 우리 아버지가 악성 성병에 걸렸다는 사실은 세상 모든 사람들이 너무나 분명히 알고 있었다고 생각한다. 그는 더 이상 찜질 요법이나 고약, 부식제(腐蝕劑)가 도움이 안 되는 최후의 단계에 와 있었다. 아무리 애써도 어쩔 수 없는 단계에 이른 것이다. 그러나 젊은 날의 계획대로 죽음이 오기 전에 먼저 자살해 버리기에는 용기가 부족했기 때문에 견디는 수밖에 없었다. 뼈의 통증 때문에 움직일 수도 걸을 수도 없었고, 생각하는 것조차 힘겨워했다. 며칠 동안 잠이 완전히 깨지 않은 상태에서 뜻 모를 이야기들을 중얼거리며 악몽에 시달렸다. 정신이 아주 말짱할 때도 있었고, 모르핀으로 고통이 좀 누그러지면 웃거나 옛날 일을 떠올리기도 했다. 그럴 때면 나를 불러 곁에 있게 했다. 휠체어를 타고 쿠션에 기댄 그는 책이나 신문, 약 쟁반 등에 둘러싸인 채 창가에서 정원을 바라보며 하루를 보냈다. 적군처럼 무뚝뚝하게 침묵을 지키는 하녀는 가까이에 앉아 뜨개질을 하면서 자신이 필요한지 늘 주의를 기울이며 살폈다. 그녀는 동정하는 마음으로 마티아스를 대하지 않았기 때문에 옆에 있도록 허락받은 유일한 사람이었다. 할머니는 아들이 유쾌한 분위기에서 지낼 수 있도록 애썼다. 사라사[34]로 커튼을 만들어 달고 노란 색조의 벽지를 발라주었으며, 테이블 위에는 정원에서 막 꺾은 꽃송이를 꽂아 두었고, 현악 사중주단을 고용해 일주일에 몇 차례씩 아들이 좋아하는 클래식

---

34) 다섯 가지 빛깔을 이용하여 인물, 동식물 또는 기하학적인 무늬를 물들인 천 또는 그 무늬를 일컫는다.

을 연주하게 했다. 그러나 방에서 누군가 썩어 가고 있다는 사실과 약 냄새를 감출 수는 없었다. 처음에 나는 그 살아 있는 송장이 싫었다. 그러나 불안감이 극복되자 할머니의 심부름으로 그를 방문하기 시작했는데 그때부터 내 존재는 변화를 맞았다. 마티아스 로드리게스 데 산타 크루스는 내가 사춘기에 들어선 시점에 집에 왔고, 내가 가장 필요로 하는 바로 그것을 주었던 것이다. 그는 약 기운으로 좀 편안해지고 정신이 맑아진 어느 순간 자기가 내 아버지라고 밝혔다. 그 사실의 폭로는 너무나 우발적인 것이라 나는 대놓고 제대로 놀라지도 못했다.

"네 엄마 린 소머스는 내가 본 여자 중 가장 아름다웠단다. 네가 엄마의 아름다움을 그대로 물려받지 않아서 기쁘구나."

"왜요, 아저씨?"

"아저씨라고 부르지 마라, 아우로라, 나는 네 아빠야. 아름다움은 때로 저주가 될 수도 있단다. 사람에게서 가장 나쁜 열정을 불러일으키기 때문이지. 지나치게 아름다운 여자는 자신이 불러일으킨 그 욕망을 피해 갈 수가 없어."

"아저씨가 정말 내 아빠예요?"

"그래."

"맙소사! 우리 아빠는 세베로 아저씨인 줄 알았는데."

"세베로가 네 아빠여야 했지. 나보다 훨씬 괜찮은 사람이거든. 네 엄마는 세베로 같은 남편을 만났어야 해. 나는 늘 얼간이였다. 그래서 지금 네가 보는 대로 이렇게 허수아비 꼴을 하고 있는 거야. 아무튼 세베로 아저씨라면 엄마에 대한 얘기를 나보다는 더 잘해 줄 거다." 그게 그의 설명이었다.

"엄마가 당신을 사랑했나요?"

"그래, 하지만 나는 그 사랑을 어떻게 해야 할지 몰라 도망쳐 버렸어. 그런 걸 이해하기에 너는 너무 어리구나, 얘야. 네 엄마는 정말 근사한 여자였고, 그렇게 일찍 죽어 버려서 안타깝다는 것만 알면 된다."

나도 그렇게 생각했다. 엄마를 알게 되면 기쁠 테지만, 꿈속이나 명확하게 집어내기도 힘든 모호한 기억 속에 나타나곤 하는 내 첫 유년기의 또 다른 사람들에 대해 알고 싶은 마음이 더 컸다. 아버지와의 대화에서 타오 치엔 할아버지의 윤곽이 나타났는데, 마티아스는 그를 단 한 번밖에 보지 못했다. 그의 성과 이름을 제대로 말해 주고 키 크고 잘생긴 중국인이라고 말한 것으로도 충분했다. 내 기억들이 빗물처럼 방울방울 흘러나오기 시작했던 것이다. 늘 나를 따라다니던 그 보이지 않는 존재에게 이름을 붙이자 할아버지는 더 이상 내 환상이 만들어 낸 유령이 아니라, 살과 피를 가진 사람만큼이나 사실적인 존재가 되었다. 내 상상 속의 부드러운 바다 냄새를 지닌 사람이 실제로 존재했을 뿐만 아니라 나를 너무나 사랑했고, 그렇게 갑자기 사라져 버린 것도 나를 버리고 싶어서가 아니었다는 걸 알게 되자 무한한 안도감을 느꼈다.

"타오 치엔은 죽은 걸로 알고 있다."

"어떻게 죽었어요?"

"사고였던 것 같다. 확실하지는 않지만."

"엘리사 소머스 할머니는 어떻게 되었나요?"

"중국으로 떠났다. 네가 우리 집에 있는 게 더 낫다고 생각했고 그건 틀리지 않은 결정이었어. 우리 어머니는 늘 딸아이를 원하셨고, 그래서 내 형제들과 나에게 한 것보다 훨씬 더 애정을 갖고 너를 키우셨거든."

"리밍이 무슨 뜻이에요?"

"나도 모르겠다. 왜 그러니?"

"가끔 그 말을 들은 듯해서요."

마티아스는 병으로 뼈가 다 망가져 금방 피곤해했기 때문에 그에게서 정보를 알아내는 건 쉽지 않았다. 때로는 내 관심사와는 아무 관계도 없는 헛소리들을 계속하면서 정신을 잃기도 했다. 그러나 나는 할머니 모르게 내 과거를 한 땀 한 땀 이어 붙여 가고 있었다. 자신은 직접 찾아가 볼 기분이 아니었던 할머니는 내가 환자를 방문하자 기뻐했다. 그녀는 하루에 두 번씩 아들 방에 들어왔지만 서둘러 이마에 입을 맞추고는 눈물이 그렁그렁해진 채 갈피를 못 잡고 나가 버렸다. 우리가 무슨 얘기를 나누는지 물어보는 경우는 없었고 당연히 나도 아무 말 하지 않았다. 세베로 아저씨와 니베아 숙모 앞에서 그 화제를 꺼내는 것도 엄두가 나지 않았다. 내가 조금이라도 경솔하게 굴어 아버지와의 대화가 끝나 버릴까 두렵기도 했다. 우리는 아무 약속도 하지 않았지만 우리가 하는 이야기들이 비밀에 부쳐져야 한다는 걸 알았고, 그로 인해 이상한 공범 의식으로 결속되어 있었다. 내가 아버지를 좋아하게 되었는지는 말할 수 없다. 그러기에는 시간이 부족했으니까. 그러나 함께 살았던 짧은 몇 달 동안 그는 내 인생의 세부적인 것들, 특히 우리 엄마 린 소머스에 대해 이야기해 주었는데, 그것은 내 손에 보물을 하나 얹어 주는 것과 같았다. 내가 델 바예 집안의 정통 혈통이라는 말을 여러 차례 되풀이했는데, 그에게는 그게 매우 중요했던 모양이다. 나는 우리 집안 한 사람한 사람에게 큰 영향력을 행사했던 프레더릭 윌리엄스가 언젠가 넌지시 비친 말을 통해, 마티아스가 살아 있을 때 자신에게 해당하는 집안 유산분을 여러 개의 은행 통장과 주식들로 안전하게 처리하여 내게 남겼다는 걸 알았다. 그 바람에 교회를 위해 뭔가 얻을 수 있을까 하고 매일같이 찾아오던 사제는 뜻을 이루지 못했다. 그 사제는 화를 잘 내는 사람으로, 목욕도 하지 않고 몇 년 동안 사제복을 바꿔 입지도 않아서 늘 성스러운 냄새를 풍기고 다녔으며, 종교적으로 편협하다는 악명과, 죽어 가는 재력가들의 냄새를 맡고 다니면서 자비로운 일에 재산을 쓰도록 설득하는 재주로 유명했다. 그가 죽음을 예고했기 때문에 재력 있는 집안에서는 그가 나타나면 두려워했다. 그러면서도 아무도 그를 문전 박대하지는 못했다. 내 아버지는 임종이 가까워졌음을 알게 되자 마침내 세베로 델 바예를 불렀다. 사실 둘은 서로 말을 하지 않고 지냈지만, 내 일에 대해 합의를 보기 위해서 부른 것이었다. 그들은 공증 서기를 집으로 불러 세베로가 아버지의 친권을 포기하고 마티아스 로드리게스 데 산타 크루스가 나를 자기 딸로 인정한다는 서류에 서명했다. 그렇게 하여 파울리나의 다른 두 아들로부터 나를 보호한 것이다. 아니나 다를까 아버지의 두 형제는 구 년 후 할머니가 죽자 가능한 모든 것을 다 차지해 버렸다.

할머니는 미신에 가까운 애정으로 어맨다 로웰에게 매달렸다. 그녀가 가까이 있는 한 마티아스가 살아 있을 거라고 믿었다. 파울리나는 가끔씩 나와 같이 있는 시간을 제외하곤 어느 누구와도 가까이하지 않았다. 그녀는 대부분의 사람들이 대책 없이 어리석다고 여겼고, 자신의 얘기를 듣고 싶어 하는 사람 누구에게나 그런 말을 했다. 그것은 친구를 얻기에 좋은 방법은 아니었지만 그 스코틀랜드 고급 매춘부는 할머니가 스스로를 보호하려고 쳐 둔 갑옷을 뚫어 냈다. 그 두 여자만큼 판이하게 다른 사람들은 생각할 수도 없었다. 로웰은 아무것도 갈망하지 않은 채, 무심하고 자유롭고 두려움 없이 하루하루를 살았다. 그녀는 가난과 고독, 늙는 것을 두려워하지 않았고, 그 모든 것을 기분 좋게 받아들였다. 존재한다는 것 자체가 그녀에게는 필연적으로 늙음과 죽음으로 가는 즐거운 여행이었다. 어차피 무덤에는 살가죽만 갖고 갈 텐데 뭐하러 부를 축적하겠느냐는 게 그녀의 지론이었다. 샌프란시스코에서 그토록 많은 염문을 뿌렸던 유혹적인 젊은 여자도 파리를 정복했던 미녀도 다 옛날이야기였다. 이제는 요염도 번민도 없는 쉰 살 여자일 뿐이었다. 할머니는 로웰의 지난 이야기나 그녀가 알았던 유명인들에 대한 이야기 듣는 일, 그리고 그녀의 신문 스크랩이나 사진 앨범을 넘겨 보는 일에 지칠 줄을 몰랐다. 몇 장의 사진에서는 젊고 눈부신 로웰이 몸에 보아 뱀을 바짝 조여 감고 있었다. "불쌍한 그 뱀은 여행에서 밀미로 죽었어요. 뱀은 여행을 잘하는 동물이 아니거든요." 의도하지 않아도 자신보다 훨씬 젊고 아름다운 여자들을 누를 수 있는 국제적인 식견과 매력을 지닌 덕분에, 그녀는 할머니의 동호회 중심이 되어 형편없는 스페인어 실력과 스코틀랜드 억양이 느껴지는 프랑스어로 모임에 흥을 돋우었다. 그녀가 끼어들지 못하는 화제나 읽지 않은 책은 존재하지 않았고, 유명한 유럽 도시도 모르는 곳이 없었다. 그녀를 사랑했고 많은 은혜를 입은 내 아버지는, 그녀가 예술 애호가여서 모든 것에 대해 조금씩은 알지만 그 어느 것에 대해서도 제대로는 모른다고 했다. 그러나 넘치는 상상력이 부족한 지식이나 경험을 채울 수 있었다. 어맨다 로웰에게 파리보다 우아한 도시는 없었고 프랑스 사회보다 우쭐대는 곳 역시 없었다. 유일하게 프랑스에서만 사회주의가 단 한 번도 승리하지 못한 것 또한 사회주의가 절망적일 정도로 우아함이 부족하기 때문이라고 했다. 파울리나 델 바예는 로웰의 의견에 전적으로 동의했다. 두 여자는 신화적인 침대를 비롯한 바보짓들을 놓고 함께 비웃었을 뿐 아니라, 대부분의 기본적인 문제들에 있어서 의견이 같았다. 무쇠와 크리스털로 만들어진 갤러리의 대리석 테이블에 앉아 차를 마시던 어느 날 두 사람은 좀 더 일찍 서로를 알지 못한 것을 한탄했다. 펠리시아노와 마티아스가 매개자로 있건 없건 서로 좋은 친구가 되었을 거라고 여겼다. 파울리나는 로웰을 자기 집에 묶어 두기 위해 최선을 다했다. 선물을 잔뜩 안기기도 하고 사교계에서 그녀를 여왕처럼 소개하기도 했다. 그러나 로웰은 갇혀 살 수 없는 새였다. 두 달을 머문 뒤 마침내 할머니를 찾아가 마티아스가 망가져 가는 걸 더 이상 볼 용기가 나지 않는다고 고백했다. 그리고 솔직히 말하면 산티아고 상류층의 허세와 호화로움이 유럽 귀족에 버금가지만 그래도 산티아고는 시골 같다고 했다. 산티아고가 따분해졌고, 그녀가 있을 곳은 인생의 가장 좋았던 시절을 보낸 파리였던 것이다. 할머니는 사교계의 알짜배기들이 참석하는, 산티아고의 역사가 될 만한 무도회를 열어 그녀를 환송하고 싶어 했다. 자기 손님인 로웰의 모호한 과거를 놓고 소문이 떠돌았지만 감히 자신의 초대를 거부할 수 있는 사람은 아무도 없을 거라고 생각했다. 그러나 어맨다 로웰은 마티아스가 매우 위독한 상태라, 이런 상황에서 파티를 열면 우울하기 짝이 없을 거라고 설득했다. 게다가 파티에 입을 옷도 없다고 했다. 그러자 파울리나는 자기 드레스들을 빌려주겠다고 했다. 의도는 좋았지만 두 사람이 같은 치수를 입는다는 뜻으로 비쳐져 로웰이 얼마나 모욕을 느꼈는지는 미처 생각하지도 못했다.

어맨다 로웰이 떠나고 나서 삼 주 후 아버지를 돌보던 하녀가 기겁하여 소리를 내질렀다. 당장 의사가 불려 오고, 온 집안은 순식간에 사람들로 꽉 찼다. 할머니의 친구들과 정부 인사들, 친척들, 수많은 수사들과 수녀들, 심지어는 그 남루한 재산 사냥꾼 신부에 이르기까지 줄을 이었다. 그 신부는 아들을 잃은 고통이 할머니를 더 좋은 세상으로 서둘러 내몰 거라는 기대로 할머니 주위를 맴돌았지만 파울리나는 세상을 하직할 생각이 없었고, 이미 큰아들의 비극을 체념하고 받아들인 지 오래였다. 아들이 겪는 느릿한 고통을 지켜보는 것이 땅에 묻는 것보다 훨씬 더 괴로운 일이었기 때문에 나는 할머니가 아들의 죽음을 편안한 마음으로 지켜보았다고 생각한다. 어른들은 내가 아버지의 마지막 모습을 보지 못하게 했다. 죽어 가는 사람의 최후의 단말마가 어린 여자아이가 보기에는 적당한 장면이 아니라고 여겼고, 이미 사촌 오빠의 암살이나 최근의 여러 폭력들로 인해 내가 많은 고통을 겪었다고 생각한 때문이었다. 그러나 주위에 아무도 없을 때 프레더릭 윌리엄스가 잠깐 방문을 열어 준 덕분에 짧게나마 아버지와 작별 인사를 할 수 있었다. 그는 내 손을 잡고 마티아스 로드리게스 데 산타 크루스가 누워 있는 침대로 데리고 갔는데 형태가 그대로 남은 곳이 한 군데도 없었다. 가장자리를 수놓은 쿠션과 시트 사이에 파묻힌 반투명질의 뼈 덩어리에 지나지 않았고, 아직 숨은 쉬고 있었지만 정신은 이미 저세상을 헤매고 있었다. "안녕, 아빠." 내가 말했다. 그게 그를 아빠라고 처음 불러 본 때였다. 그는 이틀을 더 빈사 상태에 있다가 사흘째 되던 날 동이 틀 무렵 병든 닭처럼 죽고 말았다.

세베로 델 바예가 구식 감광판 대신 종이를 쓰는 현대식 카메라를 선물한 것은 내가 열세 살 때였다. 아마도 그건 칠레에 들어온 최초의 현대식 카메라였을 것이다. 내 아버지는 그 직전에 돌아가셨고 나는 악몽에 너무 시달리던 터라 잠자리에 들 마음도 나지 않아, 밤마다 바보 같고 굼뜬 가엾은 캐러멜을 달고 미로에 빠진 귀신처럼 집 안을 돌아다녔다. 그러면 마침내 파울리나 할머니가 우리를 가엾게 여겨 그 커다란 금제 침대로 맞아들이곤 했다. 그녀의 크고 따뜻하고 향기 좋은 몸이 침대의 절반을 차지했고, 나는 두려움에 떨면서 발치에 캐러멜을 달고 반대쪽 구석에 웅크리고 있었다. "너희 둘을 어떻게 한다니?" 할머니는 반쯤 잠든 채 한숨을 내쉬었다. 캐러멜도 나도 미래가 없으니 그건 내용이 없는 물음이었다. 집안 사람들은 내가 '끝이 나쁠 거라고' 생각했다. 그즈음 칠레에는 최초의 여의사가 탄생했고, 대학에 입학한 여자들도 여럿 있었다. 그로 인해 니베아는 비록 가족과 사회에 도전하는 셈이 되더라도 내가 어떤 일이든 할 수 있으리라고 생각하게 되었다. 그러나 나에게는 공부를 하기 위한 최소한의 소질도 없는 게 분명했다. 그때 세베로 델 바예가 카메라를 들고 나타나 내 치마에 놓아주었던 것이다. 그것은 멋진 코닥 카메라였는데, 나사못 하나하나가 무척이나 정교하고, 우아하고 부드럽고 완벽한 예술가용 카메라였다. 한 번도 고장 난 적이 없어서 지금도 쓰고 있다. 내 또래의 소녀는 누구도 그런 장난감을 갖고 있지 않았다. 나는 감사하다는 말과 함께 카메라를 받아 사용법도 모른 채 그저 쳐다보고만 있었다. "어디 네가 너의 악몽의 어둠을 사진으로 찍을 수 있는지 보자꾸나." 몇 달 동안 그게 나의 유일한 목표가 되고, 악몽을 밝히려는 집념에 매달리다가 내가 세상을 사랑하게 되리라고는 생각지도 못한 채 세베로 델 바예가 농담을 했다. 할머니는 아르마스 광장 근처 돈 후안 리베로의 스튜디오로 나를 데려갔다. 그는 산티아고에서 제일가는 사진사로, 겉보기에는 굳어 버린 빵만큼이나 무뚝뚝하지만 안으로는 인자하고 감성적인 사람이었다.

"여기 내 손녀를 견습생으로 데려왔어요." 할머니는 사진사의 책상 위에 수표 한 장을 놓으며 말했다. 나는 한 손으로는

할머니의 옷을 꽉 잡고 다른 한 손으로는 빛나는 내 카메라를
안고 있었다.

키는 할머니보다 머리 절반쯤이 작고 체중은 할머니의 딱
절반밖에 안 되는 돈 후안 리베로는 코에 걸친 안경을 바로잡
더니 수표에 쓰인 숫자를 주의해서 읽었다. 그러고는 무한한
경멸의 표정으로 할머니를 머리끝부터 발끝까지 아래위로 훑
어보더니 수표를 돌려주었다.

"액수는 상관없어요……. 당신이 가격을 정해요." 할머니가
망설이며 말했다.

"비용이 문제가 아니라 재능이 문제입니다, 부인." 그는 문
까지 배웅하면서 파울리나 델 바예에게 대답했다.

그 잠깐 동안에 나는 주변을 한 번 쳐다볼 기회가 있었다.
사진사의 작품들이 벽면을 뒤덮고 있었다. 다양한 연령대의
사람들을 찍은 수백 장의 초상화였다. 리베로는 상류층 사람
들이 좋아하는 사진사로, 사회면 기사의 인물 사진을 찍는 사
람이었다. 그러나 스튜디오의 벽에서 나를 쳐다보는 사람들은
우쭐해하는 상류층도 세상에 데뷔하는 미녀들도 아니었다.
그들은 인디오, 광부, 어부, 세탁소 아낙네, 가난한 아이들, 노
인들, 그리고 할머니가 '귀부인 클럽'의 융자금으로 구제해 주
곤 했던 그런 여자들이었다. 거기에는 고통받는 다양한 칠레
의 얼굴들이 있었다. 초상화 속의 얼굴들이 내 가슴을 뒤흔들
었고 그들 한 사람 한 사람의 이야기를 알고 싶어졌다. 가슴
을 주먹으로 얻어맞은 듯한 압박감과 울음을 터뜨리고 싶은
억누를 수 없는 욕구를 느꼈다. 그러나 감정을 삼키고 고개를

들어 할머니를 따라 나왔다. 마차 안에서 할머니는 나를 위로
하려 했다. 걱정할 필요 없다고, 카메라 사용법을 가르쳐 줄
사람을 또 구할 수 있다고, 사진사란 선물로 주고도 남을 정
도로 흔해 빠진 존재라고 말씀하셨다. 천민 주제에 다른 사람
도 아닌 파울리나 델 바예에게 그따위 거만한 어조로 말을 하
다니 생각이 있긴 한 거야. 할머니는 그러면서 계속 열을 냈지
만 나는 듣고 있지 않았다. 돈 후안 리베로가 내 선생이 되어
야 한다고 이미 결심했던 것이다. 다음 날 나는 할머니가 일어
나기 전에 집을 나가 마부에게 스튜디오로 데려다 달라고 한
뒤 언제까지나 영원히 기다릴 작정으로 길에 서 있었다. 돈 후
안 리베로는 오전 11시쯤 도착했고, 문 앞에 내가 서 있는 걸
보자 돌아가라고 명령했다. 나는 그때 소심했고 (지금도 그렇지
만) 자존심이 무척 강한 데다 태어날 때부터 여왕처럼 응석을
부리며 자랐기 때문에 부탁하는 데 익숙하지 않았다. 그러나
결심이 아주 확고해서 문에서 꼼짝도 하지 않았다. 두 시간이
지난 후 사진사가 나왔지만 화난 얼굴로 쳐다보더니 아랫길로
내려가 버렸다. 점심을 먹고 돌아왔을 때 여전히 나는 카메라
를 가슴에 붙안고 못 박힌 듯 그 자리에 서 있었다. "좋다. 하
지만 경고하는데, 꼬마 아가씨, 나는 너를 절대로 특별 대우
하지 않을 거야. 이곳은 입 다물고 복종해서 빨리 배우라고
오는 거다, 알겠니?" 나는 목소리가 나오지 않아 머리만 끄덕
였다. 협상이 습관이 된 할머니는 내가 라틴어와 신학을 포함
하여 남학교의 전반적인 교과목을 공부하는 데도 동일한 시
간을 할애하기만 하면 언제라도 사진에 대한 내 열정을 허락

하기로 했다. 그녀의 생각에 따르면 내게 부족한 점은 지적 능력이 아니라 규율이었기 때문이다.

"공립 학교에 보내 주시면 어때요?" 여자아이들을 위한 학교에 대한 소문을 들은 내가 열렬히 청했고 그 말에 우리 아주머니들은 깜짝 놀랐다.

"거긴 신분이 낮은 사람들이나 가는 곳이야. 절대로 허락 못 한다." 할머니는 확고했다.

그래서 다시 선생들이 줄줄이 집에 찾아오게 되었다. 대부분은 사제들로 자기들 종단에 할머니가 내는 풍족한 헌금의 대가로 나를 가르치러 온 것이었다. 다행히도 그들은 대부분 나에게 관대했다. 내 머리로 남자아이들처럼 잘 배울 거라는 기대를 처음부터 안 했기 때문이다. 반대로 돈 후안 리베로는 훨씬 요구 사항이 많았다. 여자가 지적으로도 예술적으로도 존경을 받으려면 남자보다 천배는 더 노력해야 한다는 생각이었다. 렌즈 선택에서부터 어려운 현상 과정에 이르기까지 지금 내가 알고 있는 사진 지식은 전부 그가 가르쳐 준 것이다. 나는 평생 다른 사람에게서 사진을 배운 적이 없다. 이 년 후 그의 스튜디오를 나올 무렵 우리는 친구가 되어 있었다. 지금 그는 일흔네 살인데 시력을 잃는 바람에 몇 년 전부터는 일을 하지 않지만 여전히 나를 도와주고 망설임 많은 내 행보를 인도해 준다. 선생님의 신조는 진지함이다. 그는 인생을 열정적으로 사는 사람이며, 앞이 안 보인다는 사실이 세상을 보는 데 걸림돌이 되지도 않는다. 그는 일종의 통찰력을 개발했다. 다른 장님들에게 글 읽어 줄 사람이 있듯이 그에게는 관찰한 것을 이야기해 주는 사람들이 있다. 학생들, 친구들, 자녀들이 매일 찾아와 번갈아가며 자기들이 관조한 것 — 풍경, 장면, 얼굴, 빛의 효과 등을 묘사해 준다. 돈 후안 리베로의 빈틈없는 질문에 대답하기 위해서는 매우 세밀하게 관찰하는 법을 배워야 하고 그 과정에서 그들의 삶도 변한다. 더 이상 세상을 습관적으로 가볍게 살 수 없게 되고, 선생님의 눈으로 사물을 보아야 하기 때문이다. 나도 그를 자주 방문한다. 그는 몽히타스 거리에 있는 아파트의 영원한 어스름 속에서 무릎에 고양이를 앉힌 채 창문 옆 의자에 앉아 나를 맞이한다. 선생님은 늘 반갑게 맞아 주고 언제나 해박하다. 나는 사진 기술의 발전에 대한 정보에 있어서 선생님이 시대에 뒤떨어지지 않도록 해 드리고 있다. 뉴욕과 파리에서 주문한 책에 실린 이미지들을 한 장한 장 자세하게 묘사해 주고, 궁금한 것은 물어보기도 한다. 그는 사진사라는 직업과 관련해서는 어떤 흐름에도 뒤지지 않고 다양한 경향과 이론에 열정을 보일 뿐 아니라 유럽과 미국에서 주목받는 대가들의 이름도 훤히 알고 있다. 인위적인 포즈나 스튜디오의 잘 정돈된 무대, 그리고 몇 년 전 매우 유행한 방식인 네거티브를 되는대로 여러 장 겹쳐 작업하는 효과에 대해서는 늘 강경하게 반대한다. 사진은 한 사람에 대한 증거이자 세상을 보는 방식이고 그 방식은 정직해야 한다고 믿기 때문이다. 또 기술이란 현실을 왜곡하기 위한 것이 아니라 현실의 모습을 본뜨기 위한 수단으로 사용되어야 한다고 생각한다. 내가 커다란 유리 용기 속에 들어앉은 소녀들을 찍어야하는 상황이었을 때 그는 목적이 뭐냐고 경멸스럽게 물으며 이 길을 계속하지 말라고 했다. 그러나 헐벗고 상처투성이의 가난한 서커스단 가족을 찍은 초상을 묘사해 주었을 때는 즉각 관심을 내보였다. 나는 그들을 이동 수단이자 집이기도 한 다 낡은 이륜마차 앞에 포즈를 잡게 하고 여러 장의 사진을 찍었다. 사진을 찍고 있을 때 마차 안에서 네다섯 살쯤으로 보이는 여자아이가 완전히 발가벗은 채 튀어나왔다. 그러자 가족 모두에게 옷을 벗어 달라고 부탁해야겠다는 생각이 떠올랐다. 그들은 별로 미심쩍어하지도 않고 옷을 벗더니 옷을 입었을 때와 똑같이 카메라에 집중하여 포즈를 취해 주었다. 그것은 내가 찍은 가장 훌륭한 사진 중 하나이고 상을 받은 몇 안 되는 사진이기도 하다. 내가 정물이나 풍경보다는 사람에게 더 끌린다는 게 금방 분명해졌다. 인물 사진을 찍을 때면 모델과 나 사이에 어떤 관계가 형성되는데, 아무리 짧은 시간이더라도 늘 그것이 하나의 연결점이 되어 준다. 감광판은 상을 드러낼 뿐 아니라 둘 사이에 흐르는 감정까지도 드러낸다. 돈 후안 리베로는 내가 찍은 인물 사진들이 자신이 찍은 것과는 매우 달라서 좋다고 했다. "너는 모델들에게 반감을 갖고 있구나, 아우로라. 그들을 지배하려 하지 말고 이해하려고 노력해라. 그러면 그들의 영혼을 사진 속에 드러낼 수 있단다." 그는 스튜디오의 안전한 벽을 벗어나 거리로 나가도록 부추겼다. 거리에 나가 나 자신이 카메라가 되어 눈을 크게 뜨고 사물을 보도록, 내가 소심함과 두려움을 극복하고 사람들에게 다가가도록 해 주었다. 나는 사람들이 대개는 환영해 주고 내가 아직 풋내기인데도 진지하게 포즈를 잡아 준다는 걸 알게 되었다.

카메라는 존경과 신뢰의 대상이었기 때문에 사람들은 마음을 열고 자신을 내맡겼다. 아직은 나이가 어려서 제약이 많았기에, 내가 칠레 방방곡곡을 여행하며 광산이나 파업 현장, 병원, 가난한 이들의 거처, 비참한 학교, 4페소짜리 하숙집, 은퇴한 사람들이 졸고 있는 먼지 낀 광장, 농촌과 어촌 등을 직접 답사할 수 있게 된 것은 훨씬 여러 해가 지나고 난 후였다. "빛은 사진의 언어이고 세상의 영혼이란다. 그림자 없는 빛이 없고 고통 없는 행복이란 존재하지 않지." 그것은 돈 후안 리베로가 십칠 년 전 아르마스 광장의 스튜디오에서 나를 가르치던 첫날 해준 말이다. 지금도 그 말이 잊히지 않는다. 그러나 앞서 나가지 말아야겠다. 나는 이 이야기를 한 걸음 한 걸음, 한 마디 한 마디 있는 그대로 들려줄 생각이다.

내가 사진에 열광하고 예사롭지 않게 달라지는 내 몸의 변화에 당황하는 동안, 파울리나 할머니라고 아무 일 없이 시간을 보내고 있지는 않았다. 할머니는 페니키아인 같은 머리로 새로운 사업들을 구상하고 있었다. 사업 구상을 하면서 마티아스를 잃은 상실감에서도 벗어났고, 다른 사람이라면 노화나 질병으로 무덤에 묻힐 날만 기다릴 나이에 자부심을 느끼며 지냈다. 할머니는 다시 젊어져 눈매도 반짝이고 걸음도 가벼워졌다. 곧 상복을 벗더니 비밀 임무를 지워 남편을 유럽으로 보냈고, 충실한 프레더릭 윌리엄스는 일곱 달을 유럽에서 지낸 후 돌아올 때는 자신이 피울 질 좋은 담배 외에 할머니와 내 선물도 잔뜩 사 왔다. 담배를 피우는 게 우리가 아는 그의 유일한 결점이었다. 그는 여행 가방에 15센티미터쯤 되고 쓸모없어 보이는 마른 꼬챙이를 수천 개나 숨겨 왔는데, 그 꼬챙이들이 사실은 보르도 포도 농장의 품종들이었다. 할머니는 그것들을 칠레 땅에 심어 고급 포도주를 생산하고 싶었던 것이다. "우리는 프랑스 포도주와 경쟁하게 될 거예요." 할머니는 여행을 앞둔 남편에게 설명했다. 프레더릭 윌리엄스가 프랑스는 포도주를 생산한 지 벌써 몇 세기나 되었다는 이점이 있고 재배 조건도 낙원이나 마찬가지지만, 칠레는 기후 조건도 나쁘고 정치적인 격변도 많은 나라여서 그런 규모의 계획이라면 몇 년이나 공을 들여야 한다고 반대했지만 소용없는 일이었다.

"당신도 나도 이번 시도의 결실을 기대할 나이는 아니오." 그는 한숨을 지으며 말했다.

"그런 식이라면 아무것도 할 수 없어요, 프레더릭. 대성당 하나 짓는 데 몇 세대의 장인이 필요한지 알아요?"

"파울리나, 성당 얘기를 하는 게 아니잖소. 우리는 이제 머지않아 죽을 나이란 말이오."

"모든 발명가들이 자신의 죽음을 생각했다면 어떻게 오늘날 과학 기술의 세기가 도래했겠어요, 안 그래요? 나는 왕조를 하나 만들어서 델 바예라는 이름을 오래도록 세상에 남기고 싶어요. 술꾼들이 내가 만든 포도주를 얼마나 사 마시든 그건 상관 안 해요." 할머니의 대답이었다.

그리하여 프레더릭은 체념한 채 프랑스로 여행을 떠났고, 그동안 파울리나 델 바예는 칠레에 머물면서 사업 구상에 몰두했다. 식민 시대에 선교사들이 국산 포도주를 생산할 목적으로 경작을 시작한 것이 칠레 포도원의 시초였다. 포도주 맛이 제법 그럴듯해서(사실은 정말 맛있어서) 스페인 본국은 스페인산 포도주와의 경쟁을 막기 위해 재배를 금지시켰다. 독립 이후에는 칠레의 포도주 산업이 확장되었다. 양질의 포도주를 생산하겠다는 생각은 파울리나만의 것은 아니었지만, 다른 사람들은 포도원까지 오가는 데 하루면 된다는 이점 때문에 산티아고 근방의 땅을 사들인 데 반해 파울리나는 이보다 멀리 떨어진 곳을 물색했다. 값이 싸기도 했지만 포도 재배에도 더 적합했기 때문이다. 파울리나는 속셈을 아무에게도 이야기하지 않은 채 델 바예 집안 농장들부터 토질, 강수량, 풍속의 지속성 등을 분석하게 했다. 용수로는 비밖에 사용할 수 없고 아무도 거들떠보지 않아 버려진 드넓은 토지를 사는 데는 거의 돈이 들지 않았다. 조직과 향이 가장 훌륭한 포도주는 제일 맛 좋은 포도, 제일 달고 뛰어난 포도로 만들어지고, 그런 포도는 풍요로운 땅보다는 자갈투성이 땅에서 자란다. 포도나무가 모성의 끈기로 장애물을 이기고 뿌리를 깊이 내린 뒤 한 방울의 물이라도 잘 빨아들여야 포도 맛이 농밀해진다고 할머니는 설명했다.

"포도밭은 사람과 같단다, 아우로라. 환경이 안 좋을수록 결실은 더 훌륭하지. 그런 진리를 너무 늦게 알게 되어 유감이구나. 일찍 알았더라면 세 아들과 너를 엄하게 키웠을 텐네."

"저는 엄하게 대하셨잖아요, 할머니."

"너에겐 정말 부드러웠다. 너를 수녀들에게 보냈어야 하는 건데."

"수놓는 법, 기도하는 법을 배우도록 말인가요? 마틸데 양
은……."

"이 집에서 그 여자 이야기는 하지 말라고 했다!"

"좋아요, 할머니. 적어도 저는 사진을 배우고 있잖아요. 그
걸로 생활을 꾸릴 수 있을 거예요."

"어디서 그런 바보 같은 생각이 나온 거냐!" 파울리나 델
바예가 소리쳤다. "내 손녀딸은 절대로 생활비를 벌 필요가 없
어. 네가 리베로에게서 배우고 있는 그것은 여가일 뿐이지 델
바예 집안 여자의 미래가 아니야. 네 운명은 광장의 사진사가
되는 게 아니라 네 신분에 맞는 남자와 결혼해 건강한 아이들
을 낳는 것이다."

"할머니는 그 이상을 하셨잖아요."

"나는 펠리시아노와 결혼했고 아들 셋과 손녀 하나를 두었
다. 그 밖에 내가 한 일은 모두 부차적인 거야."

"솔직히 그렇게는 보이지 않아요."

머지않아 프레더릭 윌리엄스가 프랑스에서 채용한 포도주
전문가가 기술적인 자문을 해 주러 칠레로 왔다. 그는 우울증
을 앓는 체구가 작은 남자였고, 쇠똥 냄새와 칠레 먼지가 폐
암을 유발한다는 생각 때문에 손수건으로 입과 코를 막은 채
자전거를 타고 할머니의 포도밭을 돌아다녔다. 그러나 그의
포도 재배 지식은 의심할 게 없었다. 농부들은 도회지 사람
처럼 차려입고 자전거로 커다란 바위 사이를 미끄러져 다니
다가 가끔씩 멈춰 서서 발자취를 쫓는 개처럼 땅에 대고 킁

쿵대는 그 남자를 놀란 표정으로 쳐다보았다. 프랑스어로 쏟아 내는 그의 혹평을 농부들이 한마디도 알아듣지 못했기 때문에 할머니가 몇 주 동안 친히 양산을 들고 발꿈치가 닳도록 자전거를 따라다니며 통역을 해야 했다. 가장 먼저 파울리나의 주의를 끈 것은 포도나무가 모두 똑같지 않고 적어도 세 종류가 뒤섞여 있다는 사실이었다. 포도들이 익는 시기가 다 달라서 가장 여린 것들이 날씨 때문에 죽어 버리더라도 언제나 수확할 포도가 남게 된다고 프랑스인은 설명했다. 그는 포도주 사업을 하려면 몇 년이 걸릴 거라고 했다. 좋은 포도를 재배하는 것만이 문제가 아니라 섬세한 포도주를 만들어 외국에 내다 팔아 프랑스, 이탈리아, 스페인산 포도주와 경쟁하는 게 문제였기 때문이다. 파울리나는 전문가에게서 배울 수 있는 걸 전부 배운 뒤 자신감이 생기자 그를 프랑스로 돌려보냈다. 그 무렵에는 할머니가 기력이 쇠해 있었고, 포도주 사업에는 총애하는 세베로 델 바예처럼 더 젊고 민첩하며 신뢰할 수 있는 사람이 필요하다는 걸 이미 깨달은 뒤였다. "네가 아이를 계속해서 낳는다면 양육비가 많이 필요할 거다. 다른 사람들보다 두 배 이상 강탈하지 않는 한 변호사 일만으로는 부족할 거야. 그러나 포도주는 너를 부자로 만들어 줄 거다." 할머니는 그렇게 꾀었다. 마침 그해에 세베로와 니베아는 사람들이 천사라고 부르는 아기를 얻었고, 꼬마 요정처럼 아름다운 아기여서 로사라고 이름을 지었다. 니베아는 이전의 아이들은 모두 이 완벽한 아기를 낳기 위한 연습이었다고 했다. 아마 하느님은 이제 흡족하실 테고 이미 아이들이 한 떼거리나 있으니 더 이상은 주시지 않을 거라고 했다. 세베로는 프랑스 품종 포도주 사업을 정신 나간 일처럼 여겼지만, 고모의 사업 감각은 존경했기에 시도해 볼 가치가 있다고 생각했다. 하지만 포도 덩굴이 자기 인생을 몇 달 만에 바꿔놓으리라곤 생각하지 못했다. 할머니는 세베로 델 바예가 포도에 푹 빠졌다는 걸 확인하자 바로 그를 동업자로 삼아 농장 일을 맡기고, 윌리엄스와 나를 데리고 유럽으로 떠나기로 결심했다. 내가 벌써 열여섯 살, 할머니 표현에 따르면 국제적인 때깔을 내고 혼수품을 구할 나이였기 때문이다.

"나는 결혼을 안 할 생각이에요, 할머니."

"아직은 아니지. 그러나 스무 살이 되기 전에 해야 해. 아니면 수녀복을 입어야 할 거다." 할머니는 단호하게 말했다.

여행의 진짜 이유는 누구에게도 말하지 않았다. 할머니는 병에 걸려 있었고 영국에서 수술을 받을 수 있으리라 생각했다. 영국은 마취법과 무균법이 발견된 이후 외과술이 매우 발달해 있었다. 그 몇 달간 할머니는 식욕을 잃었고 소화하기 어려운 음식을 먹고 난 뒤에는 평생 처음으로 구토와 위경련을 일으켰다. 그래서 더 이상 육류는 먹지 않았고 설탕을 넣은 빵 죽이나 수프, 케이크같이 부드러운 것을 더 좋아했는데, 위에 돌덩이가 쏟아진다 해도 그런 음식은 포기하지 않았을 것이다. 할머니는 에버나이저 홉스라는 의사가 세운 유명한 병원 얘기를 들은 적이 있었다. 그 의사는 죽은 지 십 년도 지났지만 유럽 최고의 의사들이 그 병원에서 일하고 있었다. 그래서 겨울이 가고 사람이 안데스산맥 횡단로를 다닐 수 있게 되자마자 부에노스아이레스로의 여행을 준비했다. 거기서 런던으로 가는 대서양 횡단선을 타기 위해서였다. 우리는 언제나처럼 1톤은 족히 될 듯한 여장에 하인과 하녀들, 인적 드문 황량한 곳에 진을 친 산적으로부터 우리를 보호해 줄 무장 경호원을 여럿 데리고 갔다. 캐러멜은 다리가 약해져서 이번에는 함께 갈 수 없었다. 마차와 말 그리고 마지막에는 노새로 갈아타고, 양쪽으로 펼쳐진 우리를 삼켜 버릴 듯한 깊은 목구멍 같은 절벽을 따라 산을 넘던 길은 잊지 못할 것이다. 아메리카의 중추인 그 험한 산악 지대 사이로 미끄러져 나간 작은 산길은 한없이 길고 가느다란 뱀 같았다. 혹독한 기후에 시달리면서 가느다란 물줄기를 먹고 자란 관목들이 바위틈에 나 있었다. 폭포와 개천, 눈 녹은 물 등 사방이 물이어서 들리는 것이라고는 물소리와 안데스산맥의 딱딱한 땅에 부딪히는 짐승들의 발굽 소리뿐이었다. 멈춰 서면 적막한 고요가 무거운 망토처럼 우리를 감쌌고, 우리는 산정의 완벽한 고독을 범하는 침입자들이었다. 할머니는 오르막길이 시작되자마자 찾아온 현기증과 소화 불량에 맞서 싸웠다. 강철 같은 의지와 그녀를 돕기 위해 최선을 다하는 프레더릭 윌리엄스의 노력 덕에 버텨 내고 있었다. 할머니는 여린 햇살 한 줄기조차도 피부에 닿지 않도록 하려고 두터운 여행용 외투에 가죽 장갑을 끼고 올이 촘촘한 망사로 된 탐험가 모자를 썼다. 그런 차림 덕에 주름살 하나 없이 무덤에 갈 생각이었다. 나는 황홀감에 빠져 있었다. 예전에 칠레로 올 때도 비슷한 여행을 한 적이 있지만 그때는 장엄한 자연을 감상하기에는 너무 어렸다. 가축들은 깎아지른 듯 잘려나간 절벽과 세월에 깎이고 풍화된 높은 바위 절벽에 매달려 한 걸음 한 걸음 앞으로 나아갔다. 대기는 투명한 베일처럼 예리했고, 하늘은 그 영토의 절대 주군인 콘도르가 찬란한 날개로 가끔씩 가로질러 항해하자 터키석 색깔의 바다가 되었다. 해가 지자마자 풍경은 급격하게 달라져, 험하고 장엄한 자연의 푸른 평화는 사라지고 기하학적인 그림자들의 세계가 위협적으로 일렁이며 우리를 휘감고 다가섰다. 한 발이라도 잘못 디디면 노새는 우리를 태운 채 그대로 저 벼랑 아래로 굴러떨어졌을 테지만 안내원은 거리를 잘 가늠했다. 밤이 되자 우리는 여행자들이 피신처로 쓰는 다 쓰러져 가는 지저분한 판잣집에 들어갔다. 하인들이 가축들로부터 짐을 내렸고, 우리는 타르에 나뭇진을 입힌 아세틸렌 등불을 켜고 양가죽 안장과 모포 위에 자리를 잡았다. 횃불처럼 빛나는 달이 높은 바위 위로 고개를 내밀어 하늘 저 깊은 곳에서 비추었기 때문에 별로 불빛이 필요하지는 않았다. 우리는 가져온 장작으로 모닥불을 피워 몸을 덥히고 마테 차 마실 물도 끓였다. 푸르고 쓰디쓴 찻잎을 우려낸 물이 금방 손에서 손으로 돌았고, 모두들 같은 빨대로 차를 마셨다. 마테 차는 가엾은 할머니에게 원기와 안색을 회복시켜 주었고, 기운이 돋자 할머니는 자기 고리짝을 가져오게 하더니 시장의 야채 장수 아낙처럼 자리를 잡고는 양식을 나눠 주며 허기를 달래게 했다. 소주와 샴페인 병, 냄새가 지독한 시골 치즈, 집에서 준비한 부드러운 돼지 피암브레,[35] 흰 리넨 냅킨에 싼 빵과 파이 등이 나왔다. 그러나 나는 할머니가 음식을 거의 먹지 않고 술도 마시지 않는다는 걸 알아챘다. 칼질에 익숙한 남자들은 노새 뒤에 달고 가던 산양 두 마리를 잡아 가죽을 벗기고 두 개의 통나무에 열십자로 끼워 구이를 만들었다. 나는 밤이 어떻게 지났는지 모르게 죽음 같은 잠에 빠져들어 동이 틀 무렵에야 깨어났다. 동이 트자 커피도 끓이고 남은 산양들도 먹어 치우기 위해 타다 남은 땔감에 다시 불을 붙였다. 출발하면서 우리는 다른 여행자들을 위해 땔감과 강낭콩 한 자루, 술 몇 병을 남겨 두었다.

---

35) 얇게 저며 익힌 냉육으로 주로 샌드위치용 햄, 치즈 등을 말한다.

3부

1896~1910

홉스 클리닉은 유명한 외과의 에버나이저 홉스가 켄징턴 한복판에 있는 튼튼하고 우아한 자신의 저택에 세운 병원이었다. 외벽을 떼어 내고 창문은 막은 채 아술레호[36]를 여기저기 점점이 박아 괴기스러운 모양이었다. 그 우아한 거리에 병원이 들어서자 이웃들은 성가셔했고 그래서 홉스의 후계자들은 별 어려움 없이 인근 집들을 사들여 병원을 확상할 수 있었다. 그러나 에드워드 시대 양식의 건물 정면은 그대로 두었기 때문에 밖에서 보면 한결같은 모양의 그 동네 다른 집들과 조금도 다르지 않았다. 건물 내부는 방과 계단, 복도, 바

---

36) 방이나 복도, 정원, 저택 등에 붙이는 아랍풍의 화려한 푸른색 타일 장식.

깥이 보이지 않는 작은 실내 창 등이 얽힌 미로였다. 그 도시의 구식 병원들과는 달리 투우장 모양의 전형적인 모래 수술장 ─ 톱밥이나 모래로 뒤덮이고 참관용 좌석으로 둘러싸인 중앙 모래장 ─ 이 없는 대신 벽과 지붕, 바닥을 포석과 철판으로 덧씌운 작은 수술실들을 갖추고 있었다. 수술실 바닥은 하루에 한 번씩 표백제와 비누로 솔질을 했다. 고인이 된 홉스 박사는 코흐[37]의 감염 전파론을 받아들이고 리스터[38]의 무균법을 적용한 최초의 의사 중 하나였다. 대부분의 병원들은 자만심이나 게으름 때문에 무균법을 거부하고 있었다. 오랜 습관을 바꾸는 게 편치 않았을뿐더러 위생은 성가시고 복잡한 데다 신속한 수술을 방해했기 때문이다. 신속한 수술은 쇼크의 위험과 혈액 손실을 줄이기 때문에 유능한 의사의 징표이기도 했다. 감염은 환자의 몸에서 저절로 발생한다고 본 당대의 의사들과 달리 에버나이저 홉스는 병균이 손이나 흙, 기구, 환경 등 외부에 있다는 걸 금방 이해했다. 그래서 그는 상처 부위부터 수술실 공기에까지 페놀을 뿌리곤 했다. 그 가엾은 사람은 페놀을 너무 많이 들이마신 바람에 피부에 궤양이 생겼고 신장 질환으로 나이에 비해 일찍 죽었는데, 그의 죽음은 비방자들에게 케케묵은 자신들의 사상을 맹신할 빌미가 되었다. 그러나 홉스의 제자들은 공기를 분석한 결과, 병균이

---

37) 로베르트 코흐(Robert Koch, 1843~1910). 독일의 의사로 세균학의 기초를 세웠다.
38) 조지프 리스터(Joseph Lister, 1827~1912). 영국의 외과 의사로 방부 의학, 예방 의학의 선구자로 꼽힌다.

공중에 떠다니면서 보이지 않는 새처럼 살그머니 공격을 준비하고 있다가 덤벼드는 것이 아니라 더러운 표면에 집중되어 있다는 걸 발견했다. 감염은 직접적인 접촉을 통해 일어났던 것이다. 따라서 수술 기구를 청결히 하는 것, 살균 붕대를 사용하는 것이 기본이었다. 외과 의사들은 열심히 씻는 것만으로는 부족하고 가능한 한 고무장갑을 껴야 했다. 그것은 해부학자들이 시체를 방부할 때 쓰거나 노동자들이 화학 물질을 다룰 때 쓰는 거친 장갑이 아니라, 사람 피부처럼 부드럽고 미세한 미국산 장갑이었다. 그 장갑에는 로맨틱한 기원이 있었다. 간호사를 사랑했던 한 의사가 소독제로 인한 습진으로부터 그녀를 보호하기 위해 처음 고무장갑을 만들었는데 그것을 이후에 외과 의사들이 수술할 때 사용하게 되었다고 한다. 파울리나 델 바예는 이 모든 것을 친척 돈 호세 프란시스코 베르가라가 빌려준 과학 잡지에서 주의 깊게 읽어 두었다. 베르가라는 당시 심장병을 앓아 비냐 델 마르의 저택에 틀어박혀 있었지만 여전히 학구적이었다. 할머니는 자신을 수술해 줄 의사를 신중하게 고른 뒤 몇 달 전부터 접촉하고 있었다. 뿐만 아니라 그 유명한 고무장갑을 볼티모어에서 여러 벌 주문해 속옷 바구니에 잘 싸서 가져갔다.

파울리나는 프레더릭 윌리엄스를 프랑스로 보내, 포도주를 발효시킬 드럼통으로 쓸 중고 목재와 치즈 산업에 대해 알아보도록 했다. 칠레 소나 프랑스 소나 멍청하긴 마찬가진데 칠레 소라고 프랑스 소가 만든 것만큼 맛있는 치즈를 생산하지 말라는 법이 없다는 것이 할머니의 생각이었다. 나는 안데스

산맥을 가로지르는 동안과 그 이후 대서양 횡단선에서 할머니를 가까이에서 관찰할 수 있었는데, 그녀에게서 뭔가 근본적인 것이 줄어들고 있음을 알아차렸다. 의지력이나 정신력, 욕심 같은 것이 아니라 오히려 맹렬함 같은 것이었다. 부드럽고 온화해지고 아주 태평스러워져 종종 모슬린과 보석으로 성장을 한 채 갑판을 산책하곤 했다. 그러나 의치는 빼놓은 채였다. 밤을 잘 보내지 못하는 게 분명했다. 눈 밑이 거뭇해졌고 늘 졸려했다. 체중이 많이 줄었고 코르셋을 벗고 있으면 살이 처졌다. 할머니는 '선원들과 시시덕거리지 못하도록 하기 위해'라며 나를 늘 곁에 두고 싶어 했는데 그건 잔인한 농담이었다. 그 나이에 내 소심함은 극에 달해 남자의 무심한 시선이 내 쪽으로만 향해도 삶은 게처럼 얼굴이 빨개졌으니 말이다. 진짜 이유는 파울리나 델 바예 자신의 마음이 약해지자 나를 옆에 두어 죽음의 기분을 떨쳐 내기 위함이었다. 자신의 병에 대해서는 언급하지 않았고 대신 런던에서 며칠 보내고 이어 드럼통과 치즈 문제로 프랑스에 갈 거라고만 했다. 그러나 나는 처음부터 할머니의 계획이 딴 데 있다는 걸 짐작했다. 영국에 도착하자마자 그 사실이 분명해진 것이, 할머니가 프레더릭 윌리엄스를 혼자 떠나도록 설득하기 위한 외교적인 작업을 시작했던 것이다. 우리는 그동안 쇼핑을 하다가 나중에 합류하겠다고 했다. 떠나면서 윌리엄스가 아내의 병을 의심했는지는 알 수 없다. 어쩌면 진실을 짐작하고도 그녀의 조심성을 받아들여 평화롭게 내버려 두었는지도 모른다. 아무튼 그는 우리를 사보이 호텔에 투숙시킨 뒤 더 이상 부족한 게 없음을

확인하자마자 별 열의도 없이 시큰둥해하면서 도버 해협을 건
넜다.

할머니는 자신의 쇠락을 누구도 보지 않기를 원했고 윌리
엄스 앞에서는 특히 더했다. 윌리엄스가 집사였을 때는 안 그
랬으나 결혼할 때부터 생긴 일종의 교태 때문이었다. 예전에
는 자신의 가장 나쁜 성격을 드러내는 일이나 아무렇게나 입
고 윌리엄스를 대하는 것에 거리낌이 없었지만 결혼한 뒤에는
가장 요염한 모습으로 그를 감동시키고 싶어 했다. 그녀에게
는 그 황혼의 결혼 생활이 매우 중요해서 건강이 나쁘다는 이
유로 굳건한 허영심의 성(城)을 무너뜨리고 싶지는 않았고 남
편을 멀리한 것도 그래서였다. 내가 뜻을 굽혔더라면 나도 따
돌렸을 것이다. 병원에 함께 가는 걸 허락받기 위해 한바탕 전
쟁을 치러야 했지만 내 고집과 자신의 연약함 때문에 결국 할
머니가 지고 말았다. 할머니는 매우 아파했고 거의 음식을 넘
기지도 못했다. 그러나 종종 지옥의 불편함과 천국의 따분함
에 대한 농담을 했던 걸 보면 놀란 것 같지는 않았다. 홉스 병
원은 책과 초상화로 가득 찬 책장들이 홀을 둘러싸고 있어
서 문지방에서부터 신뢰감을 풍겼다. 그 병원에서 의술을 행
했던 의사들의 초상화였다. 티 한 점 없는 복장의 나이 든 간
호사가 우리를 맞아 의사의 진료실로 안내해 주었다. 진료실
은 커다란 장작불이 탁탁거리며 타는 난로와 밤색 가죽으로
만든 우아한 영국식 가구들이 배치되어 있는 아늑한 방이었
다. 제럴드 서퍽 박사의 외모는 그의 명성만큼이나 인상적이었
다. 체구가 크고 발그레한 튜튼족의 생김새였고, 뺨에는 굵은

상처 자국이 있었지만 그것 때문에 못생겨 보이기보다는 오히려 쉽게 잊히지 않는 인상을 풍겼다. 책상 위에는 할머니와 교환한 서신들과 칠레에서 상담한 의사의 소견서, 그리고 할머니가 그날 아침 심부름꾼 편에 보내 준 고무장갑 상자가 놓여 있었다. 나중에야 우리는 그것이 불필요한 예방책이었음을 알게 되었다. 홉스 병원에서는 이미 삼 년 전부터 그 장갑을 사용하고 있었던 것이다. 서퍽 박사는 우리가 예의상 방문한 사람들이기라도 하듯 반갑게 맞으며 생강 가루를 넣어 향을 낸 터키식 커피를 내놓았다. 그러고는 옆방으로 할머니를 데려가 검진을 끝낸 후 사무실로 돌아오더니 할머니가 다시 돌아올 때까지 두꺼운 책을 넘겨 보았다. 할머니는 금방 돌아왔고 의사는 할머니가 위암을 앓고 있다는 칠레 의사들의 소견서를 검토했다. 그는 할머니가 나이가 많고 수술이 아직 실험 단계여서 위험하다고 했다. 그러나 그런 경우를 위한 완벽한 전문 기술을 자신이 개발했기 때문에 전 세계 의사들이 배우러 온다고 덧붙였다. 지나치게 우월감을 드러내는 그를 보자, 우쭐거림은 바보들의 특권이라고 했던 돈 후안 리베로 선생님의 말이 떠올랐다. 현명한 사람은 자신의 지식이 얼마나 부족한지 알기 때문에 겸손하다고 했다. 앞으로 어떻게 할 생각인지 구체적으로 설명해 달라는 할머니의 요청에 의사는 상당히 놀랐다. 확고부동한 자신의 권위에 모든 걸 내맡긴 채 암탉 같은 수동성으로 처분만 바라는 환자들에게 익숙했기 때문이다. 그러나 그 말을 빌미 삼아 금방 강연회에서나 들을 만한 일장 연설을 했다. 불행한 환자의 안위보다는 자신의 노련한 수술 실력에 대한 인상을 심어 주는 데 더 연연했다. 그는 먼저 발광하는 기계처럼 보이는 내장과 기관들을 종이에 그리더니 종양이 어디에 있는지를 가리키고는 어떻게 제거할 생각인지, 어떤 종류의 봉합법을 쓸 것인지 설명했다. 파울리나 델바예는 태연히 듣고 있었지만 나는 어지럼증이 나서 진료실을 뛰쳐나와야 했다. 나는 입속으로 중얼중얼 기도를 하면서 초상화가 들어찬 홀에 앉았다. 사실 할머니보다 나 때문에 더 겁이 났다. 세상에 혼자 남게 된다는 생각에 공포감이 밀려왔던 것이다. 고아가 될 수 있다는 사실을 되새기면서 그 방에 머물러 있었는데 한 남자가 지나다가 창백해져 있는 나를 봤는지 멈춰 섰다. "무슨 일이니, 얘야?" 그는 칠레식 스페인어로 물었다. 나는 그를 마주 볼 엄두도 못 내고 고개를 저었다. 그러나 그가 젊고 수염을 깨끗이 민 얼굴에 광대뼈가 튀어나오고, 단단한 턱에 눈초리가 내려간 눈을 가진 사내임을 알아챈 걸 보면 곁눈질로 살펴보았던 모양이다. 내 역사책에 나온 칭기즈 칸의 모습과 닮았었다. 칸보다는 좀 덜 사나워 보였지만. 그는 머리칼, 눈, 피부 할 것 없이 온통 꿀 색이었다. 그러나 자신도 나처럼 칠레인이고 서픽 박사의 수술에 함께 참여할 기라고 말할 때의 어조에는 달콤한 꿀맛이라곤 전혀 없었다.

"델 바예 부인은 솜씨 좋은 의사를 만난 거야." 그는 겸손함 따윈 별로 없이 말했다.

"수술을 안 하면 어떻게 되나요?" 신경이 아주 예민해졌을 때 그렇듯이 나는 떠듬거리며 물었다.

"종양이 자꾸 자란단다. 그렇지만 걱정 마라, 얘야. 외과술이 많이 발달했고 할머니가 여기 온 것도 참 잘한 일이거든."

나는 칠레인이 이런 곳에서 뭘 하는지, 왜 그가 타타르인의 생김새를 갖고 있는지 — 그가 동물 가죽을 뒤집어쓰고 손에 창을 들고 있는 모습을 상상하는 건 전혀 어렵지 않았다 — 궁금했지만 마음이 혼란스러워 입을 다물었다. 런던, 병원, 의사들, 할머니의 연극 등 나 혼자 감당하기에는 모든 게 너무 벅찼다. 파울리나 델 바예가 자신의 건강 상태를 숨기려고 조심하는 것도 이해할 수 없었고, 이렇게 절실한 순간에 프레데릭 윌리엄스를 도버 해협 건너 프랑스로 보낸 것도 납득할 수 없었다. 칭기즈 칸은 내 마음을 알겠다는 듯 내 손바닥을 한 번 치고는 가 버렸다.

내가 했던 갖가지 비관적인 추측과 달리 할머니는 수술을 이겨 냈고 주체할 수 없을 정도로 열이 오르내리던 첫 주가 지나자 안정을 되찾고 딱딱한 음식도 다시 먹을 수 있게 되었다. 나는 끈적하게 뒤범벅된 채 살에 달라붙어 있는 마취제와 갖가지 약품, 방부제 등의 냄새를 지우러 하루에 한 번씩 호텔로 가 목욕을 하고 옷을 갈아입을 때를 제외하고는 할머니 곁을 떠나지 않았다. 할머니의 침대 옆 의자에 앉아 잠깐씩 잠을 자곤 했다. 할머니가 엄하게 금지했지만 나는 수술 당일 프레데릭 윌리엄스에게 전보를 쳤고 그는 서른 시간 후 런던에 도착했다. 아내가 바싹 마른 노파처럼 머리카락은 몇 가닥만 남고 치아는 다 빠진 채 숨 쉴 때마다 신음 소리를 내며 약에 취해 멍한 표정으로 누워 있는 침대 앞에 섰을 때 그는 평소의 그 완벽한 태도를 잃고 말았다. 그는 파울리나 델 바예 옆에 우뚝 서더니 축 늘어진 그녀의 손에 이마를 묻으며 이름을 중얼거렸고 고개를 들었을 때 얼굴이 눈물로 젖어 있었다. 할머니는 젊음이란 인생의 한 시기가 아니라 마음 상태이고 사람은 각자 필요한 만큼 건강을 타고난다고 생각하는 사람이었는데, 그런 그녀가 완전히 무너진 모습으로 병원 침대에 누워 있었던 것이다. 식욕만큼이나 삶에 대한 의욕이 강했던 할머니는 자신의 생각에 잠겨 주변은 아랑곳없이 벽 쪽으로 고개를 돌렸다. 강한 의지력, 정력, 호기심, 모험 감각, 욕심 그 모든 것이 육체의 고통 앞에 스러져 버리고 말았다.

그 며칠 동안 나는 할머니의 상태를 검진하러 오는 칭기즈 칸을 볼 기회가 잦았다. 예상대로 그는 서픽 박사나 엄격한 간호사들보다는 친해지기 쉬운 사람이었다. 할머니가 불안해하는 것들에 대해서는 모호한 위로의 말이 아니라 논리적인 설명을 곁들여 대답해 주었고 유일하게 할머니의 통증을 덜어 주려고 애쓰는 사람이기도 했다. 다른 사람들은 상처 부위의 상태나 체온에만 관심을 가질 뿐 환자의 신음 소리는 무시했다. 혹시 할머니가 아프지 않은 척했던 것일까? 그도 아니면 입 다물고 생명을 건져 주어 고맙다고 감사해야 했거나. 그러나 젊은 칠레 의사는 모르핀을 아끼지 않았다. 윌리엄스에게 말한 대로 통증이 환자의 육체적, 도덕적 인내심을 넘어서면 상처가 더디게 호전되거나 치료에 방해가 된다고 믿었기 때문이다. 우리는 그의 이름이 이반 라도빅이고 의사 집안 출신이라는 사실을 알게 되었다. 그의 아버지는 1850년대 말 발칸반

도에서 칠레로 이민했고 칠레 북부 태생의 선생과 결혼하여
세 아들을 낳았는데, 그중 둘이 아버지를 이어 의사가 되었
다. 아버지는 태평양 전쟁에서 삼 년간 외과의로 봉사하다 티
푸스에 걸려 죽었고 어머니 혼자서 가족을 부양해야 했다. 나
는 병원 사람들을 내 마음대로 관찰할 수 있었고, 나한테 하
지 않은 말까지도 듣게 되었다. 라도빅 의사를 제외하고는 아
무도 내 존재를 알아채는 눈치가 아니었기 때문에 가능한 일
이었다. 나는 곧 열여섯 살이 될 텐데도 여전히 리본으로 머리
를 묶고 할머니가 고른 옷을 입고 다녔다. 할머니는 나를 가
능한 한 오랫동안 유년 시절에 묶어 두기 위해 어린 여자아이
나 입을 우스꽝스러운 옷을 입혔다. 내 나이에 맞는 옷을 입
은 것은 프레더릭 윌리엄스가 할머니의 허락도 없이 휘트니
쇼핑센터에 데리고 가 내 맘대로 옷을 고르게 했을 때가 처음
이었다. 머리를 올리고 아가씨 같은 차림으로 호텔에 돌아왔
을 때 할머니는 나를 알아보지 못했다. 아무튼 그건 몇 주가
지난 후의 일이다. 파울리나 델 바예는 황소 같은 체력을 가
진 게 분명했다. 위를 열고 자몽만큼이나 커다란 종양을 들어
낸 뒤 구두 꿰매듯 꿰맸는데도 채 두 달도 지나기 전에 예전
모습을 되찾은 것이다. 무시무시한 모험의 흔적이라곤 해적
의 상처 같은 복부의 수술 자국과 삶에 대한 탐욕스러운 열의
와 그에 따른 왕성한 식욕뿐이었다. 할머니가 지팡이 없이 걸
을 수 있게 되자마자 우리는 프랑스로 출발했다. 할머니는 갓
난아기 이유식이나 먹으려고 세상의 저편 구석에서 파리까지
온 게 아니라고 주장하며, 서퍽 박사가 지시한 식이 요법을 완

전히 무시했다. 치즈 제조법과 프랑스 전통 음식을 연구하겠다는 핑계로 프랑스에서 맛볼 수 있는 수많은 맛난 음식들을 맘껏 즐겼다.

　우리는 윌리엄스가 오스망 대로에 구한 자그마한 호텔에 투숙한 뒤 곧 말할 수 없이 아름다운 어맨다 로웰과 연락을 취했다. 로웰은 여전히 무덤 속의 바이킹 여왕 같은 분위기였다. 파리에서 그녀는 물 만난 물고기같이 지내고 있었다. 좀이 슬긴 했지만 정겨운 다락방에 살고 있었고, 다락방의 작은 창문으로 동네 지붕을 노니는 비둘기들과 파리의 티 한 점 없는 하늘이 환히 내다보였다. 우리는 그녀의 보헤미안적인 인생 얘기들과 유명한 예술가들과의 우정이 사실임을 알게 되었다. 그녀 덕분에 세잔, 시슬레, 드가, 모네 등 여러 화가들의 아틀리에를 방문할 수 있었다. 아름다운 로웰은 인상주의에 대한 식견이 없는 우리에게 그림 감상법을 가르쳐 주어야 했고, 우리는 금방 완전히 매료되고 말았다. 할머니는 화집을 한 질 구했는데, 칠레에 돌아와 집에 걸어 놓자 한바탕 웃음거리가 되었다. 어느 누구도 원심력을 응용한 반 고흐의 하늘이나 로트레크의 쇼걸들을 이해하지 못했고, 그래서 파울리나 넬 바예 같은 바보가 파리에서 놀림을 당한 것이라고 생각했기 때문이다. 어맨다 로웰은 내가 카메라에서 손을 떼지 않고 호텔에 임시로 만든 암실에 틀어박혀 시간을 보낸다는 걸 알고는 파리의 가장 유명한 사진사들을 소개시켜 주겠다고 했다. 후안 리베로 선생님처럼 그녀도 사진이란 그림과 경쟁하는 장르가 아니며 둘은 근본적으로 서로 다르다고 생각했다. 화가는 현실을 해석하고 카메라는 현실을 조형한다는 것이다. 그림에 그려진 것들은 모두 허구지만 사진은 사진사의 감수성과 사실의 합이다. 리베로는 감상적이고 과시적인 기교를 허락하지 않았고, 그림처럼 보이게 하기 위해 사물이나 모델을 인위적으로 배치하는 것은 말할 것도 없었다. 그는 인위적인 조작을 적대시하여 네거티브나 인상들을 조작하도록 내버려 두지 않았고 빛의 효과나 초점을 흐리게 해서 생긴 효과를 경멸했으며 디테일이 그대로 명백하게 드러나더라도 정직하고 간결한 이미지를 좋아했다. "그림에서 느껴지는 효과를 의도하는 거라면 차라리 그림을 그려라, 아우로라. 원하는 게 진실이라면 카메라를 제대로 사용하는 법을 배워라."라고 되풀이하곤 했다. 어맨다 로웰은 한번도 나를 아이처럼 대하지 않고 처음부터 진지하게 대해 주었다. 그녀도 사진을 정말 좋아했다. 아직 아무도 사진을 예술이라 부르지 않았고, 많은 사람들이 그것을 경박한 세기의 쓸모없는 인간들이 갖고 노는 도구의 하나일 뿐이라고 생각하던 시기였다. "나는 사진을 배우기에는 심신이 너무 늙었단다. 그러나 너는 젊은 눈이 있어, 아우로라. 너는 세상을 볼 수 있고 다른 사람이 네 방식대로 세상을 볼 수 있도록 가르칠 수 있단다. 좋은 사진에는 하나의 이야기가 들어 있어서 하나의 장소, 하나의 사건, 하나의 감정을 드러내지. 그래서 수십 장의 글보다 더 강력하단다." 반대로 할머니는 카메라에 대한 내 열정을 사춘기의 변덕으로 여겼고, 나에게 결혼 준비를 시키고 내 혼수품을 모으는 데 훨씬 관심이 많았다. 나를 숙녀 교실에 입학시켰는데 거기서 우아하게 계단을 오르내리는 법, 연회용 냅킨을 접는 법, 목적에 맞게 다양한 요리를 준비하는 법, 실내 오락을 이끄는 법, 꽃다발을 꾸미는 법 등 할머니가 성공적인 결혼 생활을 위해 필요하다고 생각하는 것들을 가르치는 수업을 매일 받았다. 할머니는 쇼핑을 좋아해서 의상실에서 옷을 사느라 오후 시간을 다 보내곤 했다. 나라면 그 시간에 카메라를 들고 파리를 누비며 더 유용하게 보냈을 텐데.

그해가 어떻게 지나갔는지 모르겠다. 파울리나 델 바예가 완전히 건강을 회복하고 프레더릭 윌리엄스가 포도주 통을 위한 목재와, 냄새가 고약한 것에서부터 구멍이 숭숭 뚫린 것에 이르기까지 온갖 치즈의 제조 전문가가 되었을 무렵 우리는 디에고 도밍게스를 알게 되었다. 9월 18일 독립 기념일을 맞아 칠레 공관에서 열린 한 무도회에서였다. 나는 미용사의 손에 붙들려 몇 시간을 보냈고, 미용사는 내 머리를 곱슬곱슬 말아 탑 모양으로 만들고 진주로 장식했다. 머리카락이 말갈기 모양으로 움직였으니 정말 대단한 작품이었다. 드레스는 유리구슬이 점점이 박힌 카스텔라처럼 화려했고, 밤새 구슬들이 떨어져 나가 공관 건물 바닥에 반짝이는 조약돌을 심어 놓았다. "네 아빠가 지금 너를 봤더라면!" 할머니는 내가 단장을 마치자 감탄하며 소리쳤다. 할머니는 자신이 제일 좋아하는 접시꽃 색깔로 머리끝부터 발끝까지 성장을 했다. 목에는 분홍빛 진주를 걸고 마호가니 색 가발을 머리에 얹고, 새하얀 상앗빛 치아가 빛났고, 목에서 바닥까지 가장자리를 흑옥색으로 수놓은 검은 벨벳 망토를 걸쳤다. 그러고는 프레더릭 윌리엄스의 팔짱을 끼고 무도회장에 들어갔고, 나는 인사차 프랑스를 방문한 칠레 함대 소속 해병의 팔짱을 끼고 있었다. 그 해병은 얼굴과 이름도 잘 기억나지 않는 평범한 남자였는데, 자청해서 나에게 항해용 육분의[39]의 쓰임에 대해 가르쳐 주겠다고 했다. 디에고 도밍게스가 할머니 앞에 나타나 자신의 성과 이름을 정식으로 소개하고 나와 같이 춤춰도 되겠느냐고 물었을 때 나는 안도의 한숨을 내쉬었다. 디에고 도밍게스는 진짜 이름이 아니다. 그와 그의 가족들에 관련된 것은 모두 보호해야 하기 때문에 내가 임의로 꾸며 낸 이름이다. 그가 존재했고 그의 이야기가 사실이고 내가 이제는 그를 용서했음을 알리는 것으로 충분하다. 파울리나 델 바예는 디에고 도밍게스를 보자 열성적으로 두 눈을 빛냈다. 마침내 이름난 집안의 아들로 부자고 몸가짐도 나무랄 데 없는 데다 미남이기까지 한, 아주 합당한 내 구혼자를 찾았기 때문이다. 할머니는 춤을 허락했고 그는 내 손을 청해 홀로 이끌고 갔다. 왈츠를 한 곡 추고 나자 도밍게스 씨는 내 무도증을 집어 직접 사인을 했다. 그렇게 펜을 한 번 휘두름으로써 육분의 전문가와 다른 후보자들을 완전히 제거해 버린 것이다. 그제야 나는 그를 유심히 쳐다보았고 그가 매우 근사하게 생겼다는 걸 알게 되었다. 건강미와 힘이 느껴졌고 유쾌한 얼굴에 푸른 눈, 남자다운 풍채의

---

39) 항해술, 측량술 등에서 두 점 사이의 각도나 태양, 달, 항성 등의 고도를 재는 데 쓰는 기구이다.

소유자였다. 연미복을 입어서 좀 불편해 보였지만 자신감 있
게 움직였고 춤도 잘 추었다. 어느 모로 보나 나보다 훨씬 나았
다. 나는 숙녀 교실의 집중 코스에서 일 년간 수업을 들었음에
도 거위같이 춤을 추었고, 게다가 당황한 나머지 동작이 더 굼
떴다. 그날 밤 나는 첫사랑의 열정과 무모함으로 사랑에 빠졌
다. 디에고 도밍게스는 무도장에서 확고한 손놀림으로 나를 이
끌며 강렬한 시선으로 나를 쳐다보았고 계속해서 침묵을 지
키고 있었다. 대화를 시도하려는 노력이 지나치게 간결한 내
대답 때문에 좌절되곤 했기 때문이다. 나는 너무 수줍어서 고
문을 당하는 것만 같았다. 그의 눈을 마주 볼 수도 없었고 어
디다 시선을 둬야 할지도 몰랐는데, 그의 뜨거운 숨이 내 뺨
에 닿는 느낌이 들자 다리가 접히고 말았다. 뛰쳐나가 아무 테
이블 아래든 숨어 버리고 싶은 충동과 필사적으로 싸워야 했
다. 나는 우울한 배역을 맡았고 그 운 나쁜 젊은이는 내 카드
에 허풍스럽게 사인을 해 버린 탓에 내 옆에 붙어 있다는 생각
이 너무나 확고하게 들었다. 순간 나와 춤추는 게 싫은데 의무
감 때문에 그런다면 그럴 필요 없다고 말해 버렸다. 그는 폭소
를 터뜨리는 것으로 대답했는데 그게 그날 밤의 유일한 웃음
이었다. 그러고는 몇 살이냐고 물었다. 나는 한 번도 남자의 팔
에 안겨 본 적이 없었고 허리에 남자의 손아귀를 느껴 본 적도
없었다. 한 손은 그의 어깨에서 다른 한 손은 그의 장갑 낀 손
에서 쉬고 있었다. 그러나 그가 난호하게 나를 붙잡고 있었기
때문에 무용 선생님이 엄하게 가르친 대로 비둘기같이 날렵하
지는 못했다. 잠깐 쉬는 동안 그가 샴페인을 권했고 나는 그의

발을 더 자주 밟으리라는 걸 뻔히 알면서도 거절할 엄두가 나지 않아 주는 대로 마셨다. 파티가 끝날 무렵 칠레 공사가 머나먼 조국과 아름다운 프랑스를 위해 건배하자고 청했을 때, 디에고 도밍게스는 내 뒤에 서서 카스텔라 드레스의 옷자락이 허락하는 한 최대한 가까이 붙어 "아름답군요."라거나 그 비슷한 말을 내 목덜미에 속삭였다.

그 후 며칠 동안 파울리나 델 바예는 디에고 도밍게스의 집안과 집안 내력을 샅샅이 캐기 위해 외교관 친구들을 만나고 다닌 뒤, 그에게 나를 샹젤리제 거리로 데려가 말을 타며 산책해도 좋다고 허락했다. 그러나 신중할 정도의 거리를 두고 할머니와 프레더릭 아저씨가 마차 안에서 감시를 했다. 그러고 나서 네 사람은 파라솔 밑에서 아이스크림을 먹고 오리들에게 빵가루를 던져 주며 시간을 보냈고 그 주에 오페라 구경을 가기로 약속했다. 같이 산책도 하고 아이스크림도 먹으며 지내는 동안 어느덧 10월이 되었다. 디에고는 거의 모든 칠레의 상류층 젊은이들이 세상에 눈뜨기 위해 한 번씩은 하는 의무적인 모험을 하라고 아버지가 보내서 유럽에 온 것이었다. 여러 도시를 방문하고 의례적으로 박물관과 대성당을 몇 군데 견학했고, 밤놀이들과 여자들에게 구애하는 떠들썩한 방종에도 흠뻑 젖어 보았으니 — 아마도 그 경험들이 이제 그런 나쁜 버릇을 씻어 줄 테고 친구들 앞에서 허세 부릴 소재도 되어줄 터였다 — 칠레로 돌아가 분별력 있게 일도 하고 결혼도 하여 가정을 꾸밀 준비가 되어 있었다. 디에고 도밍게스는 내가 어린 시절 내내 사모하던 세베로 델 바예에 비하면 못생긴 남자였고 마틸데 피녜다 양과 비교하면 바보나 다름없었지만 나는 그런 비교나 하고 있을 처지가 아니었다. 완벽한 남자를 만났다고 확신했고, 그가 나에게 관심을 가졌다는 기적을 믿을 수 없을 지경이었으니까. 프레더릭 윌리엄스는 스쳐 지나가는 첫사랑에 매달리는 건 신중하지 못하다는 생각이었고 내가 아직 매우 어리니 앞으로도 차분히 고를 만한 구혼자들이 많을 거라고 했다. 그러나 할머니는 그가 농사를 짓고 수도에서 아주 멀리 떨어진 농촌에 살고 있다는 점이 좀 걸리지만 그 정도 젊은이라면 결혼 시장에서 구할 수 있는 최선이라고 우겼다.

"배와 기차를 타면 아무 문제 없이 여행할 수 있는 거리야."

"할머니, 너무 앞서가지 말아요. 도밍게스 씨는 할머니가 생각하는 것에 대해 한마디도 암시한 적이 없어요." 내가 귀까지 발개지며 말했다.

"빠를수록 좋지. 안 그러면 내가 양자택일을 하도록 만들어야겠다."

"안 돼요!" 나는 놀라서 소리쳤다.

"내 손녀가 퇴짜 맞는 걸 두고 보진 않을 테다. 시간을 허비할 순 없어. 그 젊은이가 진지한 의도가 아니라면 당장 물러나야 마땅해."

"그렇지만 할머니, 왜 그렇게 서둘러요? 이제 막 만난 사이인데……."

"내가 몇 살인지 알고나 있니, 아우로라? 일흔여섯이다. 이렇게 오래 사는 사람은 별로 없어. 죽기 전에 네가 제대로 결혼하는 걸 봐야겠다."

"할머니는 죽지 않을 거예요."

"아니다, 얘야. 그렇게 보일 뿐이야."

할머니가 디에고 도밍게스를 계획적으로 몰아댔는지 아니면 넌지시 비춘 속내를 알아채고 그가 스스로 결정했는지는 모르겠다. 충분한 거리와 편안한 기분으로 그 에피소드를 바라볼 수 있는 지금에야 비로소 그가 나에게 빠진 적이 한 번도 없고 단지 무조건적인 내 사랑에 신이 나 있었고, 그 결혼의 이점을 저울질해 본 게 틀림없다는 사실을 알게 되었다. 그는 아마도 나를 원했을 것이다. 우리는 둘 다 젊고 약혼자도 없었으니까. 시간이 지나면 나를 사랑하게 될 거라고 믿었을지도 모르고 그래서 어쩌면 게으름과 편의 때문에 나와 결혼했는지도 모른다. 디에고는 좋은 결혼 상대였지만 그건 나도 마찬가지였다. 나는 아버지가 남긴 연금을 받을 테고 할머니의 유산도 물려받을 것이었다. 이유야 어쨌든 그는 내게 청혼했고 내 손가락에 다이아몬드 반지를 끼워 주었다. 두 눈이 달린 사람이라면 누가 보든 위험의 조짐이 명백했다. 나를 홀로 두고 떠나는 것이 두려워 눈이 먼 할머니와 사랑에 미쳐 있던 나를 제외하고 누구든 말이다. 처음부터 줄곧 디에고 도밍게스는 나에게 맞는 남자가 아니라고 주장하던 프레더릭 아저씨는 알고 있었다. 그러나 그는 그 이 년 동안 나에게 접근한 어떤 남자도 마음에 들어 하지 않았기 때문에 우리는 그의 말을 염두에 두지 않았고, 아버지들이 갖는 질투심이라고만 생각했다. "그 젊은이는 기질적으로 차가운 데가 있는 느낌이오."라고 여러 번 말했지만 할머니는 그건 냉정함이 아니라 완벽한 칠레 신사다운 예의범절이라면서 프레더릭 아저씨의 의견을 묵살했다.

파울리나 델 바예는 열광적으로 쇼핑을 시작했다. 시간이 없어 쇼핑 꾸러미들을 열어 보지도 않은 채 그대로 트렁크에 집어넣었기 때문에 나중에 산티아고에서 꺼내 보니 같은 물건이 두 개씩 들어 있기도 하고 절반은 나에게 어울리지도 않았다. 디에고 도밍게스가 칠레로 돌아가야 한다는 걸 알게 되자 할머니는 같은 배로 돌아가기로 약속했다. 그러면 몇 주 동안 서로 더 잘 알게 되리라는 생각에서였다. 프레더릭 윌리엄스는 못마땅한 표정이었고 그 계획이 틀어지게 하려고 애썼지만 할머니 머리에 뭔가 떠올랐다면 그 뜻을 거스를 수 있는 힘은 이 세상에 없었다. 더구나 손녀딸의 결혼에 관련된 사안이었으니 두말할 나위가 없었다. 부에노스아이레스에 도착할 때까지 흐린 갑판을 산책하거나 공놀이, 트럼프 게임, 칵테일, 춤 등으로 시간을 보낸 것 외에는 그 여행에 대해 기억나는 게 별로 없다. 디에고는 종자 투우를 몇 마리 사서 남쪽 안데스 도로를 따라 농장까지 몰고 가야 했기 때문에 우리는 부에노스아이레스에서 헤어졌다. 우리는 단둘이 있거나 지켜보는 이 없이 얘기를 나눌 기회가 별로 없었다. 그가 보낸 스물세 해와 가족들에 대한 기본적인 사항만 알았을 뿐 그의 취향이나 신앙, 야망 등에 대해서는 거의 아는 게 없었다. 할머니는 내 아버지 마티아스 로드리게스 데 산타 크루스는 죽었고, 엄마는 미국 여자인데 출산하다가 죽었기 때문에 얼굴도 모른다고 했다. 거짓말은 아니었다. 디에고는 더 알고 싶어 하는 기색도 없었다. 사진에 대한 내 열정에도 관심이 없어서 내가 사진을 그만둘 생각이 없다고 말했을 때도, 여동생도 유화를 그리고 형수도 십자수를 놓는다면서 아무 문제 없으니 좋을 대로 하라고 했다. 대서양을 건너는 그 긴 시간 동안에도 우리는 실제로 서로를 전혀 알아 가지 못했다. 그러나 할머니가 우리 두 사람 주위에 의도적으로 쳐 놓은 거미줄에 서서히 옭혀들고 있었다.

대서양 횡단선의 일등칸에는 귀부인들의 옷이나 식당의 꽃병 장식을 제외하면 사진 찍을 만한 게 별로 없었다. 그래서 종종 아래층 갑판으로 내려가 인물 사진을 찍었고 특히 배의 밑창에 차곡차곡 들어찬 삼등칸 여행객들을 찍곤 했다. 그들은 주머니에 든 건 별로 없었지만 가슴은 희망에 부풀어 아메리카로 돈을 벌러 가는 러시아인, 독일인, 이탈리아인, 유대인 출신의 노동자나 이민자들이었다. 불편하고 끼니도 부족했지만, 모두가 거만하고 격식을 차리고 따분한 일등칸 승객들보다 더 잘 지내는 듯했다. 이민자들끼리는 쉽게 동지애가 형성되어 남자들은 트럼프와 도미노 놀이를 하고 여자들은 무리지어 사는 얘기를 나누었으며, 아이들은 즉흥적으로 낚싯대를 만들기도 하고 숨바꼭질을 하며 놀았다. 오후가 되면 기타, 아코디언, 플루트, 바이올린 등이 화려하게 등장해 노래와 춤, 맥주로 즐거운 파티가 벌어졌다. 내 존재는 아무도 신경 쓰지 않는 듯했다. 나에게 뭘 물어보는 사람도 없었고 며칠 지나지 않아 나를 자신들 일행으로 받아들여 준 덕에 내 맘대로 그들을 카메라에 담을 수 있었다. 배에서는 네거티브 필름을 현상할 수 없었기에 나중에 산티아고에서 현상할 수 있도록 잘 분류해 두었다. 아래층 갑판을 돌아다니던 어느 날 그런 데서 만나리라고는 짐작도 못 한 사람과 우연히 마주쳤다.

"칭기즈 칸!" 그를 보자 나는 소리쳤다.

"사람을 잘못 보신 것 같군요, 아가씨."

"죄송합니다, 라도빅 박사님." 나는 바보 천치가 된 기분으로 말했다.

"우리가 아는 사이인가요?" 그는 의아해하며 물었다.

"저를 기억 못 하세요? 파울리나 델 바예의 손녀잖아요."

"아우로라? 맙소사, 절대로 알아볼 수 없었을 거다. 몰라보게 달라졌구나!"

나는 정말 변해 있었다. 일 년 반 전 그를 만났을 때는 여자 아이 같은 차림이었지만 지금은 성숙한 여인의 모습을 한 채 목에 카메라를 메고 손가락에는 약혼반지를 끼고 있었다. 세월이 흐른 후 내 삶을 바꾼 우정은 그 여행에서 시작되었다. 이반 라도빅 박사는 이등칸에 타고 있어서 초대 없이 일등 칸으로 올라올 수 없었기에 내가 내려가 자주 그를 방문했다. 내가 사진에 대해 말하는 만큼이나 열정적으로 그는 자기 일에 대해 이야기해 주었다. 내가 카메라를 조작하는 모습을 보곤 했지만 이전에 찍은 사진들이 트렁크 깊이 들어 있어 한 장도 보여 주지 못했다. 산티아고에 도착하면 보여 주기로 약속했는데 그런 일로 그를 부른다는 게 부끄러웠기 때문에 약속을 지키지는 못했다. 허영심의 표현처럼 느껴졌고, 생명을 구하느라 바쁜 사람에게 헛되이 시간을 보내게 하고 싶지도 않았다. 그가 배에 함께 탔다는 사실을 알게 되자 할머니는 당장 함께 차를 마시자고 우리의 스위트룸 테라스로 초대했다. "넓은 바다에서도 당신과 함께 있으니 마음이 놓이는군요, 선생. 내 배에서 자몽이 하나 더 나오면 당신이 와서 부엌칼로 꺼내 주시구려." 할머니는 농담을 했다. 여러 차례 그를 다과회에 초대했고 차를 마신 후면 트럼프 놀이를 했다. 이반 라도빅은 홉스 병원의 실습 기간이 끝났고 이제 병원에서 일하기 위해 칠레로 돌아가는 길이라고 했다.

"개인 병원을 하나 열면 어때요?" 할머니는 그에게 애정을 느끼며 말했다.

"저로서는 병원을 차리는 데 필요한 자본과 인맥을 구할 수 없을 겁니다, 델 바예 부인."

"내가 투자하리다. 어때요?"

"그건 절대로 받아들일 수 없는데요……."

"당신 때문이 아니라 괜찮은 투자여서 하는 소리라오, 라도빅 선생." 할머니가 가로막으며 말했다. "모든 사람은 병들게 마련이니 의료업은 좋은 장사잖소."

"의술은 사업이 아니라 권리라고 봅니다, 부인. 저는 의사이므로 봉사할 의무가 있고 언젠가는 모든 칠레인들이 건강해지기를 바랍니다."

"당신은 사회주의잔가요?" 할머니는 깔보는 듯한 태도로 물었다. 마틸데 피네다 양의 '배신' 이후 할머니는 사회주의를 불신했다.

"저는 의사입니다, 델 바예 부인. 환자들의 치료가 제 관심사의 전부입니다."

우리는 1898년 12월 말 칠레로 돌아왔고 그 당시 칠레는 도덕적 위기가 만연해 있었다. 부유한 지주층에서부터 학교 선생이나 초석 광산 노동자에 이르기까지 자기 운명이나 정권에 만족하는 사람이 한 명도 없었다. 칠레인들은 자기도취와 게으름, 도둑질 등 기질상의 결함과 지긋지긋한 관료주의, 실업, 정의 부재, 궁핍 등의 사회악에 대해 체념한 듯 보였다. 가난은 부유층의 뻔뻔스러운 허세와 대조를 이루었고, 소리 없는 분노가 자라나 북쪽에서 남쪽으로 퍼져 나가고 있었다. 우리의 기억 속에는 그토록 지저분하고 비참한 사람들이 우글거리며, 수도원은 바퀴벌레로 가득 차고, 수많은 아이들이 걸음마를 떼기도 전에 죽는 산티아고는 존재하지 않았다. 언론은 수도의 사망률이 캘커타와 맞먹는다고 보도했다. 해방군 거리에 있는 우리 집은 가난에 찌든 먼 아주머니뻘 되는 친척 두 사람과 하인들 몇 명이 지키고 있었다. 칠레 가문이라면 그런 친척쯤은 수두룩했다. 아주머니들은 이 년 이상 그 왕국을 장악했던지라 별로 기쁜 기색 없이 우리를 맞았고 아주머니들 뒤에는 몰라볼 정도로 늙어 버린 캐러멜이 따라 나왔다. 정원에는 잡초가 무성했고 아랍식 분수들은 바싹 말라 있었으며, 살롱들에서는 무덤 냄새기 나고 부엌은 돼지우리 같고 침대 밑에는 쥐똥이 그득했다. 그러나 그 무엇도 희대의 결혼식을 열 준비가 되어 도착한 파울리나 델 바예를 곤혹스럽게 하지는 못했다. 그녀는 자기 나이든 산티아고의 더위든 내성적인 내 성격이든 결혼에 방해가 된다면 그 무엇도 가만두지 않을 작정이었다. 그녀는 사람들이 모두 해변이나 농촌으로 휴가를 떠나는 여름 몇 달을 이용해 늦지 않게 집을 정돈하기로 했다. 가을에는 다시 바쁜 생활이 시작될 테고 봄의 시작인 9월로 예정된 결혼식을 준비할 시간은 그때뿐이었기 때문이다. 9월은 국경일의 달이자 신부의 달이었고 디에고와 내가 처음 만난 지 꼭 일 년이 되는 때이기도 했다. 프레더릭 윌리엄스는 미장이, 목수, 정원사, 하녀 군단을 고용해 칠레식 속도로 전혀 서두르지 않고 엉망이 된 집을 다시 손보는 일에 착수했다. 여름이 되자 먼지가 부예지고 찌는 듯이 더웠으며, 복숭아 향기와 맛난 여름 과일을 팔러 다니는 행상인들의 고함 소리가 넘쳐 났다. 여력이 되는 사람들은 농촌이나 해변으로 휴가를 떠났고 도시는 쥐 죽은 듯 조용했다. 피부가 그을어 그 어느 때보다 멋있고 건장한 모습을 한 세베로 델 바예가 야채 자루들과 과일 바구니, 그리고 포도밭에 대한 희소식을 들고 찾아왔다. 그는 나를 쳐다보고는 이 년 전 헤어진 그 코흘리개라는 사실에 놀라 입을 다물지 못했다. 팽이처럼 한 바퀴 돌려 보며 이리저리 관찰하더니 내가 엄마의 분위기와 닮은 데가 있다는 후한 평가를 했다. 할머니는 그 말에 진저리를 쳤다. 그녀 앞에서 내 과거는 언급된 적이 없고, 그녀에겐 다섯 살 때 내가 샌프란시스코 대저택의 문지방을 넘던 순간이 내 인생의 시작이며 그 이전이란 존재하지 않았다. 다시 출산이 가까워진 니베아는 산티아고까지 여행하기에는 몸이 너무 무거워 아이들과 농장에 남아 있었다. 세베로는 기후에 비하면 포도 작황이 매우 좋고 백포도주용 포도는 3월에, 적포도주용 포도는 4월에 수확할 생각이라고 했다. 그러고는 덧붙이기를 다른 덩굴들과 뒤얽혀 자라지만 더 여려서 병에 쉽게 걸리고 더 늦게 익는 완전히 종류가 다른 적포도주용 덩굴들이 있는데, 수확은 우수하지만 문제를 일으킬지 모르니 뽑아 버릴 생각이라고 했다. 파울리나 델 바예는 당장 귀가 쫑긋해지고 두 눈동자에서는 돈 되는 아이디어가 떠올랐을 때 보이는 탐욕스러운 빛이 반짝였다.

"가을이 오자마자 분리해서 옮겨 심으려무나. 잘 돌봐서 내년에 그걸로 특별한 포도주를 만들자."

"그건 뭐 하게요?"

"더 늦게 익는다면 더 섬세하고 밀도 있는 포도일 게야. 틀림없이 훨씬 좋은 포도주가 될 거다."

"우린 이미 칠레 최고의 포도주를 생산하는 중이에요, 고모."

"나를 기쁘게 해 다오, 얘야. 내가 하자는 대로 하렴." 할머니는 명령하기 전에 으레 사용하는 달콤한 말투로 부탁했다.

결혼식 날 신부가 신혼 첫날밤 이전에 알아 두어야 할 기본적인 것들을 서둘러 알려 주려고 새로 태어난 아기를 바구니에 안고 찾아올 때까지 나는 니베아를 볼 수 없었다. 어느 누구도 내게 그런 이야기를 들려주는 수고를 하지 않았던 것이다. 그러나 처녀라고 해서 이름 붙이기 힘든 그 본능적인 열정의 위협으로부터 안전하진 않았다. 나는 밤낮으로 디에고를 생각했고 그 생각들이 늘 순수한 것만은 아니었다. 그를 갈망

했지만 왜 그런지는 제대로 몰랐다. 그에게 안기고 싶고 가끔씩 해 주었듯이 키스해 주었으면 싶고, 그의 벗은 몸이 보고 싶었다. 한 번도 맨몸의 남자를 본 적이 없었지만 고백하자면 궁금해서 잠을 못 이룰 지경이었다. 그게 전부였을 뿐 나머지는 미스터리였다. 니베아는 넉살 좋고 정직해서 그런 것을 가르쳐 줄 수 있는 유일한 여자였지만 여러 해가 지난 후 우리의 친분이 깊어질 때까지는 그러지 못했다. 우정이 깊어진 후에는 세베로 델 바예와의 은밀한 비밀들도 얘기해 주고, 돈 호세 프란시스코 베르가라 아저씨의 전집에서 배운 자세들을 숨넘어갈 듯 웃어 대며 세세하게 묘사해 주었다. 그 시절의 나는 순진함은 벗었지만 성적인 주제들에 대해서는 아직 매우 무지했고 니베아 말로는 대부분의 여자나 남자들이 다 그렇다고 했다. "아저씨의 책이 아니었더라면 나도 아이를 열다섯이나 낳고도 어떻게 그렇게 되었는지 몰랐을 거다." 아주머니들이 알았더라면 소름 끼쳐 했을 그녀의 충고들은 내 두 번째 사랑에 매우 도움이 되었다. 미리 알았더라도 첫사랑에는 아무 소용이 없었을 것이다.

길기만 하던 석 달 동안 우리는 해방군 거리의 집에서 더위에 허덕이며 네 개의 침실에 텐트를 치고 지냈다. '귀부인 클럽'의 모든 회원들이 여름휴가를 떠나 버렸는데도 할머니가 곧 자선 활동을 다시 시작했기 때문에 지루하진 않았다. 클럽은 할머니가 없는 동안 기강이 느슨해져서 강제적인 자선 활동의 고삐를 조일 필요가 있었다. 우리는 다시 병자들과 과부, 정신병자들을 방문해 음식을 나눠 주고 가난한 여자들을 위한 융자 제도를 감독하기 시작했다. 한결같이 극단적인 궁핍에 처한 수혜자들이 돈을 갚을 거라고 생각하는 사람은 아무도 없었기 때문에 신문들까지도 그 아이디어를 조롱했다. 그러나 결과가 매우 좋게 나타나자 정부도 그 아이디어를 따라하기로 했다. 여자들은 신경을 써서 매달 할부로 융자금을 갚았을 뿐 아니라 융자금을 갚지 못하는 사람이 생기면 다른 사람들이 대신 갚아 주는 식으로 상부상조했다. 나는 파울리나델 바예가 그녀들에게 이자를 물려 자선 활동을 사업으로 바꿀 수 있다는 생각을 했다고 본다. 그러나 내가 단호하게 그녀를 막았다. "모든 일엔 지켜야 할 선이 있어요, 할머니. 욕심도마찬가지예요."라고 할머니를 비난했다. 디에고 도밍게스와 열을 올려 편지를 주고받느라 나는 우편물에 매달려 지냈다. 얼굴을 맞대고 있다면 엄두도 안 날 말을 편지로는 표현하게 된다는 사실을 알게 되었다. 글로 쓰인 말은 나를 매우 자유롭게 했다. 그 전에 그토록 좋아했던 소설책 대신 사랑의 시를읽는 나 자신을 보고 놀라기도 했다. 죽어서 저세상에 간 시인들이 내 감정을 이렇게 정확하게 묘사할 수 있다면 내 사랑이라고 특별한 게 아닐뿐더러 시인이 지어낸 것은 하나도 없고 사람은 거의 똑같은 방식으로 사랑에 빠진다는 사실을 겸허하게 인정해야 했다. 나는 내 약혼자가 건장한 뒷모습의 기품 있고 굳세고 말쑥한 전설 속의 영웅처럼 말을 타고 농장을질주하는 모습을 상상하곤 했다. 나는 그 건장한 남자의 품에안전하게 안겨 있을 것이다. 그는 나를 행복하게 해 주고 나를지켜 주고, 영원한 사랑과 아이들도 가져다줄 것이다. 우리가 영원히 포옹한 채 두둥실 떠다니는, 솜같이 부드럽고 사탕같이 달콤한 미래를 그려 보았다. 내가 사랑하는 남자의 몸에서는 어떤 향기가 날까? 그가 지나온 숲속의 흙냄새일까, 아니면 제과점의 달콤한 향기일까. 바닷물 냄새가 날지도 몰라. 어릴 적부터 꿈속에서 나를 감싸다가 금방 사라져 버리던 그 바다 냄새. 갑자기 디에고의 체취를 맡고 싶은 욕망이 갈증처럼 솟구쳤다. 그래서 편지에 빨지 않은 스카프나 셔츠를 하나 보내 달라고 부탁했다. 그런 열정적인 편지에 대한 약혼자의 답은 암소, 밀, 포도, 비가 내리지 않는 여름 하늘 등 농촌 생활에 대한 고즈넉한 기록과 자기 가족들에 대한 많지도 않은 이야기가 전부였다. 스카프나 셔츠를 보내는 일은 물론 한 번도 없었고 마지막 문장에서는 얼마나 나를 사랑하는지, 벽돌과 기와로 지은 서늘한 집에서 얼마나 행복하게 살게 될지를 상기시키곤 했다. 형 에두아르도가 수사나와 결혼했을 때도 그랬던 것처럼 그의 아버지가 우리가 살 집을 짓는 중이었다. 여동생 아델라가 결혼할 때도 그럴 것이다. 도밍게스 가족은 대대손손 늘 함께 살았다. 그리스도에 대한 사랑과 형제간의 단합, 부모에 대한 공경, 고된 노동에 대한 경의 등이 그 가족의 밑거름이었다.

아무리 편지를 써 대고 시를 읽으며 한숨을 지어도 시간이 남아돌았고 그래서 나는 다시 돈 후안 리베로의 스튜디오를 찾아갔다. 사진을 찍으며 시내를 돌아다니기도 하고 밤에는 집 안에 만들어 놓은 암실에서 작업을 했다. 나는 매우 아름다운 이미지를 만들 수 있는 신기술인 백금 사진을 실험하고 있었다. 방법은 간단한 반면 비용이 많이 들었는데 할머니가 기꺼이 부담해 주셨다. 백금 용액으로 사진 용지에 붓질을 하면 색조가 미세하게 변하면서 광채가 나고 선명하며 깊이 있는 이미지들이 만들어지는데 그 이미지들이 바래지 않고 보존된다. 십 년이 지났는데도 그 사진들은 내 사진첩에서 가장 뛰어난 것들이다. 그 사진들을 보면 많은 기억들이 티 없이 깨끗한 백금 사진의 이미지 그대로 떠오른다. 파울리나 할머니와 세베로, 니베아, 친구들과 친척들이 보이고, 몇 장의 자화상 사진들에서는 그 시절의 내 모습을 그대로 볼 수 있다. 내 인생을 바꿔 버린 사건들이 일어나기 직전의 사진들이다.

3월의 두 번째 화요일 아침이 밝자 집은 화사하게 단장을 했다. 현대식 가스 시설과 전화기가 설치되었고, 할머니를 위해 승강기도 설치했으며, 뉴욕에서 가져온 벽지를 바르고 가구에는 휘황찬란한 태피스트리[40]를 달았다. 살롱들은 막 초칠을 끝낸 나무 마루며 윤을 낸 청동, 세광한 크리스털, 인상주의 그림 등으로 꾸며졌다. 제복 차림의 하인 한 부대도 새로 생겼고 그들은 파울리나 델 바예가 크리용 호텔에서 몸값을 두 배나 치르고 데려온 아르헨티나인 집사의 지휘에 따라 움직였다.

"사람들이 우리를 흉볼 거예요, 할머니. 집사를 고용하는 사람은 아무도 없어요. 이건 정말 꼴불견이에요." 나는 할머니를 일깨웠다.

---

40) 색실로 수놓은 벽걸이나 실내 장식용 비단.

"그게 무슨 상관이냐. 뒤꿈치가 다 닳은 구두를 신고 수프에 머리카락을 빠뜨리는 마푸체 인디오 여자들과 씨름할 생각은 없다." 할머니는 넓게는 전 산티아고 사회에, 좁게는 디에고 도밍게스 집안에 제대로 인상을 심어 줄 작정이었다.

그리하여 새로 온 하인들은 우리 집에서 수년간 지내서 당연히 내보낼 수도 없는 오래된 하녀들과 뒤섞였다. 시중드는 사람이 너무 많아서 느릿느릿 걸어 다녀도 서로 부딪히기 일쑤였고, 험담과 좀도둑질도 많았다. 아르헨티나인 집사가 어디서부터 손을 대야 할지 몰라 하자 결국 프레더릭 윌리엄스가 개입하여 질서를 잡았다. 주인이 집안일까지 개입하는 걸 본 적은 없지만 그가 일을 완벽하게 처리했기 때문에 사람들은 감동했다. 오랜 집사 경력이 도움이 되었던 것이다. 새 집의 첫 손님인 디에고 도밍게스와 그의 가족이 하인들의 우아함을 높이 샀다고는 보지 않는다. 오히려 그 휘황찬란함에 기가 죽은 듯했다. 그의 집안은 남부의 오랜 지주 가문 중 하나였는데, 시골 농장에서는 겨우 두 달 남짓 보내고 나머지는 농장 수입으로 산티아고나 유럽에서 살던 대부분의 칠레 농장주들과는 달리 농촌에서 태어나서 자라고 죽었다. 디에고의 가족은 뼈대 있는 집안이었고 독실한 가톨릭 신자에다 소박한 사람들이어서 할머니의 억지스러운 세련미 같은 것은 전혀 찾아볼 수 없었다. 그러니 그런 식의 치장은 다소 퇴폐적이고 별로 기독교적이지도 않다고 생각했을 게 틀림없다. 디에고의 형수 수사나를 제외하곤 그들이 모두 푸른 눈을 가졌다는 사실이 나는 신기했다. 수사나는 그림에 등장하는 스페인 여자처럼 노곤한 분위기의 가무잡잡한 미인이었다. 식탁에 앉았을 때 그들은 연이어 나오는 식기 세트와 여섯 개나 되는 잔에 당황했다. 아무도 오렌지 소스를 넣은 오리 요리를 먹어 보려 하지 않았고, 불이 붙은 채 나온 후식을 보고 좀 놀라기도 했다. 제복 입은 하인 행렬을 보자 디에고의 어머니 도냐 엘비라는 왜 집 안에 군인이 이렇게 많은 거냐고 물었다. 인상주의 그림들을 보고는 기겁을 했다. 내가 그 괴상한 그림들을 그렸고 할머니가 손녀딸에 대한 애정으로 벽에 건 것이라고 생각했기 때문이다. 그러나 음악 살롱에 마련된 하프와 피아노 협주곡은 아주 환영을 받았다. 씨종자 투우가 화제가 되어 가축의 번식에 대한 얘기로 이어질 때까지 대화는 두 마디면 끝나 버리곤 했다. 소의 번식은 파울리나 델 바예에게 터무니없는 관심을 불러일으켰다. 그들이 가진 암소가 몇 마리나 되는지 염두에 두면서 그 소들로 치즈 사업을 시작할 궁리를 하는 게 틀림없었다. 약혼자의 가족과 함께 농촌에서 살게 될 미래에 대한 나의 의구심은 그 방문으로 완전히 사라졌다. 나는 전통 있는 그 집안의 선하고 겸손한 농촌 사람들에게 빠져 버렸다. 혈색 좋고 웃음 많은 아버지와 너무나 순수한 어머니, 친절하고 남자다운 형과 신비스러운 형수, 카나리아처럼 쾌활한 여동생 등 나를 만나 보려고 며칠이나 걸리는 여행을 한 그 사람들에게 말이다. 그들은 나를 자연스럽게 받아들였다. 우리 집 생활 방식에 좀 당혹스러워하며 돌아갔겠지만 나쁜 생각이라곤 할 줄 모르는 사람들이니 우리를 헐뜯지는 않았다고 확신한다. 그들은 디에고가 나를 선택했으니 자신들의 가족 구성원으로 여겼고 그걸로 충분하다고 생각했다. 그들의 순박함에 나는 긴장이 풀렸고, 그건 낯선 사람들과의 관계에서는 드문 일이었다. 나는 금방 그들 한 사람 한 사람과 대화를 나누며 유럽을 여행한 이야기와 사진에 대한 취미도 이야기했다. "사진 좀 보여 주겠니, 아우로라." 도냐 엘비라가 부탁했다. 사진을 보여 주자 그녀는 실망하는 기색을 감추지 못했다. 그녀는 파업 중인 노동자들의 피켓이나 수도원들, 누더기를 걸친 채 서민 동네의 거친 개천에서 놀고 있는 아이들, 사창가, 배 밑 칸의 짐 더미 위에 앉아 고단해하는 이민자들보다는 훨씬 더 생기로운 것을 기대했던 모양이다. "근데, 아가, 예쁜 사진들을 좀 찍지 그러니? 이런 후미진 곳엔 뭐 하러 들어가니? 칠레에는 아름다운 풍경들이 정말 많단다⋯⋯." 그 순수한 부인이 중얼거렸다. 나는 아름다운 것들이 아니라 노력과 고통으로 단련된 얼굴들에 더 관심이 있다고 설명하려다가 적절한 때가 아니라는 걸 깨달았다. 내 미래의 시어머니와 다른 가족들에게 나를 알릴 기회는 앞으로도 많을 테니까.

"그런 사진은 뭐 하러 보여 줬니? 도밍게스 가족은 조상 대대로 내려온 풍습을 고수하는 사람들이야. 너의 현대적인 생각들로 그 사람들을 놀래서는 안 된다, 아우로라." 그들이 가고 난 뒤 파울리나 델 바예가 나무랐다.

"어차피 그들은 이 호화로운 집과 인상파 그림들을 보고 놀랐는데요 뭘. 안 그래요, 할머니? 게다가 디에고와 그의 가족들은 내가 어떤 여자인지 알아야 한다고요."

"너는 아직 여자가 아니라 애야. 나중엔 변할 테고, 아이들도 갖고 네 남편 집안의 분위기에 맞춰 가야 할 거다."

"나는 언제나 그대로일 거예요. 사진도 그만두고 싶지 않고요. 이건 디에고 여동생의 수채화나 형수의 십자수와는 다른 거예요. 내 인생의 근본적인 부분이라고요."

"그래, 좋아. 일단 결혼해라. 그러고 나서 네 맘대로 하려무나." 할머니가 결론처럼 말했다.

우리는 예정된 9월까지 기다리지 않고 4월 중순에 결혼해야 했다. 도냐 엘비라 도밍게스가 가벼운 심장 발작을 일으켰고 일주일 후 혼자서 몇 걸음 걸을 만큼 충분히 회복되자, 저세상으로 가기 전에 내가 아들의 아내가 되는 것을 보고 싶다는 뜻을 비쳤기 때문이다. 다른 가족들도 같은 생각이었다. 부인이 죽기라도 하면 정해진 대로 상을 치르기 위해 적어도 일년은 결혼을 미뤄야 했다. 체념한 할머니는 일을 서두르며 자신이 계획했던 왕실 같은 결혼식을 잊어버리기로 했고, 나는 안도의 숨을 내쉬었다. 왜냐하면 할머니가 바라듯이 흰색 오건디에 뒤덮인 차림으로 프레더릭 윌리엄스나 세베로 델 바예의 팔짱을 끼고 대성당으로 들어가는 나를 산티아고 절반이볼 거라고 생각하면 정말 불안했기 때문이다.

디에고 도밍게스와 처음 나눈 사랑에 대해 뭘 말할 수 있을까? 거의 없다. 굳어 버린 흑백의 기억으로 남아 있기 때문이다. 회색은 점차 사라져 버리니까. 어쩌면 내가 기억하는 것만큼 그렇게 비참하지 않았는지도 모르지만 색조들은 잊혀버렸고 열패감과 분노의 느낌만 대충 남아 있다. 해방군 거리의 집에서 비공개 결혼식을 올린 후 우리는 그날 밤을 호텔에서 보내고 다음 날 부에노스아이레스로 두 주 동안 신혼여행을 떠날 예정이었다. 도냐 엘비라의 건강이 불안정해서 멀리 갈 수가 없었다. 할머니와 작별할 때 내 인생의 일부가 영원히 끝나 버린 느낌이었다. 할머니와 포옹하며 내가 얼마나 그녀를 좋아하는지, 그녀가 얼마나 왜소해졌는지 깨달았다. 할머니는 옷을 걸치다시피 입고 있었고 키도 내가 머리 반쯤이나 더 컸다. 할머니의 삶이 얼마 남지 않았다는 예감이 들었다. 작고 무너져 버릴 듯한 모습에 목소리는 떨리고 무릎은 양털같이 약한 노파였다. 칠십여 년간 자기 일을 스스로 처리하고 가족의 운명을 자기 뜻대로 조종했던 놀라운 여장부의 모습은 온데간데없었다. 옆에 서 있는 프레더릭 윌리엄스가 아들처럼 보였다. 쇠약해지게 마련인 인간의 운명을 면제받기라도 한 듯 그에게는 세월의 흔적을 찾아볼 수 없었다. 맘씨 좋은 프레더릭 아저씨는 전날까지도 확신이 없으면 결혼하지 말라면서 할머니 뜻을 거스르는 간곡한 부탁을 했다. 그럴 때마다 나는 지금만큼 무언가를 확신해 본 적이 없다고 대답했다. 디에고 도밍게스에 대한 내 사랑에 한 치의 의심도 없었다. 결혼식이 다가올수록 나는 점점 안절부절못했다. 옷을 전부 벗은 모습을 거울에 비춰 보기도 하고 할머니가 프랑스에서 사 준 부드러운 레이스 잠옷으로만 가린 채 몸을 비춰 보기도 했다. 그가 나를 예쁘다고 생각하지 않으면 어쩌나 싶어 마음이 불안했다. 목에 난 점이나 검은 유두가 끔찍한 흠처럼 보였다. 나만큼 그도 나를 원할까? 나는 호텔에서 보낸 첫날 밤 그를 자세히 관찰했다. 우리는 피곤했고 음식을 너무 많이 먹은 상태였다. 그는 평소보다 많이 마셨고 내 몸속에도 샴페인이 세 잔이나 들어 있었다. 호텔로 들어갈 때 우리는 겉으로는 태연한 척했지만 바닥에 흘리고 간 쌀알들이 우리가 신혼부부임을 드러냈다.[41] 디에고와 단둘이 남고 누군가 밖에서 우리가 사랑을 나누는 걸 상상한다고 생각하니 부끄러워 죽을 지경이었다. 나는 구역질을 참지 못해 욕실로 뛰어갔고 눈부신 내 신랑이 내가 아직 살아 있는지 살피려고 부드럽게 문을 두드릴 때까지 한참을 그러고 있었다. 그는 내 손을 붙잡아 침실로 데려갔고 복잡하게 묶인 모자를 벗도록 도와주었다. 그리고 올림머리의 핀들을 뽑고 새미 가죽 재킷을 벗겨 주었으며, 한 1000개쯤 되는 블라우스의 자잘한 진주 단추들을 끄르고 무거운 치마와 속치마들을 벗겨 주었다. 그러자 코르셋 속에 입고 있던 얇은 삼베 셔츠 하나만 달랑 남았다. 그가 옷을 벗겨 감에 따라 나는 물처럼 증발하는 느낌이었고, 점점 줄어들어 뼈와 공기만 남는 듯했다. 디에고가 내 입술에 키스를 했는데 몇 달 동안 수차례나 상상하던 대로가 아니라 난폭하고 성급한 키스였다. 키스는 점점 더 강해졌고 손으로는 내 셔츠를 마구 잡아 젖혔다. 내가 벗은 몸을 보인다는 생각에 겁이 나 셔츠를 꽉 붙잡으려고 했기 때문이다. 급한 애무와 내 몸에 맞닿은 그의 몸을 보자 나는 방어 태세가 되었고 너

---

41) 스페인어권에서는 결혼식이 끝난 후 하객들이 축하의 의미로 신혼부부에게 쌀알을 뿌려 준다.

무 긴장하여 추위라도 타듯 벌벌 떨었다. 그는 성가신 듯 왜 그러느냐고 물었고 긴장을 풀라고 말했다. 그러나 그 말에 상황이 더 악화되자 어조를 바꾸어 겁먹지 말라고, 자기가 조심하겠다고 약속하고는 램프 불을 후 불어 껐다. 어쩌다 보니 상황이 해결되어 그는 나를 침대로 이끌었고 나머지는 순식간에 이루어졌다. 그를 돕기 위해 한 게 아무것도 없었다. 그저 최면에 걸린 암탉처럼 움직이지 않았고 니베아의 충고들을 기억하려고 애썼지만 소용이 없었다. 어느 순간 그의 칼이 나를 찌르고 들어오자 나는 겨우 비명을 억눌렀고 입에서 피 맛이 느껴졌다. 그날 밤의 가장 선명한 기억은 환멸이었다. 이게 시인들이 그렇게 잉크를 낭비해 가며 쓴 정열이란 것일까? 디에고는 처음에는 다 그렇고 시간이 지나면 더 잘 알게 되고 그러면 모든 게 좋아진다는 말로 나를 위로했다. 그러고는 내 이마에 천진난만한 키스를 하고는 한마디 말도 없이 등을 돌려 눕더니 그대로 아이처럼 잠이 들었다. 나는 주먹 쥔 손을 다리 사이에 넣은 채 배와 가슴속에 타는 듯한 통증을 느끼며 어둠 속에서 눈을 뜨고 있었다. 나는 내 열패감의 원인을 짐작하기에는 너무 무지했고 오르가슴이라는 말조차 몰랐었다. 그러나 내 몸을 샅샅이 살펴본 적이 있고 그 어딘가에 목숨까지 뒤흔들 수 있는 지진 같은 쾌락이 숨어 있다는 걸 알고 있었다. 디에고는 내 안에서 그걸 느낀 게 분명한데 나는 비탄을 느꼈을 따름이다. 나는 가공할 만큼 부당한 생물학적인 희생물이 된 기분이었다. 남자에게 성은 강제로라도 얻을 수 있는 손쉬운 것이지만 여자들에게 그것은 기쁨도 없이 심각한 상흔

328

만 남길 수 있다니. 고통스럽게 아이를 낳는 신의 저주로도 모자라 쾌락 없는 성행위의 저주까지 보태야 했을까?

다음 날 디에고가 잠이 깼을 때 나는 이미 한참 전에 옷을 입고 집으로 돌아가 할머니의 안전한 두 팔에 피신하기로 결심한 상태였다. 그러나 일요일 그 시간이면 언제나 그렇듯 거의 텅 빈 시내의 거리를 걸으며 서늘한 공기를 쐬고 나자 안정을 되찾았다. 성기가 불에 덴 듯 아팠고 그곳에서 아직도 거친 디에고의 존재가 느껴졌지만, 차차 분노가 가라앉으면서 버릇없이 자란 코흘리개가 아닌 여자로서의 미래와 대면할 준비가 되었다. 나는 십구 년 동안 내가 얼마나 귀염을 받고 자랐는지 알았다. 그러나 그런 시절은 이제 끝났다. 전날 밤 결혼한 여자로서의 인생이 시작되었으니 이제 어른스럽게 행동하고 생각해야 한다고 눈물을 삼키며 그렇게 결론지었다. 행복해질 책임은 온전히 나의 몫이었다. 남편이 실크 종이에 포장된 선물처럼 영원한 행복을 가져다주는 게 아니라 내가 지혜와 노력으로 하루하루 만들어 가야 할 것이다. 다행히도 나는 그 남자를 사랑하고 있었고, 그가 안심시킨 대로 시간이 지나고 경험이 쌓이면 훨씬 더 좋아질 거라고 믿었다. 가엾은 디에고도 나만큼이나 낙담해 있을 거라고 생각했다. 나는 여행 가방을 챙겨 신혼여행을 떠날 시간에 늦지 않게 호텔로 돌아갔다.

칠레에서 가장 아름다운 지역에 자리 잡고 있는 칼레우푸 농장은 서늘한 정글와 화산, 호수, 강으로 이루어진 야생 그대로의 낙원으로, 식민지 시절 정복 전쟁에서 수훈을 세운 시골 귀족들에게 토지를 재분배한 이래로 도밍게스 집안의 소유였다. 그 집안은 인디오들의 영토를 싼 술 몇 병 값에 사들여 재산을 불려 나갔고 그 결과 그 지역에서 가장 번창한 대농장을 갖게 되었다. 재산은 한 번도 분할된 적 없이 전통에 따라 장남이 그대로 물려받았고 그러면 장남은 다른 형제들을 돕거나 일거리를 주고, 누이들을 부양하고 지참금을 마련해 주며 소작인들도 돌봐야 했다. 시아버지 돈 세바스티안 도밍게스는 그런 자기 의무를 제대로 지킨 사람으로, 평온한 마음으로 늙어 가며 삶이 자신에게 제공해 준 보상들, 특히 아내 도냐 엘비라의 애정에 감사했다. 스스로 젊은 시절에는 망나니였다고, 자기 농장에 푸른 눈을 가진 농부들이 여럿 있는 게 그 증거라고 웃으며 말했다. 그러나 자신도 알지 못하는 사이에 도냐 엘비라의 부드럽고 꿋꿋한 손에 길들여졌다. 그는 선한 가부장의 역할을 받아들였고 소작인들은 무슨 문제가 생기면 제일 먼저 그에게 달려왔다. 두 아들 에두아르도와 디에고는 소작인들에게 더 엄격했고, 도냐 엘비라는 집 밖에서는 입을 여는 법이 없었기 때문이다. 돈 세바스티안은, 소작인들은 좀 덜떨어진 친자식을 대하듯 참을성 있게 대하는 반면 아들들에게는 엄격했다. "우리는 특혜 받은 사람들이야. 그러니 책임이 더 많은 거다. 우리에게는 용서도 핑계도 없어. 우리의 의무는 신을 섬기고 우리 가족을 돕는 것이다. 죽어서 심판대에 서면 다 갚아야 해."라는 게 그의 주장이었다. 그는 쉰 살쯤 되었지만 매우 건강한 삶을 살아서 나이보다 젊어 보였고 낮에는 말을 타고 농장을 돌아보러 다녔다. 가장 먼저 일어나고 가장 늦게 잠자리에 들었으며, 말 조련과 로데오도 함께 하고 소들에게 손수 낙인을 찍기도 하고 거세하는 일도 도왔다. 설탕 여섯 숟갈과 브랜디 한 방울을 넣은 아주 진한 블랙커피 한 잔으로 하루를 시작했다. 그걸로도 오후 2시까지는 들일을 할 힘이 있었던 것이다. 2시가 되면 가족들과 함께 식사 네 접시와 후식 세 접시에 포도주를 충분히 곁들여 점심을 먹었다. 그 커다란 집에 비해 가족의 숫자는 많은 게 아니어서 부부의 가장 큰 아쉬움은 자녀가 셋뿐이라는 사실이었다. 그들은 하느님의 섭리가 셋만 원했다고 말하곤 했다. 저녁 식사 시간이 되면 갖가지 일들 때문에 흩어져 하루를 보낸 우리 모두가 한자리에 모였고 한 사람도 빠져선 안 되었다. 에두아르도와 수사나는 큰집으로부터 200미터 떨어진 집에서 아이들과 함께 살았지만 거기서는 아침 식사만 준비했고 나머지는 모두 부모님 집에서 먹었다. 우리의 결혼이 앞당겨지는 바람에 디에고와 나를 위해 짓던 집이 아직 완성되지 않아 우리는 부모님 집의 곁채에 살았다. 돈 세바스티안은 식탁 상석의 가장 높고 장식이 많은 의자에 앉았고 건너편에는 도냐 엘비라가 앉았다. 그리고 양옆으로 두 아들과 아내들, 과부인 고모님 두 분, 사촌들이나 가까운 친척들, 나이가 많아서 덩치 큰 아기처럼 직접 떠먹여 줘야 하는 할머니, 그리고 언제나 있게 마련인 손님늘이 나눠 앉았다. 식탁에는 예고 없이 들이닥쳐 종종 몇 주씩이나 머물곤 하는 손님들을 위해 여분의 의자가 준비되어 있었다. 손님들은 늘 환영받았다. 인적이 드문 농촌

에서는 그게 가장 큰 즐거움이었기 때문이다. 마을의 더 남쪽
으로는 인디오 땅에 터를 잡은 몇몇 칠레인 가족과 독일인 이
민자들이 살았는데 그들이 아니었다면 그 지역은 거의 야생
지대로 남아 있었을 것이다. 도밍게스 집안의 땅은 아르헨티
나 국경까지 걸쳐 있어서 말을 타고 한 번 둘러보는 데만도 며
칠이 걸렸다. 밤이면 기도를 올렸고, 가톨릭 절기에 따라 작성
된 한 해의 일람표를 기꺼이 엄격하게 지켰다. 시부모님은 내
가 가톨릭적인 교육을 제대로 받지 않고 자랐다는 걸 알게 되
었다. 그러나 나는 그분들의 신앙을 매우 존중했고 그들도 나
에게 강요하려 들지 않았기 때문에 문제는 없었다. 도냐 엘비
라는 믿음이란 신의 선물이라고 설명해 주었다. "하느님이 너
의 이름을 불러 너를 선택하실 거다." 그녀의 눈에 죄로 보이
는 내 행동들도 그런 이유로 용서되었다. 하느님이 내 이름을
아직 부르지 않았을 뿐이고, 이 기독교 집안에 보낸 것은 곧
내 이름을 부르기 위함이라고 이해했다. 시어머니를 도와 소
작인들을 위한 자선을 베푸는 내 열정이 종교적 열정의 부족
함을 대신했다. 어머니는 내가 인정이 많고 그것이 나의 선한
성품의 증거라고 믿었다. 내가 할머니의 귀부인 클럽에서 이미
그런 일을 한 적이 있다는 것과, 사실은 일꾼들과 친해져서 그
들을 사진에 담으려는 속된 관심 때문이라는 걸 몰랐던 것이
다. 좋은 학교에서 기숙사 생활을 하며 교육을 받고 의무적인
유럽 여행을 마친 돈 세바스티안과 에두아르도와 디에고를 제
외하면, 가족 중 누구도 칼레우푸 밖에 더 넓은 세상이 존재
할 거라는 생각은 하지 않았다. 그 집 안에서는 소설책 따위

는 용납되지 않았다. 나는 돈 세바스티안이 교회가 금한 책을 읽지 못하도록 검열하며 통제하기가 귀찮은 탓에, 단호한 조치를 취해 완전히 없애 버리는 쪽을 택했다고 생각한다. 신문은 며칠씩 늦게 도착하는 바람에 뉴스가 아니라 역사가 되었다. 도냐 엘비라는 기도서들을 읽었고, 디에고의 여동생 아델라는 갖고 있던 여러 권의 시집과 역사적 인물의 위인전, 여행기 등을 읽고 또 읽었다. 후에 나는 그녀가 추리 소설을 구해 표지를 뜯어내고 아버지가 허락한 책들의 표지를 붙여서 읽는다는 걸 알게 되었다. 산티아고에서 보낸 내 짐들이 도착하고 수백 권의 책들이 나오자 도냐 엘비라는 다른 가족들 앞에서는 꺼내지 말라고 평소와 다름없이 부드럽게 요구했다. 일주일마다 할머니나 니베아가 읽을거리들을 보내왔고 그것들을 내 방에 보관했다. 시부모님은 아마 아이가 생기고 한가한 시간이 없어지면 그 나쁜 습관도 사라질 거라고 — 예쁘지만 아주 버릇 없는 아이가 셋이나 되는 동서 수사나가 그랬던 것처럼 — 믿었던 것인지 아무 말도 하지 않았다. 그러나 사진에 대해서는 반대하지 않았는데 아마도 그 점에서는 내 의지를 꺾는 게 매우 어려우리라는 걸 짐작했던 모양이다. 내가 작업한 사진들을 궁금해한 적은 한 번도 없지만 집 뒤쪽에 있는 방 하나를 작업실로 쓰게 해 주었다.

나는 도시에서 자랐다. 할머니 댁의 국제적이고 안락한 환경에서, 그 당시나 오늘날의 어떤 칠레 여자보다 훨씬 더 자유롭게 지낸 것이 사실이다. 지금은 20세기의 첫 십 년이 끝나가고 있지만 이 칠레라는 나라의 여자들에게는 아직 근대화되지 않은 것투성이다. 디에고의 가족 모두가 내가 편하게 느끼도록 최선을 다했음에도 불구하고, 내가 도밍게스 집안 한가운데에 내려앉았을 때 찾아온 생활 양식의 변화는 급격했다. 나에게 매우 잘해 주어서 쉽게 그들이 좋아졌다. 그들의 애정은 사람들 있는 데서는 나를 여동생처럼 대하고 둘만 있을 때는 거의 말을 걸지 않는 디에고의 내성적이고 가끔은 무뚝뚝한 성격을 보상해 주었다. 그곳에 적응하려 노력하던 처음 몇 주 동안은 정말 재미있었다. 돈 세바스티안은 이마에 하얀 별이 박힌 아름다운 검은 암말을 선물해 주었고 디에고는 농장 감독을 시켜 내가 농장을 돌아보면서 일꾼들 얼굴도 익히게 하고, 몇 킬로미터나 떨어진 곳에 살아서 한 번 방문하는 데 사나흘은 걸리는 이웃 사람들과도 어울리게 했다. 그러고 나서는 나를 자유롭게 내버려 두었다. 남편은 형과 아버지를 따라 들일이나 사냥을 하러 나갔고 때로는 며칠씩 밖에서 야영을 했다. 나는 수사나 아이들의 응석을 받아 주고 둘세와 저장 식품을 만들고, 빨래를 하고, 거풍을 시키고, 요리와 뜨개질을 하는 등 가사가 끝도 없이 이어지는 집 안의 따분함을 못 견뎌 했다. 그래서 농장 학교나 무료 진료소에서 내 할 일이 끝나면 디에고의 바지를 입고 말을 타고 달려 나가곤 했다. 시어머니는 나더러 말을 탈 때 말 등에 걸터앉지 말라고 주의를 주었다. '여성으로서의 문제'가 생길 수 있기 때문이라고 했는데, 완곡한 표현을 썼기 때문에 그게 뭘 말하는지 제대로 알 수는 없었다. 그러나 말을 옆으로 타고서 구릉과 바위로 이루어진 자연 속을 달리면서도 떨어져 머리가 두 동강

나지 않을 사람은 아무도 없을 것이다. 풍경은 숨도 쉬지 못할 정도여서 모퉁이를 돌 때마다 나는 놀라움과 감탄에 사로잡혔다. 구릉과 계곡을 오르내리며 말을 몰아 무성한 숲속까지 내달았는데, 숲은 낙엽송과 월계수, 계수나무, 마니우 나무,[42] 도금양(桃金孃) 나무, 천 년이나 된 남양삼(南洋杉), 그리고 도밍게스 집안이 제재소에서 잘라 놓은 정교한 목재들로 가득 찬 낙원이었다. 나는 축축한 밀림의 향기, 붉은 흙과 수액, 뿌리 등에서 풍기는 그 감각적인 냄새에 도취되었다. 그 침묵하는 초록 거인들이 지키는 무성한 수목의 평화, 숲의 신비스러운 속삭임, 땅속으로 졸졸 흐르는 물소리, 나뭇가지들을 휘감는 바람의 춤, 나무뿌리와 곤충들의 웅웅거림, 순한 비둘기들이 구구대는 소리, 소란스러운 티우케[43]의 울부짖는 소리 등에 취해 갔다. 오솔길은 제재소에서 끝났는데 내 말의 본능을 믿자면 저 너머에서는 다시 무성한 숲이 열릴 것이다. 식물 수액의 향기가 나고 석유 빛의 짙은 진흙 속에 말의 네 다리가 푹푹 빠졌다. 나무들이 빚어낸 깊은 원형 지붕으로 손에 잡힐 듯 투명한 햇살이 스며들었지만 한편으로는 표범이 눈에 불을 켠 채 나를 지켜보며 웅크리고 있는 빙하 지역도 있었다. 안장에 엽총을 매어 두고 있었지만 돌발 상황이 벌어졌더라도 총을 꺼낼 틈은 없었을 것이고 그게 아니더라도 한 번도 총을 쏘아 본 적은 없었다. 나는 오래된 숲과 검은 모래 호수,

42) 칠레산의 단풍과 교목.
43) 남미 남부의 야생 동물.

자갈들이 노래하는 거센 강물, 잿빛 탑에 잠든 용처럼 지평선
을 장식하는 맹렬한 화산 등의 사진을 찍었다. 농장의 소작인
들도 찍었는데 나중에 선물로 가져갔더니, 그들은 부탁하지도
않은 자신들의 이미지로 뭘 어쩌라는 건지 몰라 당황하며 사
진을 받았다. 야외 생활과 가난에 단련된 그들의 얼굴은 나를
매료시켰지만 그 사람들은 넝마를 걸치고 등에 무거운 짐을
진 있는 그대로의 자기 모습을 보는 게 즐겁지 않았던 것이다.
그들은 깨끗이 씻고 머리도 잘 다듬고 결혼식 때 입었던 하나
뿐인 정장을 입고 아이들도 콧물을 닦은 뒤 포즈를 잡은, 손
으로 직접 채색한 초상을 더 좋아했다.

　일요일에는 일을 쉬고 미사나 '전도 시간'을 가졌는데(우리
는 사제를 한 사람 두고 있었다.) 집안 여자들은 소작인들의 집
을 방문하여 교리를 가르쳤고 그렇게 선물과 집요함으로 기독
교 성인들과 뒤섞인 원주민 신앙을 무찔러 갔다. 나는 설교에
는 참석하지 않았지만 그날을 농부들과 얼굴을 익히는 기회
로 삼았다. 그들은 대부분 순수 혈통의 인디오로, 지금까지도
자기네 원주민어를 쓰고 전통을 생생하게 보존하고 있었다.
나머지는 메스티소였는데 평소에는 순박하고 겁이 많지만 술
만 마시면 싸움꾼이 되어 떠들썩해지는 경우가 많았다. 술은
대지의 노동에서 비롯되는 매일매일의 애환을 몇 시간 만에
덜어 주는 쓴 향유였지만 그러는 사이 적진의 쥐처럼 그들의
내장을 갉아 댔다. 허락 없이 나무를 벤다든가 사유 가축을
각자에게 정해진 반 평 대지 밖으로 풀어놓는다든가 하는 과
오들과 마찬가지로 술주정과 칼부림에도 벌금을 물렸다. 도둑

질이나 윗사람을 무례하게 대한 죄는 태형으로 벌했다. 그러
나 돈 세바스티안은 체벌을 싫어했고 식민지 시절부터 내려온
오래된 전통인 '초야권'도 없애 버렸다. 초야권은 농부의 딸이
결혼하기 전날 농장주가 먼저 그녀를 안는 걸 허용하는 낡은
관습이었다. 세바스티안도 젊은 시절에는 그 관습을 따랐지
만 도냐 엘비라가 농장에 온 뒤에는 그런 방종들도 사라졌다.
이웃 마을의 사창가를 방문하는 일도 없어졌고, 아들들이 그
런 유혹에서 벗어날 수 있도록 일찍 결혼하기를 원했다. 에두
아르도와 수사나는 육 년 전에 결혼했는데 그때 두 사람은 스
무 살이었다. 디에고에게는 열일곱에 집안의 친척 아가씨를 정
해 주었는데 약혼 얘기를 구체적으로 꺼내기도 전에 호수에서
익사하고 말았다. 맏이인 에두아르도는 디에고보다 활달해서
농담하는 재주도 있었고 노래도 곧잘 했다. 그 지방의 전설이
나 설화들을 모두 알았을 뿐 아니라 이야기하기를 좋아했고
다른 사람의 이야기를 들을 줄도 알았다. 그는 수사나를 매
우 사랑하여 그녀를 볼 때면 두 눈이 빛났고 아내의 변덕스러
운 기분에 조바심치는 적도 없었다. 내 동서는 두통을 앓았는
데 그때는 극도로 우울해져 침실 방문을 걸어 잠그고 틀어박
혀 식사도 하지 않았고, 어른들은 어떤 이유로도 그녀를 성가
시게 하지 말라는 명령을 내렸다. 그러나 두통이 지나고 나면
완전히 회복되어 미소를 지으며 사랑스러운 모습으로 다시 나
타났고 그럴 때면 딴사람 같았다. 나는 그녀가 혼자 자고, 그
녀가 부르지 않으면 남편도 아이들도 그 방에 들어가지 않는
다는 걸 알았다. 문은 항상 닫혀 있었다. 가족들은 그녀의 편

두통과 우울증에 익숙해져 있었지만 혼자 있고 싶어 하는 그녀의 욕구를 모욕처럼 여겼다. 내 허락 없이는 아무도 사진을 현상하는 작은 암실에 들어오지 못하게 하는 것을 이상히 여기는 것과 마찬가지였다. 네거티브 필름에 빛이 한 줄기만 닿아도 손상된다고 설명해도 소용없었다. 사실 칼레우푸에는 포도주 창고와 사무실 금고를 제외하면 열쇠로 잠그는 문이나 방이 없었다. 물론 좀도둑은 있었지만 대개 돈 세바스티안이 모르는 척 눈감아 주었기 때문에 큰 문제는 없었다. "이 사람들은 정말 순진해. 악하거나 필요 때문이 아니라 나쁜 습관으로 도둑질을 하는 거야." 사실 소작인들은 주인이 생각하는 것 이상으로 궁핍했다. 농촌 사람들은 자유롭다고는 해도 실제로는 그 땅에서 대대로 살아왔고, 어딘가로 갈 수 있다는 건 생각도 못했을 뿐 아니라 갈 데도 없었다. 노인이 될 때까지 사는 경우는 드물었다. 많은 아이들이 어릴 때 장염이나 폐렴으로 죽었고 쥐에 물려 죽기도 했다. 여자들은 출산과 폐병으로 죽었고, 남자들은 사고나 감염된 상처 또는 알코올 중독으로 죽었다. 가장 가까운 병원은 독일인들이 운영하는 것으로, 바이에른 출신의 유명한 의사가 있다는 것이 그 병원의 자랑이었다. 그러나 병원은 매우 위급할 때만 찾았고 잔병은 천연 요법이나 기도, 그리고 인디오 치료사인 메이카에 의존했다. 메이카는 그 지역 식물들의 효험에 대해 어느 누구보다 잘 알았다.

5월 말이 되자 가차 없이 겨울이 들이닥쳤다. 비의 장막은 인내심 많은 세탁부처럼 풍경을 씻어 내렸고, 어둠도 일찍 찾

아왔다. 오후 4시면 우리는 집 안에 모여들어야 했고 밤은 영
원이 되었다. 이제는 멀리 말을 타고 나가거나 농장 사람들
을 카메라에 담을 수 없었다. 우리는 고립되었고 길이 수렁이
어서 찾아오는 이도 없었다. 나는 암실에서 다양한 현상 기술
을 실험하거나 가족들의 사진을 찍으며 시간을 보냈다. 존재
하는 모든 것은 연관되어 있고 복잡한 설계도의 한 부분이라
는 사실을 깨달아 가는 중이었다. 얼핏 보기에는 우연의 얽힘
처럼 보이는 것들이 카메라로 자세히 관찰해 보면 완벽한 유
사성을 드러내곤 했다. 어떤 것도 우연이 아니었고 어느 하나
도 하찮은 게 없었다. 숲속 식물들의 무질서한 외양에도 엄밀
한 인과 관계가 있었다. 나무마다 수백 마리의 새가 있고, 새
한 마리마다 수천 마리의 곤충, 곤충 한 마리마다 수백 개의
유기물 입자가 있었다. 일하는 농부들이나 집 안에서 겨울을
피하는 가족들도 한 편의 광활한 프레스코화를 위해 없어서
는 안 되는 부분이다. 근본적인 것은 눈에 잘 보이지 않는다.
따라서 눈이 아니라 오직 가슴만이 핵심을 잡아낸다. 그러나
카메라는 가끔 그 본질의 미세한 분위기를 포착한다. 그게 바
로 리베로 선생님이 자신의 예술에서 얻고자 했고 동시에 나
에게 가르치고 싶어 했던 것이다. 단순한 기록을 넘어서서 바
로 현실의 정수인 핵심에 다가가는 것. 인화지 위로 솟아오르
는 그 섬세한 관계들에 나는 깊이 감동받았고 계속 실험하고
싶은 의욕이 불타올랐다. 겨울의 칩거 생활 동안 내 호기심은
더 커졌다. 벽돌집의 두꺼운 벽 안에서 겨울을 보내면서 점점
더 숨이 막히고 압박감이 느껴짐에 따라 내 정신은 더 불안정

해졌다. 나는 집안의 내력과 가족들의 비밀을 강박적으로 탐구하기 시작했다. 어느 것도 당연시하지 않고 모든 게 처음인 양 새로운 눈으로 가족들 분위기를 관찰했고 이전에 가졌던 생각을 버리고 직관에 나를 내맡겼다. "우리는 우리가 보고 싶은 것만 본다." 돈 후안 리베로는 그렇게 말했었고 내 작업은 어느 누구도 이전에 보지 못한 것을 드러내야 한다는 말을 덧붙였었다. 처음에 도밍게스 가족은 억지로 미소 지으며 포즈를 잡았지만 곧 은밀한 내 존재에 익숙해져서 카메라를 무시하게 되었고 그래서 있는 그대로의 그들을 무심한 듯 찍을 수 있었다. 비 때문에 꽃과 나뭇잎들이 사라졌고 집 안에는 무거운 가구들과 커다랗고 텅 빈 공간만 남긴 채 밖에서 문을 잠그고 우리는 기이한 포로 생활을 했다. 촛불을 켠 채 으스름한 방을 돌아다니며 얼어붙은 공기를 피했다. 목재 바닥이 과부의 신음처럼 삐걱거렸고, 부지런히 먹이를 찾아 돌아다니는 쥐들의 조급한 발소리도 들렸다. 진흙 냄새가 났고, 젖은 천장과 곰팡이 슨 옷에서도 냄새가 났다. 하인들은 화로와 벽난로를 지폈고 하녀들은 뜨거운 물병과 모포, 김이 나는 초콜릿을 가져다주었다. 그러나 긴 겨울을 속일 방법은 없었다. 내가 고독에 빠져 든 것은 그 무렵이었다.

디에고는 유령이었다. 나는 우리가 함께한 순간을 떠올리려고 애써 본다. 그러나 그는 목소리도 없고, 깊은 구덩이를 사이에 두고 나와 떨어져 있어서 무대 위의 무언극을 보는 듯할 뿐이다. 내 머릿속에, 그 겨울의 사진첩 속에 들어 있는 그의 많은 이미지는 들녘에서나 집 안에서나 늘 다른 사람들과 함께였다. 내게서 거리를 두고 멀리 떨어진 채, 단 한 번도 나와 같이 있지 않았다. 그와 친해지기란 불가능했다. 우리 사이에는 침묵 같은 심연이 있었고 내 생각을 말해 보려 하거나 그의 감정을 알아보려는 시도들은 모두 그 자리에 없는 사람 같은 그의 완고한 성격에 부딪혀 산산조각 났다. 그는 우리 사이에는 이미 모든 게 이야기되었고, 우리가 서로 사랑해서 결혼했는데 뭐 하러 분명한 사실을 파헤치려 드냐고 생각했다. 처음에 나는 그의 묵묵부답에 모욕감을 느꼈다. 그러나 나중에는 조카들을 제외한 나머지 사람들에게도 그런 태도를 보인다는 걸 알게 되었다. 아이들에게는 유쾌하고 다정다감했다. 아마 그도 나만큼이나 아이를 원했을 테지만 매달 우리는 실망만 했다. 그것에 대해서는 얘기조차 꺼내지 않았다. 아이는 몸이나 사랑 등 우리가 건드리지 않으려고 조심하는 많은 주제 중의 하나였던 것이다. 애무해 주면 좋겠다고 넌지시 말해 본 적이 몇 번 있었는데 그는 당장 방어적인 태도를 보였다. 단정한 여자라면 그런 식의 조급함을 내색하는 것은 말할 것도 없고 느껴서도 안 된다고 믿었던 것이다. 그의 고의적인 침묵과 나의 치욕감, 그리고 두 사람의 자존심 때문에 둘 사이에는 금방 높은 벽이 생겨 버렸다. 닫힌 우리의 방 안에서 일어나는 일을 누군가와 얘기할 수 있다면 무엇이든 하고 싶은 심정이었지만 시어머니는 전사처럼 천진난만했고, 수사나와는 별로 친하지 않았으며, 아델라는 채 열여섯도 되지 않았다. 니베아는 너무 멀리 있었고 그런 불안을 글로 쓸 엄두가 나

지 않았다. 디에고와 나는 때때로 오후에 사랑을 나누기도 했
지만(그걸 사랑이라고 부를 수 있다면 말이다.) 늘 첫날과 같았고
우리가 함께하는 순간이란 찾아오지 않았다. 그러나 고통스러
워하는 사람은 나 혼자였고, 그는 그런 식의 관계를 매우 편
안하게 느꼈다. 우리는 입씨름도 하지 않았고 강요된 예의로
서로를 대했다. 나로서는 우리의 의뭉스러운 침묵보다는 공포
된 전쟁이 백배 천배 더 나았지만. 남편은 단둘이 있을 기회
를 피했다. 밤에는 트럼프 게임을 하면서 내가 피로에 지쳐 잠
자리에 들 때까지 시간을 끌곤 했다. 아침에는 닭 울음소리
가 들리기 무섭게 침대에서 뛰쳐나갔고, 다른 식구들이 늦게
일어나는 일요일에도 그는 일찍 나갈 구실을 만들었다. 반대
로 나는 그의 기분 상태에 매여 살면서 아주 세세한 것들까지
도 알아서 먼저 챙겨 주었고, 그를 매혹시키거나 그가 즐겁게
생활하도록 해 주기 위해 최선을 다했다. 그의 발소리나 목소
리를 들으면 심장이 쿵쿵거렸다. 그를 쳐다보는 게 싫증 나지
도 않았고, 그가 동화 속의 주인공만큼이나 잘생겨 보였다. 침
대에서는 잠을 깨우지 않게 조심하면서 그의 넓고 강인한 등
과 풍성하고 물결치는 머릿결, 허벅지의 근육과 목덜미 등을
만져 보곤 했다. 그가 들에서 돌아왔을 때의 땀과 흙, 말 냄새
가 뒤섞인 체취가 좋았고, 목욕 후의 영국제 비누 냄새도 좋
았다. 직접 몸에 대고 그럴 엄두는 나지 않아 그의 옷에 얼굴
을 파묻고 남자의 향기를 맡곤 했다. 최근 몇 년 동안 내가 얻
은 시간과 자유로운 생활을 생각해 보면 그 당시의 내가 사랑
때문에 얼마나 비굴했었는지를 알 수 있다. 나를 위한 것도 아

닌 낙원 같은 가정을 꿈꾸느라 내 개성이며 내 일을 모두 제쳐 놓았던 것이다.

길고 한가로운 겨울 동안 가족들은 따분함을 떨치기 위해 갖가지 상상력을 동원해야 했다. 모두들 음악에 식견이 있고 다양한 악기들을 연주할 줄 알았다. 그래서 오후에는 종종 즉흥 연주회를 열기도 했다. 수사나는 누더기가 된 벨벳 튜닉을 휘감고 머리에는 터키 여자의 터번을 두르고 숯으로 눈을 거무스름하게 칠한 채 집시 여자의 걸걸한 쉰 목소리로 노래를 해 우리를 즐겁게 해 주곤 했다. 도냐 엘비라와 아델라는 여자들을 위한 바느질 교실을 만들어 활발하게 꾸려 나갔다. 그러나 추운 날씨에 맞서서 수업에 오는 사람은 가장 가까이에 사는 소작농의 아이들뿐이었다. 그들은 날마다 겨울 묵주 기도를 올렸는데, 기도 후에 초콜릿과 파이가 나왔기 때문에 어른 아이 할 것 없이 모두 좋아했다. 수사나가 세기말을 축하하기 위한 연극을 준비하자는 아이디어를 냈고, 그래서 우리는 각본을 쓰고 각자의 배역을 익히고 창고 하나에 무대를 설치하고 가면을 만들고 연습을 하느라 몇 주 동안 바쁘게 보낼 수 있었다. 물론 주제는 20세기의 과학, 기술, 진보 등 번득이는 칼날에 의해 패배한 지난 세기의 해악과 불운에 대한 예언적인 알레고리였다. 연극 외에도 우리는 과녁 맞히기 대회와 사전 낱말 맞히기 대회를 벌였다. 또 체스에서부터 꼭두각시 만들기, 성냥개비로 마을 짓기 등에 이르기까지 갖가지 게임도 했지만 시간은 언제나 남아돌았다. 나는 아델라를 작업실의 조수로 삼았고 우리끼리 몰래 책을 바꿔 읽기도 했다.

나는 산티아고에서 보내온 책들을 빌려주었고 그녀가 빌려 준 추리 소설들을 열정적으로 탐독했다. 탐정 전문가가 되어 버린 나는 대개 80쪽을 읽기도 전에 살인자가 누구인지 알아 내곤 했다. 레퍼토리가 한정되어 있어서 아무리 천천히 읽으 려 해도 책은 금방 끝나 버렸다. 그러면 읽은 것을 서로 이야 기해 주기도 하고, 복잡하기 이를 데 없는 범죄 사건을 지어내 면 상대방이 다시 풀어 나가는 놀이로 시간을 보내기도 했다. "너희 둘은 뭘 그렇게 속삭이니?" 시어머니가 종종 묻곤 했다. "아무것도 아니에요, 엄마. 암살을 구상하는 거예요." 아델라 가 토끼같이 천진난만한 미소를 띠며 대답했다. 그러면 도냐 엘비라는 딸의 대답이 사실 그대로라는 건 상상도 못 한 채 웃었다.

에두아르도는 장남이기 때문에 돈 세바스티안이 죽으면 재 산을 물려받아야 했지만 동생과 함께 운영할 수 있도록 조합 을 만들어 두었다. 나는 아주버님이 좋았다. 그는 온화하고 장 난기 있는 사람으로 나에게 농담도 던지고 작은 선물을 안겨 주기도 했다. 강바닥에서 주운 반투명한 마노[44]나 마푸체 부 락에서 가져온 소박한 목걸이, 야생화, 마을에서 주문한 최신 잡지 같은 것들이었다. 그는 동생의 무심함을 보상해 주려 애 썼다. 디에고의 무심함이 가족들 눈에도 다 보였던 것이다. 때 로는 내 손을 잡고 잘 지내는지, 뭐 필요한 게 없는지, 혹시 할 머니가 그리운지, 칼레우푸 생활이 지루하지는 않은지 걱정

---

44) 광물의 일종.

스럽게 묻기도 했다. 반대로 수사나는 게으름이나 다를 바 없는 오달리스크[45] 같은 나른함에 빠져 대개 나를 무시하고 등을 돌리는 태도였다. 그래서 나 역시 입에서 말이 나오려다 멈춰 버리곤 했다. 그녀는 풍만한 몸과 금빛 얼굴, 그늘진 커다란 눈을 가진 미인이었다. 그러나 자신의 아름다움을 알지 못하는 눈치였다. 화려하게 꾸민들 보여 줄 사람이 가족밖에 없으니 치장에 별로 신경을 쓰지 않았고, 때로는 머리도 빗지 않고 잠옷 가운에 양가죽 슬리퍼를 신은 채 졸리고 서글픈 표정으로 하루를 보내기도 했다. 어느 때는 기다란 흑발을 묶어 올려 거북이 등껍질로 만든 장식 빗을 꽂고 금 목걸이를 한 채 완벽한 목선을 돋보이며 무어족 공주처럼 화사한 모습으로 나타나기도 했다. 기분이 좋을 때는 나에게 포즈를 취해 주기도 했다. 한번은 식사를 하다가 자신의 누드 사진을 찍게 해 주겠다고 제안했다. 그것은 그 보수적인 가문에 폭탄을 떨어뜨린 것이나 다름없어 도냐 엘비라는 또 심장 마비를 일으킬 뻔했고, 디에고가 놀라 후다닥 일어서는 바람에 의자가 넘어졌다. 에두아르도가 농담을 하지 않았더라면 한 편의 드라마가 되었을 것이다. 토끼 같은 얼굴에 주근깨의 바다에서 길을 잃은 듯한 푸른 눈을 지닌 아델라는 도밍게스 남매 중 가장 처지는 외모였지만 가족 중 가장 상냥한 사람임에 틀림없었다. 그녀의 쾌활함은 아침 햇살처럼 투명했고 그래서 천장

---

45) 하렘의 여자 노예. 19세기 초의 화가 앵그르가 그린 동양적인 분위기의 오달리스크 누드화가 유명하다.

사이로 바람이 울어 대는 아무리 깊은 겨울밤이라도, 촛불 아래에서 트럼프 놀이를 하다 지치면 그녀와 이야기를 나누었고 금세 기분이 좋아지곤 했다. 돈 세바스티안은 딸을 끔찍이도 떠받들어서 그녀의 말이라면 아무것도 거부하지 못했고, 가끔 농담 반 진담 반으로 독신으로 살다가 자기가 늙으면 돌봐 달라고 하기도 했다.

겨울이 왔다 가는 사이 소작인 가족 중에서 아이 둘과 노인 한 사람이 폐렴으로 죽었고, 집에서 같이 살던 할머니도 죽었다. 할머니는 1810년 칠레가 스페인으로부터 독립을 선언할 때 첫 성체 배령을 받았으니 한 세기 이상을 산 것이라고 했다. 죽은 사람들은 모두 억수 같은 소나기로 수렁이 되어 버린 칼레우푸 묘지에 별다른 장례 의식도 없이 묻혔다. 비는 9월까지 그치지 않고 내렸다. 9월이 되자 사방에 봄이 피어나기 시작했고 우리는 마침내 곰팡이 슨 옷과 이불들을 뜰에 내다 말릴 수 있었다. 도냐 엘비라는 그 몇 달 동안 나날이 쇠약해져 침대에서 소파로 나갈 때는 숄을 뒤집어쓰고 다녔다. 한 달에 한 번 매우 조심스럽게 나에게 '소식이 없는지' 물었고 아무 소식이 없자 디에고와 내가 자신에게 많은 손자들을 안겨 주기를 더 열심히 기도했다. 겨울밤이 그렇게 길어도 남편과는 더 이상 가까워지지 않았다. 우리는 서로 거의 적처럼 침묵의 어둠 속에서 마주했고 나는 언제나 첫날밤과 똑같은 열패감과 억제할 수 없는 통증을 느꼈다. 내가 주도할 때는 서로 포옹만 하고 있는 것 같았다. 어쩌면 내가 잘못 기억하고 있는지도 모른다. 아마 늘 그런 식은 아니었을 것이다. 봄이 되자 나는 다시 혼자서 숲속 화산 지역으로 산책을 나갔다. 말을 타고 그 끝없는 공간을 달리면 사랑에 대한 갈증이 조금은 누그러졌고, 말을 타느라 생긴 피로감과 상처투성이 엉덩이 덕에 억압된 욕구가 떨쳐지기도 했다. 오후가 되어서야 숲의 물기와 말의 땀에 젖어 돌아왔고, 더운 목욕물을 준비시켜 오렌지 잎으로 향을 낸 물에 몇 시간이고 몸을 담갔다. "조심해라, 애야. 승마와 목욕은 자궁에 나쁘단다. 불임이 될 수도 있어." 슬픔에 젖은 시어머니가 주의를 주었다. 도냐 엘비라는 정말 봉사 정신이 넘치는 선하고 소박한 여자였고, 그녀의 투명한 영혼이 물속 같은 그 부드러운 푸른 눈에 비쳤다. 그녀는 내가 꿈에 그리던 어머니상이었다. 나는 그녀 옆에서 시간을 보내곤 했다. 그러면 그녀는 손자들을 위해 뜨개질을 하면서 자기 인생의 크고 작은 이야기들이며 칼레우푸 이야기를 들려주었고, 나는 그녀가 이 세상에 오래 머물지 못한다는 사실에 괴로움을 느끼며 이야기를 들었다. 그즈음 나는 아이가 생겨 디에고와 나의 거리를 좁혀 주지 않을까 하는 기대는 더이상 하지 않았지만 도냐 엘비라에게 선물을 안겨 주고 싶은 마음에 아이를 바랐다. 그녀 없는 농장에서의 내 삶을 상상하면 참을 수 없는 슬픔이 밀려왔다.

한 세기가 끝나 갔고, 칠레인들은 유럽과 미국의 산업 발전에 발맞추기 위해 고군분투했다. 그러나 다른 많은 보수적인 집안들과 마찬가지로 도밍게스 가족은 전통적인 관습을 멀리하고 외국 문물을 모방하려는 세태를 경악에 찬 시선으로 쳐다보았다. "순전히 악마의 도구들이야." 돈 세바스티안은 뒤늦게 도착하는 신문에서 기술 진보에 대한 기사들을 읽으며 이렇게 말했다. 에두아르도만이 유일하게 미래에 대해 관심을 가졌고, 디에고는 생각에 잠겨 지냈다. 수사나는 편두통으로 시간을 보냈고, 아델라는 아직 껍질에서 빠져나오지 못한 상태였다. 아무리 멀리 떨어져 있어도 진보의 메아리는 우리에게도 들려왔고 사회의 변화를 모르고 지낼 수 없었다. 산티아고에서는 이미 실외 스포츠와 실외 게임, 산책 등 카스티야 이레온[46] 귀족의 느긋한 후손들보다는 외향적인 영국인들에게 맞는 놀이들을 광적으로 즐기기 시작했다. 프랑스에서 유래한 예술과 문화의 바람으로 칠레의 분위기가 새로워졌고, 독일산 기계들이 중후하게 돌아가는 소리에 칠레의 오랜 식민기적 낮잠은 중단되고 말았다. 벼락부자에 교육도 받고 부자들처럼 살고 싶어 하는 새로운 중산층이 탄생했다. 파업, 폭행, 실업, 칼을 뽑아 든 기마경찰의 공격 등으로 국가 기강이 흔들리는 사회 위기가 조성되었지만, 우리에게는 아주 먼 이야기여서 칼레우푸의 생활 리듬을 바꾸지는 못했다. 그러나 백 년 전에 같은 침대를 썼던 고조부들처럼 여전히 농장에 살고 있는 우리에게도 20세기는 찾아들었다.

파울리나 할머니가 많이 쇠약해졌다고 프레더릭 윌리엄스와 니베아 델 바예가 편지로 알려 왔다. 노년기의 여러 가지

---

46) 스페인의 옛 왕국들 중 가장 넓은 영토를 차지한 왕국으로, 현재는 마드리드 북부의 주 이름이기도 하다.

숙환과 죽음의 전조에 굴복해 가고 있다고 했다. 세베로 델 바예가 더 늦게 익은 포도로 만든 첫 포도주 몇 병을 가져다주던 날 그들은 할머니가 얼마나 늙었는지 알게 되었다. 부드럽고 관능적이며 타닌이 아주 적어 프랑스 최상급 포도주만큼이나 훌륭한 그 적포도주는 '카르메네르'라고 불렸고, '파울리나 포도원'의 첫 포도주가 되었다. 마침내 돈과 명성을 안겨 줄 고유의 생산품을 손에 넣은 것이다. 할머니는 섬세하게 포도주를 시음했다. "내가 이걸 즐길 수 없어 유감이다. 다른 사람들이 마셔 보려무나." 그 말만 할 뿐 더 이상 아무런 언급이 없었다. 사업이 성공했을 때 보이던 기쁨의 폭발도 우쭐한 코멘트도 없었다. 호탕한 인생을 살았던 그녀가 이제 겸허해지고 있었던 것이다. 그녀가 쇠약해졌음을 보여 주는 가장 명백한 징표는 재산을 낚아채기 위해 죽어 가는 사람 주위를 맴도는 더러운 사제복을 입은 그 악명 높은 사제가 매일같이 드나든다는 것이었다. 할머니 스스로 그러기로 했는지 그 늙은이가 제안했는지는 모르지만 할머니는 인생의 절반을 보낸 신화적인 침대를 지하실 깊은 곳에 집어넣고 대신 그 자리에 말갈기 시트를 깐 군용 침대를 가져다 놓았다. 그것은 매우 경악스러운 징후로 여겨져 나는 길바닥의 진흙이 마르기가 무섭게 할머니를 보러 산티아고에 가야겠다고 남편에게 말했다. 남편이 반대하리라 예상했는데 반대는커녕 스물네 시간도 되기 전에 나를 항구까지 데려다줄 마차를 마련했다. 거기서 발파라이소행 배를 탄 후 다시 기차로 산티아고까지 가는 것이었다. 따라가고 싶어 안달이 난 아델라가 아버지 무릎에 앉아 귀를 물어뜯고 구레나룻을 비틀어 대며 간청을 하자 돈 세바스티안은 결국 딸의 변덕을 거부하지 못했다. 도냐 엘비라와 에두아르도, 디에고는 찬성하지 않았지만 딱히 이유를 대지 못했다. 짐작하기에 할머니 집에서 느꼈던 분위기가 아델라에게 적절하지 않다고 여겼고, 내가 어린 딸을 보호하기에는 다소 어른스럽지 못하다고 생각했던 것 같다. 우리는 같은 배를 탈 독일 친구 두 명과 함께 산티아고로 출발했다. 모든 재앙으로부터 보호해 달라고 예수 성심 스카풀라리오[47]를 목에 걸고 돈은 코르셋 속에 꿰맨 주머니에 넣고, 모르는 사람과는 절대 얘기하지 말라는 엄격한 지시를 받은 채 세상을 한 바퀴 도는 데 필요한 것보다 더 많은 짐을 가져갔다.

아델라와 나는 산티아고에서 두 달을 보냈는데 할머니가 아프지만 않았더라면 정말 근사했을 것이다. 할머니는 산책도 하고 극장에도 가고 기차로 비냐 델 마르에 가서 해변의 공기를 쐬는 등 한가득 계획을 세워 놓고 기쁜 척하며 우리를 맞았다. 그러나 세베로와 니베아의 포도원을 방문하려고 자동차 여행을 떠날 때 결국 우리를 프레더릭 윌리엄스와 함께 보내고 할머니는 뒤에 남았다. 그즈음 포도원에서는 수출용 첫 포도주들이 나오고 있었다. 할머니는 '파울리나 포도원'이 너무 토착적인 이름이라고 생각해서 프랑스식 이름으로 바꾸고 싶어 했다. 그래야 할머니 말대로라면 아무도 포도주를 제대로 알지 못하는 미국이라는 나라에 팔 수 있기 때문이었다. 세베

---

47) 카르멘파 수사나 신자가 걸치는 두 개의 끈으로 된 성의이다.

로는 그런 속임수를 반대했다. 니베아는 올림머리에 흰 머리가 듬성듬성 나고 살이 좀 더 쪄 보였지만 여전히 민첩하고 뻔뻔스럽고 장난기가 가득한 모습으로 어린아이들에게 둘러싸여 있었다. "마침내 내게 변화가 오고 있어. 아이가 또 생길까 겁내지 않고도 사랑을 나눌 수 있게 됐지 뭐냐." 니베아는 몇 년 후 클라라가 세상에 나오리라고는 상상도 못 한 채 내 귀에 그렇게 속삭였다. 예지력을 갖춘 클라라는 사람도 많고 괴짜도 많은 델 바예 가문에서 가장 엉뚱한 아이였다. 어린 로사는 겨우 다섯 살이었지만 대단히 아름다워서 수많은 사람들 입에 이러니저러니 오르내렸다. 내가 찍은 사진이 그녀의 색깔을 그대로 포착하지 못해 유감스럽다. 그녀는 노란 눈과 오래된 청동의 초록색 머릿결을 지니고 있어서 마치 바다 생물체 같았다. 자기 나이에 비해 성장이 좀 더디고 유령처럼 돌아다니는 로사는 그때도 이미 천사 같은 존재였다. "어디서 온 거지? 성령의 딸이 분명해."라고 니베아는 농담을 하곤 했다. 그 아름다운 아이는 잃어버린 두 아이에 대해 니베아를 위로하러 찾아왔던 것이다. 한 아이는 디프테리아로, 또 한 아이는 폐가 천천히 파괴되는 질병으로 죽었다. 나는 니베아와 그 일에 관해 이야기해 보려 했다. 자식을 잃는 것보다 더한 고통이 없다고들 하니까. 그러나 그럴 때마다 그녀는 화제를 바꾸곤 했다. 그녀가 한 말이라곤 수백 수천 년 동안 여자들은 아이를 낳는 고통과 아이를 파묻는 고통을 겪어 왔고, 자신도 예외가 아니라는 것이었다. "하느님이 많은 아이를 보내심으로써 나를 축복해 주셨고 모두 나보다 더 오래 살 거라는 생각을 하면 나로서는 매우 자랑스러운 일이지."

파울리나 델 바예에게서는 예전의 모습을 찾아볼 수 없었
다. 음식이며 사업에 대한 흥미도 잃었고, 무릎이 말을 듣지
않아 제대로 걸을 수도 없었다. 그러나 정신은 그 어느 때보다
또렷했다. 침대 옆의 탁자 위에는 약병들이 줄지어 있었고 수
녀 셋이 번갈아 가며 그녀를 돌보았다. 할머니는 우리가 함께
할 기회가 많지 않으리라는 걸 짐작했고 그래서 처음으로 내
질문들에 대해 대답해 주기로 마음먹었다. 함께 사진첩들을
들춰 보며 그녀가 한 장 한 장 설명해 주었다. 피렌체에서 주
문한 침대의 기원과 어맨다 로웰과의 경쟁에 대해 이야기해
주었는데, 할머니 나이에 비추어 보면 한 편의 코미디 같았다.
내 아버지에 관해 말해 주었고 내 유년기에 세베로 델 바예가
했던 역할에 대해서도 이야기했다. 그러나 외할아버지와 차이
나타운에 대한 얘기는 단호하게 피했고 엄마는 매우 아름다
운 미국 모델이었다고만 했다. 어느 오후 우리는 세베로와 니
베아와 함께 크리스털 갤러리에 앉아 이야기를 나누었다. 세
베로는 샌프란시스코에서 보낸 시간과 전쟁 경험들을 이야기
했고 니베아는 혁명 전쟁 동안에 일어난 일들을 세세하게 들
려주었다. 내가 고작 열한 살이던 시절의 이야기였다. 할머니
는 아프다고 불평하지는 않았지만 심한 위통 때문에 아침에
옷을 입을 때마다 아주 힘들어한다고 프레더릭 아저씨가 알
려 주었다. 자신이 아직은 꾸밀 나이라는 신념에 따라 얼마 남
지 않은 머리칼 몇 가닥을 아직도 염색하고 있었지만 이제는
예전처럼 황후의 보석으로 치장하지 않았다. "보석이 얼마 남

지 않았단다." 프레더릭이 알듯 말듯 한 어조로 나에게 속삭였다. 집은 주인만큼이나 돌보지 않은 모습이었다. 그림이 부족해서 벽이 그대로 훤히 드러났고, 가구와 양탄자도 별로 남아 있지 않았다. 갤러리의 열대 식물들도 시든 채 먼지와 엉켜 있고, 새장 속의 새들도 입을 다물고 있었다. 프레더릭 아저씨가 편지에 전한 할머니의 군대식 침대 얘기는 말 그대로였다. 할머니는 언제나 집 안에서 가장 넓은 침실을 차지했고, 침실 중앙에 그녀의 유명한 침대가 교황의 성좌처럼 버티고 있었으며 그곳에서 자신의 제국을 통치했다. 오전에는 시트를 덮은 채 사십 년 전 피렌체 장인이 조각한 다채로운 해양 생물들에 둘러싸여 시간을 보내면서 장부를 읽거나 편지를 쓰거나 사업을 구상하곤 했다. 시트를 덮으면 살찐 몸이 가려져 자신이 연약하고 아름답다는 환상을 만들 수 있었다. 나는 그 금제 침대에 있는 할머니의 사진을 수없이 찍었고, 이제는 참회자의 엉성한 침상에서 수수한 셔츠를 입고 노인용 숄을 덮은 모습을 찍고 싶었지만 할머니는 단호하게 거부했다. 나는 실크로 장식된 아름다운 프랑스 가구들이 할머니 방에서 사라졌다는 걸 알아챘다. 인도산 수입 자개를 박은 커다란 장미 나무 책상이며 양탄자, 그림들도 없었고, 장식이라곤 커다란 예수의 수난상이 전부였다. "가구와 보석들을 교회에 헌납하고 있거든." 프레더릭 윌리엄스가 설명해 주었다. 그래서 우리는 수녀들 대신 간호사를 고용하고 묵시록적인 사제의 방문을 강제로라도 막아 보기로 결정했다. 사제는 물건을 가져가는 것 외에도 할머니에게 공포를 불어넣었기 때문이다. 파울리나 델 바예가 신뢰하는 유일한 의사인 이반 라도빅은 그런 조치들에 대해 전적으로 찬성했다. 나는 옛 친구를 다시 만나 기뻤고 — 그가 말한 것처럼 진정한 우정은 시간과 거리와 침묵을 견뎌내는 법이다 — 내 기억 속에서 그는 늘 칭기즈 칸으로 변장하고 나타난다고 웃음을 터뜨리며 고백할 수 있어서 유쾌했다. "슬라브족의 광대뼈 때문이지요." 그는 기분 좋은 기색으로 말했다. 타타르인 추장의 경쾌한 분위기는 그대로였지만 그가 근무하는 빈민 구호 병원의 환자들과 접촉하다 보니 온화해져 있었다. 게다가 영국에서만큼 그렇게 이국적으로 보이지도 않았다. 오히려 키 크고 깔끔한 아라우카노 부족 추장이라고 하는 게 나았다. 그는 조용한 사람이었고, 아델라의 끊임없는 수다조차도 아주 세심하게 들어주었다. 그래서 아델라는 즉시 사랑에 빠져 버렸다. 아버지를 유혹하는 데 익숙한 그녀는 이반 라도빅의 비위를 맞추는 데도 같은 방법을 사용했다. 아델라에겐 불행한 일이지만 그는 아델라를 순진하고 쾌활한 여자아이라고만 생각했다. 아델라의 당혹스러운 무례함과, 뻔한 거짓말을 참말이라고 우겨 대는 뻔뻔스러움을 성가셔하지도 않았다. 그녀의 천진난만한 애교와 애정 공세에 얼굴을 붉히곤 했지만 그가 즐거워했다고 생각한다. 라도빅은 신뢰감을 주는 사람이었다. 그래서 사진처럼 듣는 사람이 지루해하지 않을까 걱정하며 꺼내는 화제에 대해서도 이야기하기가 편했다. 유럽과 미국에서는 수년 전부터 의학에 사진이 사용되었기 때문에 그는 사진에 관심을 보였다. 그리고 수술 기록과 환자들의 외적 징후의 기록을 남겨 강연회나 수업에서 사용하기 위해 내게 카메라 사용법을 가르쳐달라고 했다. 그 핑계로 우리는 돈 후안 리베로를 방문하러 갔다. 그러나 스튜디오는 매각 광고판을 내건 채 닫혀 있었고 옆집 미용사의 말에 따르면 선생님은 양쪽 눈에 백내장이 생겨 더 이상 작업을 하지 않는다고 했다. 그가 주소를 알려 주어 집으로 찾아갔다. 선생님은 몽히타스 거리의 한 건물에 살고 있었다. 한때 잘나갔지만 지금은 유령들이 돌아다닐 듯한 커다란 구식 건물이었다. 하녀가 문들이 연결되어 있는 여러 개의 방을 따라 우리를 안내했다. 방마다 리베로가 찍은 사진들이 바닥에서 천장까지 다닥다닥 붙어 있었다. 마침내 오래된 마호가니 가구와 헐거워진 벨벳 소파가 있는 거실이 나왔다. 램프가 켜져 있지 않아 희미한 불빛에 적응하는 데 몇 초의 시간이 필요했다. 그리고 우리는 오후의 마지막 햇살이 비쳐 드는 창문 옆에 고양이처럼 무릎을 꿇고 앉아 있는 선생님을 알아볼 수 있었다. 선생님은 일어서서 매우 확실한 걸음으로 다가와 우리에게 인사를 했다. 걸음걸이에서는 앞이 안 보인다는 게 전혀 드러나지 않았다.

"델 바예 양! 아차, 실례했군. 지금은 도밍게스 부인이지, 그렇지?" 선생님이 양손을 내밀며 소리쳤다.

"아우로라예요, 선생님. 언제나 아우로라 그대로예요." 나는 선생님을 안으며 대답했다. 그리고 나서 라도빅 박사를 소개하고, 의료상의 필요 때문에 사진을 배우고 싶어 한다는 말도 전했다.

"여보게, 나는 아무것도 가르칠 수 없다네. 내가 가장 고통스러워할 만한 곳에 하늘이 벌을 내렸지 뭔가. 생각해 보게. 눈먼 사진사라니, 아이러니 아닌가!"

"전혀 안 보이나요, 선생님?" 나는 놀라서 물었다.

"눈으로는 아무것도 볼 수 없지. 그러나 여전히 세상을 바라보고 있다. 말해 보렴, 아우로라. 네 모습이 변했니? 지금은 어떻게 생겼지? 내가 기억하는 가장 선명한 네 이미지는 노새같이 고집스럽게 내 스튜디오 문밖에 서 있던 열세 살짜리 아이란다."

"여전히 그대로예요, 선생님. 소심하고 바보 같고 고집 센 그대로랍니다."

"아니야, 그게 아냐. 예를 들어 머리 모양은 어떻고 무슨 색 옷을 입고 있는지 말해 보렴."

"부인은 가슴에 레이스가 달린 경쾌한 흰색 원피스를 입고 있어요. 소재가 뭔지는 모르겠네요. 그런 쪽은 문외한이라서. 그리고 모자의 매듭 장식 같은 노란색 벨트를 매고 있어요. 확실한 건 매우 예쁘다는 겁니다." 라도빅이 말했다.

"라도빅, 제발 나를 쑥스럽게 만들지 말아요." 내가 말을 끊었다.

"지금 부인은 뺨이 붉어졌어요……." 라도빅이 말했고 두 사람은 동시에 소리 내어 웃었다.

선생님이 종을 치자 하녀가 커피 쟁반을 들고 들어왔다. 우리는 다른 나라에서 사용하는 새로운 기술과 신형 카메라에 대한 이야기, 사진 과학이 얼마나 발전했는지 등을 이야기하며 매우 즐겁게 한 시간을 보냈다. 돈 후안 리베로는 최신 경향을 완전히 꿰고 있었다.

"아우로라는 예술가라면 누구에게나 필요한 열정과 집중력, 그리고 인내심을 가지고 있어요. 훌륭한 의사도 그런 게 필요하다고 생각하는데, 안 그렇소? 아우로라에게 찍은 사진을 보여 달라고 해요, 박사. 겸손해서 거듭 조르지 않으면 안 보여 줄 거요." 헤어질 때 선생님은 이반 라도빅에게 넌지시 말했다.

며칠 후 그럴 기회가 찾아왔다. 할머니는 위통을 느끼며 잠이 깨었고 평소 쓰던 진정제도 도움이 되지 않자 라도빅을 불렀다. 그는 서둘러 달려와 강한 아편 화합물을 투약했다. 우리는 할머니가 침대에서 그대로 쉬도록 놔두고 방에서 나왔다. 라도빅은 다시 종양이 생긴 것 같지만 또 수술을 하기에는 너무 나이가 많아서 마취를 견뎌 내지 못할 거라고 설명했다. 통증을 줄여 평화롭게 죽을 수 있도록 하는 길밖에 없다고 했다. 나는 얼마나 더 살지 알고 싶었지만 할머니는 연세에도 불구하고 매우 강했고 종양은 아주 느리게 진행되고 있었기 때문에 확실한 기간은 알기 어려웠다. "아우로라, 마음의 준비를 해요. 몇 달 안에 임종을 맞을 수도 있으니까." 라도빅이 그렇게 말하자 나는 눈물을 참을 수 없었다. 파울리나 델 바예가 유일한 혈육이니 그녀가 없다면 나는 표류하는 기분으로 살게 될 것이다. 디에고가 남편이라는 사실은 조난당한 기분을 위로해 주기는커녕 악화시키기만 했다. 라도빅은 손수건을 건네며 아무 말 하지 못했다. 내 눈물에 당황해서 나를 쳐다보지도 못했다. 나는 시골에서 올라와 할머니의 마지막 순간에 함께할 수 있도록 늦지 않게 알려 줄 것을 약속받았다. 아편제가 효과가 있었던지 할머니는 빨리 진정되었다. 할머니가 잠이 들자 나는 라도빅을 현관까지 바래다주었다. 문에서 그는 한 시간의 여유가 있는데 거리가 무척 덥다면서 조금만 더 머물 수 있는지 물었다. 아델라는 낮잠을 자고 프레더릭 윌리엄스는 클럽에 수영하러 가고 없어서 해방군 거리의 커다란 집은 움직이지 않는 배처럼 보였다. 나는 그에게 오르차타를 한 잔 내놓았고, 우리는 새장이 가득 찬 갤러리에 자리를 잡았다.

"휘파람을 불어 봐요, 라도빅."

"휘파람을 불라고요? 왜요?"

"인디오들에 따르면 휘파람을 불면 바람이 불어온대요. 더위를 식힐 바람이 좀 필요하잖아요."

"내가 휘파람을 부는 동안 당신은 가서 사진을 갖고 오면 어때요? 정말 보고 싶어요." 그가 청했다.

나는 여러 개의 상자를 가져와 그의 옆에 앉아 사진들을 설명했다. 먼저 유럽에서 찍은 사진을 몇 장 보여 주었다. 아직은 내용보다는 미학적인 면에 더 관심을 갖고 있던 시절의 사진들이었다. 그리고 나서 산티아고의 백금 사진들, 인디오와 농장 소작인의 사진들, 마지막으로 도밍게스 가족의 사진을 보여 주었다. 그는 할머니를 진찰할 때와 마찬가지로 주의를 기울여 사진들을 들여다보았고 간간이 하나씩 물어보기도 했다. 그러더니 디에고의 가족사진에서 멈췄다.

"이 아름다운 여자는 누구요?"

"수사나예요. 에두아르도 아주버님의 아내죠."

"아마 이 사람이 에두아르도인 모양이군, 안 그래요?" 그는 디에고를 가리키면서 물었다.

"아니에요. 그 사람은 디에고예요. 왜 그가 수사나의 남편이라고 생각하죠?"

"모르죠. 그냥……."

그날 밤 나는 사진들을 바닥에 놓고 몇 시간이나 들여다보았다. 그러고는 비탄에 잠긴 채 매우 늦게야 잠자리에 들었다.

칼레우푸로 돌아갈 시간이 되어 할머니와 작별을 해야 했다. 햇살 좋은 산티아고의 12월이어서 파울리나 델 바예는 기분이 많이 좋아졌다. 겨울은 그녀에게도 길고 고독했던 것이다. 할머니는 새해 연휴를 보내고 나면 다른 사람들처럼 산티아고의 무더위를 피해 해변으로 여름휴가를 가는 대신 프레더릭 윌리엄스와 함께 나를 보러 오겠다고 약속했다. 할머니는 매우 상태가 좋아져서 발파라이소까지 기차를 타고 우리를 배웅했고 거기서 아델라와 나는 남쪽행 배를 탔다. 우리는 크리스마스 전에 농장에 돌아왔다. 도밍게스 가족에게 한 해의 가장 중요한 축일인 크리스마스 행사에 빠질 수 없었기 때문이다. 도냐 엘비라는 농부들에게 줄 선물을 몇 달 전에 미리 마련해 두었다. 선물은 집에서 만들거나 시내에서 샀는데, 아이들을 위해서는 옷과 장난감, 여자들을 위해서는 옷감과 털실, 그리고 남자들을 위해서는 연장을 준비했다. 당일이 되면 가축, 밀가루 포대, 감자, 흑설탕 '잔카카', 깅닝콩, 옥수수, 말린 고기 '차르키', 마테, 소금 등을 나눠 주었고 노천에서 모닥불을 피워 커다란 청동 솥에서 만든 마르멜로 둘세 조각을 나눠 주었다. 농장 소작인들이 사방에서 찾아왔다. 어떤 이들은 축제를 위해 며칠이나 걸려 아내와 아이들을 데리고 왔다. 소와 양을 잡고 신선한 감자와 옥수수를 익히고 강낭콩 요리를 준비했다. 나는 정원에 놓인 기다란 식탁을 꽃과 소나무로 장식하는 일과 설탕으로 도수를 낮춘 포도주를 준비하는 일을 맡았다. 어른들은 그 음료를 마셔도 취하지 않았고 아이들도 볶은 밀가루를 섞어 마실 수 있었다. 신부 한 명이 이삼 일 머물며 갓난아기들에게 세례를 주고 고해 성사를 받고, 동거하는 사람들을 결혼시키고 간통한 사람들을 훈계했다. 12월 24일 자정에는 노천에 임시로 만든 제단 앞에서 성탄 전야 미사를 올렸다. 농장의 작은 예배당에는 그 많은 사람들이 다 들어갈 수 없었기 때문이다. 날이 밝으면 밀크 커피와 구운 빵, 크림, 잼, 여름 과일 등으로 차린 맛있는 아침 식사를 하고 나서 즐겁게 행렬을 지어 아기 예수를 경배했다. 한 사람씩 돌아가며 자기로 만든 아기 예수의 발에 입을 맞추었다. 돈 세바스티안은 품행이 가장 훌륭한 가족에게 아기 예수 상을 건네주었는데, 그러면 작은 상이 담긴 유리 상자는 다음 해 크리스마스까지 일 년 동안 그 농부의 오두막 안에서 영광의 자리를 차지한 채 그들에게 축복을 가져다줄 터였다. 아기 예수상이 집 안에 있는 동안에는 나쁜 일이 일어나지 않을 것이다. 돈 세바스티안은 모든 가족이 한 번씩 예수상을 집 안에 둘 수 있도록 배려했다. 그해 우리는 20세기의 도래를 다룬 풍자적인 연극도 준비했다. 연극에는 너무 쇠약해진 도냐 엘비라와 조명이나 색칠한 무대 천막 등 기술적인 부분을 맡고 싶어 하는 디에고를 제외하고 가족 전원이 참석했다. 유쾌하기만 한 성격의 돈 세바스티안이 불평하며 사라져 가는 묵은해의 서글픈 역할을 맡았고, 수사나의 아이들 중 아직도 기저귀를 차고 있는 아기가 새해 역할을 맡았다.

무료 식사를 알릴 무렵 안데스의 페우엔체 인디오들이 서둘러 도착했다. 그들은 땅을 잃은 데다가 정부의 개발 계획에 외면을 당했기 때문에 매우 가난했지만 자존심 때문에 빈손으로 오는 법이 없었다. 땀과 때에 뒤덮인 채 망토 속에 되는대로 담아 온 사과와 썩은 냄새가 나는 죽은 토끼 한 마리, 호리병에 담긴 '무치' 몇 병을 가져와 건네주었다. '무치'는 보라색 작은 과일에 침을 섞어 가며 주머니칼로 쩧은 후 발효시킨 술이었다. 세 아내와 개들을 거느린 늙은 추장은 한 스무 명쯤 되는 부족원들을 데리고 왔다. 남자들은 손에서 창을 놓지 않았고 착취당하고 패배한 지 4세기가 지났음에도 용맹한 생김새를 잃지 않았다. 여자들은 수줍음이라곤 찾아볼 수 없었고 남자들만큼이나 힘도 세고 자립심도 강했다. 그 부족은 남녀가 평등했다. 니베아 델 바예가 봤더라면 박수갈채를 보냈을 것이다. 그들은 돈 세바스티안과 그의 자녀들을 '형제'리고 부르며 자신들의 말로 정중하게 인사했고 도밍게스 가족은 환영의 인사를 한 뒤 음식이 차려진 곳으로 그들을 안내했다. 그러나 가까이에서 계속 그들을 지켜보았는데 조금만 한눈을 팔면 물건을 훔쳐 갔기 때문이다. 시아버지는 그들이 공동체를 이루어 살고 서로 공유하는 데 익숙해 소유 의식이 없어서 그렇다고 했다. 그러나 디에고는 그 인디오들은 남의 것을 훔치는 데는 잽싸지만 자신들의 물건에는 아무도 손대지 못하게 한다고 반박했다. 돈 세바스티안은 인디오들이 술에 취해 난폭해질까 두려워 돌아갈 때 가져가라고 추장에게 술을 한 통 선물했다. 그리고 자신의 땅에서는 열면 안 된다는 조건을 달았다. 그들은 커다란 원을 이루고 앉아 함께 먹고 담배도 모두 같은 파이프로 피웠으며 어느 누구도 귀 기울이지 않는 긴 연설도 했다. 그들은 칼레우푸의 소작인들과 섞이지 않았지만 아이들은 함께 뛰어놀았다. 그 축제는·내 마음대로 인디오들의 사진을 찍고 인디오 여자들 몇 명과도 친해질 수 있는 기회가 되었다. 나는 그들이 여름을 보내기 위해 터를 잡고 있는 호수 건너편의 야영지를 방문하고 싶어 허락을 구할 셈이었다. 그들은 목초가 말라 버리고 풍경이 지루해지면 지붕을 받치고 있던 기둥들을 뽑고 천막을 둘둘 말아 새로운 장소를 찾아 떠났다. 함께 시간을 보낼 수 있다면 아마도 그들은 내 존재와 카메라에 익숙해질 것이다. 나는 그들의 일상을 사진으로 찍고 싶었지만 시부모님은 내 생각에 치를 떨었다. 그 부족은 선교사들의 끈기 있는 노력으로도 야생의 흔적을 전혀 지워 내지 못해 그들의 관습에 대한 갖가지 종류의 소름 끼치는 이야기가 떠돌았기 때문이다.

그 여름 파울리나 할머니는 약속과 달리 나를 방문하러 오지 않았다. 기차 여행과 배 여행은 참을 만했지만, 항구에서 칼레우푸까지 이틀 동안 소가 끄는 마차에 시달린다는 게 겁났던 것이다. 할머니가 매주 보내는 편지만이 내가 외부 세계와 갖는 유일한 접촉이었고 몇 주가 지나면서 내 향수는 깊어

갔다. 성격이 변해 사람을 싫어하게 되었고, 무거운 신부 드레스 단처럼 열패감을 질질 끌며 보통 때보다 더 입을 다물고 지냈다. 고독해진 나는 시어머니와 가까워졌다. 그 부드럽고 신중한 여인은 남편에게 전적으로 의존했다. 자기 생각도 없었고 생존을 위한 최소한의 노력도 할 줄 몰랐지만 그런 이지의 부족을 무한히 선한 성격이 보충해 주었다. 내 소리 없는 악몽의 경기는 그녀가 옆에 있으면 말끔히 사라졌다. 도냐 엘비라는 내 정신을 가다듬어 주었고, 그녀에겐 때로 나를 옥죄는 불안감을 누그러뜨리는 힘이 있었다.

그 여름 몇 달 동안 우리는 수확과 새로 태어난 가축들, 저장 식품의 마련 때문에 바빴다. 밤 9시가 되어서야 해가 졌고 낮이 영원해지고 있었다. 그즈음 디에고와 나를 위해 짓던 집이 완성되었다. 사방에 지붕이 달려 있고 회랑으로 둘러싸였으며, 상큼한 진흙 냄새, 막 베어 낸 나무 냄새, 박하 향기가 나는 튼튼하고 산뜻하고 아름다운 집이었다. 불운과 마귀가 물러가라고 소작인들이 벽을 따라 나무를 심었던 것이다. 시부모님은 집안 대대로 내려오는 가구 몇 가지를 주었고 나머지는 디에고가 내 의견도 묻지 않고 마을에서 사 버렸다. 그는 우리가 그때까지 쓰던 널찍한 침대 대신 두 개의 청동 침상을 사서 테이블을 사이에 두고 따로 놓았다. 점심 식사를 한 후면 가족들은 의무적인 휴식을 위해 5시까지 각자 자신의 방에 틀어박혔다. 더위가 소화 불량을 일으킬 수 있다고 생각했기 때문이다. 디에고는 포도 덩굴 아래의 해먹에 누워 잠시 담배를 피우고는 강으로 수영하러 갔다. 그는 혼자 다니는 걸 좋아했고, 아주 가끔 내가 같이 가고 싶어 하면 성가셔했기 때문에 나는 억지로 고집하지 않았다. 낮잠 시간을 그와 새 침실에서 보내지 못하자 나는 책을 읽거나 작은 작업실에서 일했다. 대낮에 자는 건 끝내 익숙해지지 않았다. 디에고는 나에게 아무것도 요구하지 않았고 아무것도 묻지 않았으며, 내가 하는 일이나 내 기분에 대해서도 예의상의 관심조차 보이지 않았다. 자주 변하는 내 기분 상태나 내 악몽, 내 집요한 침묵을 보고도 초조해하는 법이 없었다. 악몽은 예전보다 더 자주 더 강하게 되살아났다. 우리가 한마디도 나누지 않은 채 며칠이 지나도 그는 알아채지 못하는 듯했다. 나는 자물쇠를 채운 듯한 침묵 속에 틀어박혀 언제까지 그런 상황을 버텨 낼 수 있을지 시간을 쟀지만 언제나 내가 지고 말았다. 침묵은 그보다는 나에게 더 힘들었다. 전에 침대를 같이 쓸 때 나는 잠든 척하며 그에게 다가가 그의 등에 몸을 붙이고 내 다리로 그의 다리를 감곤 했다. 그러면 두 사람 사이에 냉혹하게 깊어 가던 심연이 가끔씩 사라졌다. 그 드문 포옹 속에서 나는 쾌락이 아니라 단지 위로와 동무를 구할 뿐이었다. 쾌락이 가능하리라고는 생각하지 않았다. 몇 시간 정도는 그를 되찾았다는 환상이 들기도 했지만 날이 밝으면 언제나처럼 모든 것이 다시 그 자리에 돌아와 있었다. 새집으로 옮기자 그 드문 친밀감조차도 사라져 버렸다. 두 침대 사이의 거리는 강물의 급류보다 더 넓고 더 적대적인 분위기를 조성했다. 그러나 때로 내가 꿈속에서 검은 파자마를 입은 아이들에게 쫓겨 소리를 지르며 잠이 깰 때면 그도 일어나 내가 진정될 때까지 힘껏 안아 주었다. 그런 날이 아마 우리가 일시적으로나마 결합하는 유일한 순간이었을 것이다. 그는 내 악몽이 마음에 걸렸고 정신병으로 악화될지도 모른다고 생각했다. 그래서 아편을 구해다 오렌지즙에 타서 가끔 몇 방울씩 주었고 그러면 나는 행복한 꿈을 꾸며 잠들 수 있었다. 집안 식구들과 함께할 때를 제외하면 디에고와 나는 함께 보내는 시간이 거의 없었다. 종종 그는 아르헨티나의 파타고니아를 향해 산맥을 가로질러 여행을 떠났고 식료품을 사러 마을에 가기도 했다. 가끔은 설명도 없이 이삼 일씩 사라지기도 했는데 그러면 나는 사고가 생긴 게 아닐까 상상하며 불안에 떨었다. 에두아르도는 동생이 늘 그랬다는 말로 나를 진정시켰다. 거친 자연 속에서 자란 고독한 남자여서 침묵에 익숙하고, 어릴 때부터 넓은 공간을 필요로 했고, 방랑자의 영혼을 타고났기 때문에 집안의 옥죄는 울타리 속에서 태어나지 않았더라면 아마도 선원이 되었을 거라고 했다. 우리가 결혼한 지 일 년이 다 되었고, 나는 내게 뭔가 결함이 있다고 느꼈다. 그에게 아들 하나 안겨 줄 수 없었을 뿐 아니라 나를 사랑하게 하기는커녕 나에게 관심을 갖게 하지도 못했으니 내 여성성에는 뭔가 근본적인 게 부족하다고 생각했다. 나는 그가 결혼할 나이가 되자 부모가 신부를 구하도록 강요했기 때문에 나를 선택했다고 짐작했다. 내가 그의 앞을 지나간 첫 번째 여자였거나 어쩌면 유일한 여자였는지도 모른다. 디에고는 나를 사랑하지 않았다. 그건 처음부터 알았지만 첫사랑과 열아홉 나이의 교만 때문에 그게 극복하지 못할 장애물이라고 생각하지 않았다. 연애 소설들에서처럼 고집과 정조, 애교로 그를 유혹할 수 있다고 믿었다. 나는 나의 무엇이 잘못되었는지 알아보려는 번민으로 몇 시간이고 자화상 사진을 찍어 댔다. 몇 장은 작업실로 옮긴 대형 거울 앞에서 찍고, 어떤 사진은 카메라 앞에서 찍었다. 수백 장의 사진을 찍었다. 어느 때는 옷을 입은 채 어느 때는 벗은 채였고 모든 각도에서 나를 살펴보았다. 그러다 보면 황혼의 서글픈 기분을 느낄 뿐이었다.

도냐 엘비라는 환자용 소파에 앉아 가족의 생활을 빠뜨리지 않고 낱낱이 관찰하다가 디에고의 길어지는 부재와 나의 황폐함을 눈치채고 여러모로 궁리를 해 보더니 어떤 결론에 이르렀다. 그녀 자신의 소심함과 터놓고 감정을 얘기하지 않는 칠레의 관습 때문에 그 문제에 직접적으로 접근하지는 못했지만 그녀와 내가 단둘이서 보낸 많은 시간 동안 우리 둘 사이에는 엄마와 딸 같은 친밀감이 형성되었다. 그래서 도냐 엘비라는 초기에 겪었던 남편과의 어려움들에 대해 조심스럽게 조금씩 조금씩 이야기해 주었다. 그녀는 매우 젊은 나이에 결혼했고 몇 번의 유산으로 결혼 후 오 년 동안 아이가 없었다. 유산 때문에 그녀는 몸과 마음이 상했다. 그 시절 세바스티안 도밍게스는 어른스럽지도 못했고 결혼 생활을 위한 책임감도 부족했다. 그는 격한 성격에 망나니처럼 놀았고 바람둥이이기도 했다. 물론 그녀는 그 단어를 사용하지 않았지만 몰라서는 아니라고 생각한다. 도냐 엘비라는 가족들과 아주 멀리 떨어진 채 혼자였고 외롭고 당황스러웠다. 급기야 결혼이 끔찍한 실수였고 유일한 출구는 죽음이라고 생각하게 되었다.

"그러나 하느님이 내 간청을 들어주셔서 우리는 에두아르도를 갖게 되었지. 하룻밤 사이에 세바스티안은 완전히 바뀌었어. 그 사람보다 더 나은 아버지도 남편도 없다. 우리는 삼십 년 이상을 함께 살았고, 나는 우리가 나눈 행복을 매일 하느님께 감사드린단다. 기도를 해야 한다, 얘야. 그게 많은 도움을 준단다." 그녀는 그렇게 충고했다. 나는 기도를 했다. 그러나 필요한 만큼의 강도와 인내심이 없었던지 아무런 변화도 찾아오지 않았다.

의심은 몇 달 전부터 시작되었지만 나는 스스로가 혐오스러워 등을 돌렸다. 내 본성 어딘가 사악한 부분이 존재한다는 것을 인정하지 않는 한 그 사실을 받아들일 수 없었다. 그런 추측은 치명적인 종양처럼 내 머릿속에 뿌리를 내리고 피어나는 악마의 생각일 뿐이라고 되뇌었다. 그러나 양심으로 인한 괴로움이 내 선한 의지보다 더 강력했다. 처음 시작은 이반 라도빅에게 보여 주었던 가족사진이었다. 후안 리베로 선생님의 말처럼 보고 싶은 것만 보는 습성 때문에 얼핏 봐서는 분명하지 않았던 것이 인화지 위에 흑백으로 나타나 있었다. 틀림없는 몸의 언어들, 동작, 시선 등을 알아차릴 수 있었다. 일단 의심이 들자 나는 점점 더 카메라에 의존했다. 도냐 엘비라를 위한 앨범을 만든다는 구실로 매 순간 즉석에서 가족사진을 찍었고 작업실에서 혼자 현상해 뒤틀린 눈으로 주의 깊게 관찰했다. 그렇게 하여 나는 비열하기 이를 데 없는 사소한 증거들을 수집하게 되었다. 어떤 증거는 너무 미묘해서 절망감에 빠진 나만 알아챌 수 있을 정도였다. 카메라를 내 모습을 가리는 가면처럼 얼굴에 대고 있었던 덕분에 내가 원하는 대로 초점을 잡을 수 있었고 동시에 침착한 거리를 유지하는 것이 가능했다. 더위가 누그러지고 화산 봉우리들이 구름으로 뒤덮이고, 가을을 맞은 자연이 몸을 웅크리기 시작하는 4월 말 무렵 사진 속의 흔적들은 이제 충분해 보였다. 나는 질투심에 불타는 뭇 여자들처럼 디에고를 몰래 감시하는 가증스러운 일을 시작했다. 내 목을 옥죄던 마수를 마침내 분명히 깨닫고 그게 뭐라고 불리는 것인지 알게 되자 수렁에 빠진 느낌이었다. 바로 질투심이었다. 질투심을 느껴 보지 못한 사람은 그게 얼마나 고통스러운지 알 수 없고, 질투의 이름으로 저질러지는 광기를 상상할 수도 없다. 삼십 년 동안 살면서 질투를 느낀 것은 오직 그때뿐이었지만 너무 험하게 데인 나머지 그 한 번의 상처가 아물지 않는다. 한편으로는 아물지 않길 바라기도 한다. 미래에는 그런 질투심을 피해 갈 수 있도록 환기시켜 줄 터이므로. 디에고는 내 것이 아니었다. 어느 누구도 결코 타인의 것이 될 수 없지만 말이다. 내가 그의 아내라는 사실은 그와 그의 감정에 대해 아무런 권한도 갖지 못했다. 사랑은 한차례 불꽃처럼 시작되지만 또한 불꽃처럼 끝나 버리는 자유 계약이다. 수천 개의 위험이 사랑을 위협한다. 두 사람이 지키면 사랑은 위험에서 벗어나 나무처럼 자라서 그늘을 드리우며 열매도 맺지만, 그것은 두 사람이 함께 참여할 때만 가능하다. 디에고는 한 번도 그렇게 하지 않았고 우리 관계는 처음부터 파경이 예정된 것이었다. 지금은 그걸 알지만 그

때의 나는 장님이나 마찬가지였다. 처음에는 순전히 분노에 눈멀었고 나중에는 비탄에 눈이 멀고 말았다.

　나는 순간순간 남편을 감시하면서 그의 설명과 행동이 일치하지 않는다는 것을 알게 되었다. 분명히 에두아르도와 사냥을 하러 갔는데 에두아르도보다 몇 시간 전이나 후에 돌아왔다. 집안의 다른 남자들이 제재소에서 일하거나 소에 낙인을 찍고 있을 때도 그는 금방 정원에 나타나곤 했고 나중에 식탁에서 화제로 삼아 보면 하루 종일 그가 누구와도 같이 있지 않았다는 게 드러났다. 마을로 물건을 사러 갔을 때도 도끼나 톱처럼 아주 사소한 물건이었는데도 구하지 못했다면서 빈손으로 돌아오곤 했다. 가족들이 함께 모여 보내는 많은 시간 동안에 그는 어떻게든 대화를 피했다. 트럼프 놀이를 시작하거나 수사나에게 노래를 불러 달라고 청하는 사람도 언제나 그였다. 그녀가 편두통을 일으키면 그는 금방 지루해하며 어깨에 엽총을 메고 말을 타고 나갔다. 가족들의 의심을 불러일으키지 않고 남편이 알아채지 못하게 쫓아가 본다는 것은 불가능했다. 그러나 가까이에 있을 때는 경계를 늦추지 않고 그를 감시했다. 그러다가 그가 가끔 한밤중에 일어나 부엌에 가서 뭘 먹겠지라는 짐작과는 달리 옷을 입고 뜰로 나가 한두 시간 사라졌다가 아무 말 없이 침대로 돌아온다는 걸 알게 되었다. 어둠 속에서 그를 쫓아가는 일은 열두 개의 눈이 나를 지켜보는 낮 동안보다는 쉬웠다. 저녁 식사 때 포도주를 피하고 밤에 아편을 마시지 않고 깨어 있기만 하면 되었다. 5월 중순 어느 날 밤 그는 침대에서 일어나 십자가 밑에 늘 켜 둔 올리브유 램프의 희미한 불빛 아래에서 바지를 입고 장화를 신더니 셔츠와 재킷을 입고 밖으로 나갔다. 나는 잠시 기다리다가 서둘러 일어나 그를 따라갔다. 심장이 터질 듯 두방망이질을 해 댔다. 집 안이 어두워 앞이 잘 보이지 않았지만 그가 정원으로 나서자 마침 하늘 한가운데 나타난 달빛 아래 그의 실루엣이 뚜렷하게 드러났다. 구름이 하늘을 군데군데 덮고 있다가 금방 달을 가려 버리는 바람에 우리는 어둠에 휩싸였다. 개들이 짖는 소리가 들렸다. 개들이 다가오면 내가 발각될 것 같았지만 가까이 오지는 않았다. 디에고가 개들을 미리 묶어 놓았던 것이다. 남편은 집을 완전히 한 바퀴 돌더니 서둘러 마구간으로 향했다. 마구간에는 가족의 말들이 있었지만 들일 때문에 근래 말을 타는 일은 없었다. 그는 자물쇠의 빗장을 열고 안으로 들어갔다. 나는 맨발에 얇은 잠옷 하나만 걸친 상태로 마구간에서 몇 미터 떨어진 느릅나무의 그림자 속에 숨어 기다렸다. 디에고가 말을 타고 다시 나타날 것이고 그러면 쫓아갈 수 없다는 생각에 더 다가갈 엄두도 나지 않았다. 상당히 길게 느껴지는 시간이 흘렀지만 아무 일도 일어나지 않았다. 갑자기 열린 문고리 틈새로 한 줄기 빛이 보였다. 아마도 촛불이거나 작은 램프인 듯했다. 나는 이가 딱딱 부딪쳤고 추위와 두려움으로 정신없이 몸이 떨렸다. 거의 항복하고 침대로 돌아가려는데 오른쪽에서 뭔가 마구간 쪽으로 다가가는 물체가 보였다. 큰집에서 나오지는 않은 게 분명했다. 그 그림자도 마구간으로 들어갔고 등을 돌린 채 문을 닫았다. 나는 결심을 못 하고 거의 십오 분을 그대로 있다가 기운을 내어 몇 걸음 다가갔다. 온몸이 굳어 움직일 수가 없을 지경이었다. 공포에 사로잡혀 마구간으로 다가갔다. 내가 숨어 지켜보는 걸 발견하면 디에고가 어떻게 반응할지 알 수 없었지만 그렇다고 물러날 수도 없었다. 살며시 밀자 문이 저항 없이 열렸다. 문고리가 밖에 달려 있어서 안에서는 잠글 수가 없었다. 나는 좁게 열린 틈새로 도둑처럼 미끄러져 들어갔다. 안은 어두웠고 나는 저 안쪽에 반짝이는 작은 빛을 향해 발끝으로 걸어갔다. 거의 숨도 쉬지 않았지만 사실 그런 조심은 불필요했다. 볏짚이 내 발소리를 죽여 주었고 가축들도 깨어 있었기 때문이다. 소들이 움직이는 소리, 구유에 숨을 몰아쉬는 소리도 들렸다.

대들보에 걸린 채 목재 사이로 스며드는 미풍에 흔들리는 희미한 초롱 불빛 속에서 나는 그들을 보았다. 그들은 짚 다발 위에 둥지처럼 모포를 깔아 놓고 있었다. 그녀는 무거운 외투를 입은 채 모포 위에 누워 있었는데 외투의 단추가 풀려 맨몸이 되어 가고 있었다. 팔과 다리를 벌린 채였고 머리를 어깨쪽으로 숙여 검은 머리칼이 얼굴을 덮고 있었다. 등잔의 희미한 오렌지 빛을 받아 살결은 금빛 목재처럼 반짝였다. 디에고는 셔츠만 겨우 걸친 채 그녀 앞에 무릎을 꿇고 성기를 핥고 있었다. 수사나는 전적으로 몸을 내맡긴 태도였고 디에고의 동작에는 이루 말할 수 없이 만족스러운 열정이 있었다. 그 모든 것 앞에서 내가 얼마나 이방인인지 순식간에 깨달았다. 진정으로 나는 존재하지 않았고, 에두아르도도 세 아이들도 그 어느 누구도 존재하지 않았다. 피해 갈 수 없는 사랑을 나누는 그 두 사람만이 있을 뿐이었다. 남편은 그런 식으로 나를 애무한 적이 한 번도 없었다. 그들이 이전에도 천 번쯤은 그런 관계를 맺었고 수년 전부터 서로 사랑해 왔다는 걸 쉽게 알 수 있었다. 나는 마침내 그가 수사나와의 사랑을 은폐하기 위해서 나와 결혼했다는 걸 깨달았다. 고통스러운 수수께끼 조각들이 한순간에 제자리를 찾았다. 나에 대한 그의 무관심, 그의 부재와 수사나의 편두통이 일치했던 것, 형에 대한 디에고의 긴장된 태도, 나머지 가족들에 대한 그의 간교한 태도 등이 설명되었다. 늘 그녀 가까이에 붙어 그녀를 만지기 위해 그가 어떻게 상황을 꾸미곤 했던가. 그는 자기 발로 그녀의 발을 치기도 했고, 그녀의 팔꿈치나 어깨를 손으로 만졌고, 때로 우연처럼 등이나 목덜미에 닿기도 했다. 그것들은 사진이 내게 폭로해 준 틀림없는 표시였다. 디에고가 얼마나 애들을 좋아했는지 떠올랐고 어쩌면 조카가 아니라 그의 아이들일지 모른다는 생각이 들었다. 아이들은 셋 다 도밍게스 집안의 표식인 푸른 눈을 가졌다. 그들이 관능적으로 사랑을 나누는 동안 나는 점차 몸이 얼어붙어 옴짝달싹 못 했고 그들은 모든 마찰, 모든 신음을 서두르지 않고 맛보았다. 마치 다가올 모든 시간을 다 가진 듯이. 그들은 허둥대며 은밀히 만난 연인이 아니라 결혼한 지 이 주밖에 안 된 신혼부부 같았다. 열정은 아직 바래지 않은 그대로이지만 서로의 몸에 대한 느낌과 확신은 존재하는 시기 말이다. 나는 남편과의 사이에서 그런 친밀감을 경험한 적이 결코 없을 뿐 아니라 아무리 대담한 상상을 하더라도 그런 친밀감은 만들어 내지 못했을 것이다. 디에고의 혀는 수사나의 사타구니 안쪽을 핥고 다녔다. 복사뼈에서부터 위쪽으로 올라가 허벅지에 머물더니 다시 아래로 내려왔다. 그러는 동안 손은 그녀의 허리를 기어 올라가 둥글고 풍만한 가슴을 만져 대며 포도처럼 곤두서 반짝이는 젖꼭지로 장난을 치기도 했다. 수사나의 부드럽고 달콤한 몸은 전율했고 물결쳤다. 흡사 강물에서 뛰노는 물고기 같았다. 맹렬한 쾌락으로 머리를 이리저리 흔들었고 머리칼이 계속 얼굴에 달라붙어 있었으며, 긴 비명을 지르는 입술은 열려 있었고, 손은 디에고를 더듬어 자기 몸의 아름다운 곡선으로 안내하고 다녔다. 마침내 디에고의 혀가 자신을 쾌락 속에서 폭발시킬 때까지 그녀의 손은 멈추지 않았다. 수사나는 번개처럼 몸을 지나가는 환희에 등을 활처럼 뒤로 굽히더니 목쉰 듯한 소리로 비명을 질렀다. 그러자 디에고가 입으로 그녀의 입을 막아 소리를 죽였다. 그리고 나서 그녀를 팔에 안아 은밀한 말들을 줄줄이 귀에 속삭이며 고양이를 다루듯 어르고 만져 주었다. 그에게 가능할 거라고 생각해 본 적조차 없는 부드럽고 달콤한 말들이었다. 어느 순간 그녀가 밀짚 위에 앉더니 외투를 벗고 그에게 키스하기 시작했다. 처음에는 이마에, 이어서 속눈썹과 관자놀이, 그리고 입에 길게 키스했다. 그녀의 혀는 디에고의 귀를 장난스럽게 탐색하고, 목울대를 뛰어넘어 목을 긴질였다. 이로는 남자다운 젖꼭지를 쪼아 대고 손가락은 가슴의 털을 꼬아 댔다. 그러자 이번에는 애무에 몸을 완전히 내맡기는 게 그의 차례가 되었다. 그는 모포 위에 엎드려 누웠고 그녀는 등 위로 덤벼 올라 목덜미와 목을 물어뜯었다. 짧고 장난스러운 입맞춤으로 어깨 위를 노닐더니 엉덩이까지 내려가며 그를 탐색하고 냄새를 맡고 맛보았다. 입술이 지나간 자리에 침의 흔적을 남기면서. 디에고가 돌아눕자 그녀의 입은 발기하여 고동치는 그의 성기를 휘감아 물었다. 그러고는 쾌락을 위한 노동, 가장 은밀한 곳을 주고받는 끝없는 노동을 했다. 그러자 마침내 그가 더 이상 참지 못하고 그녀 위로 덮쳐 올라 그녀 몸속으로 뚫고 들어갔다. 그들의 팔과 다리가 뒤엉켰고, 키스와 헐떡임, 한숨 소리, 내가 한 번도 들어 보지 못한 사랑의 말들에 뒤섞인 채 적군들처럼 굴렀다. 그러고 나선 모포와 수사나의 외투를 덮고 뜨거운 포옹을 한 채 천진난만한 아이들처럼 꾸벅꾸벅 졸았다. 나는 말없이 돌아서서 집으로 향했다. 얼음장 같은 밤의 한기가 내 영혼을 가차 없이 엄습해 왔다.

내 앞에 벼랑이 펼쳐졌다. 몸을 질질 끌다시피 해 집으로 돌아온 나는 어지러웠고, 고통과 공포의 심연 속으로 뛰어내려 사라져 버리고 싶은 유혹을 느꼈다. 디에고의 배신과 미래에 대한 두려움으로 비탄에 싸였고 방향을 상실한 채 의지할 곳 없이 떠다니는 기분이었다. 처음에 나를 사로잡았던 분노는 그리 오래가지 않았고 곧이어 죽음과 순수한 비탄의 감정만 압도해 왔다. 나는 인생을 디에고에게 맡겼고 남편으로서 나를 보호해 줄 것이라 생각했다. 죽을 때까지 함께한다는 결혼식장에서의 형식적인 말을 곧이곧대로 믿었다. 피할 곳은 없었다. 마구간에서의 장면은 꽤 오래전부터 눈치채고 있던 현실 앞에 나를 마주 서게 했다. 대면하기를 거부하던 현실이었다. 처음에 밀려온 충동은 큰집으로 달려가 뜰 한가운데 멈춰 서서 미친 사람처럼 울부짖으며 가족과 소작인들과 개들을 깨워 간통과 근친상간의 증인으로 세우는 것이었다. 그러나 소심함이 절망감보다 컸기에 나는 입을 다문 채 위태롭게 몸을 끌며 디에고와 함께 쓰는 방으로 들어가, 추위에 떨며 침대에 앉았다. 뺨으로 눈물이 흘러내려 가슴과 셔츠를 적셨다. 그리고 일어난 사건을 생각해 보고 내 무능력을 인정할 시간이 몇 분인지 몇 시간인지 흘렀다. 그것은 육체의 모험이 아니었다. 디에고와 수사나를 이어 주는 것은 증명된 사랑이었다. 어떤 위험도 감수하고 어떤 장애물이 놓여 있어도 밀고 나갈 준비가 된, 끓는 용암처럼 억제할 수 없는 사랑이었다. 에두아르도도 나도 그들에겐 전혀 상관이 없었고 무시해버릴 수 있는 존재였다. 두 사람의 무한한 열정의 모험 앞에서 우리는 작은 벌레에 불과했다. 어느 누구보다도 아주버님에게 먼저 말해야 한다고 결심했다. 그러나 이 얘기가 그 선한 사람의 인생에 가져올 파문을 상상하자 내게는 그럴 권리가 없다는 생각이 들었다. 에두아르도도 언젠가 스스로 발견하게 될 터이고 운이 좋으면 영원히 모를 수도 있을 것이다. 어쩌면 그도 의심을 하고 있지만 깨어질 듯한 자기 환상의 균형을 유지하려고 확인하기 싫어하는지도 모른다. 수사나에 대한 사랑과 가족이라는 돌과 같은 응집력이 세 아이를 통해 존재하니까.

디에고는 새벽이 되기 직전에 돌아왔다. 올리브유 램프 불빛 속에서, 울어서 눈이 충혈되고 소리 내어 말 한마디 할 수 없는 상태로 침대에 앉아 있는 나를 보자 내가 또 악몽을 꾸다가 깬 것이라고 믿었다. 내 옆에 앉더니 여느 때처럼 나를 가슴 쪽으로 끌어당기려 했지만 나는 본능적으로 몸을 움츠렸다. 그가 금방 물러선 걸 보면 내가 원한에 찬 공포스러운 표정을 지었나 보다. 우리는 서로를 쳐다보았다. 그는 놀란 눈이었고 나는 증오에 가득 찬 시선이었다. 마침내 두 침대 사이에 돌이킬 수 없는 또렷한 진실이 용처럼 자리 잡을 때까지 그러고 있었다.

"이제 어떻게 할까요?" 그게 내가 웅얼거릴 수 있었던 유일한 말이었다.

그는 부정하려고도 정당화하려고도 하지 않았다. 어떤 식으로라도, 나를 죽이는 한이 있더라도 자신의 사랑을 지킬 태세를 갖추고 사나운 시선으로 도전해 왔다. 그러자 열패감에 시달리던 몇 달 동안 나를 지탱해 준 자존심, 교육, 바른 몸가짐 등의 방둑이 갈기갈기 무너져 내렸다. 그를 향한 말 없는 질책은 물밀듯 밀어붙이는 끝없는 비난으로 바뀌었고 그는 그 비난을 냉정한 침묵으로 대응했다. 그러나 내 말 한마디 한마디에 주의를 기울이고 있었다. 나는 머리에 떠오르는 대로 비난의 말을 내뱉다가 마지막에는 잘 생각해 보라고 간청했다. 용서하고 잊어버릴 테니 아무도 모르는 곳으로 멀리 떠나자고, 그러면 다시 시작할 수 있을 것이라고 말이다. 내가 말을 끝내고 눈물도 그칠 때쯤 이미 날이 환하게 밝아 있었다. 디에고는 우리 침대를 가르고 있는 거리를 넘어와 내 손을 잡더니 차분하고 진지하게 자신은 몇 년 전부터 수사나를 사랑해 왔고, 그 사랑은 자신의 인생에서 가장 중요한 것이며 명예나 가족 심지어 목숨보다 더 소중하다고 설명했다. 나를 달래려고 헤어지겠다는 약속을 할 수도 있지만 그건 거짓 약속이될 거라고 했다. 육 개월 동안 유럽에 가게 되었을 때 떨어져지내는 틈을 타서 헤어지려고 시도도 했었지만 그러지 못했다고 덧붙였다. 그러고는 형수와의 그 끔찍한 관계를 끊을 수 있을지 확인할 생각으로 나와 결혼하게 되었다. 그러나 결혼은에두아르도와 다른 가족들의 의심을 누그러뜨렸기 때문에 헤어지겠다던 결심을 도와주기는커녕 일을 더 쉽게 했다. 그렇지만 나를 속이는 게 고통스러웠는데 결국 내가 사실을 알게되어 다행이라고 했다. 내 탓은 하나도 없으니 자책할 거 없다고 안심시켰다. 나는 아주 좋은 아내였는데 마땅히 받아야 할사랑을 자신이 줄 수 없어서 정말 미안하다고 했다. 수사나와함께 있기 위해 은밀히 내 곁을 빠져나갈 때마다 자신이 추잡스럽게 느껴졌고 이제 더 이상 거짓말을 할 필요가 없어서 다행이라고 했다. 이제 상황은 명백해졌으니.

"그러면 에두아르도는 아무 상관이 없단 말인가요?"

"그와 수사나 사이의 일은 그들의 문제지. 지금 결정해야 할것은 우리 둘의 관계요."

"이미 당신이 결정했잖아요, 디에고. 내가 여기서 할 일은아무것도 없어요. 집으로 돌아가겠어요."

"이제 이곳이 당신 집이오. 우리는 결혼했잖소, 아우로라. 신이 맺어 준 건 깨뜨려서는 안 돼요."

"신의 계율을 어긴 건 당신이에요."

"우리는 남매처럼 살 수 있어요. 내 옆에 있으면 아무것도 부족하지 않을 거요. 나는 늘 당신을 존중할 것이고 당신은 보호를 받을 수 있소. 사진이든 뭐든 원하는 것에 전념할 자유도 누리면서 말이오. 내가 당신한테 청하는 유일한 것은 분란을 일으키지 말아 달라는 거요."

"당신은 이제 나에게 아무것도 요구할 수 없어요, 디에고."

"나를 위해 청하는 게 아니오. 나는 뻔뻔한 사람이라 남자로서 꿋꿋이 맞설 수 있소. 어머니를 위해 비는 거요. 어머니는 견뎌 내지 못할 테니까……."

그렇게 하여 나는 도냐 엘비라 때문에 남았다. 어떻게 그랬는지도 모르게 옷을 걸쳐 입고 얼굴에 물을 끼얹고 머리를 빗은 뒤 커피를 마시고 일상적인 일들을 하기 위해 집을 나섰다. 점심시간에 어떻게 수사나와 대면했는지도, 부은 눈에 대해 시부모님께 뭐라고 핑계를 댔는지도 모르겠다. 그날은 최악이었고, 매질을 당해 정신이 나간 듯한 기분이어서 한마디만 말을 시켜도 울음을 터뜨리기 직전의 상태였다. 그날 밤 나는 열이 끓었고 관절까지 아팠지만 다음 날이 되자 언제 그랬냐는 듯이 평온해졌다. 나는 말을 타고 산으로 달려 나갔다. 금방 비가 오기 시작했고 내 불쌍한 암말이 더 이상 달릴 수 없을 때까지 쉬지 않고 달리다가 그제야 말에서 내려 잡초와 진흙 수렁을 걸어 나무 아래로 들어갔다. 미끄러지고 넘어지면 다시 일어나 온 힘을 다해 소리를 내질렀고 그러는 동안 점점 몸이 젖어 왔다. 물에 젖은 외투가 너무 무거워 벗어 버렸다. 추위에 덜덜 떨었지만 몸속은 펄펄 끓었다. 해 질 무렵 나는 목소리가 잠기고 열에 들떠 돌아와 뜨거운 탕약을 마시고 침대에 파묻혔다. 그다음은 별로 기억나는 게 없다. 몇 주 동안 죽음과 맞서 싸우느라 한시도 틈이 없었기 때문이다. 내 비극적인 결혼에 대해 생각할 시간도 기운도 없었다. 마구간에서 옷도 제대로 걸치지 않은 채 맨발로 밤을 보낸 후 비를 맞으며 말을 탄 탓에 폐렴에 걸려 하마터면 죽을 뻔했다. 나는 짐수레에 실려 독일인 병원으로 옮겨졌고 금발 머리를 땋은 튜튼족 간호사의 손에 맡겨졌는데, 그녀의 집요함이 내 생명을 구했다. 그 귀족적인 바이킹 여자는 나무꾼같이 힘센 팔로 나를 아기처럼 안아 올릴 수도 있었고, 유모 같은 인내심으로 아주 조그마한 숟갈로 닭죽을 떠먹일 줄도 알았다.

7월 초 마침내 겨울이 자리를 잡고 풍경이라곤 온통 물인, 급류가 되어 흐르는 강물, 홍수, 진흙탕, 계속해서 내리는 비가 전부인 시기가 되자 디에고와 소작인 두 명이 나를 데리러 병원으로 왔다. 그들은 모포와 털가죽을 씌워 나를 짐 꾸러미처럼 만들어 칼레우푸로 데려갔다. 수레에는 초를 먹인 삼베 차양과 침대, 그리고 습기를 줄이기 위한 화롯불까지 마련되어 있었다. 나는 모포에 둘리싸여 땀을 흘리며 집으로 가는 느릿한 여정에 올랐다. 디에고는 말을 타고 옆에 붙어 갔다. 몇 번이나 바퀴가 수렁에 빠졌고 황소 힘만으로는 수레를 끌어낼 수 없어 진흙 위에 큰 널빤지를 끼우고 사람들이 밀어야 했다. 꼬박 하루가 걸려 돌아오는 긴 시간 동안 디에고와 나는 한마디도 나누지 않았다. 칼레우푸에서 도냐 엘비라는 기뻐 울면서 나를 맞았고 안절부절못하며 화롯불이 꺼지지 않도록 신경 쓰라고 하녀들을 재촉했다. 내가 화색이 돌아오고 살고 싶은 마음이 되살아나도록 하기 위해 뜨거운 물병과 소의 피로 끓인 수프 등을 준비했다. 무수히 기도를 했더니 하느님이 은혜를 베푸신 거라고 했다. 나는 아직 몸이 매우 약하다는 핑계로 큰집에서 잘 수 있게 해 달라고 청했고 그녀는 자신의 옆방에 방을 하나 준비해 주었다. 내 생애 처음으로 어머니의 간호를 받았다. 파울리나 델 바예 할머니는 나를 무척 사랑하고 나를 위해 수많은 일을 했지만 애정을 표현하는 성격은 아니었다. 마음 깊은 곳에서는 정에 매우 약했지만 말이다. 할머니의 표현대로라면 다정함이란 것은 달력에서 아기의 요람 앞에 황홀한 표정으로 서 있는 어머니들의 모습으로 나타나곤 하는 애정과 동정심의 달콤한 혼합으로, 막 태어난 고양이같이 무방비한 동물들에게 베풀어야 하는 것이지 사람 사이에서는 지극히 어리석은 감정이었다. 우리 두 사람은 서로에게 언제나 반어적이고 넉살스러운 말투를 사용했다. 어린 시절 함께 자던 때를 제외하면 우리는 서로를 만지는 일도 없었다. 대개 서로를 약간 거칠게 대했고 그게 매우 편하기도 했다. 나는 그녀의 팔짱을 끼고 싶을 때면 장난기 섞인 상냥함에 의존했고 그러면 항상 성공했다. 강한 할머니는 성격이 부드러워서가 아니라 애정이 드러나지 않도록 하기 위해 금방 져 주곤 했기 때문이다. 반면 도냐 엘비라는 순박한 사람이었다. 할머니와 나 사이에 익숙한 그 빈정거리는 말투를 썼더라면 아마 그녀는 모욕감을 느꼈을 것이다. 그녀는 천성적으로 정이 많았다. 내 손을 자신의 손으로 붙잡은 뒤 입맞춤하고 포옹했고, 내 머리칼을 쓰다듬는 걸 좋아했다. 쇠뼈와 대구로 직접 강장제를 만들어 주고 기침이 멎으라고 장뇌 찜질을 해 주기도 했다. 유칼리유로 마사지를 한 뒤 뜨거운 모포로 땀을 내어 열을 내리게 했다. 그녀는 내가 잘 먹고 잘 쉬는지 신경을 썼고 밤에는 아편을 몇 방울 먹이고는 잠이 들 때까지 내 옆에 앉아 기도를 했다. 아침마다 악몽을 꾸었는지 물었고 상세하게 묘사해 보라고 시켰다. "이야기를 하면 공포감이 사라지거든." 그녀 자신도 건강이 좋지 않은데 대체 나를 간호하고 함께 있어 주는 데 필요한 힘이 어디서 나오는지 알 수가 없었다. 나는 시어머니와의 느긋한 시간을 더 연장하기 위해 실제보다 더 약한 척했다. "빨리 나아라, 애야. 남편이 너를 필요로 해." 어머니는 근심스럽게 말하곤 했다. 디에고는 내가 남은 겨울 내내 큰집에서 보내도 좋다고 몇 번이나 말했는데도 말이다. 폐렴이 낫는 동안 큰집의 지붕 아래에서 보낸 그 몇 주는 내겐 낯선 경험이었다. 시어머니는 디에고에게서 한 번도 받지 못한 보살핌과 애정을 나에게 쏟아 주었다. 그 부드럽고 무조건적인 사랑은 향유처럼 작용하여 죽고 싶은 마음과 남편에 대한 원망을 서서히 치유해 주었다. 디에고와 수시나가 느끼는 감정과 그로 인해 일어난 상황이 어쩔 수 없는 숙명 같은 것임을 이해할 수 있었다. 그들의 열정은 땅의 힘이나 의지와 상관없이 휘감아 대는 지진과 같은 것이리라. 나는 그들이 열정에 빠져들기 전에 얼마나 유혹에 맞서 싸웠을지 생각했다. 둘이 함께 있기 위해 얼마나 많은 터부를 이겨 냈을지, 속에서 욕망이 끓고 있는데도 세상 사람들 앞에서 형수와 시동생 사이인 척하는 게 하루하루 얼마나 끔찍한 고문일지 생각해 보았다. 나는 어떻게 그런 음란함을 극복하지 못할 수 있는지, 가장 가까운 사람들 사이에 일어날 파탄이 이기심 때문에 보이지 않는다는 게 어떻게 가능한지 자문하는 일을 그만두었다. 그들이 가족에게서 얼마나 멀리 떨어져 있는지 짐작했기 때문이다. 나는 디에고를 절망적으로 사랑했었고 그래서 수사나가 그에 대해 느끼는 감정을 이해할 수 있었다. 같은 상황이었다면 나도 그녀처럼 행동했을까? 아마 아니겠지만 그렇다고 단언할 수는 없었다. 실패의 느낌은 여전히 그대로였지만 증오심을 떨쳐 내고 거리를 둔 채 그 불운의 또 다른 주인공들의 입장에 설 수 있었다. 나 자신에 대해서보다 에두아르도에 대한 동정심이 더 컸다. 그는 아이가 셋인 데다 아내를 사랑했다. 그 부정한 근친상간은 나보다 그에게 더 끔찍한 상황일 것이었다. 아주버님에게도 침묵을 지켜야 했다. 그러나 비밀을 지키는 게 등에 진 연자방아처럼 무겁게 짓누르지는 않았다. 디에고에 대한 혐오감이 도냐 엘비라의 손에 씻겨 가라앉았던 것이다. 처음부터 그녀에 대해 가졌던 존경과 애정에 이제 감사하는 마음까지 더해졌다. 나는 치마폭의 강아지처럼 그녀에게 집착했다. 그녀의 존재와 그녀의 목소리가 필요했고, 이마에 그녀의 키스를 받아야 했다. 나는 그 가족 한가운데에 싹튼 재난으로부터 그녀를 보호할 의무를 느꼈다. 그래서 거부당한 아내라는 내 굴욕을 숨기고 칼레우푸에 남을 작정이었다. 내가 떠나고 그녀가 진실을 알게 되면 고통과 수치스러움에 죽고 말 테니. 그녀의 삶은 가족들과 자신의 집

벽 안에 살고 있는 사람들 주위를 돌며 그들 하나하나의 필요를 살피는 것이었고, 그것이 그녀가 아는 우주 전체였다. 도냐 엘비라가 살아 있는 동안 내 역할을 다한 뒤 나중에 자유로워지면 떠나도록 해 주고 더 이상 나와 관계를 이어 가지 않는다는 게 디에고와 합의한 내용이었다. '별거한 여자'라는 많은 이들에게는 불명예스러운 상황을 나는 견뎌야 할 것이고, 다시 결혼하지 못할 테지만 적어도 나를 사랑하지 않는 남자 옆에서 살 필요는 없을 것이다.

9월 중순 내가 더 이상 시부모님 집에 머물 구실이 없어지고 다시 디에고와 살아야 할 시간이 되었을 무렵 이반 라도빅의 전보가 도착했다. 의사는 두 줄로 할머니의 임종이 가까워졌으니 산티아고로 돌아와야 한다는 소식을 알렸다. 몇 달 전부터 그 소식을 기다렸지만 막상 전보를 받자 나는 놀라움과 고통에 망치로 얻어맞은 듯 머리가 멍해졌다. 할머니는 불사신이었다. 머리가 다 벗겨지고 허약해져 자그마한 노파가 되었던 할머니의 실제 모습이 머리에 그려지지 않았다. 오히려 두 개의 가발을 쓰고 단것을 즐기고 교활하기까지 한 아마존 여전사였던 몇 년 전의 모습이 떠올랐다. 도냐 엘비라는 나를 품에 안고 혼자라고 생각하지 말라고 위로했다. 이제 나는 다른 가족이 있고 칼레우푸 사람이니 파울리나 델 바예가 했던 대로 자신이 나를 돌보고 지켜 주겠다고 했다. 그녀가 여행 가방 두 개를 꾸리는 걸 도와주고 또다시 예수 성심 스카풀라리오를 목에 걸어 주고 수천 개는 될 충고를 늘어놓는 바람에 나는 지쳐 버렸다. 그녀가 생각하기에 멸망의 장소나 다름 없는 산티아고로 여행하는 것은 위험하기 짝이 없는 모험이었기 때문이다. 무기력한 겨울이 지나고 그들이 다시 제재소 근처로 나다니기 시작하는 시기였고 그것은 디에고가 나를 따라 산티아고로 함께 가지 않아도 되는 좋은 구실이 되어 주었다. 물론 어머니는 함께 가야 한다고 고집했지만 말이다. 에두아르도가 배 타는 곳까지 데려다주었고 칼레우푸의 큰집 문에서는 모두가 손을 흔들며 서 있었다. 디에고, 시부모님, 아델라, 수사나, 아이들, 그리고 여러 소작인들. 그들을 다시는 보지 못하리라는 건 알지 못했다.

출발하기 전에 나는 마구간의 불행한 밤 이후 한 번도 발을 들여놓지 않았던 작업실을 정리했고 누군가 디에고와 수사나의 사진들을 빼 갔다는 사실을 알게 되었다. 그러나 현상 과정을 정확히 몰랐던지 네거티브 필름들은 가져가지 않았다. 그 야비한 증거물들은 이제 소용이 없어서 찢어 버렸다. 인디오들과 칼레우푸 사람들, 그리고 나머지 가족들의 네거티브 필름은 여행 가방에 챙겨 넣었다. 내가 얼마나 오랫동안 떠나 있을지 알 수 없었고, 그것들을 없애고 싶지도 않았기 때문이다. 짐은 노새에 싣고 에두아르도와 나는 말을 타고 여행했다. 가끔 주막집이 나타나면 식사와 휴식을 위해 머물렀다. 아주 버님은 곰 같은 체구의 남자였지만 시어머니를 빼닮은 온화한 성격과 마치 어린애 같은 순수함을 그대로 갖고 있었다. 가는 길에 우리는 난생처음 단둘이 대화할 시간을 갖게 되었다. 그는 어린 시절부터 자신이 시를 써왔다고 고백했다. "이렇게 아름다운 환경에 살면서 어떻게 시를 쓰지 않을 수 있겠어요?"
그는 우리를 둘러싼 숲과 물의 풍경을 가리키며 그렇게 덧붙
였다. 자기는 야심이 전혀 없고 디에고처럼 다른 지평선에 대
한 호기심도 없고, 그냥 칼레우푸만으로 충분하다고 했다. 젊
은 시절 유럽을 여행했을 때는 정신을 잃을 듯한 느낌이었고
매우 불행했다고, 사랑하는 땅을 떠나 멀리서 살 수가 없었다
고 했다. 신이 자신에게 매우 관대해서 지상의 낙원 한가운데
에 살게 해 주셨다고 했다. 우리는 항구에서 꼭 껴안으며 작별
인사를 나눴다. "하느님이 늘 당신을 지켜 주길 빌어요, 에두
아르도." 그는 그 엄숙한 작별에 좀 얼떨떨해했다.

　프레더릭 윌리엄스가 역에서 나를 기다리고 있다가 차에
태워 해방군 거리의 집으로 데려갔다. 그는 심하게 야위어 있
는 내 모습에 의아해했고 많이 아팠다고 설명해도 별로 납득
하지 못하는 듯했다. 디에고의 안부와 내가 행복한지, 가족들
은 잘 대해 주었는지, 농촌에 잘 적응했는지 등을 끈질기게 물
으며 곁눈질로 나를 관찰했다. 할머니의 저택은 한때는 그 대
저택 거리에서 가장 화려했지만 이제는 주인만큼이나 노쇠해
있었다. 쪽문들에는 경첩이 박히고 외벽들은 색이 바래 있었
다. 정원은 완전히 버려져 봄의 기운이 닿지 못한 채 우울한
겨울 속에 그대로 가라앉아 있었다. 내부는 황폐함이 더 심해
아름답던 살롱들은 거의 비어 있었고 가구며 양탄자, 그림들
은 자취를 찾을 수 없었다. 몇 년 전 그렇게 소동을 일으켰던
유명한 인상파 그림들은 한 점도 남아 있지 않았다. 할머니가
죽음을 맞을 준비를 하면서 거의 모두 교회에 헌납했다고 프

레더릭 아저씨가 설명해 주었다. "그러나 돈은 손대지 않은 상태 그대로 있다고 생각해, 아우로라. 아직 돈을 계산하고 그 장부책을 침대 밑에 넣어 두고 있거든." 그는 장난기 어린 윙크를 하며 말했다. 할머니는 순전히 남들에게 보이려고 성당에 드나들면서도 벌 떼같이 손을 벌리는 사제들과, 가족들 주위에서 소란스럽게 설쳐 대면서 아부를 하던 수녀들을 정말 싫어했는데, 이제는 가톨릭교회가 상당한 재산을 받도록 유언장에 밝혀 놓았던 것이다. 사업 쪽으로는 늘 머리가 잘 돌아가서 죽을 때가 되자 살아 있는 동안에는 별로 소용되지 않던 것을 사들이기로 한 모양이었다. 윌리엄스는 할머니를 어느 누구보다 잘 알았다. 나는 그가 나만큼이나 할머니를 사랑했다고 생각한다. 시샘하던 많은 사람들의 예측과 달리 그녀의 재산을 훔쳐 내고 노년에 그녀를 버리는 짓은 하지 않았다. 오히려 몇 년 동안 가족의 이익을 지켰고 그녀에게 걸맞은 남편이 되었고 그녀의 마지막 순간까지 함께할 준비가 되어 있었다. 그리고 이후에 나를 위해서 더 많은 일을 하기도 했다. 파울리나는 이제 정신이 온전하지도 않았고, 진통제 때문에 기억도 욕망도 없는 림보[48]에 머물고 있었다. 그 몇 달 동안 피골이 상접해져 있었다. 음식을 삼킬 수가 없어서 고무 튜브를 코에 끼워 우유만 먹은 탓이었다. 머리에는 겨우 흰머리 몇 줌만이 남았고, 거무스름한 큰 눈은 작아져서 주름진 지도에 찍

---

48) 지옥과 천국의 사이에 있으며, 세례받기 전에 죽은 아이나 백치들의 영혼이 사는 곳.

은 두 개의 작은 점 같았다. 입맞춤을 하기 위해 할머니에게 몸을 기울였지만 그녀는 나를 알아보지 못하고 얼굴을 돌려 버렸다. 오히려 그녀의 손은 남편의 손을 찾아 허공을 더듬다가 그가 손을 잡아 주자 얼굴에 안심한 표정이 스쳤다.

"괴로워하지 마라, 아우로라. 모르핀을 많이 주사해서 그래." 프레더릭 아저씨가 말해 주었다.

"아들들에게는 알렸어요?"

"그래. 두 달 전에 전보를 쳤다. 그런데 아무 대답이 없어. 제때에 올 것 같지 않아. 파울리나는 얼마 남지 않았는데." 그가 침울하게 말했다.

이튿날 그렇게 파울리나 델 바예는 그대로 입을 다문 채 죽었다. 곁에는 남편과 라도빅 박사, 세베로와 니베아 그리고 내가 지키고 있었다. 그녀의 자식들은 시간이 훨씬 지난 후 어느 누구도 논쟁하지 않는 유산을 챙기기 위해 변호사들을 대동하고 나타났다. 의사는 할머니에게서 영양 공급 튜브를 제거했고 윌리엄스는 장갑을 끼워주었다. 손이 얼어 있었기 때문이다. 입술은 파랬고 얼굴은 매우 창백했으며 거의 느낄 수 없을 정도로 숨을 쉬었지만 번민은 없었다. 그러다가 문득 호흡이 멎었다. 라도빅이 맥박을 쟀다. 일 분 어쩌면 이 분이 지났을까 그는 할머니가 떠나셨다고 알렸다. 방에는 온화한 고요가 감돌고 뭔가 신비스러운 일이 일어났다. 아마도 영혼이 떨어져 나가면서 위에서 자신의 육신을 보고, 당황한 새처럼 몇 바퀴 돌면서 육신에게 작별 인사를 했나 보다. 그렇게 할머니가 떠나 버리자 나는 깊은 비탄에 잠겼다. 그것은 예전에도 이미 경험한 적 있는 감정이었지만 그 후 이 년이 지나도록 뭐라고 이름 붙일 수도 설명할 수도 없었다. 이 년 후 내 과거에 대한 비밀이 완전히 밝혀지고 나서야 아주 오래전 외할아버지 타오 치엔이 죽었을 때도 비슷한 절망 속에 가라앉았었다는 사실을 깨달았다. 그 상처가 잠복되어 있다가 타는 듯한 통증과 함께 벌어져 버린 것이다. 할머니가 나를 두고 떠나 고아가 된 기분은 다섯 살 때 타오 치엔이 내 인생에서 사라져 버렸을 당시 사로잡혔던 것과 똑같은 감정이었다. 내 유년기의 오랜 고통들, 그 잇따른 상실들이 기억의 가장 깊은 곳에 오랫동안 갇혀 있다가 나를 집어삼키려고 메두사의 무시무시한 머리를 들어 올렸다고 생각한다. 나를 낳다가 죽은 엄마, 누군지도 모르는 아버지, 아무런 설명도 없이 나를 파울리나 델 바예의 손에 맡겨 버린 외할머니, 특히 가장 사랑했던 존재인 타오 치엔 할아버지의 갑작스러운 실종.

파울리나 델 바예가 떠나 버린 그 9월의 어느 날로부터 구 년이 지났다. 그 후로도 다른 불행들이 있었고 지금은 그 대단한 할머니를 평온한 마음으로 회상할 수 있다. 처음에 생각했던 것처럼 그녀는 영원한 죽음의 깊은 암흑 속으로 사라져 버린 게 아니라 그녀의 일부가 이 세상에 남아 타오 치엔과 함께 언제나 내 주위를 맴돌고 있다. 서로 무척이나 다른 그 두 영혼이 나와 함께 있고 나를 도와준다. 할머니는 인생의 현실적인 문제를 도와주고 할아버지는 감정적인 문제들을 해결해 준다. 그러나 마지막 몇 년을 보내던 그 군대식 침대에서 할머니가 호흡을 멈추었을 때는 그녀가 다시 돌아오리라고는 생각하지 못했고 고통만이 휘몰아쳐 왔다. 내 감정들을 객관화할 수 있었다면 아마 고통이 덜했을 테지만 감정들은 거대한 얼음 덩어리처럼 내 안에 갇혀 있었고 몇 년이 지나서야 깨지기 시작했다. 할머니가 떠날 때 나는 울지 않았다. 방 안의 침묵은 프로토콜의 오류 같았다. 파울리나 델 바예같이 살아온 여자는 오페라에서처럼 오케스트라에 맞춰 노래하며 죽어야 할 것 같은데 반대로 입을 다문 채 그대로 작별을 했으니 말이다. 그건 그녀의 일생에서 유일하게 신중한 일이기도 했다. 남자들은 방에서 나가고 니베아와 나는 할머니의 마지막 여행을 위해 일 년 전부터 옷장에 걸어 두었던 카르멘파의 수의로 갈아입혔다. 그러나 그녀의 가장 예쁜 접시꽃 색 실크 속옷을 입히고 싶은 유혹은 결국 이기지 못했다. 할머니를 일으킬 때 나는 그녀가 얼마나 가벼워졌는지 알 수 있었다. 부러질 듯한 뼈와 늘어진 가죽뿐이었다. 그녀가 내게 베풀어 준 모든 것에 대해 말없이 감사드리고, 할머니가 듣고 있다면 엄두도 못 낼 애정의 말들을 건넸다. 할머니의 아름다운 손과 주름진 눈꺼풀, 기품 있는 이마에 키스를 하고, 어린 시절 나의 못된 짓들에 대해 용서를 빌었다. 작별 인사에 너무 늦게 도착한 것, 거짓으로 기침을 해 대며 마른 도마뱀을 뱉어 내던 일, 그 밖에 할머니가 받아 주어야 했던 많은 심한 장난들에 대해서도 용서를 빌었다. 그러는 동안 니베아는 파울리나 델 바예가 제공한 기회를 빌어 자신의 죽은 아이들을 애도하며 소리 없이 울었다. 수의를 입히고 나서 우리는 할머니에게 가르데니아 화장수를 뿌리고, 봄이 들어올 수 있도록 커튼과 창을 열었다. 할머니는 분명히 좋아했을 것이다. 울지도 않았고 검은 옷도 입지 않았고 거울에 검은 천을 씌우는 짓도 하지 않았다. 파울리나 델 바예는 거만한 여왕처럼 살았기 때문에 9월의 햇살로 축복받을 만했다. 윌리엄스도 그렇게 생각했는지 손수 시장에 가 집을 장식할 싱싱한 꽃을 사서 차에 가득 싣고 왔다.

한결같이 상복을 입고 손에는 손수건을 들고 찾아온 친척들과 친구들은 결혼식 꽃으로 장식된 데다 햇살이 가득하고 울지도 않는 장례식은 본 적이 없다며 소란을 떨었다. 그들은 몇 마디 악담을 하고는 서둘러 가 버렸다. 몇 년이 흐른 지금도 여전히 나를 손가락질하는 사람들이 있다. 그들은 유산을 모두 차지하게 된 내가 파울리나 델 바예의 죽음을 기뻐했다고 생각한다. 그러나 변호사들과 함께 온 자식들이 재빨리 유산을 가로챘기 때문에 나는 아무것도 상속받지 않았다. 사실 아버지가 기품을 지키며 살 만큼은 충분히 남겨 주었고, 나머지는 내가 일하면서 벌 수 있었기 때문에 할머니의 유산이 필요하지도 않았다. 할머니의 끝없는 충고와 가르침에도 불구하고 나는 그녀를 닮은 사업 감각을 키우지는 못했다. 부자는 결코 되지 못할 테지만 그 편이 좋다. 프레더릭 윌리엄스도 변호사들과 싸우지 않았다. 몇 년 동안 몹쓸 입방아에 오르내리지 않는 게 그에겐 돈보다 훨씬 더 중요했던 것이다. 게다가 살아생전에 할머니가 많은 것을 주었고 용의주도한 사람이라 그 스스로도 잘 대비해 두었다. 파울리나의 아들들은 어머니와 옛 집사의 결혼이 위법이라는 걸 증명할 수 없어서 체념하고 프레더릭 아저씨를 편히 내버려 둘 수밖에 없었다. 포도원도 세베로 델 바예의 이름으로 되어 있었기 때문에 가져가지 못했다. 그러자 두 아들은 변호사를 신부들에게 보내 지옥의 불구덩이를 핑계로 병자에게 겁을 주어 가로챈 재산을 되찾을 수 있는지 알아보았다. 그러나 지금까지 교회에 재판을 걸어 이긴 사람은 아무도 없었다. 온 세상이 아는 것처럼 하느님은 교회 편이기 때문이다. 그래도 돈은 남아돌았고 두 아들과 많은 친척들, 그리고 변호사들까지도 오늘까지 그 돈으로 먹고살 수 있다.

그 우울한 몇 주 동안 유일하게 즐거웠던 일은 우리의 삶에 마틸데 피네다 양이 다시 나타났다는 것이었다. 그녀는 신문에서 파울리나 델 바예가 죽었다는 기사를 읽자 혁명 시절에 쫓겨났던 그 집을 찾아올 용기를 냈다. 그녀는 꽃다발을 들고 서점 주인 페드로 테이와 함께 왔는데 그동안 너무 나이가 들어 처음에는 알아보지 못했다. 그러나 테이는 사탄 같은 짙은 눈썹에 타는 듯한 눈동자, 작은 몸집과 대머리까지 그대로였다.

장례와 찬송 미사도 끝나고, 고인이 된 할머니를 위해 기도하고 헌금과 자비를 나눠 주는 9일제도 끝난 후 프레더릭 윌리엄스와 나는 텅 빈 집에 단둘이 남았다. 우리는 그리스털 갤러리에 앉아 조심스럽게 할머니의 부재를 안타까워했다. 잘 우는 사람들도 아니어서 할머니의 많은 위대한 부분과 몇 안 되는 인색한 부분을 이야기하며 그녀를 추억했다.

"이제 어떻게 할 생각이에요, 프레더릭 아저씨?"

"너에게 달렸단다, 아우로라."

"저에게요?"

"너에게서 뭔가 이상한 구석을 눈치채지 않을 수 없었다, 얘야." 그만의 독특하고 섬세한 어조로 물었다.

"많이 아팠어요. 그리고 할머니가 떠나 버려서 너무 슬퍼서 그래요, 프레더릭 아저씨. 그게 다예요. 조금도 이상해진 것 없어요, 진짜예요."

"나를 과소평가하는구나, 아우로라. 네 기분을 알아채지 못한다면 내가 아주 바보거나 아니면 너를 별로 사랑하지 않아서일 게다. 무슨 일인지 말해 보렴. 내가 도울 수 있는지 보자꾸나."

"아무도 저를 도울 수 없어요, 아저씨."

"어디 시험해 보자……."

그러자 이 세상에 내가 믿을 사람이 프레더릭 윌리엄스 말고는 아무도 없다는 사실과 그가 훌륭한 상담가이자 집안에서 상식을 가진 유일한 사람이라는 사실이 떠올랐다. 나는 내 비극을 그에게 제대로 얘기할 수 있었고 그는 한 번도 내 말을 끊지 않고 주의를 기울이며 끝까지 들었다.

"인생은 길다, 아우로라. 지금은 모든 게 암담해 보이겠지만 시간이 지나면 치유되고 대부분 잊힌단다. 이 시기는 눈을 감고 터널을 지나는 것 같고 출구가 없는 듯 보이겠지만, 맹세컨대 출구는 반드시 있단다. 계속 가 보렴, 얘야."

"저는 어떻게 될까요, 아저씨?"

"다른 사람을 만날 수 있을 거야. 아마 아이들도 갖게 되고 이 나라에서 제일가는 사진사가 될 거다."

"정말 혼란스럽고 외톨이가 된 기분이에요!"

"너는 혼자가 아니야, 아우로라. 지금 내가 옆에 있고, 필요하면 앞으로도 계속 옆에 있어 주마."

그는 내가 남편이 있는 곳으로 돌아가서는 안 된다고 설득했다. 몇 년 동안 돌아가지 않을 핑계는 한 다스나 있고, 디에고도 내가 최대한 멀리 떨어져 있는 게 편하기 때문에 칼레우푸로 돌아오라고 요구하지도 않을 거라고 했다. 선한 도냐 엘비라에게는 자주 편지를 보내 위로하며 시간을 버는 수밖에 없었다. 시어머니는 심장이 좋지 않아서 의사의 소견대로라면 얼마 살지도 못할 것이었다. 프레더릭 아저씨는 자신도 서둘러 칠레를 떠날 이유가 없고, 내가 자신의 유일한 가족이고 나를 딸이나 손녀처럼 아낀다는 말로 안심시켰다.

"영국에는 아무도 안 계세요?"

"아무도 없어."

"아저씨의 태생에 대해 떠도는 소문들을 아시잖아요. 아저씨는 몰락한 귀족인데 할머니가 한 번도 누설한 적이 없다고들 했어요."

"그건 사실과 아주 달라, 아우로라!" 그는 웃으며 목소리를 높였다.

"그러면 영국에 문장(紋章)을 숨겨 둔 게 아니란 말이에요?" 나도 따라 웃었다.

"이걸 봐라, 얘야."

그는 재킷을 벗어 셔츠를 열고 속옷을 들추어 등을 보여 주었다. 깊은 흉터가 새겨져 있었다.

"채찍질이야. 호주의 교도소 마을에서 잎담배를 훔쳤다고 채찍을 100대나 맞았지. 뗏목을 타고 도망쳐 나오기 전에 오 년 형을 살았다. 앞바다에서 중국 해적선이 나를 건져 올려 노예로 부렸어. 그러나 배가 육지에 가까워지자마자 다시 도 망을 쳤지. 그러다 이러저러해서 마침내 캘리포니아에 오게 된 거야. 내가 영국 귀족과 닮은 거라곤 억양뿐이지. 캘리포니 아의 첫 주인이었던 진짜 귀족에게서 영어를 배웠거든. 집사 일도 그 사람이 가르쳐 주었다. 파울리나 델 바예는 1870년부 터 나를 고용했고 그때부터 그녀 옆에 있게 된 거야."

"할머니도 이 얘기를 알아요?" 나는 놀라서 입을 다물지 못 하다가 겨우 물었다.

"물론이지. 파울리나는 사람들이 영국인 징역수를 귀족과 혼동하는 걸 매우 재미있어했단다."

"왜 형벌을 받았는데요?"

"열다섯 살 때 말을 훔쳤거든. 교수형에 처해졌을 텐데 운 좋게 형량이 줄어 호주로 보내졌지. 염려 마라, 아우로라. 내 인생에 다시는 한 푼도 훔치지 않았다. 매질이 그 나쁜 버릇을 없애 준 거지. 그래도 잎담배에 대한 취미는 없애지 못했어." 그는 웃음을 터뜨렸다.

그리하여 우리는 함께 남았다. 파울리나 델 바예의 아들들 은 해방군 거리의 저택을 팔아 버렸고 오늘날 그곳은 여학교 가 되었다. 그리고 집 안에 남아 있던 얼마 되지 않는 물건들 을 경매에 내놓았다. 나는 그들이 도착하기 전에 할머니의 신 화적인 침대를 빼냈다. 침대를 분해하여 이반 라도빅이 일하 는 공립 병원의 창고에 숨겨 놓은 뒤, 변호사들이 할머니의 옛

날 물건들의 마지막 흔적까지 샅샅이 뒤지다가 지칠 때까지 그대로 두었다. 나는 프레더릭과 함께 도시 외곽의 산맥으로 가는 길에 있는 시골 별장을 하나 샀다. 흔들리는 포플러가 둘러싼 12헥타르의 대지에는 향긋한 재스민이 넘쳐 나고 갖가지 동식물이 제멋대로 자라는 자그마한 늪지도 있다. 윌리엄스는 그곳에서 품종이 좋은 개와 말도 키우고, 크로케 게임과 그 밖의 영국인 특유의 여러 가지 지루한 놀이들을 한다. 나는 그곳에 겨울 거처를 마련했다. 아주 오래된 집이지만 매력이 있고 사진 작업장으로 쓸 공간과 그 유명한 피렌체산 침대를 놓을 자리도 있다. 침대는 다채로운 바다 생물체들과 함께 으스대며 내 방 한가운데 놓여 있다. 나는 파울리나 할머니의 영혼이 지켜 주는 가운데 그 침대에서 잠을 잔다. 때때로 할머니의 영혼이 제때에 나타나 내 악몽 속 검은 파자마 차림의 아이들을 빗자루로 쫓아 버리곤 한다. 산티아고는 틀림없이 중앙 역 주위까지 발전하겠지만, 우리는 포플러와 구릉으로 이루어진 이 전원적인 들판에서 평화롭게 지낼 것이다.

태어날 때 행운의 숨을 불어 준 럭키 삼촌 덕분에, 그리고 할머니와 아버지의 인자한 보호 덕분에 나는 운 좋은 인생을 살았다고 할 수 있다. 원하는 일을 할 수 있는 재산과 자유를 누렸고, 지난 팔구 년 동안 목에 카메라를 메고 칠레의 가파른 여기저기를 돌아다니며 온전히 내 일에 몰두할 수 있었다. 사람들은 틀림없이 내 뒤에서 수군거릴 것이다. 많은 친척과 지인들은 내 앞에서 성호를 긋고 혹 길에서 나를 보면 모르는 척한다. 남편을 버린 여자를 용서할 수 없는 것이다. 그런 무시하는 태도들도 내 꿈을 앗아 가진 못한다. 나는 세상 모든 사람이 아니라 나에게 진실로 중요한 사람들에게만 기쁨을 주면 되고, 그런 사람이 많지도 않다. 서글픈 결과로 끝나 버린 디에고 도밍게스와의 관계 때문에 성급하고 열렬한 사랑을 언제까지나 겁내는 게 당연할 텐데 사실은 그렇지 않았다. 몇 달 동안은 날개에 상처를 입고 완전히 패배감에 빠져 하루하루 버티어 나갔던 게 사실이다. 내 유일한 카드를 내놓았는데 전부 다 잃고 만 기분이었다. 결혼은 했지만 남편은 없는 여자라는 형벌을 받고 있고, 집안 아주머니들 말처럼 그게 '새 출발'을 방해하는 것도 사실이었다. 그러나 그 이상한 처지가 나에게 커다란 해방감을 가져다주었다. 디에고와 헤어진 지 일년이 될 무렵 나는 다시 사랑에 빠졌다. 그것은 내 껍질이 다시 단단해졌고 상처가 금세 아물었다는 걸 의미했다. 두 번째 사랑은 처음에 부드러운 우정이었다가 시간이 지나면서 분명한 사랑으로 바뀐 것이 아니라, 두 사람을 불시에 사로잡은 열정의 충동 자체였다. 아주 우연하게도 일은 잘되었다……. 그렇다, 지금까지는 잘되고 있다. 누가 미래를 알겠는가. 지겨운 초록 비가 내리고 번개가 내리쳐 우울해지던 어느 겨울날이었다. 파울리나 델 바예의 아들들과 그들의 변호사 나부랭이들이 한 장 한 장마다 사본 세 부와 열한 번의 인감이 찍힌 끝도 없는 서류 뭉치들을 갖고 다시 돌아와 있었다. 나는 읽지도 않고 그 서류들에 서명을 해 줬다. 당시 프레더릭 윌리엄스와 나는 우리가 살 별장의 수리가 아직 끝나지 않아서 해방군 거리의 집에서 나와 호텔에 머물고 있었다. 프레더릭 아저씨는 한 동안 만나지 못하던 이반 라도빅 박사와 길에서 마주쳤다. 그들은 남미를 순회 중이던 스페인 사르수엘라[49] 공연에 나를 데리고 함께 가기로 약속했다. 그런데 약속한 날 프레더릭 아저씨가 감기로 침대에 몸져누워 나는 호텔 홀에서 혼자 기다리게 되었다. 손은 얼고 장화가 조여 대는 바람에 발이 아팠다. 창유리로 비가 폭포수처럼 흐르고 바람 때문에 거리의 나무들이 깃털처럼 흔들리고 있었다. 외출하기에 좋지 않은 밤이었고 나는 감기에 걸린 프레더릭 아저씨가 부러웠다. 그랬다면 침대에서 뒹굴며 좋은 책이나 읽고 뜨거운 초콜릿을 마실 수 있을 터였다. 그러나 이반 라도빅이 들어서자 나는 날씨를 잊어버렸다. 외투가 젖은 채 들어서며 그가 미소를 지었는데, 그 순간 내가 기억하는 그 어느 때보다 훨씬 더 미남이라는 걸 깨달았다. 우리는 서로의 눈을 쳐다보았다. 그렇게 쳐다본 건 처음이었다. 적어도 나는 그를 진지하게 살폈고 내 눈에 들어온 모습이 마음에 들었다. 긴 침묵과 긴 시간이 흘렀다. 다른 상황이었다면 매우 견디기 힘들었을 테지만 그때는 침묵이 일종의 대화처럼 느껴졌다. 그는 내가 망토를 입는 걸 거들어 주었고 우리는 천천히 문으로 걸어갔다. 눈은 계속 서로를 마주 본 채 머뭇거리고 있었다. 우리는 둘 다 하늘을 찢는 듯한 폭풍우에 도전하고 싶진 않았지만 그렇다고 서로 떨어지고 싶지도 않았다. 수위가 커다란 우산을 받쳐 들고 뛰어나와 문

---

49) 스페인의 민속 오페라.

밖에 기다리고 있던 차까지 바래다주었다. 그러자 우리는 아무 말 없이 망설이며 밖으로 나갔다. 나는 감정적인 불꽃이 튀는 느낌도 없었고 우리가 쌍둥이 영혼이라는 특별한 예감도 없었다. 소설 같은 사랑의 시작이 엿보인 것도 아니었다. 그런 것과는 전혀 거리가 멀게 고동치는 심장 소리, 공기가 부족하다는 느낌, 열기와 간지럼이 살에 와 닿는 느낌, 그 남자를 만지고 싶은 지독한 욕망을 알아챘을 뿐이다. 그 만남이 내게 있어 정신적인 것은 전혀 없고 육욕만 있는 게 아닐까 두려웠다. 비록 내가 경험이 너무 부족하여 그 동요에 이름 붙일 만한 단어도 한정되어 있던 때였지만 말이다. 뭐라고 불리는지는 중요하지 않았다. 흥미로운 것은 내 내부의 혼란이 나의 소심함을 넘어섰다는 사실이다. 피할 구실이 전혀 없는 차 안이라는 사실을 이용해 나는 그의 얼굴을 감쌌다. 그러고는 두 번 생각할 겨를도 없이 키스를 했다. 마치 오래전 니베아와 세베로가 하던 키스처럼 확고하게 그리고 탐식하듯이. 그것은 단순하고 피할 수 없는 행위였다. 그 뒤의 일에 대해서는 세세하게 이야기할 수 없다. 쉽게 상상할 수 있는 일이고 또 만일 이반이 이 책을 읽는다면 한바탕 싸우게 될 테니. 우리는 화해도 열정적으로 하지만 싸움도 대단하게 한다는 걸 말해 두어야겠다. 우리의 사랑은 고요하고 달콤하지만은 않다. 그러나 그를 위해 말해 두자면 확고부동한 사랑이라고는 할 수 있다. 장애물들은 그를 놀라게 하기보다는 오히려 강하게 하는 듯하다. 결혼은 상식의 문제인데 우리는 둘 다 상식이 부족하다. 결혼을 하지 않았기 때문에 우리는 훌륭한 사랑을 하기가 더 쉽다. 각자 자신의 일에 몰두할 수 있고, 우리만의 공간이 있지만 폭발할 조짐이 보이면 며칠간 떨어져 있을 출구가 언제나 있다. 그러다가 키스에 대한 그리움에 굴복하는 날에 다시 합치면 된다. 이반 라도빅과 함께 지내면서 나는 목소리와 발톱을 세워 독하게 사는 법을 배웠다. 디에고 도밍게스가 그랬던 것처럼 배신이 기습한다 해도(하느님이 그걸 원하지 않기를.) 나는 그때처럼 눈물로 녹초가 되진 않을 것이다. 작은 번민 하나 없이 그를 죽여 버릴 테니까.

아니다. 내 연인과 공유하는 내밀한 일에 대해 더 이상 얘기하지 않겠다. 그것 말고도 과거의 기억과 연관되어서 빠뜨릴 수 없는 에피소드가 하나 있다. 무엇보다도 기억이야말로 내가 이 글을 쓰는 이유이다. 내 악몽들은 가장 오래된 추억들이 잠들어 있는 그늘진 동굴을 향한 눈먼 여행이고 그 추억들은 내 의식의 깊은 곳에 봉쇄되어 있다. 사진과 글쓰기는 그 순간들이 사라지기 전에 붙잡아 내 인생에 의미가 될 추억으로 고정시키고자 하는 유혹이다. 이반과 내가 함께 지낸 지는 여러 달이 되었고, 이미 우리는 서로 신중하게 만나는 생활에 익숙해졌다. 처음부터 우리의 사랑을 지켜 주었던 착한 프레더릭 아저씨 덕분이다. 이반이 북쪽 도시에서 의학 강연회를 한다기에 나는 초석 광산의 사진을 찍는다는 핑계로 그를 따라갔다. 초석 광산은 노동 조건이 매우 불안정했다. 영국인 기업주들은 노동자들과의 대화를 거부한 채 자라나는 폭력의 기운을 억누르고 있었고 그 기운은 몇 년 후 결국 폭발하고 말았다. 그 일이 일어난 1907년에 나는 우연히 그곳에 있었고, 내 사진들은 이키케 학살이 실제 사건이었다는 사실에 대한 반박할 수 없는 유일한 자료가 되었다. 내가 광장에서 똑똑히 목격한 2000명의 사망자를 정부의 검열이 역사에서 지워 버렸기 때문이다. 그러나 그건 다른 이야기이므로 여기에서는 하지 않겠다. 이반과 함께 처음 그 도시에 갔을 때는 후에 목격한 비극의 가능성은 상상도 못했다. 우리 둘에게는 짧은 밀월 여행이었을 따름이다. 우리는 호텔에 따로 투숙했고 각자 일과를 끝낸 그날 밤 그가 내 객실로 왔다. 나는 '파울리나 포도원'의 고급 포도주 한 병을 준비해 그를 기다리고 있었다. 그때까지 우리 관계는 육체의 모험이자 감각의 탐구로 이루어져 왔는데 나에게는 그게 중요한 문제였다. 그 덕분에 디에고에게 거부당했던 굴욕감을 극복할 수 있었고, 두려워하던 것처럼 내가 실패한 여자가 아님을 알 수 있었기 때문이다. 이반과의 만남은 매번 더 큰 확신을 주었고 내 소심함과 부끄러움을 극복하게 해 주었다. 그러나 그 축복받은 친밀감이 커다란 사랑으로 나아가고 있음은 미처 깨닫지 못했다. 그날 밤 우리는 좋은 포도주와 하루의 피로 때문에 노곤한 상태에서 포옹을 했다. 900번쯤 사랑을 해서 더 이상 서로 감탄할 일도 실망할 일도 없는 지혜로운 노인들처럼 느릿하게. 나에게 무슨 특별한 게 있었던가? 아니었다. 아마도 이반과 함께한 행복한 경험들의 축적을 빼면 아무것도 특별한 게 없었다. 그 행복한 경험들이 그날 밤 내가 무너지기에 충분할 만큼 쌓인 것이다. 연인의 군센 팔에 감긴 채 희열에서 빠져나오는 순간 나는 온몸이 뒤흔들리는 흐느낌을 느꼈다. 그 흐느낌은 계속 또다른 흐느낌을 불러왔고, 마침내 울음이 복받치더니 억누를 수 없는 밀물이 되어 나를 쓸어 버렸다. 그의 팔에 안겨 나를 완전히 내맡긴 채 마음 놓고 울고 또 울었다. 이전에는 그랬던 적이 한 번도 없는 것으로 기억한다. 내 안에서 둑이 터졌고 지난날의 고통이 눈 녹듯 넘쳐흘렀다. 이반은 묻지도 않았고 위로하려고도 하지 않았다. 나를 가슴에 꼭 안은 채 눈물이 그칠 때까지 울게 내버려 두었다. 내가 설명하려 하자 긴 키스로 내 입을 막았다. 그러지 않았다면 그 순간에는 설명할 말이 없어서 꾸며 내야 했을지도 모른다. 그러나 그 후로 여러 번 그런 일이 반복되면서 지금은 이유를 알게 되었다. 완전히 구조되어 보호받고 있다는 느낌이 들면서 내 인생 첫 오년의 기억이 돌아오기 시작했던 것이다. 그 오 년은 파울리나 할머니와 그 외 모든 사람들이 비밀의 망토로 덮어 놓은 시간이었다. 처음에는 선명한 번개처럼 중국어로 내 이름 리밍을 부르는 타오 치엔 할아버지의 영상이 보였다. 그것은 아주 짧은 순간이었지만 달처럼 환했다. 그러고 나서 언제나처럼 나를 괴롭혀 온 악몽이 되살아났다. 그제야 나는 내 숭고한 할아버지와 검은 파자마를 입은 그 악령들 사이에 직접적인 관계가 있다는 걸 깨달았다. 꿈에서 내 손을 잡고 있던 손은 타오 치엔의 손이었다. 천천히 쓰러지던 사람도 타오 치엔이었다. 길의 포석 위에 번져 가던 얼룩은 타오 치엔의 피였다.

공식적으로는 프레더릭 윌리엄스와 생활하지만 사실은 이반 라도빅이 없는 내 앞날을 이제 생각할 수 없을 정도로 그와의 관계에 빠져든 지 이 년 남짓 지났을 때, 외할머니 엘리사 소머스가 다시 내 인생에 나타났다. 할머니는 그녀 특유의 설탕과 바닐라 향을 풍겼고, 궁핍과 망각의 세월에도 전혀 꺾이지 않고 옛날 모습 그대로였다. 파울리나 델 바예의 집에 나를 남기고 떠난 지 십육 년이나 되었고, 그동안 한 번도 할머니 사진을 본 적이 없을 뿐만 아니라 내가 있는 데서 그녀의 이름이 언급되는 일조차 거의 없었지만 한눈에 그녀를 알아보았다. 할머니의 이미지는 내 향수의 톱니바퀴 속에 얽혀 있었고 그녀는 거의 변한 게 없었다. 그래서 할머니가 여행 가방을 손에 들고 우리 집 문턱에 나타났을 때 바로 전날 헤어진 듯한 느낌이었고, 오히려 십육 년 동안 일어난 모든 일이 환영 같았다. 단 하나 달라진 게 있다면 내 기억보다 키가 작아졌다는 것이었다. 내 키 때문이었을 것이다. 우리가 마지막으로 함께 있었을 때 나는 다섯 살짜리 코흘리개라 할머니를 올려다봐야 했으니까. 할머니는 여전히 해군 제독처럼 꼿꼿했다. 머리칼은 희끗희끗했지만 여전히 어려 보이는 얼굴에 근엄한 머리 모양을 하고 심지어 언제나 보던 그 진주 목걸이도 걸고 있었다. 지금은 할머니가 잘 때조차 목걸이를 빼지 않는다는 걸 안다. 계속 연락을 하고 지내던 세베로 델 바예가 할머니를 모셔 왔다. 할머니가 허락하지 않았기 때문에 그동안 나에게는 말해 준 적이 없었다. 엘리사 소머스는 절대로 손녀딸에게 연락을 시도하지 않겠다고 파울리나 델 바예와 약속했고, 파울리나가 죽어 약속이 풀릴 때까지 그 약속을 그대로 지켰던 것이다. 세베로가 편지로 파울리나의 죽음을 전하자 할머니는 전에도 여러 번 그랬던 것처럼 짐을 꾸리고 집을 닫아걸었다. 그리고 칠레행 배에 올랐다. 그녀는 1885년 샌프란시스코에서 과부가 되자 남편을 홍콩에 묻어 주기 위해 방부된 시신과 함께 중국으로 떠났다. 타오 치엔은 인생의 대부분을 캘리포니아에서 보냈고 미국 시민권을 얻은 몇 안 되는 중국인 이민자 중의 하나였지만 늘 유골만큼은 중국 땅에 묻혔으면 하는 소망을 말하곤 했었다. 그래야 영혼이 천상으로 가는 문을 찾지 못해 광대한 우주에서 헤매는 일이 없을 거라고 했다. 그런 예방책이 충분하지는 못했다. 나는 타오 치엔 할아버지의 혼령이 아직도 이승을 돌아다니고 있다고 믿기 때문이다. 그렇지 않다면 그가 나를 움직여 가고 있다는 이 느낌이 설명되지 않는다. 이것은 단지 상상만이 아니다. 때때로 나를 휘감는 바다 냄새와 마술적인 단어인 내 중국어 이름을 속삭이는 목소리 같은 몇 가지 증거를 엘리사 할머니도 확인해 주었다.

"안녕, 리밍." 그 특이한 할머니가 나를 만났을 때 한 인사말이었다.

"웨이포!" 나는 소리쳤다.

나는 핑둥어로 할머니라는 뜻인 그 말을 옛날 할머니와 샌프란시스코 중국인 거리의 수지침 한의원 2층에 살았던 시절 이후 한 번도 불러 본 적이 없었다. 그러나 잊어버리지는 않았던 모양이다. 할머니는 내 어깨에 한 손을 얹은 채 머리끝부터 발끝까지 차찬히 살펴보더니 고개를 끄덕이고는 마침내 나를 안았다.

"네 엄마처럼 그렇게 예쁘지는 않아서 기쁘구나."

"아빠도 그렇게 말씀하셨어요."

"타오처럼 키가 크구나. 타오처럼 영리하기도 하다고 세베로가 그러더구나."

우리 가족은 뭔가 상황이 어색하다 싶으면 차를 마셨다. 나는 줄곧 몸이 굳는 느낌이어서 계속 차 시중을 들고 다녔다. 그 밍밍한 음료는 신경을 다스리게끔 도와주는 효과가 있었다. 나는 할머니의 허리를 껴안고 왈츠를 추고 싶은 마음이 솟구쳤다. 내가 살아온 모든 얘기를 줄줄이 늘어놓고 싶었고, 몇 년 동안 내 안에서 끓어오르던 원망을 쏟아 내고 싶기도 했다. 그러나 어느 것도 가능하지 않았다. 엘리사 소머스는 친밀감을 허락하는 타입이 아니었다. 그녀의 근엄함에 겁을 먹어서 내가 긴장을 풀고 그녀와 대화를 하려면 몇 주가 지나야 할 터였다. 차와 세베로 델 바예, 프레더릭 윌리엄스가 있었던 덕분에 긴장감이 완화되었다. 프레더릭은 아프리카 탐험가처럼 옷을 차려입은 채 별장을 둘러보고 돌아온 참이었다. 그는 쿠캘론[50]과 김이 서린 안경을 벗고 엘리사 소머스를 보자마자 순간적으로 태도가 돌변했다. 가슴을 내밀고 목소리를 높였고 깃털을 부풀렸다. 여행 통관 증지가 붙은 가방과 짐들을 보고 그 자그마한 부인이 티베트까지 여행한 몇 안 되는 외국인 중의 하나임을 알고는 놀라움이 두 배로 커졌다.

할머니가 칠레로 온 이유가 오직 나를 보기 위해서인지는 모른다. 어떤 여자도 발을 디뎌 본 적 없는 남극에 닿을 때까

---

50) 주로 열대 지방에서 쓰는 모자의 일종이다.

지 계속 여행하는 데에 더 관심이 있었는지도 모르겠다. 그러나 이유야 어쨌든 그녀의 방문은 나에게 중요했다. 그녀가 없었더라면 내 인생은 계속 안개 속을 헤매고 다녔을 테고, 그녀가 없었더라면 이 기억의 이야기를 쓸 수도 없었을 것이다. 내 인생의 수수께끼를 짜 맞추는 데 모자라는 조각들을 갖다준 사람이 외할머니였다. 그녀는 내 엄마에 대한 이야기와 나의 탄생에 얽힌 배경 이야기를 해 주었고 내 악몽의 마지막 열쇠를 가져다주었다. 이후에 럭키 삼촌을 만나고 내 역사의 묶인 매듭을 푸는 데 필요한 자료들을 들춰 낼 수 있도록 샌프란시스코로 나를 데려간 사람도 그녀였다. 삼촌은 번창한 중국 상인으로, 뚱뚱하고 다리를 절었으며 정말로 매력적인 사람이었다. 엘리사 소머스와 세베로 델 바예는 몇 년 동안이나 비밀을 지킬 만큼 매우 깊은 사이였다. 할머니는 그를 나의 진짜 아버지로 여겼다. 자신의 딸을 사랑해 주었고 딸과 결혼한 사람이었으니까. 마티아스 로드리게스 데 산타 크루스의 유일한 역할은 우연히 유전자를 주었다는 것뿐이었다.

"누가 너를 태어나게 했는지는 별로 중요하지 않아, 리밍. 그건 누구나 할 수 있는 일이거든. 세베로는 너에게 성을 주고 너를 책임져 준 사람이다." 할머니가 그렇게 확인시켜 주었다.

"그렇게 보자면 파울리나 델 바예가 내 엄마이자 아버지예요. 그녀의 이름을 받았고 그녀가 나를 책임졌으니까요. 나머지 사람들은 모두 먼지 같은 항적(航跡) 하나 달랑 남긴 채 내 유년 시절에 갖고 놀던 연처럼 사라졌어요." 나는 반박했다.

"그녀 이전에 너의 아버지와 엄마는 타오와 나였다. 우리가 너를 길렀어, 리밍." 그녀는 그렇게 말했고 맞는 말이기도 했다. 두 분은 나에게 막강한 영향력을 행사했을 뿐 아니라 삼십 년 동안 부드러운 존재로 내 안에 들어앉아 있었고, 앞으로도 계속 내 속에 존재할 것이 확실하기 때문이다.

엘리사 소머스는 타오 치엔과 더불어 다른 세계에 살고 있다. 타오가 죽은 사람이라는 사실이 불편하긴 했지만, 변함없이 그를 사랑하는 데 장애가 되지는 않았다. 엘리사 할머니는 단 한 번의 위대한 사랑을 하는 사람들 중의 하나이므로 과부가 된 그녀의 가슴에 어떤 남자도 들어앉지 못할 거라고 생각한다. 중국에 도착한 그녀는 첫 아내인 린의 무덤 옆에 남편을 묻고 그가 원하기라도 했다는 듯이 불교식 장례를 치른 후 자유가 되었다. 샌프란시스코로 돌아가 아들 럭키와 그가 카탈로그를 보고 상하이에서 데려온 젊은 며느리와 같이 살 수도 있었다. 그러나 존경받고 무섭기도 한 시어머니 노릇은 늙음에 몸을 내맡기는 것과 같다고 생각했다. 그녀는 혼자라고 느끼지 않았고 미래를 겁내지도 않았다. 타오 치엔의 영혼이 늘 지켜 주며 함께 있기 때문이었다. 사실 그들은 지금 그 어느 때보다 더 함께이고 이제 한순간도 떨어지지 않는다. 할머니는 남들 눈에 정신 나간 사람처럼 보이지 않도록 목소리를 낮춰 남편과 대화하는 데 익숙했다. 밤에는 습관대로 침대의 오른쪽은 남편에게 내주고 왼쪽에서 잤다. 과부가 되자 캘리포니아로 가기 위해 범선 밑창에 숨어 칠레를 도망치던 모험에 찬 열여섯 살 때의 용기가 되살아났다. 그녀는 황금 열기가 가득하던 열여덟 살 때의 주현절[51]을 기억했다. 말 울음소리

와 첫 아침 햇살에 깨어 보니 농촌의 고적한 풍경 한가운데였
다. 그 새벽 그녀는 자유의 흥분을 발견했다. 전날 밤을 무자
비한 산적들, 거친 인디오들, 독사, 곰, 그 밖의 맹수 등 천 가
지 위험에 노출된 채 나무 아래서 홀로 지낸 뒤였지만 난생처
음으로 두려움이 일지 않았다. 그녀는 코르셋을 입고 육체와
정신과 상상력이 제한당한 채 자신의 생각에도 깜짝깜짝 놀
라며 자란 여자였다. 그러나 그 모험으로 모든 것에서 풀려난
것이다. 힘을 키워야 했다. 어쩌면 힘은 늘 간직하고 있었는데
이전에는 필요한 적이 없어 몰랐을 수도 있다. 아직 어린아이
이던 시절 그녀는 냉담한 애인을 뒤쫓아 가족의 보호로부터
도망쳐 나왔다. 아이를 가진 몸으로 밀항하여 아이를 잃고 하
마터면 목숨까지 잃을 뻔했고 캘리포니아에 도착해서는 남장
을 하고 지냈다. 무기도 연장도 없이 오직 절망적인 사랑의 충
동 하나만 믿고 구석구석 끝까지 뒤질 생각이었다. 탐욕과 폭
력이 난무하는 남자들의 땅에서 그녀는 여자 혼자 몸으로 살
아남았다. 그 과정에서 분노를 배웠고 자립의 기쁨을 깨달았
다. 그 모험이 준 강렬한 도취감을 한 번도 잊은 적이 없었다.
타오 치엔의 신숭한 아내이지 어머니, 케이크 가게 주인으로
서 의무를 다하며 삼십 년을 산 것도 사랑 때문이었다. 차이
나타운에 있는 자신의 집 말고는 그녀에게 다른 세계란 없었
다. 그러나 유랑의 세월 동안 심어 둔 싹은 때가 되면 움틀 채
비를 하고 영혼 안에 그대로 남아 있었다. 그리고 인생의 유일

_____

51) 1월 6일. 가톨릭에서 동방의 세 왕을 기념하는 날이다.

한 나침반인 타오 치엔이 사라지자 부유하며 항해할 시간이 다가온 것이다. "원래 나는 늘 돌아다니기를 좋아하는 사람이었어. 내가 원하는 건 정처 없이 여행하는 거란다." 할머니는 럭키 삼촌에게 보내는 편지에서 그렇게 말했다. 먼저 아버지인 존 소머스 선장과 약속했던 대로 늙은 로즈 고모를 혼자 내버려 두지 않기로 결심했다. 그래서 말년에 이른 귀부인 노파와 함께하기 위해 홍콩을 떠나 영국으로 갔다. 엄마나 다름없던 그 여자를 위해 해 줄 수 있는 최소한의 일이었다. 로즈 소머스는 이제 일흔이 넘어 건강이 쇠약해지고 있었다. 그러나 여전히 모두 어슷비슷한 연애 소설들을 썼고, 영어권의 유명한 연애 소설 작가가 되었다. 개를 데리고 공원을 산책하는 그 자그마한 여자를 보기 위해 멀리서 찾아오는 호기심 많은 사람들도 있었다. 과부가 된 빅토리아 여왕이 로즈의 성공적인 연애담을 읽으며 위로를 구하고 있다는 말들도 했다. 딸처럼 여겼던 엘리사가 도착하자 로즈 소머스는 크게 위로를 받았다. 무엇보다도 맥박이 약해 날이 갈수록 펜을 잡는 게 힘들었기 때문이다. 그때부터 소설을 받아 적는 것은 엘리사의 일이 되었다. 나중에 로즈의 정신이 희미해지자 엘리사는 받아 적는 척하면서 사실은 자기가 소설을 썼다. 공식을 되풀이하기만 하면 되었기 때문에 편집자나 독자는 전혀 의심하지 않았다. 로즈 소머스가 죽자 엘리사는 보헤미안 거리의 그 자그마한 집에 남았다. 그 동네가 유행의 거리가 된 덕분에 집은 값이 많이 나갔다. 그리고 고모가 연애 소설로 모은 돈을 상속받았다. 그 후 맨 처음 한 일은 아들 럭키를 찾아 샌프란시스코를 방문하고 손자들을 만난 것이었다. 그녀의 눈에 손자들은 정말 못생기고 성가신 아이들이었다. 그러고 나서는 더 이국적인 곳들을 돌아다니면서 방랑자의 운명을 따랐다. 그녀는 다른 사람들이 피하는 곳들만 열심히 찾아다니는 여행자였다. 그녀에게는 자신의 트렁크 속에 들어 있는, 지구의 가장 구석진 나라들의 우표와 데칼코마니를 보는 것이 가장 만족스러운 일이 었고, 순례자들의 유행병에 걸리거나 타지의 벌레에 물리는 것이 가장 자랑스러운 일이었다. 그렇게 탐험가의 짐짝들을 끌고 몇 년 동안 돌아다녔지만 마지막에는 언제나 런던 집으로 돌아갔다. 그곳에는 내 소식을 담은 세베로 델 바예의 편지들이 기다리고 있었다. 파울리나 델 바예가 더 이상 이 세상 사람이 아니라는 걸 알게 되자 그녀는 손녀딸과 재회하기 위해, 자신이 태어났지만 반세기 이상 잊고 살았던 칠레로 돌아오기로 결심했다.

증기선을 타고 먼 길을 여행하는 동안 엘리사 할머니는 아마도 칠레에서 보낸 첫 십육 년을 떠올렸을 것이다. 이 날씬하고 날렵한 나라, 선한 인디오 여자와 아름다운 미스 로즈의 보살핌을 받던 유년 시절, 애인을 만나기 전까지의 고요하고 안정된 생활 등. 애인은 그녀를 임신시킨 뒤 캘리포니아의 황금을 찾아 떠났고 그 후 흔적을 찾을 수 없었다. 엘리사 할머니는 윤회를 믿었기 때문에 아마도 그 긴 여행은 타오 치엔을 만나기 위해 필요했던 것이고, 매번 환생할 때마다 타오 치엔을 사랑하게 되어 있다고 결론 내렸을 것이다. "전혀 기독교인답지 않은 생각이로군." 엘리사 소머스가 아무도 필요로 하지 않는 이유를 내가 설명하자 프레더릭 윌리엄스가 한 말이었다.

엘리사 할머니는 뒤죽박죽인 트렁크 하나를 내 선물로 가져왔고 거무스레한 눈동자로 장난기 어린 윙크를 하며 건네주었다. 트렁크에는 '익명의 귀부인'이라고 서명된 누렇게 바랜 수고들이 담겨 있었다. 로즈 소머스가 젊었을 때 쓴 포르노 소설들이었다. 그것은 잘 감춰져 온 집안의 또 다른 비밀이었다. 나는 이반 라도빅을 이롭게 하려고 순전히 교육받는 기분으로 주의 깊게 읽었다. 그 재미있는 문학 — 빅토리아조의 미혼녀가 어떻게 그런 대담한 생각을 떠올릴 수 있었을까? — 과 니베아 델 바예의 편지들은 초기에 이반과 나의 관계에서 거의 극복되지 않는 장애물이었던 내 소심함을 물리치는 데 도움이 되었다. 사르수엘라 공연에 가기로 했던 폭풍우가 치던 그날 차 안에서 그 가엾은 남자가 제대로 방어를 하기도 전에 내가 먼저 키스를 한 것은 사실이다. 그러나 내 대담함은 거기까지였고 그 후에는 나의 지독한 불안과 그의 세심한 배려 사이에서 싸우느라 우리는 소중한 시간을 낭비하고 있었다. 그의 말로는 '내 평판을 망치고' 싶지가 않았기 때문이라고 했다. 그가 지평선 위로 나타나기 전에도 내 평판은 정말 지독했고 앞으로도 마찬가지일 것이라는 걸 납득시키기가 쉽지 않았다. 나는 남편이 있는 곳으로도 돌아가지 않고 내 일과 독립적인 생활도 포기하지 않을 생각이었는데, 그런 생각은 칠레 사회에서는 정말 좋지 않게 여겨졌다. 디에고와의 굴욕적인 경험 이후 누군가가 나에게 욕망과 사랑을 느끼는 일이 불가능하다고 여겼다. 성적인 문제에 대한 절대적인 무지에다 열등감까지 보태져 내가 못생겼고 필요 없는 사람이며 별로 여성스럽지도 못하다고 생각했다. 그래서 내 몸과, 이반이 내 속에 일깨워 놓은 열정을 부끄러워했다. 얼굴도 모르는 먼 외조모 로즈 소머스는 사랑을 하는 데 필요한 유희의 자유를 환상적인 선물로 안겨 주었다. 이반은 사물을 너무 진지하게 받아들이곤 했고 비극에 끌리는, 그의 슬라브인 기질로 인해, 가끔은 남편이 죽을 때까지 우리가 함께 살 수 없고 그때쯤이면 우리도 아주 늙어 버릴 거라 생각하며 절망 속으로 가라앉기도 했다. 그런 먹구름으로 그의 기분이 어두워지면 나는 '익명의 귀부인'의 수고를 손에 들었고 그에게 기쁨을 줄 수 있는, 적어도 그를 웃게 할 수 있는 새로운 수단을 거기서 발견하곤 했다. 은밀한 시간에 그를 즐겁게 해 주려는 숙제 때문에 나는 부끄럼을 잃어 갔고 이전에는 결코 느껴 보지 못했던 확신을 얻었다. 내가 매력적인 여자라고 느끼는 것도 아니고 수고들에서 얻는 긍정적인 효과가 아주 크지도 않지만, 적어도 내가 주도권을 잡고 이반을 조금씩 유도하는 일이 겁나지는 않다. 이반은 그런 식으로 하지 않으면 영원히 똑같은 습관에 편안해할 사람이다. 결혼도 하지 않았으면서 오래된 부부처럼 사랑을 나눈다면 그거야말로 낭비 아니겠는가. 연인이라는 이점은 우리가 관계를 매우 소중히 다루어야 한다는 데 있다. 모든 것이 우리를 떼어 놓으려고 모의를 벌이기 때문이다. 함께하겠다는 결심을 매번 새로이 해야 했고 그것이 우리의 기분을 밝게 해 주었다.

다음은 엘리사 소머스 할머니가 해 준 이야기다.

타오 치엔은 딸 린의 죽음에 있어 자신을 용서하지 못했다. 인간의 힘으로는 운명의 다함을 막을 수 없다, 중의로서 최선을 다한 것이다, 출산 시에 여자들의 목숨을 앗아 가는 치명적인 출혈을 예방하거나 멈추게 하기에는 의학이 아직 무력하다고 아내와 럭키가 아무리 되풀이해도 소용이 없었다. 타오 치엔에게 그 일은 시간의 수레바퀴가 다시 돌아 삼십 년 전 홍콩에서 첫 아내 린이 죽은 딸을 낳던 순간을 다시 대면하게 했다. 린도 처음에 피를 흘리기 시작했고, 타오는 그녀를 구하기 위해 필사적으로 노력했고, 목숨을 구할 수 있다면 무엇이든 다 하겠다고 빌었다. 아기는 몇 분 만에 죽었고 그는 그것이 아내의 목숨을 구한 대가라고 생각했다. 세월이 많이 흐른 후 지구 반대편에서 딸 린의 목숨으로 그 빚을 갚게 될 줄은 생각도 못 했다.

"제발 그런 말씀 마세요, 아버지." 럭키가 반박했다. "이건 한 생명을 다른 생명으로 바꾸는 식의 문제가 아니에요. 아버지처럼 지적이고 박식한 사람에겐 어울리지 않는 미신입니다. 그 애의 죽음은 아버지의 첫 번째 아내나 아버지와는 아무 상관이 없어요. 그런 불행은 늘 일어나는 겁니다."

"린을 구하지 못한다면 그 많은 세월 동안 쌓은 학식과 경험이 무슨 소용이란 말이냐?" 타오 치엔은 탄식했다.

"수백만 명의 여자들이 아이를 낳다 죽어요. 아버지는 린을 위해 최선을 다하신 거예요……."

엘리사 소머스는 외동딸을 잃은 고통 때문에 자신도 남편

만큼이나 괴로웠지만 부모를 모두 잃은 갓난아기를 돌볼 책임도 떠맡아야 했다. 그녀가 피곤에 취해 서서 잠을 자는 동안에도 타오 치엔은 한숨도 자지 못했다. 그는 이런저런 생각으로 밤을 새웠고 몽유병자처럼 집 안을 돌아다니며 몰래 숨어 울기도 했다. 그들은 며칠 전부터 사랑을 나누지 않았는데 집 안 분위기가 그랬으니 가까운 미래에도 그럴 가능성은 없었다. 일주일 만에 엘리사는 머리에 떠오른 유일한 해결책을 선택했다. 손녀를 타오 치엔의 품에 안겨 주면서 자신은 키울 수 없다고 말한 것이다. 럭키와 린을 키우느라 이십여 년을 노예처럼 보냈더니 다시 어린 리밍을 키우는 일을 시작하기에는 체력이 달린다고 했다. 타오 치엔은 엄마 잃은 갓난아기를 떠맡았다. 아기가 거의 삼키지를 못했기 때문에 우유에 물을 타서 삼십 분마다 스포이트로 먹여야 했고 심한 복통으로 밤낮 울어 대 쉬지 않고 흔들어 주어야 했다. 게다가 아이는 한눈에도 별로 호감 가는 모습이 아니었다. 아주 작은 데다 주름투성이였고, 황달의 노란 피부에 난산으로 얼굴은 찌그러지고 머리에는 머리카락 하나 없었다. 돌본 지 이십사 일이 지나고 나서야 비로소 타오 치엔은 놀라지 않고 아기를 쳐다볼 수 있었다. 엄마처럼 아이를 돌본 지 이십사 개월이 될 무렵에는 손녀딸에게 완전히 빠져 버렸고, 그 애가 린보다 훨씬 더 아름다워질 거라고 생각했다. 아무리 봐도 그럴 여지는 없었는데 말이다. 아이는 더 이상 태어날 때의 그 연체동물이 아니었지만 엄마를 닮기에는 턱없이 부족한 외모였다. 타오 치엔의 일상은 완전히 바뀌었다. 전에는 의원의 진료일과 아내와 보내는 사적인 시간에 한정되어 있던 그의 일과표가 이제 리밍에 맞춰 짜였다. 그 요구 많은 아이는 할아버지에게 들러붙어 살았다. 타오는 동화도 들려주고 자장가도 불러 주고 음식도 먹여 주고 산책도 데려가고, 미국인 가게와 차이나타운 가게에서 가장 예쁜 옷들을 사 입혀 거리에 데리고 나가 모든 사람이 쳐다보게 했다. 정에 눈이 먼 할아버지는 사람들이 그렇게 영리한 아이는 한 번도 본 적이 없을 거라고 생각했다. 그는 손녀딸이 천재라고 믿었고 그걸 증명하기 위해 중국어와 영어로 말을 시켰다. 할머니가 사용하는 스페인어 은어까지 보태져 혼란스럽기 짝이 없었다. 리밍은 타오 치엔의 자극에 따라 두 살짜리 아이답게 반응했지만 그의 눈에는 자그마한 반응들이 우수한 지적 능력의 명백한 증거처럼 보였다. 그는 진료 시간을 오후 몇 시간으로 한정하고 오전에는 손녀딸에게 새로운 카드 게임을 가르치며 시간을 보냈다. 오후에 자기가 일하는 동안은 엘리사가 찻집에 데려가도록 허락했지만 별로 탐탁해하진 않았다. 어릴 때부터 의학에 입문시킬 수 있는데 하는 생각이 머리에 들어차 있었기 때문이다.

"우리 집안에는 6대에 걸쳐 중의가 있었다. 네가 최소한의 소질도 없어 보이니 리밍이 7대 중의가 될 거다." 타오 치엔은 아들 럭키에게 말했다.

"남자들만 의사가 된다고 생각했는데요."

"그건 옛말이다. 리밍은 역사상 최초의 여자 중의가 될 거야."

그러나 엘리사 소머스는 그렇게 어린 나이의 손녀딸이 의학 이론으로 머리를 채우는 걸 허락하지 않았다. 앞으로도 시간은 많을 테니 지금은 미국인으로 키우기 위해 하루에 몇 시간이라도 차이나타운 밖으로 데리고 나갈 필요가 있다고 생각했다. 리밍이 중국인들보다 더 기회가 많은 백인들 세계에서 살아야 한다는 점에서는 적어도 두 사람의 생각이 같았다. 다행히 아이는 아시아인의 외모를 타고나지 않았고 아버지 집안만큼이나 스페인 분위기였다. 언젠가 세베로 델 바예가 돌아와 자신의 양녀로 선언하며 칠레로 데려갈 가능성을 생각만 해도 견딜 수 없었다. 그래서 서로 그런 말은 하지 않았다. 단지 귀족적인 성품이 여러 차례 증명된 대로 그 젊은이가 계약을 존중할 거라고만 짐작했다. 그들은 그가 아이 몫으로 챙겨놓은 돈에는 손도 대지 않고 장래 교육을 위해 따로 계좌를 만들어 저축했다. 엘리사는 서너 달마다 세베로 델 바예에게 '피보호자'에 대한 얘기를 간단한 메모로 적어 보냈다. 아버지로서의 권리를 인정하지 않는다는 사실을 명백히 해 두기 위해서였다. 첫해에는 세베로가 비탄에 젖어 전쟁에 나가 있었기 때문에 답장이 없었지만 이후에는 마음을 가다듬고 답장을 보내곤 했다. 그들은 파울리나 델 바예도 더 이상 만나지 못했다. 찻집에도 오지 않았고, 손녀딸을 뺏고 그들을 망하게 하겠다던 협박도 이행하지 않았기 때문이다.

그렇게 타오 치엔 집안은 오 년 동안 평화로운 시간을 보냈다. 가족을 산산조각 낼 사건들이 연달아 터지기 전까지는. 모든 것은 두 여자의 방문과 함께 시작되었다. 그녀들은 장로교 전도사라고 밝히면서 타오 치엔과 따로 이야기하기를 청했다. 중의는 건강 문제로 찾아온 것으로 생각하고 그녀들을 진료실에서 맞았다. 그게 아니라면 백인 여자들이 갑자기 자기 집에 찾아올 이유가 없었으니까. 그녀들은 자매 같았는데, 젊고 키가 크고 장밋빛 피부에 바닷물처럼 맑은 눈을 가지고 있었다. 둘 다 종교적인 열성에 어울리는 확신에 찬 태도였다. 그녀들은 도날디나와 마르타라고 세례명으로 자신들을 소개했다. 그러고는 지금까지 차이나타운의 장로교 선교회는 불교 집단을 공격하지 않도록 매우 신중하고 조심스럽게 관리되어 왔는데 이제 이 지역에서도 기독교의 최소 규범들을 적용시키기로 결심한 새로운 교인들이 생겼다고 했다. 그녀들은 차이나타운은 "중국 땅이 아니라 미국 땅이고, 법과 윤리를 어기는 일이 허용될 수 없는" 곳이라고 표현했다. 그녀들은 싱송 걸스에 대해 들었지만, 성적인 목적으로 여자아이들을 매매하기 위한 암묵적인 공모에 부딪혔다. 그녀들은 미국 당국이 뇌물을 받고 봐준다는 사실을 알고 있었다. 자신들에게 진실을 알려 주고 도와줄 수 있을 만큼 능란한 사람은 타오 치엔밖에 없다고 누군가 말했고 그래서 찾아온 것이라고 했다. 중의는 몇십 년 동안 그 순간을 기다려 왔다. 비참한 소녀들을 구출하려는 더딘 작업은 몇몇 퀘이커 교도 친구들의 은밀한 도움에만 의존해 왔고 그 친구들은 어린 매춘부들을 캘리포니아에서 빼내 '당들'과 포주들로부터 멀리 떨어진 곳에서 새 삶을 시작할 수 있게 하는 일을 맡고 있었다. 타오는 비밀 경매에 돈을 대 그녀들을 사들이고 매음굴에서 일하기에는 너무 병들어 버린 여자들을 받아들이는 일을 맡았다. 그녀들의 몸을 치료하고 정신도 위로하고자 했지만 늘 뜻대로 되지는 않았고, 대다수는 자신의 손에서 죽었다. 그의 집에는 싱송 걸스를 은신시키기 위한 방이 두 개 있었는데 항상 사람이 차 있었다. 그러나 캘리포니아의 중국인 인구가 늘어 감에 따라 여자 노예 문제가 갈수록 심각해져서 혼자 할 수 있는 일이 매우 적다고 느끼던 중이었다. 두 선교사는 하늘이 보낸 사람들이었다. 무엇보다도 그녀들은 막강한 장로교회의 후원을 받고 있었고, 그다음으로 중요한 건 백인이라는 사실이었다. 그러므로 언론, 여론, 미국 당국을 움직여 그 잔인한 거래를 끝장낼 수 있을 터였다. 그래서 타오는 어떻게 중국에서 여자들을 사들이거나 유괴하는지, 중국 문화가 얼마나 여자아이들을 천대하는지 등을 낱낱이 얘기해 주었다. 갓난 여자아기들을 우물에 빠뜨려 질식사시키거나 길에 내던져 쥐나 개가 물어뜯는 일이 비일비재하다는 얘기도 했다. 가족들은 여자아이를 원하지 않기 때문에 돈 몇 푼에 그녀들을 사들여 미국으로 데려와서 수천 달러를 받고 착취하는 건 식은 죽 먹기였다. 짐승 다루듯 커다란 상자에 넣어 배의 창고에 실어 운반했으며 탈수와 콜레라를 견디고 살아남은 여자들은 위장 결혼을 시켜 미국으로 들여온다. 이민국 공무원들 눈에는 모두가 신부여서 어린 나이와 처참한 건강 상태, 공포에 질린 표정 등에도 불구하고 겉으로는 아무 의심을 불러일으키지 않았다. 그 여자들에게 관심도 없었다. 그녀들에게 일어나는 일은 백인들과는 무관한 '굼벵이들의 문제'였다. 타오 치엔은 도날디나와 마르타에게 싱송 걸스의 목숨은 일단 매춘을 시작하면 삼사 년이 최대 수명이라고 설명했다. 하루에 서른 명에 가까운 남자들을 받아들이고 성병과 유산, 폐렴, 기아, 학대 등으로 죽어 가기 때문에 스무 살 먹은 중국인 매춘부가 있다면 신기한 일이었다. 그녀들의 호적 등부를 갖고 있는 사람은 아무도 없었지만 합법적인 서류를 통해 입국한 이상 만일의 경우 누군가 물어볼지 모르니 사망 신고서는 갖고 있어야 했다. 많은 여자들이 미쳐 버렸고, 값이 싸서 눈 깜빡할 사이에 갈아치울 수 있었다. 어느 누구도 그녀들의 건강을 위해 또는 그녀들이 더 오래 살 수 있도록 하기 위해 돈을 대는 일은 없었다. 타오 치엔은 선교사들에게 차이나타운에 있는 노예 소녀들의 대략적인 숫자와 경매 날짜를 알려 주었다. 그리고 어디에 사창가가 있는지, 여자아이들이 우리에 갇힌 짐승 취급을 받는 최악의 곳에서부터 유명한 아 토이가 운영하는 가장 호화스러운 곳에 이르기까지 낱낱이 말해 주었다. 아 토이는 '싱싱한 여자들'을 수입하는 국내 최대 업자였다. 열한 살 먹은 여자 아이들을 중국에서 사들여 미국까지 이동하는 동안은 선원들에게 넘겨주었다. 그래서 도착할 무렵이면 그녀들은 이미 "먼저 돈부터 내요."라는 말을 할 줄 알았고, 순금과 구리를 구별할 줄도 알았다. 그래야 엉터리 쇠붙이에 사기를 당하지 않을 수 있었다. 아 토이의 여자들은 가장 미인들로 가려 뽑은 이들이었고 다른 여자들보다 운이 좋은 편이었다. 다른 여자들의 운명은 가축처럼 경매되어 가장 천박한 남자들에게 그들이 원하는 방식대로, 심지어는 가장 잔인하고 굴욕적인 방법으로 봉사하는 것이었다. 많은 여자들이 맹수처럼 태도가 사나워지기 때문에 침대에 사슬로 묶이거나, 마취제를 주입당해 멍청한 상태가 되었다. 타오 치엔은 선교사들에게 재산과 명성이 있는 중국 상인 서너 명의 이름을 알려 주었는데 그 가운데에는 아들 럭키도 있었다. 그들은 선교사들의 일을 도와줄 수 있고, 그런 식의 매매를 없애는 데 있어 타오 자신과 뜻을 같이하는 유일한 사람들이었다. 도날디나와 마르타는 떨리는 손과 물기 어린 눈으로 타오 치엔이 하는 말들을 모두 받아 적었다. 그녀들은 감사하다고 말하고, 헤어지면서 행동할 때가 오면 도움을 청해도 되겠느냐고 물었다.

"할 수 있는 최선을 다하겠소." 중의는 대답했다.

"우리도 그렇게 하겠습니다, 치엔 선생님. 장로교 선교회는 이런 타락에 종지부를 찍고 그 가엾은 아이들을 구해 낼 때까지 쉬지 않을 겁니다. 그 퇴폐적인 동굴 문짝을 도끼로 여는 한이 있더라도 말입니다." 그녀들은 확신했다.

아버지가 한 일을 알고서 럭키 치엔은 불길한 예감에 사로잡혔다. 그는 차이나타운의 분위기를 타오보다 훨씬 잘 알았고 아버지가 돌이킬 수 없이 부주의한 일을 저질렀다는 것을 깨달았다. 럭키는 수완이 좋고 사교성이 있는 덕분에 중국인 이민 집단의 모든 계층에 친구가 있었다. 영리 사업을 시작한 지 몇 년 되었고, '판탄' 사업을 통해 신중하게, 그러나 지속적으로 돈을 벌었다. 젊은 나이에도 불구하고 이미 모든 사람들이 좋아하고 우러러보는 사람이 되어 있었다. 심지어 '당들'도 그를 존중해서 결코 시비 거는 일이 없었다. 그는 큰 말썽에 휘말리지 않는다는 암묵적인 합의하에 아버지를 도와 싱송 걸스를 구해 내는 일을 몇 년 동안 해 왔다. 차이나타운에서 살아남으려면, 그리고 중국인들끼리의 문제, 특히 범죄 사건을 해결하려면 절대적으로 신중해야 한다는 걸 분명히 알고 있었다. 백인들, 비겁하고 증오스러운 '양키들'과 섞이지 않는 것이 차이나타운에서의 불문율이었다. 아버지가 선교사들에게 정보를 주었고 선교사들이 미국 경찰에게 알렸다는 사실은 조만간 알려질 것이다. 불행을 끌어들이기에 그보다 더 확실한 방법이 없으니 행운을 달고 다니는 자기 운명으로도 이제 가족을 보호하할 방법이 없었다. 그는 타오 치엔에게 그 얘기를 했고 그리하여 그 일은 내가 만 다섯 살이 되던 1885년 10월에 일어났다.

젊은 여선교사 두 명이 건장한 아일랜드 경찰 셋과 범죄 전문 기자인 제이콥 프리몬트를 달고 한낮의 차이나타운에 도착했을 때 할아버지의 운명은 결정되었다. 거리에서 벌어지던 활동들이 모두 멈췄고 그 동네에서 마주치기 흔치 않은 '양키' 행렬을 따라 군중들이 모여들었다. 그들은 단호한 걸음으로 한 낡은 집을 향해 갔다. 철책이 쳐진 좁다란 문으로 쌀가루와 진홍빛으로 화장한 두 '싱송 걸스'의 얼굴이 들여다보였다. 손님들에게 암고양이 소리를 내며 암캐 같은 가슴을 그대로 드러내고 있었다. 백인들이 다가오는 것을 보자 여자아이들은 놀라 소리를 지르며 안으로 사라졌고 그 자리에 화가 난 늙은 여자가 나타나 속사포 같은 욕질로 경찰들을 맞았다. 도날디나의 지시에 따라 아일랜드인 경찰이 손에 든 도끼로 문 아랫부분을 때려 부수기 시작했다. 군중들은 경악했다. 백인들은 그 좁은 문으로 쳐들어갔고 비명과 후다닥 달려가는 소리, 영어로 명령하는 말소리 등이 들려왔다. 채 십오 분도 지나기 전에 겁에 질린 여섯 명가량의 여자아이들과 경찰에게 끌려 발을 동동 구르는 늙은 여자 그리고 겨눠진 권총 때문에 고개를 떨군 세 남자가 나타났다. 길가에서는 일대 혼란이 일어났고, 호기심 많은 사람들이 겁 없이 앞으로 나서려다 공중으로 총탄이 몇 차례 발사되자 멈춰 섰다. '양키'들은 여자아이들과 체포한 사람들을 밀폐된 경찰 마차에 싣고 갔다. 차이나타운 사람들은 하루 종일 그 얘기로 시간을 보냈다. 이전에는 백인이 연관되지 않는 한 경찰이 차이나타운에 개입한 적이 없었다. 미국 경찰들 사이에는 그들 말로 '유색 인종의 관습'에 대한 관대함이 있어서 어느 누구도 아편굴이나 도박판 등에 대해 조사하는 성가신 일을 하지 않았다. 노예 여자아이들 문제는 말할 것도 없었다. 그들은 그게 콩 간장으로 요리한 개를 먹는 관습과 더불어 '굼벵이들'의 괴이한 퇴폐의 하나라고 여겼다. 놀라는 대신 기쁨을 드러낸 사람은 타오 치엔뿐이었다. 그 이름 높은 중의는 늘 손녀딸과 점심을 먹는 레스토랑에서 '낭들' 조직의 두 폭력배에게 공격을 당할 뻔했다. 마침내 샌프란시스코시 경찰이 싱송 걸스 사건에 개입했다는 만족감을 타오가 지나치게 큰 소리로 표현하는 바람에 식당이 혼잡한 가운데에서도 다 들렸던 것이다. 다른 테이블에 있던 대부분의 사람들은 여자 노예는 필요악이라고 생각했지만 타오 치엔을 보호하려고 앞으로 나섰다. 그가 중국인 지역 사회에서 가장 존경받는 사람이었기 때문이다. 식당 주인이 적절한 시점에 끼어들지 않았더라면 큰 난투극이 벌어졌을 것이다. 타오 치엔은 화를 내며 돌아갔다. 한 손으로는 손녀딸을 잡고 다른 한 손에는 종이봉투에 점심을 싸 들고서.

이틀 후 다른 거리에서 똑같은 일이 일어나지 않았다면 사창가의 사건은 아마 큰 파장이 없었을 것이다. 바로 그 선교사들과 제이콥 프리몬트 기자, 그리고 아일랜드인 경찰 세 명이 다시 나타난 것이다. 이번에는 만일을 대비해 관리 네 명이 더 따라왔고, 쇠사슬에 묶인 몸집이 큰 맹견 두 마리도 데려왔다. 꼭 팔 분 만에 일은 끝났고, 도날디나와 마르타는 여자 아이들 열일곱 명과 포주 둘, 폭력배 둘 그리고 바지춤을 여미며 나온 손님 여럿을 데려갔다. 장로교 선교회와 '양키' 정부가 계획한 그 사건은 화약처럼 차이나타운을 휩쓸었고, 여자 노예들이 갇혀 있던 지저분한 독방들에까지 소문이 퍼졌다. 그녀들의 가엾은 인생에 처음으로 희망의 바람이 불었다. 반항하면 몽둥이질을 하겠다는 협박도, 백인 악마들이 그녀들을 데려가 피를 빨아먹는다는 끔찍한 이야기도 모두 소용없었다. 그때부터 여자 아이들은 선교사들 귀에 이야기가 들어가게 하려고 애썼다. 몇 주 만에 경찰의 습격은 늘어났고 신문에도 기사가 났다. 이번만큼은 제이콥 프리몬트의 음흉한 펜이 마침내 좋은 일에 쓰였다. 샌프란시스코의 심장부에서 일어나는 어린 여자 노예들의 가공할 운명에 대한 웅변적인 캠페인을 통해 시민들의 마음을 뒤흔들었던 것이다. 그 노기자는 얼마 안 있어 자신의 기사가 끼친 영향을 가늠하지 못하고 죽었지만, 도날디나와 마르타는 자신들의 열성이 맺은 결실을 목격했다. 십팔 년 후 나는 샌프란시스코 여행에서 그녀들을 만났는데, 여전히 장밋빛 피부였고 눈에는 메시아적인 열성이 그대로 담겨 있었다. 아직도 매일같이 차이나타운을 돌아다니며 감시하고 있었다. 그러나 사람들은 이제 그녀들을 저주받을 '양키'라고 부르지 않았고, 지나가는 그녀들에게 침을 뱉는 사람도 없었다. 이제 그녀들을 '로모', 곧 사랑의 수녀님이라고 불렀고 고개 숙여 인사를 했다. 수천 명의 여자들을 구해 내고 뻔뻔하기 짝이 없는 여자아이 밀수입을 척결했던 것이다. 비록 새로운 형태의 매춘업을 박멸시키지는 못했지만. 내 할아버지 타오 치엔은 그 일에 대해 매우 만족스러워했다.

11월 둘째 주 수요일 타오 치엔은 언제나처럼 손녀 리밍을 데리러 통일 광장에 있는 아내의 찻집으로 갔다. 손녀는 중의가 진료를 모두 마치고 데리러 올 때까지 할머니 엘리사와 함께 오후를 보냈다. 집까지 가는 길은 일곱 블록밖에 되지 않았지만 가게마다 종이 초롱불이 켜지고 사람들이 하루 일을 끝내고 저녁거리를 찾아 외출하곤 하는 그 시간이면 타오 치엔은 차이나타운의 두 대로 쪽으로 돌아가는 습관이 있었다. 그는 손녀딸의 손을 잡고 시장을 가로질러 걸었다. 시장에는 바다 건너에서 들여온 이국적인 과일들과 다리를 엮어 걸어 놓은 윤기 나는 오리들, 그곳에서만 구경할 수 있는 버섯, 곤충, 조개, 동물 내장, 채소 등이 쌓여 있었다. 집에서는 아무도 요리할 여유가 없기 때문에 타오 치엔은 저녁거리로 가져갈 요리들을 공들여 골랐다. 리밍이 편식을 하는 탓에 거의 언제나 같은 요리였다. 할아버지는 노점상에서 파는 맛있는 광둥

요리들을 한입 먹여 보려는 시도도 했지만 대개는 한결같이 초면(炒麵) 요리와 돼지 갈비로 타협을 보았다. 그날 타오 치엔은 저명인사들의 옷만 만드는, 샌프란시스코에서 제일가는 중국인 재단사가 지은 새 옷을 입고 있었다. 여러 해 동안 미국식으로 옷을 입었지만 시민권을 얻은 후에는 귀화국에 대한 존경의 표시로 더 정성껏 맵시 있게 하고 다녔다. 짙은 색 정장에 금박을 입힌 셔츠와 가슴께에 맨 넥타이, 영국제 나사 직 외투, 실크해트, 상아색 새끼 산양모 장갑 차림의 그는 매우 잘생겨 보였다. 어린 리밍의 모습은 할아버지의 서구적인 의상과는 대조적이었다. 몸을 잘 감싼 바지에 솜을 넣은 노랗고 파랗게 반짝이는 공단 재킷을 입고 있었다. 옷이 너무 두꺼워 아이는 몸 전체가 곰처럼 한꺼번에 움직였다. 머리는 한 갈래로 촘촘히 땋아 묶었고 홍콩에서 유행하는, 가장자리에 검은 자수를 놓은 모자를 쓰고 있었다. 거의 남자들뿐인 칙칙한 군중들 사이에서 두 사람은 눈길을 끌었다. 남자들은 전형적인 검은색 바지와 도포를 입고 있었는데 너무 한결같아서 유니폼을 입은 듯했다. 사람들은 멈춰 서서 중의에게 인사를 하곤 했다. 그에게 진료받은 적이 없더라도 본 적이 있고 이름을 들어 알기 때문이었다. 상인들은 할아버지의 기분을 즐겁게 해 주려고 자그마한 나무 새장에 담긴 반딧불과 종이부채, 과자 등을 손녀딸에게 선물하며 귀여워해 주었다. 밤이 되면 차이나타운은 언제나 축제 분위기였다. 와자지껄 이야기를 나누는 소리와 흥정하는 소리, 물건을 사라고 외치는 소리가 드높았고, 맛없는 튀김 냄새며 조미료, 생선, 쓰레기 냄새도 났다. 쓰레기들을 길 한가운데 쌓아 두었기 때문이다. 할아버지와 손녀딸은 늘 물건을 사러 다니는 골목을 지나 보도에 앉아 마작을 하는 남자들과 잡담을 하다가, 상하이에 주문한 약품들을 가지러 모퉁이의 약재상에도 들렀다. 노름판에 잠깐 멈춰 문간에서 판탄 테이블을 들여다보는 날도 있었다. 타오 치엔이 내기 도박에 흥미를 느꼈기 때문이지만 막상 내기 노름을 하는 것은 페스트인 양 피하곤 했다. 그러고는 럭키 삼촌의 가게에 들러 녹차를 마셨다. 삼촌 가게에서는 최근에 들여온 골동품들과 세공한 가구들을 감탄의 눈으로 구경할 수 있었다. 그리고 곧 반 바퀴를 돌아 고요한 걸음으로 다시 집으로 향했다. 갑자기 한 소년이 달려와 소란을 떨며 사고가 났으니 빨리 와 달라고 중의에게 간청했다. 누군가 말에게 가슴을 밟혀서 피를 토하고 있다는 것이었다. 타오 치엔은 손녀의 손을 놓지 않고 서둘러 그를 따라 옆길로 들어갔다. 계속해서 옆길로 또 옆길로 복잡한 그 동네의 좁다란 뒷길로 들어가 마침내 막다른 골목에 둘만 남게 되었다. 창문들에 달린 종이 등 불빛이 환상 속의 반딧불처럼 반짝이며 희미하게 길에 비쳐 들고 있었다. 소년은 사라져 버린 뒤였다. 그제야 함정에 빠졌다는 걸 눈치챈 타오 치엔은 되돌아가려 했지만 이미 늦어 있었다. 몽둥이로 무장한 남자 몇 명이 어둠 속에서 나타나더니 그를 둘러쌌다. 중의는 젊은 시절에 무술을 배웠고 항상 재킷 아래 허리띠에 칼을 넣고 다녔지만 손녀딸의 손을 놓지 않고는 방어할 수 없었다. 누구냐, 무슨 일이냐고 묻고 아 토이라는 이름이 들릴 정도의 시간이 흐르고 난 뒤, 손수건으로 복면을 하고 검은 파자마를 입은 남자들이 그의 주위에서 춤을 췄다. 그리고 첫 번째 몽둥이가 그의 등에 꽂혔다. 리밍은 뒤쪽에서 잡아끄는 손길을 느끼고 할아버지에게 매달리려고 애썼지만 사랑하는 손은 그녀를 놓치고 말았다. 할아버지 몸 위로 몽둥이들이 오르내리다가 머리에 한 줄기 피가 솟는 게 보였다. 할아버지가 앞으로 엎어지고, 길바닥 포석 위에 핏덩어리 하나만 남을 때까지 계속해서 할아버지를 내려치는 게 보였다.

"임시로 만든 들것에 타오가 실려 왔을 때 나는 그들이 무슨 짓을 했는지 알 수 있었다. 내 속에서 유리컵이 깨지듯 무언가가 천 갈래로 부서졌고, 그렇게 하여 내 사랑의 능력이 영원히 빠져나가 버렸어. 내 속은 말라 버렸다. 다시는 옛날의 내가 되지 못했어. 리밍, 너와 럭키 삼촌 그리고 럭키 삼촌의 아이들에게 애정을 느낀다. 미스 로즈에게도 마찬가지였지. 그러나 사랑은 오직 타오에게서만 느낄 수 있단다. 그가 없으면 나에게는 더 이상 아무것도 중요하지 않아. 하루를 살고 나면 그와 만나기 위해 기다릴 날이 또 하루 줄어드는 거야." 엘리사 소머스 할머니는 그렇게 고백했다. 할머니는 내가 다섯 살의 나이에 제일 좋아하는 사람이 죽는 모습을 그 자리에서 지켜보았다는 사실이 마음 아팠지만, 시간이 그 상처를 지워 줄 거라고 생각했다. 차이나타운에서 멀어져 파울리나 델 바예 옆에서 지내면 충분히 타오 치엔을 잊어버릴 거라고 믿었다. 막다른 골목에서 본 그 장면이 악몽 속에 영원히 남아 있으리라고는 상상도 하지 못했다. 내가 깨어 있을 때도 할아버지의 향기와 목소리, 부드러운 손길이 계속 따라다니리라는 것은 말할 것도 없었다.

집에 도착해 아내의 팔에 안겼을 때 타오 치엔은 살아 있었다. 열여덟 시간 후 의식을 회복했고 며칠 후에는 말도 할 수 있었다. 엘리사 소머스는 중의의 소견을 물으러 여러 차례 찾아온 적이 있는 미국인 의사 두 명을 불렀다. 그들은 슬픈 표정으로 진찰하더니 척추가 부러졌고 간신히 살아난다 해도 반신불수가 될 거라며, 의학이 그를 위해 할 수 있는 일은 아무것도 없다고 했다. 고작 상처 부위를 닦아 내고 부러진 뼈들을 제자리에 맞춘 뒤 머리를 꿰매고 다량의 마취제를 놓아 준 게 전부였다. 그러는 동안 모두 잊고 있던 손녀딸이 할아버지 침대 옆 구석에 웅크린 채 소리 죽여 "웨이공! 웨이공……!"을 불러 대고 있었다. 아이는 할아버지가 왜 대답을 하지 않는지, 왜 할아버지 가까이 가지 못하게 하는지, 왜 언제나처럼 그의 팔에 안겨 잘 수 없는지 납득할 수 없었다. 엘리사 소머스는 깔때기로 환자에게 수프를 떠넘길 때나 약을 먹일 때나 똑같은 인내심을 발휘했다. 절망에 휩싸이도록 자신을 내버려 두시 않았다. 마침내 남편이 부어오른 입술과 부러진 치아 사이로 말을 할 수 있게 될 때까지 눈물도 보이지 않은 채 차분하게 옆에서 며칠 밤을 새웠다. 중의는 그런 상태로는 더 살지 못한다는 걸 분명히 알았고 더 살고 싶은 마음도 없었다. 그래서 아내에게 그런 뜻을 밝히고 음식을 주지 말라고 부탁했다. 그들은 삼십 년 이상 함께 나눠 온 깊은 사랑과 절대적인 친밀감으로 서로의 마음을 짐작할 수 있었다. 많은 말이 필요하지 않았다. 엘리사는 자신이 이 세상에 혼자 남지 않도록, 식물인간처럼 침대에 누워 있더라도 살아 달라고 간청하고 싶었지만 그 말을 삼켰다. 그런 희생을 부탁하기에는 그를 너무나 사랑했기 때문이다. 타오 치엔은 아무것도 설명할 필요가 없었다. 자신이 위엄 있게 죽을 수 있도록 돕기 위해서라면 아내는 어떤 일이라도 하리라는 걸 알았기 때문이다. 입장이 반대였다면 그도 마찬가지였을 테니까. 자신의 시신을 중국으로 데려가 달라고 강조할 필요도 없다고 생각했다. 이젠 그게 별로 중요해 보이지도 않았고 엘리사의 어깨에 더 짐을 지우고 싶지도 않았다. 그러나 엘리사는 어쨌든 그렇게 하기로 결심했다. 두 사람 다 명백해진 문제를 두고 새삼 거론하고 싶은 마음이 없었다. 엘리사는 굶주림과 갈증으로 죽게 내버려 둘 수는 없다고, 그건 여러 날 어쩌면 여러 주가 걸릴 수도 있는데 남편이 그렇게 오래 고통받는 걸 지켜볼 수는 없다고만 했다. 어떻게 해야 할지 타오 치엔이 가르쳐 주었다. 진료실에 가서 캐비닛을 뒤져 파란색 플라스크를 가져오라고 했다. 엘리사는 그와 지내면서 처음 몇 년 동안 병원 일을 도왔고 여전히 조수가 없을 때는 그렇게 해 왔기 때문에 용기에 적힌 중국 글자들을 읽을 줄 알았고 주사도 놓을 줄 알았다. 럭키는 방으로 들어와 아버지의 축복 인사를 받고 흐느낌에 몸을 떨며 금방 나갔다. "리밍도 당신도 염려할 거 없소, 엘리사. 두 사람을 내버려 두지 않고 늘 가까이 있으면서 지켜 주리다. 어느 누구에게도 나쁜 일이 절대 일어나지 않을 거요." 타오 치엔이 속삭였다. 할머니는 손녀를 팔에 안아 할아버지에게 가까이 데려가 작별 인사를 하게 했다. 아이는 부어오른 얼굴을 보자 놀라서 몸을 움츠렸다. 그러나 언제나처럼 확실한 사랑으로 자신을 쳐다보는 검은 눈동자를 발견하고는 곧 할아버지를 알아보았다. 리밍은 할아버지 어깨에 매달리더니 입맞춤을 하며 절망적으로 할아버지를 불렀고, 뜨거운 눈물을 흘려 할아버지를 온통 적셔 놓았다. 그러자 할머니는 그녀를 떼어내 밖으로 데리고 나가 럭키 삼촌의 품에 안겼다. 엘리사 소머스는 남편과 둘이서 더없이 행복하게 지냈던 그 방으로 되돌아가 등 뒤로 조용히 문을 닫았다.

"그래서 어떻게 됐어요, 웨이포?" 나는 물었다.

"내가 해야 할 바를 했지, 리밍. 그러고는 곧 타오 옆에 누워 길게 입맞춤을 했어. 그의 마지막 호흡은 나에게 남아 있지……."

에필로그

내 과거의 어두운 귀퉁이들을 밝히기 위해 먼 곳에서 와
준 엘리사 할머니가 아니었다면, 집에 쌓여 있는 수천 장의 사
진이 아니었다면 어떻게 이 이야기를 할 수 있었을까? 환영
같은 내 기억의 조각들과 다른 많은 사람들의 잊히기 쉬운 인
생들을 유일한 소재로 삼아, 상상으로 지어내야 했을 것이다.
기억은 허구다. 우리는 부끄러운 부분은 잊어버리고 가장 밝
은 부분과 가장 어두운 부분만 선택하여 인생이라는 널찍한
융단에 수를 놓는다. 나는 사진과 글을 통해 내 존재의 덧없
는 상황을 이겨 내고 사라져 가는 순간들을 붙들어 과거의
혼돈을 벗겨 내고자 필사적으로 노력한다. 매 순간은 순식간
에 사라져 금방 과거가 되어 버린다. 현실은 하루살이같이 덧
없고 변하는 것이며 순수한 그리움일 따름이다. 이 사진들과

이 글 덕분에 나는 기억들을 생생하게 간직한다. 이것들은 덧없는 진실, 그러나 어쨌든 진실이기는 한 무언가를 찾기 위한 실마리다. 이 사건들이 일어났고 이 인물들이 내 운명을 거쳐 갔다는 것을 증명해 주기 때문이다. 나를 낳다가 죽은 어머니와 노련한 할머니들, 지혜로운 중국인 할아버지, 가엾은 아버지, 그리고 길게 이어진 내 가족의 여러 존재들, 뒤섞인 혈통과 뜨거운 피를 가진 그들 모두를 되살릴 수 있는 것은 이 실마리 덕분이다. 나는 내 유년 시절의 오랜 비밀들을 밝혀 내 정체성을 찾고 나만의 전설을 만들기 위해 글을 쓴다. 우리가 온전히 소유할 수 있는 것이라곤 결국 우리가 엮어 놓은 기억뿐이다. 각자 자기 역사를 이야기하기 위한 빛깔을 고른다. 나는 백금 사진의 영구적인 선명함을 고르고 싶다. 그러나 내 운명에는 그런 빛나는 구석이 조금도 없다. 나는 모호한 색깔들과 불분명한 미스터리, 불확실성 속에 살고 있는 것이다. 그리하여 내 인생의 이야기는 세피아빛[52] 초상의 색조를 띤다.

---

52) 오징어 먹물로 만든 암갈색의 안료.

이주의 역사와 혼종성, 칠레의 근현대사를 아우르는 삼부작의 완결

여름의 발파라이소 항구는 여전히 분주하고 관광객이 넘쳐나는 곳이었다. 그러나 쇠락의 이미지가 도시 곳곳에 짙게 드리워져 있었다. 지난 세기가 누린 영광의 흔적은 오래된 부두와 널찍한 대광장에, 중후한 의회 건물과 옛 세관 건물에, 그리고 세월의 여운을 안고 변함없이 기슭을 오르내리는 케이블 열차 등에 고스란히 남아 있었지만, 해상 무역의 퇴조와 더불어 쇠락을 맞은 오늘날의 발파라이소는 쓸쓸함의 여운이 가득했다.

이사벨 아옌데의『세피아빛 초상(Retrato en Sepia)』(2000)은 『운명의 딸(Hija de la Fortuna)』(1999)의 후속작으로 발표되었다. 두 작품은 항해와 해상 무역이 융성하던 시기에 북아메리카와 남아메리카의 대표적인 항구였던 샌프란시스코와 발파라이소를 공통적인 공간으로 삼고 있다. 태평양에 면한 이 두 항구 도시를 배경으로 하여 전작 『운명의 딸』이 19세기 후반에 미국 서부로 이주한 칠레인들의 이야기를 다루고 있다면, 19세기 말과 20세기 초를 배경으로 한 『세피아빛 초상』은 다시 칠레로 역이주하는 사람들의 이야기를 그리고 있다. 두 소설의 줄거리가 각각 엘리사의 샌프란시스코행과 아우로라의 칠레행으로 구성되고, 소설 속 인물들의 주된 만남과 이별이 항구나 증기선에서 이루어진다는 점에서 이들에게 '항구 소설'이라는 이름을 붙여도 좋을 것이다. 인물들의 주된 이주 수단은 발파라이소와 샌프란시스코를 오가는 증기선, 즉 대서양을 횡단하는 증기선이다. 이 시기에는 대륙 간 이동 수단이 범선에서 증기선으로 막 변화하고 있었는데, 증기선이 산업혁명의 교두보였음을 염두에 둔다면 이 두 소설이 라틴 아메리카의 근대화 시기를 그리고 있음을 확인할 수 있다.

『세피아빛 초상』의 출간으로 비로소 아옌데의 삼부작이 모두 국내 독자들에게 선보이게 되었다. 세 소설은 아옌데의 작품들 중에서 가장 걸작들로 평가되고 있는데, 그것은 무엇보다도 이 삼부작이 지닌 역사 소설적 측면, 다시 말해 칠레의 근현대사를 관통하는 인물들을 설정하고 있다는 점 때문이다. 다른 한편으로는 라틴 아메리카 여성의 억압된 삶에 대해 꾸준히 고심해 온 작가가 형상화한 작품들 중 가장 완성도가 뛰어나다는 점도 이 삼부작이 높이 평가되는 이유이다. 그런데 이들 삼부작 『영혼의 집(La Casa de los Espíritus)』, 『운명의 딸』, 『세피아빛 초상』은 출간된 순서와 소설의 시간적 배경의 순서가 일치하지 않는다. 줄거리를 기준으로 보자면 『운명의 딸』이 가장 앞서고 다음으로 『세피아빛 초상』 그리고 마지막에 『영혼의 집』이 자리한다. 1982년 『영혼의 집』이 출간된 이후 십칠 년 만에 다른 두 소설이 빛을 보게 된 것이다. 이러한 점을 고려하면 세 소설이 처음부터 삼부작으로 구상된 것은 아니었음을 짐작할 수 있다. 인물들이 세대를 이어 가며 겹쳐지긴 하지만, 다른 두 작품 사이의 긴밀성에 비하면 『영혼의 집』은 연결 고리가 약한 편이다. 그것은 단지 시공간적인 연결성과 등장인물들의 연결성 면에서만 그런 것이 아니다. 작가의 세계에 대한 인식을 살펴보아도 차이가 있음을 알 수 있다. 즉 『영혼의 집』에서는 1980년대 초에도 좌파 사상에 대한 긍정적인 비전을 유지하던 라틴 아메리카 혁명 세력의 태도를 작가 역시 공유하고 있었음을 알 수 있다. 그에 비해 『운명의 딸』과 『세피아빛 초상』에는 전 지구화 시대의 문화적·인종적 다양성에 대한 고찰과 더불어, 1990년대 칠레 사회가 이룩한 신자유주의 경제 성장에 대한 우호적인 태도를 엿볼 수 있다. 비록 이사벨 아옌데 자신은 신자유주의 도입 이후 칠레 사회의 모습에 대해 비판적인 태도를 표명했지만, 파울리나 델 바예와 같은 성공적인 기업가 인물은 오늘날 칠레의 성장주의 논리를 은연중에 긍정하게 하는 효과가 있다고 읽히기 때문이다.

미국 출판 시장에서 일찍부터 많은 판매 부수를 자랑했던 『영혼의 집』은 아옌데의 다른 소설들과 마찬가지로 근본적으로 페미니즘적인 테마를 중심으로 삼고 있다. 소설의 주된 부분을 구성하고 있는 인물은 클라라와 그녀의 남편 에스테반 트루에바이지만, 작가는 그들의 딸, 손녀에 이르기까지 칠레 과두 계층의 여성들과 여러 하층민 여성들을 통해 칠레의 역사를 읽어 가고 있다. 클라라라는 인물은 삼부작의 다른 두 작품에 등장하는 니베아 델 바예와 세베로 델 바예의 딸이다. 이 소설이 다른 두 소설과 연결 고리를 획득하게 되는 것은 이 지점이다. 소설을 이끌어 가는 인물은 클라라의 손녀딸 알바인데, 그녀는 외증조할머니 니베아와 외할머니 클라라, 엄마 블랑카 그리고 자신에 이르는 4대의 이야기를 할머니의 일기에 나오는 이야기들과 접합시켜 들려준다.

『운명의 딸』과 『세피아빛 초상』은 출간된 시기가 각각 1999년과 2000년이고, 시대적 배경도 19세기 중반부터 20세기 초로 이어진다. 구체적으로는 『운명의 딸』이 1843년부터 1862년까지, 『세피아빛 초상』은 1862년부터 1910년까지를 배경으로 한다. 두 소설의 공간적인 배경도 동일하게 칠레와 샌프란시스코를 오가며 전개된다. 따라서 『운명의 딸』과 『세피아빛 초상』 사이의 연작성은 처음부터 의도된 것이었음을 알 수 있다.

『운명의 딸』은 칠레인과 영국인 사이에서 태어난 근대적인 여성 엘리사 소머스를 주인공으로 한다. 19세기 중반 근대화가 진행되던 칠레와 캘리포니아의 황금 열풍을 배경으로 하여 엘리사 소머스의 유년과 성장, 타오 치엔과의 만남과 결혼, 엘리사의 양어머니 로즈 소머스 일기, 과두 계층 출신의 파울리나 델 바예와 그 가문의 사람들 등의 이야기가 주된 줄거리이다. 제목에서 말하는 '운명의 딸'은 직접적으로는 피의 혼합을 상징하는 엘리사를 가리키지만, 더 넓게는 칠레 근대사의 모든 여성을 의미한다. 등장인물도 연결되고 시대적 배경도 바로 이어지는『세피아빛 초상』에서도 엘리사와 파울리나 델 바예는 중심적인 역할을 한다. 소설의 주인공인 아우로라 델 바예는 엘리사 소머스 가족과 파울리나 델 바예 가족의 얽힌 인연 사이에서 태어난다.

『세피아빛 초상』은『운명의 딸』의 연장선에서 읽을 수도 있지만, 아우로라라는 한 여성의 자전적인 기록으로 읽어도 흥미롭다. 이런 관점에서 읽을 때 반드시 언급되어야 할 것은 아우로라의 악몽과 사진 찍기라는 모티프이다. 그녀는 유년의 고통스러운 경험으로 인해 어둠 속으로 사라져 버린 자신의 과거를 더듬어 재구성하고자 애쓰는데, 이 이야기는 궁극적으로 그 목적을 달성하기 위한 나름의 방편이다. 아우로라의 '이야기하기'는 동시에 '글쓰기'이고, 이는 글쓰기를 통해 자아의 정체성을 찾고자 하는 문학의 가장 기본적인 목적이 주인공을 통해 구현되고 있음을 보여 준다. 아우로라는 파울리나 할머니의 손에 자라면서부터 정체를 알 수 없는 악몽에 시달려 왔다. 소설의 결말부에 이르면 그 악몽은 외할아버지 타오 치엔의 죽음과 관련된 것이었고, 할아버지의 상실이 그녀에게 지독한 트라우마로 남았음이 드러난다. 외할아버지의 따뜻한 사랑과 보살핌이 유년의 아우로라에게는 타자와 맺는 관계의 전부였기 때문에, 그 존재의 상실은 할아버지가 죽는 날까지의 모든 유년의 기억을 어둠 속으로 사라져 버리게 만든 것이다.

사랑과 믿음의 상실이 악몽으로 귀결되는 이러한 구조는

남편 디에고와의 관계에서도 동일하게 적용된다. 파울리나 할머니의 보살핌 아래 오랫동안 악몽을 잊고 살던 아우로라는 결혼 후 다시 같은 악몽에 시달리기 시작한다. 가족들을 멀리 두고 남편을 따라 농촌으로 떠나온 아우로라에게 디에고는 가장 중요한 타자였지만 그는 아내를 자신의 어긋난 사랑을 가리기 위한 눈속임의 도구로 이용했던 것이다. 아우로라는 그 사실을 알기도 전에 악몽에 시달리지만, 남편에게서 벗어나 믿음에 바탕을 둔 사랑을 다시 얻게 되자 악몽의 반복에서도 벗어난다.

한편 아우로라가 사진에 몰두하게 된 것 또한 악몽의 영상을 카메라 안에 가둬 버림으로써 악몽에서 벗어날 수 있으리라는 바람에서였다. 카메라로 악몽을 가둬 버리려던 목적은 달성하지 못했지만 남편 디에고의 외도를 알아차리게 된 것은 카메라에 찍힌 사진을 통해서였다. 이러한 맥락에서 볼 때 소설에서 아우로라의 이야기하기와 사진 찍기는 오랜 악몽을 떨쳐 내는 것, 그리고 사랑과 믿음의 상실을 치유하는 것, 그리하여 온전한 자기 자신에게로 되돌아가는 것임을 알 수 있다.

문화적 다양성은 『운명의 딸』과 『세피아빛 초상』의 공통점이지만 후자에서 더욱 강화되고 있다. 소설에서는 주로 인종적 다양성의 문제가 부각된다. 이 테마는 작가가 오랜 망명 생활의 종착지를 미국으로 정하면서 필연적으로 도달하게 된 문제의식이다. 다문화적인 미국에 거주하면서 겪은 체험들은 작가로서의 시야의 지평도 확장시켜 주었다. 그 결과 이전의 작품들이 여성과 민중의 문제에 집중되었다면 이제는 인종 차

별과 혼혈, 성매매 등 사회의 소수자 문제에 대해서도 고민하는 모습이 보인다. 유색 인종과 메스티소에 대한 백인의 멸시, 교육받은 하층민에 대한 과두 계층의 경멸은 소설 속 인물들에게 일상화되어 있다. 작가는 상이한 계층, 상이한 인종 사이의 사랑이나 결혼을 설정함으로써 이러한 사회적 거부감에 대해 문제를 제기한다. 소설 속에 등장하는 다양한 유형의 사랑과 결혼, 즉 중국인과 칠레인의 결혼, 칠레의 신흥 부르주아와 구지주 계층의 결혼, 칠레 아이를 입양한 영국인 이민자, 도시 기업가 가문과 농촌 지주 가문 사이의 결혼 등이 그러한 문제 제기의 시도라고 볼 수 있다.

끝으로 삼부작의 완결작인 『세피아빛 초상』이 세계문학전집에 포함된 것을 매우 기쁘게 생각하며 국내 독자들에게 이사벨 아옌데의 문학 세계에 대한 이해를 더욱 높이는 기회가 되기를 희망한다. 얽히고설킨 여러 인물들의 관계를 통해 지난 두 세기에 걸친 칠레의 역사를 풀어내는 이 소설은 스토리텔러로서 아옌데가 지닌 재능을 다시 한번 확인하는 작품이 될 것이다.

2022년 봄
조영실

작가 연보

1942년   8월 2일 페루 리마에서 태어났다. 아버지 토마스 아옌
       데가 칠레의 외교관으로 리마에서 근무했다.

1945년   아버지가 가족을 버리고 행방불명되자 어머니 도냐 판
       치타가 결혼을 무효로 하고 세 자식들을 데리고 칠레
       의 산티아고로 돌아와 그곳에서 친정의 도움으로 아이
       들을 양육했다.

1953년   어머니가 외교관 라몬 우이도브로와 재혼한 뒤 볼리비
       아와 베이루트 등에서 거주했다.

1958년   칠레로 귀국했다.

1959년   산티아고 주재 UN의 FAO(Food and Agriculture
       Organization)에서 근무했다.

1962년   미겔 프리아스와 결혼했다.

1963년   큰딸 파울라가 태어났다.

1964년   남편 미겔 프리아스와 딸 파울라와 함께 브뤼셀과 스위스에 살면서 유럽으로 여행을 다녔다.

1966년   칠레로 귀국한 뒤 아들 니콜라스가 태어났다.

1967년   잡지《파울라》에 기고.

1970년   삼촌이자 대부인 살바도르 아옌데가 칠레 최초의 사회주의 대통령으로 선출되었다. 계부인 라몬 우이도브로는 아르헨티나 대사로 임명되었다. 이사벨은 산티아고의 텔레비전에서 유머 프로그램과 인터뷰 프로그램을 진행했다.

1973년   아동 잡지《맘파토》에서 근무했다. 연극 「대사」가 산티아고에서 무대에 올랐다. 9월 11일 아우구스토 피노체트 장군이 쿠데타를 일으킴. 살바도르 아옌데가 사망했다.

1975년   가족과 함께 베네수엘라로 망명을 떠나 그곳에서 십삼 년간 거주했다.

1978년   미겔 프리아스와 별거에 들어갔다. 스페인에서 두 달간 생활했다.

1979년   카라카스에 있는 마로코 고등학교에서 행정직으로 근무했다.

1981년   아흔아홉 살인 외할아버지가 위독하다는 소식을 듣고 외할아버지에게 보내는 편지를 쓰게 되는데, 이 편지가 『영혼의 집(La casa de los espíritus)』의 토대가 되었다.

1982년   『영혼의 집』 출간.

1984년   『뚱뚱한 도자기 인형(La gorda de porcelana)』, 『사랑과 그림자에 대하여(De amor y de sombra)』 출간.

1985년   『영혼의 집』 영어 번역판 출간.

1987년   남편과 이혼. 『에바 루나(Eva Luna)』가 영어 번역판과 동시에 출간되었다. 미국 캘리포니아의 산호세에서 윌리 고든을 만났다.

1988년   7월 7일 윌리 고든과 결혼했다.

1989년   『에바 루나의 이야기들(Cuentos de Eva Luna)』 출간.

1990년   칠레가 민주화되면서 십오 년 만에 귀국했다.

1991년   『에바 루나의 이야기들』 영어 번역판 출간. 마드리드에서 신작 『영원한 계획(El plan infinito)』의 출간 기념회 행사 중 딸 파울라가 불치병인 '포피린증'으로 의식불명이 되었다는 소식을 접했다.

1992년   12월 6일 파울라가 사망했다.

1993년   『영원한 계획』 영어 번역판 출간. 런던에서 「영혼의 집」을 연극으로 무대에 올렸다. 「영혼의 집」이 빌 어거스트 감독에 의해 제레미 아이언스와 위노나 라이더 주연으로 영화화되었다

1994년   『파울라(Paula)』가 스페인어, 독일어, 네덜란드어, 영어로 출간됨. 『사랑과 그림자에 대하여』가 베티 카플란 감독에 의해 영화화되었다. 가브리엘라 미스트랄 상을 수상했다.

1997년   『아프로디테(Afrodita: Cuentos, recetas y otros afrodiscos)』 출간.

1998년   『아프로디테』 이탈리아어와 영어 번역판 출간.

1999년   『운명의 딸(Hija de la fortuna)』 출간.

2000년   『세피아빛 초상(Retrato en sepia)』 출간.

2002년   『야수들의 도시(La ciudad de las bestias)』 출간.

2003년   『내가 만들어 낸 나라(Mi país inventado)』, 『황금 용 왕국(El reino del dragón de oro)』 출간.

2004년   『소인족의 숲(El bosque de los pigmeos)』 출간. 이 작품의 출간으로 청소년을 위한 삼부작 『야수들의 도시』, 『황금 용 왕국』, 『소인족의 숲』이 완성되었다.

2005년   『이사벨 아옌데의 조로(El Zorro: Comienza la leyenda)』 출간.

2006년   『내 영혼 이네스(Inés del alma mía)』 출간.

2007년   『파울라』의 후편으로 자전적 성격이 강한 『지난 세월(La suma de los días)』 출간.

2019년   『바다의 긴 꽃잎(Largo pétalo de mar)』이 출간되었다. 현재 미국 캘리포니아 산라파엘에 거주하고 있다.

세계문학전집 **406**

세피아빛 초상

1판 1쇄 펴냄 2005년 8월 5일
2판 1쇄 펴냄 2022년 5월 31일
2판 3쇄 펴냄 2024년 8월 23일

지은이   이사벨 아옌데
옮긴이   조영실
발행인   박근섭, 박상준
펴낸곳   ㈜민음사

출판등록   1966. 5. 19. (제 16-490호)
서울특별시 강남구 도산대로1길 62(신사동) 강남출판문화센터 5층 (우편번호 06027)
대표전화 02-515-2000   팩시밀리 02-515-2007
www.minumsa.com

한국어 판 © ㈜민음사, 2005, 2022. Printed in Seoul, Korea

ISBN 978-89-374-6406-5 04800
ISBN 978-89-374-6000-5 (세트)

* 잘못 만들어진 책은 구입처에서 교환해 드립니다.

세계문학전집 목록

세계문학전집은 계속 간행됩니다.